EDIÇÕES BESTBOLSO

O rei do inverno

Bernard Cornwell é considerado um dos maiores escritores de ficção histórica na Inglaterra, publicou cerca de quarenta livros e foi traduzido para 16 idiomas. Nascido em 1944, em Londres, casou-se com uma americana e mudou-se para os Estados Unidos. A série *Crônicas Saxônicas* foi sua primeira saga e narra as aventuras de um soldado britânico nas guerras napoleônicas. A pesquisa aprofundada e a riqueza de detalhes em suas obras o destacaram como um grande conhecedor da história inglesa e um brilhante romancista. *O rei do inverno* é o primeiro volume da trilogia *As crônicas de Artur*, sobre a fantástica mitologia arturiana, que se completa com *O Inimigo de Deus* e *Excalibur*. No Brasil o autor já vendeu cerca de 700 mil exemplares e as séries *As crônicas de Artur*, *As aventuras de Sharpe* e *Crônicas Saxônicas* são grandes sucessos.

BERNARD CORNWELL

O Rei do Inverno

AS CRÔNICAS DE ARTUR
volume I

Tradução de
ALVES CALADO

4ª edição

EDIÇÕES
BestBolso
RIO DE JANEIRO – 2021

CIP-BRASIL. CATALOGAÇÃO NA PUBLICAÇÃO
SINDICATO NACIONAL DOS EDITORES DE LIVROS, RJ

Cornwell, Bernard, 1944-
C835r O rei do inverno / Bernard Cornwell; tradução Alves Calado. – 4ª ed. –
4ª ed. Rio de Janeiro: BestBolso, 2021.
12 × 18 cm. (As crônicas de Artur; 1)

Tradução de: The Winter King
ISBN 978-85-7799-464-9

1. Ficção inglesa. I. Alves-Calado, Ivanir, 1953-. II. Título. III. Série.

14-14606 CDD: 823
CDU: 821.111-3

O rei do inverno, de autoria de Bernard Cornwell.
Título número 392 das Edições BestBolso.
Texto revisado conforme o Acordo Ortográfico da Língua Portuguesa.

Título original inglês:
THE WINTER KING (THE WARLORD CHRONICLES – 1)

www.edicoesbestbolso.com.br

Capa: Adaptação de Mariana Taboada a partir da capa publicada pela Editora Record (Porto+Martinez, Rio de Janeiro, 2001).

Rua Argentina 171 – 20921-380 – Rio de Janeiro, RJ – Tel.: (21) 2585-2000.

Impresso no Brasil

ISBN 978-85-7799-464-9

Personagens

AELLE	Rei saxão
AGRÍCOLA	Comandante guerreiro de Gwent, que serve ao rei Tewdric
AILLEANN	Amante de Artur, mãe de seus filhos gêmeos Amhar e Loholt
AMHAR	Filho bastardo de Artur
ANNA	Irmã de Artur, casada com o rei Budic de Broceliande
ARTUR	Filho bastardo de Uther e protetor de Mordred
BALISE	Antigo druida da Dumnonia
BAN	Rei de Benoic, pai de Lancelot e Galahad
BEDWIN	Bispo em Dumnonia, principal conselheiro do rei
BLEIDDIG	Chefe tribal em Benoic
BORS	Campeão de Benoic
BROCHVAEL	Rei de Powys depois da época de Artur
CADWALLON	Rei de Gwynedd
CADWY	Rei submetido à Dumnonia, que guarda a fronteira com Kernow
CALEDDIN	Druida, há muito morto, que compilou o códice de Merlin
CAVAN	Segundo em comando de Derfel
CEI	Companheiro de infância de Artur, agora um de seus guerreiros
CEINWYN	Princesa de Powys, irmã de Cuneglas, filha de Gorfyddyd
CELWIN	Sacerdote que estuda em Ynys Trebes
CERDIC	Rei saxão

CULHWCH	Primo de Artur, um de seus guerreiros
CUNEGLAS	Edling (príncipe herdeiro) de Powys, filho de Gorfyddyd
DAFYDD AP GRUFFUD	Escrivão que traduz a história de Derfel
DERFEL CADARN	O narrador, nascido saxão, pupilo de Merlin e um dos guerreiros de Artur
DIWRNACH	Rei irlandês de Lleyn, país anteriormente chamado Henis Wyren
DRUIDAN	Um anão, comandante da guarda de Merlin
ELAINE	Rainha de Benoic, mãe de Lancelot
GALAHAD	Príncipe de Benoic, meio-irmão de Lancelot
GEREINT	Príncipe submetido à Dumnonia, Senhor das Pedras
GORFYDDYD	Rei de Powys, pai de Cuneglas e Ceinwyn
GRIFFID AP ANNAN	Segundo em comando de Owain
GUDOVAN	Escriba de Merlin
GUENDOLOEN	Esposa descartada de Merlin
GUINEVERE	Princesa de Henis Wyren
GUNDLEUS	Rei de Silúria
GWLYDDYN	Carpinteiro de Ynys Wydryn
HELLEDD	Princesa de Elmet, que se casa com Cuneglas de Powys
HYGWYDD	Serviçal de Artur
HYWEL	Administrador de Merlin
IGRAINE	Rainha de Powys, casada com Brochvael, patrona de Derfel em Dinnewrac
IGRAINE DE GWYNEDD	Mãe de Artur (também mãe de Morgana, Anna e Morgause)
IORWETH	Druida em Powys
ISSA	Um dos lanceiros de Derfel

Ladwys	Amante de Gundleus
Lancelot	Edling (príncipe herdeiro) de Benoic, filho de Ban
Lanval	Um dos guerreiros de Artur, chefe da guarda pessoal de Guinevere
Leodegan	Rei exilado de Henis Wyren, pai de Guinevere
Ligessac	Primeiro comandante da guarda pessoal de Mordred, que mais tarde serve a Gundleus
Llywarch	Segundo comandante da guarda pessoal de Mordred
Loholt	Filho bastardo de Artur, gêmeo de Amhar
Lunete	Antiga companheira de Derfel, mais tarde dama de companhia de Guinevere
Lwellwyn	Funcionário do tesouro da Dumnonia
Maelgwyn	Monge em Dinnewrac
Mark	Rei de Kernow, pai de Tristan
Melwas	Rei dos Belgae, submetido à Dumnonia
Merlin	Senhor de Avalon, druida
Meurig	Edling (príncipe herdeiro) de Gwent, filho de Tewdric
Mordred	Rei infante da Dumnonia
Morfans	"O Feio", um dos guerreiros de Artur
Morgana	Irmã de Artur, uma das sacerdotisas de Merlin
Morgause	Irmã de Artur, casada com o rei Lot, de Lothian
Nabur	Magistrado cristão em Durnovária, tutor legal de Mordred
Nimue	Amante de Merlin, sacerdotisa
Norwenna	Nora de Uther, mãe de Mordred
Oengus Mac Airem	Rei irlandês de Demetia, rei dos Escudos Pretos

Owain	Campeão de Uther, comandante guerreiro da Dumnonia
Pellinore	Rei louco aprisionado em Ynys Wydryn
Ralla	Mulher de Gwlyddyn, ama de leite de Mordred
Sagramor	Comandante númida de Artur
Sansum	Sacerdote e bispo cristão, superior de Derfel em Dinnewrac
Sarlinna	Criança que sobrevive ao massacre em Dartmoor
Sebile	Escrava saxã de Morgana
Tanaburs	Druida de Silúria
Tewdric	Rei de Gwent
Tristan	Edling (príncipe herdeiro) de Kernow
Tudwal	Monge noviço em Dinnewrac
Uther	Rei da Dumnonia, Grande Rei da Britânia, o Pendragon
Valerin	Chefe tribal em Powys, anteriormente noivo de Guinevere

Lugares

ABONA* — Avonmouth, Avon
AQUAE SULIS* — Bath, Avon
BRANOGENIUM* — Forte romano. Leintwardine, Hereford e Worcester
BURRIUM* — Capital de Tewdric. Usk, Gwent
CAER CADARN — Morro real da Dumnonia. Morro South Cadbury, Somerset
CAER DOLFORWYN* — Morro real de Powys. Perto de Newtown, Powys
CAER LUD* — Ludlow, Shropshire
CAER MAES — Morro White Sheet, Mere, Wiltshire
CAER SWS* — Capital de Gorfyddyd. Caersws, Powys
CALLEVA* — Fortaleza de fronteira. Silchester, Hampshire
CORINIUM* — Cirencester, Gloucestershire
CUNETIO* — Mildenhall, Wiltshire
DINNEWRAC — Mosteiro em Powys
DURNOVÁRIA* — Dorchester, Dorset
DUROCOBRIVIS* — Dunstable, Bedfordshire
GLEVUM* — Gloucester
ISCA* — Exeter, Devon
ILHA DOS MORTOS* — Portland Bill, Dorset
LINDINIS* — Cidade romana. Ilchester, Somerset
LUGG VALE* — Mortimer's Cross, Hereford e Worcester
MAGNIS* — Forte romano. Kenchester, Hereford e Worcester

*Os nomes de lugares marcados com * são registrados pela história. (*N. do A.*)

MAI DUN*	Castelo Maiden. Dorchester, Dorset
MORRO DE COEL*	Cole's Hill, Hereford e Worcester
AS PEDRAS*	Stonehenge
RATAE*	Leicester
VENTA*	Winchester, Hampshire
YNYS MON*	Anglesey
YNYS TREBES	Capital de Benoic. Monte Saint Michel, França
YNYS WAIR*	Ilha de Lundy
YNYS WYDRYN*	Glastonbury, Somerset

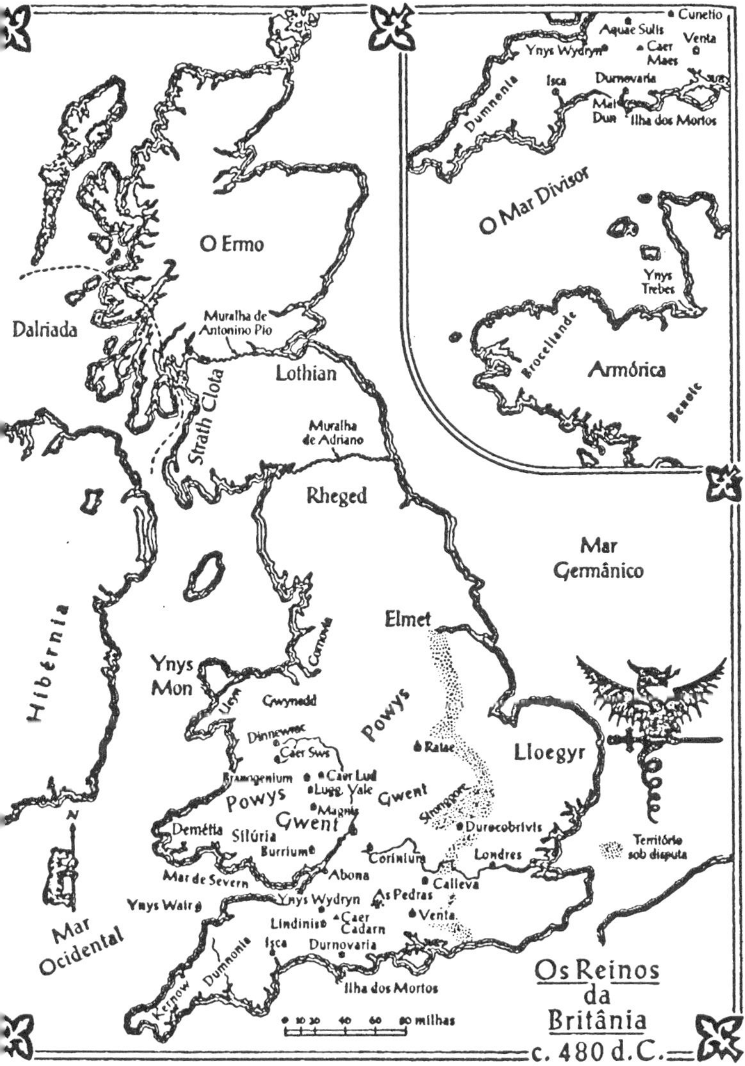

Os Reinos da Britânia c. 480 d.C.
Cunetio
Aquae Sulis
Venta
Ynys Wydryn
Caer Maes
Isca
Durnovaria
Dumnonia
Mai Dun
Ilha dos Mortos
O Mar Divisor
Ynys Trebes
Broceliande
Armórica
Benoic
O Ermo
Dalriada
Muralha de Antonino Pio
Lothian
Strath Clota
Muralha de Adriano
Rheged
Mar Germânico
Hibérnia
Elmet
Cornovia
Ynys Mon
Lleyn
Gwynedd
Powys
Dinnewrac
Caer Sws
Branogenium
Caer Lud
Lugg Vale
Powys
Gwent
Magnis
Ratae
Lloegyr
Demétia
Silúria
Gwent
Durocobrivis
Burrium
Corinium
Londres
Território sob disputa
Mar de Severn
Abona
Calleva
Ynys Wair
Ynys Wydryn
As Pedras
Venta
Lindinis
Caer Cadarn
Mar Ocidental
Isca
Durnovaria
Dumnonia
Kernow
Ilha dos Mortos
N
0 10 20 40 60 80 milhas

Parte 1

Um nascimento no inverno

Há muito e muito tempo, numa terra chamada Britânia, estas coisas aconteceram. O bispo Sansum, a quem Deus deve abençoar acima de todos os santos vivos e mortos, diz que tais memórias deveriam ser lançadas no poço sem fundo com todas as outras imundícies da humanidade decaída, pois são as histórias dos últimos dias antes que a grande escuridão baixasse sobre a terra que chamamos de Lloegyr, que significa Terras Perdidas, o país que um dia foi nosso mas que nossos inimigos agora chamam de Inglaterra. Estas são as histórias de Artur, o Senhor das Guerras, o Rei que Nunca Existiu, o Inimigo de Deus e – que o Cristo vivo e o bispo Sansum me perdoem – o melhor homem que conheci. Como chorei por Artur!

Hoje está frio. Os morros são de uma palidez mortal e as nuvens escuras. Teremos neve antes do anoitecer, mas Sansum certamente nos recusará a bênção de um fogo aceso. É bom para mortificar a carne, diz o santo. Agora estou velho, mas Sansum, que Deus ainda lhe dê muitos anos, é ainda mais velho, de modo que não posso usar a idade como argumento para destrancar o depósito de lenha. Sansum dirá apenas que o sofrimento é uma oferenda a Deus, que sofreu mais do que todos nós, e assim, nós, os seis irmãos, tremeremos no semissono, amanhã o poço estará congelado e o irmão Maelgwyn terá de descer pela corrente para bater com uma pedra no gelo antes que possamos beber.

Mas o frio não é a pior aflição de nosso inverno, e sim que os caminhos gelados farão com que Igraine não visite o mosteiro. Igraine é nossa rainha, casada com o rei Brochvael. É morena e esguia, muito jovem, e tem uma agilidade que parece o calor do sol num dia de inverno. Vem aqui rezar para ter um filho, mas passa mais tempo conversando comigo do que rezando para Nossa Senhora ou seu Filho abençoado. Conversa comigo porque gosta de ouvir as histórias de Artur, e no verão passado contei tudo que pude lembrar e, quando não pude lembrar mais, ela me trouxe um maço de pergaminhos, um frasco de tinta feito de chifre e um feixe de penas de ganso para escrever. Artur usava penas de ganso no capacete. Estas penas de escrever não são tão grandes, nem tão brancas, mas ontem segurei o maço de penas diante do céu de inverno e por um glorioso momento de culpa pensei ter visto seu rosto abaixo das plumas. Naquele instante o dragão e o urso rosnaram sobre a Britânia para aterrorizar de novo os pagãos, mas então espirrei e vi que segurava um punhado de penas sujas de bosta de ganso, pouco adequadas para escrever. A tinta é igualmente ruim; mera fuligem de lâmpada misturada com goma de casca de macieira. Os pergaminhos são melhores. São feitos de pele de carneiro, que sobraram da época dos romanos e já estiveram cobertos por uma escrita que nenhum de nós sabe ler, mas as mulheres de Igraine rasparam as peles até ficarem brancas. Sansum diz que seria melhor se tanta pele de carneiro fosse transformada em sapatos, mas as peles raspadas são finas demais para ser moldadas, e além disso Sansum não ousou ofender Igraine e com isso perder a amizade do rei Brochvael. Este mosteiro não fica a mais de um dia de viagem dos lanceiros inimigos, e até mesmo nosso pequeno armazém poderia atrair aqueles inimigos que ficam do outro lado do riacho Negro, além dos morros e até no vale de Dinnewrac, se os guerreiros de Brochvael não recebessem a ordem de nos proteger. Mas não creio que mesmo a amizade de Brochvael faria Sansum se reconciliar com a ideia de o irmão Derfel escrever um relato sobre Artur, o Inimigo de Deus, e assim Igraine e eu mentimos ao santo abençoado dizendo que estou escrevendo uma tradução do Evangelho de Nosso Senhor Jesus Cristo para a língua dos saxões. O santo abençoado não fala a língua do inimigo, nem sabe ler, por isso podemos enganá-lo por tempo suficiente para que esta narrativa seja escrita.

E ele precisará ser enganado, já que, pouco depois de eu começar a escrever nesta mesma pele, o santo Sansum entrou na sala. Ficou perto da janela, olhou para o céu opaco e esfregou as mãos magras.

– Eu gosto do frio – disse ele, sabendo que eu não.

– Eu o sinto mais na mão que me falta – respondi gentilmente. É a minha mão esquerda que falta e estou usando o coto do pulso para firmar o pergaminho enquanto escrevo.

– Toda dor é uma lembrança abençoada da Paixão de nosso querido Senhor – disse o bispo, como eu esperava, depois se encostou na mesa para olhar o que eu tinha escrito. – Fale o que dizem as palavras, Derfel.

– Estou escrevendo a história do nascimento do Menino Jesus – menti.

Ele olhou para a pele, depois colocou uma unha suja sobre seu próprio nome. Sansum é capaz de decifrar algumas letras, e o nome dele deve ter se destacado do pergaminho tão claramente quanto um corvo na neve. Em seguida, riu como uma criança e torceu com os dedos uma mecha dos meus cabelos brancos.

– Eu não estava presente no nascimento de Nosso Senhor, Derfel, no entanto este é o meu nome. Você está escrevendo heresia, seu sapo do inferno?

– Senhor – falei humildemente enquanto seu aperto mantinha meu rosto curvado para perto do trabalho. – Comecei o Evangelho registrando que é apenas pela graça de Nosso Senhor Jesus Cristo e com a permissão de seu santo mais sagrado, Sansum – e aqui apontei para o nome dele –, que posso anotar essa Boa-Nova de Cristo Jesus.

Ele puxou meu cabelo, arrancando alguns fios, depois se afastou.

– Você é fruto de uma prostituta saxã, e nenhum saxão jamais foi digno de confiança. Tome cuidado, saxão, para não me ofender.

– Glorioso senhor – falei, mas ele não ficou para ouvir mais. Houve um tempo em que Sansum se ajoelhava diante de mim e beijava minha espada, mas agora é um santo e eu sou apenas o mais miserável dos pecadores. E um pecador com frio, porque a luz fora de nossas paredes é oca, cinzenta e cheia de ameaça. A primeira neve cairá logo.

E havia neve quando começou a história de Artur. Foi há uma vida inteira, no último ano do reino do Grande Rei Uther. Aquele ano, segundo a contagem do tempo feita pelos romanos, era 1233 depois da fundação da cidade deles – ainda que nós, na Britânia, costumemos contar nossas datas a partir do Ano Negro, que foi quando os romanos abateram os druidas em Ynys Mon. Segundo essa contagem, a história de Artur começa no ano 420, ainda que Sansum, que Deus o abençoe, numere nossa época a partir da data do nascimento de Nosso Senhor Jesus Cristo que, segundo ele acredita, aconteceu 480 invernos antes de essas coisas começarem. Mas, como quer que você conte os anos, foi há muito, muito tempo, numa terra chamada Britânia, e eu estava lá.

E foi assim.

COMEÇOU COM um nascimento.

Numa noite fria, quando o reino estava imóvel e branco sob uma lua minguante.

E no salão Norwenna gritava.

E gritava.

Era meia-noite. O céu estava claro, seco e brilhante de estrelas. A terra congelada, dura como ferro, os riachos travados pelo gelo. A lua minguante era um mau presságio, e em sua luz carrancuda as longas terras do oeste pareciam brilhar com um tremeluzir pálido e frio. Nenhuma neve tinha caído havia três dias, e não acontecera nenhum degelo, de modo que o mundo inteiro estava branco a não ser onde as árvores tinham sido sopradas pelo vento e agora estavam pretas e intricadas contra a terra devastada pelo inverno. Nosso hálito virava névoa, mas não era soprado para longe porque não existia vento nessa clara meia-noite. A terra parecia morta e imóvel, como se tivesse sido abandonada por Belenos, o Deus Sol, e deixada à deriva no vazio interminável e frio entre os mundos. E frio estava; um frio cortante, mortal. Agulhas de gelo pendiam compridas das traves no grande salão de Caer Cadarn e do portão em arco por onde, mais cedo, o séquito do Grande Rei tinha lutado através da neve para trazer nossa princesa a este alto lugar de reis. Caer Cadarn era onde ficava a pedra real; era o lugar de aclamação e portanto o único local, segundo insistia o Grande Rei, onde seu herdeiro poderia nascer.

Norwenna gritou de novo.

Nunca vi o nascimento de uma criança, nem, que Deus permita, verei. Vi uma égua dar à luz e vi cascos abrirem caminho para o mundo, e ouvi o ganido fraco de uma cadela parindo e senti os movimentos de um gato que nascia, mas nunca vi o sangue e o muco que acompanha os gritos de uma mulher. E como Norwenna gritava!, mesmo tentando não gritar, pelo menos foi o que as mulheres disseram depois. Algumas vezes os guinchos se interrompiam subitamente e deixavam um silêncio pairando em toda a alta fortaleza, e o Grande Rei podia levantar sua cabeça grandiosa de entre as peles e ouvir com tanta atenção quanto se estivesse num bosque com os saxões por perto, só que agora prestava atenção na esperança de que o silêncio súbito marcasse o instante do nascimento, quando seu reino teria de novo um herdeiro. Ele ouvia, e no silêncio da fortaleza gelada escutávamos o barulho áspero da respiração terrível de sua nora e uma vez, só uma, houve um gemido patético, e o Grande Rei meio se virou como se fosse dizer algo, mas então os gritos recomeçaram e sua cabeça baixou sobre as peles grossas, de modo que somente os olhos podiam ser vistos brilhando na caverna sombria formada pelo pesado capuz e a gola de pele.

– O senhor não deveria estar nas muralhas, Grande Senhor – disse o bispo Bedwin.

Uther balançou a mão enluvada como a sugerir que Bedwin podia ir para dentro, onde os fogos estavam acesos, mas que o Grande Rei Uther, o Pendragon da Britânia, não iria se mexer. Queria ficar nas muralhas de Caer Cadarn para olhar a terra gelada e o ar onde espreitavam os demônios; mas Bedwin estava certo, o Grande Rei não deveria estar montando guarda contra demônios naquela noite inclemente. Uther estava velho e doente, mas a segurança do reino dependia de seu corpo inchado e de sua mente lenta e triste. Havia apenas seis meses ele estava vigoroso, mas então veio a notícia da morte de seu herdeiro: Mordred – o mais amado de seus filhos e o único nascido da esposa e que permanecia vivo – fora cortado por um machado saxão e sangrara até a morte sob o morro do Cavalo Branco. A morte deixara o reino sem herdeiro, e um reino sem herdeiro é um reino condenado, mas esta noite, se os Deuses quisessem, o herdeiro de Uther nasceria da viúva de Mordred. A não ser que fosse uma menina, claro, e nesse caso toda a dor teria sido em vão e o reino estava condenado.

A cabeça grandiosa de Uther se levantou das peles, que estavam com uma crosta de gelo onde seu hálito havia tocado nos pelos.

– Tudo está sendo feito, Bedwin? – perguntou Uther.

– Sim, Grande Senhor, tudo. – O bispo Bedwin era o conselheiro de maior confiança do rei e, como a princesa Norwenna, era cristão. Norwenna, protestando por ter sido tirada da quente vila romana na localidade próxima de Lindinis, tinha gritado com o sogro dizendo que só iria a Caer Cadarn se ele prometesse manter longe as feiticeiras dos Deuses antigos. Ela insistira num nascimento cristão, e Uther, desesperado por um herdeiro, tinha concordado com a exigência. Agora os sacerdotes de Bedwin entoavam suas orações numa câmara ao lado do salão onde água benta tinha sido espargida, uma cruz fora pendurada sobre a cama do nascimento e outra posta sob o corpo de Norwenna. Bedwin explicou:

– Estamos rezando à abençoada Virgem Maria que, não tendo conspurcado seu corpo sagrado com qualquer conhecimento carnal, tornou-se a santa mãe de Cristo e...

– Basta – rosnou Uther. O Grande Rei não era cristão e não gostava de que qualquer homem tentasse transformá-lo em um, mas aceitava que o Deus cristão provavelmente tinha tanto poder quanto a maioria dos outros. Os acontecimentos desta noite estavam testando essa tolerância até o limite.

E era por isso que eu estava lá. Eu era uma criança prestes a me tornar homem, um cumpridor de mandados imberbe que se agachava, gélido, ao lado da cadeira do rei nas muralhas de Caer Cadarn. Tinha vindo de Ynys Wydryn, a fortaleza de Merlin, que ficava no horizonte norte. Minha tarefa, se fosse ordenado, era trazer Morgana e suas auxiliares que esperavam na enlameada cabana de um pastor de porcos ao pé da encosta oeste de Caer Cadarn. A princesa Norwenna poderia querer a mãe de Cristo como sua parteira, mas Uther estava a postos com os Deuses mais antigos, caso o mais novo fracassasse.

E o Deus cristão fracassou. Os gritos de Norwenna diminuíram, mas os gemidos ficaram mais desesperados até que finalmente a mulher do bispo Bedwin veio do salão e se ajoelhou trêmula ao lado da cadeira do Grande Rei. O bebê, disse Ellin, não queria sair, e a mãe, pelo que ela temia, estava morrendo. Uther desconsiderou o último comentário. A mãe era nada, apenas a criança importava, e somente se fosse um menino.

– Grande Senhor... – começou Ellin nervosamente, mas Uther não estava mais ouvindo.

Ele deu um tapa na minha cabeça.

– Vá, garoto. – E então saí de sua sombra, saltei no interior da fortaleza e corri entre as construções, pela brancura sombreada pela lua. Os guardas do portão oeste me viram passar correndo, e em seguida eu estava escorregando e caindo pela rampa de gelo da estrada oeste. Eu cortei a neve, rasguei o manto num toco de árvore e caí com força sobre algumas sarças pesadas de gelo, mas não senti nada, a não ser o peso gigantesco do destino de um reino sobre meus ombros jovens.

– Lady Morgana! – gritei enquanto me aproximava da cabana. – Lady Morgana!

Ela devia estar esperando, porque a porta da cabana se abriu imediatamente e seu rosto com a máscara de ouro brilhou ao luar.

– Vá! – gritou ela para mim. – Vá! – Então me virei e comecei a subir de volta o morro enquanto ao meu redor um punhado dos órfãos de Merlin se esforçavam para andar na neve. Estavam carregando panelas que batiam umas nas outras enquanto corriam, mas quando a encosta ficou íngreme e perigosa demais eles foram forçados a jogar as panelas adiante e subir atrás, usando mãos e pés. Morgana seguia mais devagar, atendida por sua escrava Sebile, que carregava os feitiços e ervas necessários. – Acenda os fogos, Derfel! – gritou ela para mim.

– Fogo! – gritei sem fôlego enquanto atravessava o portão. – Fogo nas muralhas! Fogo!

O bispo Bedwin protestou contra a chegada de Morgana, mas o Grande Rei se virou em fúria contra o conselheiro, e o bispo se rendeu humilde à fé mais antiga. Seus sacerdotes e monges receberam a ordem de sair da capela feita às pressas, de carregar archotes para todas as partes das muralhas e lá empilhar os archotes com lenha e madeira arrancada das cabanas que se agrupavam dentro do muro norte da fortaleza. Os fogos estalaram, depois arderam gigantescos na noite, e sua fumaça pairou no ar, formando uma cúpula que confundiria os espíritos malignos e os manteria longe deste lugar onde uma princesa e seu filho estavam morrendo. Nós, os jovens, corríamos pelas fortificações batendo panelas para fazer o grande barulho que entonteceria ainda mais os malignos.

– Gritem – ordenei aos filhos de Ynys Wydryn, e outras crianças ainda vieram das cabanas dentro da fortaleza para somar seus ruídos aos nossos. Os guardas batiam com as lanças nos escudos, e os sacerdotes empilhavam mais lenha numa dúzia de piras flamejantes enquanto o resto de nós gritava nossos desafios ruidosos contra as fúrias malignas que cortavam a noite para amaldiçoar o trabalho de parto de Norwenna.

Morgana, Sebile, Nimue e uma menina foram para o salão da frente. Norwenna gritou, mas não soubemos se gritava em protesto contra a vinda das mulheres de Merlin ou porque a criança teimosa estava partindo seu corpo ao meio. Mais gritos soaram enquanto Morgana expulsava os auxiliares cristãos. Jogou as duas cruzes na neve e lançou no fogo um punhado de artemísia, a erva da mulher. Mais tarde, Nimue me contou que elas puseram bolotas de ferro na cama úmida para espantar os espíritos malignos que já estavam alojados ali e colocaram sete pedras de águia em volta da cabeça da mulher que se retorcia, para trazer os bons espíritos da morada dos Deuses.

Sebile, a escrava de Morgana, pôs um galho de bétula sobre a porta do salão e balançou outro sobre o corpo da princesa que se contorcia. Nimue se agachou perto da porta e urinou na soleira para manter as fadas malignas longe do salão, depois pegou um pouco da urina com a mão em concha e levou até a cama de Norwenna, onde borrifou-a sobre a palha como mais uma precaução para que a alma da criança não fosse roubada na hora do nascimento. Morgana, com a máscara dourada brilhando à luz das chamas, afastou as mãos de Norwenna com tapas para poder forçar um amuleto feito de âmbar raro entre os seios da princesa. A menina, uma das enjeitadas sob a proteção de Merlin, esperava cheia de terror ao pé da cama.

A fumaça das fogueiras recém-ateadas turvava as estrelas. Criaturas que acordaram na floresta ao pé de Caer Cadarn uivavam para o barulho que tinha irrompido acima enquanto o Grande Rei Uther erguia os olhos para a lua que ia morrendo e rezava para que não tivesse chamado Morgana tarde demais. Morgana era filha natural de Uther, a primeira dos quatro bastardos que o Grande Rei havia gerado em Igraine de Gwynedd. Sem dúvida, Uther preferiria que Merlin estivesse ali, mas ele tinha sumido havia meses, ido para lugar nenhum – ido, algumas vezes nos parecia, para sempre –, e Morgana, que aprendera com Merlin, devia tomar o lugar dele nesta noite fria em que batíamos panelas e gritávamos até ficar roucos para afastar os inimigos malignos de Caer Cadarn. Até mesmo Uther se juntou a nós fazendo barulho, ainda que o som de seu cajado batendo na borda da muralha fosse muito fraco. O bispo Bedwin estava de joelhos, rezando, enquanto sua mulher, expulsa da sala do parto, chorava, uivava e pedia ao Deus cristão para perdoar as feiticeiras pagãs.

Mas a feitiçaria deu certo, porque nasceu uma criança viva.

O grito dado por Norwenna na hora do nascimento foi pior do que qualquer um que o precedera. Foi o urro de um animal atormentado, um lamento para fazer toda a noite soluçar. Nimue me disse mais tarde que Morgana tinha causado essa dor enfiando a mão no canal do nascimento e arrancando o bebê para este mundo com o uso de força bruta. A criança veio sangrenta de dentro da mãe atormentada, e Morgana gritou para a menina pegar a criança enquanto Nimue amarrava e cortava o cordão. Era importante que o bebê fosse segurado primeiro por uma virgem, e por isso a menina tinha sido levada ao salão, mas ela ficou apavorada e não queria chegar perto da palha sangrenta onde Norwenna agora ofegava, e onde o recém-nascido, manchado de sangue, parecia natimorto.

– Pegue-o! – gritou Morgana, mas a menina fugiu em lágrimas. Assim, Nimue pegou o bebê da cama e limpou sua boca, para que ele pudesse respirar ofegante pela primeira vez.

Todos os presságios eram muito ruins. A lua com halo estava minguando e a virgem fugira do bebê que agora começava a chorar alto. Uther ouviu o barulho e o vi fechar os olhos enquanto rezava aos Deuses para ter recebido um menino.

– Posso? – perguntou hesitante o bispo Bedwin.

– Vá – disse Uther com rispidez, e o bispo desceu rapidamente a escada de madeira, arrebanhou a túnica e correu pela neve pisoteada até a porta do salão. Ficou ali alguns segundos, depois correu de volta para a muralha, acenando.

– Boas-novas, Grande Senhor, boas-novas! – gritava Bedwin enquanto subia desajeitadamente pela escada de mão. – Notícia excelente!

– Um menino. – Uther antecipou a notícia soltando as palavras com a respiração.

– Um menino! – confirmou Bedwin. – Um belo menino!

Eu estava agachado perto do Grande Rei e vi lágrimas surgirem em seus olhos virados para o céu.

– Um herdeiro – disse Uther num tom de espanto, como se na verdade não tivesse ousado esperar que os Deuses o favorecessem. Enxugou as lágrimas com a mão coberta pela luva de pele. – O reino está salvo, Bedwin.

– Deus seja louvado, Grande Senhor, ele está salvo – concordou Bedwin.

– Um menino – disse Uther, e então, de repente, seu corpo enorme foi sacudido por uma tosse terrível que o deixou ofegante. – Um menino – disse de novo quando a respiração se estabilizou.

Morgana veio depois de um tempo. Subiu a escada e prostrou o corpo atarracado na frente do Grande Rei. Sua máscara de ouro brilhava, escondendo o horror que havia por baixo. Uther tocou o ombro dela com o cajado.

– Levante-se, Morgana. – Em seguida enfiou a mão debaixo do manto e pegou um broche de ouro para recompensá-la.

Mas Morgana não quis aceitar.

– O menino é aleijado – disse ela numa voz agourenta. – Tem um pé torto.

Vi Bedwin fazer o sinal da cruz, porque um príncipe aleijado era o pior presságio que essa noite poderia trazer.

– É muito ruim? – perguntou Uther.

– Só o pé – disse Morgana em sua voz áspera. – A perna é bem formada, Grande Senhor, mas o príncipe jamais correrá.

Bem do fundo de seu manto de pele cheio de dobras Uther deu um risinho.

– Os reis não correm, Morgana. Eles andam, governam, cavalgam e recompensam seus súditos bons e honestos. Aceite o ouro. – Ele estendeu de novo o broche para ela. Era uma peça de ouro grosso, maravilhosamente moldada na forma do talismã de Uther, um dragão.

Mas Morgana continuou não querendo aceitar.

– E o menino é o último filho que Norwenna poderá ter, Grande Senhor. Nós queimamos as secundinas e elas não soaram nem uma vez. – As secundinas eram sempre postas no fogo, de modo que o som estalado que elas fizessem diria quantos outros filhos a mulher teria. – Eu ouvi com atenção, e elas permaneceram silenciosas.

– Os Deuses as queriam silenciosas – disse Uther, irritado. – Meu filho está morto – prosseguiu em voz monótona –, então quem mais poderia dar a Norwenna um filho homem em condições de ser rei?

Morgana fez uma pausa.

– O senhor? – disse ela enfim.

Uther riu diante do pensamento, depois o riso virou uma gargalhada e finalmente outro ataque de tosse que o fez se curvar para a frente numa dor que rasgava os pulmões. A tosse finalmente passou e ele inspirou trêmulo enquanto balançava a cabeça.

– O único dever de Norwenna era parir um filho homem, Morgana, e isso ela fez. Nosso dever é protegê-lo.

– Com toda a força da Dumnonia – acrescentou Bedwin, ansioso.

– Os recém-nascidos morrem com facilidade – alertou Morgana aos dois homens, em sua voz opaca.

– Este não – disse Uther com ferocidade. – Este não. Ele irá até você, Morgana, em Ynys Wydryn, e você usará suas habilidades para garantir que ele viva. Ande, pegue o broche.

Finalmente Morgana aceitou o broche do dragão. O bebê aleijado ainda chorava, e a mãe gemia, mas sobre as muralhas de Caer Cadarn os que batiam panelas e cuidavam das fogueiras comemoravam a notícia de que nosso reino tinha um herdeiro de novo. Dumnonia tinha um edling, e o nascimento de um edling significava grandes festas e presentes generosos. A palha da cama, ensanguentada pelo parto, foi trazida e jogada numa fogueira para que as chamas estalassem ruidosas. Uma criança havia nascido; tudo que essa criança precisava agora era de um nome, e desse nome não poderia haver dúvida. Nenhuma. Uther se levantou da cadeira e ficou de pé, enorme e sério sobre a muralha de Caer Cadarn para pronunciar o nome de seu neto recém-nascido, o nome de seu herdeiro e o nome do edling de seu reino. O bebê nascido no inverno teria o nome do pai.

Iria se chamar Mordred.

Norwenna e o bebê vieram ficar conosco em Ynys Wydryn. Foram trazidos num carro de bois que atravessou a ponte de terra a leste que levava ao pé do Tor, e fiquei olhando do cume ventoso enquanto a mãe doente e a criança aleijada eram erguidas de sua cama feita de mantos de pele e carregadas numa liteira de tecido, subindo o caminho até a paliçada. Aquele dia estava frio; um frio cortante e com neve luminosa, que comia os pulmões, rachava a pele e fazia Norwenna gemer enquanto era carregada com o bebê envolto em panos através do portão da terra que levava ao Tor de Ynys Wydryn.

E assim Mordred, edling da Dumnonia, entrou no reino de Merlin.

Ynys Wydryn, apesar do nome – que significa Ilha de Vidro –, não era uma ilha de verdade, e sim um promontório de terreno alto que se projetava numa vastidão de mar e atoleiros, riachos e pântanos cercados de salgueiros onde juncos e carriços cresciam densamente. Era um lugar rico devido às aves selvagens, aos peixes, à argila e ao calcário que podia ser retirado facilmente dos morros à beira do refugo das marés, entrecruzados por caminhos cercados de bosques onde visitantes incautos algumas vezes se afogavam quando o vento vinha forte do oeste e soprava uma onda alta rapidamente por cima das terras encharcadas, longas e verdes. A oeste, onde a terra subia, havia pomares de maçãs e campos de trigo, e ao norte, onde morros pálidos cercavam os pântanos, havia rebanhos de bois e ovelhas. Era tudo terra boa, e em seu coração ficava Ynys Wydryn.

Tudo isso era terra do lorde Merlin. Chamava-se Avalon e tinha sido governada por seu pai e pelo pai de seu pai, e cada servo e escravo à vista do cume do Tor trabalhava para Merlin. Era esta terra, com seus produtos fartos nos riachos de marés ou crescendo no solo rico dos vales dos rios internos, que dava a Merlin a riqueza e a liberdade para ser um druida. Um dia a Britânia fora a terra dos druidas, mas os romanos foram os primeiros a trucidá-los, depois domaram a religião de modo que até mesmo agora, após duas gerações sem o governo romano, restava apenas um punhado dos antigos sacerdotes. Os cristãos tinham tomado o seu lugar, e agora o cristianismo saltava ao redor da fé antiga como uma maré impulsionada pelo vento, espirrando pelos campos de juncos assombrados pelos demônios em Avalon.

A ilha de Avalon, Ynys Wydryn, era um agrupamento de morros cobertos de grama, todos nus a não ser pelo Tor, que era o mais íngreme e mais alto. Em seu cume ficava um penhasco onde foi construído o salão de Merlin, e abaixo do salão espalhavam-se construções menores protegidas por uma paliçada de madeira empoleirada precariamente no topo das encostas gramadas, cortadas num padrão de terraços que sobraram dos velhos tempos antes da chegada dos romanos. Um caminho estreito seguia os terraços antigos, serpenteando até o pico, e os que visitavam o Tor em busca de cura ou profecia eram forçados a seguir esse caminho que servia para espantar os maus espíritos que, caso contrário, poderiam vir azedar a fortaleza de Merlin. Dois outros caminhos desciam retos as encostas do Tor, um a leste, onde a ponte de terra levava a Ynys Wydryn, o outro a oeste, desde o portão do mar e descendo até o povoado ao pé do Tor, onde viviam pescadores, caçadores, cesteiros e pastores. Esses caminhos eram as entradas cotidianas para o Tor, e Morgana os mantinha livres de espíritos malignos através de orações e feitiços constantes.

Morgana dava atenção especial ao caminho do oeste, porque levava não apenas ao povoado, mas também ao templo cristão de Ynys Wydryn. O bisavô de Merlin tinha deixado os cristãos chegarem à ilha nos tempos romanos, e desde então nada pudera desalojá-los. Nós, filhos do Tor, éramos encorajados a jogar pedras nos monges e bosta de animal por cima da paliçada deles, ou rir dos peregrinos que passavam abaixados pelo portão de vime para cultuar um espinheiro que crescia perto da impressionante igreja de pedra que tinha sido construída pelos romanos e ainda dominava a área dos cristãos. Certo ano Merlin entronizou um espinheiro semelhante no Tor, e todos nós o cultuamos cantando, dançando e fazendo reverências. Os cristãos do povoado disseram que seríamos derrubados pelo seu Deus, mas nada aconteceu. No fim, queimamos nosso espinheiro e misturamos suas cinzas com a comida dos porcos, mas mesmo assim o Deus cristão nos ignorou. Os cristãos diziam que seu espinheiro era mágico e que tinha sido trazido a Ynys Wydryn por um estrangeiro que vira o Deus cristão pregado numa árvore. Que Deus me perdoe, mas naqueles dias distantes eu zombava dessas histórias. Na época não conseguia entender o que o espinheiro tinha a ver com a morte de um Deus, mas agora entendo, e posso lhe dizer que o Espinheiro Sagrado, se ainda cresce em Ynys Wydryn, não é a árvore que brotou do cajado de José de Arimateia. Sei disso porque numa noite escura de inverno, quando Merlin me mandou pegar um frasco de água limpa da fonte sagrada ao sul do Tor, vi os monges cristãos desencavando um pequeno espinheiro para substituir a árvore que tinha acabado de morrer dentro de sua paliçada. O Espinheiro Sagrado estava sempre morrendo, mas não posso dizer se era por causa da bosta de vaca que jogávamos ou simplesmente porque a pobre árvore ficava sufocada pelas tiras de roupas amarradas pelos peregrinos. De qualquer modo, os monges do Espinheiro Sagrado enriqueceram, engordados pelos presentes generosos dos peregrinos.

Os monges de Ynys Wydryn ficaram deliciados ao saber que Norwenna viera para a nossa paliçada, porque agora tinham um motivo para subir o caminho íngreme e trazer suas orações ao coração da fortaleza de Merlin. A princesa Norwenna ainda era uma cristã feroz e de língua afiada, apesar do fracasso da Virgem Maria em fazer seu filho nascer, e exigiu que os monges fossem admitidos todas as manhãs. Não sei se Merlin teria permitido que entrassem, e Nimue certamente condenava Morgana por ter dado a permissão, mas naqueles dias Merlin não estava em Ynys Wydryn. Não víamos nosso senhor havia mais de um ano, porém a vida prosseguia sem ele em sua estranha ausência.

E era realmente estranha. Merlin era o mais incomum dos habitantes de Ynys Wydryn, mas em volta dele, para o seu prazer, tinha reunido uma tribo de criaturas mutiladas, desfiguradas, aleijadas e meio loucas. O capitão da residência e comandante da guarda era Druidan, um anão. Não era mais alto do que uma criança de 5 anos, mas tinha a fúria de um guerreiro crescido, e se vestia todos os dias com grevas, peitoral, capacete, manto e armas. Xingava o destino que interrompera seu crescimento e se vingava contra as únicas criaturas ainda menores: os órfãos que Merlin reunia tão descuidadamente. Poucas das meninas de Merlin não eram fanaticamente possuídas por Druidan, mas quando tentou arrastar Nimue para a sua cama ele recebera uma surra furiosa. Merlin tinha-lhe batido na cabeça, partindo as orelhas de Druidan, cortando seus lábios e deixando seus olhos pretos enquanto as crianças e os guardas da paliçada aplaudiam. Os guardas que Druidan comandava eram todos aleijados, cegos ou loucos, e alguns eram as três coisas, mas nenhum era suficientemente louco para gostar dele.

Nimue, minha amiga e companheira de infância, era irlandesa. Os irlandeses eram britânicos, mas nunca tinham sido governados pelos romanos, e por isso se consideravam melhores do que os britânicos do Sul, a quem atacavam, provocavam, escravizavam e colonizavam. Se os saxões não fossem inimigos tão terríveis na época, nós teríamos considerado os irlandeses as piores criaturas de Deus, ainda que de vez em quando fizéssemos alianças com eles contra alguma outra tribo de britânicos. Nimue tinha sido arrancada de sua família num ataque feito por Uther contra os povoados irlandeses em Demetia, que ficavam diante do grande mar alimentado pelo rio Severn. Dezesseis cativos foram tomados naquele ataque, e todos enviados para ser escravos na Dumnonia, mas, enquanto os navios estavam atravessando o mar de Severn, uma grande tempestade soprou do oeste e o navio que levava os cativos afundou em Ynys Wair. Somente Nimue sobreviveu, saindo da água, pelo que disseram, sem ao menos se molhar. Era um sinal, disse Merlin, de que ela era amada por Manawydan, o Deus do mar, ainda que a própria Nimue insistisse que tinha sido Don, a Deusa mais poderosa, quem salvara sua vida. Merlin queria chamá-la de Vivien, um nome dedicado a Manawydan, mas Nimue ignorou o nome e manteve o seu. Nimue quase sempre tinha o que queria. Cresceu no pequeno lar de Merlin com uma curiosidade aguçada e uma grande confiança. E quando, talvez depois de se passarem 13 ou 14 de seus verões, Merlin ordenou que a jovem fosse para a cama dele, ela foi como se soubesse o tempo todo que seu destino era se tornar sua amante e, assim, pela ordem, a segunda pessoa mais importante em toda Ynys Wydryn.

Ainda que Morgana não cedesse esse posto sem luta. Dentre todas as criaturas estranhas da casa de Merlin, Morgana era a mais grotesca. Era viúva e tinha 30 verões quando Norwenna e Mordred vieram ficar sob sua guarda, e a tarefa era apropriada porque a própria Morgana era de alta origem. Era a primeira dos quatro bastardos, quatro mulheres e um homem, gerados pelo Grande Rei Uther em Igraine de Gwynedd. Seu irmão era Artur, e com tal linhagem e tal irmão poderia se pensar que homens ambiciosos teriam batido às próprias portas do Outro Mundo para reivindicar a mão da viúva, mas, quando era uma jovem noiva, Morgana tinha ficado presa numa casa em chamas que matou seu marido recente e a deixou com cicatrizes horrendas. As chamas tinham destruído sua orelha esquerda, cegado o olho direito, tirado o cabelo do lado esquerdo do crânio, mutilado a perna esquerda e torcido o braço esquerdo de modo que nua, pelo que me disse Nimue, todo o lado esquerdo de Morgana era enrugado, vermelho como em carne viva e distorcido, encolhido em alguns lugares, esticado em outros, medonho em toda parte. Como uma maçã podre, disse-me Nimue, só que pior. Morgana era uma criatura de pesadelo, mas para Merlin ela era uma dama adequada ao seu alto salão e ele a havia treinado para ser sua profetisa. Ele ordenara que um dos ourives do Grande Rei lhe fizesse uma máscara que se ajustava sobre a cabeça devastada como se fosse um capacete. A máscara de ouro tinha um buraco para o olho único e uma fenda para a boca retorcida, e era feita de ouro fino gravado com espirais e dragões, e na frente tinha uma imagem de Cernunnos, o Deus chifrudo, que era protetor de Merlin. De rosto dourado, Morgana sempre se vestia de preto, tinha uma luva na mão esquerda ressequida e grande fama pelo toque curador e os dons da profecia. Também era a mulher mais mal-humorada que já conheci.

Sebile era escrava e companheira de Morgana. Sebile era algo raro, uma grande beldade com cabelos cor de ouro pálido. Era uma saxã capturada num ataque, e depois que o bando de guerreiros a estuprou durante uma estação inteira ela chegara a Ynys Wydryn, falando coisas sem sentido, e Morgana havia curado sua mente. Mesmo assim ela continuava meio louca, ainda que não fosse uma loucura maligna, apenas tolice além dos sonhos de tolices. Era capaz de se deitar com qualquer homem, não porque quisesse, mas porque temia não se deitar, e nada que Morgana fizesse era capaz de impedi-la. Dava à luz ano após ano, ainda que poucas das crianças de cabelos claros sobrevivessem, e as que sobreviviam Merlin vendia como escravos para homens que davam valor a crianças de cabelos claros. Ele se divertia com Sebile, ainda que nada em sua loucura falasse dos deuses.

Eu gostava de Sebile porque também era saxão, e Sebile falava comigo na língua de minha mãe, de modo que cresci em Ynys Wydryn falando saxão e a língua dos britânicos. Eu deveria ter sido escravo, mas quando era pequeno, ainda menor do que o anão Druidan, uma incursão tinha chegado à Costa Norte da Dumnonia, vindo da Silúria, e ocupado a aldeia onde minha mãe era escrava. O rei Gundleus, de Silúria, liderava o ataque. Minha mãe, que, pelo que imagino, se parecia um pouco com Sebile, foi estuprada enquanto eu era levado ao poço da morte onde Tanaburs, o druida de Silúria, sacrificou uma dúzia de cativos como agradecimento ao Grande Deus Bel pelo enorme butim proporcionado pelo ataque. Santo Deus, como me lembro daquela noite. Os incêndios, os gritos, os estupradores bêbados, a dança louca, e depois o momento em que Tanaburs me jogou no poço escuro e cheio de estacas afiadas. Sobrevivi, intocado, e saí do poço da morte tão calmamente como Nimue tinha saído do mar assassino, e Merlin, encontrando-me, me chamou de filho de Bel. Deu-me o nome de Derfel, deu-me um lar, e me deixou crescer livre.

O Tor era cheio de crianças que tinham sido arrancadas dos Deuses. Merlin acreditava que éramos especiais e que poderíamos crescer tornando-nos uma nova ordem de druidas e sacerdotisas que poderiam ajudá-lo a restabelecer a religião antiga na Britânia assolada por Roma, mas nunca teve tempo de nos ensinar, e assim a maioria de nós cresceu para se tornar agricultores, pescadores ou esposas. Durante meu tempo no Tor apenas Nimue parecia marcada pelos Deuses e estava se tornando uma sacerdotisa. Eu não queria nada mais do que ser guerreiro.

Pellinore me deu essa ambição. Pellinore era o favorito, dentre todas as criaturas de Merlin. Era um rei, mas os saxões tinham tomado sua terra e seus olhos, e os Deuses tinham tomado sua mente. Ele deveria ter sido mandado para a Ilha dos Mortos, aonde iam os loucos perigosos, mas Merlin ordenou que fosse mantido no Tor, trancado numa pequena construção parecida com aquela onde Druidan guardava os seus porcos. Vivia nu, com o cabelo branco comprido, chegando aos joelhos, e com órbitas vazias que choravam. Falava constantemente, altercando com o universo a respeito de seus tormentos, e Merlin ouvia a loucura e retirava dela mensagens dos Deuses. Todo mundo temia Pellinore. Ele era totalmente maluco e incontrolavelmente furioso. Certa vez cozinhou um dos filhos de Sebile em sua fogueira. Mas, estranhamente, não sei por que, Pellinore gostava de mim. Eu passava entre as barras de seu cercado e ele me fazia carinho e contava histórias de lutas e caçadas selvagens. Nunca me parecia louco e nunca me machucava, nem machucava Nimue, mas, como Merlin sempre dizia, nós dois éramos crianças especialmente amadas por Bel.

Bel poderia nos amar, mas Guendoloen nos odiava. Ela era a mulher de Merlin, agora velha e desdentada. Como Morgana, tinha grandes habilidades com ervas e feitiços, mas Merlin a afastou quando seu rosto ficou desfigurado por uma doença. Isso tinha acontecido muito antes de eu chegar ao Tor, durante um período que todo mundo chamava de Tempo Ruim, quando Merlin tinha voltado do Norte louco e chorando, mas mesmo quando recuperou a sanidade ele não tomou Guendoloen de volta, ainda que lhe permitisse viver numa pequena cabana ao lado da paliçada, onde passava os dias fazendo feitiços contra o marido e gritando insultos contra o resto de nós. Odiava Druidan acima de todos. Algumas vezes o atacava com um cuspe de fogo e Druidan disparava em meio às cabanas, com Guendoloen correndo atrás. Nós, crianças, a estimulávamos, pedindo aos gritos o sangue do anão, mas ele sempre conseguia se safar.

Assim era o estranho lugar aonde Norwenna chegou com o edling Mordred, e ainda que eu possa ter feito com que parecesse um local de horrores, na verdade era um bom refúgio. Éramos os privilegiados filhos do lorde Merlin, vivíamos livres, trabalhávamos pouco, ríamos, e Ynys Wydryn, a Ilha de Vidro, era um lugar feliz.

Norwenna chegou no inverno quando os pântanos de Avalon estavam com uma capa de gelo brilhante. Havia um carpinteiro em Ynys Wydryn chamado Gwlyddyn, cuja mulher tinha um filhinho da mesma idade de Mordred, e Gwlyddyn nos fazia trenós e agitávamos o ar com gritos enquanto escorregávamos pelas encostas nevadas do Tor. Ralla, a mulher de Gwlyddyn, foi posta como ama de leite de Mordred, e o príncipe, apesar do pé aleijado, cresceu forte com o leite dela. Até a saúde de Norwenna melhorou enquanto o frio cortante diminuía e as primeiras gotas que pingavam da neve do inverno floresceram nos espinheiros perto da fonte sagrada ao pé do Tor. A princesa nunca foi forte, mas Morgana e Guendoloen lhe davam ervas, os monges rezavam, e parecia que sua doença do parto estava finalmente passando. A cada semana um mensageiro levava notícias da saúde do edling ao seu avô, o Grande Rei, e cada boa notícia era recompensada com uma peça de ouro, ou talvez um chifre de sal ou um frasco de vinho raro que Druidan roubava.

Esperávamos a volta de Merlin, mas ele não vinha, e o Tor parecia vazio sem o druida, ainda que a vida cotidiana praticamente não mudasse. Os depósitos tinham de ser mantidos cheios, os ratos tinham de ser mortos e a lenha e a água da fonte tinham de ser carregadas morro acima três vezes por dia. Gudovan, o escriba de Merlin, mantinha uma conta dos pagamentos dos meeiros enquanto Hywel, o administrador, cavalgava pelas propriedades para se certificar de que nenhuma família enganasse o senhor ausente. Gudovan e Hywel eram homens sóbrios, cabeças-duras, que trabalhavam muito; prova, segundo Nimue me dizia, de que as excentricidades de Merlin terminavam quando se tratava de seus ganhos. Foi Gudovan quem me ensinou a ler e escrever. Eu não queria aprender essas habilidades tão pouco guerreiras, mas Nimue tinha insistido.

– Você não tem pai – disse-me ela – e terá de viver de suas próprias capacidades.

– Eu quero ser soldado.

– Será – prometeu ela –, mas não será se não aprender a ler e escrever. – E tamanha era a sua autoridade juvenil sobre mim que acreditei e aprendi as habilidades da escrita muito antes de saber que nenhum soldado precisava delas.

Assim Gudovan me ensinou as letras e Hywel, o administrador, me ensinou a lutar. Ele me treinou com o bastão pequeno – o cajado de camponês, capaz de abrir um crânio, mas que também podia imitar os movimentos de uma espada ou o golpe de uma lança. Antes de perder a perna para um machado saxão, Hywel tinha sido um guerreiro famoso no bando de Uther e me fez exercitar até meus braços ficarem fortes o bastante para manusear uma espada pesada com a mesma velocidade de um bastão. A maioria dos guerreiros, segundo Hywel, dependia da força bruta e da bebida, em vez da habilidade. Dizia que eu iria enfrentar homens fedendo a hidromel e cerveja, cujo único talento era dar golpes gigantescos que poderiam matar um boi, mas um homem sóbrio que soubesse os nove golpes da espada sempre venceria esses brutamontes.

– Eu estava bêbado – admitiu ele – quando Octha, o saxão, tirou minha perna. Agora mais rápido, garoto, mais rápido! Sua espada deve deixá-los tontos! Mais rápido!

Ele me ensinou bem, e os primeiros a saber disso foram os filhos dos monges no povoado abaixo de Ynys Wydryn. Eles se ressentiam de nós, as crianças privilegiadas do Tor, porque ficávamos à toa enquanto eles trabalhavam, e corríamos livres enquanto eles labutavam, e como vingança corriam atrás de nós e tentavam nos espancar. Um dia levei meu bastão para o povoado e tirei sangue de três cristãos. Sempre fui alto para a minha idade, e os Deuses me fizeram forte como um touro. Dediquei minha vitória em honra deles, ainda que Hywel tenha me chicoteado por isso. O privilegiado, disse ele, jamais deveria se aproveitar dos inferiores, mas acho que mesmo assim ele ficou satisfeito, porque me levou para caçar no dia seguinte, e matei meu primeiro javali com uma lança de homem. Isso foi num bosque cheio de névoa perto do rio Cam, e eu tinha apenas 12 verões. Hywel lambuzou minha cara com o sangue do javali, me deu as presas do bicho para usar no pescoço, depois levou o cadáver para o seu templo de Mitra, onde deu uma festa para todos os velhos guerreiros que cultuavam aquele Deus dos soldados. Não tive permissão de ir à festa, mas um dia, prometeu Hywel, quando eu tivesse barba e matasse meu primeiro saxão em batalha, ele me iniciaria nos mistérios de Mitra.

Três anos depois ainda sonhava em matar saxões. Algumas pessoas poderiam achar estranho que eu, um saxão, fosse tão fervorosamente britânico em minha lealdade, mas desde muito pequeno fora criado entre os britânicos, e meus amigos, amores, a fala diária, as histórias, as inimizades e os sonhos eram britânicos. E minha coloração não era tão incomum. Os romanos tinham deixado a Britânia povoada por todo tipo de estrangeiros, na verdade o maluco Pellinore me contou uma vez sobre dois irmãos que eram pretos como carvão, e até eu conhecer Sagramor, o comandante númida de Artur, achava que suas palavras eram mera loucura tecendo romance.

O Tor ficou apinhado assim que Mordred e sua mãe chegaram, porque Norwenna trouxe não apenas suas damas, mas também uma tropa de guerreiros cuja tarefa era proteger a vida do edling. Dormíamos quatro ou cinco em cada cabana, mas ninguém além de Nimue e Morgana podia entrar nos aposentos interiores do salão. Eles pertenciam a Merlin, e apenas Nimue tinha permissão de dormir lá. Norwenna e sua corte viviam no salão propriamente dito, que estava sempre cheio de fumaça das duas fogueiras acesas dia e noite. O salão era sustentado por vinte pilares de carvalho e tinha paredes de pau a pique rebocadas e teto de palha. O chão era de terra coberto por juncos que algumas vezes pegavam fogo e causavam pânico até que as chamas fossem apagadas. Os aposentos de Merlin eram separados do salão por uma parede interna, de pau a pique, cortada por uma porta de madeira. Sabíamos que Merlin dormia, estudava e sonhava naqueles cômodos que culminavam numa torre de madeira construída no ponto mais alto do Tor. O que acontecia dentro da torre era mistério para todo mundo, menos Merlin, Morgana e Nimue, e nenhum desses três jamais contaria, ainda que as pessoas do campo, que podiam ver a torre de Merlin a quilômetros de distância, jurassem que ela estava atulhada de tesouros tirados dos morros onde ficavam as sepulturas do Povo Antigo.

O chefe da guarda de Mordred era um cristão chamado Ligessac, um homem alto, magro e ambicioso cuja maior habilidade era com o arco. Ele era capaz de partir um graveto a 50 passos de distância quando estava sóbrio, ainda que raramente estivesse. Ensinou-me um pouco de sua habilidade, mas ficava rapidamente entediado com a companhia de um garoto e preferia jogar com seus homens. Mas me contou a história verdadeira da morte do príncipe Mordred, e portanto o motivo para o Grande Rei Uther ter amaldiçoado Artur.

– Não foi culpa de Artur – disse Ligessac enquanto jogava uma pedra em seu tabuleiro. Todos os soldados tinham tabuleiros, alguns muito bonitos, feitos de osso.

– Um seis! – disse ele enquanto eu esperava para ouvir a história de Artur.

– Eu dobro – disse Menw, um dos guardas do príncipe, depois rolou sua própria pedra. Ela fez barulho sobre as ranhuras do tabuleiro e se acomodou num um. Ele só precisava de um dois para ganhar, por isso tirou suas pedras do tabuleiro e xingou.

Ligessac mandou Menw pegar sua bolsa para pagar, depois me contou como Uther tinha convocado Artur, da Armórica, para ajudar a derrotar um grande exército de saxões que havia penetrado muito em nossa terra. Artur tinha trazido seus guerreiros, disse Ligessac, mas nenhum de seus famosos cavalos porque a convocação fora urgente e não houvera tempo para arranjar navios suficientes para homens e cavalos.

– Não que ele precisasse de cavalos – disse Ligessac, em tom de admiração – porque isolou aqueles bastardos saxões no vale do Cavalo Branco. Então Mordred decidiu que sabia mais do que Artur. Ele queria todo o crédito, veja você. – Ligessac passou o pulso no nariz que escorria, depois olhou em volta para se certificar de que ninguém estivesse escutando. – Mordred estava bêbado – prosseguiu em voz mais baixa – e metade de seus homens estava frenética e gritando que seria capaz de matar um número de guerreiros dez vezes maior do que o seu. Deveríamos ter esperado Artur, mas o príncipe ordenou que atacássemos.

– Você estava lá? – perguntei num jovem espanto.

Ele assentiu.

– Com Mordred. Santo Deus, mas como eles lutaram. Eles nos rodearam e de repente éramos cinquenta britânicos morrendo ou ficando sóbrios muito rapidamente. Eu estava atirando flechas o mais rápido possível, nossos lanceiros fizeram uma parede de escudos, mas os guerreiros deles nos atacavam com espada e machado. Os tambores deles rufavam, os feiticeiros uivavam e achei que já era um homem morto. Tinha ficado sem flechas e usava a lança, e não restavam mais de vinte de nós vivos e estávamos todos no fim das forças. A bandeira do dragão tinha sido capturada, Mordred sangrava até a morte e o resto de nós só se agrupava esperando o fim, então chegaram os homens de Artur. – Ele fez uma pausa, depois balançou a cabeça, triste. – Os bardos dizem que naquele dia Mordred cobriu o chão com sangue dos saxões, garoto, mas não foi Mordred, foi Artur. Ele matou e matou. Pegou a bandeira de volta, trucidou os feiticeiros, queimou os tambores de guerra, caçou os sobreviventes até o anoitecer e matou o comandante deles na Pedra de Edwy à luz da lua. E é por isso que os saxões estão sendo vizinhos cautelosos, garoto, não porque Mordred os derrotou, mas porque eles acham que Artur voltou à Britânia.

– Mas não voltou – falei, desanimado.

– O Grande Rei não vai deixar. O Grande Rei o culpa. – Ligessac fez uma pausa e olhou em volta de novo, para ver se não estavam escutando. – O Grande Rei acha que Artur queria a morte de Mordred para que ele próprio possa ser rei, mas isso não é verdade. Artur não é assim.

– Como ele é?

Ligessac deu de ombros como se quisesse sugerir que a resposta era difícil, mas então, antes que pudesse responder qualquer coisa, viu que Menw retornava.

– Nenhuma palavra, garoto – ele me alertou. – Nenhuma palavra.

Todos ouvíamos histórias semelhantes, ainda que Ligessac fosse o primeiro homem que conheci e que disse ter estado na Batalha do Cavalo Branco. Mais tarde decidi que ele não estivera lá, mas que simplesmente tecia uma história para obter a admiração de um garoto crédulo, no entanto seu relato era bastante preciso. Mordred era um idiota bêbado, Artur tinha sido vitorioso, mas mesmo assim Uther o mandou para o outro lado do mar. Os dois eram filhos de Uther, mas Mordred era o herdeiro amado, e Artur, o bastardo pretensioso. Mas o banimento de Artur não pôde impedir que cada dumnoniano acreditasse que o bastardo era a melhor esperança do país; o jovem guerreiro vindo do outro lado dos mares que iria nos salvar dos saxões e tomar de volta as Terras Perdidas de Lloegyr.

A segunda metade do inverno foi amena. Lobos foram vistos abaixo do muro de terra que guardava a ponte de terra de Ynys Wydryn, mas nenhum deles chegou perto do Tor, ainda que algumas das crianças menores fizessem feitiços de lobo que escondiam debaixo da cabana de Druidan na esperança de que uma fera enorme e babenta saltasse sobre a paliçada e levasse o anão para o jantar. Os feitiços não funcionaram e, à medida que o inverno recuava, todos começamos a nos preparar para o grande festival de primavera de Beltain, com suas enormes fogueiras e festividades à meia-noite, mas então uma empolgação maior tomou conta do Tor.

Gundleus de Silúria chegou.

O bispo Bedwin chegou antes. Ele era o conselheiro de maior confiança de Uther, e sua chegada prometia agitação. As damas de companhia de Norwenna foram retiradas do salão e tapetes tecidos foram postos sobre o junco, sinal claro de que uma grande pessoa faria uma visita. Todos achávamos que fosse o próprio Uther, mas a bandeira que apareceu na ponte de terra uma semana antes de Beltain mostrava a raposa de Gundleus, e não o dragão de Uther. Era manhã clara quando vi os cavaleiros desmontarem ao pé do Tor. O vento agitava seus mantos e sacudia a bandeira franjada onde vi a odiada máscara de raposa que me fez gritar em protesto e fazer o sinal contra o mal.

– O que é? – perguntou Nimue. Ela estava ao meu lado na plataforma de guarda do leste.

– É a bandeira de Gundleus. – Vi a surpresa nos olhos de Nimue, porque Gundleus era rei de Silúria e aliado do rei Gorfyddyd de Powys, inimigo jurado da Dumnonia.

– Tem certeza? – perguntou Nimue.

– Ele levou minha mãe – falei –, e seu druida me jogou no poço da morte.

Cuspi por cima da paliçada em direção à dúzia de homens que tinham começado a subir a pé o Tor, íngreme demais para os cavalos. E ali, entre eles, estava Tanaburs, o druida de Gundleus e meu espírito maligno. Era um homem alto e velho com barba trançada e cabelo comprido e branco raspado na metade da frente do crânio, no tipo de tonsura adotado por druidas e sacerdotes cristãos. Ele jogou o manto para o lado no meio do morro e começou uma dança protetora para o caso de Merlin ter deixado espíritos guardando o portão. Nimue, vendo o velho saltitar inseguro numa das pernas sobre a encosta íngreme, cuspiu no vento e depois correu para os aposentos de Merlin. Corri atrás dela, mas ela me empurrou para o lado dizendo que eu não entendia o perigo.

– Perigo? – perguntei, mas ela sumira. Não parecia haver perigo, porque Bedwin tinha ordenado que o portão do lado de terra fosse escancarado e agora tentava organizar as boas-vindas em meio ao caos no cume do Tor. Naquele dia Morgana estava fora, interpretando no templo dos sonhos nos morros do leste, mas todas as outras pessoas do Tor vinham correndo para ver os visitantes. Druidan e Ligessac juntavam seus guardas, Pellinore, nu, latia para as nuvens, Guendoloen estava cuspindo xingamentos desdentados para o bispo Bedwin enquanto uma dúzia de crianças lutava para conseguir a melhor visão dos visitantes. A recepção deveria ser digna, mas Lunete, uma enjeitada irlandesa um ano mais nova do que Nimue, abriu um cercado dos porcos de Druidan de modo que Tanaburs, o primeiro a passar pelo portão da paliçada, foi recebido por um frenesi de guinchos.

Seria necessário mais do que leitões em pânico para apavorar um druida. Tanaburs, vestido com uma túnica cinza suja, bordada com lebres e luas crescentes, parou na entrada e levantou as duas mãos acima da cabeça tonsurada. Segurava um bastão com uma lua no topo, que girou três vezes no sentido do caminho do sol, depois uivou para a torre de Merlin. Um leitão passou pelas suas pernas, depois tentou firmar as patas na lama junto ao portão antes de disparar morro abaixo. Tanaburs uivou de novo, imóvel, testando os inimigos invisíveis que existissem no Tor.

Por alguns segundos houve silêncio, a não ser pelo estalar da bandeira e a respiração pesada dos guerreiros que tinham subido o morro atrás do druida. Gudovan, o escriba de Merlin, tinha vindo para perto de mim, as mãos enroladas em panos manchados de tinta como proteção para o frio.

– Quem é ele? – perguntou, depois estremeceu quando um grito agudo respondeu ao desafio de Tanaburs. O grito veio de dentro do salão, e eu soube que era Nimue.

Tanaburs pareceu furioso. Latiu como uma raposa, tocou os órgãos genitais, fez o sinal maligno e depois começou a saltar numa perna em direção ao salão. Parou depois de 5 passos, uivou seu desafio de novo, mas dessa vez nenhum grito de resposta veio do salão, por isso ele pôs o segundo pé no chão e chamou seu senhor, através do portão.

– Está seguro! – gritou Tanaburs. – Venha, senhor rei, venha!

– Rei? – perguntou-me Gudovan. Eu lhe disse quem eram os visitantes, depois perguntei por que Gundleus, um inimigo, tinha vindo ao Tor. Gudovan coçou um piolho debaixo da camisa, depois encolheu os ombros. – Política, garoto. Política.

– Conte como é.

Gudovan suspirou como se minha pergunta fosse prova de uma estupidez incurável, a resposta usual a qualquer pergunta, mas depois deu uma resposta:

– Norwenna é casável, Mordred é um bebê que precisa ser protegido, e quem protege um príncipe melhor do que um rei? E quem melhor do que um rei inimigo que pode se tornar amigo da Dumnonia? Na verdade é muito simples, garoto. Se pensasse um instante, teria a resposta sem ter de ocupar o meu tempo. – Ele me deu um tapa de leve na orelha, como retribuição. – Pense bem – Gudovan deu um risinho. – Ele terá de abrir mão de Ladwys por um tempo.

– Ladwys?

– A amante, seu garoto estúpido. Você acha que algum rei dorme sozinho? Mas algumas pessoas dizem que Gundleus é tão apaixonado por Ladwys que na verdade se casou com ela! Dizem que ele a levou para o monte Lleu e mandou seu druida uni-los, mas não acredito que seja tão idiota. Ela não é do sangue. Você não deveria estar fazendo a conta dos arrendamentos para Hywel?

Ignorei a pergunta e fiquei olhando enquanto Gundleus e seus guardas passavam cuidadosamente pelo lamaçal do portão. O rei de Silúria era um homem alto, bem-feito, talvez com 30 anos. Era um rapaz quando seus guerreiros haviam capturado minha mãe e me jogado no poço da morte, mas os cerca de 12 anos que se passaram desde aquela noite escura e sangrenta tinham-lhe sido gentis, porque ainda era bonito, com cabelos pretos compridos e uma barba bifurcada que não mostrava qualquer traço de grisalho. Usava um manto de pele de raposa, botas de couro que chegavam ao joelho, uma túnica de lã castanha e levava uma espada numa bainha vermelha. Seus guardas estavam vestidos de modo semelhante, e todos eram homens altos que se erguiam acima da lamentável coleção de lanceiros aleijados de Druidan. Os silurianos tinham espadas, mas nenhum carregava lança ou escudo, prova de que tinham vindo em paz.

Recuei para longe quando Tanaburs passou. Eu era um menino pequeno quando ele me lançou no poço, e não havia chance de que o velho me reconhecesse como alguém que tinha enganado a morte. Tampouco eu precisava temê-lo, depois de seu fracasso em me matar, mesmo assim me encolhi para longe do druida siluriano. Ele tinha olhos azuis, um nariz comprido e a boca frouxa e babenta. Pendurara ossos pequenos nas pontas de seu cabelo comprido e branco, e os ossos faziam barulho enquanto andava à frente do rei. O bispo Bedwin acertou o passo ao lado de Gundleus, proclamando boas-vindas e dizendo como o Tor era honrado por essa visita real. Dois guardas silurianos levavam uma caixa pesada que devia conter presentes para Norwenna.

A delegação desapareceu no salão. A bandeira da raposa foi cravada na terra do lado de fora da porta, onde os homens de Ligessac barravam a entrada de todas as outras pessoas, mas aqueles de nós que tinham crescido no Tor sabiam como se infiltrar no salão de Merlin. Corri, contornando o lado sul, subi na pilha de lenha e empurrei para o lado uma das cortinas de couro que protegiam as janelas. Então saltei no chão e me escondi atrás dos cestos de vime que guardavam as roupas de festa. Uma das escravas de Norwenna viu minha chegada, e provavelmente alguns dos homens de Gundleus também, mas ninguém se preocupou o bastante para me expulsar.

Norwenna estava sentada numa cadeira no centro do salão. A princesa viúva não era uma beldade: seu rosto era redondo como a lua, com pequenos olhos porcinos e uma boca fina, de lábios azedos, e a pele marcada por alguma doença infantil, mas nada disso importava. Os grandes homens não se casam com princesas pela aparência, e sim pelo poder que elas trazem nos dotes. Mas mesmo assim Norwenna tinha se preparado cuidadosamente para esta visita. Suas damas tinham-na vestido num fino manto de lã tingido de azul-claro, que ia até o chão em volta dela e haviam trançado seu cabelo escuro e enrolado em círculos em volta da cabeça, antes de enfiar flores de abrunho nas tranças. Usava no pescoço um pesado torque – um colar torcido – de ouro; três braceletes dourados no pulso; e uma cruz de madeira simples pendurada entre os seios. Estava claramente nervosa, porque sua mão livre ficava mexendo na cruz de madeira, enquanto no outro braço, envolto em metros de linho fino e enrolado num manto tingido de rara cor dourada com água impregnada pela goma das colmeias, estava o edling da Dumnonia, o príncipe Mordred.

O rei Gundleus mal olhou para Norwenna. Esparramou-se na cadeira diante dela e parecia estar totalmente entediado pelos procedimentos. Tanaburs andava de pilar em pilar, murmurando encantos e cuspindo. Quando passou perto do meu esconderijo, me agachei totalmente até que o cheiro dele sumisse. Chamas estalavam nas fogueiras entre pedras nas duas extremidades do salão, a fumaça se misturando e se revolvendo abaixo do teto escurecido pela fuligem.

Vinho, peixe defumado e bolos de aveia foram servidos aos visitantes. Em seguida, o bispo Bedwin fez um discurso explicando a

Norwenna que Gundleus, rei de Silúria, numa missão de amizade ao Grande Rei, estava passando por acaso perto de Ynys Wydryn e pensou que seria cortês fazer esta visita ao príncipe Mordred e sua mãe. O rei tinha trazido alguns presentes para o príncipe, disse Bedwin, e nesse ponto Gundleus acenou descuidadamente para que os portadores dos presentes se adiantassem. Os dois guardas carregaram o baú até os pés de Norwenna. A princesa não tinha falado, nem falou agora quando os presentes foram postos no tapete aos seus pés. Havia uma bela pele de lobo, duas outras peles, uma pele de castor e um couro de cervo, um pequeno torque de ouro, alguns broches, um chifre de beber envolto num padrão de prata trançada e um frasco romano de vidro verde-claro, com um bico maravilhosamente delicado e alça em forma de festão. O baú vazio foi carregado para longe e houve um silêncio incômodo em que ninguém sabia o que dizer. Gundleus fez um gesto descuidado em direção aos presentes, o bispo Bedwin sorriu de felicidade, Tanaburs lançou uma cusparada protetora para uma coluna enquanto Norwenna olhava em dúvida para os presentes do rei que, na verdade, não eram muito generosos. O couro de cervo poderia servir para um bom par de luvas, as peles eram boas, mas Norwenna provavelmente tinha muitas bem melhores em seus cestos de vime, e o torque em volta do seu pescoço pesava quatro vezes mais do que aquele aos seus pés. Os broches de Gundleus eram de ouro fino e o chifre de beber estava lascado na borda. Somente o frasco romano verde era realmente precioso.

Bedwin rompeu o silêncio constrangedor.

– Os presentes são magníficos! Raros e magníficos. Verdadeiramente generosos, senhor rei.

Norwenna assentiu, obediente. A criança começou a chorar, e Ralla, a ama de leite, levou-o para as sombras além dos pilares, onde desnudou um seio e o aquietou.

– O edling está bem? – falou Gundleus pela primeira vez desde que entrara no salão.

– Graças a Deus e Seus santos – respondeu Norwenna –, está.

– E o pé esquerdo? – perguntou Gundleus, demonstrando falta de tato. – Melhora?

– O pé não irá impedi-lo de cavalgar, usar uma espada ou sentar-se num trono – respondeu Norwenna com firmeza.

– Claro que não, claro que não – disse Gundleus, e olhou para o bebê faminto. Sorriu, depois esticou os braços compridos e olhou o salão em volta. Não disse nada sobre casamento, mas não diria junto dessas pessoas. Se quisesse se casar com Norwenna pediria a Uther, e não a Norwenna. Esta visita era apenas uma oportunidade de inspecionar a noiva. Deu a Norwenna um breve olhar desinteressado, depois espiou de novo o salão sombreado. – Então este é o covil do lorde Merlin, hein? Onde ele está?

Ninguém respondeu. Tanaburs estava remexendo debaixo da beira de um dos tapetes e achei que estaria enterrando um feitiço na terra do piso do salão. Mais tarde, quando a delegação siluriana tinha ido embora, procurei no local e achei uma pequena escultura em osso, de um javali, que joguei no fogo. As chamas queimaram azuis e cuspiram ferozmente, e Nimue disse que eu tinha feito a coisa certa.

– Achamos que o lorde Merlin está na Irlanda – respondeu por fim o bispo Bedwin. – Ou talvez nos ermos do Norte – acrescentou vagamente.

– Ou talvez morto? – sugeriu Gundleus.

– Rezo para que não – disse o bispo, com fervor.

– É mesmo? – Gundleus se retorceu na cadeira para olhar o rosto envelhecido de Bedwin. – O senhor aprova Merlin, bispo?

– Ele é um amigo, senhor rei. – Bedwin era um homem digno, gorducho, que estava sempre ansioso para manter seu lugar entre as várias religiões.

– O lorde Merlin é um druida que odeia os cristãos, bispo. – Gundleus estava tentando provocar Bedwin.

– Agora existem muitos cristãos na Britânia e poucos druidas – disse Bedwin. – Acho que a fé verdadeira nada tem a temer.

– Ouviu isso, Tanaburs? – gritou Gundleus para seu druida. – O bispo não teme você!

Tanaburs não respondeu. Em sua busca pelo salão ele havia chegado à cerca fantasma que guardava a porta para os aposentos de Merlin. A cerca era simples: apenas dois crânios postos de cada lado da porta, mas apenas um druida ousaria atravessar a barreira invisível formada por eles, e até mesmo um druida temeria uma cerca fantasma posta por Merlin.

– O senhor descansará aqui esta noite? – perguntou o bispo Bedwin a Gundleus, tentando afastar o assunto de Merlin.

– Não – disse Gundleus grosseiramente, levantando-se. Achei que ele estava para ir embora, mas em vez disso olhou para além de Norwenna, para a pequena porta preta, guardada por crânios, na frente da qual Tanaburs estava se eriçando como um cão ao cheirar um javali invisível. – O que há atrás daquela porta?

– Os aposentos do meu lorde Merlin, senhor rei – disse Bedwin.

– O local dos segredos? – perguntou Gundleus com um ar lupino.

– Os aposentos de dormir, nada mais – descartou Bedwin.

Tanaburs levantou seu cajado com cabeça de lua e o segurou, trêmulo, na direção da cerca fantasma. O rei Gundleus olhou o desempenho de seu druida, depois acabou de beber o vinho e jogou no chão o chifre de beber.

– Talvez eu acabe dormindo aqui, mas primeiro vamos inspecionar os aposentos de dormir. – Ele fez um gesto para Tanaburs se adiantar, mas o druida estava nervoso. Merlin era o maior druida da Britânia, temido até mesmo além do mar da Irlanda, e ninguém se intrometia em sua vida assim. No entanto, o grande homem não era visto havia muitos meses e algumas pessoas sussurravam que a morte do príncipe Mordred tinha sido um sinal de que os poderes de Merlin estavam diminuindo. E Tanaburs, como seu senhor, certamente estava fascinado pelo que haveria atrás da porta, porque talvez ali houvesse segredos que o tornariam tão poderoso e sábio quanto o grande Merlin. – Abra a porta – ordenou Gundleus a Tanaburs.

A parte de baixo do cajado de lua se moveu trêmula em direção a um dos crânios, hesitou, depois tocou o osso do cocuruto, bastante amarelado. Nada aconteceu. Tanaburs tossiu no crânio, depois o virou antes de puxar o cajado de volta como se tivesse cutucado uma cobra adormecida. De novo nada aconteceu, assim ele estendeu a mão livre em direção à tranca de madeira da porta.

Então parou aterrorizado.

Um uivo tinha ecoado na escuridão enfumaçada do salão. Um grito medonho, como uma garota sendo torturada, e o som horrível fez o druida recuar. Norwenna gritou alto, de medo, e fez o sinal da cruz. O bebê Mordred começou a chorar, e nada que Ralla fizesse podia aquietá-lo. Primeiro Gundleus prestou atenção ao barulho, depois riu enquanto o uivo diminuía.

– Um guerreiro não sente medo do grito de uma menina – anunciou ao salão, nervoso. Em seguida foi até a porta, ignorando o bispo Bedwin, que estava balançando as mãos, tentando conter o rei sem tocá-lo.

Um estalo soou vindo da porta guardada pelos fantasmas. Foi um ruído violento e tão súbito que todo mundo pulou, alarmado. A princípio achei que a porta tinha caído diante do avanço do rei, depois vi que uma lança tinha sido atirada, atravessando-a. A ponta prateada se projetava orgulhosa do carvalho antigo, enegrecido pelo fogo, e tentei imaginar que força inumana fora necessária para impulsionar aquele aço afiado através de uma barreira tão grossa.

O surgimento súbito da lança fez até Gundleus hesitar, mas seu orgulho tinha sido ameaçado, e ele não recuaria diante de seus guerreiros. Fez um sinal contra o mal, cuspiu na ponta da lança e depois andou até a porta, levantou a tranca e abriu.

E imediatamente deu um passo atrás, com terror no rosto. Eu estava olhando-o e vi o medo puro em seus olhos. Ele deu um segundo passo para longe da porta aberta, e então ouvi o grito agudo de Nimue enquanto ela avançava para o salão. Tanaburs fazia movimentos ansiosos com seu cajado, Bedwin rezava, o bebê chorava enquanto Norwenna tinha se virado na cadeira com um ar de angústia.

Nimue passou pela porta, e até estremeci ao ver minha amiga. Ela estava nua, seu corpo branco e magro coberto de sangue que pingava do cabelo e escorria em riachos, passando pelos seios pequenos e descendo pelas coxas. A cabeça estava coroada por uma máscara da morte, a pele bronzeada das feições de um homem sacrificado, empoleirada sobre seu próprio rosto como um capacete que rosnasse, e presa no lugar pela pele dos braços do morto amarrada ao pescoço fino. A máscara parecia ter uma pavorosa vida própria, porque balançava enquanto a garota andava em direção ao rei de Silúria. A pele seca e amarela do corpo do morto pendia frouxa nas costas de Nimue enquanto ela se adiantava aos arrancos, em passos pequenos e irregulares. Apenas o branco de seus olhos aparecia no rosto sangrento, e enquanto avançava trêmula ela gritava imprecações numa linguagem mais suja do que a de qualquer soldado, e em suas mãos havia duas víboras, com os corpos escuros brilhando e as cabeças ágeis se projetando na direção do rei.

Gundleus recuou, fazendo o sinal contra o mal, depois se lembrou de que era um homem, um rei e um guerreiro, e por isso pôs a mão no punho da espada. Foi então que Nimue balançou a cabeça e a máscara da morte caiu de seu cabelo que estava preso num coque alto, e vimos que não era seu cabelo que estava naquele coque, e sim um morcego que esticou as asas pretas e enrugadas e arreganhou a boca vermelha para Gundleus.

O morcego fez Norwenna gritar e correr para pegar o bebê enquanto o resto de nós olhava em terror para a criatura presa no cabelo de Nimue. O bicho se sacudia e batia as asas, tentava voar, rosnava e lutava. As serpentes se retorciam, e de repente o salão se esvaziou. Norwenna correu primeiro, Tanaburs foi atrás. E depois todo mundo, até mesmo o rei, corria para a luz da manhã na porta do leste.

Nimue ficou imóvel enquanto eles fugiam, depois seus olhos reviraram-se e ela piscou. Foi até a fogueira e descuidadamente jogou as duas cobras nas chamas onde elas sibilaram, chicotearam o corpo e chiaram enquanto morriam. Ela libertou o morcego, que voou para os caibros do teto, depois desamarrou do pescoço a máscara da morte e a enrolou num fardo antes de pegar o delicado frasco romano entre os presentes que Gundleus trouxera. Olhou o frasco por alguns segundos, depois seu corpo fino se retorceu enquanto ela jogava o tesouro contra um pilar de carvalho, onde ele se despedaçou em incontáveis cacos verde-claros.

– Derfel? – disse ela rispidamente no silêncio que se seguiu. – Sei que você está aqui.

– Nimue? – respondi nervoso, depois saí de trás do meu esconderijo de vime. Estava aterrorizado. A gordura das cobras chiava no fogo e o morcego se agitava no teto.

Nimue sorriu para mim.

– Preciso de água, Derfel.

– Água? – perguntei estupidamente.

– Para lavar o sangue de galinha.

– Galinha?

– Água – disse ela de novo. – Há uma jarra grande perto da porta. Traga um pouco.

– Para lá? – perguntei, perplexo, porque o gesto dela parecia dar a entender que eu deveria levar a água para os aposentos de Merlin.

– Por que não? – perguntou ela, depois passou pela porta que continuava com a grande lança empalada enquanto eu levantava a jarra pesada e seguia até encontrá-la parada na frente de uma folha de cobre batido que refletia seu corpo nu. Ela não estava envergonhada, talvez porque tivéssemos andado nus juntos na infância, mas eu tinha uma consciência desconfortável de que não éramos mais crianças.

– Aqui? – perguntei.

Nimue assentiu. Pousei a jarra no chão e recuei para a porta.

– Fique – disse ela. – Por favor, fique. E feche a porta.

Tive de arrancar a lança da porta antes de poder fechá-la. Não queria perguntar como ela havia enfiado aquela ponta de lança através do carvalho, porque ela não estava com o humor para perguntas, por isso fiquei quieto enquanto soltava a arma e Nimue lavava o sangue de sua pele branca, depois se enrolava num manto preto.

– Venha cá – disse ela quando acabou. Fui obedientemente até uma cama feita de peles e cobertores de lã empilhados numa baixa plataforma de madeira onde ela evidentemente dormia. Sobre a cama, como uma tenda, havia um pano escuro e mofado, e em sua escuridão eu me sentei e a envolvi nos braços. Dava para sentir suas costelas através da maciez da lã do manto. Nimue chorava. Eu não sabia por que, por isso ajudei-a, sem jeito, e fiquei olhando o quarto de Merlin.

Era um lugar extraordinário. Havia baús de madeira e cestos de vime empilhados, formando recantos e corredores percorridos por uma tribo de gatos magros. Em alguns lugares as pilhas haviam desmoronado como se alguém tivesse procurado um objeto numa caixa de baixo e não pudesse se incomodar em desmantelar a arrumação, de modo que havia simplesmente revirado a pilha. Havia poeira em toda parte. Eu duvidava de que os juncos do chão tivessem sido trocados há anos, ainda que em muitos lugares eles estivessem cobertos por tapetes e mantas que acabaram apodrecendo. O fedor do cômodo era avassalador; um cheiro de pó, urina de gato, umidade, podridão e mofo, tudo misturado com os aromas mais sutis das ervas penduradas nos caibros. Havia uma mesa ao lado da porta, cheia de pergaminhos enrolados, se desfazendo. Peles de animais ocupavam uma prateleira empoeirada acima da mesa, e, à medida que meus olhos se acostumavam à escuridão sepulcral, vi que havia entre elas pelo menos dois crânios humanos. Escudos desbotados se empilhavam de encontro a um vasto pote de argila no qual estava enfiado um feixe de lanças cheias de teias de aranha. Havia uma espada encostada na parede. Havia um braseiro soltando fumaça numa pilha de cinzas perto do grande espelho de cobre onde, extraordinariamente, estava pendurada uma cruz cristã com a figura retorcida do Deus morto pregado. Havia um maço de visgo preso à cruz como precaução contra seu mal inerente. Um grande emaranhado de galhadas de cervos pendia de um caibro, com galhos de visgo seco e um emaranhado de morcegos empoleirados cujo esterco fazia pequenos montes no chão. Morcegos numa casa eram o pior presságio, mas eu supunha que pessoas poderosas como Merlin e Nimue não tivessem necessidade de se preocupar com ameaças tão prosaicas. Uma segunda mesa estava coberta de tigelas, almofarizes, pilões, uma balança de metal, frascos e potes lacrados com cera que, mais tarde descobri, tinham orvalho colhido de sepulturas de homens assassinados, pó de crânios esmagados e infusões de beladona, mandrágora e estramônio, enquanto numa curiosa urna de pedra perto da mesa havia um monte de pedras de águia, bolos das fadas, setas de elfos, pedras de serpente e pedras de bruxas, tudo misturado com penas, conchas do mar e pinhas. Eu nunca tinha visto um cômodo tão atulhado, tão imundo ou tão fascinante, e imaginei se a câmara ao lado, a Torre de Merlin, seria tão apavorantemente maravilhosa.

Nimue tinha parado de chorar e agora estava imóvel nos meus braços. Devia ter sentido meu espanto e o nojo com relação ao quarto.

– Ele não joga nada fora – disse ela, cansada. – Nada. – Eu não falei, apenas tentei acalmá-la com carinhos. Por um tempo ela ficou exausta, mas então, quando minha mão explorou o manto sobre um de seus pequenos seios, ela se retorceu, afastando-se com raiva. – Se é isso que você quer, vá procurar Sebile. – Nimue apertou o manto contra o corpo enquanto descia da plataforma e ia até a mesa atulhada com os instrumentos de Merlin.

Gaguejei algum tipo de desculpas encabuladas.

– Isso não é importante. – Ela descartou minhas desculpas. Podíamos ouvir vozes no Tor, do lado de fora, e mais vozes no grande salão ao lado, mas ninguém tentou nos perturbar. Nimue estava procurando em meio aos potes, tigelas e conchas sobre a mesa e achou o que queria. Era uma faca feita de pedra preta, com a lâmina afiada em bordas brancas como ossos. Voltou até a cama embolorada e se ajoelhou perto da plataforma, de modo a poder olhar direto no meu rosto. Seu manto tinha se aberto e eu estava nervosamente cônscio daquele corpo nu em meio às sombras, mas ela encarava fixamente meus olhos, e eu não podia fazer nada além de devolver o olhar.

Nimue não falou durante longo tempo, e no silêncio quase pude ouvir meu coração batendo. Ela parecia estar tomando uma decisão, uma daquelas decisões tão cheias de presságio que mudam para sempre o equilíbrio de uma vida, e assim esperei, temeroso, incapaz de alterar minha postura desajeitada. O cabelo preto de Nimue estava revolto, emoldurando o rosto em forma de cunha. Nimue não era bonita nem feia, mas seu rosto possuía uma vivacidade e uma vida que não carecia de beleza formal. Sua testa era larga e alta, os olhos escuros e ferozes, o nariz afilado, a boca larga e o queixo fino. Era a mulher mais inteligente que já conheci, mas mesmo naquela época, quando praticamente não passava de uma criança, era cheia de uma tristeza nascida dessa inteligência. Sabia demais. Nascera sabendo, ou então os Deuses tinham lhe dado o conhecimento quando a pouparam de se afogar. Na infância ela fora cheia de absurdos e travessuras, mas agora, sem a orientação de Merlin, mas com as responsabilidades dele em seus ombros magros, estava mudando. Eu também estava, claro, mas minha mudança era previsível: um garoto ossudo virando um rapaz alto. Nimue florescia da infância para a autoridade. Essa autoridade brotava de seu sonho, um sonho que ela compartilhava com Merlin, mas um sonho que jamais comprometeria, como ele. Com Nimue era tudo ou nada. Ela preferiria ver toda a terra morrer no frio de um vácuo sem Deus do que ceder 1 centímetro aos que diluiriam sua imagem de uma Britânia perfeita dedicada aos Deuses britânicos. E agora, ajoelhada na minha frente, eu soube que Nimue estava julgando se eu era digno de fazer parte desse sonho fervoroso.

Ela tomou a decisão e se aproximou mais de mim.

– Dê-me sua mão esquerda – falou.

Eu a estendi.

Ela virou minha palma para cima, sobre sua mão esquerda, depois falou um encanto. Reconheci os nomes de Cumulos, o Deus da guerra, de Manawydan Fab Llyr, o Deus do mar de Nimue, de Agrona, a Deusa do massacre, e de Aranrhod, a dourada, a Deusa do amanhecer, mas a maioria dos nomes e palavras eram estranhos, e falados numa voz tão hipnótica que me senti atraído e confortado, sem me preocupar com o que Nimue dizia até que de repente ela passou a faca na minha palma – e então, espantado, gritei. Ela me fez ficar quieto. Por um segundo, o corte da faca permaneceu fino na minha mão, depois o sangue brotou.

Ela cortou sua palma esquerda do mesmo modo como tinha cortado a minha, a seguir pôs o corte em cima do meu e agarrou meus dedos inertes com os seus. Largou a faca e puxou uma ponta do manto, que enrolou com força em volta das duas mãos sangrentas.

– Derfel – falou baixinho –, enquanto sua mão tiver uma cicatriz, e enquanto a minha tiver uma cicatriz, nós somos um só. Concorda?

Olhei em seus olhos e soube que aquilo não era uma coisa pequena, não era brincadeira de criança, e sim um juramento que iria me ligar por todo este mundo e talvez no outro. Por um segundo fiquei aterrorizado com tudo que viria, depois assenti e, de algum modo, consegui falar:

– Concordo.

– E enquanto você tiver essa cicatriz, Derfel, sua vida é minha, e enquanto eu tiver esta cicatriz, minha vida é sua. Entende isso?

– Sim. – Minha mão latejava. Parecia quente e inchada enquanto a dela parecia minúscula e gélida em meu aperto sangrento.

– Um dia, Derfel, chamarei você, e se não vier, a cicatriz irá marcá-lo para os Deuses como um amigo falso, um traidor e um inimigo.

– Sim.

Ela me olhou em silêncio durante alguns segundos, depois subiu na pilha de peles e cobertores, onde se enrolou nos meus braços. Era incômodo ficarmos juntos porque nossas mãos ainda estavam ligadas, mas de algum modo nos fizemos confortáveis e depois permanecemos imóveis. Vozes soavam do lado de fora, e o pó dançava na alta câmara escura onde os morcegos dormiam e os gatos caçavam. Estava frio, e Nimue puxou uma pele sobre nós dois e depois dormiu com o pequeno peso de seu corpo entorpecendo meu braço direito. Fiquei acordado, cheio de espanto e confusão com o que a faca tinha causado entre nós.

Ela acordou no meio da tarde.

– Gundleus foi embora – falou sonolenta, ainda que eu não soubesse como ela sabia, depois se soltou de meu aperto e das peles emboladas antes de desenrolar o manto que continuava prendendo nossas mãos. O sangue tinha criado crosta e a casca se arrancou dolorosamente de nossos ferimentos quando nos separamos. Nimue foi até o feixe de lanças e tirou um punhado de teias de aranha, que colocou na minha palma ensanguentada. – Vai curar logo – disse descuidadamente, e depois, com seu próprio corte envolto num pedaço de pano, encontrou um pouco de pão e queijo. – Não está com fome?

– Sempre.

Compartilhamos a refeição. O pão estava seco e duro, e o queijo tinha sido mordiscado pelos camundongos. Pelo menos Nimue achava que eram camundongos.

– Talvez os morcegos tenham mordido – disse ela. – Morcegos comem queijo?

– Não sei – respondi, depois hesitei. – Era um morcego domesticado? – Estava falando do animal que ela havia prendido no cabelo. Eu tinha visto esse tipo de coisas antes, claro, mas Merlin nunca falava delas, nem seus acólitos, mas eu suspeitava de que a estranha cerimônia com as mãos sangrentas iria me trazer a confiança de Nimue.

E trouxe, porque ela balançou a cabeça.

– É um truque antigo para assustar os tolos – falou, sem dar muita importância. – Merlin me ensinou. Você põe uma peia nos pés do morcego, depois amarra a peia no cabelo. – Ela passou a mão pelos cabelos pretos, depois riu. – E isso assustou Tanaburs! Imagine só! E ele é um druida!

Eu não estava achando divertido. Queria acreditar na magia dela, e não vê-la explicada como um truque feito com peias usadas para falcões.

– E as cobras?

– Ele as guarda num cesto. Eu tenho de alimentá-las. – Nimue estremeceu, depois viu meu desapontamento. – O que há de errado?

– É tudo truque?

Ela franziu a testa e ficou quieta durante um tempo. Achei que não ia responder, mas finalmente explicou, e eu soube, enquanto ouvia, que estava escutando as coisas que Merlin tinha lhe ensinado. A magia, disse ela, acontecia nos momentos em que as vidas dos Deuses e dos homens se tocavam, mas esses momentos não eram comandados pelos homens.

– Eu não posso estalar os dedos e encher a sala de névoa, mas já vi isso acontecer. Não posso trazer os mortos de volta, mas Merlin diz que já viu isso ser feito. Não posso ordenar que um raio atinja o rei Gundleus, mas gostaria de poder, porque somente os Deuses podem fazer isso. Mas houve um tempo, Derfel, em que podíamos fazer essas coisas, quando vivíamos com os Deuses e os agradávamos, e podíamos usar o poder deles para manter a Britânia como eles queriam. Cumpríamos a vontade deles, entenda bem, mas a vontade deles era o nosso desejo. – Ela cruzou as mãos com força para demonstrar o que queria dizer, depois se encolheu quando a pressão fez doer o corte na palma. – Mas então vieram os romanos, e eles romperam o pacto.

– Mas por quê? – interrompi, impaciente, porque já tinha ouvido isso muitas vezes. Merlin vivia dizendo como Roma tinha despedaçado a ligação entre a Britânia e seus Deuses, mas ele nunca explicava por que isso podia acontecer se os Deuses eram tão poderosos. – Por que não vencemos os romanos?

– Porque os Deuses não quiseram. Alguns Deuses são malignos, Derfel. E, além disso, eles não têm dever para conosco, apenas nós temos para com eles. Talvez isso os tenha divertido. Ou talvez nossos ancestrais tenham rompido o pacto e os Deuses os puniram mandando os romanos. Não sabemos, mas sabemos que os romanos foram embora e Merlin diz que temos uma chance, só uma chance, de restaurar a Britânia – ela falava em voz baixa, intensa. – Temos de refazer a velha Britânia, a verdadeira Britânia, a terra de Deuses e homens, e se fizermos isso, Derfel, se fizermos isso, de novo teremos a força dos Deuses.

Eu queria acreditar nela. Como queria acreditar que nossas vidas curtas, assoladas por doenças e espreitadas pela morte pudessem ter novas esperanças graças à boa vontade de criaturas sobrenaturais de poder glorioso.

– Mas você precisa fazer isso com truques? – perguntei, sem esconder a desilusão.

– Ah, Derfel. – Os ombros de Nimue descaíram. – Pense bem. Nem todo mundo pode sentir a presença dos Deuses, de modo que os que podem têm um dever especial. Se eu mostrar fraqueza, se eu mostrar um instante de descrença, que esperança haverá para as pessoas que querem acreditar? Na verdade não são truques, são... – ela fez uma pausa, procurando a palavra certa – ... insígnias. Como a coroa de Uther, seus torques, sua bandeira e sua pedra em Caer Cadarn. Essas coisas nos dizem que Uther é o Grande Rei e nós o tratamos como tal, e quando Merlin anda entre seu povo ele também tem de usar sua insígnia. Ela diz ao povo que ele toca os Deuses, e o povo o teme por isso. – Nimue apontou para a porta com a fenda lascada, aberta pela lança. – Quando passei por aquela porta, nua, com duas serpentes e um morcego escondido debaixo da pele de um morto, estava confrontando um rei, seu druida e seus guerreiros. Uma garota, Derfel, contra um rei, um druida e uma guarda real. Quem venceu?

– Você.

– Então o truque funcionou, mas não foi o meu poder que o fez funcionar. Foi o poder dos Deuses, mas eu tinha de acreditar nesse poder para que ele funcionasse. E para acreditar, Derfel, você precisa dedicar a vida a isso. – Agora ela falava com uma paixão rara e intensa. – A cada minuto de cada dia e a cada momento de cada noite você precisa estar aberto aos Deuses e, se estiver, eles virão. Nem sempre quando você quer, claro, mas, se você nunca pedir, eles nunca vão atender; mas, quando eles atendem, Derfel, ah, quando atendem é tão maravilhoso e tão aterrorizante como ter asas que o erguem até a glória. – Seus olhos brilhavam enquanto falava. Eu nunca a ouvira falar dessas coisas. Não fazia muito tempo ela era uma criança, mas agora estivera na cama de Merlin e recebera seus ensinamentos e sua força, e eu me ressentia disso. Ela estava crescendo e se afastando de mim, e eu não podia fazer nada para impedir.

– Estou aberto aos Deuses – falei ressentido. – Acredito neles. Quero a ajuda deles.

Ela tocou meu rosto com a mão enfaixada.

– Você vai ser um guerreiro, Derfel, e um guerreiro grandioso. Você é uma pessoa boa, é honesto, é tão sólido quanto a torre de Merlin e não há qualquer loucura em você. Nenhum traço; nem mesmo uma fagulha selvagem, desesperada. Você acha que quero seguir Merlin?

– Sim – falei, magoado. – Eu sei que sim! – Eu queria dizer, claro, que estava magoado porque ela não iria se dedicar a mim.

Ela respirou fundo e olhou para o teto sombrio onde dois pombos tinham entrado por um buraco enfumaçado e agora andavam sobre um caibro.

– Algumas vezes acho que gostaria de me casar, ter filhos, vê-los crescer, ficar velha, morrer. Mas, dentre todas essas coisas, Derfel – ela me olhou de novo –, só terei a última. Não suporto pensar no que vai acontecer comigo. Não suporto pensar em sofrer as Três Feridas da Sabedoria, mas preciso, preciso!

– As Três Feridas? – perguntei, porque nunca tinha ouvido falar nelas.

– A Ferida no Corpo, a Ferida no Orgulho – e aí ela se tocou entre as pernas – e a Ferida na Mente, que é a loucura. – Ela parou enquanto um olhar de horror cruzava seu rosto. – Merlin sofreu todas as três, e por isso ele é um homem tão sábio. Morgana teve a pior Ferida no

Corpo que qualquer pessoa pode imaginar, mas ela nunca sofreu as outras duas feridas, e por isso nunca pertencerá realmente aos Deuses. Eu não sofri nenhuma das três, mas sofrerei. Eu devo! – ela falou com ferocidade. – Devo porque fui escolhida.

– Por que não fui escolhido?

Ela balançou a cabeça.

– Você não entende, Derfel. Ninguém me escolheu, além de mim mesma. Você precisa fazer a escolha por si mesmo. Poderia ter acontecido com qualquer um de nós aqui. Por isso Merlin recolhe crianças enjeitadas, porque acredita que as crianças sem pais podem ter poderes especiais, mas apenas algumas poucas têm.

– E você tem.

– Eu vejo os Deuses em toda parte – disse Nimue simplesmente. – Eles me veem.

– Nunca vi um Deus – falei teimoso.

Ela sorriu de meu ressentimento.

– Verá, porque você precisa pensar na Britânia, Derfel, como se ela estivesse coberta pelas fitas de uma névoa que vai se afinando. Apenas tiras tênues aqui e ali, pairando e se desbotando, mas essas tiras são os Deuses, e se pudermos encontrá-los, agradá-los e tornar esta terra novamente deles, as tiras vão ficar mais densas e se juntar para fazer uma névoa grande, maravilhosa, que cobrirá toda a terra e nos protegerá do que há lá fora. É por isso que vivemos aqui, no Tor. Merlin sabe que os Deuses amam este lugar, e aqui a névoa sagrada é densa, mas nossa tarefa é espalhá-la.

– É isso que Merlin está fazendo?

Ela sorriu.

– Neste momento exato, Derfel, Merlin está dormindo. E eu também preciso. Você não tem serviço a fazer?

– Arrendamentos a contar – falei sem jeito. Os armazéns lá embaixo se enchiam de peixe defumado, enguias defumadas, jarras de sal, cestos de salgueiro, tecido, lingotes de chumbo, tonéis de carvão e até um pouco de raro âmbar e azeviche: os arrendamentos de inverno pagáveis em Beltain que Hywel tinha de avaliar, contabilizar e depois dividir na parte de Merlin e na porção que seria dada aos coletores de impostos do Grande Rei.

– Então vá contar – disse Nimue, como se nada estranho tivesse acontecido entre nós, ainda que ela tenha se aproximado e me dado um beijo de irmã. – Vá – disse ela, e saí meio tonto dos aposentos de Merlin para encarar os olhares ressentidos e curiosos das damas de Norwenna que tinham voltado para o grande salão.

Veio o equinócio. Os cristãos celebraram a festa da morte de seu Deus enquanto acendíamos as grandes fogueiras de Beltain. Nossas chamas rugiam na escuridão para trazer vida nova ao mundo que renascia. Os primeiros atacantes saxões foram vistos longe ao leste, mas nenhum veio perto de Ynys Wydryn. Também não vimos Gundleus de Silúria outra vez. Gudovan, o escriba, supôs que a proposta de casamento resultara em nada e previu carrancudo uma nova guerra nos reinos do Norte.

Merlin não voltou e não tivemos qualquer notícia dele.

Os dentes do bebê edling Mordred chegaram. Os primeiros a se mostrar ficavam na gengiva inferior, um bom presságio para uma vida longa, e Mordred usou os dentes novos para morder os mamilos de Ralla até tirar sangue, ainda que ela continuasse alimentando-o para que seu filho gorducho sugasse o sangue de um príncipe junto com o leite da mãe. O ânimo de Nimue melhorou à medida que os dias ficavam mais longos. As cicatrizes nas nossas mãos passaram de rosadas para brancas, e depois viraram uma sombra de linhas. Nimue nunca falava delas.

O Grande Rei passou uma semana em Caer Cadarn e o edling foi levado até lá, para a inspeção do avô. Uther deve ter aprovado o que viu, e os presságios de primavera eram todos auspiciosos, já que três semanas depois de Beltain ficamos sabendo que o futuro do reino, o futuro de Norwenna e o futuro de Mordred seriam decididos num Alto Conselho, o primeiro a ser realizado na Britânia em mais de sessenta anos.

Era primavera, as folhas estavam verdes, e havia esperanças enormes na terra cheia de frescor.

O Alto Conselho foi realizado em Glevum, uma cidade romana ao lado do rio Severn, logo depois da fronteira norte entre a Dumnonia e Gwent. Uther foi levado para lá numa carroça puxada por quatro bois, cada animal enfeitado com ramos floridos de pilriteiros e coberto de tecidos verdes. O Grande Rei desfrutava de seu progresso majestoso através do início de verão em seu reino, talvez porque soubesse que esta seria a última vez em que veria a beleza da Britânia antes que atravessasse a caverna de Cruachan e a ponte da espada até o Outro Mundo. As sebes entre as quais seus bois passavam estavam brancas de flores de pilriteiros, as florestas tinham uma névoa de campânulas azuis enquanto papoulas chamejavam em meio ao trigo, ao centeio, à cevada e nos campos de feno quase maduro onde as codornizes faziam barulho. O Grande Rei viajava lentamente, parando com frequência em povoados e aldeias onde inspecionava plantações e moradias senhoriais, e aconselhava homens que sabiam fazer uma represa ou castrar um porco melhor do que ele. Tomou banho nas fontes quentes de Aquae Sulis e estava tão recuperado ao sair da cidade que andou 1,5 quilômetro antes de ser ajudado mais uma vez a subir na carroça forrada de peles. Era acompanhado por seus bardos, seus conselheiros, seu médico, seu coro, uma quantidade de serviçais e uma companhia de guerreiros comandados por Owain, seu campeão e comandante da guarda. Todo mundo usava flores, e os guerreiros penduravam os escudos de cabeça para baixo mostrando que marchavam em paz, ainda que Uther fosse velho demais e cauteloso demais para não se certificar de que as pontas de lanças fossem aguçadas a cada novo dia.

Caminhei até Glevum. Não tinha o que fazer lá, mas Uther havia convocado Morgana para o Alto Conselho. Normalmente as mulheres não eram bem-vindas nos conselhos, altos ou baixos, mas Uther achava que ninguém falava por Merlin como Morgana, e assim, no desespero pela ausência de Merlin, chamou-a. Além disso ela era filha natural de Uther, e o Grande Rei gostava de dizer que havia mais senso na cabeça de Morgana, coberta de ouro, do que em metade dos crânios de seus conselheiros juntos. Morgana também era responsável pela saúde de Norwenna, e era o futuro de Norwenna que estava sendo decidido, ainda que a própria Norwenna não fosse convocada nem consultada. Ficou em Ynys Wydryn sob os cuidados da mulher de Merlin, Guendoloen. Morgana não levaria ninguém a Glevum, além de sua escrava Sebile, mas no último momento Nimue anunciou calmamente que também ia viajar para lá, e que eu deveria acompanhá-la.

Morgana armou uma confusão, claro, mas Nimue enfrentou a irritação dela com uma calma irritante.

– Fui instruída – disse ela a Morgana, e quando Morgana, com voz esganiçada, exigiu saber por quem, Nimue apenas sorriu. Morgana tinha o dobro do tamanho de Nimue e o dobro da idade, mas quando Merlin levou Nimue para a sua cama o poder em Ynys Wydryn passou para ela e, diante dessa autoridade, a mulher mais velha era impotente. Mesmo assim se opôs à minha ida. Exigiu saber por que Nimue não levava Lunete, a outra garota irlandesa recolhida por Merlin. Um garoto como eu, disse Morgana, não era companhia para uma jovem, e quando ainda assim Nimue não fez nada além de sorrir, Morgana disse rispidamente que contaria a Merlin que Nimue estava interessada em mim. Contar isso determinaria o fim de Nimue e, diante dessa ameaça desajeitada, Nimue gargalhou e lhe deu as costas.

Eu me importava pouco com a discussão. Só queria ir a Glevum e ver os torneios, ouvir os bardos, assistir às danças e, acima de tudo, estar com Nimue.

E assim fomos para Glevum, um quarteto mal-ajambrado. Morgana, segurando um cajado de ameixeira-brava e com a máscara de ouro brilhando ao sol de verão, pisava firme na frente, com a perna manca transformando cada passo pesado num enfático gesto de desaprovação à companhia de Nimue. Sebile, a escrava saxã, se apressava dois passos atrás de sua senhora, com as costas curvadas sob a trouxa de túnicas de dormir, ervas secas e potes. Nimue e eu íamos atrás, descalços, de cabeças nuas e sem fardos. Nimue usava um manto preto comprido sobre uma túnica branca amarrada na cintura com uma corda de escravo. Seu cabelo preto e comprido estava preso no alto, e ela não usava joias, nem mesmo um alfinete de osso para prender o manto. O pescoço de Morgana estava enfeitado com um pesado torque de ouro, e seu manto castanho-acinzentado era preso ao peito com dois broches de ouro, um na forma de um cervo de três chifres e o outro o pesado ornamento em forma de dragão que lhe fora dado em Caer Cadarn.

Gostei da viagem. Levamos três dias, num passo lento, porque Morgana andava com dificuldade, mas o sol brilhava sobre nós e a estrada romana tornava fácil a jornada. No entardecer achávamos a moradia do chefe tribal mais próximo e dormíamos como hóspedes de honra em seu celeiro cheio de palha. Outros viajantes eram poucos, e todos abriam caminho para o brilho do ouro de Morgana, que era seu símbolo de grande posição. Tínhamos sido alertados contra os homens sem senhores e sem terras que roubavam mercadores nas estradas importantes, mas nenhum nos ameaçou, talvez porque os soldados de Uther tivessem preparado o Alto Conselho varrendo as florestas e os morros em busca de bandoleiros, e nós passamos por mais de uma dúzia de corpos apodrecendo, empalados nas laterais das estradas, como aviso. Os servos e os escravos que encontrávamos se ajoelhavam diante de Morgana, mercadores abriam caminho para ela, e apenas um viajante ousou desafiar nossa autoridade, um padre de barba feroz com seu séquito maltrapilho de mulheres descabeladas. O grupo cristão dançava pela estrada, louvando seu Deus pregado, mas, quando o padre viu a máscara de ouro que cobria o rosto de Morgana, a galhada tripla e o dragão de asas abertas em seus broches, esbravejou dizendo que ela era uma criatura do diabo. O padre deve ter pensado que uma mulher tão desfigurada e andando com dificuldade seria uma presa fácil para suas provocações, mas um pregador errante acompanhado por sua mulher e prostitutas sagradas não era páreo para a filha de Igraine, guardiã de Merlin e irmã de Artur. Morgana simplesmente deu uma cacetada com seu cajado pesado no ouvido do sujeito, um golpe que o derrubou de lado numa vala cheia de urtiga, e continuou andando sem sequer olhar para trás. As mulheres do padre gritaram e se dividiram.

Algumas rezavam e outras cuspiam xingamentos, mas Nimue deslizou através de sua malevolência como um espírito.

Eu não carregava armas, a não ser que um cajado e uma faca contassem como apetrechos de guerreiro. Queria levar uma espada e uma lança, para parecer homem adulto, mas Hywel tinha zombado, dizendo que um homem não era feito de querer, e sim de fazer. Para a minha proteção ele me deu um torque de bronze que mostrava nos arremates o Deus chifrudo de Merlin. Ninguém, disse ele, ousaria desafiar Merlin. Mas mesmo assim, sem armas de homem, eu me sentia inútil. Por que eu estava ali?, perguntei a Nimue.

– Porque você é meu amigo de juramento, pequenino – disse ela. Eu já era mais alto do que Nimue, mas ela usou a palavra de modo afetuoso. – E porque você e eu somos escolhidos de Bel, e se Ele nos escolhe, devemos nos escolher um ao outro.

– Então por que nós dois estamos indo a Glevum?

– Porque Merlin quer, claro.

– Ele vai estar lá? – perguntei ansioso. Merlin estava fora havia muito tempo, e sem ele Ynys Wydryn era como um céu sem o sol.

– Não – disse ela calmamente, ainda que eu não soubesse como Nimue conhecia o desejo de Merlin nessa questão, porque Merlin continuava longe e as convocações para o Alto Conselho tinham sido feitas muito depois de sua partida.

– E o que faremos na chegada a Glevum?

– Saberemos ao chegar – disse ela misteriosamente e não quis explicar mais.

Glevum, assim que me acostumei ao fortíssimo fedor de adubo feito de bosta humana, era maravilhosamente estranha. Afora algumas vilas que tinham se tornado sedes de fazenda nas propriedades de Merlin, esta era a minha primeira vez num local propriamente romano, e fiquei boquiaberto diante das visões como se fosse um pinto recém-nascido. As ruas eram pavimentadas com pedras que se encaixavam, e apesar de terem se estragado bastante nos longos anos desde a partida dos romanos, os homens do rei Tewdric tinham feito o máximo para consertar os danos, arrancando as ervas daninhas e varrendo a terra para que as nove ruas da cidade parecessem rios pedregosos na estação da seca. Era difícil andar nelas, e Nimue e eu ríamos ao ver cavalos tentando passar pelas pedras traiçoeiras. As construções eram tão estranhas quanto as ruas. Fazíamos nossos salões e casas usando madeira, palha, barro e trançados de varas, mas aquelas construções romanas eram todas juntas e feitas de pedra e estranhos tijolos estreitos, ainda que no decorrer dos anos algumas tivessem desmoronado, deixando áreas cheias de entulho nas longas fileiras de casas baixas que eram curiosamente cobertas de telhas de barro cozido. A cidade murada guardava uma passagem no Severn e ficava entre dois reinos e perto de um terceiro, por isso era um famoso centro de comércio. Oleiros trabalhavam nas casas, ourives se curvavam sobre suas mesas e bezerros mugiam num pátio de matadouro atrás do mercado apinhado de gente do campo procurando manteiga, nozes, couro, peixe defumado, mel, tecidos tingidos e lã recém-tosquiada. O melhor de tudo, pelo menos para meus olhos maravilhados, eram os soldados do rei Tewdric. Eram romanos, disse-me Nimue, ou pelo menos britânicos ensinados a agir como romanos, e todos mantinham as barbas curtas e se vestiam de modo igual, com fortes sapatos de couro e calças justas de lã por baixo dos saiotes de couro. Os soldados de patente superior tinham placas de bronze costuradas nos saiotes, e quando andavam as placas ressoavam como sinetas de vacas. Cada homem tinha uma placa peitoral polida até brilhar, um longo manto vermelho e um capacete de couro costurado no cocuruto, formando uma crista. Alguns capacetes tinham um penacho de plumas tingidas. Os soldados carregavam espadas curtas, de lâmina larga, lanças compridas com cabo polido e escudos oblongos feitos de madeira e couro com o símbolo de Tewdric, o touro. Todos os escudos eram do mesmo tamanho, as lanças eram todas do mesmo comprimento e todos os soldados marchavam em passo sincronizado, uma visão extraordinária que me fez rir a princípio, mas depois me acostumei.

No centro da cidade, onde as quatro ruas que vinham dos quatro portões se encontravam numa ampla praça aberta, havia uma construção vasta e espantosa. Até mesmo Nimue ficou boquiaberta, porque certamente nenhum ser vivo poderia fazer uma coisa daquelas; tão alta, tão branca e com cantos tão retos. Colunas sustentavam o teto alto, e em todo o espaço triangular entre o pico do teto e o topo das colunas havia imagens fantásticas esculpidas em pedra branca, mostrando homens maravilhosos pisoteando inimigos sob os cascos dos cavalos. Os homens de pedra levavam lanças de pedra, usavam capacetes de pedra com altas cristas de pedra. Algumas das imagens tinham caído ou se partido durante os congelamentos, mas ainda eram um milagre para mim, apesar de Nimue, depois de olhá-las, ter cuspido para espantar o mal.

– Você não gosta? – perguntei, ressentido.

– Os romanos tentaram ser deuses – disse ela – e por isso os Deuses os humilharam. O Conselho não deveria se reunir aqui.

Mas o Alto Conselho foi convocado para Glevum, e Nimue não podia mudar isso. Aqui, cercado por fortificações romanas feitas de terra e madeira, o destino do reino de Uther seria decidido.

O Grande Rei já chegara quando alcançamos a cidade. Ele estava alojado em outra construção alta que dava para o palácio cheio de colunas do outro lado da praça. Não mostrou surpresa nem desprazer por Nimue ter vindo, talvez porque pensasse que ela era apenas parte da comitiva de Morgana, e nos deu um cômodo simples nos fundos da casa, onde as cozinhas soltavam fumaça e os escravos falavam sem parar. Os soldados do Grande Rei pareciam desenxabidos ao lado dos brilhantes homens de Tewdric. Nossos soldados usavam cabelo comprido e barba revolta, tinham mantos remendados e puídos, de cores diferentes, e levavam espadas compridas e pesadas, lanças de cabo áspero e escudos redondos nos quais o símbolo de Uther, o dragão, parecia grosseiro ao lado dos touros cuidadosamente pintados de Tewdric.

Nos primeiros dois dias houve comemorações. Campeões dos dois reinos faziam lutas fingidas do lado de fora das muralhas, mas quando Owain, o campeão de Uther, entrou na arena, o rei Tewdric foi forçado a colocar dois dos seus melhores homens contra ele. O famoso herói da Dumnonia tinha a reputação de ser invencível, e parecia ser, parado com o sol de verão brilhando em sua espada comprida. Era um homem enorme com braços tatuados, o peito despido cheio de pelos e a barba áspera decorada com anéis de guerreiro forjados a partir das armas de inimigos derrotados. Sua luta contra os dois campeões de Tewdric deveria ser uma batalha de mentira, mas era difícil ver a mentira enquanto os dois heróis de Gwent se revezavam atacando-o. Os três homens lutaram como se estivessem cheios de ódio e trocavam golpes de espada que deviam estar ressoando até no norte, no distante Powys, e depois de alguns minutos o suor se misturava com sangue, os gumes rombudos das espadas estavam amassados e os três praticamente se arrastavam, mas Owain ainda levava a melhor. Apesar do tamanho, era rápido com a espada, e seus golpes tinham um peso esmagador. A multidão, que tinha vindo de todas as regiões próximas e, portanto, tanto do reino de Uther quanto do de Tewdric, gritava como feras selvagens para instigar seus homens ao massacre, e Tewdric, vendo a paixão, jogou seu cajado para encerrar a luta.

– Nós somos amigos, lembrem-se – disse aos três homens, e Uther, sentado um degrau mais alto do que Tewdric, como era adequado a um Grande Rei, assentiu concordando.

Uther parecia balofo e doente; o corpo inchado de líquido, o rosto estava amarelo e frouxo, a respiração, difícil. Tinha sido levado ao campo de luta numa liteira e estava sentado no trono, enrolado num manto pesado que escondia seu cinto de joias e o colar brilhante. O rei Tewdric se vestia como um romano, na verdade seu avô fora um romano de verdade, o que devia explicar o nome que parecia estrangeiro. O rei usava o cabelo cortado muito curto, não tinha barba e estava enrolado numa toga branca com dobras intricadas num dos ombros. Era alto, magro e de movimentos graciosos, e, apesar de ainda ser jovem, o ar triste e sábio de seu rosto o fazia parecer muito mais velho. Sua rainha, Enid, usava o cabelo numa estranha trança espiral que se empilhava tão precariamente no topo da cabeça a ponto de ela ser forçada a se mover com a falta de jeito angulosa de um potro recém-nascido. Seu rosto estava coberto com uma pasta branca que o fixava numa expressão vazia, de tédio perplexo. Seu filho Meurig, o edling de Gwent, era uma criança agitada de 10 anos, que se sentava ao pé da mãe e levava um tapa do pai sempre que enfiava o dedo no nariz.

Depois da luta, os harpistas e bardos tiveram sua disputa. Cynyr, o bardo de Gwent, cantou a grandiosa narrativa da vitória de Uther sobre os saxões em Caer Idern. Mais tarde, percebi que Tewdric devia ter ordenado isso como tributo ao Grande Rei, e certamente o desempenho agradou a Uther, que sorria enquanto os versos rolavam e assentia sempre que um guerreiro em particular era louvado. Cynyr declamou a vitória numa voz ressoante e, quando chegou aos versos que contavam como Owain havia trucidado saxões aos milhares, virou-se para o lutador cansado e combalido, e um dos campeões de Tewdric, que fazia apenas uma hora estivera tentando derrotar o homenzarrão, levantou-se e ergueu o braço que Owain usava para segurar a espada. A multidão rugiu, depois gargalhou quando Cynyr adotou uma voz de mulher para descrever os saxões implorando misericórdia. Começou a correr pelo campo em passinhos apavorados, agachando-se como estivesse se escondendo, e a multidão adorou. Eu também adorei, porque quase dava para ver os odiados saxões se encolhendo de terror e sentir o cheiro do sangue de sua morte e ouvir as asas dos corvos vindo se refestelar em sua carne, e então Cynyr se empertigou em toda a sua altura e deixou o manto cair, de modo que seu corpo pintado de azul ficou nu, e ele cantou a canção de tributo aos Deuses que tinham visto seu campeão, o Grande Rei Uther da Dumnonia, o Pendragon da Britânia, derrotar os reis, os chefes e os campeões do inimigo. Então, ainda nu, o bardo se prostrou diante do trono de Uther.

Uther enfiou a mão no manto felpudo até encontrar um torque de ouro amarelo que jogou na direção de Cynyr. O gesto foi frágil e o torque caiu na beira do tablado de madeira onde os dois reis estavam. Nimue empalideceu diante do mau presságio, mas Tewdric pegou calmamente o torque e o levou até o bardo de cabelos brancos, que o rei levantou com as próprias mãos.

Depois que os bardos tinham cantado, e assim que o sol estava se pondo atrás da silhueta escura e baixa dos morros do oeste que marcavam a borda das terras de Silúria, uma procissão de garotas trouxe flores para as rainhas, mas havia apenas uma rainha no tablado, Enid. Durante alguns segundos as garotas que carregavam os buquês de flores destinadas à dama de Uther não souberam o que fazer, mas Uther se mexeu e apontou para Morgana, que tinha seu banco ao lado do tablado, e assim as garotas foram para o lado e amontoaram os íris, as rainhas-dos-prados e as orquídeas diante dela.

– Ela parece um bolinho de massa enfeitado de salsa – sussurrou Nimue em meu ouvido.

Na noite anterior ao Alto Conselho houve um culto cristão no grande salão do prédio grandioso no centro da cidade. Tewdric era um cristão entusiasmado e seus seguidores apinharam o salão que foi iluminado por tochas postas em suportes de ferro presos às paredes. Tinha chovido naquela tarde e o salão apinhado fedia a suor, lã úmida e fumaça. As mulheres ficavam do lado esquerdo e os homens do lado direito, ainda que Nimue tivesse calmamente ignorado o arranjo e subido num pedestal atrás da multidão escura de homens cobertos com os mantos e com as cabeças descobertas. Havia outros pedestais assim, na maioria com estátuas, porém o nosso estava vazio e proporcionava amplo espaço para nós dois nos sentarmos e olharmos os ritos cristãos, ainda que a princípio eu estivesse mais pasmo com o vasto interior do salão que era mais alto, mais largo e mais comprido do que qualquer salão de festa que eu já tivesse visto; tão gigantesco que pardais viviam lá dentro e deviam achar o salão romano um mundo inteiro. O céu dos pardais era um teto curvo sustentado por colunas de tijolo atarracadas que já tinham sido cobertas de reboco branco com figuras pintadas. Restavam fragmentos das pinturas: dava para ver a silhueta vermelha de um cervo correndo, uma criatura marinha com chifres e cauda partida, e duas mulheres segurando uma taça com duas alças.

Uther não estava no salão, mas seus guerreiros cristãos tinham comparecido, e o bispo Bedwin, conselheiro do Grande Rei, ajudou nas cerimônias a que Nimue e eu assistimos de nosso poleiro como duas crianças travessas espiando os adultos. O rei Tewdric estava lá, e com ele alguns dos reis e príncipes que estariam no Alto Conselho no dia seguinte. Esses grandes homens tinham assentos na frente do salão, contudo a massa de luzes das tochas não brilhava em volta de seus assentos, e sim nos sacerdotes cristãos reunidos em volta de sua mesa. Era a primeira vez que eu via essas criaturas realizando seus rituais.

– O que, exatamente, é um bispo? – perguntei a Nimue.

– É como um druida – disse ela e, de fato, como druidas, todos os sacerdotes cristãos usavam a parte de frente do crânio raspada. – Só que eles não têm treinamento – acrescentou Nimue, ridicularizando – e não sabem nada.

– Todos eles são bispos? – perguntei, porque havia uma quantidade de homens raspados indo e vindo, abaixando-se e se levantando em volta da mesa iluminada na extremidade do salão.

– Não, alguns são apenas sacerdotes. Eles sabem ainda menos do que os bispos. – Ela riu.

– Nada de sacerdotisas?

– Na religião deles as mulheres devem obedecer aos homens – disse ela, cheia de desprezo. Em seguida, cuspiu contra o mal e alguns dos guerreiros próximos se viraram com olhares desaprovadores. Nimue os ignorou. Estava envolta em seu manto preto com os braços apertando os joelhos puxados contra os seios. Morgana nos havia proibido de comparecer a cerimônias cristãs, mas Nimue não recebia mais ordens de Morgana. À luz das tochas, seu rosto fino tinha sombras escuras, e os olhos brilhavam.

Os estranhos sacerdotes cantavam e entoavam na língua grega que nada significava para nós. Ficavam se curvando e, quando faziam isso, toda a multidão se abaixava e lutava para se levantar de novo, e cada mergulho era marcado no lado direito do salão por um estardalhaço quando mais de uma centena de espadas embainhadas batiam no chão de ladrilho. Os sacerdotes, como os druidas, estendiam os braços para os lados quando rezavam. Usavam túnicas estranhas que pareciam um pouco com a toga de Tewdric e eram cobertos por mantos curtos e enfeitados. Cantavam e a multidão cantava de volta, e algumas das mulheres de pé atrás da frágil rainha Enid de cara branca começaram a se sacudir e tremer em êxtase, mas os sacerdotes ignoravam a comoção e continuavam entoando e cantando. Havia uma cruz simples sobre a mesa, para a qual eles se curvavam e para a qual Nimue fez o sinal do mal enquanto murmurava um encanto protetor. Logo nós dois ficamos entediados e eu quis sair para garantir que tivéssemos um bom lugar para acompanhar parte da grande festa que seria dada depois da cerimônia no salão de Uther, mas então a língua da noite se transformou na fala da Britânia enquanto um jovem sacerdote discursava para a multidão.

O jovem sacerdote era Sansum, e aquela noite foi a primeira vez em que vi o santo. Na época ele era bem novo, muito mais do que os bispos, mas era considerado um homem ascendente, esperança do futuro cristão, e deliberadamente os bispos tinham-lhe dado a honra de fazer este sermão como um modo de estimular sua carreira.

Sansum sempre foi um homem magro, de baixa estatura, com o queixo afiado e raspado, e uma testa recuada sobre a qual seu cabelo tonsurado se projetava duro e preto como uma cerca de espinheiro, ainda que a cerca tivesse sido cortada mais curta no topo do que dos lados, deixando-o assim com um par de tufos espetados que saltavam logo acima das orelhas.

– Ele parece Lughtigern – sussurrou Nimue, e ri alto porque Lughtigern é o Lorde Camundongo das histórias infantis; uma criatura cheia de alardes e bravata, mas sempre fugindo quando aparece um gato. Só que esse Lorde Camundongo tonsurado certamente sabia pregar. Eu nunca ouvira o abençoado Evangelho de Nosso Senhor Jesus Cristo antes daquela noite, e algumas vezes estremeço quando penso como recebi mal aquele primeiro sermão, mas nunca esquecerei o poder de sua fala. Sansum trepou numa segunda mesa para que pudesse ver e ser visto, e algumas vezes, na paixão da pregação, ameaçava cair pela borda e tinha de ser seguro por seus colegas sacerdotes. Eu esperava que ele caísse, mas de algum modo ele sempre recuperava o equilíbrio.

Sua pregação começou de modo bastante convencional. Agradeceu a Deus pela presença dos reis grandiosos e dos príncipes poderosos que tinham vindo escutar o Evangelho, depois fez alguns belos elogios ao rei Tewdric antes de se lançar numa diatribe que estabelecia a visão cristã da situação da Britânia. Mais tarde, percebi que era mais um discurso político do que um sermão.

A Ilha da Britânia, disse Sansum, era amada por Deus. Era uma terra especial, separada das outras e cercada por um mar luminoso para defendê-la da pestilência, das heresias e dos inimigos. A Britânia, prosseguiu ele, também era abençoada por grandes dirigentes e guerreiros poderosos, mas ultimamente a terra fora assolada por estrangeiros, e seus campos, celeiros e povoados tinham passado pela espada. Os pagãos saxões estavam tomando a terra dos nossos ancestrais e a devastando. Os terríveis saxões violavam as sepulturas de nossos pais, estupravam nossas mulheres e trucidavam nossas crianças, e essas coisas não podiam acontecer, afirmou Sansum, se não fossem a vontade de Deus, e por que Deus viraria as costas desse modo para seus filhos especiais e amados?

Porque, disse ele, esses filhos tinham se recusado a ouvir Sua mensagem sagrada. Os filhos da Britânia ainda se curvavam diante de madeira e pedra. Os bosques supostamente sagrados continuavam de pé e seus templos ainda tinham os crânios dos mortos e eram lavados pelo sangue dos sacrifícios. Essas coisas podiam não ser vistas nas cidades, disse Sansum, porque a maioria das cidades estava cheia de cristãos, mas o campo, alertou ele, estava infestado de pagãos. Podiam restar poucos druidas na Britânia, mas em cada vale e fazenda havia homens e mulheres que agiam como druidas, que sacrificavam seres vivos à pedra morta e que usavam feitiços e amuletos para enganar o povo crédulo. Até mesmo os cristãos, e aqui Sansum teve uma expressão de nojo para a sua congregação, levavam os doentes para feiticeiras e contavam seus sonhos a profetisas pagãs, e enquanto essas práticas malignas fossem encorajadas Deus castigaria a Britânia com estupro, morte e saxões. Aqui ele parou para respirar, e segurei o torque em meu pescoço porque sabia que aquele Lorde Camundongo que discursava sem parar era inimigo de meu senhor Merlin e de minha amiga Nimue. Nós tínhamos pecado!, gritou Sansum de repente, abrindo os braços enquanto cambaleava na beira da mesa, e todos tínhamos de nos arrepender. Os reis da Britânia, disse ele, deviam amar Cristo e Sua Mãe abençoada, e só quando toda a raça britânica estivesse unida sob Deus, Deus uniria toda a Britânia. Agora a turba reagia ao sermão, gritando em concordância, rezando em voz alta pedindo misericórdia ao seu Deus e gritando pela morte dos druidas e seus seguidores. Era aterrorizante.

– Venha – sussurrou Nimue –, já ouvi o bastante.

Descemos do pedestal e passamos pela multidão que enchia o vestíbulo sob as colunas externas do palácio. Para minha vergonha, levantei a gola do manto até o queixo imberbe, para que ninguém visse meu torque enquanto seguia Nimue descendo a escadaria até a praça batida pelo vento, iluminada em todos os lados por tochas enormes. Uma chuva fraca vinha do oeste, fazendo as pedras da praça brilhar à luz das tochas. Os guardas uniformizados de Tewdric estavam imóveis ao redor da borda da praça enquanto Nimue me levava ao centro do amplo espaço, onde parou e de repente começou a rir. A princípio era um risinho, depois a gargalhada de pilhéria que se transformou numa zombaria feroz e depois num uivo desafiador que ultrapassou os telhados de Glevum até ecoar em direção aos céus e terminar num guincho maníaco tão louco quanto o grito de morte de uma fera acuada. Ela se virou enquanto dava o grito, virou-se acompanhando o caminho do sol, do norte para o leste, para o sul, para o oeste e depois para o norte de novo, e nenhum soldado se mexeu. Alguns cristãos que estavam no pórtico do grande prédio nos olharam com raiva, mas não interferiram. Até os cristãos reconheciam alguém que era tocado pelos Deuses, e nenhum deles ousaria encostar a mão em Nimue.

Quando seu fôlego chegou ao fim ela desmoronou nas pedras. Ficou em silêncio; uma figura minúscula agachada sob uma capa preta, uma coisa informe estremecendo aos meus pés.

– Ah, pequenino – disse ela finalmente numa voz cansada –, ah, meu pequenino.

– O que é? – perguntei. Confesso que estava mais tentado pelo cheiro de porco assando que vinha da casa de Uther do que por qualquer transe momentâneo que tivesse exaurido Nimue a tal ponto.

Ela estendeu a mão esquerda, com a cicatriz, e a puxei de pé.

– Temos uma chance – falou numa voz pequena, apavorada –, só uma chance, e se a perdermos os Deuses se afastarão. Seremos abandonados pelos Deuses e deixados aos brutos. E aqueles idiotas lá, o

Lorde Camundongo e seus seguidores, arruinarão essa chance se não lutarmos contra eles. E há tantos deles, e nós somos tão poucos! – Ela olhava meu rosto, chorando desesperadamente.

Eu não sabia o que fazer. Não tinha habilidades com o mundo dos espíritos, mesmo sendo criado por Merlin e filho de Bel.

– Bel vai nos ajudar, não vai? – perguntei desamparado. – Ele nos ama, não é?

– Ele os ama! – Ela puxou a mão de dentro da minha. – Ele nos ama! – repetiu, cheia de desprezo. – Não é tarefa dos Deuses nos amar. Você ama os porcos de Druidan? Por que, em nome de Bel, um Deus deveria nos amar? Amar! O que você sabe sobre amor, Derfel, filho de uma saxã?

– Sei que amo você – falei. Agora sou capaz de ruborizar quando penso nos gestos desesperados de um garoto pelo afeto de uma mulher. Tinha sido necessária toda a coragem do meu corpo para fazer aquela declaração, cada grama de coragem que eu possuía, e depois de ter dito as palavras ruborizei à luz varrida pela chuva, e desejei ter ficado quieto.

Nimue sorriu para mim.

– Eu sei. Eu sei. Agora venha. Há um festim para o nosso jantar.

Nestes dias, nestes meus dias agonizantes que passo escrevendo neste mosteiro nas colinas de Powys, algumas vezes fecho os olhos e vejo Nimue. Não como ela se tornou, mas como era na época: tão cheia de fogo, tão ágil, tão confiante. Sei que ganhei Cristo e que através de Sua bênção ganhei também todo o mundo, mas do que perdi, do que todos nós perdemos, a conta não tem fim. Nós perdemos tudo.

O festim foi maravilhoso.

O Alto Conselho teve início no meio da manhã, depois que os cristãos realizaram outra cerimônia. Eles faziam um número terrível de cerimônias, pensei, já que cada hora do dia parecia exigir alguma nova genuflexão diante da cruz, mas o atraso serviu para dar aos príncipes e guerreiros tempo de se recuperar da noite de bebedeira, vaidades e brigas. O Alto Conselho aconteceu no grande salão que estava novamente iluminado por tochas, já que, apesar de o sol de verão estar brilhante, as poucas janelas eram altas e pequenas, menos adequadas a deixar a luz entrar do que a fumaça a sair, ainda que até isso elas fizessem mal.

Uther, o Grande Rei, estava sentado numa plataforma acima do tablado reservado para os reis, edlings e príncipes. Tewdric de Gwent, anfitrião do Conselho, sentava-se abaixo de Uther, e a cada lado do trono de Tewdric havia uma dúzia de outros tronos ocupados nesse dia por reis ou príncipes visitantes que pagavam tributo a Uther ou Tewdric. O príncipe Cadwy de Isca estava lá, o rei Melwas dos Belgae e o príncipe Gereint, Senhor das Pedras, enquanto o distante Kernow, o reino selvagem na ponta ocidental da Britânia, tinha mandado seu edling, o príncipe Tristan, que estava sentado envolto em pele de lobo na ponta do tablado, perto de um dos dois tronos vazios.

Na verdade os tronos não passavam de cadeiras tiradas do salão de festa e enfeitadas com mantas, e em frente de cada cadeira, pousados no chão e encostados no tablado, estavam os escudos dos reinos. Houvera um tempo em que 33 escudos podiam se apoiar no tablado, mas agora as tribos da Britânia lutavam entre si e alguns dos reinos tinham sido enterrados em Lloegyr pelas lâminas saxãs. Um dos objetivos desse Alto Conselho era fazer a paz entre o resto dos reinos britânicos, uma paz que já estava ameaçada porque Powys e Silúria não tinham vindo. Seus tronos estavam vazios, testemunhas mudas da inimizade contínua daqueles reinos para com Gwent e Dumnonia.

Diretamente diante dos reis e príncipes, e além de um pequeno espaço aberto que fora deixado para os discursos, estavam os conselheiros e os principais magistrados dos reinos. Alguns dos conselhos, como os de Gwent e da Dumnonia, eram enormes, ao passo que outros tinham apenas um punhado de homens. Os magistrados e conselheiros sentavam-se no chão que, como vi agora, era decorado com milhares de minúsculas pedras coloridas arrumadas numa imagem gigantesca que aparecia entre os corpos sentados. Todos os conselheiros tinham trazido cobertores para servir como almofadas, porque sabiam que as deliberações do Alto Conselho podiam durar até depois do anoitecer. Atrás dos conselheiros, e presentes apenas como observadores, estavam os guerreiros armados, alguns com seus cães de caça prediletos ao lado, presos em coleiras. Eu me encontrava de pé junto daqueles guerreiros armados, já que meu torque de bronze com a cabeça de Cernunnos era toda a autoridade de que precisava para estar presente.

Duas mulheres estavam no conselho, só duas, e até mesmo sua presença tinha causado murmúrios de protesto entre os homens que esperavam, até que uma piscada de Uther silenciou os grunhidos.

Morgana sentava-se logo à frente de Uther. Os conselheiros tinham se afastado dela para que ficasse sozinha, até que Nimue passou cheia de ousadia pela porta do salão e abriu caminho entre os homens sentados para ocupar um lugar junto dela. Nimue entrara com uma segurança tão tranquila que ninguém tentou impedi-la. Assim que se sentou ela olhou para o Grande Rei Uther como se o desafiasse a expulsá-la, mas o rei ignorou sua chegada. Morgana também ignorou sua jovem rival que se sentou muito quieta e com as costas muito retas. Vestia sua túnica de linho branco com o fino cinto de couro, de escrava, e em meio aos homens de capas grossas e cabelos grisalhos parecia frágil e vulnerável.

O Alto Conselho teve início, como todos os conselhos, com uma oração. Merlin, se estivesse presente, teria invocado os Deuses, mas em vez disso o bispo Conrad de Gwent fez uma oração ao Deus cristão. Vi Sansum sentado em meio aos conselheiros de Gwent e notei o feroz olhar de ódio que lançou às duas mulheres quando elas não baixaram a cabeça durante a oração do bispo. Sansum sabia que as mulheres tinham vindo no lugar de Merlin.

Depois da oração o desafio foi lançado por Owain, o campeão da Dumnonia que havia lutado na véspera contra os dois melhores homens de Tewdric. Um bruto, era como Merlin sempre chamava Owain, e ele parecia um bruto enquanto se levantava diante do Grande Rei com o rosto ainda com cascas de sangue da luta, com a espada desembainhada e um grosso manto de pele de lobo em volta dos músculos sobressalentes de seus ombros enormes.

– Algum homem aqui – rosnou ele – questiona o direito de Uther ao Grande Trono?

Ninguém questionou. Owain, parecendo meio desapontado por ver negada a chance de trucidar um desafiante, embainhou a espada e sentou-se desconfortavelmente entre os conselheiros. Ele preferiria ficar de pé com seus guerreiros.

Em seguida, foram dadas as notícias da Britânia. O bispo Bedwin, falando pelo Grande Rei, informou que a ameaça saxã ao leste da Dumnonia tinha diminuído, ainda que a um preço muito alto para ser contemplado. O príncipe Mordred, edling da Dumnonia e guerreiro cuja fama tinha alcançado os limites da terra, fora morto na hora da vitória. O rosto de Uther não demonstrou coisa alguma enquanto ouvia a história, narrada com frequência, da morte de seu filho. O nome de Artur não foi mencionado, mesmo tendo sido ele quem conquistara a vitória depois das ações desajeitadas de Mordred, e todo mundo no salão sabia disso. Bedwin disse que os saxões derrotados tinham vindo das terras que um dia foram governadas pela tribo Catuvelan e que, apesar de não terem sido expulsos de todo aquele antigo território, eles concordaram em pagar ao Grande Rei um tributo anual em ouro, trigo e bois. Deus permita, acrescentou ele, que a paz dure.

– Deus permita – interveio o rei Tewdric – que os saxões sejam expulsos daquelas terras! – Suas palavras levaram os guerreiros no fundo e nas laterais do salão a bater as lanças no chão, e pelo menos uma lança quebrou as pequenas pedras do mosaico. Cães uivaram.

Ao norte da Dumnonia, continuou Bedwin calmamente quando os aplausos cessaram, a paz reinava, graças ao sábio tratado de amizade que existia entre o Grande Rei e o nobre rei Tewdric. No oeste, e aqui Bedwin parou para lançar um sorriso para o belo e jovem príncipe Tristan, também havia paz.

– O reino de Kernow – disse Bedwin – mantém-se isolado. Soubemos que o rei Mark tomou uma nova esposa e rezamos para que ela, como suas distintas predecessoras, mantenham o senhor totalmente ocupado. – Isso provocou um murmúrio de risos.

– Que esposa é essa? – perguntou Uther de repente. – A quarta ou a quinta?

– Acho que até meu pai perdeu a conta, Grande Senhor – disse Tristan e o salão explodiu com risos. Mais pedras de mosaico se partiram sob as lanças, e um dos pequenos fragmentos deslizou pelo chão até bater no meu pé.

Agrícola falou em seguida. O nome dele era romano, e era famoso por aderir aos costumes romanos. Agrícola era comandante de Tewdric e, apesar de ser agora um homem velho, ainda era temido pela habilidade em batalha. A idade não tinha curvado sua figura alta, ainda que tivesse tornado seus cabelos curtos tão cinzentos quanto uma lâmina de espada. Seu rosto cheio de cicatrizes era bem barbeado e ele usava uniforme romano, porém muito mais grandioso do que os de seus homens. Sua túnica era escarlate, o peitoral e as grevas das pernas eram de prata, e sob o braço havia um elmo de prata com um penacho de crina de cavalo tingida, cortado como uma rígida escova escarlate. Ele também informou que os saxões a leste do reino de seu senhor tinham sido derrotados, mas as notícias das Terras Perdidas de Lloegyr eram perturbadoras, porque ele ouvira que mais barcos tinham vindo da terra dos saxões atravessando o mar Germânico, e com o tempo, alertou, mais barcos nas costas saxãs significariam mais guerreiros pressionando para o oeste, em direção à Britânia. Agrícola também nos alertou sobre um novo líder saxão chamado Aelle, que lutava pelo domínio entre os saxões. Era a primeira vez que eu ouvia o nome de Aelle, e na época só os Deuses sabiam como esse nome viria nos assombrar durante os anos seguintes.

Os saxões, prosseguiu Agrícola, poderiam estar temporariamente quietos, mas isso não trouxera paz ao reino de Gwent. Bandos de guerreiros britânicos tinham vindo de Powys, em direção ao sul, enquanto outros haviam marchado para o oeste saindo de Silúria para atacar a terra de Tewdric. Mensageiros tinham ido aos dois reinos, convidando seus monarcas a comparecer a este conselho, mas infelizmente – e aqui Agrícola fez um gesto para as duas cadeiras vazias na plataforma real – nem Gorfyddyd de Powys nem Gundleus de Silúria tinham vindo. Tewdric não podia esconder o desapontamento, porque claramente estivera esperando que Gwent e Dumnonia pudessem fazer a paz com os dois vizinhos do Norte. Essa esperança de paz, presumi, também fora o motivo por trás do convite de Uther a Gundleus para visitar Norwenna na primavera, mas os tronos vazios pareciam falar apenas de uma inimizade continuada. Se não houvesse paz, alertou Agrícola seriamente, o rei de Gwent não teria opção além de ir à guerra contra Gorfyddyd de Powys e seu aliado, Gundleus de Silúria. Uther assentiu, dando seu consentimento à ameaça.

De mais ao norte, informou Agrícola, vinham notícias de que Leodegan, rei de Henis Wyren, tinha sido expulso de seu reino por Diwrnach, o invasor irlandês que dera o nome de Lleyn às terras recém-conquistadas. O deposto Leodegan, acrescentou Agrícola, tinha procurado abrigo com o rei Gorfyddyd de Powys porque Cadwallon de Gwynedd não quis aceitá-lo. Houve mais risos diante dessa notícia, porque o rei Leodegan era famoso por suas tolices.

– Também ouvi dizer – prosseguiu Agrícola quando o riso diminuiu – que mais invasores irlandeses entraram em Demetia e estão pressionando as fronteiras ocidentais de Powys e Silúria.

– Eu devo falar por Silúria, e ninguém mais – interveio uma voz forte vinda da porta.

Houve uma enorme agitação enquanto cada homem no salão se virava para olhar em direção à porta. Gundleus tinha vindo.

O rei de Silúria entrou no salão como um herói. Não havia hesitação nem pedido de desculpas em sua postura, ainda que seus guerreiros tivessem atacado repetidamente a terra de Tewdric, assim como tinham vindo em direção ao sul, atravessando o mar de Severn para atacar o país de Uther. Gundleus parecia tão confiante que precisei me lembrar de como ele tinha fugido de Nimue no salão de Merlin. Atrás de Gundleus, arrastando os pés e babando, vinha Tanaburs, o druida, e de novo me escondi ao me lembrar do poço da morte. Uma vez Merlin tinha me dito que o fracasso de Tanaburs em me matar tinha posto a alma dele sob meu comando, mas eu ainda estremecia de medo olhando o velho entrar no salão com os cabelos chocalhando por causa dos pequenos ossos pendurados nas pontas.

Atrás de Tanaburs, com as longas espadas em bainhas envoltas em tecido vermelho, vinha a comitiva de Gundleus. Os cabelos e os bigodes deles estavam trançados e as barbas eram compridas.

Ficaram com os outros guerreiros, empurrando-os para o lado para fazer uma sólida falange de homens orgulhosos vindo ao Alto Conselho de seus inimigos, enquanto Tanaburs, vestido em sua túnica cinza e suja bordada com luas crescentes e lebres correndo, encontrou espaço entre os conselheiros. Owain, sentindo cheiro de sangue, tinha se levantado para barrar o caminho de Gundleus, mas Gundleus ofereceu ao campeão do Grande Rei o punho de sua espada para mostrar que viera em paz, em seguida se prostrou no chão de mosaico diante do trono de Uther.

– Levante-se, Gundleus Ap Meilyr, rei de Silúria – ordenou Uther, depois estendeu a mão num gesto de boas-vindas. Gundleus subiu no tablado e beijou a mão antes de tirar das costas o escudo com o brasão mostrando uma máscara de raposa. Colocou-o com os outros escudos, depois ocupou seu trono e passou a olhar o salão em volta, como se estivesse muito satisfeito em estar presente. Cumprimentou conhecidos com a cabeça, murmurando surpresa ao ver alguns e sorrindo para outros. Todos os homens a quem cumprimentou eram seus inimigos, no entanto ele parecia relaxado na cadeira, como se estivesse sentado perto do fogo em sua casa. Até mesmo pendurou uma das pernas compridas no braço da cadeira. Ergueu uma das sobrancelhas quando viu as duas mulheres e a mim, e detectei um leve desprezo quando reconheceu Nimue. Mas o desprezo desapareceu enquanto seu olhar perpassava a multidão. Tewdric o convidou cordialmente a dar notícias de seu reino ao Alto Conselho, mas Gundleus apenas sorriu e disse que tudo ia bem em Silúria.

Não vou cansá-los com a maior parte das questões do dia. Nuvens se juntaram sobre Glevum enquanto disputas eram resolvidas, casamentos acertados e julgamentos feitos. Gundleus, ainda que jamais admitindo suas invasões, consentiu em pagar a Tewdric uma gratificação de bois, ovelhas e ouro, com a mesma compensação para o Grande Rei, e muitas queixas menores foram resolvidas de modo semelhante. As discussões eram longas e os pedidos emaranhados, mas uma a uma as questões foram decididas. Tewdric fez a maior parte do trabalho, mas nunca sem um olhar de lado para o Grande Rei, para detectar qualquer gesto minúsculo que desse a entender a decisão de

Uther. Afora esses gestos, Uther praticamente não se mexia, a não ser quando um escravo lhe trazia água, pão ou um remédio que Morgana fizera com folhas de unha-de-cavalo embebidas em hidromel para acalmar sua tosse. Só deixou o tablado uma vez para mijar contra a parede dos fundos do salão enquanto Tewdric, sempre paciente e sempre cuidadoso, considerava uma disputa de fronteira entre dois chefes de seu próprio reino. Uther cuspiu em sua urina para afastar o mal, depois voltou mancando ao tablado enquanto Tewdric dava o julgamento que, como todos os outros, foi registrado em pergaminho por três escribas sentados numa mesa atrás do tablado.

Uther guardava a pouca energia para as questões mais importantes, que vieram depois do entardecer. Foi um crepúsculo escuro, e os servos de Tewdric tinham posto mais uma dúzia de tochas acesas no salão. Também havia começado a chover forte, e o salão ficou frio enquanto a água encontrava buracos no teto e pingava no chão ou corria em riachos pelas paredes de tijolos. De repente ficou tão frio que um braseiro – um cesto de ferro de 1,20 metro de comprimento – foi cheio com lenha e aceso perto dos pés do Grande Rei. Os escudos reais foram afastados e o trono de Tewdric puxado para o lado, para que o calor do braseiro chegasse a Uther. A fumaça de madeira pairava no salão, misturando-se às sombras altas enquanto buscava uma saída até a chuva.

Finalmente Uther se levantou para falar ao Alto Conselho. Ele estava pouco firme, por isso se apoiou numa grande lança de caçar javalis enquanto abria a mente sobre seu reino. Dumnonia, disse ele, tinha um novo edling, e devíamos agradecer aos Deuses por essa misericórdia, mas o edling era fraco, era um bebê e tinha um pé aleijado. Murmúrios receberam a confirmação do mau presságio que já se espalhara em boatos, mas diminuíram quando Uther ergueu a mão pedindo silêncio. A fumaça o envolvia, dando-lhe um ar espectral como se sua alma já estivesse vestida com o corpo-sombra do Outro Mundo. O ouro brilhava em seu pescoço e nos pulsos, e um fino filete de ouro, a coroa do rei, circundava os cabelos brancos e ralos.

– Estou velho e não viverei muito. – Ele acalmou os protestos com outro gesto frágil da mão. – Não afirmo que meu reino esteja acima de qualquer outro nesta terra, mas digo que se Dumnonia cair diante dos saxões, toda a Britânia cairá. Se Dumnonia cair, perderemos a ligação com Armórica e nossos irmãos do outro lado do mar. Se Dumnonia cair os saxões terão dividido a terra da Britânia, e uma terra dividida não pode sobreviver. – Ele fez uma pausa, e por um segundo pensei que estava cansado demais para continuar, mas então aquela grande cabeça de touro se ergueu e Uther continuou falando: – Os saxões não devem chegar ao mar de Severn! – Ele gritou o credo que estivera no âmago de suas ambições durante todos aqueles anos. Enquanto os saxões estivessem contidos pelos britânicos havia uma chance de que um dia pudessem ser impelidos de volta ao mar Germânico, mas se chegassem à nossa Costa Oeste teriam separado Dumnonia de Gwent, e os britânicos do Sul dos britânicos do Norte. – Os homens de Gwent – prosseguiu Uther – são nossos maiores guerreiros – e aqui ele prestou tributo a Agrícola –, mas não é segredo que Gwent vive do pão da Dumnonia. Dumnonia precisa ser mantida, ou então a Britânia será perdida. Tenho um neto, e o reino é dele! O reino é para ser governado por Mordred quando eu morrer. Esta é a minha lei! – E nesse ponto ele bateu com a lança na plataforma e, por um momento, a antiga força do Pendragon brilhou em seus olhos. Independentemente de qualquer outra coisa que fosse decidida aqui, o reino não sairia da linhagem de Uther, pois esta era a lei de Uther e agora todo mundo no salão sabia disso. Tudo que restava era decidir como a criança aleijada seria protegida até ter idade suficiente para assumir o reino.

E assim as discussões começaram, se bem que todo mundo sabia o que já fora decidido. Por que outro motivo Gundleus estava tão relaxado em seu trono? Mas alguns homens ainda apresentaram outros candidatos para a mão de Norwenna. O príncipe Gereint, Senhor das Pedras, que tinha as fronteiras da Dumnonia com os saxões, propôs Meurig Ap Tewdric, edling de Gwent, mas todo mundo no salão sabia que a proposta era apenas um modo de elogiar Tewdric e jamais seria aceita porque Meurig era uma mera criança que vivia enfiando o dedo no nariz e não tinha chance de defender a Dumnonia contra os saxões. Gereint, tendo cumprido o seu dever, sentou-se e ouviu quando um dos conselheiros de Tewdric propôs o príncipe Cuneglas, o filho mais velho de Gorfyddyd, e portanto edling de Powys. Um casamento com o príncipe herdeiro da coroa inimiga, afirmou o conselheiro, forjaria a paz entre Powys e Dumnonia, os dois reinos britânicos mais poderosos, porém a sugestão foi implacavelmente derrubada pelo bispo Bedwin, que sabia que o seu senhor jamais entregaria o reino aos cuidados de um homem que era filho do pior inimigo de Tewdric.

Tristan, príncipe de Kernow, era outro candidato, mas hesitou, sabendo muito bem que ninguém da Dumnonia confiaria em seu pai, o rei Mark. Meriadoc, príncipe de Stronggore, foi sugerido, mas Stronggore, um reino a leste de Gwent, já estava meio perdido para os saxões, e se um homem não era capaz de manter seu próprio reino, como poderia manter outro? E quanto às casas reais da Armórica?, perguntou alguém, mas ninguém sabia se os príncipes do outro lado do mar abandonariam sua terra, a Bretanha, para defender a Dumnonia.

Gundleus. Tudo retornava a Gundleus.

Mas então Agrícola falou o nome que quase todos os homens no salão queriam e temiam ouvir. O velho soldado se levantou, com a armadura romana brilhando e os ombros retos, e olhou para Uther, o Pendragon, direto nos olhos remelentos.

– Artur – disse Agrícola. – Eu proponho Artur.

Artur. O nome ressoou no salão, e então o eco que morria foi afogado pelo ruído súbito das lanças batendo no chão. Os lanceiros que aplaudiam eram guerreiros da Dumnonia, homens que tinham seguido Artur em batalha e conheciam seu valor, mas a rebelião foi breve.

Uther, o Pendragon, Grande Rei da Britânia, levantou sua lança e baixou-a uma vez. Houve um silêncio imediato no qual apenas Agrícola ousava desafiar o Grande Rei.

– Proponho que Artur se case com Norwenna – disse ele respeitosamente, e até eu, por mais novo que fosse, soube que Agrícola devia estar falando por seu senhor, o rei Tewdric, e isso me deixou perplexo, porque achava que Gundleus era o candidato de Tewdric.

Se Gundleus pudesse ser separado de sua amizade com Powys, a nova aliança entre Dumnonia, Gwent e Silúria sustentaria toda a terra nas duas margens do mar de Severn, e essa aliança tríplice seria um baluarte contra Powys e os saxões. Eu deveria saber, claro, que, ao sugerir Artur, Tewdric estava invocando uma recusa que teria de ser recompensada com um favor.

– Artur Ap Neb – disse Uther, e esta última palavra foi recebida com um ofegar de surpresa horrorizada: "não é do sangue". Não poderia haver argumento com tal decreto e Agrícola, aceitando a derrota, curvou-se e se sentou. Neb significava ninguém, e Uther estava negando que era pai de Artur, assim declarando que Artur não tinha sangue real e portanto não poderia se casar com Norwenna. Um bispo dos Belgae argumentou em favor de Artur, protestando que os reis sempre tinham sido escolhidos na nobreza e que os costumes que serviram no passado deveriam servir no futuro, mas sua objeção verborrágica foi silenciada por um olhar feroz de Uther. A chuva entrou redemoinhando por uma das janelas altas e sibilou no fogo.

O bispo Bedwin se levantou de novo. Poderia parecer que até esse momento toda a conversa sobre o futuro de Norwenna fora apenas conversa vã, mas pelo menos as alternativas tinham sido arejadas, e assim os homens de bom senso podiam entender o raciocínio por trás do anúncio feito agora por Bedwin.

Bedwin disse em voz afável que Gundleus de Silúria era um homem sem esposa. Houve um murmúrio no salão quando os homens lembraram dos boatos do escandaloso casamento de Gundleus com sua amante plebeia, Ladwys, mas Bedwin ignorou o distúrbio. Algumas semanas antes, continuou o bispo, Gundleus tinha visitado Uther e feito a paz com o Grande Rei, e agora era o prazer de Uther que Gundleus se casasse com Norwenna e fosse protetor, ele repetiu a palavra, protetor do reino de Mordred. Como sinal de suas boas intenções, Gundleus já pagara um preço em ouro ao rei Uther e esse preço fora aceito. Havia alguns, admitiu arejadamente o bispo Bedwin, que poderiam não confiar num homem que até recentemente fora inimigo, mas como outro sinal de sua mudança de ânimo Gundleus de Silúria tinha concordado em abandonar a antiga reivindicação de Silúria ao reino de Gwent e, ainda mais, ele iria se tornar cristão sendo batizado publicamente no rio Severn abaixo das muralhas de Glevum na manhã seguinte. Todos os cristãos presentes gritaram aleluia, mas eu estava olhando o druida Tanaburs e imaginei por que o velho maligno não mostrava sinal de desaprovação por seu senhor renegar tão publicamente a religião antiga.

Também imaginei por que aqueles adultos eram tão rápidos em dar as boas-vindas a um ex-inimigo, mas é claro que estavam desesperados. Um reino estava sendo passado a uma criança aleijada, e Gundleus, a despeito de seu passado traiçoeiro, era um guerreiro famoso. Se ele se mostrasse sincero, a paz da Dumnonia e Gwent estava garantida. Mas Uther não era idiota, por isso fez o máximo para proteger o neto caso Gundleus se mostrasse falso. Dumnonia, decretou Uther, seria governada por um conselho até Mordred ter idade para pegar a espada. Gundleus presidiria o conselho e meia dúzia de homens, o principal sendo o bispo Bedwin, serviria como seus conselheiros. Tewdric de Gwent, firme aliado da Dumnonia, era convidado a mandar dois homens, e o conselho, assim composto, teria o governo final da terra. Gundleus não ficou satisfeito com a decisão. Não tinha pagado dois cestos de ouro para sentar-se num conselho de velhos, mas sabia que não deveria protestar. Manteria a paz enquanto o reino de sua nova noiva e do enteado estivesse amarrado por regras.

E mais regras ainda foram determinadas. Mordred, disse Uther, teria três guardiães juramentados; homens ligados por juramento de morte para defender a vida do menino com sua própria. Se algum homem fizesse mal a Mordred os guerreiros jurados vingariam o mal, ou então sacrificariam a própria vida. Gundleus ficou sentado imóvel enquanto o edito era preparado, mas agitou-se desconfortavelmente quando os defensores foram citados. Um era o rei Tewdric de Gwent; Owen, o campeão da Dumnonia, era outro; e Merlin, senhor de Avalon, o terceiro.

Merlin. Os homens tinham esperado esse nome assim como esperaram o de Artur. Geralmente Uther não tomava nenhuma decisão importante sem o conselho de Merlin, mas este não estava presente. Merlin não era visto na Dumnonia havia meses. Pelo que todos sabiam, poderia estar morto.

Foi então que Uther olhou para Morgana pela primeira vez. Ela deve ter se agitado quando a paternidade de seu irmão foi questionada, assim como a sua, mas não fora convocada ao Alto Conselho como filha bastarda de Uther, e sim como profetisa da confiança de Merlin. Depois de Tewdric e Owain terem feito seus juramentos de morte, Uther olhou para a mulher de um olho só e aleijada. Os cristãos no salão fizeram o sinal da cruz, que era o seu modo de se guardar contra os maus espíritos.

– E então? – perguntou Uther a Morgana.

Morgana estava nervosa. O que se precisava de sua parte era uma afirmação de que Merlin, seu companheiro nos mistérios, aceitava o alto cargo imposto pelo juramento. Ela estava ali como sacerdotisa, não como conselheira, e deveria ter respondido como uma sacerdotisa. Não o fez, e sua resposta foi insuficiente.

– Meu senhor Merlin ficará honrado com a designação, grande senhor.

Nimue gritou. O som foi tão súbito e fantasmagórico que por todo o salão os homens estremeceram e apertaram suas lanças com força. O pelo nas costas dos cães de caça se eriçou. Então o grito diminuiu, deixando um silêncio entre os homens. A fumaça se juntava no teto escuro, em grandes formas iluminadas pelas tochas, e então, na esteira do grito e distante na noite abalada pela tempestade, houve o som de um trovão.

Trovão! Os cristãos fizeram o sinal da cruz de novo, mas nenhum homem ali poderia ter duvidado do sinal. Taranis, o Deus do trovão, havia falado, prova de que os Deuses tinham vindo ao Alto Conselho. E mais, vieram a chamado de uma garota que, apesar do frio que fazia os homens apertarem os mantos em volta do corpo, usava apenas uma túnica branca e uma cinta de escrava.

Ninguém andou, ninguém falou, ninguém sequer se mexeu. Os chifres de hidromel foram pousados e os homens não coçaram os piolhos. Não havia mais reis aqui, nem guerreiros. Não havia bispos, nem sacerdotes tonsurados, nem homens velhos e sábios. Havia apenas uma multidão silenciosa que olhava espantada uma garota se levantar e soltar os cabelos, deixando-os cair negros e compridos nas costas magras e brancas. Morgana olhou para o chão, Tanaburs ficou boquiaberto e o bispo Bedwin murmurou orações silenciosas enquanto Nimue ia até o local dos discursos, ao lado do braseiro. Estendeu os braços dos dois lados e se virou muito devagar, acompanhando a direção do movimento do sol, de modo que cada homem no salão pudesse ver seu rosto. Era um rosto de horror. Os olhos mostravam o branco, nada mais, e a língua se projetava de uma boca distorcida. Ela se virou e se virou de novo, cada vez mais rápido, e juro que um tremor comunal perpassou a multidão. Agora ela tremia enquanto girava, e chegando cada vez mais perto daquele fogo baixo até que ameaçava cair nas chamas, mas de repente saltou no ar e deu um grito antes de desmoronar nos pequenos ladrilhos. Depois, como uma fera, ficou de quatro, abrindo caminho para a frente e para trás ao longo da fileira de escudos que tinham sido separados para deixar que o calor do fogo aquecesse as pernas do Grande Rei, e quando chegou ao escudo da raposa, de Gundleus, levantou-se como uma serpente dando o bote e cuspiu uma vez.

O cuspe pousou na raposa.

Gundleus se levantou de seu trono, mas Tewdric o segurou. Tanaburs também ficou de pé, mas Nimue se virou para ele, com os olhos ainda mostrando o branco, e gritou. Apontou para ele, o grito ululando e ecoando no vasto salão romano, e o poder de sua magia fez Tanaburs se encolher no chão.

Depois Nimue estremeceu, seus olhos reviraram e pudemos ver de novo as pupilas castanhas. Ela piscou para o salão apinhado como se estivesse surpresa em se ver em tal lugar, e então, de costas para o Grande Rei, ficou absolutamente imóvel. A imobilidade denotava que ela estava na mão dos Deuses e que, quando falasse, estaria falando por eles.

– Merlin vive? – perguntou Tewdric respeitosamente.

– Claro que vive. – A voz de Nimue estava cheia de desprezo e ela não dirigiu qualquer título ao rei que a havia interrogado. Estava com os Deuses e não tinha necessidade de demonstrar respeito a meros mortais.

– Onde ele está?

– Ele se foi – disse Nimue e se virou para olhar o rei togado, sobre a plataforma.

– Foi para onde? – perguntou Tewdric.

– Procurar o Conhecimento da Britânia.

Cada homem prestava muita atenção a isso, finalmente era uma novidade real. Eu podia ver Sansum, o Lorde Camundongo, se retorcendo em sua necessidade desesperada de protestar contra essa interferência pagã no Alto Conselho, mas enquanto o rei Tewdric interrogasse a garota não havia como um mero sacerdote interferir.

– O que é o Conhecimento da Britânia? – perguntou o Grande Rei Uther.

Nimue girou de novo, uma volta inteira no sentido do sol, mas girava apenas para juntar os pensamentos para a resposta que, quando veio, foi dada numa voz entoada, hipnótica.

– O Conhecimento da Britânia são as coisas dos nossos ancestrais, os dons dos Deuses, as Treze Propriedades dos Treze Tesouros que, quando reunidas, vão nos dar o poder de reivindicar nossa terra. – Ela fez uma pausa e, quando falou de novo, a voz voltara ao timbre normal. – Merlin luta para costurar esta terra, tornando-a una outra vez, uma terra britânica – e aqui Nimue girou de modo que encarasse direto os olhos pequenos e indignados de Sansum – com Deuses britânicos. – E se virou de novo para o Grande Rei. – E se o lorde Merlin fracassar, Uther da Dumnonia, todos morreremos.

Um murmúrio ressoou no salão. Agora Sansum e os cristãos estavam ganindo em protesto, mas Tewdric, o rei cristão, fez um gesto para que silenciassem.

– Estas são palavras de Merlin? – perguntou ele a Nimue.

Nimue deu de ombros como se a pergunta fosse irrelevante.

– Estas não são minhas palavras – disse, insolente.

Uther não tinha dúvida de que Nimue, mera criança prestes a virar mulher, não falava por si, e sim por seu senhor, por isso inclinou o corpanzil para a frente e franziu a testa para ela.

– Pergunte a Merlin se ele aceitará meu juramento. Pergunte! Ele vai proteger o meu neto?

Nimue parou durante longo tempo. Acho que sentia a verdade da Britânia antes de cada um de nós, antes mesmo de Merlin e certamente muito antes de Artur, se, de fato, Artur algum dia soubesse, mas algum instinto não a deixava falar essa verdade àquele homem velho, agonizante e teimoso.

– Merlin, meu senhor rei – disse ela finalmente numa voz cansada que dava a entender que apenas se desencarregava de um dever necessário, mas que desperdiçava tempo –, promete neste momento, com a vida de sua alma, que aceitará o juramento de morte para proteger o seu neto.

– Desde que! – Morgana nos espantou a todos com a interjeição. Ela se levantou, parecendo agachada e escura ao lado de Nimue. A luz do fogo brilhava em seu capacete dourado. – Desde que! – gritou ela de novo, depois se lembrou de se balançar para trás e para a frente na fumaça do braseiro, como a sugerir que os Deuses estavam tomando o seu corpo. – Desde que, diz Merlin, Artur compartilhe o juramento. Artur e seus homens devem ser guardiães de seu neto. Merlin falou! – Ela disse as palavras com toda a dignidade de alguém acostumada a ser oráculo e profetisa, mas eu, pelo menos, percebi que nenhum trovão ressoou na noite varrida pela chuva.

Gundleus ficou de pé protestando contra o pronunciamento de Morgana. Ele já havia passado por um conselho de seis e um trio de guardiões juramentados para ver seu poder imposto, mas agora propunham que seu novo reino sustentasse um bando de guerreiros possivelmente inimigos.

– Não! – gritou ele de novo, mas Tewdric ignorou o protesto enquanto descia da plataforma para ficar ao lado de Morgana, de frente para o Grande Rei. Assim ficou claro para a maioria de nós no salão que Morgana, mesmo que estivesse pronunciando a voz de Merlin, falara o que Tewdric queria que ela falasse. O rei Tewdric de Gwent podia ser um bom cristão, mas era um político melhor e sabia exatamente quando deveria contar com o apoio dos Deuses antigos para as suas exigências.

– Artur Ap Neb e seus guerreiros – disse Tewdric ao Grande Rei – serão uma garantia melhor para a vida de seu neto do que qualquer juramento meu, ainda que Deus saiba que meu juramento é solene.

O príncipe Gereint, sobrinho de Uther e, depois de Owain, o mais poderoso comandante guerreiro na Dumnonia, poderia ter protestado contra a indicação de Artur, mas o Senhor das Pedras era um homem honesto, de ambição limitada, que duvidava de sua capacidade de liderar todos os exércitos da Dumnonia, por isso ficou ao lado de Tewdric e acrescentou o seu apoio. Owain, que era o líder da Guarda Real de Uther, bem como campeão do Grande Rei, pareceu menos feliz diante da indicação de um rival, mas finalmente ele também se levantou ao lado de Tewdric e grunhiu, concordando.

Ainda assim, Uther hesitou. Havia um número da sorte, e três guardiões juramentados deveriam bastar, e o acréscimo de um quarto poderia arriscar o desprazer dos Deuses, mas Uther devia a Tewdric um favor por ter descartado a proposta de Artur como marido de Norwenna, e agora o Grande Rei pagava sua dívida.

– Artur deve fazer o juramento – concordou ele, e só os Deuses sabiam como era difícil para o Grande Rei nomear o homem que ele acreditava ser responsável pela morte de seu filho amado, mas nomeou, e o salão ressoou com as aclamações. Apenas os silurianos de Gundleus ficaram quietos enquanto as lanças quebravam o piso e os gritos dos guerreiros ecoavam na amplidão escura e enfumaçada.

Assim, quando terminou o Alto Conselho, Artur, filho de ninguém, foi escolhido para ser um dos guardiães juramentados de Mordred.

Norwenna e Gundleus se casaram duas semanas depois do fim do Alto Conselho. A cerimônia foi realizada num templo cristão em Abona, uma cidade portuária na nossa Costa Norte, virada para Silúria, que ficava do outro lado do mar de Severn, e pode não ter sido uma ocasião de alegria, porque Norwenna voltou naquela mesma noite para Ynys Wydryn. Nenhum de nós, do Tor, foi à cerimônia, ainda que um bocado dos monges de Ynys Wydryn e suas esposas tenham acompanhado a princesa. Ela voltou para nós como rainha Norwenna de Silúria, ainda que a honra não lhe trouxesse novos guardas nem mais serviçais. Gundleus navegou de volta para o seu país, onde, pelo que ouvimos dizer, havia escaramuças contra os Ui Liatháin, os irlandeses Escudos Pretos que tinham colonizado o antigo reino britânico de Dyfed, que os Escudos Pretos chamavam de Demetia.

A vida praticamente não mudou por termos uma rainha entre nós. Nós, do Tor, poderíamos parecer preguiçosos comparados às pessoas que viviam embaixo do morro, mas ainda tínhamos nossos deveres. Cortávamos feno e o espalhávamos em fileiras para secar, terminávamos de tosquiar as ovelhas e púnhamos o linho recém-cortado em poços fétidos para macerar e depois fazer fios. Todas as mulheres de Ynys Wydryn tinham rocas e fusos onde fiavam a lã recém-tosquiada e apenas a rainha, Morgana e Nimue eram poupadas dessa tarefa interminável. Druidan castrava porcos, Pellinore comandava exércitos imaginários, e Hywel, o administrador, preparava suas varetas da contabilidade para contar os arrendamentos do verão. Merlin não veio a Avalon, nem recebemos qualquer notícia dele. Uther descansava em seu palácio na Durnovária enquanto Mordred, seu herdeiro, crescia sob os cuidados de Morgana e Guendoloen.

Artur permaneceu na Armórica. Disseram-nos que ele finalmente viria para a Dumnonia, mas só depois de ter cumprido o dever para com Ban, cujo reino de Benoic era vizinho de Broceliande, o reino do rei Budic que era casado com Anna, a irmã de Artur. Para nós, esses reinos da Bretanha eram um mistério, uma vez que ninguém em Ynys Wydryn jamais tinha cruzado o mar para explorar os lugares onde tantos britânicos expulsos pelos saxões haviam buscado refúgio. Sabíamos que Artur era o comandante guerreiro de Ban, e que assolara o país a oeste de Benoic para manter o inimigo franco a distância, já que nossas noites de inverno tinham sido cheias de inveja com as histórias sobre o rei Ban. O rei de Benoic era casado com uma rainha chamada Elaine, e os dois fizeram um reino maravilhoso onde a justiça era rápida e justa, e onde até mesmo o servo mais pobre era alimentado no inverno com a comida vinda dos armazéns reais. Tudo parecia bom demais para ser verdade, ainda que muito mais tarde eu tenha visitado o reino de Ban e visto que as histórias não eram exageradas. Ban erguera sua capital numa fortaleza em uma ilha, Ynys Trebes, famosa por seus poetas. O rei era pródigo em afeto e dinheiro para a cidade que tinha a reputação de ser mais bonita do que a própria Roma. Dizia-se que em Ynys Trebes havia fontes que Ban havia canalizado e represado, de modo que cada casa pudesse encontrar água limpa não muito longe de sua porta. As balanças dos mercadores eram testadas para a precisão, o palácio do rei ficava aberto dia e noite aos que buscavam compensação ou apresentavam queixas, e as várias religiões recebiam ordem de viver em paz, caso contrário teriam seus templos e igrejas derrubados e transformados em pó. Ynys Trebes era um porto de paz, mas somente enquanto os soldados de Ban mantivessem os inimigos longe de suas muralhas, e era por isso que o rei Ban relutava tanto em deixar Artur partir para a Britânia. E talvez Artur também não quisesse vir à Dumnonia enquanto Uther ainda vivesse.

Na Dumnonia aquele verão foi abençoado. Juntamos o feno seco em grandes pilhas que montávamos sobre grossas bases de samambaias que impediriam a umidade de subir e manteriam os ratos a distância. O centeio e a cevada amadureciam nos campos que formavam colchas de retalhos em toda a terra entre os pântanos de Avalon e Caer Cadarn, macieiras cresciam densas nos pomares do leste enquanto enguias e lúcios engordavam em nossos lagos e riachos. Não havia peste nem lobos, e poucos saxões. De vez em quando víamos uma distante pira de fumaça no horizonte sudeste e achávamos que um ataque de navios piratas saxões tinha queimado um povoado, mas depois do terceiro incêndio assim o príncipe Gereint liderou um bando de guerreiros para se vingar pela Dumnonia, e os ataques saxões pararam. O chefe saxão chegou a pagar tributo na época certa, ainda que esse fosse o último tributo que recebêssemos de um saxão por muitos anos, e sem dúvida boa parte do pagamento havia sido pilhado de nossas próprias aldeias na fronteira. Mesmo assim, aquele verão foi um tempo bom, e Artur, pelo que os homens diziam, morreria de tédio se trouxesse seus famosos cavaleiros para a pacífica Dumnonia. Até mesmo Powys estava calmo. O rei Gorfyddyd tinha perdido a aliança com Silúria, mas, em vez de se virar contra Gundleus, ele ignorou o casamento dumnoniano e concentrou suas lanças contra os saxões que ameaçavam seu território ao norte. Gwynedd, o reino ao norte de Powys, tinha dificuldades com os temíveis soldados irlandeses de Diwrnach de Lleyn, mas na Dumnonia, o mais abençoado dos reinos britânicos, havia uma paz roliça e céus quentes.

Entretanto foi naquele verão, naquele verão quente e idílico, que matei meu primeiro inimigo e assim me tornei homem.

Porque a paz nunca dura, e a nossa foi rompida do modo mais cruel. Uther, o Grande Rei e Pendragon da Britânia, morreu. Todos sabíamos que ele estava doente, todos sabíamos que iria morrer logo, de fato sabíamos que ele fizera todo o possível para preparar a própria morte, mas de algum modo achávamos que esse momento nunca viria. Ele fora rei por muito tempo, e sob seu governo a Dumnonia havia prosperado; parecia que nada poderia mudar nunca. Mas então, logo antes da colheita, o Pendragon morreu. Nimue disse ter ouvido uma lebre gritar ao sol do meio-dia, no momento exato, enquanto Morgana, tendo perdido o pai, fechou-se em sua cabana e chorou como uma criança.

O corpo de Uther foi queimado ao modo antigo. Bedwin teria preferido dar ao Grande Rei um funeral cristão, mas o resto do conselho se recusou a sancionar tal sacrilégio, e assim seu cadáver inchado foi posto na pira sobre o cume do Caer Maes, e ali entregue às chamas. Sua espada foi derretida pelo ferreiro Ystrwth, e o aço fundido foi jogado num lago para que Gofannon, o Deus Ferreiro do Outro Mundo, pudesse forjar a espada de novo para a alma renascida de Uther. O metal queimado sibilou ao bater na água, e sua fumaça voou como uma nuvem densa enquanto os videntes se curvavam sobre o lago para predizer o futuro do rei nas formas torturadas adotadas pelo metal que esfriava. Eles deram boas-novas, apesar de o bispo Bedwin ter tido o cuidado de mandar seus mensageiros mais velozes ao sul, para Armórica, convocar Artur, enquanto homens mais lentos viajavam para Silúria, ao norte, indo contar a Gundleus que o reino de seu enteado estava precisando de seu protetor oficial.

A fogueira de Uther queimou durante três noites. Só então as chamas tiveram permissão de morrer, um processo apressado por uma tempestade poderosa que veio do mar Ocidental. Grandes nuvens cobriram o céu, raios assolaram a terra do homem morto e uma chuva forte golpeou uma larga faixa de plantações que cresciam. Em Ynys Wydryn nos agachávamos nas cabanas e ouvíamos a chuva que tamborilava e o trovão estrondoso, e víamos a água cascatear em riachos que desciam dos tetos de palha. Foi durante essa tempestade que o mensageiro do bispo Bedwin trouxe a grande bandeira do dragão para Mordred. O mensageiro teve de gritar feito um ensandecido para atrair a atenção de alguém dentro da paliçada, mas finalmente Hywel e eu abrimos o portão, e assim que a tempestade passou e o vento morreu, plantamos a bandeira diante do salão de Merlin, como sinal de que Mordred era agora o rei da Dumnonia. O bebê não era o Grande Rei, claro, porque esta era uma honra dada a um rei ao ser reconhecido pelos outros como estando acima deles todos. Tampouco Mordred era o Pendragon, pois esse título só era dado a um Grande Rei que tivesse obtido a posição durante uma batalha. De fato, Mordred ainda não era sequer o rei da Dumnonia, nem seria enquanto não fosse levado a Caer Cadarn e ali proclamado com espada e grito sobre a pedra real do reino, mas era o dono da bandeira, e assim o dragão vermelho se agitava diante do alto salão de Merlin.

A bandeira era um quadrado de linho branco com a largura e a altura da lança de um guerreiro. Era mantida aberta por hastes de salgueiro enfiadas nas bainhas e presa a uma grande haste de olmo coroado pela figura dourada de um dragão. O dragão bordado na bandeira era feito de lã vermelha que soltava tinta na chuva, manchando o linho na parte inferior e deixando-o rosado. A chegada da bandeira foi seguida, dentro de alguns dias, pela da Guarda Real, uma centena de homens comandados por Owain, o campeão, cuja tarefa era proteger Mordred, rei da Dumnonia. Owain trouxe uma sugestão do bispo Bedwin, de que Norwenna e Mordred deveriam se mudar para Durnovária, no Sul, sugestão que Norwenna aceitou ansiosa, porque queria criar o filho numa comunidade cristã, e não no ar descaradamente pagão do Tor, mas, antes que pudessem ser feitos os arranjos, vieram más notícias do Norte do país. Gorfyddyd de Powys, ao saber da morte do Grande Rei, tinha mandado seus lanceiros atacar Gwent, e agora os homens de Powys estavam queimando, saqueando e pegando cativos dentro do território de Tewdric. Agrícola, o comandante romano de Tewdric, lutava, mas os traiçoeiros saxões, sem dúvida mancomunados com Gorfyddyd, haviam trazido seus bandos de guerreiros para Gwent, e subitamente nosso aliado mais antigo estava lutando pela própria existência de seu reino. Em vez disso Owain, que teria escoltado Norwenna e o bebê para o sul até Durnovária, levou seus guerreiros para o norte, indo ajudar o rei Tewdric, e Ligessac, que era de novo comandante da guarda de Mordred, insistiu em que o bebê estaria mais seguro por trás da ponte de terra de Ynys Wydryn, que podia ser defendida com mais facilidade, do que em Caer Cadarn ou Durnovária, e assim, relutantemente, Norwenna permaneceu no Tor.

Ficamos com a respiração presa para ver que lado Gundleus de Silúria escolheria, e a resposta veio rapidamente. Ele lutaria por Tewdric, contra seu velho aliado Gorfyddyd. Gundleus mandou a Norwenna uma mensagem dizendo que suas tropas atravessariam os passos nas montanhas para atacar os homens de Gorfyddyd por trás, e que assim que os guerreiros de Powys fossem derrotados ele viria ao sul para proteger sua mulher e seu filho real.

Nós esperávamos notícias, dia e noite olhando os morros distantes à procura das fogueiras de sinalização que nos falariam do desastre ou da aproximação dos inimigos, e mesmo assim, apesar das incertezas da guerra, aqueles foram dias felizes. O sol curou a terra assolada pelas tempestades e secou o grão enquanto Norwenna, mesmo estando presa no Tor pagão, agora parecia mais confiante de que seu filho era rei. Mordred sempre foi uma criança séria, de cabelos ruivos e coração teimoso, mas naqueles dias amenos ele parecia suficientemente feliz enquanto brincava com a mãe ou com Ralla, sua ama de leite, e o filho dela. O marido de Ralla, o carpinteiro Gwlyddyn, esculpiu para Mordred um conjunto de animais: patos, porcos, vacas e ovelhas, e o rei adorava brincar com eles, mesmo ainda sendo pequeno demais para saber o que eram. Norwenna ficava feliz quando seu filho estava feliz. Eu costumava vê-la fazer cócegas em Mordred para que ele risse, aninhá-lo quando ele sentia dor e sempre amando-o. Ela o chamava de seu reizinho, seu menino-amante-sempre-amado, seu milagre, e Mordred ria de volta e aquecia o coração infeliz da mãe. Ele engatinhava nu ao sol e todos víamos como seu pé esquerdo era torto e crescia para dentro como um punho fechado, mas afora isso ele crescia forte com o leite de Ralla e o amor da mãe. Foi batizado na igreja de pedra ao lado do Espinheiro Sagrado.

Notícias da guerra chegavam, e eram todas boas. O príncipe Gereint tinha derrotado um bando de guerreiros saxões na fronteira leste da Dumnonia enquanto mais ao norte Tewdric havia destruído outra força de atacantes saxões. Agrícola, liderando o resto do exército de Gwent em aliança com Owain da Dumnonia, tinha expulsado os invasores de Gorfyddyd de volta para os morros de Powys. Então veio um mensageiro de Gundleus dizendo que Gorfyddyd de Powys estava pedindo a paz, e o mensageiro jogou aos pés de Norwenna duas espadas powysianas capturadas, como penhor da vitória de seu marido. Ainda melhor, informou o homem, Gundleus de Silúria estava agora mesmo a caminho do Sul, para pegar sua noiva e seu precioso filho. Estava na hora, disse Gundleus, de que Mordred fosse proclamado rei em Caer Cadarn. Nada poderia ter sido mais doce aos ouvidos de Norwenna e, em sua felicidade, ela deu ao mensageiro um pesado bracelete de ouro antes de mandá-lo para o Sul, passar a mensagem do marido a Bedwin e ao conselho.

– Diga a Bedwin – ordenou ela – que aclamaremos Mordred antes da colheita. Que Deus dê rapidez ao seu cavalo!

O mensageiro partiu para o Sul e Norwenna começou a se preparar para a cerimônia de aclamação em Caer Cadarn. Ordenou aos monges do Espinheiro Sagrado que estivessem prontos para viajar com ela, mas proibiu que Morgana ou Nimue comparecessem, porque a partir desse dia, declarou, a Dumnonia seria um reino cristão e os feiticeiros pagãos seriam mantidos longe do trono de seu filho. A vitória de Gundleus tinha dado ousadia a Norwenna, encorajando-a a exercer uma autoridade que Uther jamais lhe permitiria.

Esperamos que Morgana ou Nimue protestassem por ser excluídas da cerimônia de aclamação, mas as duas receberam a proibição com uma calma surpreendente. Morgana, na verdade, simplesmente encolheu os ombros pretos, mas naquele entardecer levou um caldeirão de bronze para os aposentos de Merlin e ali se trancou com Nimue. Norwenna, que tinha convidado o monge-chefe do Espinheiro Sagrado e sua mulher para jantarem no Tor, comentou que as feiticeiras estavam cozinhando o mal, e todo mundo no salão gargalhou. Os cristãos eram vitoriosos.

Eu não tinha tanta certeza de sua vitória. Nimue e Morgana não gostavam uma da outra, mas agora estavam trancadas juntas, e eu suspeitava de que apenas uma questão da maior importância poderia provocar tal reconciliação. Mas Norwenna não tinha dúvidas. A morte de Uther e as vitórias de seu marido estavam lhe trazendo uma liberdade abençoada, e logo ela deixaria o Tor e assumiria seu lugar de direito como mãe do rei numa corte cristã, onde seu filho cresceria à imagem de Cristo. Ela jamais esteve tão feliz quanto naquela noite em que reinava suprema; uma cristã no coração da residência pagã de Merlin.

Mas então Morgana e Nimue reapareceram.

Houve silêncio no salão quando as duas mulheres andaram até a cadeira de Norwenna onde, com devida humildade, se ajoelharam. O monge-chefe, um homenzinho feroz de barba eriçada e que fora curtidor antes de se converter a Cristo, e que ainda fedia ao esterco necessário em sua profissão antiga, exigiu saber o que elas queriam. Sua mulher se defendeu do mal fazendo o sinal da cruz, mas também cuspiu para se garantir.

Morgana respondeu ao monge por trás de sua máscara dourada. Falou com uma deferência incomum enquanto afirmava que o mensageiro de Gundleus tinha mentido. Ela e Nimue, disse Morgana, tinham olhado no caldeirão e visto a verdade refletida no espelho de água. Não havia vitória no Norte, e também não havia derrota, mas Morgana alertou que o inimigo estava mais perto de Ynys Wydryn do que qualquer um de nós poderia saber, e que deveríamos estar todos prontos para deixar o Tor às primeiras luzes e buscar segurança no Sul da Dumnonia. Morgana falou as palavras com seriedade e dando-lhes peso, e quando terminou se curvou diante da rainha, depois se inclinou desajeitadamente para beijar a bainha do vestido azul de Norwenna.

Norwenna puxou o vestido. Tinha ouvido em silêncio a profecia amarga, mas agora começou a chorar, e com as lágrimas súbitas veio um jorro de raiva.

– Você não passa de uma bruxa aleijada! E quer que seu irmão bastardo seja rei. Isso não vai acontecer! Você me ouviu! Não vai acontecer. Meu bebê é o rei!

– Grande senhora – Nimue tentou intervir, mas foi imediatamente interrompida.

– Você não é nada! – Norwenna virou-se ferozmente para Nimue. – Você não passa de uma criança histérica, filha do demônio. Você rogou uma praga contra o meu filho! Eu sei que rogou! Ele nasceu aleijado porque você estava presente no nascimento dele. Ah, meu Deus! Meu filho! – ela gritava e chorava, batendo com o punho na mesa enquanto cuspia o ódio contra Nimue e Morgana. – Agora vão! Vocês duas! Vão! – Houve silêncio no salão enquanto Nimue e Morgana saíam para a noite.

E na manhã seguinte pareceu que Norwenna devia estar certa, porque nenhuma fogueira de sinalização ardia nos morros ao norte. Na verdade foi o dia mais bonito daquele belo verão. A terra estava encorpada enquanto a colheita se aproximava, os morros ficavam enevoados com o calor sonolento, e o céu praticamente não tinha nuvens. Centáureas e papoulas cresciam nos bosques de espinheiros ao pé do Tor, e borboletas brancas navegavam as quentes correntes do ar que subiam como fantasmas por nossas encostas estampadas de verde. Norwenna, cega à beleza do dia, entoou suas orações matinais com os monges visitantes, depois decretou que iria se mudar do Tor e esperar a chegada do marido nos aposentos dos peregrinos no templo do Espinheiro Sagrado.

– Vivi muito tempo entre os malignos – anunciou com muita grandeza enquanto um guarda gritava um alerta na parede de leste.

– Cavaleiros! Cavaleiros!

Norwenna correu até a cerca onde uma multidão se juntava para olhar um grupo de cavaleiros armados atravessando a ponte de terra que levava da estrada romana até os morros verdes de Ynys Wydryn. Ligessac, comandante da guarda de Mordred, parecia saber quem estava chegando, porque mandou ordens a seus homens para deixarem os cavaleiros atravessarem a muralha de terra. Os cavaleiros esporearam os animais passando pelo portão no muro e vieram em nossa direção, sob uma bandeira luminosa que mostrava o símbolo vermelho da raposa. Era o próprio Gundleus, e Norwenna riu deliciada ao ver o marido cavalgando vitorioso, vindo da guerra, com a alvorada de um novo reino cristão luminoso na ponta de sua lança.

– Está vendo? – Ela se virou para Morgana. – Está vendo? Seu caldeirão mentiu. Há vitória!

Mordred começou a chorar por causa da agitação, e Norwenna ordenou bruscamente que ele fosse dado a Ralla, depois exigiu que seu melhor manto fosse apanhado e que um aro de ouro fosse posto em sua cabeça. E assim, vestida como rainha, esperou por seu rei diante das portas do salão de Merlin.

Ligessac abriu o portão de terra do Tor. A guarda desengonçada de Druidan formou uma fila desajeitada enquanto o pobre louco Pellinore gritava em sua jaula pedindo notícias. Nimue correu para os aposentos de Merlin enquanto eu ia pegar Hywel, o administrador de Merlin, que, eu sabia, ia querer dar as boas-vindas ao rei.

Os vinte cavaleiros silurianos desmontaram ao pé do Tor. Tinham vindo da guerra, por isso traziam lanças, escudos e espadas. Hywel, com apenas uma perna, curvando-se com o peso de sua espada enorme, franziu a testa ao ver que o druida Tanaburs estava em meio ao grupo de silurianos.

– Eu pensava que Gundleus tinha abandonado a fé antiga – disse o administrador.

– Eu pensava que ele tinha abandonado Ladwys! – riu Gudovan, o escriba, depois apontou o queixo em direção aos cavaleiros que haviam começado a subir o caminho estreito e íngreme do Tor. – Está vendo? – disse Gudovan, e com certeza havia uma mulher entre os homens vestidos com armadura de couro. A mulher estava vestida como homem, mas os cabelos compridos e pretos voavam soltos. Carregava uma espada, mas não tinha escudo. E Gudovan riu ao vê-la. – Nossa pequena rainha terá dificuldade em competir com aquele diabrete de Satã.

– Quem é Satã? – perguntei, e Gudovan me deu uma bofetada na cabeça por desperdiçar seu tempo com perguntas estúpidas.

Hywel franzia a testa, e sua mão estava apertada no punho da espada enquanto os guerreiros silurianos se aproximavam dos últimos degraus íngremes que levavam ao portão onde nossos guardas desajeitados esperavam em duas fileiras mal arrumadas. Então algum instinto que continuava aguçado como quando ele era guerreiro cutucou os medos de Hywel.

– Ligessac! – rugiu ele. – Feche o portão! Feche! Agora!

Em vez disso, Ligessac desembainhou a espada. Depois se virou e pôs a mão em concha sobre o ouvido, como se não tivesse ouvido Hywel direito.

– Feche o portão! – gritou Hywel. Um dos homens de Ligessac se mexeu para cumprir a ordem, mas Ligessac segurou o homem e olhou para Norwenna, esperando ordens.

Norwenna se virou para Hywel e fez uma cara de desprezo pela ordem dele.

– É o meu marido que está vindo – disse ela. – E não um inimigo. – E olhou de novo para Ligessac. – Deixe o portão aberto – comandou imperiosamente, e Ligessac curvou a cabeça, obedecendo.

Hywel xingou, depois desceu desajeitado da paliçada e foi mancando com a muleta em direção à cabana de Morgana enquanto eu simplesmente olhava para aquele portão vazio, iluminado pelo sol, e imaginava o que iria acontecer. Hywel havia farejado alguma encrenca no ar do verão, mas nunca descobri como fez isso.

Gundleus chegou ao portão aberto. Cuspiu no limiar, depois sorriu para Norwenna, que esperava a uns 12 passos de distância. Ela ergueu os braços gorduchos para cumprimentar seu senhor, que estava suando e sem fôlego, o que não era de espantar, porque ele subira o íngreme Tor vestido com todo o equipamento de guerra. Usava peitoral de couro, perneiras almofadadas, botas, um elmo de ferro com um rabo de raposa na crista e um grosso manto vermelho preso nos ombros. Seu escudo com o brasão da raposa estava pendurado do lado esquerdo, a espada no quadril, e ele carregava uma pesada lança de batalha na mão direita. Ligessac se ajoelhou e ofereceu ao rei o punho de sua espada desembainhada, e Gundleus se adiantou para tocar o botão da arma com a mão que usava uma luva de couro.

Hywel tinha entrado na cabana de Morgana, mas agora Sebile saía correndo da cabana segurando Mordred nos braços. Sebile? Não Ralla? Fiquei perplexo com isso, e Norwenna também deve ter ficado, enquanto a escrava saxã corria para perto dela com o pequeno Mordred envolto em seu rico manto de tecido dourado, mas Norwenna não teve tempo de questionar Sebile porque agora Gundleus vinha em sua direção.

– Eu lhe ofereço minha espada, querida rainha! – disse ele numa voz ressoante, e Norwenna deu um sorriso feliz, talvez porque ainda não tivesse percebido Tanaburs ou Ladwys que tinham passado pelo portão de Merlin com o bando de guerreiros de Gundleus.

Gundleus enfiou a lança no chão e desembainhou a espada, mas em vez de oferecê-la a Norwenna com o punho na frente, segurou a ponta afiada da espada em direção ao rosto dela. Norwenna, sem saber o que deveria fazer, estendeu a mão, hesitando, para tocar a ponta brilhante.

– Regozijo-me com sua volta, meu caro senhor – disse obedientemente, depois se ajoelhou aos pés dele, como ordenava o costume.

– Beije a espada que defenderá o reino de seu filho – ordenou Gundleus, e Norwenna se curvou sem jeito, para tocar com os lábios o aço que lhe fora oferecido.

Ela beijou a espada como lhe fora ordenado e, assim que seus lábios tocaram o aço cinzento, Gundleus baixou a espada com força. Estava gargalhando quando matou a esposa, gargalhava enquanto fazia a espada deslizar pelo queixo dela e atravessar a resistência sufocada do corpo que se retorcia. Norwenna não teve tempo de gritar, tampouco restou qualquer voz enquanto a lâmina rasgava sua garganta e penetrava no coração. Gundleus grunhiu enquanto apertava o aço. Tinha pendurado no ombro o pesado escudo de guerra, de modo que as duas mãos enluvadas estivessem no punho enquanto ele empurrava e torcia a lâmina para baixo. Havia sangue na espada, sangue na grama e sangue no manto azul da rainha agonizante, e escorreu ainda mais sangue quando Gundleus puxou violentamente a lâmina comprida. O corpo de Norwenna, sem a sustentação da espada, tombou de lado, estremeceu durante alguns segundos e depois ficou imóvel.

Sebile largou o bebê e fugiu gritando. Mordred chorou alto, em protesto, mas a espada de Gundleus interrompeu os gritos do menino. Golpeou apenas uma vez com a lâmina vermelha, e de repente o tecido dourado estava encharcado de vermelho. Era muito sangue vindo de uma criança tão pequena.

Tudo tinha acontecido rápido demais. Gudovan, perto de mim, estava boquiaberto, incrédulo, enquanto Ladwys, que era uma beldade alta com cabelos compridos, olhos escuros e um rosto agudo e feroz, riu da vitória de seu amante. Tanaburs tinha fechado um dos olhos, levantado uma das mãos para o céu e pulava numa perna só, todos os sinais de que estava em comunhão sagrada com os Deuses enquanto lançava seus feitiços de perdição, e os guardas de Gundleus se espalhavam com lanças apontadas para tornar realidade essa perdição. Ligessac juntara-se às fileiras silurianas e ajudava os lanceiros a massacrar seus próprios homens. Alguns dumnonianos tentaram lutar, mas tinham sido convocados para honrar Gundleus, e não para se opor a ele, e os lanceiros silurianos tiveram um trabalho breve com os guardas de Mordred e um trabalho mais breve ainda com os lamentáveis soldados de Druidan. Pela primeira vez em minha vida adulta eu via homens morrerem em pontas de lanças e ouvia os gritos terríveis que um homem dá quando sua alma é impelida por uma lança até o Outro Mundo.

Durante alguns segundos fiquei desamparado de pânico. Norwenna e Mordred estavam mortos, o Tor gritava e o inimigo corria o para o salão e a torre de Merlin. Morgana e Hywel apareceram ao lado da torre, mas, enquanto Hywel mancava com a espada na mão, Morgana correu para o portão do mar. Uma quantidade de mulheres, crianças e escravos corriam com ela; uma massa aterrorizada de pessoas que Gundleus parecia contente em deixar escapar. Ralla, Sebile e os restos da guarda de Druidan que tinham conseguido evitar os terríveis guerreiros silurianos corriam com eles. Pellinore pulava em sua jaula, gargalhando nu, adorando o terror.

Saltei da paliçada e corri para o salão. Não estava sendo corajoso, estava simplesmente apaixonado por Nimue e queria me certificar de que ela estivesse em segurança antes de eu também fugir do Tor. Os guardas de Ligessac estavam mortos e os homens de Gundleus começavam a saquear as cabanas enquanto eu mergulhava pela porta e corria na direção dos aposentos de Merlin, mas, antes que pudesse chegar à pequena porta preta, um cabo de lança me fez tropeçar. Caí violentamente, então uma pequena mão agarrou minha gola e, com força espantosa, me arrastou para meu velho esconderijo atrás dos cestos de roupas de festa.

– Você não pode ajudá-la, idiota – disse a voz de Druidan no meu ouvido. – Agora fique quieto!

Cheguei à segurança segundos antes que Gundleus e Tanaburs entrassem no salão, e tudo que pude fazer foi olhar o rei, seu druida e três homens de capacete marcharem até a porta de Merlin. Eu sabia o que ia acontecer, e não podia impedir porque Druidan estava apertando sua pequena mão em minha boca para me impedir de gritar. Eu duvidava que Druidan tivesse entrado no palácio para salvar Nimue, provavelmente tinha vindo roubar o ouro que conseguisse antes de fugir com o resto de seus homens, mas sua presença ao menos tinha salvado minha vida. Mas não salvou Nimue de nada.

Tanaburs chutou para o lado a cerca fantasma, depois abriu a porta. Gundleus entrou, seguido por seus lanceiros.

Ouvi Nimue gritar. Não sei se ela usou truques para defender os aposentos de Merlin, ou se já havia abandonado a esperança. Sei que o orgulho e o dever tinham feito com que ficasse para proteger os segredos de seu senhor, e agora pagava por esse orgulho. Ouvi Gundleus gargalhar, depois ouvi pouca coisa, a não ser o som dos silurianos remexendo as caixas, os fardos e os cestos de Merlin. Nimue choramingou, Gundleus gritou em triunfo, e então ela gritou de novo numa dor súbita, terrível.

– Isso vai lhe ensinar a não cuspir no meu escudo, garota – disse Gundleus enquanto Nimue soluçava desamparada.

– Ela está bem estuprada agora – disse Druidan no meu ouvido, com um prazer maligno. Mais lanceiros de Gundleus passaram pelo salão para entrar nos aposentos de Merlin. Com sua lança, Druidan tinha aberto um buraco na parede de barro, e agora ordenou que eu passasse pelo buraco e o acompanhasse morro abaixo, mas eu não queria ir enquanto Nimue estivesse viva.

– Eles vão revistar estes cestos logo – alertou o anão, mas mesmo assim eu não quis ir com ele. – Garoto idiota. – Em seguida, ele passou pelo buraco e correu em direção ao espaço sombreado entre uma cabana próxima e um galinheiro.

Fui salvo por Ligessac. Não porque ele tenha me visto, mas porque disse aos silurianos que não havia nada nos cestos que me escondiam, a não ser toalhas de banquete.

– Todo o tesouro está aí dentro – disse aos novos aliados e eu me agachei, não ousando me mexer, enquanto os soldados vitoriosos saqueavam os aposentos de Merlin. Só os Deuses sabem o que encontraram: peles de homens mortos, ossos velhos, novos feitiços e ervas antigas, mas poucos tesouros preciosos. E só os Deuses sabem o que fizeram com Nimue, porque ela jamais contou, ainda que não fosse necessário contar. Fizeram o que os soldados sempre fazem com mulheres capturadas, e quando terminaram deixaram-na sangrando e meio louca.

Também deixaram-na para morrer, porque quando saquearam a câmara do tesouro e a encontraram cheia de absurdos mofados e apenas um pouquinho de ouro, pegaram um galho aceso na fogueira do salão e jogaram entre os cestos partidos. A fumaça saiu pela porta. Outro galho aceso foi jogado nos cestos onde eu estava escondido, e então os homens de Gundleus saíram do salão. Alguns carregavam ouro, outros tinham alguns badulaques de prata, mas a maioria correu de mãos vazias. Quando o último homem saiu, cobri a boca com a beira do meu gibão e corri em meio à fumaça sufocante em direção à porta de Merlin, e encontrei Nimue logo na entrada do cômodo.

– Venha – falei desesperado. O ar estava se enchendo de fumaça enquanto as chamas saltavam loucamente nas caixas onde os gatos gritavam e os morcegos batiam asas em pânico.

Nimue não queria se mexer. Estava caída de barriga para baixo, com as mãos apertadas contra o rosto, nua, com sangue escorrendo pelas pernas. Estava chorando.

Corri até a porta que levava à Torre de Merlin, pensando que poderia haver algum modo de fugir por ali, mas quando abri a porta vi que as paredes não tinham aberturas. Também descobri que a torre, longe de ser uma câmara de tesouro, estava quase vazia. Havia um chão de terra batida, quatro paredes de madeira e um teto aberto. Era uma câmara exposta ao céu, mas na metade do funil aberto, suspensa por um par de traves e alcançável por uma escada de mão, pude ver uma plataforma de madeira que estava sendo rapidamente obscurecida pela fumaça. A torre era uma câmara de sonhos, um lugar vazio onde os sussurros dos Deuses ecoariam até Merlin.

Olhei para a plataforma de sonhos por um segundo, depois mais fumaça veio de trás de mim subindo pela torre, e corri de volta até Nimue, peguei seu manto preto na cama desarrumada e a enrolei na lã como se fosse um animal doente. Agarrei os cantos do manto e, com seu corpo leve enrolado dentro, entrei no salão e fui na direção da porta distante. Agora o fogo rugia com a fome das chamas que se refestelavam na madeira seca, meus olhos lacrimejavam e os pulmões estavam cheios da fumaça que era mais densa perto da porta principal do salão, por isso arrastei Nimue, seu corpo batendo no chão de terra atrás de mim, até onde Druidan tinha feito o buraco de rato na parede. Meu coração martelou aterrorizado quando olhei por ele, mas não pude ver inimigos. Chutei a parede aumentando o buraco, empurrando para trás o trançado de varas de salgueiro e partindo torrões de barro, depois atravessei com dificuldade, puxando Nimue em seguida. Ela fez pequenos ruídos de protesto quando puxei com força seu corpo através daquela fenda grosseira, mas o ar puro pareceu recuperá-la, porque finalmente tentou se ajudar e, quando tirou as mãos do rosto, vi por que seu último grito fora tão terrível. Gundleus tinha arrancado um dos seus olhos. A órbita era um poço de sangue sobre o qual ela apertou de novo a mão ensanguentada. A luta para atravessar o buraco tinha-a deixado nua, por isso soltei o manto que estava preso num pedaço de pau e o coloquei em seus ombros antes de agarrar-lhe a mão livre e correr em direção à cabana mais próxima.

Um dos homens de Gundleus nos viu, e em seguida o próprio Gundleus reconheceu Nimue e gritou dizendo que a feiticeira deveria ser capturada viva e jogada de volta nas chamas. O grito da caçada cresceu, grandes uivos como o som de caçadores perseguindo um javali ferido até a morte, e nós dois sem dúvida teríamos sido apanhados se alguns dos outros fugitivos já não tivessem aberto um buraco na paliçada do lado sul do Tor. Corri na direção do buraco novo e descobri Hywel, o bom Hywel, caído morto no buraco, com a muleta debaixo do corpo, a cabeça cortada ao meio e a espada ainda em sua mão. Peguei a espada e puxei Nimue. Chegamos à íngreme encosta sul e caímos, gritando enquanto escorregávamos pelo capim precipitoso. Nimue estava meio cega e absolutamente enlouquecida pela dor enquanto eu estava frenético de pânico, mas de algum modo consegui me agarrar à espada de guerra de Hywel, e de algum modo consegui pôr Nimue de pé na base do Tor, e passamos cambaleando pelo poço sagrado, pelo pomar dos cristãos, através de um bosque de amieiros, e descemos até onde eu sabia que o bote que Hywel usava no pântano estava preso perto de uma cabana de pescador. Joguei Nimue no barquinho feito de juncos amarrados, cortei a amarra com minha espada nova e empurrei a embarcação para longe do píer de madeira, e só então percebi que não tinha uma vara para impulsionar o barco desajeitado para fora do intricado labirinto de canais e lagos que costuravam o pântano. Em vez disso, usei a espada; a lâmina de Hywel era lamentável como vara para impulsionar barco, mas era tudo que eu tinha até que o primeiro dos perseguidores de Gundleus chegou à margem coberta de juncos e, incapaz de avançar até nós por causa da lama pegajosa, jogou sua lança em nossa direção.

A lança assobiou enquanto voava para mim. Por um segundo não pude me mexer, hipnotizado pela visão daquela haste pesada com sua brilhante cabeça de aço vindo em nossa direção, mas então a arma passou por mim e enterrou a lâmina na borda do barco de junco. Agarrei a trêmula vara de freixo e a usei para impulsionar o barco rapidamente através dos caminhos de água. Ali estávamos em segurança. Alguns dos homens de Gundleus corriam ao longo de um caminho ladeado de árvores que seguia paralelo ao nosso rumo, mas logo me virei para longe deles. Outros saltaram em coracles – os barcos forrados de couro – e usaram as lanças como remos, mas nenhum coracle podia igualar a velocidade de um barco de juncos, por isso os deixamos bem para trás. Ligessac disparou uma flecha, mas já estávamos fora do alcance e seu míssil mergulhou sem som na água escura. Atrás de nossos frustrados perseguidores, no alto do verde Tor, as chamas lambiam famintas as cabanas e a torre do palácio, fazendo a fumaça cinzenta subir alta no céu de verão.

– Duas feridas – falou Nimue pela primeira vez desde que eu a havia arrancado das chamas.

– O quê? – Eu me virei. Ela estava encolhida na proa, com o manto preto enrolado no corpo magro, e com uma das mãos em cima do olho vazio.

– Sofri duas Feridas da Sabedoria, Derfel – disse ela numa voz de espanto enlouquecido. – A Ferida do Corpo e a Ferida do Orgulho. Agora só estou diante da loucura, e depois serei tão sábia quanto Merlin. – Ela tentou sorrir, mas havia uma selvageria histérica em sua voz, que me fez pensar se Nimue já não estava sob o feitiço da loucura.

– Mordred está morto – falei-lhe –, assim como Norwenna e Hywel. O Tor está pegando fogo. – Todo o nosso mundo estava sendo destruído, no entanto Nimue parecia estranhamente inabalada pelo desastre. Em vez disso, quase parecia empolgada porque tinha suportado dois dos três testes da sabedoria.

Empurrei o barco com a lança, passando por uma fileira de armadilhas para peixes feitas de salgueiro, depois virei no lago de Lissa, um grande lago preto que ficava na borda sul dos pântanos. Estava indo em direção a Ermid's Hall, um povoado num bosque onde Ermid, chefe de uma tribo local, tinha sua morada. Eu sabia que Ermid não estaria em sua residência, porque havia marchado para o norte com Owain, mas seu povo iria nos ajudar, e também sabia que nosso barco chegaria lá muito antes que o mais rápido dos cavaleiros de Gundleus poderia galopar em volta das margens longas, cheias de junco e lamacentas do lago. Eles teriam de ir praticamente até o Caminho Fosse, a grande estrada romana que corria a leste do Tor, antes que pudessem contornar a extremidade leste do lago e galopar em direção a Ermid's

Hall, e então já teríamos ido há muito tempo para o sul. Eu podia ver outros barcos muito a minha frente no lago, e achei que os fugitivos do Tor estariam sendo levados para a segurança pelos pescadores de Ynys Wydryn.

Contei a Nimue meu plano de chegar a Ermid's Hall e depois continuar para o sul até que a noite caísse e encontrássemos amigos.

– Bom – disse Nimue, mas não tive certeza de que ela realmente havia entendido alguma coisa que eu disse. – Bom Derfel. Agora sei por que os Deuses me fizeram confiar em você.

– Você confia em mim – falei amargamente e enfiei a lança no fundo lamacento do lago para empurrar o barco – porque estou apaixonado por você, e isso lhe dá poder sobre mim.

– Bom – repetiu ela e não falou nada comigo até que deslizamos para o cais sombreado por árvores abaixo da paliçada de Ermid onde, enquanto eu empurrava o barco de junco mais para dentro das sombras do riacho, vi os outros fugitivos do Tor. Morgana estava lá com Sebile, e Ralla chorava com seu bebê em segurança no colo perto de Gwlyddyn, seu marido. Lunete, a garota irlandesa, estava lá, e foi correndo chorando até a beira d'água para ajudar Nimue. Falei a Morgana sobre a morte de Hywel, e ela disse que tinha visto Guendoloen, a mulher de Merlin, ser cortada por um siluriano. Gudovan estava em segurança, mas ninguém sabia o que havia acontecido com o pobre Pellinore ou com Druidan. Nenhum dos guardas de Norwenna sobrevivera, mas um punhado dos lamentáveis soldados de Druidan tinha chegado à segurança dúbia de Ermid's Hall, bem como três chorosas auxiliares de Norwenna e uma dúzia dos apavorados enjeitados de Merlin.

– Temos de ir embora logo – falei a Morgana. – Eles estão atrás de Nimue. – Nimue estava recebendo curativos e sendo vestida pelas servas de Ermid.

– Não é atrás de Nimue que eles estão, seu idiota – disse Morgana rispidamente –, e sim de Mordred.

– Mordred está morto! – protestei, mas Morgana respondeu virando-se e agarrando o bebê que estava nos braços de Ralla. Ela puxou o tecido marrom e grosseiro do corpo da criança e vi o pé torto.

– Você acha, idiota, que eu permitiria que o rei fosse morto?

Olhei para Ralla e Gwlyddyn, imaginando como eles poderiam ter conspirado para deixar o próprio filho morrer. Foi Gwlyddyn quem me respondeu com um olhar mudo.

– Ele é um rei – explicou simplesmente, apontando para Mordred –, enquanto o nosso menino era só o filho de um carpinteiro.

– E logo Gundleus descobrirá que o menino que ele matou tinha dois pés bons – disse Morgana, irada. – E vai trazer cada homem que puder para nos procurar. Nós vamos para o Sul. – Não havia segurança em Ermid's Hall. O chefe e seus guerreiros tinham ido à guerra, deixando apenas um punhado de servos e crianças no povoado.

Partimos um pouco antes do meio-dia, mergulhando na floresta verde ao sul das posses de Ermid. Um dos caçadores de Ermid nos guiou por caminhos estreitos e trilhas secretas. Éramos trinta, principalmente mulheres e crianças, com somente meia dúzia de homens capazes de portar armas e, dentre esses, só Gwlyddyn já havia matado um homem em batalha. Os poucos sobreviventes dentre os tolos de Druidan seriam inúteis, e eu nunca tinha lutado com fúria, mas andava como retaguarda com a espada nua de Hywel enfiada no cinto de corda, e a pesada lança de guerra siluriana firme na mão direita.

Passamos lentamente debaixo dos carvalhos e aveleiras. De Ermid's Hall até Caer Cadarn não era mais do que uma caminhada de quatro horas, mas levaríamos muito mais porque viajávamos por caminhos secretos e tortuosos, e éramos retardados pelas crianças. Morgana não tinha dito que tentaria chegar a Caer Cadarn, mas eu sabia que o refúgio real era seu destino provável, porque era ali que teríamos probabilidade de encontrar soldados dumnonianos. Mas sem dúvida Gundleus teria feito a mesma dedução, e estava tão desesperado quanto nós. Morgana, que tinha habilidade para entender as maldades do mundo, deduziu que o rei siluriano estivera planejando esta guerra desde o Alto Conselho, esperando apenas a morte de Uther para lançar um ataque em aliança com Gorfyddyd. Todos tínhamos sido enganados. Havíamos pensado que Gundleus era amigo, e assim ninguém havia guardado as fronteiras, e agora Gundleus estava querendo nada menos do que o trono da Dumnonia. Mas para ganhar esse trono, disse Morgana, ele precisaria de mais do que um punhado de cavaleiros, e por isso seus lanceiros deviam estar agora mesmo correndo para se encontrar com o rei enquanto marchavam pela comprida estrada romana que partia da Costa Norte da Dumnonia. Os silurianos estavam à solta em nosso país, mas antes que pudesse ter certeza da vitória, Gundleus precisava matar Mordred. Tinha de nos encontrar, caso contrário todo o seu ousado empreendimento fracassaria.

A grande floresta abafava nossos passos. Ocasionalmente um pombo batia asas em meio às folhas altas, e algumas vezes um pica-pau bicava um tronco não muito longe. Certa vez houve um barulho alto no mato ao lado, e todos paramos, imóveis, temendo um cavaleiro siluriano, mas era apenas um javali que apareceu numa clareira, olhou para nós e se virou para o outro lado. Mordred estava chorando e não queria aceitar o peito de Ralla. Algumas crianças menores também choravam de medo e cansaço, mas ficaram quietas quando Morgana ameaçou transformá-las em sapos fedorentos.

Nimue mancava à minha frente. Eu sabia que ela estava sentindo dor, mas a garota não reclamava. Algumas vezes chorava em silêncio, e nada que Lunete pudesse dizer era capaz de confortá-la. Lunete era uma garota esguia e morena, da mesma idade que Nimue e não muito diferente dela, mas carecia do conhecimento e do espírito empolgado de Nimue. Nimue podia olhar para um riacho e saber se ele era a moradia de espíritos da água, ao passo que Lunete iria simplesmente vê-lo como um bom lugar para lavar roupas. Depois de um tempo Lunete diminuiu o passo para andar ao meu lado.

– O que vai acontecer conosco agora, Derfel?

– Não sei.

– Merlin vem?

– Espero que sim, ou talvez Artur. – Eu falava numa esperança fervorosa mas incrédula, porque precisávamos de um milagre. Em vez disso, parecíamos presos num pesadelo de meio-dia porque quando, depois de duas horas andando, fomos forçados a deixar a floresta e atravessar um riacho fundo e sinuoso que banhava pastagens verdes e cheias de flores, vimos mais piras no céu distante do leste, embora ninguém soubesse se as fogueiras tinham sido acesas por atacantes silurianos ou por saxões que se aproveitavam de nossa fraqueza.

Um cervo saiu correndo do mato a uns 400 metros a leste.

– Abaixem-se! – sibilou a voz do caçador, e todos afundamos no capim na beira do mato. Ralla forçou Mordred contra o peito para aquietá-lo, e ele retaliou mordendo-a com tanta força que o sangue escorreu até a cintura, mas nem ele nem ela fizeram um som enquanto o cavaleiro que tinha espantado o cervo apareceu à beira das árvores. O cavaleiro também estava a leste de nós, mas muito mais perto do que as piras, tão perto que eu podia ver a máscara de raposa em seu escudo redondo. Ele carregava uma lança comprida e uma trombeta de chifre que fez soar depois de ter olhando por muito tempo em nossa direção. Todos tememos que esse sinal significasse que o cavaleiro tinha nos visto, e que logo apareceria todo um bando de cavaleiros silurianos, mas quando o homem atiçou o cavalo de volta para as árvores achamos que o som monótono da trombeta significava que não tinha nos visto. Outra trombeta soou ao longe, depois houve silêncio.

Esperamos por longos minutos. Abelhas zumbiam em meio aos pastos que ladeavam o riacho. Estávamos todos olhando para a borda das árvores, temendo ver mais cavaleiros armados, porém nenhum inimigo apareceu, e depois de um tempo nosso guia sussurrou dizendo que deveríamos nos arrastar até o riacho, atravessá-lo e subir até as árvores do outro lado.

Foi uma movimentação difícil, especialmente para Morgana com sua perna esquerda torta, mas finalmente todos tivemos a chance de beber água enquanto atravessávamos o riacho. Assim que chegamos à floresta do outro lado caminhamos com as roupas encharcadas, mas também com a sensação aliviada de que talvez tivéssemos deixado os inimigos para trás. Mas, infelizmente, não deixamos as preocupações.

– Será que eles vão nos fazer de escravos? – perguntou-me Lunete. Como muitos de nós, Lunete fora capturada originalmente para o mercado de escravos da Dumnonia, e apenas a intervenção de Merlin a mantivera livre. Agora temia que a perda da proteção de Merlin significasse a sua perdição.

– Não creio – falei. – A não ser que Gundleus ou os saxões nos capturem. Você seria tomada como escrava, mas eles provavelmente me matariam. – Eu me senti muito corajoso dizendo isso.

Lunete enfiou o braço no meu, procurando conforto, e me senti lisonjeado por seu toque. Ela era uma garota bonita, e até então tinha me tratado com desdém, preferindo a companhia dos agitados rapazes pescadores de Ynys Wydryn.

– Quero que Merlin volte – disse ela. – Não quero abandonar o Tor.

– Agora não há nada para nós lá. Teremos de achar um novo lugar para viver. Ou então teremos de voltar e reconstruir o Tor se pudermos. – Mas somente se a Dumnonia sobrevivesse, pensei. Talvez agora mesmo, nesta tarde assombrada pela fumaça, o reino estivesse morrendo. Percebi como eu tinha sido cego para não ver os horrores que a morte de Uther traria. Reinos precisam de reis, e sem eles não há nada além de terra vazia convidando as lanças de um conquistador.

No meio da tarde atravessamos um riacho mais largo, quase um rio, tão fundo que a água chegava ao meu peito. Ao chegar à outra margem, sequei a espada de Hywel o melhor que pude. Era uma lâmina bonita, feita pelos famosos ferreiros de Gwent e decorada com desenhos retorcidos e círculos entrelaçados. Sua lâmina de aço era reta e se estendia da minha garganta até as pontas dos dedos quando eu esticava o braço. A cruzeta era feita de ferro grosso com acabamentos redondos e simples, e o punho era de macieira que tinha sido rebitada no espigão e depois amarrada com tiras de couro comprido e fino amaciado com óleo. O botão era uma bola redonda enrolada com fio de prata que vivia se soltando, e no final tirei o fio e moldei num bracelete grosseiro para Lunete.

Ao sul do rio havia outro pasto amplo, este ocupado por novilhos que se aproximaram para inspecionar nossa passagem exausta. Talvez tenha sido o movimento deles que atraiu o problema, porque não foi muito depois de termos entrado na floresta do lado mais distante do pasto que ouvi as batidas de cascos soando altas atrás de nós. Mandei um aviso para a frente, depois me virei, segurando a lança e a espada, para vigiar o caminho.

Aqui os galhos das árvores eram baixos, tão baixos que um cavaleiro não poderia seguir montado pelo caminho. Quem estava nos perseguindo seria forçado a abandonar os cavalos e seguir a pé. Não estávamos usando os caminhos mais largos das florestas, mas sim trilhas escondidas que serpenteavam estreitas entre as árvores, tão estreitas que nossos perseguidores, como nós, teriam de adotar fila única. Eu temia que fossem batedores silurianos mandados à frente da pequena força de Gundleus. Quem mais estaria interessado no que tinha agitado o gado na margem do rio, nesta tarde preguiçosa?

Gwlyddyn chegou ao meu lado e tirou a lança pesada da minha mão. Ouviu os passos distantes, depois assentiu, como se estivesse satisfeito.

– Só são dois – disse calmamente. – Deixaram os cavalos e estão vindo a pé. Eu pego o primeiro, e você retenha o segundo até que eu possa matá-lo. – Ele parecia extraordinariamente calmo, o que ajudou a aplacar meus medos. – E lembre-se, Derfel, eles também estão apavorados. – Em seguida, me empurrou para as sombras e se agachou no outro lado do caminho, atrás das raízes levantadas de uma faia caída. – Abaixe-se – sussurrou. – Esconda-se!

Eu me agachei, e todo o terror cresceu de novo dentro de mim. Minhas mãos suavam, a perna esquerda coçava, a garganta estava seca, eu queria vomitar, e minhas entranhas estavam líquidas. Hywel tinha me ensinado bem, mas eu nunca havia enfrentado um homem que quisesse me matar. Podia ouvir os homens que se aproximavam, mas não podia vê-los, e meu instinto mais forte era virar as costas e correr atrás das mulheres. Mas fiquei. Não tinha escolha. Desde a infância vinha ouvindo histórias de guerreiros e fora ensinado repetidamente que um homem nunca dava as costas e fugia. Um homem lutava por seu senhor, enfrentava o inimigo e nunca fugia. Agora meu senhor estava mamando no peito de Ralla e eu ia enfrentar seus inimigos, mas como queria ser uma criança e simplesmente correr! E se houvesse mais do que dois lanceiros inimigos? E mesmo que houvesse apenas dois, eles certamente eram guerreiros experientes; hábeis, endurecidos e implacáveis ao matar.

– Calma, garoto, calma – disse Gwlyddyn em voz baixa. Ele havia lutado nas batalhas de Uther. Tinha enfrentado os saxões e usado uma lança contra os homens de Powys. Agora, no interior de sua terra nativa, agachava-se no emaranhado de raízes cheias de terra com um meio riso no rosto e minha lança comprida nas mãos fortes e marrons. – Isto é vingança por meu filho – falou sério – e os Deuses estão do nosso lado.

Eu estava agachado atrás de sarças e flanqueado por samambaias. Minhas roupas úmidas pesavam desconfortáveis. Olhei para as árvores cheias de liquens e com folhas emaranhadas. Um pica-pau fez barulho perto e eu pulei, alarmado. Meu esconderijo era melhor do que o de Gwlyddyn, mas mesmo assim eu me sentia exposto, e ainda mais quando nossos dois perseguidores finalmente apareceram a apenas 12 passos de meu esconderijo de folhas.

Eram dois jovens lanceiros de aparência ágil, com peitorais de couro, perneiras amarradas e compridos mantos de lã avermelhada jogados sobre os ombros. As barbas trançadas eram compridas, e o cabelo escuro estava amarrado atrás por tiras de couro. Os dois carregavam lanças compridas e o segundo também tinha uma espada no cinto, mais ainda não a havia desembainhado. Prendi o fôlego.

O líder levantou o braço e os dois pararam e prestaram atenção durante um tempo, antes de continuar vindo. O rosto do homem mais próximo tinha cicatrizes de uma luta antiga, sua boca estava aberta e eu podia ver as falhas nos dentes amarelados. Ele parecia imensamente forte, experiente e assustador, e de repente me senti assolado por um terrível desejo de fugir, mas então a cicatriz na palma da minha mão esquerda, a cicatriz que Nimue tinha posto ali, latejou, e aquela pulsação quente me deu um jorro de coragem.

– Nós ouvimos um cervo – disse o segundo homem, desanimado. Agora os dois andavam num passo cauteloso, pousando os pés cuidadosamente e olhando as folhas adiante, em busca do menor movimento.

– Nós ouvimos um bebê – insistiu o primeiro. Ele estava dois passos à frente do outro, que parecia, aos meus olhos apavorados, ainda mais alto e mais maldoso do que o companheiro.

– Os bastardos desapareceram – disse o segundo, e vi o suor pingando de seu rosto e percebi como ele apertava e soltava repetidamente o cabo de sua lança de freixo, e soube que ele estava nervoso. Eu dizia repetidamente o nome de Bel em minha cabeça, implorando coragem ao Deus, implorando que ele me tornasse um homem. O inimigo estava a 6 passos de distância e continuava vindo, e em volta de nós a floresta era quente e imóvel, e eu podia sentir o cheiro dos dois homens, o cheiro do couro e o cheiro que permanecia de seus cavalos enquanto o suor pingava nos meus olhos e eu quase gemia alto, de tanto terror, mas então Gwlyddyn pulou de sua emboscada e soltou um grito de guerra enquanto corria para a frente.

Corri com ele e, de súbito, estava livre dos medos enquanto a louca alegria da batalha, dada pelos Deuses, me veio pela primeira vez. Mais tarde, muito mais tarde, aprendi que a alegria e o medo são exatamente a mesma coisa, uma apenas se transformava na outra pela ação, mas naquela tarde de verão me senti subitamente empolgado. Que Deus e Seus anjos me perdoem, mas naquele dia descobri a alegria que há na batalha, e por muito tempo depois ansiei por ela como um homem sedento procurando água. Corri para a frente, gritando como Gwlyddyn, mas não estava tão enlouquecido a ponto de acompanhá-lo às cegas. Fui para o lado direito do caminho estreito de modo a poder passar por ele quando ele atacasse o siluriano mais próximo.

Aquele homem tentou aparar o golpe da lança de Gwlyddyn, mas o carpinteiro esperava o movimento baixo do cabo de freixo e ergueu sua arma acima dele enquanto a impulsionava na direção certa. Tudo aconteceu rápido demais. Num momento o siluriano era uma figura ameaçadora equipada para a guerra, em seguida ofegava e se retorcia enquanto Gwlyddyn enfiava a ponta da lança através da armadura de couro, afundando-a no peito dele. E eu já tinha passado pelos dois, gritando enquanto girava a espada de Hywel. Naquele momento não senti medo. Talvez a alma do falecido Hywel tivesse voltado do Outro Mundo para me preencher, porque de súbito eu sabia exatamente o que fazer, e meu grito de guerra foi um grito de triunfo.

O segundo homem teve um tempo de preparação um pouco mais longo do que seu companheiro agonizante, por isso havia se agachado numa posição de lanceiro, da qual poderia saltar à frente com força mortal. Saltei para ele e, enquanto a lança vinha para mim numa língua de aço brilhante, tocada pelo sol, girei para o lado e aparei o golpe com minha espada, não com tanta força a ponto de perder o controle do aço, mas o bastante para fazer a arma do sujeito passar pelo meu lado enquanto eu girava a espada.

"Está tudo nos pulsos, garoto, tudo nos pulsos", ouvi Hywel dizer e gritei o nome dele enquanto descia a espada com força na lateral do pescoço do siluriano.

Foi tudo muito rápido, rápido demais. O pulso manobra a espada, mas o braço lhe dá força, e naquela tarde meu braço tinha a grande força de Hywel. Meu aço se enterrou no pescoço do siluriano como um machado cortando madeira podre. A princípio, de tão inexperiente que eu era, pensei que ele não tivesse morrido, e soltei a espada para golpeá-lo de novo. Golpeei pela segunda vez e tive consciência do sangue iluminando o dia e do homem caindo de lado, e pude ouvir sua respiração sôfrega e ver seu esforço agonizante para puxar a lança e dar um segundo golpe, mas então sua vida se extinguiu na garganta e outro grande jorro de sangue desceu pelo peito coberto de couro enquanto ele caía sobre as folhas mofadas.

E fiquei ali tremendo. De repente queria chorar. Não tinha ideia do que havia feito. Não tinha sentimento de vitória, só de culpa, e fiquei chocado e imóvel com a espada ainda embainhada na garganta do morto, sobre a qual as primeiras moscas já pousavam. Não podia me mexer.

Um pássaro gritou nas folhas altas, depois o braço forte de Gwlyddyn estava em volta dos meus ombros e lágrimas desciam pelo meu rosto.

– Você é um bom homem, Derfel – disse Gwlyddyn. Eu me virei e o abracei como uma criança agarrada ao pai. – Um serviço bem-feito – disse ele de novo e repetiu: – Bem-feito. – E ficou me dando tapinhas, desajeitado, até que por fim funguei engolindo as lágrimas.

– Desculpe – ouvi-me dizendo.

– Desculpe? – gargalhou ele. – O quê? Hywel sempre disse que você era o melhor que ele já treinou, e eu devia ter acreditado. Você é rápido. Agora venha, temos de ver o que ganhamos.

Peguei a bainha da minha vítima, que era feita de couro enrijecido com salgueiro, e descobri que servia toleravelmente para a espada de Hywel, depois revistamos os dois corpos em busca do pouco que pudéssemos encontrar: uma maçã ainda verde, uma velha moeda lisa de tanto uso, dois mantos, as armas, algumas tiras de couro e uma faca com cabo de osso. Gwlyddyn chegou a pensar se deveríamos voltar e pegar os dois cavalos, depois decidiu que não tínhamos tempo. Eu não me importava. Minha visão podia estar borrada pelas lágrimas, mas eu estava vivo, tinha matado um homem e havia defendido o meu rei, e de repente estava numa felicidade delirante enquanto Gwlyddyn me levava de volta aos fugitivos apavorados e levantava meu braço como sinal de que eu havia lutado bem.

– Vocês dois fizeram bastante barulho – rosnou Morgana. – Logo teremos metade de Silúria nos nossos calcanhares. Agora venham! Andando!

Nimue não parecia interessada na minha vitória, mas Lunete queria ouvir tudo a respeito, e ao contar exagerei tanto o inimigo quanto a luta, e a admiração de Lunete engendrou mais exagero ainda. Ela estava com o braço no meu de novo, e olhei para seu rosto moreno e imaginei por que nunca tinha percebido realmente como ela era linda. Como Nimue, Lunete possuía um rosto em forma de cunha, mas enquanto o de Nimue era cheio de um conhecimento cauteloso, o de Lunete era suave e com um calor provocante, e sua proximidade me dava uma nova confiança enquanto andávamos através da tarde comprida, até finalmente virarmos para o leste em direção às colinas onde Caer Cadarn se destacava como um batedor.

Uma hora depois estávamos na beira da floresta diante de Caer Cadarn. Já era tarde, mas estávamos no meio do verão e o sol continuava alto no céu, e sua luz bela e suave inundava com um brilho esverdeado os taludes a oeste de Caer Cadarn. Estávamos a 1,5 quilômetro da fortaleza, mas suficientemente perto para vermos as paliçadas amarelas em cima dos taludes, suficientemente perto para vermos que não havia nenhum guarda em cima daquelas muralhas, e que nenhuma fumaça subia do pequeno povoado dentro.

Mas também não havia nenhum inimigo à vista, e isso fez Morgana decidir atravessar a área aberta e subir o caminho do oeste até a fortaleza do rei. Gwlyddyn argumentou que deveríamos ficar na floresta até o anoitecer, ou então ir ao povoado próximo, Lindinis, mas Gwlyddyn era um carpinteiro, e Morgana, uma dama de alto nascimento, por isso ele cedeu aos desejos dela.

Entramos nas pastagens e nossas sombras se alongaram à frente. O capim tinha sido cortado curto por cervos ou gado, mas estava macio e luxuriante sob os pés. Nimue, que parecia continuar num transe assombrado pela dor, tirou os sapatos emprestados e seguiu descalça. Um falcão passou acima, e depois uma lebre, espantada pelo nosso aparecimento súbito, saltou de um buraco cheio de capim e saiu correndo com agilidade.

Seguimos um caminho ladeado de centáureas, margaridas e cornisos. Atrás de nós, sombreada por causa do sol baixo no oeste, a floresta parecia escura. Estávamos cansados e maltrapilhos, mas o fim da viagem estava à vista, e alguns dentre nós até pareciam alegres. Trazíamos Mordred de volta ao seu local de nascimento, de volta ao morro real da Dumnonia, mas antes que estivéssemos ao menos na metade daquele glorioso refúgio verde, o inimigo apareceu atrás de nós.

O bando de guerreiros de Gundleus surgiu. Não somente os cavaleiros que tinham chegado a Ynys Wydryn de manhã, mas também seus lanceiros. Gundleus devia saber o tempo todo para onde íamos, por isso trouxera os cavaleiros sobreviventes e mais de uma centena de lanceiros a esse lugar sagrado dos reis da Dumnonia. E mesmo que não fosse forçado a perseguir o rei bebê, Gundleus teria vindo a Caer Cadarn, porque desejava nada menos do que a coroa da Dumnonia, e era em Caer Cadarn que essa coroa era posta sobre a cabeça do governante. Quem dominasse Caer Cadarn dominaria a Dumnonia, dizia o velho ditado, e quem dominasse a Dumnonia dominava a Britânia.

Os cavaleiros silurianos esporearam os animais, partindo à frente dos lanceiros. Só demorariam alguns minutos para nos alcançar, e eu sabia que nenhum de nós, nem mesmo os corredores mais rápidos, poderia chegar às longas encostas da fortaleza antes que aqueles cavaleiros nos rodeassem com aço cortante e espadas penetrantes. Fui para o lado de Nimue e vi que seu rosto magro estava pálido e cansado, e o olho que restava estava machucado e lacrimoso.

– Nimue? – falei.

– Está tudo certo, Derfel. – Nimue parecia chateada porque eu queria cuidar dela.

Ela estava louca, decidi. De todas as coisas vivas que tinham sobrevivido àquele dia terrível, ela sobrevivera à pior experiência, e isso a levara a um lugar aonde eu não podia ir e que não podia entender.

– Eu realmente amo você – falei, tentando tocar sua alma com ternura.

– Eu? Não Lunete? – disse Nimue, furiosa. Ela não estava olhando para mim, e sim para a fortaleza, enquanto eu me virava e olhava para os cavaleiros que se aproximavam e se espalhavam numa fileira comprida, como se estivessem num jogo de terror. Os mantos pousavam nas ancas dos cavalos, as bainhas das espadas pendiam ao lado das botas, e o sol brilhava nas pontas das lanças e iluminava a bandeira da raposa. Gundleus cavalgava ao lado da bandeira, usando o capacete de ferro com a crista de cauda de raposa. Ladwys vinha ao lado, com uma espada na mão, enquanto Tanaburs, com a túnica comprida balançando ao vento, montava um cavalo cinza ao lado do rei. Eu ia morrer, pensei, no mesmo dia em que tinha me tornado homem. Essa percepção foi muito cruel.

– Corram! – gritou Morgana subitamente. – Corram! – Pensei que ela havia entrado em pânico, e não queria obedecer porque achava que seria mais nobre ficar e morrer como homem do que ser cortado por trás como um fugitivo. Então vi que ela não estava em pânico e que, afinal de contas, Caer Cadarn não estava deserta, mas que os portões tinham se aberto e uma torrente de homens descia correndo e cavalgando pelo caminho. Os cavaleiros estavam vestidos como os guardas de Gundleus, só que usavam os escudos de dragão, de Mordred.

Corremos. Arrastei Nimue pelo braço enquanto o punhado de cavaleiros dumnonianos esporeavam os animais em nossa direção. Havia uma dúzia de cavaleiros, não muitos, mas o bastante para conter o avanço dos homens de Gundleus, e atrás dos cavaleiros vinha um bando de lanceiros dumnonianos.

– Cinquenta lanças – disse Gwlyddyn. Ele estivera contando o grupo de resgate. – Não podemos vencê-los com cinquenta – acrescentou carrancudo –, mas podemos chegar à segurança.

Gundleus estava deduzindo o mesmo, e agora liderou seus cavaleiros numa curva ampla que iria levá-los para trás dos lanceiros dumnonianos que se aproximavam. Queria cortar nossa retirada, porque assim que tivesse juntado os inimigos num só lugar poderia nos matar a todos, quer fôssemos setenta ou sete. Gundleus tinha a vantagem numérica e, ao descer de sua fortaleza, os dumnonianos haviam sacrificado sua única vantagem, o lugar alto.

Os cavaleiros dumnonianos passaram trovejando por nós, os cascos dos cavalos cortando grandes bocados de terra da pastagem luxuriante. Aqueles não eram os fabulosos homens de Artur, os homens com armaduras, que atacavam como raios, mas batedores de armadura leve que normalmente desmontavam antes de entrar na batalha, mas agora formavam uma tela protetora entre nós e os lanceiros silurianos. Um momento depois nossos lanceiros chegaram e fizeram sua parede de escudos. Essa parede nos deu uma nova confiança, uma confiança que beirou a imprudência quando vimos quem liderava o grupo de resgate. Era Owain, o poderoso Owain, campeão do rei e maior lutador de toda a Britânia. Tínhamos pensado que Owain estaria longe no norte, lutando ao lado dos homens de Gwent nas montanhas de Powys, mas ali estava ele, em Caer Cadarn.

Mas a triste verdade era que Gundleus ainda tinha vantagem. Éramos 12 cavaleiros, cinquenta lanceiros e trinta fugitivos cansados que tinham se reunido num lugar aberto onde Gundleus juntara quase o dobro de cavaleiros e o dobro de lanceiros.

O sol ainda estava claro. Faltariam duas horas para o crepúsculo, e quatro até que estivesse totalmente escuro, e isso dava a Gundleus tempo mais do que suficiente para terminar a chacina, embora a princípio ele tenha tentado nos persuadir com palavras. Veio cavalgando, esplêndido em sua montaria coberta por uma espuma de suor e com o escudo virado de cabeça para baixo como sinal de trégua.

– Homens da Dumnonia – gritou ele –, deem-me a criança e vou embora! – Ninguém respondeu. Owain tinha se escondido no centro da nossa parede de escudos para que Gundleus, não vendo um líder, se dirigisse a todos nós. – É uma criança aleijada! – gritou o rei siluriano. – Maldita pelos Deuses. Vocês acham que a boa fortuna pode chegar a um país governado por um rei aleijado? Querem que suas colheitas se estraguem? Querem que suas crianças nasçam doentes? Querem que seu gado morra de sarna? Querem que os saxões sejam senhores desta terra? O que um rei aleijado traz além de má sorte?

Ainda assim, ninguém respondeu, mas, Deus sabe, um número suficiente de homens em nossas fileiras arrumadas às pressas devia ter pressentido que Gundleus pudesse estar falando a verdade.

O rei siluriano levantou o elmo de cima de seu cabelo comprido e sorriu da nossa dificuldade.

– Todos vocês podem viver – prometeu –, desde que me entreguem a criança. – Ele esperou uma resposta que não veio. – Quem lidera vocês? – perguntou por fim.

– Eu! – Finalmente Owain atravessou as fileiras para ocupar seu lugar na frente da parede de escudos.

– Owain. – Gundleus reconheceu-o, e pensei ter visto um tremor de medo nos olhos do siluriano. Como nós, ele não sabia que Owain tinha voltado ao coração da Dumnonia. Mas Gundleus continuava confiante na vitória, mesmo sabendo que, tendo Owain entre seus inimigos, essa vitória seria muito mais difícil. – Lorde Owain – disse Gundleus, dando o título apropriado ao campeão dumnoniano –, filho de Eilynon e neto de Culwas. Eu o saúdo! – Gundleus levantou a ponta de sua lança em direção ao sol. – Você tem um filho, lorde Owain.

– Muitos homens têm filhos – respondeu Owain descuidadamente. – Em que isso lhe interessa?

– Quer que seu filho fique sem pai? Quer que suas terras sejam devastadas? Sua casa queimada? Quer que sua mulher vire brinquedo dos meus homens?

– Minha mulher poderia vencer todos os seus homens, e você também. Quer brinquedos, Gundleus? Volte para a sua prostituta. – Ele esticou o queixo na direção de Ladwys. – E se não quiser compartilhar sua prostituta com seus homens, a Dumnonia pode dar algumas ovelhas solitárias à Silúria.

O desafio de Owain nos animou. Ele parecia impossível de ser derrotado com sua lança enorme, a espada comprida e o escudo com placas de aço. Sempre tinha lutado com a cabeça nua, desdenhando um elmo, e seus braços tremendamente musculosos eram tatuados com o dragão da Dumnonia e seu próprio símbolo, um javali de presas longas.

– Entregue a criança. – Gundleus ignorou os insultos, sabendo que eram apenas desafios esperados de um homem antes da batalha. – Dê-me o rei aleijado!

– Dê-me a sua prostituta, Gundleus – respondeu Owain. – Você não é homem suficiente para ela. Dê-me a prostituta e você pode ir em paz.

Gundleus cuspiu.

– Os bardos vão cantar a sua morte, Owain. A canção da caça ao javali.

Owain enfiou o cabo de sua lança no chão.

– Aqui está o javali, Gundleus Ap Meilyr, rei de Silúria – gritou ele. – E aqui o javali vai morrer ou mijar no seu cadáver. Agora vá!

Gundleus sorriu, deu de ombros e virou seu cavalo para o outro lado. Também virou o escudo de cabeça para cima, dando a entender que teríamos uma luta.

Era a minha primeira batalha.

Os cavaleiros dumnonianos tinham formado atrás de nós uma fila de lanças para proteger as mulheres e crianças enquanto pudessem. O resto de nós se juntou à linha de batalha e vimos nossos inimigos fazer o mesmo. Ligessac, o traidor, estava entre os silurianos. Tanaburs realizou os rituais, pulando numa perna, com uma das mãos levantadas e um olho fechado, na frente da parede de escudos de Gundleus, que avançava lentamente sobre o capim. Só quando Tanaburs tinha lançado seu feitiço protetor os silurianos começaram a gritar insultos em nossa direção. Eles nos alertaram do massacre que viria e alardearam quantos de nós matariam, mas mesmo assim percebi como vinham devagar e, quando estavam apenas a 50 passos, como pararam por completo. Alguns de nossos homens zombaram timidamente, mas Owain rosnou para que ficássemos quietos.

As linhas de batalha se entreolharam. Nenhuma das duas se mexeu.

É preciso uma coragem extraordinária para atacar uma fileira de escudos e lanças. Por isso tantos homens bebem antes da luta. Já vi exércitos pararem durante horas enquanto juntam coragem para atacar, e quanto mais velho o guerreiro, mais coragem é necessária. Tropas novas atacam e morrem, mas os homens mais velhos sabem como pode ser terrível uma parede de escudos. Eu não tinha escudo, mas estava coberto pelos escudos de meus vizinhos, e seus escudos tocavam outros e assim por diante, seguindo pela nossa pequena fileira, de modo que qualquer homem que atacasse seria enfrentado por uma parede de madeira forrada de couro e cheia de pontas de lanças afiadas.

Os silurianos começaram a bater com as lanças nos escudos. O som se destinava a nos inquietar, e inquietou, ainda que ninguém do nosso lado demonstrasse medo. Simplesmente estávamos agrupados, esperando o ataque.

– Primeiro haverá alguns ataques falsos, garoto – alertou meu vizinho e, nem bem ele tinha falado, um grupo de silurianos correu gritando de sua fileira e arremessou lanças compridas no centro de nossa defesa. Nossos homens se agacharam e as lanças bateram nos nossos escudos, e de repente toda a fileira siluriana estava se movendo à frente, mas imediatamente Owain ordenou que nossa fileira se levantasse e marchasse para adiante, e esse movimento deliberado interrompeu a ameaça de ataque inimigo. Aqueles de nossos homens cujos escudos tinham sido cravados pelas lanças inimigas arrancaram as armas e depois restauraram a parede de escudos.

– Recuar! – ordenou Owain. Ele tentaria recuar lentamente pelos 800 metros de pasto até Caer Cadarn, esperando que os silurianos não juntassem coragem para atacar enquanto completávamos aquela jornada penosa e lenta. Para nos dar mais tempo Owain foi para a frente da fileira e gritou desafiando Gundleus a lutar com ele, homem contra homem. – Você é mulher, Gundleus? – gritou o campeão do nosso rei. – Perdeu a coragem? Não tomou hidromel suficiente? Por que não volta para o seu tear, mulher? Volte para o seu bordado! Volte para a sua roca!

Nós andávamos para trás, andávamos para trás, mas de repente um ataque do inimigo nos fez parar firmes e nos esconder atrás dos escudos enquanto as lanças eram atiradas. Uma passou acima da minha cabeça, soando como um sopro de vento, mas de novo o ataque era um engodo destinado a causar pânico. Ligessac lançava flechas, mas devia estar bêbado, porque seus arremessos passavam muito acima. Owain serviu de alvo para uma dúzia de lanças, mas a maioria errou, e as outras ele varreu de lado, com desprezo, usando a espada ou o escudo antes de zombar dos atiradores.

– Quem ensinou vocês a atirar lanças? Suas mães? – cuspiu para os inimigos. – Venha, Gundleus! Lute comigo! Mostre aos seus ajudantes de cozinha que você é um rei, e não um rato!

Os silurianos bateram com as lanças nos escudos para abafar as provocações de Owain. Ele virou as costas para mostrar seu desprezo e voltou lentamente para a nossa fileira de escudos.

– Para trás – ordenou ele em voz baixa –, para trás.

Então dois silurianos largaram seus escudos e armas e tiraram as roupas para lutar nus. Meu vizinho cuspiu.

– Agora vai haver encrenca – alertou ele, sério.

Os homens nus provavelmente estavam bêbados, ou então tão intoxicados pelos Deuses que acreditavam que nenhuma lâmina inimiga poderia machucá-los. Eu tinha ouvido falar de homens assim, e sabia que seu exemplo suicida geralmente era sinal de um ataque verdadeiro. Agarrei minha espada e tentei prometer que morreria bem, mas na verdade poderia ter chorado diante de uma situação tão lamentável. Tinha me tornado homem naquele dia, e agora ia morrer. Ia me juntar a Uther e Hywel no Outro Mundo, e ali esperaria através dos anos de sombra até que minha alma achasse outro corpo humano em que voltar a este mundo verde.

Os dois homens desamarraram os cabelos, pegaram suas lanças e espadas e depois dançaram diante da fileira de silurianos. Uivavam enquanto entravam no frenesi de batalha; aquele estado de êxtase insensato que deixa um homem tentar qualquer feito. Gundleus, pondo o cavalo atrás de sua bandeira, sorriu para os dois homens cujos corpos estavam intricadamente tatuados com desenhos azuis. As crianças choravam atrás de nós, e nossas mulheres invocavam os Deuses enquanto os homens dançavam cada vez mais perto, suas lanças e espadas girando ao sol da tarde. Homens assim não tinham necessidade de escudos, roupas ou armaduras. Os Deuses eram sua proteção e a glória sua recompensa, e se conseguissem matar Owain os bardos cantariam sua vitória durante anos e anos. Eles avançaram de cada lado de nosso campeão, que avaliou o peso de sua lança enquanto se preparava para enfrentar o ataque frenético que também marcaria o momento da carga de toda a linha inimiga.

E então a trombeta soou.

A trombeta deu uma nota clara, fria, como nenhuma que eu tivesse ouvido antes. Havia uma pureza, uma pureza fria e dura diferente de tudo na terra. Soou uma vez, soou duas, e o segundo toque bastou para fazer com que até mesmo os homens nus parassem e se virassem na direção do leste, de onde o som viera.

Também olhei.

E fiquei pasmo. Era como se um novo sol brilhante tivesse nascido no fim daquele dia. A luz cortou as pastagens, cegando-nos, confundindo-nos, mas então ela se desviou e vi que era apenas o reflexo do sol verdadeiro olhando de um escudo polido até brilhar como um espelho. Mas aquele escudo era empunhado por um homem como eu nunca tinha visto antes; um homem magnífico, um homem montado num grande cavalo e acompanhado por homens iguais; uma horda de homens espantosos, homens emplumados, homens com armaduras, homens que brotaram dos sonhos dos Deuses para vir a este campo da morte, e sobre as cabeças emplumadas dos homens flutuava uma bandeira que eu viria a amar mais do que qualquer bandeira em toda a terra de Deus. Era a bandeira do urso.

O chifre soou uma terceira vez, e de repente eu soube que iria viver e estava chorando de alegria, e todos os nossos lanceiros estavam meio chorando e meio gritando, e a terra estremecia com os cascos dos cavalos daqueles homens que pareciam Deuses, que vinham nos resgatar.

Porque Artur, finalmente, tinha chegado.

Parte 2
A noiva

Igraine está infeliz. Quer histórias da infância de Artur. Ouviu falar de uma espada presa na pedra e quer que eu escreva a respeito. Conta que ele foi gerado por um espírito numa rainha e que os céus estavam cheios de trovões na noite de seu nascimento, e talvez esteja certa e os céus tenham feito barulho naquela noite, mas todo mundo com quem falei tinha dormido o tempo todo, e quanto à espada na pedra, bom, houve uma espada e houve uma pedra, mas o lugar delas na história ainda está muito adiante. A espada chamava-se Caledfwlch, que significa "raio duro", mas Igraine prefere chamá-la de Excalibur, e também irei chamá-la assim porque Artur nunca se importou com o nome de sua espada longa. Também não se importava com sua infância, já que certamente nunca o ouvi falar dela. Uma vez perguntei-lhe sobre isso e ele não quis responder.

– O que é o ovo para a águia? – perguntou ele, depois disse que tinha nascido, tinha vivido e virado soldado, e que era só isso que eu precisava saber.

Mas por minha muito bela e generosa protetora, Igraine, deixe-me anotar o pouco que fiquei sabendo. Apesar da negativa de Uther em Glevum, Artur era filho do Grande Rei, ainda que houvesse pouca vantagem nisso porque Uther foi pai de tantos bastardos quanto um gato pode gerar filhotes. A mãe de Artur, como minha preciosíssima rainha, chamava-se Igraine. Ela veio de Caer Gei, que fica em Gwynedd, e dizem que era filha de Cunedda, rei de Gwynedd e Grande Rei antes de Uther, ainda que Igraine não fosse princesa, porque sua mãe não era esposa de Cunedda, e sim casada com um chefe tribal de Henis Wyren. Tudo que Artur dizia sobre Igraine de Gwynedd, que morreu quando ele estava à beira de virar homem, é que ela era a mãe mais maravilhosa, inteligente e bela que qualquer garoto poderia desejar, ainda que, segundo Cei, que conheceu Igraine bem, sua beleza fosse enfatizada por uma sagacidade rancorosa. Cei é filho de Ector Ap Ednywain, chefe tribal de Caer Gei que aceitou Igraine e seus quatro filhos bastardos em seu lar quando Uther os rejeitou. Essa rejeição aconteceu no mesmo ano em que Artur nasceu, e Igraine nunca perdoou o filho por isso. Ela costumava dizer que Artur era uma criança que veio além da conta, e de algum modo acreditava que sempre teria governado como amante de Uther se Artur não tivesse nascido.

Artur foi o quarto dos filhos de Igraine a sobreviver à infância. Os outros três eram todos do sexo feminino, e Uther evidentemente gostava que seus bastardos fossem meninas, porque teriam menos probabilidade de fazer exigências relativas ao seu patrimônio quando crescessem. Cei e Artur foram criados juntos, e Cei diz, embora jamais na presença de Artur, que ele e Artur sentiam medo de Igraine. Artur, disse-me ele, era um garoto obediente, trabalhador, que lutava para ser o melhor em cada lição, fosse na leitura ou na luta de espadas, mas nada que ele pudesse realizar dava prazer à sua mãe, ainda que Artur sempre a adorasse, defendesse e tivesse chorado inconsolavelmente quando ela morreu de febre. Na época Artur tinha 13 anos, e Ector, seu protetor, apelou a Uther para ajudar os quatro órfãos empobrecidos de Igraine. Uther os levou a Caer Cadarn, provavelmente porque achava que as três filhas seriam peças úteis no jogo dos casamentos dinásticos. O casamento de Morgana com o príncipe de Kernow teve vida curta graças ao incêndio, mas Morgause se casou com o rei Lot de Lothian e Anna se casou com o rei Budic Ap Camran, que morava na Bretanha, do outro lado do mar. Esses dois últimos não foram casamentos importantes, uma vez que nenhum dos dois reis estava suficientemente perto para mandar reforços a Dumnonia em caso de guerra, mas ambos serviam aos seus pequenos objetivos. Artur, sendo um garoto, não tinha tal utilidade, por isso foi para a corte de Uther e aprendeu a usar espada e lança. Também conheceu Merlin, ainda que nenhum dos dois falasse muito do que se passou entre eles naqueles meses antes de Artur, perdendo a esperança de ter qualquer preferência da parte de Uther, seguir sua irmã Anna até a Bretanha. Lá, no tumulto da Gália, cresceu tornando-se um grande soldado, e Anna, sempre consciente de que um irmão guerreiro era um parente valioso, manteve Uther a par dos feitos dele. Foi por isso que Uther trouxe Artur de volta à Britânia para a campanha que terminou com a morte de seu filho. O resto você sabe.

E agora contei a Igraine tudo que sei sobre a infância de Artur, e sem dúvida ela vai enfeitar a história com as lendas que já estão sendo contadas a respeito dele entre o povo comum. Igraine está levando esses pergaminhos um a um e mandando que sejam transcritos na língua apropriada da Britânia por Dafydd Ap Gruffud, o escrivão da justiça que fala a língua saxã, e eu não confio que ele ou Igraine deixem essas palavras intocadas por suas fantasias. Há ocasiões em que desejo ter ousado anotar esta história na língua britânica, mas o bispo Sansum, de quem Deus gosta acima de todos os santos, ainda suspeita do que escrevo. Algumas vezes ele tentou parar com este trabalho, ou então ordenou aos diabretes de Satã que me impedissem. Um dia descobri que todas as minhas penas tinham sumido, e em outro havia urina no tinteiro de chifre, mas Igraine restaura tudo e Sansum, a não ser que aprenda a ler e dominar a língua saxã, não pode confirmar suas suspeitas de que esta obra, na verdade, não é um Evangelho em saxão.

Igraine insiste para que eu escreva mais, e mais rápido, e implora que conte a verdade sobre Artur, mas depois reclama quando essa verdade não combina com os contos de fadas que ela ouve na cozinha do Caer ou nos aposentos das mulheres. Ela quer transformações e feras caçadoras, mas não posso inventar o que não vi. Deus me perdoe, é verdade que mudei algumas coisas, mas nada de importante. Assim, quando Artur nos salvou na batalha diante de Caer Cadarn, muito antes de ele ter aparecido percebi que estava vindo, porque Owain e seus homens sabiam o tempo todo que Artur e seus cavaleiros, recém-chegados da Bretanha, estavam escondidos nas florestas ao norte de Caer Cadarn, assim como sabiam que o bando de guerreiros de Gundleus vinha se aproximando. O erro de Gundleus foi incendiar o Tor, porque a pira de fumaça serviu como alerta para todo o país do Sul, e os batedores montados de Owain estavam vigiando os homens de Gundleus desde o meio-dia. Owain, tendo ajudado Agrícola a derrotar a invasão de Gorfyddyd, havia corrido para o Sul, para receber Artur, não por amizade, mas para estar presente quando um comandante rival aparecesse no reino, e para nós foi uma sorte Owain ter retornado. Mas mesmo assim a batalha nunca poderia ter acontecido como a descrevi. Se Owain não soubesse que Artur estava perto ele teria dado o bebê Mordred ao seu cavaleiro mais rápido e mandado a criança a galope para a segurança, ainda que o resto de nós caísse sob as lanças de Gundleus. Eu poderia ter escrito esta verdade, claro, mas os bardos me ensinaram a dar forma a uma história, de modo que os ouvintes sejam mantidos à espera da parte que querem ouvir, e acho que a narrativa fica melhor guardando a notícia da chegada de Artur até o último minuto. É um pequeno pecado esta alteração, mas Deus sabe que Sansum jamais iria perdoá-la.

Ainda é inverno aqui em Dinnewrac, e faz muito frio, mas o rei Brochvael ordenou que Sansum acendesse as nossas fogueiras depois que o irmão Aron foi encontrado morto congelado em sua cela. O santo recusou, até que o rei mandou lenha de seu Caer, assim agora temos fogueiras, não muitas e nunca grandes. Mesmo assim, até mesmo um pequeno fogo torna mais fácil escrever, e ultimamente o abençoado santo Sansum tem sido menos intrometido. Dois noviços entraram para o nosso pequeno rebanho, meros garotos com vozes que ainda não mudaram, e Sansum tomou a si treiná-los nos caminhos de Nosso Preciosíssimo Salvador. Tal é o cuidado do santo com as almas imortais deles que chega a insistir que os meninos compartilhem sua cela, e parece um homem mais feliz com a companhia. Agradeçamos a Deus por isso, e pelo presente do fogo, e pela força de continuar com esta história de Artur, o Rei que Nunca Foi, o Inimigo de Deus e Senhor das Batalhas.

NÃO DEVO CANSAR você com os detalhes daquela luta diante de Caer Cadarn. Foi uma rusga, não uma batalha, e apenas um punhado de silurianos escapou. Ligessac, o traidor, foi um dos que fugiu, mas a maioria dos homens de Gundleus foi capturada. Uma grande quantidade dos inimigos morreu, inclusive os dois lutadores nus que caíram sob a lança de Owain. Gundleus, Ladwys e Tanaburs foram aprisionados vivos. Eu não matei ninguém. Nem cheguei a fazer mossa no gume da minha espada.

Tampouco me lembro direito da rusga, porque tudo que queria fazer era olhar para Artur.

Ele estava montado em Llamrei, sua égua, um grande animal preto com patas peludas e ferraduras lisas, de ferro, presas aos cascos com tiras de couro. Todos os homens de Artur montavam cavalos grandes assim, que tinham as narinas cortadas para que pudessem respirar com mais facilidade. Os animais ficavam ainda mais assustadores devido aos extraordinários escudos de couro esticado que protegiam seus peitos dos golpes de lanças. Os escudos eram tão grossos e incômodos que os cavalos não podiam baixar a cabeça para pastar depois da batalha, e Artur ordenou que um de seus cavalariços soltasse o escudo para que Llamrei pudesse se alimentar. Cada um dos cavalos precisava de dois cavalariços, um para cuidar do escudo do animal, da manta e da sela, o outro para guiar o cavalo pelo bridão, enquanto um terceiro serviçal levava a lança e o escudo do guerreiro. Artur tinha uma lança comprida e pesada chamada Rhongomyniad, enquanto seu escudo, Wynebgwrthucher, era feito de tábuas de salgueiro cobertas com uma pele de prata batida, polida até ofuscar. No quadril pendia a faca chamada Carnwenhau e a famosa espada Excalibur em sua bainha negra enfeitada com fios de ouro entrecruzados.

Eu não podia ver seu rosto porque a cabeça estava dentro de um elmo com largas placas sobre as faces, escondendo as feições. O elmo, com a abertura para os olhos e um buraco escuro no lugar da boca, era de ferro polido decorado com desenhos retorcidos feitos de prata, e tinha uma plumagem alta de penas de ganso. Havia alguma coisa mortal naquele capacete pálido, tinha uma aparência temível, como um crânio, sugerindo que o dono era um dos mortos-vivos. Seu manto, como as plumas, era branco. O manto, que ele fazia questão absoluta de manter limpo, pendia dos ombros para manter o sol longe de sua comprida armadura de escamas. Eu nunca tinha visto uma, ainda que Hywel tivesse me falado a respeito, e ao ver a de Artur me senti assolado por um desejo de possuir uma assim. A armadura era romana e feita de centenas de placas de ferro, cada uma não maior do que a falange do polegar, costuradas em fileiras sobrepostas sobre uma jaqueta de couro que ia até o joelho. As placas eram quadradas em cima, onde havia dois buracos para passar o fio de costura, e pontudas na base, e as escamas se sobrepunham de tal modo que uma ponta de lança encontraria sempre pelo menos duas camadas de ferro antes de tocar no couro forte por baixo. A armadura rígida fazia barulho quando Artur se mexia, e não era apenas som de ferro, porque seus ferreiros tinham acrescentado uma fileira de placas de ouro no pescoço e espalharam escamas de prata em meio ao ferro polido, de modo que toda a armadura parecia brilhar. Eram necessárias horas de polimento a cada dia para que não enferrujasse, e depois de cada batalha algumas placas estariam faltando, e precisariam ser forjadas de novo. Poucos ferreiros podiam fazer uma armadura daquelas, e muito poucos homens poderiam comprar, mas Artur pegara a sua de um chefe tribal franco, a quem havia matado na Armórica. Além do elmo, do manto e da armadura escamada, ele usava botas de couro, luvas de couro e um cinto de couro de onde pendia Excalibur em sua bainha com fios de ouro cruzados, que supostamente protegeriam o dono contra todo mal.

Para mim, fascinado com sua chegada, ele parecia um Deus branco e brilhante vindo à terra. Eu não conseguia afastar os olhos.

Ele abraçou Owain e ouvi os dois rirem. Owain era um homem alto, mas Artur era capaz de olhá-lo no olho, ainda que nem de longe tivesse um corpo tão maciço quanto o de Owain. Owain era todo feito de músculos e volume enquanto Artur era um homem magro e nodoso. Owain bateu com força nas costas de Artur e este devolveu o gesto afetuoso antes de os dois andarem, com os braços passados pelo ombro um do outro, até onde Ralla estava segurando Mordred.

Artur caiu de joelhos diante do rei e, com uma delicadeza surpreendente para um homem com armadura rígida e pesada, levantou a mão enluvada para segurar a bainha da túnica do bebê. Em seguida, empurrou para os lados as abas do elmo, presas por dobradiças, e beijou a túnica. Mordred respondeu gritando e lutando.

Artur se levantou e estendeu os braços para Morgana. Ela era mais velha do que o irmão, que tinha apenas 25 ou 26 anos, mas, quando ele fez questão de abraçá-la, ela começou a chorar por trás da máscara de ouro que bateu de leve contra o elmo de Artur quando os dois se apertaram. Ele a segurou com força e deu tapinhas nas suas costas.

– Querida Morgana – eu o ouvi dizer –, querida e doce Morgana.

Eu nunca tinha percebido como Morgana era solitária, até que a vi chorar nos braços do irmão.

Ele se afastou gentilmente do abraço dela e em seguida usou as duas mãos enluvadas para tirar da cabeça o elmo cinza-prateado.

– Tenho um presente para você – disse Artur a Morgana –, pelo menos acho que tenho, a não ser que Hygwydd o tenha roubado. Onde você está, Hygwydd?

O servo Hygwydd se adiantou correndo e recebeu o elmo com plumas brancas em troca de um colar de dentes de urso engastados em ouro e presos numa corrente de ouro, que Artur pendurou no pescoço da irmã.

– Uma coisa linda para a minha adorável irmã – disse ele, e depois insistiu em saber quem era Ralla, e quando soube da morte de seu bebê o rosto dele mostrou tanta dor e simpatia que Ralla começou a chorar, e Artur a abraçou impulsivamente e quase esmagou o rei bebê contra seu peito com a armadura de escamas. Então Gwlyddyn foi apresentado e contou a Artur como eu tinha matado um siluriano para proteger Mordred, e assim Artur girou para me agradecer.

E, pela primeira vez, olhei direto para o seu rosto.

Era um rosto gentil. Esta foi a minha primeira impressão. Não; é isso que Igraine quer que eu escreva. Na verdade, minha primeira impressão foi de suor, um monte de suor resultante de usar armadura de metal num dia de verão, mas depois do suor notei como ele parecia gentil. Dava para confiar em Artur à primeira vista. Por isso as mulheres sempre gostaram de Artur, não porque ele fosse bonito, porque não era escancaradamente belo, mas porque olhava para você com interesse genuíno e óbvia benevolência. Tinha um rosto forte e ossudo, cheio de entusiasmo, e fartos cabelos castanho-escuros que, quando o vi pela primeira vez, estavam empastados de suor, grudados na cabeça, graças ao forro de couro do elmo. Os olhos eram castanhos, ele tinha nariz comprido e maxilar forte, totalmente raspado, mas a característica mais notável era a boca. Era muito grande e cheia de dentes. Ele tinha orgulho dos dentes e os limpava todos os dias com sal, quando podia encontrar, e com água pura quando não podia. Era um rosto grande e forte, mas o que me impressionou mais foi aquele olhar de gentileza e o humor maroto dos olhos. Havia um ar de diversão em Artur, algo em seu rosto irradiava uma felicidade que envolvia os outros em sua aura. Nesse momento percebi, e sempre depois, como os homens e as mulheres ficavam mais alegres quando Artur estava em sua companhia. Todo mundo ficava mais otimista, havia mais risos, e quando ele partia pairava uma monotonia. No entanto, Artur não era muito espirituoso, nem um contador de histórias, era simplesmente Artur, um homem bom e com uma confiança contagiante, uma vontade impaciente e uma decisão de ferro. Você não percebia essa dureza a princípio, e até mesmo o próprio Artur fingia que ela não estava ali, mas estava. Um número incontável de sepulturas nos campos de batalha testemunha isso.

– Gwlyddyn me contou que você matou um saxão – provocou ele.

– Senhor – foi tudo que pude dizer, e caí de joelhos.

Ele se curvou e me levantou pelos ombros. Seu toque era firme.

– Não sou rei, Derfel, não se ajoelhe diante de mim, mas eu deveria me ajoelhar diante de você por ter arriscado a vida para salvar nosso rei. – Ele sorriu. – Por isso eu lhe agradeço. – Ele tinha a capacidade de fazer a gente sentir que ninguém mais no mundo importava tanto quanto a gente, e eu estava de fato perdido numa adoração por ele. – Quantos anos você tem?

– Quinze, acho.

– Pelo tamanho parece ter 20. – Ele sorriu. – Quem lhe ensinou a lutar?

– Hywel, o administrador de Merlin.

– Ah! O melhor professor! Ele também me ensinou, e como vai o bom Hywel? – A pergunta foi feita ansiosamente, mas não encontrei as palavras nem a coragem para responder.

– Morto – respondeu Morgana por mim. – Morto por Gundleus. – Ela cuspiu através da abertura da máscara em direção ao rei capturado que estava sendo mantido a alguns passos de distância.

– Hywel está morto? – Artur fez a pergunta a mim, com os olhos nos meus. Assenti e pisquei para refrear as lágrimas e instantaneamente Artur me abraçou. – Você é um bom homem, Derfel, e eu lhe devo uma recompensa por salvar a vida do nosso rei. O que você quer?

– Ser um guerreiro, senhor.

Ele sorriu e se afastou de mim.

– Você é um homem de sorte, Derfel, porque é o que deseja ser. Lorde Owain? – Ele se virou para o campeão corpulento e tatuado. – Você pode usar este bom guerreiro saxão?

– Posso usá-lo – concordou Owain prontamente.

– Então ele é seu homem – disse Artur, e deve ter sentido meu desapontamento, porque se virou de novo e pousou uma das mãos no meu ombro. – Por enquanto, Derfel – disse suavemente –, emprego cavaleiros e não lanceiros. Deixe Owain ser o seu senhor, porque não há ninguém melhor para ensinar o ofício de soldado. – Ele agarrou meu ombro com a mão enluvada, depois se virou e acenou para os dois guardas ao lado de Gundleus. Uma multidão se reunira perto do rei capturado, que estava debaixo das bandeiras dos vitoriosos. Os cavaleiros de Artur, com elmos de ferro, armaduras de couro com ferro e mantos de linho ou lã, misturavam-se aos lanceiros de Owain e aos fugitivos do Tor na área gramada onde Artur agora encarava Gundleus.

Gundleus se empertigou. Não tinha armas, mas não abandonaria o orgulho, nem piscou quando Artur se aproximou.

Artur andou em silêncio até ficar a dois passos do rei capturado. A multidão prendeu o fôlego. Gundleus estava na sombra do estandarte de Artur, que mostrava um urso preto sobre campo branco. O urso voava entre a bandeira do dragão de Mordred, recapturada, e o estandarte do javali de Owain, enquanto aos pés de Gundleus estava caída sua bandeira da raposa, que tinha sido cuspida, mijada e pisoteada pelos vitoriosos. Gundleus ficou olhando enquanto Artur desembainhava Excalibur. A lâmina tinha um tom azulado no aço polido até ficar tão brilhante quanto a cota de escamas, o elmo e o escudo de Artur.

Esperamos pelo golpe fatal, mas em vez disso Artur se abaixou sobre um dos joelhos e estendeu o punho de Excalibur para Gundleus.

– Senhor rei – disse ele humildemente, e a multidão, que estivera antecipando a morte de Gundleus, ficou boquiaberta.

Gundleus hesitou pelo tempo de uma batida de coração, depois estendeu a mão para tocar o botão da espada. Não falou nada. Talvez estivesse pasmo demais para falar.

Artur se levantou e embainhou a espada.

– Fiz um juramento de proteger meu rei – disse ele – e não de matar reis. O que acontecer com você, Gundleus Ap Meilyr, não será decisão minha, mas será mantido cativo até que esta decisão seja tomada.

– Quem toma a decisão? – perguntou Gundleus, arrogante. Artur hesitou, claramente sem saber a resposta. Muitos de nossos guerreiros estavam gritando pela morte de Gundleus, Morgana insistia para que o irmão vingasse Norwenna enquanto Nimue guinchava para que o rei cativo fosse entregue à sua vingança, mas Artur balançou a cabeça. Muito mais tarde ele me explicou que Gundleus era primo de Gorfyddyd, rei de Powys, e que isso tornava a morte dele uma questão de estado, e não de vingança.

– Eu queria fazer a paz, e raramente a paz vem da vingança – admitiu ele –, mas provavelmente deveria tê-lo matado. Não que isso fizesse muita diferença.

Mas agora, diante de Gundleus ao sol que ia baixando e nas proximidades de Caer Cadarn, ele meramente disse que o destino de Gundleus estava nas mãos do conselho da Dumnonia.

– E quanto a Ladwys? – perguntou Gundleus, fazendo um gesto para a mulher alta e de rosto pálido que estava atrás dele, com um ar de terror. – Peço que ela tenha permissão de ficar comigo.

– A prostituta é minha – disse Owain asperamente. Ladwys balançou a cabeça e chegou mais perto de Gundleus.

– Ela é minha esposa! – protestou Gundleus a Artur, confirmando assim o antigo boato de que ele realmente havia se casado com a amante plebeia. O que também significava que havia se casado falsamente com Norwenna, ainda que este pecado, considerando o que mais ele fez com ela, era até pequeno.

– Esposa ou não – insistiu Owain –, ela é minha. – Ele viu a hesitação de Artur. – A não ser que o conselho decida em contrário – acrescentou num eco deliberado da invocação feita por Artur àquela alta autoridade.

Artur pareceu perturbado pela reivindicação de Owain, mas sua posição na Dumnonia ainda era incerta, porque mesmo tendo sido nomeado protetor de Mordred e um dos comandantes guerreiros do reino, isso apenas lhe dava uma autoridade igual à de Owain. Todos notamos como, depois da rusga com os silurianos, Artur assumira o controle, mas Owain, ao exigir ter Ladwys como escrava, estava lembrando de que possuía poder igual. O momento foi incômodo, até que Artur sacrificou Ladwys à unidade dumnoniana.

– Owain decidiu a questão – disse ele a Gundleus, depois se virou para o outro lado, de modo a não precisar testemunhar o efeito de suas palavras sobre os amantes. Ladwys gritou em protesto, depois ficou quieta quando um dos homens de Owain a arrastou para longe.

Tanaburs gargalhou do sofrimento de Ladwys. Ele era um druida, por isso nenhum mal lhe podia ser feito. Não era prisioneiro e estava livre para ir, mas teria de abandonar o campo sem comida, bênção ou companhia. Entretanto, encorajado pelos acontecimentos do dia, eu não podia deixá-lo ir sem falar, por isso o acompanhei pelo pasto cheio de mortos silurianos.

– Tanaburs! – gritei.

O druida se virou e me viu sacar a espada.

– Cuidado, garoto – disse ele, e fez o sinal de alerta com seu cajado com a lua na ponta.

Eu deveria ter sentido medo, mas um novo espírito guerreiro me preenchia quando me aproximei e encostei a espada nos pelos brancos e emaranhados de sua barba. A cabeça dele se sacudiu para trás ao toque do aço, fazendo chacoalhar os ossinhos presos ao cabelo. Seu rosto velho era enrugado, marrom e manchado, os olhos vermelhos e o nariz torto.

– Eu deveria matá-lo – falei.

Ele gargalhou.

– E a praga da Britânia vai acompanhá-lo. Sua alma nunca chegará ao Outro Mundo, você terá tormentos desconhecidos e incontáveis, e serei o autor deles. – Ele cuspiu na minha direção, depois tentou empurrar a lâmina da espada para longe da barba, mas firmei o punho e, de súbito, ele pareceu alarmado ao perceber minha força.

Uns poucos observadores curiosos tinham me seguido, e alguns tentaram me alertar sobre o destino pavoroso que me atormentaria se eu matasse um druida, mas eu não tencionava matar o velho. Só queria apavorá-lo.

– Há mais de dez anos – falei –, vocês vieram à aldeia de Madog. – Madog era o homem que havia escravizado minha mãe, e cujo povoado o jovem Gundleus tinha atacado.

Tanaburs assentiu enquanto se lembrava do ataque.

– E viemos mesmo, viemos mesmo. Foi um bom dia! Pegamos muito ouro e muitos escravos!

– E você fez um poço da morte.

– E daí? – Ele deu de ombros, depois riu, zombando. – Devemos agradecer aos Deuses pela boa sorte.

Sorri e deixei a ponta da espada cutucar sua garganta magra.

– E daí que eu sobrevivi, druida. Eu sobrevivi.

Tanaburs levou alguns segundos para entender o que eu tinha dito, mas em seguida ficou branco e trêmulo, porque sabia que eu, apenas eu em toda a Britânia, possuía o poder de matá-lo. Ele havia me sacrificado aos Deuses, mas seu descuido em não se certificar da oferenda significava que os Deuses tinham me dado o poder sobre sua vida. Ele gritou de terror, pensando que minha lâmina já ia penetrar em sua garganta, mas em vez disso eu afastei o aço de sua barba desgrenhada e gargalhei enquanto ele se virava e corria tropeçando pelo campo. Estava desesperado para escapar de mim, mas logo antes de chegar à floresta para onde o punhado de sobreviventes silurianos havia fugido, ele se virou e apontou a mão ossuda para mim.

– Sua mãe vive, garoto! – gritou ele. – Ela vive! – Em seguida sumiu.

Fiquei ali de boca aberta e com a espada pendurada na mão. Não que eu estivesse dominado por alguma emoção específica, porque mal podia me lembrar de minha mãe e não tinha uma lembrança real de amor entre nós, mas o simples pensamento de que ela vivia esmagou todo o meu mundo com tanta violência quanto a destruição do salão de Merlin naquela manhã. Então balancei a cabeça. Como Tanaburs poderia se lembrar de um escravo dentre tantos? Sem dúvida sua afirmação era falsa, meras palavras para me perturbar, nada mais, e com isso embainhei a espada e voltei lentamente na direção da fortaleza.

Gundleus foi posto sob guarda numa câmara perto do grande salão de Caer Cadarn. Houve uma espécie de festa naquela noite, embora, devido à quantidade de gente na fortaleza, as porções de carne fossem pequenas e cozinhadas às pressas. Boa parte da noite foi gasta por velhos amigos trocando notícias da Britânia e da Bretanha, já que muitos seguidores de Artur eram originários da Dumnonia ou dos outros reinos britânicos. Os nomes dos homens de Artur se turvavam na minha mente, porque havia mais de setenta cavaleiros em seu bando, bem como cavalariços, servos, mulheres e uma tribo de crianças. Com o tempo os nomes dos guerreiros de Artur se tornaram familiares, mas naquela noite não significaram nada: Dagonet, Aglaval, Cei, Lanval, os irmãos Balan e Balin, Gawain e Agravain, Blaise, Illtyd, Eiddilig, Bedwyr. Notei Morfans porque ele era o homem mais feio que já vi, tão feio que se orgulhava de sua aparência grotesca, do pescoço com papeira, do lábio leporino e o queixo deformado. Também notei Sagramor, porque era negro e eu nunca tinha visto um homem daqueles, nem mesmo acreditava em sua existência. Era alto, magro e azedamente lacônico, mas quando persuadido a contar uma história em seu sotaque horrível era capaz de enfeitiçar um salão inteiro.

E, claro, notei Ailleann. Era uma mulher magra e de cabelos pretos, alguns anos mais velha do que Artur, com rosto fino, sério e gentil que lhe dava um ar de grande sabedoria. Naquela noite estava vestida com adornos reais. Seu vestido era de linho tingido de vermelho-ferrugem com terra férrea, enfeitado com uma pesada corrente de prata, e tinha mangas compridas e soltas franjadas com pelo de lontra. Usava um brilhante torque de ouro pesado no pescoço comprido, braceletes de ouro nos pulsos e no peito um broche de esmalte mostrando o símbolo de Artur, o urso. Movia-se graciosamente, falava pouco e observava Artur de modo protetor. Achei que ela devia ser uma rainha, ou pelo menos uma princesa, só que estava carregando tigelas de comida e frascos de hidromel como qualquer serva comum.

– Ailleann é escrava, garoto – disse Morfans, o Feio. Ele estava agachado à minha frente, no chão do salão, e me vira observando a mulher enquanto ela se deslocava das áreas iluminadas pelo fogo até as sombras tremulantes.

– Escrava de quem?

– De quem você acha? – perguntou ele, e depois enfiou uma costela de porco na boca e usou os dois dentes que restavam para tirar a carne suculenta do osso. – De Artur – falou depois de ter jogado o osso para um dos muitos cachorros no salão. – E também é amante dele, além de escrava, claro. – Ele arrotou, depois bebeu numa taça de chifre. – Foi dada pelo cunhado dele, o rei Budic. Isso foi há muito tempo. Ela é uns bons anos mais velha do que Artur, e acho que Budic não achava que ele iria mantê-la por muito tempo. Mas, quando Artur gosta de alguém, o negócio parece ficar para sempre. Aqueles são os gêmeos dela. – Ele esticou a barba gordurosa em direção ao fundo do salão, onde dois meninos carrancudos, de uns 9 anos, estavam agachados na terra com suas tigelas de comida.

– Filhos de Artur?

– De ninguém mais – disse Morfan, ridicularizando. – Amhar e Loholt, é como se chamam, e o pai adora os dois. Nada é bom demais para os bastardozinhos. São verdadeiros imprestáveis. – Havia um ódio genuíno em sua voz. – Vou lhe dizer, filho, Artur Ap Uther é um grande homem. É o melhor soldado que já conheci, o homem mais generoso e o senhor mais justo, mas quando se trata de ter filhos eu poderia fazer melhor com uma porca.

Olhei de novo para Ailleann.

– Eles são casados?

Morfans gargalhou.

– Claro que não! Mas ela o mantém feliz nesses dez anos. Veja bem, chegará o dia em que irá mandá-la embora como o pai mandou sua mãe. Artur vai se casar com uma mulher da realeza e ela nem de longe será tão gentil quanto Ailleann, mas é isso que homens como Artur têm de fazer. Têm de se casar bem. Não como você e eu, garoto. Podemos casar com quem quisermos, desde que não seja da realeza. Ouça isso! – Ele riu enquanto uma mulher gritava na noite do lado de fora do palácio.

Owain tinha saído do salão e Ladwys, evidentemente, estava aprendendo seus novos deveres. Artur se encolheu ao ouvir o som, e Ailleann levantou a cabeça elegante e franziu a testa para ele, mas a única outra pessoa no salão que pareceu perceber o sofrimento de Ladwys foi Nimue. Seu rosto coberto de bandagem estava pálido e triste, mas o grito a fez sorrir por causa do tormento que ela sabia que o som provocaria em Gundleus. Não havia perdão em Nimue, nem uma gota. Ela já pedira a Artur e Owain a permissão para matar Gundleus pessoalmente, e isso fora recusado, mas enquanto Nimue vivesse Gundleus conheceria o medo.

Artur liderou um grupo de cavaleiros até Ynys Wydryn no dia seguinte. Voltou à tarde informando que o povoado de Merlin tinha sido queimado até o chão. Os cavaleiros também voltaram com o pobre louco Pellinore e um indignado Druidan que havia se abrigado num poço pertencente aos monges do Espinheiro Sagrado. Artur declarou a intenção de reconstruir o palácio de Merlin, mas nenhum de nós sabia como isso seria feito sem dinheiro e um exército de trabalhadores, e Gwlyddyn foi nomeado formalmente como o construtor real de Mordred e instruído para começar a derrubar árvores para refazer as construções do Tor. Pellinore foi trancado num depósito vazio, feito de pedra, ligado à vila romana em Lindinis, que era o povoado mais perto de Caer Cadarn e o lugar onde as mulheres, crianças e escravos que seguiam Artur encontraram teto para se abrigar. Artur organizou tudo. Era sempre um homem inquieto que odiava ficar parado, e naqueles primeiros dias após a captura de Gundleus trabalhava do amanhecer até muito depois do crepúsculo. A maior parte de seu tempo era gasta arrumando moradia para seus seguidores; terra real tinha de ser designada para eles, e casas ampliadas para suas famílias, tudo isso sem ofender as pessoas que já moravam em Lindinis. A vila em si tinha pertencido a Uther, e agora Artur a tomava para si. Nenhuma tarefa era trivial demais para ele, e numa manhã cheguei a encontrá-lo se esforçando para levantar uma grande folha de chumbo.

– Ajude-me aqui, Derfel! – gritou ele. Fiquei lisonjeado por ele recordar meu nome e corri para ajudá-lo e levantar aquela massa desajeitada. – Isso é uma coisa rara! – falou animado. Estava despido até a cintura e tinha a pele manchada pelo chumbo que pretendia cortar em tiras para forrar a vala de pedra que antigamente levava água de uma fonte até o interior da vila. – Os romanos levaram todo o chumbo embora, quando partiram, e é por isso que os dutos de água não funcionam. Deveríamos pôr as minas para funcionar de novo. – Ele largou sua ponta do chumbo e enxugou a testa. – Pôr as minas para funcionar, reconstruir as pontes, pavimentar os vaus, cavar as represas e descobrir um modo de persuadir os saxões a voltar para casa. É trabalho bastante para a vida de um homem, não acha?

– Sim, senhor – repliquei nervoso, e me perguntei por que um comandante guerreiro iria se ocupar consertando dutos de água. O conselho iria se reunir mais tarde naquele dia, e eu pensava que Artur estaria bastante ocupado se preparando para isso, porém parecia mais preocupado com o chumbo do que com questões de estado.

– Não sei se a gente serra o chumbo ou se corta com uma faca – disse ele, com um jeito maroto. – Preciso saber. Vou perguntar a Gwlyddyn. Ele parece saber tudo. Você sabe que é sempre preciso colocar os troncos de cabeça para baixo se forem usados como pilares?

– Não, senhor.

– Isso não deixa a umidade subir, veja bem, e impede que a madeira apodreça. Foi o que Gwlyddyn me disse. Gosto desse tipo de conhecimento. É conhecimento bom, prático, do tipo que faz o mundo funcionar. – Ele riu para mim. – Então, o que está achando de Owain?

– Ele é bom para mim, senhor – falei, embaraçado pela pergunta. Na verdade, ainda me sentia nervoso com Owain, apesar de ele nunca ter demonstrado falta de gentileza.

– Ele deve ser bom para você. Cada líder depende de bons homens para a sua reputação.

– Mas eu preferiria servir ao senhor – falei subitamente, com indiscrição juvenil.

Ele sorriu.

– E vai, Derfel, você vai. No devido tempo. Se passar no teste de lutar por Owain. – Artur fez a observação de modo bastante casual, porém mais tarde me perguntei se ele previa o que estava para vir. Com o tempo passei no teste de Owain, mas foi difícil, e talvez Artur quisesse que eu aprendesse a lição antes de me juntar ao seu grupo. Ele se curvou de novo para a folha de chumbo, depois se empertigou quando um uivo soou na construção precária. Era Pellinore, protestando contra a prisão.

– Owain disse que deveríamos mandar o pobre Pell para a Ilha dos Mortos – disse Artur, referindo-se à ilha para onde eram mandados os loucos violentos. – O que você acha?

Eu estava tão pasmo por ele me perguntar que a princípio não respondi. Depois gaguejei, dizendo que Pellinore era amado por Merlin e que Merlin quisera deixá-lo entre os vivos, e que eu achava que os desejos de Merlin deveriam ser respeitados. Artur ouviu seriamente e até pareceu agradecer meu conselho. Ele não precisava desse conselho, claro, só estava tentando fazer com que eu me sentisse valorizado.

– Então Pellinore pode ficar aqui, garoto. Agora segure a outra ponta. Levante!

Lindinis se esvaziou no dia seguinte. Morgana e Nimue voltaram para Ynys Wydryn, onde planejavam reconstruir o Tor. Nimue desconsiderou minha despedida; seu olho continuava doendo, ela estava amarga e não queria nada da vida além de vingança contra Gundleus, o que lhe era negado. Artur seguiu para o norte com todos os seus cavaleiros, para reforçar Tewdric na fronteira norte de Gwent enquanto eu ficava com Owain, que assumira residência na grande fortaleza de Caer Cadarn. Eu podia ser um guerreiro, mas naquele verão era mais importante juntar a colheita do que ficar de guarda nas muralhas da fortaleza. Assim, durante dias seguidos, eu abria mão da minha espada, do elmo, escudo e peitoral de couro que tinha herdado de um siluriano morto e ia aos campos do rei ajudar os servos a colher o centeio, a cevada e o trigo. Era um trabalho duro, feito com uma foice pequena que tinha de ser constantemente afiada com uma rasoura – um bastão de madeira que era primeiro mergulhado em gordura de porco, depois coberto de areia fina que dava um gume afiado à lâmina da foice – embora jamais parecesse suficientemente afiada para mim e, por mais que eu estivesse em boa forma física, a postura constantemente curvada e o movimento de puxar deixavam minhas costas doídas e os músculos exaustos. Eu nunca havia trabalhado tanto quando morava no Tor, mas agora deixara o mundo privilegiado de Merlin e fazia parte da tropa de Owain.

Empilhávamos o grão cortado nos campos, depois levávamos de carroça vastos montes de palha de centeio para Caer Cadarn e Lindinis. A palha era usada para consertar os telhados e encher os colchões, de modo que por alguns dias abençoados nossas camas estavam livres de piolhos e pulgas, ainda que essa bênção não durasse muito. Foi nessa época que cresceu minha primeira barba, uns pelos finos e dourados dos quais eu sentia um orgulho incrível. Passava os dias trabalhando nos campos até rachar as costas, mas ainda devia suportar duas horas de treinamento militar a cada noite. Hywel tinha me ensinado bem, mas Owain era melhor.

– Aquele siluriano que você matou – disse Owain uma tarde, quando eu estava suando nas fortificações de Caer Cadarn depois de uma luta de bastão com um guerreiro chamado Mapon. – Aposto o pagamento de um mês contra um rato morto que você o matou com o gume da sua espada. – Não aceitei a aposta, mas confirmei que tinha baixado a espada como se fosse um machado. Owain gargalhou, depois dispensou Mapon com um gesto da mão. – Hywel sempre ensinou as pessoas a lutar com o gume. Observe Artur na próxima vez em que ele lutar. Cortando, cortando, como um colhedor tentando terminar o trabalho antes da chuva. – Ele desembainhou a espada. – Use a ponta, garoto. Use sempre a ponta. Mata mais rápido. – Ele estocou, fazendo-me apará-lo desesperadamente. – Se você está usando o gume da espada significa que está em campo aberto. A parede de escudos foi rompida, e se a parede de escudos que foi rompida é a sua, então você é um homem morto, não importa que seja bom com a espada. Mas se a parede de escudos se mantém firme isso significa que você está de pé ombro a ombro e não tem espaço para girar a espada, só para estocar. – Ele estocou de novo, fazendo-me aparar o golpe. – Por que acha que os romanos usavam espadas curtas?

– Não sei, senhor.

– Porque uma espada curta é melhor para estocar, por isso. Não que eu vá persuadir qualquer um de vocês a trocar de espada, mas, mesmo assim, lembre-se de estocar. A ponta sempre vence, sempre. – Ele se virou e de repente girou de novo para me estocar, e de algum modo consegui derrubar sua espada com o bastão desajeitado. Owain riu. – Você é rápido, e isso é bom. Você vai conseguir, garoto, enquanto se mantiver sóbrio. – Ele embainhou a espada e olhou para leste. Estava procurando aquelas manchas distantes de fumaça cinza que traíam a presença de um bando em ataque, mas aquela era época de colheita, tanto para os saxões quanto para nós, e os soldados deles tinham coisa melhor a fazer do que atravessar nossa fronteira distante. – Então, o que acha de Artur, garoto? – perguntou Owain subitamente.

– Gosto dele – falei sem jeito, tão nervoso com sua pergunta quanto ficara com a pergunta de Artur sobre Owain.

A grande cabeça desgrenhada de Owain, tão parecida com a de seu velho amigo Uther, virou-se para mim.

– Ah, ele é uma pessoa fácil de se gostar – falou meio carrancudo. – Sempre gostei de Artur. Todo mundo gosta de Artur, mas só os Deuses sabem se alguém o entende. A não ser Merlin. Você acha que Merlin está vivo?

– Sei que está – falei fervoroso, sem saber de nada.

– Bom – disse Owain. Eu tinha vindo do Tor, e Owain presumia que tivesse algum conhecimento mágico negado aos outros homens. Também havia se espalhado entre seus guerreiros o boato de que eu tinha enganado um druida num poço da morte, o que me tornava sortudo e auspicioso aos olhos deles. – Gosto de Merlin – prosseguiu Owain –, mesmo ele tendo dado aquela espada a Artur.

– Caledfwlch? – perguntei, usando o nome certo de Excalibur.

– Você não sabia? – Owain estava perplexo, porque Merlin nunca tinha dito que dera um presente tão grandioso. Algumas vezes

Merlin falava de Artur, a quem havia conhecido no breve tempo em que Artur passou na corte de Uther, mas sempre usava um tom de voz carinhosamente depreciativo, como se Artur fosse um pupilo lento mas de boa vontade, cujas realizações posteriores tinham sido maiores do que Merlin esperava, mas o fato de ele ter dado a Artur a espada famosa sugeria que sua opinião sobre o pupilo era muito mais elevada do que dava a entender. – Caledfwlch – explicou Owain – foi forjada no Outro Mundo por Gofannon. – Gofannon era o Deus dos ferreiros. – Merlin a encontrou na Irlanda, onde a espada se chamava Cadalchog. Ganhou-a de um druida num concurso de sonhos. Os druidas irlandeses dizem que, quando a pessoa que usa Cadalchog está numa encrenca desesperada, pode enfiar a espada no chão, e Gofannon sairá do Outro Mundo e virá ajudá-lo. – Ele balançou a cabeça, não incrédulo, mas pasmo. – E por que Merlin deu um presente desses a Artur?

– Por que não? – perguntei cuidadosamente, porque senti o ciúme na pergunta de Owain.

– Porque Artur não acredita nos Deuses, por isso. Ele nem acredita naquele Deus maricas que os cristãos cultuam. Pelo que posso deduzir, Artur não acredita em nada, a não ser em cavalos grandes, e só os Deuses sabem para que eles servem.

– Eles são apavorantes – falei, querendo ser leal a Artur.

– Ah, eles são apavorantes, mas só se você nunca tiver visto um. Mas são lentos, comem o dobro ou o triplo de um cavalo comum, precisam de dois cavalariços, os cascos se partem como manteiga quente se você não prender aquelas ferraduras desajeitadas nas patas, e mesmo assim não investem contra uma parede de escudos.

– Não?

– Nenhum cavalo faz isso – disse Owain, com desprezo. – Mantenha o pé firme e todos os cavalos do mundo vão se desviar de uma fileira de lanças apontadas. Os cavalos não têm utilidade na guerra, garoto, a não ser para levar os batedores a grandes distâncias.

– Então por que...

– Porque – Owain antecipou minha pergunta – o único objetivo da batalha, garoto, é romper a parede de escudos do inimigo. Todo o resto é fácil, e os cavalos de Artur apavoram as linhas de batalha, fazendo-as fugir, mas chegará a ocasião em que os inimigos vão manter as posições, e então que os Deuses ajudem os cavalos. E que os Deuses ajudem Artur também, se ele for derrubado de seu monte de carne de cavalo e tentar lutar a pé, usando aquela armadura de peixe. O único metal de que um guerreiro precisa é sua espada e o pedaço de ferro na ponta da lança, o resto é só peso, garoto, peso morto. – Ele olhou para baixo, para o interior da fortaleza onde Ladwys estava agarrada à cerca que rodeava a prisão de Gundleus. – Artur não vai demorar aqui – falou, cheio de confiança. – Basta uma derrota e ele vai navegar de volta para Armórica, onde as pessoas se impressionam com cavalos grandes, roupas de peixe e espadas bonitas. – Owain cuspiu, e eu soube que, mesmo professando gostar de Artur, havia outra coisa ali, algo mais profundo do que a inveja. Owain sabia que tinha um rival, mas estava se dando tempo como, imaginei, Artur também estava, e a inimizade mútua me preocupou porque eu gostava dos dois. Owain sorriu da perturbação de Ladwys. – Ela é uma puta leal, isso devo admitir, mas vou dobrá-la. Aquela é a sua mulher? – Ele olhou para Lunete, que estava carregando uma bolsa de couro cheia d'água em direção às cabanas dos guerreiros.

– É – falei e ruborizei ao confessar. Lunete, como minha barba nova, era um sinal de hombridade e eu usava ambos desajeitadamente. Lunete decidira ficar comigo em vez de voltar com Nimue para o que restava de Ynys Wydryn. Na verdade, a decisão tinha sido de Lunete, e eu ainda estava nervoso com tudo em nosso relacionamento, embora Lunete não parecesse ter dúvidas quanto ao arranjo. Ela havia assumido um canto da cabana, varrido, separado do resto com um trançado de vime e agora falava confiante sobre nosso futuro juntos. Eu achava que ela quereria permanecer com Nimue, mas desde o estupro Nimue ficara quieta e recolhida. Na verdade tornara-se hostil, sem falar com ninguém a não ser para encerrar a conversa. Morgana estava cuidando de seu olho, e o mesmo ferreiro que fizera a máscara de Morgana havia se oferecido para fazer uma bola de ouro para substituir o olho perdido. Lunete, como o resto de nós, tinha ficado um pouco assustada com essa nova Nimue, sempre azeda e cuspindo.

– Ela é uma garota bonita – disse Owain de má vontade –, mas as mulheres vivem com os guerreiros apenas por um motivo, garoto: para ficar ricas. Então certifique-se de mantê-la feliz ou, com toda certeza, ela vai arrasar sua vida. – Ele procurou nos bolsos da capa e achou um pequeno anel de ouro. – Dê a ela.

Gaguejei os agradecimentos. Os líderes dos guerreiros deviam dar presentes aos seus seguidores, mas mesmo assim o anel era um presente generoso, porque eu ainda não havia lutado como um dos homens de Owain. Lunete gostou do anel que, com o fio de prata que eu tinha desenrolado do botão de minha espada, formou o início de seu tesouro. Ela gravou uma cruz na superfície gasta do anel, não porque fosse cristã, mas porque a cruz o transformava num anel de amante e mostrava que ela havia passado da infância para a vida adulta. Alguns homens também usavam anéis de amantes, mas eu desejava os simples aros de ferro que os guerreiros vitoriosos faziam a partir das pontas de lanças de seus inimigos derrotados. Owain tinha uma quantidade de anéis assim em sua barba, e os dedos eram escuros, cobertos por outros. Artur, percebi, não usava nenhum.

Assim que a colheita foi terminada ao redor de Caer Cadarn, marchamos por toda Dumnonia para recolher os impostos das plantações. Visitamos reis e chefes, e éramos sempre acompanhados por um funcionário do tesouro de Mordred que fazia a contabilidade. Era estranho pensar que agora Mordred era rei, e que não era mais o tesouro de Uther que nós enchíamos, mas até um rei bebê precisava de dinheiro para pagar as tropas de Artur, além de todos os outros soldados que estavam mantendo em segurança as fronteiras da Dumnonia. Alguns dos homens de Owain foram mandados para reforçar a guarda permanente na fronteira de Gereint, na fortaleza de Durocobrivis, enquanto o resto de nós se tornava coletores de impostos durante um tempo.

Eu estava surpreso porque Owain, o famoso amante das batalhas, não foi a Durocobrivis nem voltou a Gwent, ficando em vez disso com o trabalho comum de coletar impostos. Para mim esse trabalho parecia subalterno, mas eu não passava de um garoto com alguns fiapos de barba, e não entendia a mente de Owain.

Os impostos, para Owain, eram mais importantes do que qualquer saxão. Os impostos, como eu aprenderia, eram a melhor fonte de riqueza para homens que não queriam trabalhar, e essa temporada de impostos, agora que Uther estava morto, era a oportunidade de Owain. Em um povoado após outro, ele informava uma colheita ruim, e assim registrava impostos baixos, e o tempo todo estava enchendo sua bolsa com subornos oferecidos em troca desses relatórios falsos. Owain era bastante franco a esse respeito.

– Uther jamais deixaria que eu me desse bem com isso – disse-me ele um dia enquanto andávamos pelo litoral sul em direção à cidade romana de Isaca. Falava como se gostasse do rei morto. – Uther era um velho sacana e sempre tinha uma ideia astuta do que deveria receber, mas o que sabe Mordred? – Ele olhou para a esquerda. Estávamos atravessando uma charneca larga e desnuda em cima de um grande morro, e a vista para o sul era do mar brilhante e vazio onde um vento soprava forte, branqueando as ondas cinzentas. Ao longe, no leste, onde terminava um longo banco de cascalho, havia uma grande ponta de terra onde as ondas se despedaçavam em espuma. A ponta de terra era quase uma ilha, ligada à terra apenas por um caminho estreito feito de pedra e cascalho. – Sabe o que é aquilo? – perguntou Owain, apontando o queixo para a ponta de terra.

– Não, senhor.

– A Ilha dos Mortos – disse ele, depois cuspiu para afastar a má sorte enquanto eu parava e olhava para o lugar medonho que era o centro dos pesadelos dumnonianos. A ponta de terra era a ilha dos loucos, o lugar ao qual pertencia Pellinore com todas as outras almas ensandecidas e violentas que eram consideradas mortas no momento em que atravessavam o caminho vigiado. A ilha estava sob a guarda de Crom Dubh, o Deus escuro e aleijado, e alguns homens diziam que a caverna de Cruachan, a boca do Outro Mundo, ficava na extremidade da ilha. Olhei para lá, amedrontado, até que Owain me bateu no ombro. – Você nunca precisa se preocupar com a Ilha dos Mortos, garoto. Você tem uma cabeça rara sobre os ombros. – E continuou andando para o oeste. – Onde nós vamos ficar esta noite? – gritou ele para Lwellwyn, o funcionário do tesouro cuja mula carregava os registros falsificados daquele ano.

– Com o príncipe Cadwy de Isca.

– Ah, Cadwy! Gosto de Cadwy. O que pegamos daquele tratante feioso no ano passado?

Lwellwyn não precisou olhar para as varetas de madeira com as marcas da contabilidade, mas citou uma lista de peles, velocinos, escravos, lingotes de estanho, peixe seco, sal e trigo moído.

– Mas ele pagou a maior parte em ouro – acrescentou.

– Gosto do sujeito ainda mais! – disse Owain. – Com quanto ele vai concordar, Lwellwyn?

Lwellwyn estimou uma quantia que era a metade do que Cadwy pagara no ano anterior, e essa foi exatamente a quantia acertada no jantar no palácio do príncipe Cadwy. Era um local grandioso, construído pelos romanos, com um pórtico de colunas que dava para um comprido vale coberto de floresta indo em direção à foz do rio Exe. Cadwy era príncipe dos dumnonios, a tribo que dera o nome ao nosso país, e o título de príncipe deixava Cadwy na segunda categoria do reino. Os reis eram a categoria mais elevada, príncipes como Gereint e Cadwy e reis submetidos como Melwas dos Belgae vinham em seguida, e depois deles vinham os chefes como Merlin, embora Merlin de Avalon também fosse druida, o que o punha totalmente fora da hierarquia. Cadwy era príncipe e chefe, e reinava sobre uma tribo espalhada, que habitava toda a terra entre Isca e a fronteira de Kernow. Houvera um tempo em que todas as tribos da Britânia eram separadas, e um homem dos catuvellanos pareceria muito diferente de um dos Belgae, mas os romanos tinham-nos deixado muito parecidos. Apenas algumas tribos, como a de Cadwy, ainda mantinham sua aparência distinta. Os membros de sua tribo se achavam superiores aos outros britânicos, e para enfatizar isso tatuavam o rosto com os símbolos de sua tribo e de seu clã. Cada vale tinha um clã, geralmente não mais do que uma dúzia de famílias. A rivalidade entre os clãs era forte, mas nada que se comparasse com a rivalidade entre a tribo do príncipe Cadwy e o resto da Britânia.

A capital tribal era Isca, a cidade romana, que tinha belas muralhas e construções de pedra tão grandiosas quanto qualquer uma de Glevum, mas Cadwy preferia morar fora da cidade, em sua propriedade. A maioria dos moradores da cidade seguia costumes romanos e abria mão das tatuagens, mas do lado de fora das muralhas, nos vales da terra de Cadwy, onde o domínio romano nunca fora muito forte, cada homem, mulher e criança tinha as tatuagens azuis nas bochechas. Além disso, era uma região rica, mas o príncipe Cadwy pensava em torná-la mais rica ainda.

– Esteve no urzal ultimamente? – perguntou ele a Owain naquela noite. Era uma noite quente e agradável, e a refeição fora servida no pórtico aberto que dava para as propriedades de Cadwy.

– Nunca – disse Owain.

Cadwy grunhiu. Eu o tinha visto no Alto Conselho de Uther, mas esta era minha primeira chance de olhar de perto o homem cuja responsabilidade era guardar a Dumnonia contra ataques de Kernow ou da distante Irlanda. O príncipe era um homem de meia-idade, baixo, careca, corpulento, com marcas tribais no rosto, nos braços e nas pernas. Usava roupas britânicas, mas gostava de sua vila romana com pavimento, colunas e água canalizada que corria em valas de pedra através do pátio central e ia até o pórtico onde fazia um pequeno poço para lavar os pés, antes de passar por cima de uma represa de mármore e se juntar ao rio lá embaixo no vale. Cadwy, decidi, tinha uma boa vida. Suas plantações eram fartas, as ovelhas e as vacas eram gordas, e suas muitas mulheres sentiam-se felizes. Além disso ele estava longe das ameaças dos saxões, mas continuava descontente.

– Há dinheiro no urzal – disse ele a Owain. – Estanho.

– Estanho? – Owain pareceu não achar grande coisa.

Cadwy assentiu solenemente. Estava bastante bêbado, mas a maioria dos homens ao redor da mesa baixa onde a refeição fora servida também estava. Eram todos guerreiros, homens de Cadwy ou Owain, ainda que eu, sendo mais novo, tivesse de ficar atrás do divã de Owain como seu escudeiro.

– Estanho – disse Cadwy outra vez – e talvez ouro. Mas muito estanho. – A conversa era particular, porque o jantar estava quase no fim e Cadwy havia oferecido garotas escravas para os guerreiros. Ninguém dava atenção para os dois líderes, a não ser eu e o escudeiro de Cadwy, um garoto sonolento olhando boquiaberto e com os olhos opacos para as cabriolas das escravas. Eu ouvia Owain e Cadwy, mas tão imóvel e ereto que eles provavelmente até se esqueceram de que eu me encontrava ali. – Você pode não querer estanho – disse Cadwy a Owain –, mas há muita gente que quer. Não é possível fazer bronze sem estanho, e pagam bastante bem por ele na Armórica, e mais ainda no interior do país. – Cadwy balançou o punho em direção ao resto da Dumnonia, depois deu um arroto que pareceu surpreendê-lo. Acalmou a barriga com um gole de bom vinho, depois franziu a testa como se não conseguisse lembrar do que estivera falando. – Estanho – disse finalmente, recordando.

– Então me fale a respeito – disse Owain. Ele olhava para um de seus homens, que havia despido uma escrava e agora passava manteiga na barriga dela.

– O estanho não é meu – disse Cadwy em tom vigoroso.

– Deve ser de alguém. Quer que eu pergunte a Lwellwyn? Ele é um sacana esperto quando se trata de dinheiro e propriedade.

O homem deu um tapa com força na barriga da escrava, espalhando manteiga por toda a mesa baixa e provocando uma gargalhada geral. A garota reclamou, mas o homem mandou que ficasse quieta e começou a passar manteiga e gordura de porco por todo o seu corpo.

– O fato – disse Cadwy incisivamente para afastar a atenção de Owain da garota nua – é que Uther deixou lá um punhado de homens de Kernow. Eles vieram trabalhar nas antigas minas romanas, porque ninguém de nosso povo sabia fazer isso. Os sacanas deveriam, veja bem, deveriam mandar o arrendamento para o seu tesouro, mas estão mandando o estanho de volta para Kernow. Sei disso com certeza.

Agora as orelhas de Owain estavam em alerta.

– Eles estão tirando dinheiro de suas terras. De nossa terra! – disse Cadwy, indignado.

Kernow era um reino separado, um lugar misterioso na extremidade oeste da península da Dumnonia que nunca havia sido governado pelos romanos. Na maior parte do tempo vivia em paz conosco, mas de vez em quando o rei Mark se levantava da cama de sua última esposa e mandava um grupo de ataque atravessar o rio Tamar.

– O que os homens de Kernow estão fazendo aqui? – perguntou Owain numa voz tão indignada quanto a de seu anfitrião.

– Eu lhe disse. Roubando o nosso dinheiro. E não só isso. Andei sentindo falta de gado bom, de ovelhas e até de alguns escravos. Aqueles mineiros estão passando do ponto, e não estão pagando a vocês como deveriam. Mas nunca conseguirá provar. Nunca. Nem mesmo seu esperto Lwellwyn pode olhar um buraco no urzal e dizer quanto estanho deveria sair por ano. – Cadwy deu um tapa numa mariposa, depois balançou a cabeça, pensativo. – Eles acham que estão acima da lei. Esse é o problema. Só porque Uther era patrono deles, acham que estão acima da lei.

Owain encolheu os ombros. Sua atenção tinha voltado à garota coberta de manteiga, que agora era caçada pelo terraço de baixo por uma dúzia de homens bêbados. A gordura em seu corpo tornava-a difícil de ser apanhada, e a caçada grotesca estava deixando alguns observadores quase morrendo de tanto gargalhar. Eu estava com enorme dificuldade para não rir. Owain olhou de novo para Cadwy.

– Então vá lá em cima e mate alguns dos bastardos, senhor príncipe – disse ele, como se fosse a solução mais fácil do mundo.

– Não posso.

– Por que não?

– Uther deu proteção a eles. Se eu atacá-los vão reclamar ao conselho e ao rei Mark, e serei forçado a pagar *sarhaed*. – *Sarhaed* era o preço de sangue posto por lei sobre um homem. O *sarhaed* de um rei era impagável, o de um escravo era barato, mas um bom mineiro provavelmente teria um preço suficientemente alto para prejudicar até mesmo um príncipe rico como Cadwy.

– E como eles vão saber que foi você quem os atacou? – perguntou Owain, com escárnio.

Como resposta, Cadwy apenas deu um tapinha no próprio rosto. Estava sugerindo que as tatuagens trairiam seus homens.

Owain assentiu. A garota coberta de manteiga finalmente tinha sido derrubada e agora era rodeada pelos captores em meio a alguns arbustos que cresciam no terraço de baixo. Owain esmigalhou um pedaço de pão, depois olhou de novo para Cadwyn.

– E?

– E se eu pudesse encontrar um punhado de homens que pudessem dar uma surra naqueles desgraçados, isso ajudaria. Faria com que me procurassem em busca de proteção, certo? E meu preço seria o estanho que eles estão mandando para o rei Mark. E o seu preço... – Ele parou para se certificar de que Owain não estava chocado pela implicação – ... seria metade do valor desse estanho.

– Quanto? – perguntou Owain rapidamente. Os dois estavam falando baixo, e eu precisava me concentrar para ouvir suas palavras em meio aos risos e gritos dos guerreiros.

– Cinquenta peças de ouro por ano? Como esta – disse Cadwy e pegou numa bolsa um lingote de ouro do tamanho do cabo de uma espada, e o deslizou sobre a mesa.

– Tanto assim? – Até Owain estava surpreso.

– É um lugar rico, o urzal. Muito rico.

Owain olhou para o vale de Cadwy, onde o reflexo da lua pousava no rio distante, tão liso e prateado como uma lâmina de espada.

– Quantos desses mineiros existem lá? – perguntou afinal ao príncipe.

– O assentamento mais próximo tem setenta ou oitenta homens. E há um bocado de escravos e mulheres, claro.

– Quantos assentamentos?

– Três, mas os outros dois são muito distantes. Só estou preocupado com esse.

– Nós somos apenas vinte – disse Owain com cautela.

– E se forem à noite? E eles nunca sofreram ataques, por isso não estarão montando guarda.

Owain tomou vinho em sua taça de chifre.

– Setenta peças de ouro – disse em tom neutro –, e não cinquenta.

O príncipe Cadwy pensou por um segundo, depois assentiu, concordando com o preço.

Owain riu.

– Por que não, hein? – Ele pegou o lingote de ouro e se virou, rápido como uma cobra, para me olhar. Não me mexi nem afastei o olhar de uma das garotas que esfregava o corpo nu num dos guerreiros tatuados de Cadwy. – Está acordado, Derfel? – perguntou Owain rispidamente.

Dei um pulo, como se tivesse levado um susto.

– Senhor? – falei, fingindo que minha mente estivesse vagueando nos últimos minutos.

– Bom garoto – disse Owain, satisfeito por eu não ter ouvido nada. – Quer uma daquelas garotas?

Ruborizei.

– Ah, não, senhor.

Owain gargalhou.

– Ele acabou de conseguir uma garotinha irlandesa bonita – disse a Cadwy –, por isso está sendo fiel a ela. Mas vai aprender. Quando chegar ao Outro Mundo, garoto – ele tinha se virado de novo para mim –, não vai se arrepender dos homens que não matou, mas vai se arrepender das mulheres que dispensou. – Falava gentilmente. Nos primeiros dias a seu serviço eu ficara apavorado com ele, mas, por algum motivo, Owain gostava de mim e me tratava bem. Agora olhou de volta para Cadwy. – Amanhã à noite – disse em voz baixa. – Amanhã à noite.

Eu tinha passado do Tor de Merlin para o bando de Owain, e era como saltar de um mundo para outro. Olhei a lua e pensei nos cabeludos homens de Gundleus massacrando os guardas do Tor, pensei também nas pessoas do urzal que estariam enfrentando a mesma selvageria na próxima noite, e soube que não podia fazer nada para impedir, mesmo ciente de que isso deveria ser impedido. Mas o destino, como Merlin sempre nos ensinava, é inexorável. A vida é uma brincadeira dos Deuses, costumava dizer Merlin, e não existe justiça. Você precisa aprender a rir, disse-me ele uma vez, ou então vai simplesmente chorar até morrer.

NOSSOS ESCUDOS TINHAM sido lambuzados com piche de construtor de barco, para que se parecessem com os escudos pretos dos guerreiros irlandeses de Oengus Mac Airem cujos barcos compridos e de proas finas assolavam o litoral norte da Dumnonia. Um guia local, de bochechas tatuadas, nos conduziu durante toda a tarde através de vales fundos e luxuriantes que subiam devagar em direção ao vulto sem graça do urzal, ocasionalmente visível através de alguma abertura entre as grandes árvores. Era uma terra boa, cheia de cervos e atravessada por riachos rápidos e frios que iam para o mar, descendo do alto platô.

Ao cair da noite estávamos à beira do urzal, e depois de escurecer seguimos uma trilha de cabras até as partes mais altas. Era um lugar misterioso. O Povo Antigo tinha vivido aqui e deixara seus círculos sagrados de pedra nos vales, enquanto os picos eram coroados por amontoados de rocha cinzenta e os lugares mais baixos cheios de pântanos traiçoeiros através dos quais nosso guia nos levava sem hesitação.

Owain nos dissera que as pessoas do urzal estavam rebeladas contra o rei Mordred, e que a religião deles os tinha ensinado a temer homens com escudos pretos. Era uma boa história, e eu poderia ter acreditado se não tivesse entreouvido a conversa dele com o príncipe Cadwy. Além disso, Owain nos prometera ouro se cumpríssemos a tarefa direito, depois alertou que a matança daquela noite devia ficar em segredo, porque não tínhamos ordem do conselho para realizar essa punição. No fundo da floresta densa a caminho do urzal havíamos encontrado um antigo templo construído num bosque de carvalhos, e Owain obrigara cada um de nós a fazer o juramento de morte, de manter segredo, diante dos crânios cheios de musgo que estavam alojados nos nichos da parede do templo. A Britânia era cheia desses templos antigos, escondidos – prova de como os druidas tinham influência ampla antes da vinda dos romanos –, aonde o povo do campo ainda ia procurar a ajuda dos Deuses. E naquela tarde, sob os grandes carvalhos cobertos de líquen, tínhamos nos ajoelhado diante dos crânios, tocado o punho da espada de Owain e recebido o beijo de Owain. Então, assim abençoados pelos Deuses e jurando a matança, seguimos em direção à noite.

Era um lugar imundo aquele aonde chegamos. Grandes fogueiras de fundição lançavam fagulhas e fumaça para o céu. Havia várias cabanas entre as fogueiras e em volta dos enormes buracos pretos que mostravam onde os homens entravam na terra. Gigantescos montes de carvão pareciam picos pretos, e o vale fedia como nenhum outro que eu já vira; de fato, para a minha imaginação acalorada, aquela aldeia de mineração no alto da montanha parecia mais o reino de Annawn, o Outro Mundo, do que qualquer povoado humano.

Cães latiram à nossa aproximação, mas ninguém no povoado ligou para o barulho. Não havia cerca, nem mesmo um banco de terra para proteger o lugar. Pôneis estavam amarrados perto de fileiras de carroças, e eles começaram a relinchar enquanto seguíamos pela beira do vale, mas mesmo assim ninguém saiu das cabanas baixas para descobrir a causa da agitação. As cabanas eram círculos feitos de pedra e cobertos de turfa, mas no centro do povoado havia duas antigas construções romanas; quadradas, altas e sólidas.

– Dois homens para cada, não mais – sussurrou Owain, lembrando-nos de quantos homens cada um deveria matar. – E não estou contando escravos ou mulheres. – Vão depressa, matem depressa e sempre vigiem as costas. E fiquem juntos!

Nós nos dividimos em dois grupos. Fiquei com Owain, cuja barba brilhava por causa do fogo refletido nos anéis de ferro. Os cães latiram, os pôneis relincharam, e finalmente um galo cantou e um homem saiu agachado de uma cabana para descobrir o que tinha agitado os animais, mas já era muito tarde. A matança havia começado.

Vi muitas matanças assim. Em povoados saxões teríamos queimado as cabanas antes de começar o morticínio, mas aqueles círculos de pedra e turfa não pegariam fogo, por isso éramos forçados a entrar com lanças e espadas. Pegávamos paus incandescentes numa fogueira próxima e jogávamos dentro das cabanas antes de entrar, de modo que o interior estivesse suficientemente iluminado para a matança. Algumas vezes as chamas bastavam para expulsar os habitantes, e lá fora as espadas à espera baixavam como machados de açougueiro. Se o fogo não expulsasse a família, Owain ordenava que dois de nós entrássemos enquanto os outros montavam guarda do lado de fora. Eu estava apavorado com a minha vez, mas tinha consciência de que ela viria, e também tinha consciência de que não ousaria desobedecer o comando. Eu me ligara por juramento àquele derramamento de sangue, e recusá-lo seria minha sentença de morte.

Os gritos começaram. As primeiras cabanas foram bem fáceis porque as pessoas estavam dormindo ou acabando de acordar, mas enquanto nos aprofundávamos no povoado a resistência ficou mais feroz. Dois homens nos atacaram com machados e foram derrubados com facilidade e desprezo por nossos lanceiros. Mulheres corriam com crianças no colo. Um cão saltou contra Owain e morreu ganindo com a espinha partida. Vi uma mulher correr com um bebê num braço e segurando uma mão sangrenta, de criança, no outro, e de repente me lembrei do grito de Tanaburs ao partir, dizendo que minha mãe ainda vivia. Estremeci ao perceber que o velho druida podia ter me rogado uma praga quando ameacei sua vida, e apesar de minha sorte estar mantendo a praga a distância, pude sentir sua maldade cercando-me como um inimigo escuro e escondido. Toquei a cicatriz na mão esquerda e rezei a Bel para que a maldição de Tanaburs fosse derrotada.

– Derfel! Licat! Aquela cabana! – gritou Owain e, como um bom soldado, obedeci à ordem. Larguei o escudo, joguei um pau aceso pela porta e depois me agachei para passar pela entrada minúscula. Crianças gritaram quando entrei, e um homem seminu saltou para mim com uma faca, forçando-me a me virar desesperadamente de lado. Caí sobre uma criança enquanto projetava a lança contra seu pai. A ponta escorregou nas costelas do homem e ele teria pousado em cima de mim e enfiado a faca na minha garganta se Licat não o tivesse matado. O homem se dobrou, agarrando a barriga, depois ofegou quando Licat soltou a ponta da lança e sacou sua faca para começar a matar as crianças que gritavam. Agachei-me e saí, com sangue na ponta da minha lança, para dizer a Owain que só havia um homem lá dentro.

– Venham! – gritou Owain. – Demetia! Demetia! – Esse era o nosso grito de guerra naquela noite; o nome do reino irlandês de Oengus Mac Airem, a oeste de Silúria. Agora todas as cabanas estavam vazias, e começamos a caçar mineiros nos espaços escuros do povoado. Fugitivos corriam por toda parte, mas alguns homens ficaram para trás e tentaram lutar conosco. Um grupo corajoso chegou a formar uma grosseira linha de batalha e nos atacou com lanças, picaretas e machados, mas os homens de Owain enfrentaram o ataque precário com uma eficiência terrível, deixando seus escudos pretos receberem o impacto, depois usando as lanças e espadas para derrubar os atacantes. Fui um desses homens eficientes. Que Deus me perdoe, mas naquela noite matei meu segundo homem, e talvez também um terceiro. O primeiro recebeu minha lança na garganta, o segundo na virilha. Não usei minha espada, porque não achei que a lâmina de Hywel fosse um instrumento adequado para o objetivo daquela noite.

Tudo terminou bem rápido. De repente o povoado estava vazio, apenas com os mortos, os agonizantes e alguns homens, mulheres e crianças tentando se esconder. Matamos todos que encontramos. Matamos seus animais, queimamos as carroças que usavam para levar o carvão dos vales, arrebentamos os telhados de turfa de suas cabanas, pisoteamos os canteiros de verduras, e depois saqueamos o povoado em busca de tesouros. Algumas flechas vieram do alto, mas nenhum de nós foi ferido.

Havia um barril de moedas romanas, lingotes de ouro e barras de prata na cabana do chefe. Era a maior, medindo 6 metros de um lado ao outro, e dentro da cabana as luzes de nossos archotes mostraram o chefe morto esparramado com o rosto amarelo e a barriga aberta. Uma de suas mulheres e dois dos filhos estavam mortos em seu sangue. Uma terceira criança, uma menina, estava debaixo de uma pele encharcada de sangue e pensei ter visto sua mão estremecer quando um dos nossos homens tropeçou em seu corpo, mas fingi que ela estava morta e a deixei em paz. Outra criança gritou na noite quando seu esconderijo foi encontrado, e uma espada baixou com força.

Deus me perdoe, Deus e seus anjos me perdoem, mas só confessei o pecado daquela noite a uma pessoa, e ela não era um padre e não tinha poder de me dar a absolvição de Cristo. No purgatório, ou talvez no inferno, sei que encontrarei aquelas crianças mortas. Seus pais e suas mães receberão minha alma como brinquedo e merecerei a punição.

Mas que opção tinha? Eu era jovem; queria viver; fizera o juramento; seguia meu líder Não matei nenhum homem que não tivesse me atacado, mas de que serve isso diante daqueles pecados? Para meus companheiros isso não pareceu pecado algum, estavam meramente matando criaturas de outra tribo; na verdade, de outra nação, e isso era justificativa suficiente para eles. Mas eu fora criado no Tor, onde éramos de todas as raças e todas as tribos, e ainda que o próprio Merlin fosse um chefe tribal e ferozmente protetor de qualquer um que pudesse usar o nome de britânico, ele não ensinava o ódio contra outras tribos. Seu ensinamento me deixou inadequado para matar estranhos por pura insensatez, sem outro motivo que não sua estranheza.

Mas, inadequado ou não, matei, e que Deus me perdoe por isso, e por todos os outros pecados numerosos demais para lembrar.

Partimos antes do amanhecer. O vale estava enfumaçado, encharcado de sangue e horripilante. O urzal fedia com a matança e era assombrado pelos uivos de viúvas e órfãos. Owain me deu um lingote de ouro, duas barras de prata e um punhado de moedas e, que Deus me perdoe, fiquei com eles.

O outono traz batalhas, já que durante toda a primavera e o verão os barcos transportam novos saxões para nossa Costa Leste, e é no outono que esses recém-chegados tentam encontrar terras para ocupar. É o último surto guerreiro antes que o inverno tranque a terra.

E foi no outono do ano da morte de Uther que lutei pela primeira vez contra os saxões, porque nem bem tínhamos chegado da coleta de impostos no Oeste e soubemos de atacantes saxões no Leste. Owain nos pôs sob o comando de seu capitão, um homem chamado Griffid Ap Annan, e nos mandou ajudar Melwas, rei dos Belgae, monarca submetido a Dumnonia. A responsabilidade de Melwas era defender nosso litoral sul contra os invasores saxões que, naquele triste ano da pira funerária de Uther, tinham encontrado uma nova beligerância. Owain ficou em Caer Cadarn porque havia uma disputa acirrada no conselho do reino sobre quem deveria ser responsável pela criação de Mordred. O bispo Bedwin queria criar o rei em sua casa, mas os não cristãos, que eram maioria no conselho, não queriam Mordred criado como cristão, assim como Bedwin e seu grupo objetavam que o rei criança fosse criado como pagão. Owain, que dizia cultuar igualmente todos os Deuses, propôs a si próprio, como um meio-termo.

– Não que importe em que Deus um rei acredite – disse-nos ele antes de marcharmos –, porque um rei deve aprender a lutar, e não a rezar.

Nós o deixamos defendendo sua causa enquanto íamos matar saxões.

Griffid Ap Annan, nosso capitão, era um homem magro e lúgubre que sabia que o que Owain realmente desejava era impedir que Artur criasse Mordred.

– Não que Owain não goste de Artur – apressou-se ele a acrescentar –, mas se o rei pertencer a Artur, a Dumnonia também pertencerá.

– Isso é muito ruim? – perguntei.

– É melhor para você e para mim se a terra pertencer a Owain. – Griffid passou a mão num dos torques de ouro em seu pescoço para mostrar o que queria dizer. Todos me chamavam de garoto, mas só porque eu era o mais novo da tropa e ainda não conhecia o sangue de uma batalha decente contra outros guerreiros. Também acreditavam que minha presença em suas fileiras lhes trazia sorte porque eu tinha escapado do poço da morte de um druida. Todos os homens de Owain, como os soldados de toda parte, eram tremendamente supersticiosos. Cada presságio era considerado e debatido; cada homem levava um pé de lebre ou uma pedra de acender; e cada ação era ritualizada, de modo que nenhum deles calçava a bota direita antes da esquerda, nem afiava a lança na própria sombra. Havia um punhado de cristãos em nossas fileiras, e eu achava que eles mostrariam menos temor aos Deuses, espíritos e fantasmas, mas eram tão supersticiosos quanto o resto de nós.

Venta, a capital do rei Melwas, era uma cidade pobre, de fronteira. Suas oficinas estavam fechadas há muito e as paredes das grandes construções romanas mostravam grandes marcas de incêndio das épocas em que a cidade fora saqueada por saxões. O rei Melwas estava aterrorizado porque a cidade seria saqueada de novo. Segundo ele, os saxões tinham um líder faminto por terra e apavorante em batalha.

– Por que Owain não veio? – perguntou ele com petulância. – Ou Artur? Eles querem me destruir, é isso? – O rei era um homem gordo e cheio de suspeitas, com o pior hálito que já encontrei. Era rei de uma tribo, e não de um país, o que o punha na segunda categoria, mas ao olhar para ele você pensaria que Melwas era um servo, e por sinal um servo encrenqueiro. – Vocês não são muitos, são? – reclamou a Griffid. – Foi uma boa coisa eu ter convocado o *levy*.

O *levy* era o exército temporário dos cidadãos de Melwas, e cada homem em condições físicas na sua tribo deveria servir, ainda que alguns poucos tivessem sumido e a maioria dos ricos tivesse mandado escravos como substitutos. Mesmo assim, Melwas conseguira juntar uma força de mais de trezentos homens, cada um levando sua própria comida e suas próprias armas. Alguns tinham sido guerreiros e vinham equipados com boas lanças e escudos cuidadosamente preservados, mas a maioria não possuía armadura e alguns poucos tinham apenas bastões ou picaretas afiadas para usar como armas. Muitas mulheres e crianças acompanhavam o *levy*, não querendo ficar sozinhas em casa quando havia uma ameaça saxã.

Melwas insistia em que ele e seus guerreiros deveriam ficar para defender as fortificações meio desmoronadas de Venta, o que significava que Griffid tinha de liderar o *levy* contra os inimigos. Melwas não fazia ideia de onde os saxões estavam, assim Griffid entrou de qualquer jeito nas densas florestas a leste de Venta. Éramos mais uma turba do que um bando de guerreiros, e a visão de um cervo provocava uma louca perseguição cheia de gritos que teria alertado qualquer inimigo num raio de 20 quilômetros, e a perseguição sempre terminava com o *levy* espalhado por uma vastidão de floresta. Desse jeito perdemos quase cinquenta homens, ou porque sua perseguição descuidada os levou para as mãos dos saxões ou porque simplesmente se perderam e decidiram ir para casa.

Havia muitos saxões naquelas florestas, ainda que a princípio não víssemos nenhum. Algumas vezes encontrávamos as fogueiras de seus acampamentos ainda quentes, e uma vez encontramos um pequeno povoado dos Belgae que fora atacado e queimado. Os homens e os velhos ainda estavam lá, todos mortos, mas os jovens e as mulheres tinham sido levados como escravos. O cheiro dos mortos diminuía o ânimo do resto do *levy*, e os fazia ficar juntos enquanto Griffid seguia para o leste.

Encontramos o primeiro bando de guerreiros saxões num amplo vale de rio onde um grupo dos invasores estava fazendo um assentamento. Quando chegamos eles haviam construído metade de uma paliçada e plantado os pilares de madeira da construção principal, mas nosso aparecimento na beira da floresta os fez largar as ferramentas e pegar as lanças. Estávamos em maior número, numa relação de três para um, mas mesmo assim Griffid não conseguiu nos persuadir a atacar sua bem urdida linha de escudos, cheia de lanças ferozes. Nós, os mais jovens, estávamos bastante ansiosos, e alguns ficavam saltitando como idiotas na frente dos saxões, mas nunca havia um número suficiente para atacar, e os saxões ignoravam nossas provocações enquanto o resto dos homens de Griffid bebia hidromel e xingava nossa ansiedade. Para mim, desesperado por ganhar um anel de guerreiro feito de ferro saxão, parecia loucura não atacarmos, mas eu ainda não havia experimentado a carnificina de duas paredes de escudos entrelaçadas, nem tinha aprendido como é difícil persuadir homens a oferecer seus corpos para esse trabalho macabro. Griffid fez alguns esforços precários para encorajar um ataque; depois ficou contente em beber seu hidromel e gritar insultos; e assim ficamos encarando o inimigo por três horas ou mais, sem avançar mais do que alguns passos.

A timidez de Griffid pelo menos me deu a chance de examinar os saxões que, na verdade, não pareciam muito diferentes de nós. Seu cabelo era mais claro, os olhos de um azul pálido, a pele mais vermelha do que a nossa, e gostavam de usar muita pele nas roupas, mas afora isso se vestiam como nós e as únicas diferenças nas armas era que a maioria dos saxões carregava uma faca de lâmina comprida que era maligna na luta corpo a corpo, e muitos usavam enormes machados de lâmina larga que podiam partir um escudo apenas de um golpe. Alguns de nossos homens ficavam tão impressionados com os machados que também carregavam armas assim, mas Owain, como Artur, os desdenhava, dizendo que eram desajeitados.

Não é possível aparar um golpe com um machado, costumava dizer Owain, e uma arma que não defende tão bem quanto ataca não era boa aos seus olhos. Os sacerdotes saxões eram muito diferentes de nossos homens santos, já que esses feiticeiros usavam peles de animais e cobriam os cabelos com esterco de vaca para ficarem em pé, como espetos sobre as cabeças. Naquele dia no vale do rio, um desses sacerdotes saxões sacrificou um bode para descobrir se eles deveriam lutar conosco ou não. Primeiro o sacerdote quebrou uma das patas traseiras do animal, depois o esfaqueou no pescoço e o deixou correr com a perna quebrada se arrastando. O animal mancou, sangrando e chorando, ao longo da linha de batalha, depois voltou na nossa direção antes de desmoronar no capim, e evidentemente isso foi um mau presságio porque a linha de escudos dos saxões perdeu o ar de desafio e recuou sumariamente através do povoado construído pela metade, atravessou um vau e entrou na floresta. Eles levaram suas mulheres, as crianças, os escravos, os porcos e os outros animais. Nós chamamos aquilo de vitória, comemos o bode e derrubamos sua paliçada. Não houve pilhagem.

Agora nosso *levy* estava faminto, porque, como todos os *levies*, havia comido todo o suprimento de alimentos nos primeiros dias e agora não tinham nada com que se alimentar, a não ser as amêndoas que tiravam das árvores da floresta. Essa falta de comida significava que não tínhamos opção além de recuar. O *levy* faminto, ansioso para estar em casa, foi na frente, enquanto nós, guerreiros, seguíamos mais devagar. Griffid estava chateado, porque voltava sem ouro ou escravos, ainda que na verdade tivesse realizado tanto quanto a maioria dos bandos de guerreiros que percorriam as terras disputadas. Mas então, quando estávamos quase de volta à área familiar, encontramos um bando de guerreiros saxões voltando no outro sentido. Deviam ter encontrado parte do nosso *levy* em retirada, porque traziam uma grande quantidade de armas e mulheres cativas.

O encontro foi uma surpresa para os dois lados. Eu estava na parte de trás da coluna de Griffid e só ouvi o começo da luta quando nossa vanguarda emergiu das árvores e encontrou meia dúzia de saxões atravessando um riacho. Nossos homens atacaram, depois lanceiros de ambos os lados correram para entrar na luta desorganizada. Não havia parede de escudos, apenas uma briga sangrenta num riacho raso e, de novo, como naquele dia em que matei meu primeiro inimigo na floresta ao sul de Ynys Wydryn, experimentei a alegria da batalha. Decidi que era a mesma sensação de Nimue quando os Deuses a preenchiam; é como ter asas que o levantam no alto até a glória, dissera ela, e foi exatamente assim que me senti naquele dia de outono. Encontrei meu primeiro saxão numa corrida, minha lança apontada, vi o medo nos seus olhos e soube que ele estava morto. A lança se grudou em sua barriga, por isso desembainhei a espada de Hywel, que agora eu chamava de Hywelbane – a maldição de Hywel – e acabei com ele dando um corte de lado, depois entrei no rio e matei mais dois. Eu estava gritando como um espírito maligno, berrando contra os saxões em sua língua, para virem e provarem o gosto da morte, e então um guerreiro enorme aceitou meu convite e me atacou com um dos grandes machados que pareciam tão aterrorizantes. Só que um machado tem muito peso morto. Uma vez dado o golpe ele não pode ser revertido, e derrubei o grandalhão com uma estocada direta que teria aquecido o coração de Owain. Peguei três torques de ouro, quatro broches e uma faca cravejada de joias só daquele homem, e guardei a lâmina de seu machado para fazer meus primeiros anéis de batalha.

Os saxões fugiram, deixando oito mortos e um número igual de feridos. Eu tinha matado nada menos do que quatro dos nossos inimigos, feito que foi percebido por meus companheiros. Cresci no respeito deles, ainda que mais tarde, quando estava mais velho e mais sábio, tenha atribuído a matança desproporcional à mera estupidez juvenil. A vontade jovem costuma jorrar enquanto a dos sábios flui constantemente. Perdemos três homens, um deles era Licat, o que me salvara a vida no urzal. Recuperei minha lança, peguei mais dois torques de prata com os homens que matei no riacho, depois fiquei olhando enquanto os feridos inimigos eram despachados para o Outro Mundo, onde iriam se tornar escravos de nossos lutadores mortos. Encontramos seis cativas britânicas encolhidas entre as árvores. Eram mulheres que tinham seguido nosso *levy* para a guerra e foram capturadas por aqueles saxões. Foi uma daquelas mulheres que descobriu o único guerreiro inimigo ainda escondido em meio a alguns juncos na beira do riacho. Ela gritou na direção dele e tentou esfaqueá-lo, mas ele conseguiu entrar na água, onde o capturei. Era apenas um garoto imberbe, talvez da minha idade, e estava tremendo de medo.

– Como é o seu nome? – perguntei com a lâmina sangrenta da espada em sua garganta.

Ele estava esparramado na água.

– Wlenca.

Em seguida me disse que tinha vindo para a Britânia fazia apenas algumas semanas, e quando perguntei de onde tinha vindo ele não conseguiu responder, a não ser para dizer que viera de casa. Sua língua não era exatamente igual à minha, mas as diferenças eram pequenas e eu o entendia bastante bem. O rei de seu povo, segundo ele, era um grande líder chamado Cerdic, que estava tomando terras na Costa Sul da Britânia. Disse que Cerdic precisara lutar contra Aesc, um rei saxão que agora governava as terras de Kent, para estabelecer sua nova colônia, e esta foi a primeira vez em que eu soube que os saxões lutavam entre si, exatamente como os britânicos. Parece que Cerdic tinha vencido sua guerra contra Aesc e agora estava fazendo investidas na Dumnonia.

A mulher que tinha descoberto Wlenca estava agachada perto, e sibilando ameaças contra ele, mas outra mulher declarou que Wlenca não havia tomado parte nos estupros que se seguiram à captura. Griffid, sentindo alívio por ter algum botim para levar embora, declarou que Wlenca podia viver, e assim o saxão foi despido, posto sob a guarda de uma mulher e marchou para o Oeste, para a escravidão.

Aquela foi a última expedição do ano e, apesar de termos declarado que era uma grande vitória, empalideceu diante das realizações de Artur. Ele não somente havia expulsado os saxões de Aelle do norte de Gwent, mas em seguida derrotou as forças de Powys e no processo decepara o braço do escudo do rei Gorfyddyd. O rei inimigo tinha escapado, mas mesmo assim foi uma grande vitória, e toda Gwent e toda a Dumnonia ressoaram com os elogios a Artur. Owain não ficou feliz.

Lunete, por outro lado, estava em delírio. Eu lhe trouxera ouro e prata, o bastante para ela poder usar uma pele de urso no inverno e ter sua própria escrava, uma criança de Kernow que Lunete comprou da casa de Owain. A criança trabalhava do amanhecer ao anoitecer, e à noite chorava no canto da cabana que chamávamos de lar. Quando a menina chorava demais Lunete batia nela, e quando eu tentava defender a menina Lunete me batia. Todos os homens de Owain haviam se mudado dos parcos alojamentos dos guerreiros em Caer Cadarn para o assentamento mais confortável em Lindinis, onde Lunete e eu tínhamos uma cabana de pau a pique dentro da baixa fortificação de terra construída pelos romanos. Caer Cadarn ficava a 10 quilômetros de distância e só era ocupada quando um inimigo chegava perto demais, ou quando havia uma grande comemoração real. Tivemos uma ocasião dessas no inverno, no dia em que Mordred fez 1 ano e quando, por acaso, os problemas da Dumnonia chegaram ao auge. Ou talvez não fosse acaso, porque Mordred sempre foi agourento e sua aclamação estava condenada a ter o toque da tragédia.

A cerimônia aconteceu logo depois do solstício. Mordred seria aclamado rei e os grandes homens da Dumnonia se reuniram em Caer Cadarn para a festa. Nimue chegou um dia antes e visitou nossa cabana, que Lunete enfeitara com azevinho e hera para o solstício. Nimue pisou na soleira da cabana, que era riscada com desenhos para manter os maus espíritos do lado de fora, depois se sentou perto do nosso fogo e empurrou para trás o capuz do manto.

Sorri porque ela possuía um olho de ouro.

– Gosto dele – falei.

– É oco – disse ela, e, de um modo desconcertante, bateu no olho com uma unha. Lunete estava gritando com a escrava por ter queimado a sopa de brotos de cevada, e Nimue se encolheu diante da demonstração de raiva. – Você não está feliz – disse.

– Estou – insisti, porque os jovens odeiam admitir que cometem erros.

Nimue olhou para o interior de nossa cabana, desarrumada e enegrecida pela fumaça, como se estivesse farejando o humor dos habitantes.

– Lunete é errada para você – disse calmamente enquanto pegava no chão imundo uma meia casca de ovo e a esmagava para que nenhum espírito maligno pudesse se abrigar nela. – Sua cabeça está nas nuvens, Derfel – prosseguiu ela enquanto jogava os fragmentos da casca no fogo –, enquanto Lunete é grudada à terra. Ela quer ser rica e você quer ser honrado. Não vai dar certo. – Nimue deu de ombros, como se isso não fosse realmente importante, depois me deu notícias de Ynys Wydryn. Merlin não havia voltado e ninguém sabia onde ele estava, mas Artur enviara dinheiro capturado do derrotado rei Gorfyddyd para pagar a reconstrução do Tor, e Gwlyddyn estava supervisionando a construção de um salão novo e mais grandioso. Pellinore estava vivo, bem como Druidan e Gudovan, o escriba. Norwenna, disse-me Nimue, tinha sido enterrada no templo do Espinheiro Sagrado, onde era reverenciada como santa.

– O que é um santo?

– Um cristão morto – disse ela, categórica. – Todos eles devem ser santos.

– E você?

– Estou viva – respondeu ela numa voz neutra.

– Está feliz?

– Você sempre pergunta essas coisas estúpidas. Se eu quisesse ser feliz, Derfel, estaria aqui com você, assando o seu pão e mantendo sua roupa de cama limpa.

– Então por que não está?

Ela cuspiu no fogo para descartar minha estupidez.

– Gundleus vive – respondeu categoricamente, mudando de assunto.

– Preso em Corinium – falei, como se Nimue já não soubesse onde seu inimigo estava.

– Enterrei o nome dele escrito numa pedra – disse ela, depois me espiou com o olho dourado. – Ele me engravidou quando me estuprou, mas matei aquela coisa abominável com cravagem. – Cravagem era um fungo preto que crescia no centeio, e as mulheres usavam para abortar. Merlin também usava como meio de entrar no estado de sonho e falar com os Deuses. Uma vez experimentei e passei mal durante dias.

Lunete insistiu em mostrar todas as suas posses a Nimue: o tripé, o caldeirão e a joeira, as joias e o manto, a fina blusa de linho e a velha jarra de prata com o cavaleiro romano nu caçando um cervo. Nimue fingiu mal estar impressionada, depois pediu que eu fosse com ela até Caer Cadarn, onde passaria a noite.

– Lunete é uma idiota – disse ela. Estávamos andando pela beira de um riacho que dava no rio Cam. Folhas marrons e quebradiças estalavam debaixo dos nossos pés. Houvera uma geada e o dia estava muito frio. Nimue parecia mais irritada do que nunca e, por causa disso, mais linda. A tragédia lhe caía bem, ela sabia, e por isso a procurava. – Você está fazendo nome – disse ela, olhando para os anéis de ferro em minha mão esquerda. Eu mantinha a direita sem anéis para ter firmeza ao segurar a lança ou a espada, mas agora usava quatro anéis de ferro na mão esquerda.

– Sorte – expliquei os anéis.

– Não, não é sorte. – Ela ergueu a mão esquerda para que eu pudesse ver a cicatriz. – Quando você luta, Derfel, eu luto com você. Será um grande guerreiro, e precisará ser.

– Serei mesmo?

Ela estremeceu. O céu estava cinza, o mesmo cinza de uma espada sem polimento, mas o horizonte a oeste era riscado por uma luz azeda, amarelada. As árvores tinham o negro do inverno, o capim um tom escuro e carrancudo, e a fumaça das fogueiras do povoado se grudava ao chão como se temesse o céu frio e vazio.

– Você sabe por que Merlin partiu de Ynys Wydryn? – perguntou ela de súbito, surpreendendo-me.

– Para encontrar o Conhecimento da Britânia – respondi, repetindo o que ela dissera no Alto Conselho em Glevum.

– Mas por que agora? Por que não há dez anos? – E Nimue respondeu à própria pergunta: – Ele foi agora, Derfel, porque estamos entrando no tempo ruim. Tudo de bom vai ficar ruim, e tudo de ruim vai ficar pior. Todos na Britânia estão reunindo suas forças porque sabem que a grande luta está chegando. Algumas vezes penso que os Deuses estão brincando conosco. Estão lançando todos os dados ao mesmo tempo para ver como o jogo terminará. Os saxões estão ficando mais fortes e logo vão atacar em hordas, e não em bandos de guerreiros. Os cristãos – ela cuspiu no rio para espantar o mal – dizem que logo serão quinhentos invernos desde que seu Deus desgraçado nasceu e afirmam que está chegando o tempo de seu triunfo. – Ela cuspiu de novo. – E quanto a nós, britânicos? Lutamos uns contra os outros, roubamos uns dos outros, construímos novos palácios quando deveríamos estar forjando espadas e lanças. Nós vamos ser testados, Derfel, e é por isso que Merlin está juntando suas forças, porque, se os reis não nos salvarem, Merlin deve persuadir os Deuses a vir nos ajudar. – Ela parou ao lado de um poço no riacho e olhou para a água preta que tinha a imobilidade gélida que vem logo antes do congelamento. A água nas pegadas do gado à beira do poço já estava congelada.

– E quanto a Artur? Ele não vai nos salvar?

Ela me deu um leve sorriso.

– Artur é para Merlin o que você é para mim. Artur é a espada de Merlin, mas nenhum de nós dois pode controlar vocês. Nós lhes damos poder – ela estendeu a mão com a cicatriz e tocou o botão de minha espada – e depois os soltamos. Temos de confiar que vocês farão a coisa certa.

– Pode confiar em mim.

Ela suspirou como sempre fazia quando eu falava uma coisa dessas, depois balançou a cabeça.

– Quando chegar o Teste da Britânia, Derfel, e ele chegará, nenhum de nós saberá como nossa espada se mostrará forte. – Ela se virou e olhou para as fortificações de Caer Cadarn, coloridas com bandeiras de todos os senhores e chefes que tinham vindo testemunhar a aclamação de Mordred no próximo dia. – Idiotas – falou em tom amargo. – Idiotas.

Artur chegou no dia seguinte, logo antes do amanhecer. Veio a cavalo de Ynys Wydryn, com Morgana. Estava acompanhado apenas por dois guerreiros, todos os três montados em seus grandes cavalos, apesar de não trazerem armaduras ou escudos, só lanças e espadas. Artur nem mesmo trouxe sua bandeira. Estava muito relaxado, quase como se essa cerimônia não lhe causasse outro interesse além da curiosidade. Agrícola, o comandante romano de Tewdric, viera no lugar de seu senhor, que estava com febre. E Agrícola também parecia distante da cerimônia, mas todas as outras pessoas em Caer Cadarn estavam tensas, preocupadas com a possibilidade de os presságios do dia serem ruins. O príncipe Cadwy de Isca se encontrava lá, com as bochechas tatuadas em azul. O príncipe Gereint, senhor das Pedras, tinha vindo da fronteira saxã e o rei Melwas viera da decadente Venta. Toda a nobreza da Dumnonia, mais de cem homens, esperava na fortaleza. Durante a noite caíra neve com chuva, deixando Caer Cadarn cheio de lama escorregadia, mas as primeiras luzes trouxeram um vento forte do oeste, e quando Owain emergiu do palácio com o bebê real o sol estava aparecendo nos morros que circulavam o leste de Caer Cadarn.

Morgana tinha decidido quanto à hora da cerimônia, adivinhando-a a partir dos augúrios do fogo, da água e da terra. Era, previsivelmente, uma cerimônia matinal, porque nada de bom vem de coisas realizadas quando o sol está declinando, mas a multidão tinha de esperar até que Morgana ficasse satisfeita com que a hora exata estivesse iminente, antes que pudessem ter início os procedimentos no círculo de pedra que coroava o pico de Caer Cadarn. As pedras do círculo não eram grandes, nenhuma era maior do que uma criança abaixada, e no centro exato, onde Morgana fazia seus alinhamentos com relação ao sol pálido, ficava a pedra real da Dumnonia. Era um pedregulho cinza e chato, indistinguível de uma centena de outros, mas tinha sido naquela pedra, segundo nos ensinaram, que o Deus Bel ungira seu filho humano Beli Mawr, ancestral de todos os reis da Dumnonia. Assim que Morgana ficou satisfeita com os cálculos, Balise foi levado ao centro do círculo. Ele era um Druida velho que vivia na floresta a oeste de Caer Cadarn e, na ausência de Merlin, fora persuadido a comparecer e invocar as bênçãos dos Deuses. Era uma criatura encurvada, cheia de piolhos, envolta em pele de cabra e trapos, tão suja que era impossível dizer onde começavam os trapos e onde terminava a barba, mas diziam que foi Balise quem ensinou a Merlin muitas de suas habilidades. O velho levantou o cajado para o sol aquoso, murmurou algumas orações e depois cuspiu, fazendo um círculo que acompanhava o caminho do sol, antes de sucumbir num terrível ataque de tosse. Em seguida foi cambaleando até uma cadeira na beirada do círculo, onde sentou-se ofegante enquanto sua companheira, uma velha cuja aparência era quase indistinguível da de Balise, esfregava debilmente suas costas.

O bispo Bedwin fez uma oração ao Deus cristão, depois desfilaram com o rei bebê em volta do círculo de pedra. Mordred fora posto em cima de um escudo de guerra e coberto de peles, e assim foi mostrado a todos os guerreiros, chefes e príncipes que, enquanto o bebê passava, ajoelharam-se para prestar homenagem. Um rei adulto teria caminhado em torno do círculo, mas dois guerreiros dumnonianos carregavam Mordred enquanto atrás da criança, com a espada comprida desembainhada, seguia Owain, o campeão do rei. Mordred foi carregado no sentido contrário ao caminho do sol, a única vez em toda a vida de um rei em que ele ia assim, contra a ordem natural, mas a direção nefasta era escolhida deliberadamente a fim de mostrar que um rei que descendia dos Deuses estava acima de regras mesquinhas, como sempre andar num círculo seguindo o caminho do sol.

Em seguida, Mordred foi posto, sobre seu escudo, na pedra central, onde presentes lhe foram trazidos. Uma criança pôs um pão diante dele, como símbolo de seu dever de alimentar o povo, depois uma segunda criança trouxe um chicote para mostrar que ele tinha de ser o magistrado de seu país, e por fim foi posta uma espada aos seus pés para simbolizar seu papel como defensor da Dumnonia. Mordred gritou o tempo todo e chutava com tanto empenho que quase caiu do escudo. Seus chutes despiram o pé aleijado e isso, pensei, tinha de ser um mau presságio, mas os celebrantes ignoraram o membro torto enquanto os grandes homens do reino se aproximavam um a um e acrescentavam seus presentes. Trouxeram ouro e prata, pedras preciosas, moedas, azeviche e âmbar. Artur deu à criança uma estátua dourada de um falcão, presente que fez os observadores ficarem boquiabertos diante da beleza, mas Agrícola trouxe o presente mais valioso de todos. Pôs aos pés do bebê os equipamentos de guerra do rei Gorfyddyd de Powys. Artur havia capturado a armadura enfeitada em ouro depois de expulsar Gorfyddyd de seu acampamento, e presenteara a armadura ao rei Tewdric que agora, através de seu comandante guerreiro, devolvia o presente à Dumnonia.

Finalmente o bebê agitado foi erguido da pedra e entregue à sua nova ama, uma escrava da casa de Owain. Agora havia chegado o momento de Owain. Todos os outros homens importantes tinham vindo com manto e peles por causa do frio do dia, mas Owain avançou vestido apenas com suas calças justas e as botas. Seu peito e os braços tatuados estavam tão desnudos quanto a espada que, com devida cerimônia, ele pôs sobre a pedra real. Depois, deliberadamente e com escárnio no rosto, caminhou em volta do círculo externo e cuspiu na direção de todos os presentes. Era um desafio. Se algum homem ali achasse que Mordred não deveria ser rei, só precisava avançar e pegar a espada nua na pedra. Em seguida precisaria lutar com Owain. Owain se pavoneou, zombou e desafiou, mas ninguém se moveu. Só quando Owain tinha completado dois circuitos inteiros ele voltou à pedra e pegou a espada.

E nesse ponto todo mundo aplaudiu, porque a Dumnonia tinha um rei de novo. Os guerreiros que cercavam as fortificações bateram com as lanças nos escudos.

Era necessário um último ritual. O bispo Bedwin tentara proibi-lo, mas o conselho passara por cima dele. Artur, percebi, se afastou, mas todas as outras pessoas, até o bispo Bedwin, permaneceram enquanto um cativo era levado nu e cheio de terror até a pedra real. Era Wlenca, o garoto saxão que eu havia capturado. Duvido de que ele soubesse o que estava acontecendo, mas certamente temia o pior.

Morgana tentou levantar Balise, mas o velho druida estava fraco demais para fazer o seu papel, por isso ela própria foi até o trêmulo Wlenca. O saxão estava desamarrado e poderia tentar fugir, mas os Deuses sabiam que não haveria como escapar através da multidão armada que o cercava. Entretanto ele ficou imóvel enquanto Morgana se aproximou. Talvez a visão de sua máscara de ouro e o caminhar manco o tenham congelado, e ele não se mexeu até que ela mergulhou a mão esquerda mutilada e enluvada num prato e, depois de deliberar um momento, tocou-o na barriga. Ao sentir o toque Wlenca pulou, assustado, mas ficou imóvel de novo. Morgana tinha mergulhado a mão num prato de sangue de bode recém-colhido, que agora deixou sua marca vermelha e molhada na barriga magra e pálida de Wlenca.

Morgana se afastou. A multidão estava imóvel, silenciosa e apreensiva, porque esse era um espantoso momento de verdade. Os Deuses iam falar à Dumnonia.

Owain entrou no círculo. Havia descartado sua espada e estava com sua lança de guerra, de cabo preto. Manteve os olhos no apavorado garoto saxão que parecia estar rezando aos seus Deuses, mas eles não tinham poder em Caer Cadarn.

Owain movia-se lentamente. Afastou os olhos do olhar de Wlenca apenas por um segundo, só o tempo necessário para encostar a ponta da lança no lugar exato marcado na barriga do saxão, depois olhou de novo nos olhos do cativo. Os dois estavam imóveis. Havia lágrimas nos olhos de Wlenca e ele fez um movimento minúsculo com a cabeça, num mudo apelo por misericórdia, mas Owain ignorou o pedido. Esperou até Wlenca estar imóvel de novo. A ponta da lança pousava na marca de sangue, e nenhum dos dois se mexia. O vento agitou os cabelos dos dois e levantou as roupas úmidas dos espectadores.

Owain golpeou. Foi um movimento forte dos músculos, que enfiou a lança no fundo do corpo de Wlenca, depois ele puxou a lâmina e correu para trás, deixando apenas o saxão sangrando no círculo de pedra.

Wlenca gritou. O ferimento era terrível, deliberadamente infligido para provocar uma morte lenta, extremamente dolorosa. Mas nos estertores da morte do homem agonizante um áugure treinado como Balise ou Morgana podia dizer o futuro do reino. Balise, arrancado de seu torpor, observou o saxão cambalear com uma das mãos agarrada na barriga e o corpo curvado por causa da dor horrível. Nimue se inclinou ansiosa para a frente, porque esta era a primeira vez em que testemunhava a mais poderosa das artes divinatórias e queria aprender seus segredos. Confesso que fiz uma careta, não pelo horror da cerimônia, mas porque tinha gostado de Wlenca e visto em seu rosto largo e de olhos azuis uma ideia de como eu parecia, mas me consolei com o conhecimento de que o sacrifício significava que ele receberia um lugar de guerreiro no Outro Mundo onde, um dia, eu e ele nos encontraríamos de novo.

O grito de Wlenca tinha se reduzido a um ofegar desesperado. Seu rosto ficou amarelo, ele estava tremendo, mas de algum modo se manteve de pé enquanto se virava para o leste. Chegou ao círculo de pedras e, por um segundo, parecia que ia desmoronar. Então um espasmo de dor o fez arquear para trás, depois se curvar para a frente de novo. Girou num círculo louco, espirrando sangue, e deu alguns passos para o norte. E então, finalmente, caiu. Estava se sacudindo em agonia, e cada espasmo significava alguma coisa para Balise e Morgana. Esta se adiantou para olhá-lo mais atentamente enquanto ele se retorcia e se sacudia. Suas pernas estremeceram por alguns instantes e então as entranhas se romperam, a cabeça foi para trás e um som chocalhante saiu de sua garganta. Um grande jorro de sangue espirrou quase até os pés de Morgana enquanto o saxão morria.

Alguma coisa na postura de Morgana dizia que o augúrio era ruim, e seu humor azedo se espalhou pela multidão que esperava o terrível pronunciamento. Morgana voltou e se curvou ao lado de Balise, que deu uma risada rouca, irreverente. Nimue tinha ido inspecionar a trilha de sangue e depois o corpo, e em seguida se juntou a Morgana e Balise enquanto a multidão esperava. E esperava.

Finalmente Morgana voltou ao corpo. Dirigiu suas palavras a Owain, o campeão que estava ao lado do rei bebê, mas todo mundo se inclinou para ouvi-la falar.

– O rei Mordred terá vida longa – disse ela. – Será líder em batalha e conhecerá a vitória.

Um suspiro atravessou a multidão. O augúrio poderia ser traduzido como favorável, mesmo eu pensando que todo mundo sabia o quanto fora deixado sem ser dito, e alguns presentes puderam se lembrar da aclamação de Uther, quando a trilha de sangue do homem e os movimentos agonizantes tinham realmente previsto um reino de glória. Mesmo assim, mesmo sem glória, havia alguma esperança no augúrio da morte de Wlenca.

Aquela morte encerrou a aclamação de Mordred. A pobre Norwenna, enterrada sob o Espinheiro Sagrado de Ynys Wydryn, teria feito tudo diferente, mas mesmo se mil bispos e uma miríade de santos houvessem se reunido para rezar em favor de Mordred em seu trono, os augúrios teriam sido os mesmos. Porque Mordred, o nosso rei, era aleijado, e nem druida nem bispo poderiam jamais mudar isso.

Tristan de Kernow chegou naquela tarde. Estávamos na festa de Mordred no grande salão, um acontecimento notável pela falta de alegria, mas a chegada de Tristan tornou-a ainda menos animada. Ninguém sequer percebeu sua chegada até ele se aproximar da grande fogueira central e as chamas brilharem em seu peitoral de couro e no capacete de ferro. O príncipe era conhecido como amigo da Dumnonia, e o bispo Bedwin o recebeu como tal, mas a única reação de Tristan foi desembainhar a espada.

Esse gesto atraiu atenção imediata, porque nenhum homem deveria portar arma num salão em festa, quanto mais num salão que festejava a aclamação de um rei. Alguns homens estavam bêbados, mas até eles ficaram em silêncio enquanto olhavam o príncipe jovem e de cabelos escuros.

Bedwin tentou ignorar a espada desembainhada.

– Veio para a aclamação, senhor príncipe? Sem dúvida se atrasou, não foi? A viagem é muito difícil no inverno. Venha sentar-se aqui. Perto de Agrícola de Gwent. Temos carne de veado.

– Vim com uma contenda – disse Tristan em voz alta. Ele havia deixado seus seis guardas do lado de fora da porta de entrada, onde uma chuva misturada com neve cuspia sobre o topo do morro. Os guardas eram homens sérios em armaduras molhadas e mantos gotejantes, cujos escudos estavam virados de cabeça para cima, e cujas lanças de guerra brilhavam com a água.

– Uma contenda! – disse Bedwin, como se o simples pensamento fosse algo notável. – Não neste dia auspicioso, certamente não!

Alguns guerreiros no salão rosnaram desafios. Estavam suficientemente bêbados para gostar de uma contenda, mas Tristan os ignorou.

– Quem fala pela Dumnonia? – perguntou.

Houve um momento de hesitação. Owain, Artur, Gereint e Bedwin tinham autoridade, mas nenhum deles era preeminente.

O príncipe Gereint, que jamais era homem de se apresentar, desconsiderou a pergunta. Owain deu um olhar maligno para Tristan, enquanto Artur respeitosamente cedia a Bedwin que sugeriu, muito timidamente, que como conselheiro-chefe do reino ele poderia falar tão bem quanto qualquer outro em nome do rei Mordred.

– Diga ao rei Mordred – disse Tristan – que haverá sangue entre meu país e o dele a não ser que eu receba justiça.

Bedwin ficou alarmado e suas mãos se agitaram com gestos pedindo calma enquanto ele tentava pensar no que dizer. Nada lhe veio, e no final foi Owain quem respondeu.

– Diga o que tem a dizer – falou categoricamente.

– Um grupo de pessoas do povo de meu pai recebeu proteção do rei Uther. Eles vieram a este país, a pedido de Uther, para trabalhar nas minas e viver em paz com os vizinhos, mas no fim do verão passado alguns desses vizinhos foram à mina deles e lhes deram espada, fogo e morticínio. Cinquenta e oito mortos, diga ao seu rei, e o *sarhead* deles será o valor de suas vidas mais o da vida do homem que ordenou que fossem mortos, ou então viremos com nossas espadas e escudos cobrar o preço.

Owain gargalhou.

– O pequeno Kernow? Estamos tão apavorados!

Os guerreiros ao meu redor gritaram com escárnio. Kernow era um país pequeno e não era páreo para as forças da Dumnonia. O bispo Bedwin tentou parar o barulho, mas o salão estava cheio de homens bêbados até a arrogância, e se recusaram a ficar calmos até que o próprio Owain pediu silêncio.

– Ouvi dizer, príncipe, que foram os irlandeses Escudos Pretos de Oengus Mac Airem que atacaram o urzal.

Tristan cuspiu no chão.

– Se foram, então eles voaram por cima do país para fazê-lo, porque ninguém os viu passar e eles não roubaram sequer um ovo de nenhum dumnoniano.

– Isso é porque eles temem a Dumnonia, mas não Kernow – disse Owain, e o salão explodiu em risos e zombarias de novo.

Artur esperou até que os risos tivessem parado.

– Você sabe de algum outro homem além de Oengus Mac Airem que poderia ter atacado o seu povo? – perguntou com cortesia.

Tristan se virou e observou os homens agachados no chão do salão. Viu a cabeça careca do príncipe Cadwy de Isca e apontou para ele com sua espada.

– Pergunte a ele. Ou melhor ainda – Tristan ergueu a voz para aquietar os que zombavam –, pergunte à testemunha que tenho lá fora. – Cadwy estava de pé e gritando para que lhe permitissem pegar sua espada enquanto seus lanceiros tatuados ameaçavam massacrar Kernow inteiro.

Artur deu um tapa na mesa alta. O som ecoou no salão, produzindo silêncio. Agrícola de Gwent, sentado perto de Artur, mantinha os olhos baixos, porque essa contenda não era da sua conta, mas duvido que uma única nuance do confronto estivesse escapando à sua esperteza.

– Se algum homem derramar sangue esta noite – disse Artur –, ele é meu inimigo. – Em seguida esperou até que Cadwy e seus homens se aquietassem, depois olhou de novo para Tristan. – Traga sua testemunha, senhor.

– Isto aqui é um tribunal? – objetou Owain.

– Que as testemunhas entrem – insistiu Artur.

– Isso é uma festa – protestou Owain.

– Que a testemunha venha, que venha. – O bispo Bedwin queria acabar com aquele negócio desagradável, e concordar com Artur parecia o modo mais rápido. Os homens nas bordas do salão chegaram mais perto para ouvir o drama, mas riram quando a testemunha de Tristan apareceu, porque era apenas uma menina pequena, talvez de 9 anos, que andou calmamente e com as costas eretas até junto do príncipe, que pôs um braço em seu ombro, depois apertou-o para lhe dar confiança.

– Fale.

Sarlinna lambeu os lábios. Optou por falar diretamente a Artur, talvez porque ele tivesse o rosto mais gentil dentre os homens sentados na mesa elevada.

– Meu pai foi morto, minha mãe foi morta, meus irmãos e irmãs foram mortos... – Ela falava como se tivesse ensaiado as palavras, mas nenhum homem presente duvidava da verdade nelas. – Minha irmãzinha foi morta, meu gatinho foi morto – uma primeira lágrima apareceu – e vi tudo.

Artur balançou a cabeça, com simpatia. Agrícola de Gwent passou uma das mãos pelos cabelos curtos e grisalhos, depois olhou para os caibros empretecidos pela fuligem. Owain se recostou na cadeira e bebeu num copo de chifre enquanto o bispo Bedwin parecia perturbado.

– Você realmente viu os assassinos? – perguntou o bispo.

– Sim, senhor. – Agora que Sarlinna não estava mais falando as palavras que tinha preparado e ensaiado, estava mais nervosa.

– Mas era noite, criança – objetou Bedwin. – O ataque não foi à noite, senhor príncipe? – Todos os lordes da Dumnonia tinham ouvido falar do ataque ao urzal, mas haviam acreditado na afirmação de Owain, de que o ataque era obra dos Escudos Pretos irlandeses de Oengus.

Tristan encorajou a menina dando-lhe um tapinha no ombro.

– Diga ao senhor bispo o que aconteceu.

– Os homens jogaram fogo na nossa cabana, senhor – disse Sarlinna numa voz pequena.

– Não foi fogo suficiente – rosnou um homem nas sombras, e todo o salão gargalhou.

– Como sobreviveu, Sarlinna? – perguntou Artur gentilmente quando o riso terminou.

– Eu me escondi debaixo de uma pele, senhor.

Artur sorriu.

– Fez bem. Mas viu o homem que matou sua mãe e seu pai? – Ele fez uma pausa. – E o seu gatinho?

Ela assentiu. Seus olhos estavam brilhantes de lágrimas na penumbra do salão.

– Vi, senhor – disse ela em voz baixa.

– Então fale sobre ele.

Sarlinna usava uma pequena túnica cinza debaixo de um manto de lã preto, e agora levantou os braços magros e puxou as mangas da túnica para desnudar a pele pálida.

– O braço do homem tinha figuras, senhor, de um dragão. E de um javali. Aqui. – Mostrou onde as tatuagens poderiam estar em seus braços pequenos, depois olhou para Owain. – E havia anéis na barba dele – acrescentou a menina e a seguir ficou quieta, mas não precisava falar mais. Apenas um homem usava anéis de guerreiros na barba, e todos os homens presentes tinham visto os braços de Owain enfiando a lança na barriga de Wlenca naquela manhã, e todo mundo sabia que aqueles braços eram tatuados com o dragão da Dumnonia e com seu símbolo do javali com presas compridas.

Houve silêncio. Um pedaço de pau estalou no fogo, lançando um jorro de fumaça para os caibros do teto. Um sopro de vento jogou neve e chuva na grossa cobertura de palha e fez tremular as tochas espalhadas pelo salão. Agrícola estava examinando a alça com prata engastada em seu chifre de beber, como se nunca tivesse visto um objeto daqueles. Em algum ponto do salão um homem arrotou, e o barulho pareceu provocar Owain a virar sua cabeça desgrenhada para olhar a criança.

– Ela mente! – disse com aspereza. – E crianças que mentem devem ser espancadas até sangrar!

Sarlinna começou a chorar, depois enfiou o rosto nas dobras do manto de Tristan. O bispo Bedwin franziu a testa.

– É verdade, Owain, ou não é, que você visitou o príncipe Cadwy no final do verão?

– E daí? – respondeu Owain bruscamente. – E daí? – Ele rugiu a palavra de novo, dessa vez como um desafio a todos os presentes. – Aqui estão os meus guerreiros! – Ele fez um gesto para nós, sentados juntos no lado direito do salão. – Perguntem a eles! Perguntem a eles! A criança mente! Juro que ela mente!

O salão ficou num tumulto repentino enquanto homens cuspiam em desafio a Tristan. Sarlinna chorava tanto que o príncipe se curvou, pegou-a no colo e a abraçou e continuou segurando-a enquanto Bedwin tentava recuperar o controle do salão.

– Se Owain jura – gritou o bispo – então a criança mente. – Os guerreiros rosnaram concordando.

Artur, percebi, estava me olhando. Baixei os olhos para a minha tigela com carne de veado.

O bispo Bedwin desejava não ter convidado a criança para o salão. Passou os dedos pela barba, depois balançou a cabeça num gesto cansado.

– A palavra de uma criança não tem peso na lei – falou numa voz lamentosa. – Uma criança não faz parte dos Com-Língua. – Os Com-Língua eram as nove testemunhas cuja palavra tinha peso de verdade na lei: um lorde, um druida, um sacerdote, um pai falando pelos filhos, um magistrado, um ofertante falando de seu presente, uma donzela falando de sua virgindade, um pastor falando de seus animais e um homem condenado falando suas últimas palavras. Em nenhum lugar da lista havia qualquer menção a uma criança falando do massacre de sua família. – Lorde Owain é um Com-Língua – disse o bispo Bedwin a Tristan.

Tristan estava pálido, mas não podia recuar.

– Acredito na criança – disse ele. – E amanhã, depois do nascer do sol, virei pegar a resposta da Dumnonia, e se essa resposta negar a justiça a Kernow meu pai tomará a justiça em suas mãos.

– Qual é o problema com o seu pai? – zombou Owain. – Perdeu o interesse na última esposa, foi? Por isso quer levar uma surra na batalha?

Tristan saiu em meio a gargalhadas, uma gargalhada que cresceu enquanto os homens tentavam imaginar o pequeno Kernow declarando guerra contra a poderosa Dumnonia. Não me juntei ao riso, em vez disso terminei com o meu guisado, dizendo a mim mesmo que precisava da comida se quisesse me manter quente durante o turno de guarda que começaria no fim da festa. E não bebi hidromel, de modo que estava ainda mais sóbrio quando peguei minha capa, a lança, a espada e o elmo e fui para a muralha do norte. A chuva e a neve tinham parado, e as nuvens estavam passando para revelar uma brilhante meia lua navegando em um tremular de estrelas, apesar de mais nuvens estarem se juntando no oeste acima do mar de Severn. Eu estremecia enquanto andava sobre a fortificação.

Onde Artur me encontrou.

Eu sabia que ele viria. Tinha desejado que viesse, mas mesmo assim sentia medo enquanto o via atravessar o pátio e subir o curto lance de degraus de madeira que levava ao muro baixo feito de terra e pedras. A princípio não falou nada, apenas se encostou na paliçada de madeira e olhou para o distante ponto de fogo que iluminava Ynys Wydryn. Estava vestido com sua capa branca, que tinha arrebanhado para não sujar na lama. Havia amarrado as pontas da capa na cintura, logo acima da bainha com enfeites entrecruzados.

– Não vou lhe perguntar o que aconteceu no urzal – falou por fim, a respiração soltando névoa no ar da noite – porque não quero pedir que qualquer homem, principalmente um homem de quem gosto, rompa um juramento de morte.

– Sim, senhor – falei e imaginei como ele sabia que era um juramento de morte que havia nos unido naquela noite sombria.

– Então, em vez disso vamos andar. – Ele sorriu para mim e fez um gesto indicando o resto da fortificação. – Uma sentinela que anda permanece quente. Você é mesmo um bom soldado, como ouvi dizer?

– Tento, senhor.

– E ouvi dizer que você teve sucesso. Muito bem. – Ele ficou quieto enquanto passávamos por um dos meus companheiros que estava encolhido contra os mourões da paliçada. O sujeito me olhou e seu rosto mostrou medo de que eu traísse a tropa de Owain. Artur afastou o capuz do rosto. Ele tinha um passo longo e firme, e eu precisava me apressar para acompanhá-lo. – Qual você acha que é o serviço de um soldado, Derfel? – perguntou-me daquele modo íntimo que faz a gente sentir que ele estava mais interessado na gente do que em qualquer outra pessoa do mundo.

– Lutar em batalhas, senhor.

Ele balançou a cabeça.

– Lutar batalhas em nome de pessoas que não podem lutar por si mesmas. Aprendi isso na Bretanha. Este mundo miserável é cheio de pessoas fracas, pessoas sem poder, pessoas famintas, pessoas tristes, pessoas doentes, pessoas pobres, e a coisa mais fácil do mundo é desprezar os fracos, especialmente se você é um soldado. Se é um guerreiro e quer a filha de um homem, simplesmente a pega; se quer a terra dele, simplesmente o mata; afinal de contas, você é um soldado e tem uma lança e uma espada, e ele é apenas um homem pobre e fraco com um ancinho quebrado e um boi doente, e o que vai impedir você? – Ele não esperou uma resposta para a pergunta, simplesmente continuou andando em silêncio. Tínhamos chegado ao portão do oeste e a escada feita de troncos cortados que ia até a plataforma acima do portão estava ficando branca com a geada nova. Subimos lado a lado. – Mas a verdade, Derfel – disse Artur quando chegamos à alta plataforma –, é que só somos soldados porque aquele homem fraco nos torna soldados. Ele planta o grão que nos alimenta, ele curte o couro que nos protege e corta o freixo que faz nossos cabos de lanças. Nós lhe devemos nosso serviço.

– Sim, senhor – falei e olhei com ele para a terra ampla e plana. Não estava tão frio quanto na noite em que Mordred nascera, mas mesmo assim era gélido, e o vento piorava a sensação.

– Há um propósito em todas as coisas, até em ser soldado. – Ele sorriu para mim, como se pedisse desculpas por estar sendo tão sério, mas não precisava disso, porque eu bebia suas palavras. Eu sonhara em me tornar soldado por causa da alta posição e porque sempre me parecera melhor carregar uma lança do que uma foice, mas nunca tinha pensado além dessas ambições egoístas. Artur havia pensado muito além, e trouxe à Dumnonia uma visão clara de onde sua lança e sua espada deveriam levá-lo.

– Temos a chance de fazer uma Dumnonia onde possamos servir ao nosso povo. – Artur se encostou na alta paliçada enquanto falava. – Não podemos lhes dar felicidade, e não sei como garantir uma boa colheita que irá torná-los ricos, mas sei que podemos deixá-los em segurança, e um homem seguro, um homem que sabe que seus filhos vão crescer sem ser levados como escravos e que o dote de sua filha não será arruinado pelo estupro cometido por um soldado, é um homem com mais probabilidade de ser feliz do que um homem que viva sob a ameaça da guerra. Isso é justo?

– Sim, senhor.

Ele esfregou a mão enluvada, por causa do frio. Minhas mãos estavam enroladas em trapos que tornavam difícil segurar a lança, especialmente enquanto tentava mantê-las aquecidas debaixo de minha capa. Atrás de nós, no salão festivo, soou uma grande gargalhada masculina. A comida tinha sido tão ruim quanto em qualquer festa de inverno, mas houvera bastante hidromel e vinho, embora Artur estivesse tão sóbrio quanto eu. Observei seu perfil enquanto ele olhava para o oeste, em direção às nuvens que se formavam. A lua sombreava seu queixo comprido e fazia o rosto parecer mais ossudo do que nunca.

– Odeio a guerra – disse Artur de repente.

– É mesmo? – Eu estava surpreso, mas afinal era jovem a ponto de gostar da guerra.

– Claro! – Ele sorriu para mim. – Por acaso sou bom em guerrear, talvez você também seja, e isso só significa que temos de usar essa capacidade com sabedoria. Sabe o que aconteceu em Gwent no outono passado?

– O senhor feriu Gorfyddyd – falei ansioso. – Arrancou o braço dele.

– Isso mesmo – disse ele, quase num tom de surpresa. – Meus cavalos não são de muita utilidade num país montanhoso, e são completamente inúteis numa floresta, por isso os levei para o norte, para as planícies agrícolas de Powys. Gorfyddyd estava tentando derrubar as muralhas de Tewdric, por isso comecei a queimar as pilhas de feno e os armazéns de grãos de Gorfyddyd. Nós queimamos, matamos. Fizemos isso bem, não porque quiséssemos, mas porque precisava ser feito. E funcionou. Trouxe Gorfyddyd de volta das muralhas de Tewdric para as terras planas onde meus cavalos podiam vencê-lo. E venceram. Nós o atacamos ao amanhecer, e ele lutou bem, mas perdeu a batalha junto com o braço esquerdo, e isso, Derfel, foi o fim da matança. Tinha servido ao nosso propósito, entende? O propósito da matança era persuadir Powys de que seria melhor para eles estar em paz com a Dumnonia do que em guerra. E agora haverá paz.

– Haverá? – perguntei em dúvida. A maioria de nós acreditava que a primavera só poderia trazer um novo ataque do amargo rei Gorfyddyd, de Powys.

– O filho de Gorfyddyd é um homem sensato. O nome dele é Cuneglas, e ele quer a paz, e devemos dar ao príncipe Cuneglas tempo para persuadir o pai de que ele perderá mais do que um braço se entrar em guerra conosco outra vez. E, assim que Gorfyddyd for convencido de que a paz é melhor do que a guerra, ele vai convocar um conselho, e todos compareceremos e faremos muito barulho, e esse será o fim, Derfel. Devo me casar com a filha de Gorfyddyd, Ceinwyn. – Ele me deu um olhar rápido e um tanto constrangido. – *Seren*, é como a chamam, a estrela! A estrela de Powys. Dizem que é muito bonita. – Ele estava satisfeito com essa perspectiva, e de algum modo seu prazer me surpreendeu, mas naquela época eu ainda não tinha reconhecido a vaidade em Artur. – Esperemos que ela seja linda como uma estrela. Mas, linda ou não, vou me casar com ela e vamos pacificar Silúria, e então os saxões vão enfrentar uma Britânia unida. Powys, Gwent, Dumnonia e Silúria, cada um abraçando o outro, todos lutando contra o mesmo inimigo, e todos em paz uns com os outros.

Eu ri, não dele, mas com ele, porque sua profecia ambiciosa tinha sido tão casual.

– Como o senhor sabe?

– Sei porque Cuneglas ofereceu os termos de paz, claro, e você não dirá isso a ninguém, Derfel, caso contrário pode não acontecer. Nem o pai dele sabe ainda, de modo que este é um segredo entre nós.

– Sim, senhor – falei e me senti enormemente privilegiado por ele me contar um segredo tão importante, mas claro que era assim que Artur queria que eu me sentisse. Ele sempre soube manipular os homens e sabia especialmente manipular os homens jovens e idealistas.

– Mas de que adianta a paz se estivermos lutando entre nós? Nossa tarefa é dar a Mordred um reino grande e pacífico, e para isso precisamos torná-lo um reino bom e justo. – Agora ele estava me olhando e falando muito sério em sua voz profunda e suave. – Não podemos ter paz se rompermos nossos tratados, e o tratado que deixava os homens de Kernow minerarem nosso estanho era bom. Não tenho dúvida de que eles estavam nos enganando, todos os homens enganam quando se trata de dar seu dinheiro a reis, mas isso era motivo para matá-los, matar seus filhos e os gatinhos de seus filhos? De modo que na próxima primavera, Derfel, a não ser que acabemos com esse absurdo agora, teremos guerra em vez de paz. O rei Mark vai atacar. Não vai vencer, mas seu orgulho garantirá que seus homens matem muitos de nossos camponeses e teremos de mandar um bando de guerreiros para Kernow, e aquele é um lugar ruim para lutar, muito ruim, mas no fim venceremos. O orgulho será acomodado, mas a que preço? Trezentos camponeses mortos? Quanto gado morto? E se Gorfyddyd vir que temos uma guerra na fronteira oeste ele será tentado a se aproveitar de nossa fraqueza atacando no norte. Podemos fazer a paz, Derfel, mas apenas se formos suficientemente fortes para fazer a guerra. Se parecermos fracos nossos inimigos virão como falcões. E quantos saxões teremos de encarar no ano que vem? Podemos realmente nos dar ao luxo de mandar alguns homens atravessar o Tamar para matar alguns camponeses em Kernow?

– Senhor – comecei, e estava para confessar a verdade, mas Artur me silenciou. Os guerreiros no salão estavam cantando a "Canção da Guerra de Beli Mawr", batendo no chão de terra com os pés enquanto proclamavam o grande morticínio e sem dúvida antecipavam mais morticínio em Kernow.

– Você não deve dizer uma palavra sobre o que aconteceu no urzal. Juramentos são sagrados, mesmo para aqueles de nós que imaginam se algum Deus se preocupa o bastante para fazê-los valer. Vamos simplesmente presumir, Derfel, que a menininha de Tristan estava dizendo a verdade. O que isso significa?

Olhei para a noite gélida.

– Guerra com Kernow – falei, em voz opaca.

– Não. Significa que amanhã de manhã, quando Tristan voltar, alguém tem que desafiar a verdade. Os Deuses, pelo que as pessoas me dizem, sempre favorecem os honestos nessas situações.

Eu sabia o que ele estava dizendo e balancei a cabeça.

– Tristan não vai desafiar Owain.

– Não se ele tiver tanto bom senso quanto parece ter. Até os Deuses achariam difícil que Tristan vencesse a espada de Owain. De modo que, se quisermos paz, e se quisermos todas as coisas boas que vêm com a paz, outra pessoa tem de ser o campeão de Tristan. Não está certo?

Olhei-o, aterrorizado diante do que pensei que ele estava dizendo

– O senhor? – perguntei por fim.

Ele encolheu os ombros debaixo da capa branca.

– Não sei quem mais fará isso – falou gentilmente. – Mas há uma coisa que você pode fazer por mim.

– Qualquer coisa, senhor, qualquer coisa. – E naquele momento achei que até mesmo teria concordado em lutar com Owain por ele.

– Um homem que vai para a batalha, Derfel – disse Artur cautelosamente – deve saber que sua causa é a certa. Talvez os irlandeses Escudos Pretos tenham realmente carregado seus escudos através da terra sem que ninguém visse. Ou talvez os druidas os tenham feito voar, não é? Ou talvez, amanhã, os Deuses, se tiverem algum interesse, pensarão que luto por uma boa causa. O que acha?

Ele fez a pergunta tão inocentemente quanto se estivesse apenas inquirindo sobre o tempo. Eu o encarei, assombrado com ele e desesperadamente querendo que evitasse esse desafio contra o melhor lutador de espadas na Dumnonia.

– E então? – insistiu ele.

– Os Deuses... – comecei, mas então tive dificuldade para falar, porque Owain tinha sido bom para mim. O campeão não era um homem honesto, mas eu podia contar nos dedos quantos homens honestos eu tinha encontrado e, apesar de sua malícia, gostava dele. Porém gostava muito mais deste homem honesto. Além disso, fiz uma pausa para pensar se minhas palavras rompiam o juramento ou não e decidi que não rompiam. – Os Deuses irão apoiá-lo, senhor – falei enfim.

Ele deu um sorriso triste.

– Obrigado, Derfel.

– Mas por quê? – falei de súbito.

Ele suspirou e olhou de novo para a terra que brilhava sob a lua.

– Quando Uther morreu – disse ele depois de um longo tempo –, a terra caiu no caos. Isso acontece a uma terra sem rei, e agora estamos sem rei. Temos Mordred, mas ele é uma criança, por isso alguém precisa manter o poder até que ele tenha idade. Um homem deve ter o poder, Derfel, e não três ou quatro ou dez, só um. Eu gostaria de que não fosse assim. De todo o coração, acredite, eu preferiria deixar as coisas como estão. Preferiria ficar velho tendo Owain como meu querido amigo, mas não pode ser. O poder deve ser mantido para Mordred e deve ser mantido adequadamente, com justiça, e dado a ele intacto, e isso significa que não podemos nos dar ao luxo de discussões perpétuas entre homens que querem para si o poder do rei. Um homem que não é rei tem de ser rei, e esse homem deve abrir mão dos poderes do reino quando Mordred tiver a idade para assumir. E é isso que os soldados fazem, lembra? Lutam as batalhas pelas pessoas que são fracas demais para lutar por si mesmas. Além disso – sorriu – eles tomam o que querem, e amanhã quero uma coisa de Owain; quero a honra dele, por isso irei tomá-la. – Artur deu de ombros. – Amanhã lutarei por Mordred e por aquela criança. E você, Derfel – ele me cutucou o peito com força –, arranjará um gatinho para ela. – Em seguida bateu os pés no chão para espantar o frio, depois olhou para o oeste. – Você acha que aquelas nuvens trarão chuva ou neve de manhã?

– Não sei, senhor.

– Esperemos que sim. Bom, eu soube que você teve uma conversa com aquele pobre saxão que eles mataram para ler o futuro. Diga tudo que ele lhe contou. Quanto mais conhecermos os inimigos, melhor.

Ele andou comigo de volta até o meu posto, ouviu o que eu tinha a dizer sobre Cerdic, o novo líder saxão na Costa Sul, depois foi dormir. Parecia não estar perturbado pelo que deveria acontecer de manhã, mas eu estava aterrorizado por ele. Lembrei-me de Owain derrotando o ataque combinado dos dois campeões de Tewdric e tentei rezar às estrelas que são os lares dos Deuses, mas não podia vê-las porque meus olhos estavam cheios d'água.

A noite foi longa e de um frio cortante. Mas eu desejei que a manhã nunca chegasse.

O DESEJO DE ARTUR foi concedido, porque na alvorada começou a chover. Logo se tornou uma tempestade forte de chuva invernal que varria em véus cinzentos o vale amplo e comprido entre Caer Cadarn e Ynys Wydryn. As valas transbordaram; água jorrava nas fortificações e empoçava debaixo dos beirais do grande salão. Fumaça brotava nos buracos dos tetos de palha encharcada e as sentinelas encolhiam os ombros debaixo das capas ensopadas.

Tristan, que passara a noite num pequeno povoado a leste de Caer Cadarn, lutou para subir o caminho lamacento até a fortaleza. Seus seis guardas e a menina órfã o acompanhavam, todos escorregando na lama íngreme sempre que não conseguiam apoio para os pés nos tufos de capim que cresciam nas laterais do caminho. O portão estava aberto e nenhuma sentinela se moveu para parar o príncipe de Kernow enquanto ele chapinhava na lama do pátio até a porta do grande salão.

Onde ninguém esperava para recebê-lo. O interior do salão era um caos úmido de homens dormindo depois de uma noite de bebedeira, comida largada, cães comendo restos, carvões cinzentos e molhados e vômito secando nas palhas do chão. Tristan chutou um dos homens adormecidos e o mandou encontrar o bispo Bedwin ou alguma outra autoridade.

– Se é que alguém tem autoridade neste país – gritou para o homem que se afastava.

Bedwin, com um manto pesado para se abrigar da chuva forte, veio escorregando e cambaleando através da lama traiçoeira.

– Senhor príncipe – falou ofegante enquanto saía do mau tempo para o abrigo dúbio do salão –, peço desculpas. Não o esperava tão cedo. Tempo inclemente, não? – Ele torceu a água das pontas do manto. – Mesmo assim é melhor chuva do que neve, não acha?

Tristan não disse nada.

Bedwin estava perturbado com o silêncio do visitante.

– Quer um pouco de pão? E vinho quente? Deve haver uma sopa sendo cozinhada, tenho certeza. – Ele olhou em volta procurando alguém para despachar até as cozinhas, mas os homens adormecidos roncavam imóveis. – Menininha? – Bedwin franziu a testa por causa de uma dor de cabeça enquanto se inclinava para Sarlinna. – Você deve estar com fome, não é?

– Viemos por justiça, e não comida – disse Tristan asperamente.

– Ah, sim. Claro. Claro. – Bedwin empurrou o capuz para trás da cabeça tonsurada e coçou um piolho incômodo na barba. – Justiça

– falou vagamente, depois assentiu com vigor. – Pensei no assunto, senhor príncipe, pensei de fato e decidi que a guerra não é uma coisa desejável. Não concorda? – Ele esperou, mas o rosto de Tristan não mostrava reação. – Tamanho desperdício, e como não consigo ver falta em meu lorde Owain, confesso que fracassamos em nosso dever de proteger seus compatriotas no urzal. Fracassamos de fato. Fracassamos lamentavelmente, e assim, senhor príncipe, se agradar ao seu pai, iremos, claro, fazer pagamento de *sarhead*, embora não – e aqui Bedwin deu um riso – pelo gatinho.

Tristan fez uma careta.

– E quanto ao homem que fez a matança?

Bedwin deu de ombros.

– Que homem? Não conheço esse homem.

– Owain. Que quase com certeza recebeu ouro de Cadwy.

Bedwin balançou a cabeça.

– Não. Não. Não. Não pode ser. Não. Juro, senhor príncipe, que não tenho conhecimento da culpa de qualquer homem. – Ele lançou um olhar suplicante a Tristan. – Senhor príncipe, eu ficaria profundamente magoado em ver nossos países em guerra. Ofereci o que posso oferecer e devo fazer orações pelos seus mortos, mas não posso contrariar um juramento de inocência feito por um homem.

– Eu posso – disse Artur. Ele estivera esperando atrás da cortina da cozinha na extremidade mais distante do salão. Eu estava com ele quando entrou no salão, onde sua capa branca parecia brilhante na penumbra úmida.

Bedwin piscou para ele.

– Lorde Artur?

Artur caminhou entre os corpos que se remexiam, grunhindo.

– Se o homem que matou os mineiros de Kernow não for punido, Bedwin, ele poderá assassinar de novo. Não concorda?

Bedwin encolheu os ombros, abriu as mãos e depois encolheu os ombros de novo. Tristan estava franzindo a testa, sem saber aonde levavam as palavras de Artur.

Artur parou perto de uma das colunas centrais do salão.

– E por que o reino deveria pagar *sarhead* quando o reino não fez a matança? Por que o tesouro de meu senhor Mordred deveria ser dilapidado por causa da ofensa de outro homem?

Bedwin fez um gesto para Artur silenciar.

– Não sabemos quem é o assassino! – insistiu ele.

– Então devemos provar sua identidade.

– Não podemos! – protestou Bedwin, irritado. – A criança não é um Com-Língua! E lorde Owain, se ele é o homem de quem você fala, jurou que é inocente. Ele é um Com-Língua, então por que passar pela farsa de um julgamento? A palavra dele basta.

– Num tribunal de palavras, sim, mas também há o tribunal das espadas, e por minha espada, Bedwin – aqui ele parou e desembainhou Excalibur, em toda a sua brilhante extensão, na meia-luz –, afirmo que Owain, campeão da Dumnonia, fez mal aos nossos primos de Kernow e que ele, e ninguém mais, deve pagar o preço.

Artur cravou a ponta de Excalibur na terra, através das palhas imundas, e a deixou ali, vibrando. Por um segundo imaginei se os Deuses do Outro Mundo apareceriam subitamente para ajudar Artur, mas houve apenas o som do vento, da chuva e dos homens recém-despertados, boquiabertos.

Bedwin também ficou boquiaberto. Permaneceu sem fala por alguns segundos.

– Você... – conseguiu dizer finalmente, mas depois não conseguiu falar mais nada.

Tristan, com o rosto bonito pálido à luz débil, balançou a cabeça.

– Se alguém deve disputar no tribunal das espadas – disse ele a Artur –, que seja eu.

Artur sorriu.

– Eu pedi primeiro, Tristan – disse em tom despreocupado.

– Não! – Bedwin encontrou sua língua. – Não pode ser!

Artur fez um gesto para a espada.

– Você gostaria de arrancá-la, Bedwin?

– Não! – Bedwin estava perturbado, prevendo a morte da melhor esperança do reino. Mas, antes que pudesse dizer outra palavra, o próprio Owain irrompeu pela porta do salão. Seu cabelo comprido e a barba densa estavam molhados, e o peito despido brilhava da chuva.

Olhou de Bedwin para Tristan e Artur, depois para a espada enfiada na terra. Parecia perplexo.

– Você está maluco? – perguntou a Artur.

– Minha espada afirma sua culpa na questão entre Kernow e a Dumnonia – disse Artur tranquilamente.

– Ele está maluco – disse Owain aos seus guerreiros que se agruparam atrás dele. O campeão estava de olhos vermelhos e cansado. Tinha bebido durante boa parte da noite, depois dormido mal, mas o desafio pareceu lhe dar uma nova energia. Ele cuspiu na direção de Artur. – Vou voltar para a cama daquela puta siluriana – falou – e quando acordar quero que isso tenha sido um sonho.

– Você é covarde, assassino e mentiroso – disse Artur calmamente enquanto Owain se virava de costas. As palavras deixaram os homens no salão boquiabertos de novo.

Owain se virou de novo.

– Frangote – disse a Artur. Em seguida, foi até Excalibur e derrubou a espada, o que era a aceitação formal de um desafio. – Então a sua morte, frangote, fará parte do sonho. Lá fora. – Ele virou a cabeça na direção da chuva. A luta não poderia ser em lugar fechado, para que o salão da festa não fosse condenado por uma sorte abominável, de modo que os homens teriam de lutar na chuva de inverno.

Agora toda a fortaleza estava se agitando. Muitas pessoas que moravam em Lindinis tinham dormido em Caer Cadarn naquela noite, e a fortaleza fervilhava enquanto as pessoas iam acordando para testemunhar a luta. Lunete estava lá, e Nimue e Morgana: na verdade toda Caer Cadarn correu para ver a batalha que aconteceria, como exigia a tradição, dentro do círculo real de pedras. Agrícola, com manto vermelho sobre sua estupenda armadura romana, se encontrava entre Bedwin e o príncipe Gereint enquanto o rei Melwas, segurando um pedaço de pão, olhava arregalado entre seus guardas. Tristan estava no lado mais distante do círculo onde também ocupei meu lugar. Owain me viu ali e presumiu que eu o tivesse traído. Rugiu dizendo que minha vida seguiria a de Artur para o Outro Mundo, mas Artur proclamou que minha vida estava sob sua segurança.

– Ele rompeu o juramento! – gritou Owain, apontando para mim.

– Juro que ele não rompeu juramento nenhum – disse Artur. Em seguida, tirou a capa branca e a dobrou cuidadosamente sobre uma das pedras. Estava vestido com calças justas, botas e um fino gibão de pele sobre uma veste de lã. Owain estava de peito nu. Suas calças eram entrecruzadas com tiras de couro e ele usava grandes botas pregadas. Artur sentou-se na pedra e tirou as botas, preferindo lutar descalço.

– Isto não é necessário – disse-lhe Tristan.

– Infelizmente é. – Em seguida, Artur levantou-se e tirou Excalibur da bainha.

– Usando sua espada mágica, Artur? – zombou Owain. – Tem medo de lutar com uma arma mortal, é?

Artur embainhou Excalibur de novo e pôs a espada em cima da capa.

– Derfel – ele se virou para mim –, esta é a espada de Hywel?

– Sim, senhor.

– Poderia emprestá-la? Prometo devolver.

– Não deixe de cumprir esta promessa, senhor – falei, tirando Hywelbane de sua bainha e entregando-a a ele, pelo punho. Ele segurou a espada, depois pediu que eu corresse até o salão e pegasse um pouco de cinzas que, quando voltei, ele esfregou no couro oleado do punho.

Em seguida virou-se para Owain.

– Lorde Owain – disse cortesmente –, se preferir lutar quando estiver descansado, posso esperar.

– Frangote – cuspiu Owain. – Tem certeza de que não quer vestir sua armadura de peixe?

– Ela enferruja na chuva – respondeu Artur com muita calma.

– Um soldado para tempo bom – zombou Owain, depois ensaiou dois golpes com sua espada comprida que assobiou no ar. Na linha de escudos ele preferia lutar com espada curta, mas com qualquer tamanho de lâmina Owain era um homem a se temer. – Estou pronto, frangote – gritou.

Fiquei com Tristan e seus guardas enquanto Bedwin fazia um último esforço inútil para impedir a luta. Ninguém duvidava do resultado. Artur era um homem alto, mas magro comparado com o corpo musculoso de Owain, e ninguém jamais vira Owain ser derrotado numa luta. Mas Artur parecia notavelmente composto enquanto ocupava seu lugar na borda oeste do círculo e encarava Owain que ficou, acima dele, no leste.

– Vocês se submetem ao julgamento do tribunal de espadas? – perguntou Bedwin aos dois, e ambos assentiram.

– Então que Deus os abençoe, e que Deus dê vitória à verdade. – Bedwin fez o sinal da cruz e então, com o velho rosto grave, saiu do círculo.

Owain, como esperávamos, correu para Artur, mas na metade do círculo, perto da pedra real, seu pé escorregou na lama, e de repente Artur estava atacando. Eu havia esperado que Artur lutaria calmamente, usando as habilidades que Hywel lhe ensinara, mas naquela manhã, enquanto a chuva jorrava do céu de inverno, vi como Artur tinha mudado nas batalhas. Tornou-se um inimigo terrível. Sua energia era posta apenas numa coisa: a morte. E ele partiu para Owain com golpes rápidos e intensos que fizeram o grandalhão recuar e recuar. As espadas batiam com força. Artur estava cuspindo para Owain, xingando-o, provocando-o, e cortando e cortando com o gume da espada e jamais dando a Owain a chance de se recuperar dos movimentos de defesa.

Owain lutou bem. Nenhum outro homem poderia ter sustentado aquela abertura, aquele ataque mortal. Suas botas escorregavam na lama, e cada vez mais ele tinha de defender ajoelhado os ataques de Artur, mas sempre conseguia recuperar o pé, mesmo que continuasse sendo impulsionado para trás. Quando Owain escorregou pela quarta vez entendi parte da confiança de Artur. Ele quisera a chuva para tornar o chão traiçoeiro e acho que sabia que Owain estaria cansado e de ressaca da bebedeira. Mesmo assim não conseguia romper aquela guarda desajeitada, mesmo tendo levado o campeão de volta ao lugar onde o sangue de Wlenca ainda era visível como um trecho mais escuro de lama encharcada.

E ali, perto do sangue do saxão, a sorte de Owain mudou. Artur escorregou e, mesmo tendo se recuperado, a hesitação era toda a abertura de que Owain precisava. Ele estocou rápido como um chicote. Artur aparou o golpe, mas a espada de Owain cortou o gibão de couro e tirou da cintura de Artur o primeiro sangue da luta. Artur aparou de novo, e de novo, desta vez recuando diante das estocadas fortes e rápidas que teriam chegado ao coração de um touro. Os homens de Owain rugiram apoiando enquanto seu campeão, sentindo o cheiro de vitória, tentou lançar todo o corpo contra Artur para jogar o oponente mais leve na lama, mas Artur estava pronto para a manobra e se desviou, saltando na pedra real, e deu um golpe de espada por trás, que abriu a nuca de Owain até o crânio. O ferimento, como todos os ferimentos no couro cabeludo, sangrou copiosamente, encharcando o cabelo de Owain e escorrendo por suas costas largas até ser diluído pela chuva. Seus homens ficaram quietos.

Artur saltou da pedra, atacando de novo, e de novo Owain estava na defensiva. Os dois ofegavam, os dois estavam cheios de lama e sangue, e os dois tentavam cuspir mais insultos para o outro. A chuva fazia seus cabelos penderem em novelos compridos e encharcados, enquanto Artur cortava à direita e à esquerda no mesmo ritmo rápido com que abrira a luta. Era tão rápido que Owain não tinha chance de fazer nada além de aparar os golpes. Lembrei-me da descrição desdenhosa que Owain tinha feito sobre o estilo de luta de Artur, cortando como um ceifeiro com pressa para não pegar tempo ruim, dissera ele. Uma vez, e só uma, Artur conseguiu passar a lâmina pela guarda de Owain, mas o golpe foi meio aparado, diminuindo sua força, e a espada bateu nos anéis de ferro na barba de Owain. Este empurrou a lâmina para longe, depois tentou de novo derrubar Artur no chão com o peso de seu corpo. Os dois caíram, e por um segundo parecia que Owain iria imobilizar Artur, mas de algum modo Artur conseguiu se afastar e ficar de pé.

Artur esperou Owain se levantar. Os dois estavam respirando com dificuldade, e por alguns segundos se entreolharam, avaliando as chances, e então Artur retomou o ataque. Girava e girava a espada, como fizera antes, e de novo e de novo Owain aparava os golpes selvagens. Então, Artur escorregou pela segunda vez. Ele gritou de medo ao cair, e seu grito foi respondido por um berro de triunfo quando

Owain recuou a mão para o golpe mortal. Então Owain viu que Artur não havia caído, tinha simplesmente fingido para levar Owain a abrir a guarda, e agora foi Artur quem estocou. Era sua primeira estocada na batalha, e a última. Owain estava de costas para mim e eu meio escondendo os olhos para não ver a morte de Artur, mas, em vez disso, na minha frente, vi a ponta brilhante de Hywelbane brotar nas costas molhadas e ensanguentadas de Owain. A estocada de Artur tinha atravessado o corpo do campeão. Owain pareceu congelar, com o braço da espada subitamente sem força. Então, dos dedos sem nervos, sua espada caiu na lama.

Por um segundo, por uma batida de coração, Artur deixou Hywelbane na barriga de Owain, depois, com um esforço gigantesco que ocupou cada músculo de seu corpo, ele torceu a espada e a livrou. Gritou enquanto arrancava o aço de dentro de Owain, gritou quando a lâmina rompeu a sucção da carne e rasgou entranha, músculo, pele e carne, e ainda gritava enquanto arrastou a espada para a luz cinzenta do dia. A força necessária para arrancar o aço do corpo pesado de Owain fez com que a espada continuasse num giro para trás que espirrou sangue longe, no círculo enlameado.

Enquanto Owain, com descrença no rosto e as tripas espirrando na lama, caía.

Então Hywelbane foi enfiada uma vez no pescoço do campeão.

E houve silêncio em Caer Cadarn.

Artur recuou para longe do cadáver. Depois girou seguindo o caminho do sol para olhar o rosto de cada homem em volta do círculo. O rosto do próprio Artur estava duro como pedra. Não havia um fiapo de gentileza ali, só o rosto de um lutador em triunfo. Era um rosto terrível, seu maxilar grande trincado num ricto de ódio, de modo que aqueles de nós que só conheciam Artur como um homem dolorosamente pensativo ficaram chocados com a mudança.

– Algum homem aqui contesta o julgamento? – gritou ele.

Ninguém contestou. A chuva pingava das capas e diluía o sangue de Owain enquanto Artur ia encarar os lanceiros do campeão.

– Agora é a sua chance de vingar seu senhor, caso contrário vocês são meus. – E cuspiu para eles. Ninguém conseguia encará-lo nos olhos, por isso ele se virou, passou por cima do comandante caído e encarou Tristan. – Kernow aceita o julgamento, senhor príncipe?

Tristan, de rosto pálido, assentiu.

– Aceita, senhor.

– O *sarhead* será pago com as posses de Owain. – E se virou de novo para os guerreiros. – Quem comanda os homens de Owain agora?

Griffid Ap Annan se adiantou, nervoso.

– Eu, senhor.

– Você virá receber ordens minhas dentro de uma hora. Se algum homem dos seus tocar em Derfel, meu camarada, todos vocês queimarão num poço de fogo. – Eles preferiram baixar a cabeça a encará-lo.

Artur usou um punhado de lama para limpar o sangue da espada, depois a entregou a mim.

– Seque bem, Derfel.

– Sim, senhor.

– E obrigado. É uma boa espada. – Ele fechou os olhos de repente. – Que Deus me ajude, mas gostei disso. Agora – seus olhos se abriram – já fiz minha parte, e quanto à sua?

– A minha? – encarei-o, boquiaberto.

– Um gatinho para Sarlinna – disse ele pacientemente.

– Tenho um, senhor – falei.

– Então vá pegar, e venha ao salão para o desjejum. Você tem uma mulher?

– Sim, senhor.

– Diga a ela que vamos partir amanhã, quando o conselho tiver terminado suas deliberações.

Eu o encarei, mal acreditando em minha sorte.

– Quer dizer... – comecei.

– Quero dizer – ele me interrompeu impaciente –, que agora você vai me servir.

– Sim, senhor! Sim, senhor!

Ele pegou sua espada, a capa e as botas, pegou a mão de Sarlinna e se afastou do rival que acabara de matar.

E eu tinha encontrado o meu senhor.

Lunete não queria viajar para o Norte até Corinium, onde Artur passava o inverno com seus homens. Não queria deixar as amigas, e além disso, acrescentou quase como um pensamento de última hora, estava grávida. Recebi o anúncio com um silêncio incrédulo.

– Você ouviu – disse ela rispidamente –, estou grávida. Não posso ir. E por que deveríamos ir? Estamos felizes aqui. Owain era um bom senhor, e você precisou estragar tudo. Então por que não vai sozinho? – Ela estava agachada perto da nossa fogueira, tentando captar o calor possível das chamas débeis. – Odeio você – disse ela e tentou em vão arrancar do dedo o nosso anel de amantes.

– Grávida? – perguntei chocado.

– Mas talvez não de você! – gritou Lunete, depois desistiu de tentar tirar o anel do dedo inchado. Em vez disso jogou em cima de mim um pedaço de pau pegando fogo. Nossa escrava uivava de sofrimento no fundo da cabana, e Lunete jogou um pedaço de lenha nela também.

– Mas eu tenho de ir, tenho de ir com Artur.

– E me abandonar? – guinchou ela. – Quer que eu seja uma puta? É isso? – Ela jogou outro pedaço de pau e abandonei a briga. Era o dia seguinte à disputa de Artur com Owain, e estávamos todos de volta a Lindinis, onde o conselho da Dumnonia ia se reunir na vila de Artur, que consequentemente foi rodeada de peticionários com seus parentes e amigos. Aquelas pessoas ansiosas esperavam no portão da frente da vila. No fundo havia um amontoado de armarias e depósitos onde antigamente ficava o jardim da vila. O bando de guerreiros de Owain me esperava lá. Tinham escolhido bem o lugar da emboscada, um lugar onde pés de azevinho nos escondiam das construções. Lunete ainda estava gritando comigo quando segui pelo caminho, chamando-me de traidor e covarde.

– Ela acertou com relação a você, saxão – disse Griffid Ap Annan, e depois cuspiu para mim.

Seus homens bloquearam meu caminho. Havia uma dúzia de lanceiros, todos antigos camaradas, mas agora com rostos implacavelmente hostis. Artur podia ter posto minha vida sob sua proteção, mas ali, escondido das janelas da vila, ninguém saberia como eu tinha terminado morto na lama.

– Você rompeu seu juramento – acusou Griffid.

– Não rompi.

Minac, um velho guerreiro cujo pescoço e os pulsos pesavam de tanto ouro que Owain lhe dera, me apontou a lança.

– Não se preocupe com sua garota – falou, maligno. – Há muitos de nós que sabem cuidar de jovens viúvas.

Desembainhei Hywelbane. Atrás de mim, as mulheres tinham saído de suas cabanas para ver os maridos vingarem a morte de seu senhor. Lunete estava entre elas e zombava de mim como as outras.

– Fizemos um novo juramento – disse Minac. – E, diferente de você, mantemos nossos juramentos. – Ele avançou pelo caminho, com Griffid ao lado. Os outros lanceiros se juntaram atrás dos líderes enquanto às minhas costas as mulheres chegavam mais perto, e algumas delas deixaram de lado os sempre presentes fusos e as rocas para começar a jogar pedras, me forçando a ir na direção da lança de Griffid. Ergui Hywelbane. Seu gume ainda guardava marcas da luta de Artur com Owain, e fiz uma oração para que os Deuses me dessem uma boa morte.

– Saxão – disse Griffid, usando o pior insulto que pôde encontrar. Ele estava avançando muito cautelosamente, porque conhecia minha habilidade com a espada. – Saxão traidor – falou, depois se encolheu quando uma pedra pesada bateu na lama do caminho entre nós dois. Ele olhou para além de mim e vi o medo em seu rosto, e então a ponta de sua lança baixou.

– Seus nomes estão na pedra – sibilou a voz de Nimue atrás de mim. – Griffid Ap Annan, Mapon Ap Ellchyd, Minac Ap Caddan.. – ela recitou o nome dos lanceiros um a um, e a cada vez que pronunciava um nome ela cuspia na direção da pedra da maldição, que tinha jogado no caminho deles. As lanças foram baixadas.

Fiquei de lado para deixar Nimue passar. Estava vestida com um manto preto com capuz que deixava seu rosto numa sombra onde o olho de ouro brilhava, malévolo. Parou ao meu lado, depois se virou de repente e apontou um cajado enfeitado com um galho de visgo na direção das mulheres que tinham jogado pedras.

– Querem que seus filhos virem ratos? – gritou para todas que estavam olhando. – Querem que seu leite seque e que sua urina queime como fogo? Vão! – As mulheres pegaram as crianças e correram para se esconder nas cabanas.

Griffid sabia que Nimue era a amada de Merlin e que possuía o poder do druida, e ele estava tremendo de medo diante da maldição.

– Por favor – disse ele enquanto Nimue se virava para encará-lo.

Ela passou por sua lança baixada e deu-lhe um golpe forte no rosto, com o cajado.

– Deitados – disse ela. – Todos vocês! Deitados! Com a cara no chão! Deitados! – Ela bateu em Minac. – Deite-se!

Eles se deitaram de barriga na lama e, um a um, ela pisou em suas costas. Seu passo era leve, mas a maldição era pesada.

– Suas mortes estão na minha mão, suas vidas são minhas. Usarei suas almas como peças de jogo. A cada manhã que acordarem vivos irão me agradecer pela misericórdia, e a cada anoitecer vão rezar para que eu não veja seus rostos imundos nos meus sonhos. Griffid Ap Annan: jure aliança a Derfel. Beije a espada dele. De joelhos, cão! De joelhos!

Protestei dizendo que aqueles homens não me deviam aliança, mas Nimue se virou para mim furiosa e ordenou que eu estendesse a espada. Então, um a um, com lama e terror no rosto, meus antigos companheiros se arrastaram de joelhos para beijar a Hywelbane ponta de. O juramento não me dava direitos de senhor sobre aqueles homens, mas tornava impossível que qualquer um deles me atacasse sem pôr as almas em perigo, porque Nimue lhes disse que, se rompessem esse juramento, suas almas estavam condenadas a ficar para sempre no escuro Outro Mundo, jamais encontrando corpos nesta terra verde e ensolarada outra vez. Um dos lanceiros, um cristão desafiou Nimue dizendo que o juramento não significava nada, mas sua coragem falhou quando ela tirou o olho dourado da órbita e o estendeu para ele, sibilando uma praga, e em terror abjeto ele se ajoelhou e beijou minha espada como os outros. Assim que terminaram o juramento, Nimue ordenou que se deitassem de novo. Em seguida, recolocou a bola de ouro na órbita e depois os deixamos na lama.

Nimue gargalhou enquanto subíamos para fora das vistas deles.

– Gostei daquilo! – disse ela, e houve um vislumbre da velha marotice infantil em sua voz. – Gostei realmente daquilo! Eu odeio tanto os homens, Derfel!

– Todos os homens?

– Homens de couro, carregando lanças. – Ela estremeceu. – Não você. Mas o resto eu odeio. – Ela se virou e cuspiu para trás no caminho. – Como os Deuses devem rir dos homenzinhos metidos a besta. – Em seguida, empurrou o capuz para trás e me olhou. – Você quer que Lunete o acompanhe até Corinium?

– Jurei protegê-la – falei infeliz –, e ela disse que está grávida.

– Isso significa que você quer a companhia dela?

– Sim – falei, querendo dizer que não.

– Acho que você é um idiota, mas Lunete vai fazer o que eu mandar. Mas lhe digo, Derfel, que se não deixá-la agora, ela vai deixá-lo mais cedo ou mais tarde. – Nimue pôs a mão no meu braço para me segurar. Tínhamos chegado perto do pórtico da vila, onde a multidão de peticionários esperava para ver Artur. – Você sabia – perguntou ela em voz baixa – que Artur está pensando em soltar Gundleus?

– Não – fiquei chocado com a notícia.

– Está. Ele acha que agora Gundleus vai manter a paz, e acha que Gundleus é o melhor homem para governar Silúria. Artur não vai soltá-lo sem a concordância de Tewdric, de modo que isso não vai acontecer agora, mas, quando acontecer, Derfel, vou matar Gundleus. – Ela falava com a simplicidade terrível do que era verdadeiro, e fiquei pensando em como a ferocidade lhe dava uma beleza que a natureza lhe havia negado. Ela estava olhando por cima da terra molhada e fria, em direção ao monte distante de Caer Cadarn. – Artur sonha com a paz, mas nunca haverá paz. Nunca! A Britânia é um caldeirão, Derfel, e Artur vai agitá-lo até o horror.

– Você está errada – falei com lealdade.

Nimue zombou dessa afirmação com uma careta e então, sem outra palavra, virou-se e voltou pelo caminho em direção às cabanas dos guerreiros.

Passei pelos peticionários e entrei na vila. Artur me olhou enquanto eu chegava, acenou boas-vindas num gesto casual e depois voltou a atenção para um homem que reclamava que seu vizinho mudara de lugar as pedras que limitavam seus terrenos. Bedwin e Gereint estavam sentados à mesa com Artur enquanto de um lado Agrícola e o príncipe Tristan permaneciam de pé, parecendo guardas. Uma quantidade de conselheiros e magistrados do reino sentava-se no chão, que era curiosamente quente graças ao modo romano de fazer embaixo um espaço que podia ser enchido com ar enfumaçado vindo de uma fornalha. Uma rachadura nos ladrilhos deixava fiapos de fumaça subirem pelo grande salão.

Os peticionários eram recebidos um a um e a justiça era pronunciada. Quase todos os casos poderiam ter sido resolvidos pela corte de magistrados de Lindinis, que ficava a apenas 100 passos da vila, mas muitas pessoas, especialmente os camponeses pagãos, achavam que uma decisão dada pelo Conselho Real era mais válida do que um julgamento feito por uma corte estabelecida pelos romanos e assim guardavam as contendas e demandas até que os conselhos estivessem convenientemente próximos. Artur, representando o bebê Mordred, lidava com eles pacientemente, mas ficou aliviado quando a verdadeira questão do dia começou. Essa questão era resolver as pontas emaranhadas que haviam sobrado da luta na véspera. Os guerreiros de Owain foram dados ao príncipe Gereint, com a recomendação de Artur de que fossem divididos entre várias tropas. Um dos capitães de Gereint, um homem chamado Llywarch, foi nomeado no lugar de Owain como o novo comandante da guarda real, e em seguida um magistrado recebeu a tarefa de avaliar a riqueza de Owain e mandar a Kernow a porção devida em *sarhaed*. Percebi a brusquidão com que Artur conduziu a negociação, embora jamais sem dar a cada homem presente a chance de falar. Essas consultas poderiam levar a discussões intermináveis, mas Artur tinha o talento de entender rapidamente questões complicadas e propor acordos que satisfaziam a todos. Percebi também como Gereint e Bedwin estavam contentes em deixar Artur ocupar o primeiro lugar. Bedwin tinha posto todas as esperanças para o futuro da Dumnonia na espada de Artur, e com isso era o mais forte aliado de Artur, enquanto Gereint, que era sobrinho de Uther, poderia ter sido um oponente, mas o príncipe não tinha nada da ambição do tio e estava feliz por Artur se dispor a assumir a responsabilidade do governo. A Dumnonia tinha um novo campeão do rei, Artur Ap Uther, e o alívio no salão era palpável.

O príncipe Cadwy de Isca recebeu a ordem de contribuir para o *sarhaed* devido a Kernow. Ele protestou contra a decisão, mas ficou quieto diante da fúria de Artur e humildemente concordou em pagar um quarto do preço de Kernow. Desconfio de que Artur teria preferido infligir uma punição mais séria, mas eu estava preso por juramento para não revelar a parte de Cadwy no ataque contra o urzal, além de não haver qualquer outra evidência de sua cumplicidade, de modo que Cadwy escapou de um julgamento mais pesado. O príncipe Tristan aceitou a decisão de Artur com um gesto de cabeça.

A próxima questão do dia era acertar o futuro de nosso rei. Mordred estivera vivendo na casa de Owain e agora precisava de um novo lar. Bedwin propôs um homem chamado Nabur, que era o principal magistrado da Durnovária. Outro conselheiro protestou imediatamente, condenando Nabur por ser cristão.

Artur bateu na mesa para encerrar a discussão antes que ela começasse.

– Nabur está aqui? – perguntou ele.

Um homem alto se levantou no fundo do salão.

– Eu sou Nabur. – Ele era barbeado e se vestia com toga romana. – Nabur Ap Lwyd – apresentou-se formalmente. Era um homem jovem, de rosto estreito e sério e cabelo que ia recuando na testa, o que lhe dava a aparência de um bispo ou druida.

– Você tem filhos, Nabur? – perguntou Artur.

– Três vivos, senhor. Dois meninos e uma menina. A menina tem a idade do nosso senhor Mordred.

– E há um druida ou bardo na Durnovária?

Nabur assentiu.

– Derella, o bardo, senhor.

Artur falou em particular com Bedwin, que assentiu, depois Artur sorriu para Nabur.

– Você tomaria o rei aos seus cuidados?

– Com prazer, senhor.

– Você pode ensinar-lhe sua religião, Nabur Ap Lwyd, mas somente quando Derella estiver presente, e Derella deve se tornar o tutor do menino quando ele tiver 5 anos. Você receberá metade da pensão de um rei, retirada do tesouro, e deverá manter vinte guardas junto de nosso senhor Mordred o tempo todo. O preço da vida dele é a sua alma e a alma de todos de sua família. Concorda?

Nabur ficou pálido quando soube que sua mulher e seus filhos morreriam se Mordred fosse morto, mas mesmo assim confirmou com a cabeça. E não era de espantar. Ser guardião do rei dava a Nabur um lugar muito próximo ao centro do poder da Dumnonia.

– Concordo, senhor.

A última questão do conselho era o destino de Ladwys, esposa e amante de Gundleus e escrava de Owain. Ela foi trazida ao salão onde ficou de pé, em atitude desafiadora, diante de Artur.

– Hoje parto para Corinium, no Norte, onde seu marido é nosso cativo – disse Artur. – Você quer ir junto?

– Para que possa me humilhar ainda mais? – perguntou ela. Owain, apesar de toda a brutalidade, não conseguira dobrar seu espírito.

Artur franziu a testa diante do tom hostil.

– Para que possa estar com ele, senhora – disse gentilmente. – A prisão de seu marido não é rígida, ele tem uma casa como esta, mesmo que esteja sob guarda. Mas você pode viver com ele em privacidade e paz, se é o que quer.

Lágrimas apareceram nos olhos de Ladwys.

– Ele talvez não me queira. Fui conspurcada.

Artur deu de ombros.

– Não posso falar por Gundleus, só quero a sua decisão. Se escolher ficar aqui, pode. A morte de Owain significa que você está livre.

Ela parecia perplexa com a generosidade de Artur, mas conseguiu assentir.

– Eu irei, senhor.

– Bom! – Artur se levantou e levou sua cadeira até o lado da sala, onde, com cortesia, convidou Ladwys a se sentar. Depois encarou os conselheiros, lanceiros e chefes reunidos. – Tenho uma coisa a dizer, só uma, mas todos devem entender essa coisa e devem repeti-la aos seus homens, suas famílias, suas tribos e seus clãs. Nosso rei é Mordred, ninguém senão Mordred, e é a Mordred que devemos nossa aliança e nossas espadas. Mas nos próximos anos o reino vai enfrentar inimigos, como acontece com todos os reinos, e haverá necessidade, como sempre, de decisões fortes, e quando essas decisões forem tomadas haverá homens entre vocês que vão sussurrar, dizendo que estou usurpando o poder do rei. Até mesmo serão tentados a achar que desejo o poder do rei. Então, agora, diante de vocês e diante de nossos amigos de Gwent e Kernow – aqui Artur fez um gesto cortês para Agrícola e Tristan –, deixem-me fazer qualquer juramento que vocês escolherem, determinando que deverei usar apenas com um objetivo o poder que me dão, e esse objetivo é ver Mordred assumir seu reino de minhas mãos quando tiver idade. Isso eu juro.

Ele parou abruptamente.

Houve uma agitação no salão. Até aquele momento ninguém havia entendido totalmente com que rapidez Artur assumira o poder na Dumnonia. O fato de estar sentado na mesa com Bedwin e o príncipe Gereint sugeria que os três eram iguais no poder, mas o discurso de Artur proclamava que havia apenas um homem no comando, e Bedwin e Gereint, com seu silêncio, deram apoio à reivindicação de Artur. Nem Bedwin nem Gereint estavam privados de seu poder, mas agora eles o exerciam segundo a vontade de Artur, e a vontade dele decretava que Bedwin permaneceria como árbitro das disputas dentro do reino, e Gereint guardaria a fronteira saxã enquanto Artur ia para o norte enfrentar as forças de Powys. Eu sabia, e talvez Bedwin soubesse, que Artur tinha grandes esperanças de paz com o reino de Gorfyddyd, mas até que essa paz fosse acertada ele continuaria numa postura de guerra.

Um grande grupo foi para o norte naquela tarde. Artur, com seus dois guerreiros e seu servo Hygwydd, cavalgava na frente com Agrícola e seus homens. Morgana, Ladwys e Lunete iam numa carroça enquanto eu caminhava com Nimue. Lunete estava obediente, dominada pela fúria de Nimue. Passamos a noite no Tor, onde vi o bom trabalho que Gwlyddyn ia fazendo. A nova paliçada estava no lugar, e uma nova torre se erguia sobre os alicerces da antiga. Ralla estava grávida. Pellinore não me reconheceu, simplesmente andava de um lado para o outro em sua jaula como se estivesse de guarda, e gritava ordens para lanceiros invisíveis. Druidan ficou de olho grande em Ladwys. Gudovan, o escrivão, me mostrou a sepultura de Hywel no norte do Tor, depois levou Artur ao templo do Espinheiro Sagrado onde a santa Norwenna estava enterrada, perto da árvore milagrosa.

Na manhã seguinte, eu disse adeus a Morgana e Nimue. O céu estava azul de novo, o vento estava frio, e segui para o norte com Artur.

NA PRIMAVERA meu filho nasceu. Morreu três dias depois. Durante dias depois disso eu ficava vendo aquele rostinho enrugado e vermelho e lágrimas me vinham aos olhos. Ele parecera saudável, mas de manhã, pendurado em seus cueiros na parede da cozinha para ficar fora do caminho dos cachorros e dos porcos, ele simplesmente morreu. Lunete, como eu, chorou, mas além disso me culpou pela morte do bebê, dizendo que o ar em Corinium era pestilento, embora na verdade ela estivesse bastante feliz na cidade. Gostou das limpas construções romanas e de sua pequena casa de tijolos numa rua calçada de pedras, e havia iniciado uma amizade improvável com Ailleann, a amante de Artur, e com os filhos gêmeos de Ailleann, Amhar e Loholt. Eu gostava bastante de Ailleann, mas os garotos eram duas pestes. Artur fazia as vontades deles, talvez porque sentisse culpa porque, como ele próprio, não eram filhos que herdariam, e sim bastardos que precisariam abrir caminho num mundo difícil. Nunca os vi receber disciplina, a não ser uma vez, quando os encontrei cutucando os olhos de um cachorrinho com uma faca e bati nos dois. O cachorrinho ficou cego e tive a misericórdia de matá-lo rapidamente. Artur simpatizou com minha atitude, mas disse que eu não tinha direito de bater em seus garotos. Seus guerreiros me aplaudiram, e Ailleann, acho, aprovou.

Ela era uma mulher triste. Sabia que os dias como companheira de Artur estavam contados, porque seu homem tornara-se o verdadeiro governante do reino mais forte da Britânia, e que teria de se casar com uma noiva que pudesse reforçar seu poder. Eu sabia que essa noiva era Ceinwyn, estrela e princesa de Powys, e desconfio de que Ailleann também soubesse. Ela queria voltar a Benoic, mas Artur não permitiria que seus preciosos filhos saíssem do país. Ailleann sabia que Artur jamais a deixaria passar fome, mas tampouco ele desgraçaria sua esposa real mantendo a amante por perto. Enquanto a primavera punha folhas nas árvores e espalhava flores pela terra, a tristeza dela ia se aprofundando.

Os saxões atacaram na primavera, mas Artur não foi à guerra. O rei Melwas defendeu a fronteira sul a partir de sua capital, Venta, enquanto os bandos de guerreiros do príncipe Gereint investiam de Durocobrivis para se opor às tropas saxãs do temido rei Aelle. Gereint foi quem enfrentou mais dificuldades, e Artur o reforçou mandando Sagramor com trinta cavaleiros. A intervenção de Sagramor fez a balança pender para o nosso lado. Os saxões de Aelle, pelo que nos disseram, acreditavam que o rosto negro de Sagramor fazia dele um monstro mandado do Reino da Noite, e os feiticeiros não tinham nem as espadas para enfrentá-lo. O númida forçou os homens de Aelle tão para trás que criou uma nova fronteira, um dia inteiro de marcha além da antiga, e marcou sua nova fronteira com uma fila de cabeças saxãs decepadas. Fez pilhagem penetrando fundo em Lloegyr, certa vez chegando a liderar seus cavaleiros até Londres, uma cidade que fora a maior de todas na Britânia romana, mas que agora estava em decadência por trás de muralhas caídas. Os britânicos que sobreviviam lá, disse-nos Sagramor, eram tímidos e imploraram que ele não perturbasse a paz frágil que tinham feito com os senhores saxões.

Não havia notícias de Merlin.

Em Gwent esperaram o ataque de Gorfyddyd de Powys, mas não veio ataque nenhum. Em vez disso, um mensageiro cavalgou para o sul, vindo da capital de Gorfyddyd em Caer Sws, e duas semanas depois Artur cavalgou para o norte, indo encontrar o rei inimigo. Fui com ele, um dos 12 guerreiros que marcharam com espadas, mas sem escudos ou lanças de guerra. Estávamos em missão de paz, e Artur ficou empolgado com a perspectiva. Levamos conosco Gundleus de Silúria, e primeiro marchamos para o leste até a capital de Tewdric,

Burrium, que era uma cidade romana cercada de muralhas, cheia de armarias e com o fedor das forjas dos ferreiros, e de lá fomos para o norte acompanhados por Tewdric e seus auxiliares. Agrícola estava defendendo a fronteira de Gwent com os saxões, e Tewdric, como Artur, levava apenas um punhado de guardas, mas estava acompanhado por três padres, dentre eles Sansum, o irritado sacerdote de tonsura preta que Nimue tinha apelidado de Lughtigern, o Lorde Camundongo.

Éramos um grupo colorido. Os homens do rei Tewdric usavam capas vermelhas por cima dos uniformes romanos enquanto Artur dera a cada um de seus guerreiros novas capas verdes. Viajávamos sob quatro bandeiras: a do dragão de Mordred, pela Dumnonia; a do urso de Artur; a da raposa de Gundleus e a do touro de Tewdric. Com Gundleus seguia Ladwys, a única mulher do grupo. Ela estava feliz de novo, e Gundleus parecia contente em tê-la de novo ao lado. Ele ainda era prisioneiro, mas usava espada outra vez e cavalgava no lugar de honra ao lado de Artur e Tewdric. Este continuava suspeitando de Gundleus, mas Artur o tratava como um velho amigo. Gundleus, afinal de contas, fazia parte de seu plano para trazer a paz entre os britânicos, paz que permitiria a Artur voltar suas espadas e lanças contra os saxões.

Na fronteira de Powys fomos recebidos por um guarda que viera nos prestar homenagem. Juncos foram postos sobre a estrada e um bardo cantou uma canção falando da vitória de Artur sobre os saxões no vale do Cavalo Branco. O rei Gorfyddyd não viera nos receber, em vez disso mandara Leodegan, o rei de Henis Wyren, cujas terras tinham sido tomadas pelos irlandeses e que agora estava exilado na corte de Gorfyddyd. Leodegan fora escolhido porque seu título nos dava honra, embora ele fosse um notório idiota. Era um homem extraordinariamente alto, muito magro e de pescoço comprido, cabelo escuro e fino e boca frouxa e úmida. Jamais conseguia ficar parado; agitava-se, tremia, piscava, se coçava e se mexia o tempo todo.

– O rei estaria aqui – disse ele –, sim, de fato, mas não pode estar aqui. Entende? Mas, mesmo assim, boas-vindas de Gorfyddyd!

Ele ficou olhando com inveja enquanto Tewdric recompensava o bardo com ouro. Leodegan, como saberíamos depois, era um homem muito empobrecido e passava a maior parte dos dias tentando recompensar as perdas enormes que lhe foram infligidas quando Diwrnach, o conquistador irlandês, tomara suas terras.

– Podemos prosseguir? Há alojamentos em... – Leodegan fez uma pausa. – Puxa, esqueci, mas o comandante da guarda sabe. Onde está ele? Ali. Qual é o nome dele? Não importa, chegaremos lá.

A bandeira da águia de Powys e a do cervo de Leodegan se juntaram aos nossos estandartes. Seguimos por uma estrada romana que atravessava reta como uma lança por uma região boa, a mesma região que Artur havia devastado no outono anterior, embora apenas Leodegan tenha demonstrado a falta de tato de mencionar a campanha.

– Você esteve aqui antes, claro – gritou ele para Artur. Leodegan não tinha cavalo e por isso era forçado a andar ao lado do grupo real.

Artur franziu a testa.

– Não tenho certeza se conheço esta terra – disse, diplomático.

– Conhece sim, conhece. Está vendo? Aquela fazenda queimada? Obra sua! – Leodegan sorriu de orelha a orelha para Artur. – Eles o subestimaram, não foi? Eu disse isso a Gorfyddyd, disse na cara dele. O jovem Artur é bom, eu disse, mas Gorfyddyd nunca foi um homem capaz de ouvir o bom senso. É um lutador, sim, mas não um pensador. O filho é melhor, acho. Cuneglas é definitivamente melhor. Eu esperava que Cuneglas se casasse com uma das minhas filhas, mas Gorfyddyd não quer saber disso. Não importa.

Ele tropeçou num tufo de capim. A estrada, como a Fosse, perto de Ynys Wydryn, era abaulada para que a superfície drenasse a água para as valas laterais, mas os anos tinham enchido as valas e jogado terra sobre as pedras da estrada, que agora estavam cheias de mato e capim. Leodegan insistia em apontar outros lugares que Artur devastara, mas depois de um tempo desistiu de tentar provocar qualquer reação, por isso foi retardando os passos e seguiu com os guardas que andavam atrás dos três padres de Tewdric. Leodegan tentou conversar com Agravain, o comandante da guarda de Artur, mas Agravain estava mal-humorado e Leodegan finalmente decidiu que eu era o mais simpático do séquito de Artur. Por isso ficou me interrogando ansioso sobre a nobreza da Dumnonia. Estava tentando descobrir quem era e quem não era casado.

– E o príncipe Gereint? Ele é? Ele é?

– Sim, senhor – falei.

– E ela tem boa saúde?

– Pelo que sei, sim, senhor.

– E o rei Melwas? Ele tem uma rainha?

– Ela morreu, senhor.

– Ah! – Ele se animou imediatamente. – Eu tenho filhas, sabe? – explicou muito sério. – Duas filhas, e filhas devem se casar, não é? Filhas solteiras não servem nem para homem nem para animal. Veja bem, para ser justo, uma das minhas filhas vai se casar. Guinevere está comprometida. Vai se casar com Valerin. Conhece Valerin?

– Não, senhor.

– Um bom homem, um bom homem, um bom homem, mas não... – Ele fez uma pausa, procurando a palavra certa. – Não é rico! Não tem terras de verdade, veja bem. Só uma área imprestável no Oeste, acho, mas não tem dinheiro que valha a pena. E Guinevere é uma princesa! E há Gwenhwyvach, a irmã dela, e ela não tem nenhuma perspectiva de casamento, nenhuma! Vive apenas da minha bolsa, e os Deuses sabem que é uma bolsa quase vazia. Mas Melwas está com a cama vazia, não é? É uma ideia! Ainda que seja uma pena a situação de Cuneglas.

– Por que, senhor?

– Parece que ele não quer se casar com nenhuma das duas! – disse Leodegan, indignado. – Sugeri ao pai dele. Aliança sólida, falei, reinos contíguos, um arranjo ideal! Mas não. Cuneglas está com o olho fixo em Helledd de Elmet, e Artur, pelo que soubemos, vai se casar com Ceinwyn.

– Não sei, senhor – falei inocentemente.

– Ceinwyn é uma garota bonita! Ah, sim! Mas minha Guinevere também é, só que ela vai se casar com Valerin. Coitado de mim. Que desperdício! Nada de arrendamentos, nem ouro, nem dinheiro, nada além de uns pastos alagados e um punhado de vacas doentes. Ela não vai gostar! Ela gosta de conforto, gosta mesmo, mas Valerin não sabe o significado de conforto! Mora numa pocilga, pelo que sei. Mesmo assim é um chefe. Veja bem, quanto mais você penetra em Powys, mas homens se chamam de chefes. – Ele suspirou. – Mas ela é uma princesa! Eu achava que um dos garotos de Cadwallon, em Gwynedd, poderia se casar com ela, mas Cadwallon é um sujeito estranho. Jamais gostou muito de mim. Não me ajudou quando os irlandeses vieram.

Ele ficou quieto enquanto pensava naquela grande injustiça. Tínhamos viajado bastante para o norte agora, porque a terra e as pessoas pareciam estranhas. Na Dumnonia éramos rodeados por Gwent, Silúria, Kernow e os saxões, mas aqui os homens falavam de Gwynedd e Elmet, de Lleyn e Ynys Mon. Antigamente Lleyn era Henis Wyren, o reino de Leodegan, do qual Ynys Mon, a ilha de Mona, fizera parte. Agora ambos eram governados por Diwrnach, um dos senhores irlandeses do outro lado do mar, que estavam usurpando reinos na Britânia. Leodegan, refleti, devia ter sido presa fácil para um homem mau como Diwrnach, cuja crueldade era famosa. Até na Dumnonia tínhamos ouvido como ele pintava os escudos de seu bando de guerreiros com o sangue dos homens que matavam em batalha. Era melhor lutar contra os saxões, diziam muitos, do que enfrentar Diwrnach.

Mas viajávamos a Caer Sws para fazer paz, e não para contemplar guerra. Caer Sws acabou sendo uma pequena cidade lamacenta cercando uma precária fortaleza romana num vale amplo e plano ao lado de um vau fundo no Severn, que aqui era chamado de rio Hafren. A capital real de Powys era Caer Dolforwyn, um belo morro encimado por uma pedra real, mas Caer Dolforwyn, como Caer Cadarn, não tinha água nem espaço para acomodar uma corte de justiça, um tesouro, armarias, cozinhas e depósitos de um reino, por isso, assim como os negócios cotidianos da Dumnonia eram realizados a partir de Lindinis, o governo de Powys funcionava a partir de Caer Sws, e apenas em ocasiões de perigo ou em grandes festivais reais a corte de Gorfyddyd atravessava o rio até o imponente pico de Caer Dolforwyn.

As construções romanas de Caer Sws tinham praticamente desaparecido, mas o salão de festas de Gorfyddyd fora construído sobre um de seus antigos alicerces de pedra. Ele havia flanqueado esse palácio com dois novos salões construídos especialmente para Tewdric e Artur. Gorfyddyd nos recebeu dentro de seu salão. O rei de Powys era um homem azedo, cuja manga esquerda pendia vazia graças a Excalibur. Era de meia-idade, corpulento e tinha um rosto cheio de suspeitas, de olhos pequenos, que não mostrou calor ao abraçar Tewdric e grunhiu boas-vindas com relutância. Ficou num silêncio carrancudo enquanto Artur, que não era rei, se ajoelhava à sua frente. Seus chefes e guerreiros tinham compridos bigodes trançados e capas pesadas que pingavam por causa da chuva que tinha caído o dia inteiro. O salão fedia a cachorro molhado. Não havia mulheres presentes, a não ser duas escravas que carregavam jarras nas quais Gorfyddyd frequentemente enchia um chifre com hidromel. Mais tarde ficamos sabendo que ele passara a beber nas longas semanas após ter perdido o braço para a Excalibur; semanas em que estava com febre e os homens duvidavam de sua sobrevivência. O hidromel era preparado grosso e forte, e seu efeito foi transferir a administração de Powys do amargo e frustrado Gorfyddyd para os ombros de seu filho Cuneglas, o edling de Powys.

Cuneglas era um homem jovem, de rosto redondo e inteligente e bigodes compridos e escuros. Era rápido em rir, relaxado e amigável. Ficou claro que ele e Artur eram almas gêmeas. Durante três dias os dois caçaram cervos nas montanhas e à noite festejavam e ouviam os bardos. Havia poucos cristãos em Powys, mas assim que Cuneglas ficou sabendo que Tewdric era cristão, transformou um depósito numa igreja e convidou os padres a pregar. Cuneglas até ouviu um dos sermões, mas depois balançou a cabeça e disse que preferia seus Deuses. O rei Gorfyddyd dizia que a igreja era um absurdo, mas não proibiu o filho de ceder à religião de Tewdric, apesar de Gorfyddyd ter-se certificado de que seu druida cercasse a igreja com um círculo de feitiços.

– Gorfyddyd não está totalmente convencido de que queremos manter a paz – alertou-nos Artur na segunda noite –, mas Cuneglas o persuadiu. Então, pelo amor de Deus, fiquem sóbrios, mantenham as espadas nas bainhas e não arranjem briga. Basta uma fagulha aqui e Gorfyddyd vai nos expulsar e fazer guerra de novo.

No quarto dia o conselho de Powys se reuniu no grande salão. O principal assunto do dia era estabelecer a paz, e isso, apesar das reservas de Gorfyddyd, foi feito rapidamente. O rei de Powys deixou-se cair em sua cadeira e observou enquanto seu filho fazia a proclamação. Powys, Gwent e a Dumnonia, disse Cuneglas, seriam aliados, o sangue de um era o sangue dos outros, e um ataque contra qualquer um dos três seria considerado um ataque contra os outros. Gorfyddyd confirmou com a cabeça, ainda que sem entusiasmo. Melhor ainda, prosseguiu Cuneglas, assim que seu casamento com Helledd de Elmet fosse realizado, Elmet também se juntaria ao pacto, e assim os saxões estariam cercados por uma unidade de reinos britânicos. Essa aliança era a grande vantagem que Gorfyddyd obtinha em fazer a paz com a Dumnonia: a chance de guerrear os saxões, e o preço de Gorfyddyd para a paz era o reconhecimento de que Powys lideraria essa guerra.

– Ele quer ser Grande Rei – rosnou Agravain para nós, nos fundos do salão. Gorfyddyd também exigia a restauração de seu primo, Gundleus de Silúria. Tewdric, que tinha sofrido mais do que ninguém com os ataques de Silúria, relutou em recolocar Gundleus em seu trono, e nós, dumnonianos, não estávamos dispostos a perdoá-lo pelo assassinato de Norwenna, enquanto eu odiava o sujeito pelo que fizera a Nimue, mas Artur havia nos persuadido de que a liberdade de Gundleus era um preço bem pequeno a ser pago pela paz, e assim o traiçoeiro Gundleus foi devidamente restaurado.

Gorfyddyd pode ter parecido relutante em concluir o tratado, mas deve ter sido persuadido das vantagens, porque estava disposto a pagar o maior preço de todos pela conclusão bem-sucedida. Estava disposto a permitir que sua filha Ceinwyn, a estrela de Powys, se casasse com Artur. Gorfyddyd era um homem azedo, cheio de suspeitas e áspero, mas amava a filha de 17 anos e jorrava sobre ela todos os restos de afeto e gentileza que havia em sua alma, e o fato de permitir que ela se casasse com Artur, que não era rei e nem mesmo possuía o título de príncipe, era evidência da convicção de que seus guerreiros não deviam mais lutar contra companheiros britânicos. O noivado também era evidência de que Gorfyddyd, como seu filho Cuneglas, reconhecia que Artur era o verdadeiro poder na Dumnonia e assim, na grande festa que se seguiu ao conselho, Ceinwyn e Artur ficaram noivos formalmente.

A cerimônia de noivado foi considerada suficientemente importante para que todo mundo saísse de Caer Sws para o salão mais auspicioso no cume de Caer Dolforwyn, cujo nome foi dado por causa de Dolforwyn, uma campina na base do morro que, de modo bastante apropriado, significava "campina da donzela". Chegamos ao pôr do sol, quando o topo do morro estava enfumaçado pelas grandes fogueiras em que cervos e suínos eram assados. Muito abaixo de nós, o prateado Severn serpenteava no vale, enquanto ao norte as grandes montanhas se estendiam pálidas em direção a Gwynedd, que ia escurecendo. Diziam que num dia claro Cadair Idris podia ser visto do pico de Caer Dolforwyn, mas naquela tarde o horizonte estava enevoado por uma chuva distante. As encostas mais baixas do morro eram cobertas de grandes carvalhos, dos quais dois milhafres vermelhos alçaram voo à medida que o sol tornava escarlates as nuvens do oeste. Todos concordávamos que a vista dos dois pássaros voando no fim da tarde era um presságio maravilhoso para o que ia acontecer. Dentro do salão os bardos cantavam a história de Hafren, a donzela humana que dera a Dolforwyn o seu nome e que havia se transformado numa Deusa quando sua madrasta tentou afogá-la num rio ao pé do morro. Cantaram até o sol se pôr.

O noivado aconteceu à noite, de modo que a Deusa Lua abençoasse o casal. Artur se preparou primeiro, deixando o salão durante uma hora inteira antes de voltar em toda a sua glória. Até mesmo guerreiros endurecidos ficaram boquiabertos quando ele reentrou no salão, porque veio com armadura completa. A cota de escamas, com suas placas de ouro e prata, brilhava à luz das tochas, e as plumas de ganso em seu alto elmo engastado de prata, gravado com a cabeça da morte, roçavam nos caibros do salão enquanto ele seguia pela passagem central. O escudo coberto de prata ofuscava ao luar enquanto a capa branca varria o chão atrás. Homens não levam armas para um salão festivo, mas naquela noite Artur optou por usar Excalibur e caminhou até a mesa alta como um conquistador fazendo a paz, e até mesmo Gorfyddyd de Powys pareceu impressionado enquanto seu antigo inimigo vinha em direção ao tablado. Até agora Artur fora o pacificador, mas naquela noite queria lembrar seu poder ao futuro sogro.

Ceinwyn entrou no salão alguns instantes depois. Desde nossa chegada a Caer Sws ela estivera escondida nos aposentos das mulheres, e essa ocultação apenas aumentara as expectativas entre aqueles de nós que nunca tinham visto a filha de Gorfyddyd. Confesso que a maioria de nós esperava se desapontar com a estrela de Powys, mas na verdade ela brilhava mais do que qualquer estrela. Entrou no salão com suas damas de companhia e a visão da princesa tirou o fôlego dos homens. Tirou o meu. Tinha a cor clara mais comum aos saxões, mas em Ceinwyn esse tom se tornava uma beleza pálida, delicada. Ela parecia muito jovem, com rosto tímido e modos recatados. Usava um vestido de linho tingido de amarelo-ouro com o uso de cera de abelha, bordado com estrelas no pescoço e na bainha. O cabelo era dourado e tão leve que parecia brilhar tanto quanto a armadura de Artur. Era tão esguia que Agravain, sentado perto de mim no salão, comentou que ela não serviria para ter filhos.

– Qualquer bebê decente morreria lutando para passar naqueles quadris – falou azedamente, mas até senti pena de Ailleann, que certamente esperaria que a mulher de Artur fosse nada mais do que uma conveniência dinástica.

A lua navegava alta acima do pico de Caer Dolforwyn enquanto Ceinwyn caminhava lenta e timidamente em direção a Artur. Nas mãos levava uma corda enlaçada, presente que trazia ao futuro marido como símbolo de que estava passando da autoridade do pai para a dele. Artur ficou desajeitado e quase deixou a corda cair quando Ceinwyn a entregou, e isso certamente era um mau presságio, mas todo mundo, até mesmo Gorfyddyd, riu daquele momento, e então Iorweth, o druida de Powys, noivou formalmente o casal. As tochas tremularam enquanto as mãos dos dois eram amarradas numa corrente feita de capim. O rosto de Artur estava escondido atrás do elmo cinza e prata, mas Ceinwyn, a doce Ceinwyn, parecia plena de alegria. O druida deu a bênção, juntando Gwydion, o Deus da luz, e Aranrhod, a Deusa dourada do alvorecer, para serem suas divindades especiais e abençoar a Britânia com sua paz. Um harpista tocou, os homens aplaudiram e Ceinwyn, a linda e prateada Ceinwyn, chorou e riu pela alegria de sua alma. Perdi o coração para Ceinwyn naquela noite. Muitos homens perderam. Ela parecia muito feliz, e não era de espantar, porque com Artur ela estava escapando do pesadelo de todas as princesas, que é casar pelo país e não pelo coração. Uma princesa tem de ir para a cama com qualquer bode velho fedorento e de barriga frouxa se isso garantir uma fronteira segura ou estabelecer uma aliança, mas Ceinwyn havia encontrado Artur, e na juventude e gentileza dele ela sem dúvida enxergou uma fuga de seus medos.

Leodegan, o rei exilado de Henis Wyren, chegou ao salão festivo no clímax da cerimônia. Ele não estivera conosco desde nossa chegada, mas em vez disso fora à sua casa ao norte de Caer Sws. Agora, ansioso para participar da fartura que sempre vem depois de uma cerimônia de noivado, ficou no fundo do salão e se juntou aos aplausos que receberam a distribuição do ouro e da prata de Artur. Artur também obtivera permissão do conselho da Dumnonia para trazer de volta o equipamento de guerra de Gorfyddyd, que ele havia capturado no ano anterior, mas esse tesouro fora devolvido em particular, para que ninguém fosse lembrado da derrota de Powys.

Assim que os presentes foram dados, Artur tirou o elmo e se sentou ao lado de Ceinwyn. Falou com ela, curvando-se para perto como sempre fazia, de modo que ela sem dúvida sentiu-se a pessoa mais importante do firmamento como, na verdade, tinha o direito de se sentir. Muitos de nós no salão estávamos com ciúme de um amor que parecia tão perfeito, e até Gorfyddyd, que devia estar amargo por perder a filha para um homem que o havia derrotado e mutilado em batalha, parecia feliz com a alegria de Ceinwyn.

Mas foi naquela noite feliz, quando a paz finalmente havia chegado, que Artur dividiu a Britânia.

Na hora nenhum de nós soube. A distribuição dos presentes de noivado foi seguida por bebidas e cantos. Assistimos a malabaristas, ouvimos o bardo real de Gorfyddyd e rugimos nossas próprias canções. Um dos nossos homens se esqueceu do aviso de Artur e entrou numa luta com um guerreiro de Powys e os dois bêbados foram arrastados para fora e encharcados com água, e meia hora depois estavam abraçados e jurando amizade imortal. E em algum momento daquele período, quando as fogueiras rugiam alto e a bebida fluía rapidamente, vi Artur olhando fixamente para o fundo do salão e, curioso, virei-me para ver o que havia prendido seu olhar.

Virei-me e vi uma jovem que estava com a cabeça e os ombros acima da multidão, e que tinha no rosto um ar desafiador. Se você puder me dominar, pareciam dizer aqueles olhos, poderá dominar qualquer outra pessoa que esse mundo maligno venha a trazer. Posso vê-la agora, parada em meio aos seus cães de caça que tinham os mesmos corpos finos e esguios de sua dona, o mesmo nariz comprido e os mesmos olhos de caçador. Olhos verdes, ela possuía, com uma espécie de crueldade bem no fundo. Não era um rosto suave, assim como o corpo não era suave. Era uma mulher de linhas fortes e ossos altos, e isso formava um rosto bom e bonito, mas duro, muito duro. O que a tornava bela era o cabelo e o porte, já que se mantinha tão reta quanto uma lança, e os cabelos caíam em volta dos ombros como uma cascata de cachos vermelhos. O cabelo ruivo suavizava sua aparência, enquanto o riso atraía os homens como se fossem salmões apanhados em armadilhas trançadas. Existiram muitas outras mulheres bonitas, e milhares que foram melhores, mas desde que o mundo nasceu duvido que tenha havido muitas tão inesquecíveis quanto Guinevere, a filha mais velha de Leodegan, o exilado rei de Henis Wyren.

E teria sido melhor, Merlin sempre dizia, se ela tivesse sido afogada ao nascer.

A COMITIVA REAL foi caçar cervos no dia seguinte. Os cães de Guinevere trouxeram um pequeno macho sem galhada, mas ao ouvir Artur elogiando os cães era de se pensar que haviam caçado o próprio cervo selvagem de Dyfeld.

Os bardos cantam sobre o amor e sobre como as mulheres desejam o amor, mas ninguém sabe o que ele é até que, como uma lança atirada do escuro, ele acerta. Artur não conseguia afastar os olhos de Guinevere, ainda que os Deuses saibam que tentou. Nos dias seguintes à festa de noivado, quando estávamos de volta em Caer Sws, ele caminhava e conversava com Ceinwyn, mas não podia esperar para ver Guinevere, e ela, sabendo exatamente que jogo fazia, o hipnotizava. Seu noivo, Valerin, estava na corte e ela caminhava de braço dado com Valerin, rindo, depois lançava um súbito olhar modesto, de lado, para Artur, para quem o mundo parava subitamente de girar. Ele se incendiava por Guinevere.

Teria feito diferença se Bedwyn estivesse ali? Acho que não. Nem mesmo Merlin poderia ter impedido o que aconteceu. Seria o mesmo que pedir que a chuva voltasse para as nuvens ou ordenar que um rio retornasse à nascente.

Na segunda noite após a festa, Guinevere veio ao salão de Artur no escuro, e eu, que estava montando guarda, ouvi o som de seus risos e o murmúrio da conversa. Durante toda a noite eles conversaram e talvez tenham feito mais do que isso, não sei, mas sei que falaram e sei disso porque estava postado do lado de fora do cômodo e não conseguia deixar de ouvir. Algumas vezes a conversa era baixa demais, mas em outras eu ouvia Artur explicando e adulando, implorando e insistindo. Eles devem ter falado de amor, mas isso não ouvi, ouvi Artur falar da Britânia e do sonho que o trouxera da Armórica, do outro lado do mar. Falou dos saxões e de como eles eram uma praga que precisava ser curada para a terra ser feliz. Falou de guerra, e da alegria terrível que era montar um cavalo com armadura na batalha. Falou como tinha falado comigo nas gélidas fortificações de Caer Cadarn, descrevendo uma terra em paz onde o povo comum não temia a chegada de lanceiros ao amanhecer. Falava apaixonadamente, insistentemente, e Guinevere escutava de boa vontade e dizia que seu sonho era inspirado. Artur teceu um futuro para seu sonho e Guinevere estava dentro da trama. Pobre Ceinwyn, tinha apenas a beleza e a juventude enquanto Guinevere via a solidão na alma de Artur e prometia curá-la. Ela partiu antes do amanhecer, uma figura escura deslizando por Caer Sws com uma lua em forma de foice presa em seus cabelos encaracolados.

No dia seguinte, cheio de remorso, Artur passeou com Ceinwyn e o irmão dela. Naquele dia Guinevere usava um torque novo, de ouro pesado, e alguns de nós sentimos pena de Ceinwyn, mas ela era uma criança, Guinevere era uma mulher e Artur não tinha forças para lutar contra ela.

Era uma loucura aquele amor. Louco como Pellinore. Suficientemente louco para condenar Artur à Ilha dos Mortos. Tudo desapareceu para Artur: a Britânia; os saxões; a nova aliança; toda a grandiosa, cuidadosa, equilibrada estrutura de paz pela qual ele trabalhara desde que tinha navegado da Armórica, entrava num redemoinho de destruição pela posse daquela princesa ruiva e sem dinheiro, sem terra. Ele sabia o que estava fazendo, mas não conseguia parar, assim como não conseguia impedir o sol de nascer. Estava possuído, pensava nela, falava sobre ela, sonhava com ela, não podia viver sem ela, mas de algum modo, de um modo agonizante, mantinha o fingimento do noivado com Ceinwyn. Os arranjos para o casamento estavam sendo feitos. Como marca da colaboração de Tewdric para o tratado de paz, o casamento seria em Glevum, e Artur iria para lá primeiro, fazer seus preparativos. O casamento só poderia acontecer quando a lua estivesse ficando cheia. Agora era a minguante, e nenhum casamento poderia ser arriscado numa época de presságio tão ruim, mas dentro de duas semanas os augúrios estariam certos, e Ceinwyn iria para o sul, com flores nos cabelos.

Mas Artur estava com o cabelo de Guinevere em seu pescoço. Era uma fina madeixa ruiva que ele escondia debaixo da gola, mas que vi quando levei água para ele num dia de manhã. Ele estava com o peito nu, afiando numa pedra sua faca de barbear, e ele deu de ombros ao ver que notei os fios trançados.

– Você acha que o cabelo dela dá azar, Derfel? – perguntou ele quando viu minha expressão.

– É o que todo mundo diz, senhor.

– Mas todo mundo está certo? – perguntou ele ao espelho de bronze. – Para endurecer uma lâmina de espada, Derfel, você não a mergulha na água, e sim em urina de um garoto ruivo. Isso deve dar sorte, não é? E daí se cabelos ruivos dão azar? – Ele fez uma pausa, cuspiu na pedra e ficou passando a lâmina para frente e para trás. – Nossa tarefa, Derfel, é mudar as coisas, e não deixar que elas permaneçam. Por que não tornar cabelos ruivos objetos de sorte?

– O senhor pode fazer qualquer coisa – falei, com lealdade desprovida de alegria.

Ele suspirou.

– Espero que sim, Derfel. Espero realmente que sim. – Ele se mirou no espelho de bronze, depois se encolheu quando encostou a lâmina no rosto. – A paz é mais do que um casamento, Derfel. Tem de ser! Não se faz guerra por causa de uma noiva. Se a paz é tão desejável, e ela é, a gente não a abandona porque um casamento não acontece, não é?

– Não sei, senhor.

Eu só sabia que o meu senhor estava ensaiando argumentos, repetindo-os várias vezes até acreditar neles. Estava louco de amor, tão louco que norte era sul e quente era frio. Esse, para mim, era um Artur que eu não vira antes; um homem apaixonado e, ouso dizer, egoísta. Artur tinha subido rápido demais. É verdade que nascera com sangue de rei nas veias, mas não recebera o patrimônio, por isso considerava que todas as suas realizações eram apenas suas. Tinha orgulho disso e estava convencido, por essas realizações, de que sabia mais do que qualquer outro homem, exceto talvez Merlin, e como esse conhecimento costumava ser o que outros homens desejavam incoerentemente, suas ambições egoístas geralmente eram vistas como nobres e sagazes, mas em Caer Sws as ambições se chocaram com o que outros homens queriam.

Deixei-o se barbeando e saí para o novo sol onde Agravain estava afiando uma lança de caçar javali.

– E então? – perguntou ele.

– Ele não vai se casar com Ceinwyn – falei. Não podíamos ser ouvidos no salão, mas mesmo que estivéssemos mais perto, Artur não nos teria ouvido. Estava cantando.

Agravain cuspiu.

– Ele vai se casar com quem lhe disseram para se casar – falou e depois enfiou o cabo da lança no chão e seguiu em direção aos aposentos de Tewdric.

Não sei se Gorfyddyd e Cuneglas sabiam o que vinha acontecendo, porque não estavam em contato tão constante com Artur quanto nós. Gorfyddyd, suspeitava-se, provavelmente achava que isso não tinha importância. Sem dúvida acreditava, se acreditava em alguma coisa, que Artur tomaria Guinevere como amante e Ceinwyn como esposa. Eram maus modos, claro, chegar a um arranjo assim na semana do noivado, porém maus modos nunca preocuparam Gorfyddyd de Powys. Ele próprio não tinha modos e sabia, como todos os reis sabem, que esposas são para dar dinastias e amantes para dar prazer. Sua mulher estava morta havia muito, mas uma sucessão de garotas escravas mantinham sua cama quente e, para ele, a empobrecida Guinevere jamais estaria muito acima de uma escrava, e assim não era ameaça para sua filha amada. Cuneglas era mais perceptivo, e tenho certeza de que deve ter sentido cheiro de encrenca. Mas tinha investido todas as energias nesta nova paz e devia esperar que a obsessão de Artur por Guinevere terminaria como uma tempestade de verão. Ou talvez nem Gorfyddyd nem Cuneglas suspeitassem de nada, porque certamente não mandaram Guinevere para longe de Caer Sws, embora só os Deuses soubessem se isso adiantaria de alguma coisa. Agravain achava que a loucura poderia passar. Disse-me que Artur estivera obcecado assim uma vez.

– Era uma garota em Ynys Trebes – disse-me Agravain –, não consigo lembrar o nome. Mella? Messa? Algo assim. Uma coisinha linda. Artur ficou estupefato, andando atrás dela como um cachorro atrás de uma carroça de cadáveres. Mas veja bem: ele era jovem na época, tão jovem que o pai dela achava que ele nunca seria ninguém, por isso levou sua Mella-Messa para Broceliande e casou-a com um magistrado cinquenta anos mais velho. Ela morreu dando à luz, mas na época Artur já a havia superado. E essas coisas passam, Derfel. Tewdric vai enfiar um pouco de miolo em Artur, nem que seja a marteladas, preste atenção.

Tewdric passou toda a manhã trancado com Artur, e achei que talvez tenha tido sucesso em enfiar miolos em meu senhor, porque Artur pareceu abrandado durante o resto do dia. Não olhou para Guinevere sequer uma vez, mas se obrigou a ser solícito com Ceinwyn, e naquela noite, talvez para agradar a Tewdric, ele e Ceinwyn ouviram Sansum pregar na pequena igreja improvisada. Achei que Artur devia ter ficado satisfeito com o sermão do Lorde Camundongo, porque depois convidou Sansum para o seu salão e ficou fechado sozinho com o padre durante longo tempo.

Na manhã seguinte, Artur apareceu com um rosto fixo e sério, e anunciou que todos iríamos partir naquela mesma manhã. Na verdade, naquela mesma hora. Só deveríamos partir dentro de dois dias. Gorfyddyd, Cuneglas e Ceinwyn devem ter ficado surpresos, mas Artur os convenceu de que precisava de mais tempo para se preparar para o casamento, e Gorfyddyd aceitou a desculpa com bastante placidez. Cuneglas deve ter acreditado que Artur estava indo antes para se afastar da tentação de Guinevere, e por isso não protestou, ordenando em vez disso que preparassem fardos de pão, queijo, mel e hidromel para a jornada. Ceinwyn, a bela Ceinwyn, fez suas despedidas, começando conosco, os guardas. Estávamos todos apaixonados por ela, e isso nos deixava ressentidos com a loucura de Artur, ainda que houvesse pouco que pudéssemos fazer com o ressentimento. Ceinwyn deu a cada um de nós um pequeno presente de ouro, e cada qual tentou recusar o presente, mas ela insistiu. Deu-me um broche com desenhos entrelaçados e tentei colocá-lo de novo em suas mãos, mas ela apenas sorriu e dobrou meus dedos sobre o ouro.

– Cuide do seu senhor – falou, séria.

– E da senhora – respondi com fervor.

Ela sorriu e foi até Artur, presenteando-o com um ramo de flores de maio, que lhe dariam uma jornada rápida e segura. Artur prendeu o ramo em sua espada e beijou a mão da noiva antes de subir na ampla garupa de Llamrei. Cuneglas queria mandar guardas para nos escoltar, mas Artur recusou a honra.

– Deixe-nos partir o mais rápido possível, senhor príncipe, para fazermos os arranjos de nossa felicidade.

Ceinwyn ficou satisfeita com as palavras de Artur. Cuneglas, sempre gentil, ordenou que os portões fossem abertos e Artur, como um homem liberado de um sofrimento, galopou Llamrei loucamente para fora de Caer Sws, passando pelo vau profundo no Severn. Nós, guardas, seguimos a pé e encontramos um ramo de flores de maio caídas na margem mais distante do rio. Agravain pegou o ramo para que Ceinwyn não o encontrasse.

Sansum veio conosco. Sua presença não foi explicada, mas Agravain supôs que Tewdric havia ordenado que o padre aconselhasse Artur contra sua loucura, uma loucura que todos rezávamos para que estivesse passando, mas estávamos errados. A loucura fora implacável desde o instante em que Artur olhou pelo salão de Gorfyddyd e viu o cabelo ruivo de Guinevere. Sagramor costumava nos contar uma antiga história de batalha no mundo antigo; uma batalha numa grande cidade de torres, palácios e templos, e toda aquela coisa lamentável havia começado por causa de uma mulher, e por causa daquela mulher dez mil guerreiros vestidos de bronze morreram no pó.

A história não era tão antiga, afinal de contas.

Porque, apenas duas horas depois de termos saído de Caer Sws, num trecho de floresta solitária onde não havia plantações, mas apenas morros íngremes, riachos rápidos e árvores grossas e densas, encontramos Leodegan de Henis Wyren esperando ao lado do caminho. Ele nos guiou sem dizer nada por uma trilha entre as raízes dos grandes carvalhos, até uma clareira ao lado de um poço feito por um riacho represado por castores. A floresta era cheia de mercúrios-do-campo e lírios enquanto as últimas campânulas azuis dançavam tremulantes nas sombras. A luz do sol caía sobre a grama onde prímulas e violetas cresciam e onde, brilhando mais do que qualquer flor, Guinevere esperava num vestido de linho creme. Estava com prímulas trançadas nos cabelos ruivos. Usava o torque de ouro de Artur, braceletes de prata e uma capa de lã lilás. A visão bastava para travar a garganta de qualquer um. Agravain xingou baixinho.

Artur saltou do cavalo e correu até Guinevere. Pegou-a nos braços e nós a ouvimos rir enquanto ele a girava.

– Minhas flores! – gritou ela, pondo a mão na cabeça, e Artur a pousou gentilmente, depois se ajoelhou para beijar a bainha de seu vestido.

Em seguida, levantou-se e se virou.

– Sansum!

– Senhor?

– Pode nos casar agora.

Sansum se recusou. Cruzou os braços sobre a túnica preta e suja e inclinou para cima o rosto de camundongo.

– O senhor está noivo – insistiu ele nervosamente.

Achei que Sansum estava sendo nobre, mas na verdade tudo tinha sido combinado. Sansum não viera conosco por sugestão de Tewdric, e sim de Artur, e agora o rosto de Artur ficou irado diante da mudança teimosa do padre.

– Nós concordamos! – disse Artur, e quando Sansum apenas balançou a cabeça tonsurada, Artur tocou o punho de Excalibur. – Eu poderia arrancar sua cabeça dos ombros, padre.

– Os mártires sempre são feitos pelos tiranos, senhor – disse Sansum, ajoelhando-se na grama florida, onde curvou a cabeça para desnudar a nuca imunda. – Estou indo para vós, ó Senhor – gemeu ele para a grama. – Vosso servo! Indo para Vossa glória, ah, sejais louvado! Vejo abertos os portões do céu! Vejo os anjos esperando por mim! Recebei-me Senhor Jesus, em Vosso seio abençoado! Estou indo! Estou indo!

– Fique quieto e se levante! – disse Artur com a voz cansada.

Sansum franziu os olhos meio de esguelha para Artur.

– O senhor não vai me dar a bênção do céu?

– Ontem à noite concordou em nos casar. Por que se recusa agora?

Sansum deu de ombros.

– Lutei com minha consciência, senhor.

Artur entendeu e suspirou.

– Então qual é o seu preço, padre?

– Um bispado – disse Sansum apressadamente, ficando de pé.

– Eu achava que vocês tinham um papa que dava bispados. Simplício? Não é esse o nome dele?

– O abençoadíssimo e santíssimo Simplício, que ainda viva em saúde! – concordou Sansum. – Mas dê-me uma igreja, senhor, e um trono na igreja, e os homens vão me chamar de bispo.

– Uma igreja e uma cadeira? Só isso?

– E a nomeação para ser capelão do rei Mordred. Eu devo ter isso! Ser seu capelão único e pessoal, entende? Com um pagamento do tesouro que seja suficiente para ter meu copeiro, porteiro, cozinheiro e encarregado das velas. – Ele espanou o capim de sua túnica preta. – E uma lavadeira – acrescentou às pressas.

– É só isso? – perguntou Artur, sarcástico.

– Um lugar no conselho da Dumnonia – disse Sansum como se o pedido fosse trivial. – Só isso.

– Concedido – disse Artur descuidadamente. – Então o que fazemos para nos casarmos?

Enquanto essas negociações eram consumadas eu observava Guinevere. Havia um ar de triunfo em seu rosto, e não era de espantar, porque estava se casando acima das esperanças de seu pobre pai. Seu pai, com a boca mole e tremendo, observava num terror abjeto para o caso de Sansum se recusar a fazer a cerimônia, enquanto atrás de Leodegan estava uma garota pequena e melancólica que parecia encarregada do quarteto de cães de caça de Guinevere e da pouca bagagem que a exilada família real possuía. Acabou que a garota pequenina e melancólica era Gwenhwyvach, a irmã mais nova de Guinevere. Existia um irmão também, mas há muito tempo ele havia se retirado para um mosteiro no litoral selvagem de Strath Clota, onde estranhos eremitas cristãos competiam em deixar o cabelo crescer, passar fome se alimentando de frutinhas e pregar a salvação para as focas.

Houve pouca cerimônia no casamento. Artur e Guinevere ficaram sob a bandeira dele enquanto Sansum abria os braços e fazia algumas orações na língua grega, depois Leodegan desembainhou sua espada e tocou as costas da filha com a lâmina antes de entregar a arma a Artur, como sinal de que Guinevere havia passado da autoridade do pai para a do marido. Em seguida, Sansum pegou um pouco de água do riacho e borrifou sobre Artur e Guinevere, dizendo que com isso estava limpando-os de seus pecados e recebendo-os na família da Santa Igreja, que a partir daí reconhecia sua união como una e indissolúvel, sagrada diante de Deus e dedicada à procriação de filhos. Depois olhou para cada um de nós, guardas, e exigiu que declarássemos ter testemunhado a cerimônia solene. Todos fizemos a declaração, e Artur ficou tão feliz que não ouviu a relutância em nossas vozes, apesar de Guinevere ter ouvido. Nada escapava a Guinevere.

– Pronto – disse Sansum quando o ritual precário terminou –, estão casados, senhor.

Guinevere riu. Artur beijou-a. Ela era tão alta quanto ele, talvez um dedinho mais alta, e confesso que, enquanto olhava, eles pareciam um casal esplêndido. Mais do que esplêndido, porque Guinevere era realmente impressionante. Ceinwyn era bonita, mas Guinevere embaçava o sol com sua presença. Nós, guardas, estávamos em choque. Nada podíamos fazer para impedir essa consumação da loucura de nosso senhor, mas a pressa daquilo parecia tão indecente quanto fraudulenta. Artur, sabíamos, era um homem de impulso e entusiasmo, e havia tirado o nosso fôlego com a velocidade da decisão. Mas Leodegan estava jubiloso, falando sem parar com a filha mais nova como as finanças da família iam se recuperar agora, e como, mais cedo do que qualquer um pensava, os guerreiros de Artur varreriam o usurpador irlandês Diwrnach de Henis Wyren. Artur ouviu a fanfarronice e se virou rapidamente.

– Duvido de que isso seja possível, pai – falou.

– Possível! Claro que é possível! – interveio Guinevere. – Você deve fazer disso meu presente de casamento, senhor, a volta do reino de meu querido pai.

Agravain cuspiu em desaprovação. Guinevere optou por ignorar o gesto, e em vez disso caminhou ao longo da fileira de guardas e deu a cada um de nós uma prímula do diadema que havia usado na cabeça. Depois, como criminosos fugindo da justiça de um senhor, corremos para o sul, para deixar o reino de Powys antes que viesse a retribuição de Gorfyddyd.

Merlin sempre dizia que o destino é inexorável. Muita coisa resultou daquela cerimônia na clareira florida ao lado do riacho. Tantos morreram! Houve tanta dor, tanto sangue e tantas lágrimas que dariam para formar um grande rio; mas, com o tempo, as marés se acalmaram, novos rios se juntaram, e as lágrimas seguiram para o grande mar aberto e algumas pessoas se esqueceram de como tudo começou. O tempo da glória tinha chegado, mas o que poderia ter sido nunca foi, e de todos os que foram feridos por aquele momento ao sol, Artur foi o mais atingido.

Mas naquele dia ele estava feliz. Nós corremos para casa.

A NOTÍCIA DO CASAMENTO ressoou pela Britânia como a lança de um Deus batendo num escudo. A princípio o som atordoou, e naquele período calmo, em que os homens tentavam entender as consequências, chegou uma embaixada de Powys. Um dos embaixadores era Valerin, o chefe que fora noivo de Guinevere. Ele desafiou Artur a uma luta, mas Artur recusou, e quando Valerin tentou desembainhar a espada nós, guardas, tivemos de expulsá-lo de Lindinis. Valerin era um homem alto e vigoroso, de cabelos e barba pretos, olhos fundos e nariz quebrado. Sua dor era terrível, a raiva pior ainda, e sua tentativa de vingança fora frustrada.

Iorweth, o druida, era o chefe da delegação de Powys, que fora despachada por Cuneglas e não por Gorfyddyd. Este estava bêbado de hidromel e fúria, ao passo que seu filho ainda esperava que houvesse uma chance de recuperar a paz em meio ao desastre. O druida Iorweth era um homem sério e sensato e falou longamente com Artur. O casamento, disse o druida, não era válido porque tinha sido realizado por um sacerdote cristão, e os Deuses da Britânia não reconheciam a nova religião. Tome Guinevere como sua amante, insistiu Iorweth, e Ceinwyn como esposa.

– Guinevere é minha esposa.

Todos ouvimos Artur gritar essa declaração.

O bispo Bedwin deu apoio a Iorweth, mas não podia mudar a ideia de Artur. Nem mesmo a perspectiva de guerra mudaria a ideia de Artur. Iorweth levantou essa possibilidade, dizendo que a Dumnonia tinha insultado Powys e que o insulto precisaria ser lavado com sangue se Artur não mudasse de ideia. Tewdric de Gwent tinha mandado o bispo Conrad para pedir a paz, implorando que Artur renunciasse a Guinevere e se casasse com Ceinwyn, e Conrad chegou a ameaçar a hipótese de Tewdric fazer uma paz em separado com Powys.

– O meu senhor rei não lutará contra a Dumnonia – ouvi Conrad garantir a Bedwin enquanto os dois bispos andavam de um lado para o outro no terraço da vila de Lindinis –, mas também não lutaremos por aquela prostituta de Henis Wyren.

– Prostituta? – perguntou Bedwin, alarmado e chocado com a palavra.

– Talvez não – admitiu Conrad. – Mas vou lhe dizer uma coisa, meu irmão, Guinevere nunca levou uma chicotada. Nunca!

Bedwin balançou a cabeça diante de tamanha frouxidão por parte de Leodegan, depois os dois se afastaram e não pude ouvir mais. No dia seguinte, o bispo Conrad e a embaixada de Powys partiram para suas casas e não levaram boas notícias.

Mas Artur acreditava que o tempo de sua felicidade havia chegado. Não haveria guerra, insistia ele, porque Gorfyddyd já perdera um braço e não arriscaria outro. O bom senso de Cuneglas garantiria a paz. Durante um tempo, dizia ele, haveria ressentimentos e desconfiança, mas tudo passaria. Ele achava que sua felicidade devia abarcar o mundo.

Foram contratados trabalhadores para expandir e reparar a vila de Lindinis, para transformá-la num palácio digno de uma princesa. Artur mandou um mensageiro a Ban, de Benoic, pedindo que seu antigo senhor enviasse pedreiros e estucadores que soubessem restaurar construções romanas. Queria um pomar, um jardim, um lago de peixes; queria um banheiro com água quente; queria um pátio onde harpistas tocariam. Artur queria um céu na terra para a sua mulher, mas outros homens queriam vingança, e naquele verão ficamos sabendo que Tewdric de Gwent havia se encontrado com Cuneglas e feito um tratado de paz, e parte desse tratado era um acordo de que os exércitos de Poyws poderiam marchar livremente pelas estradas romanas que atravessavam Gwent. Essas estradas levavam apenas a Dumnonia.

Mas, à medida que aquele verão passava, não veio nenhum ataque. Sagramor mantinha os saxões de Aelle a distância enquanto Artur passava um verão apaixonado. Eu era membro de sua guarda, por isso estava com ele dia sim, dia não. Deveria usar uma espada, um escudo e uma lança, mas com frequência tinha de carregar jarras de vinho e tigelas de comida, porque Guinevere gostava de fazer as refeições em clareiras escondidas e perto de riachos secretos, e nós, lanceiros, deveríamos levar pratos de prata, copos de chifre, comida e vinho até o lugar designado. Ela reunia um grupo de damas para lhe fazer a corte e, que os Deuses me ajudassem, Lunete era uma delas. Lunete havia reclamado amargamente por ter de abandonar sua casa de tijolos em Corinium, mas levou apenas alguns dias para decidir que havia um futuro melhor com Guinevere. Lunete era bonita, e Guinevere declarou que só iria se cercar de pessoas e objetos belos, por isso ela e suas damas vestiam os linhos mais finos, decorados com ouro, prata, ágata e âmbar, e pagava a harpistas, cantores, dançarinos e poetas para divertir sua corte. Elas brincavam nos bosques caçando-se umas às outras, escondiam-se e pagavam prendas se alguma delas quebrasse uma das elaboradas regras determinadas por Guinevere. O dinheiro para esses jogos, como o dinheiro que estava sendo gasto na vila de Lindinis, era proporcionado por Leodegan, que fora nomeado tesoureiro da casa de Artur. Leodegan jurava que o dinheiro vinha de arrendamentos, e talvez Artur acreditasse no sogro, mas o resto de nós ouvia histórias sombrias de que o tesouro de Mordred estava sendo esvaziado de ouro e enchido com promessas sem valor, que Leodegan restituiria. Artur parecia não se preocupar. Aquele verão foi o seu antegozo da paz na Britânia, mas para o resto de nós foi o céu de um tolo.

Amhar e Loholt foram trazidos a Lindinis, mas não sua mãe, Ailleann. Os gêmeos foram apresentados a Guinevere, e Artur, acho, esperava que eles fossem morar no palácio cheio de colunas que estava crescendo em volta do coração da antiga vila. Guinevere manteve os gêmeos por um dia, depois disse que a presença deles a perturbava. Eles não eram divertidos. Não eram bonitos, disse ela, assim como sua irmã Gwenhwyvach não era bonita, e se não eram bonitos, não eram divertidos, não tinham lugar na vida de Guinevere. Além disso, disse ela, os gêmeos pertenciam à vida antiga de Artur, e essa vida estava morta. Ela não os queria, nem se importava em fazer esse anúncio em público.

Guinevere tocou o rosto de Artur.

– Se quisermos filhos, meu príncipe, devemos fazer os nossos.

Guinevere sempre chamava Artur de príncipe. No começo Artur dizia que não era príncipe, mas Guinevere insistia que ele era filho de Uther, e portanto era real. Artur, para fazer sua vontade, permitiu que ela o chamasse pelo título, mas logo todos nós recebemos ordem de fazer o mesmo. Guinevere ordenou e obedecemos.

Ninguém jamais havia desafiado Artur com relação a Amhar e Loholt e vencido a discussão, mas Guinevere venceu, e assim os gêmeos foram mandados para a mãe em Corinium. A colheita foi pobre naquele ano, porque houve chuva tardia que deixou as plantações enegrecidas e murchas. Os boatos diziam que a colheita dos saxões tinham sido melhores, porque as chuvas haviam poupado suas terras, e assim Artur liderou um bando de guerreiros para o leste, além de Durocobrivis, para encontrar e capturar seus depósitos de grãos. Ele sentia-se feliz, acho, em escapar das canções e danças de Caer Cadarn, e estávamos felizes porque ele nos comandava de novo e porque portávamos lanças em vez de roupas de festa. Foi um ataque bem-sucedido, que encheu a Dumnonia com os grãos capturados, o ouro pilhado e escravos saxões. Leodegan, agora membro do conselho da Dumnonia, recebeu a tarefa de distribuir os grãos gratuitamente para cada parte do reino, mas houve rumores horrendos de que boa parte estava sendo vendida, e que o ouro resultante encontrou caminho até a nova casa que Leodegan estava construindo do outro lado do rio, em frente ao palácio de Guinevere ainda coberto de reboco úmido.

Algumas vezes a loucura termina. Os Deuses decretam isso, e não os homens. Artur ficara louco de amor durante um verão, e tinha sido um bom verão apesar de nossas ocupações mesquinhas, porque um Artur feliz era um senhor divertido e generoso, mas, enquanto o outono varria a terra com vento, chuva e folhas douradas, ele pareceu acordar de seu sonho de verão. Ainda estava apaixonado – na verdade não creio que algum dia tenha perdido o amor por Guinevere – mas naquele outono ele viu o dano que tinha causado à Britânia. Em vez de paz havia uma trégua carrancuda, e ele sabia que isso não poderia durar.

Cortamos varas de freixo para as lanças, e as cabanas dos ferreiros ressoavam com o som dos martelos nas bigornas. Sagramor foi chamado de volta da fronteira saxã para estar mais perto do coração do reino. Artur mandou um mensageiro ao rei Gorfyddyd, reconhecendo o mal que tinha feito ao rei e à sua filha, desculpando-se por isso, mas implorando que houvesse paz na Britânia. Mandou um colar de pérolas e ouro a Ceinwyn, mas Gorfyddyd devolveu o colar pendurado na cabeça decepada do mensageiro. Ouvimos dizer que Gorfyddyd havia parado de beber e retomado as rédeas do reino que estavam com o filho, Cuneglas. Essa notícia confirmou que jamais haveria paz enquanto o insulto contra Ceinwyn não fosse vingado pelas compridas lanças de Powys.

Viajantes de toda parte traziam histórias agourentas. Os senhores do Outro Lado do Mar estavam trazendo novos guerreiros irlandeses para os seus reinos litorâneos. Os francos reuniam bandos de guerreiros na costa da Bretanha. A colheita de Powys estava guardada em depósitos e seus levys, as tropas temporárias, treinavam para lutar com lanças em vez de cortar trigo com foices. Cuneglas tinha se casado com Helledd de Elmet, e agora homens daquele país do Norte juntavam-se às fileiras do exército de Powys. Gundleus, restaurado em Silúria, forjava espadas e lanças nos vales profundos de seu reino, enquanto no Leste mais barcos saxões desembarcavam nas costas capturadas.

Artur vestiu sua armadura de escamas, era apenas a terceira vez que eu a via desde sua chegada à Britânia, e então, com duas vintenas de seus cavaleiros com armaduras, ele percorreu a Dumnonia. Queria mostrar ao reino o seu poder e queria que os viajantes que transportavam mercadorias pelas fronteiras dos reinos levassem uma história de sua capacidade. Depois voltou a Lindinis onde Hygwydd, seu servo, tirou a ferrugem nova da cota de escamas.

A primeira derrota veio naquele outono. Tinha havido peste em Venta, enfraquecendo os homens do rei Melwas, e Cerdic, o novo líder saxão, derrotou o bando guerreiro dos Belgae e capturou um bom trecho de terra ribeirinha. O rei Melwas implorou por reforços, mas Artur sabia que Cerdic era o menor de seus problemas. Os tambores de guerra batiam por toda a região saxã de Lloegyr e por todos os reinos britânicos do Norte, e nenhuma lança podia ser mandada a Melwas. Além disso, Cerdic parecia totalmente ocupado com suas novas posses e não ameaçou a Dumnonia de novo, por isso Artur deixaria o saxão ficar por enquanto.

– Daremos uma chance à paz – disse Artur ao conselho.

No final do outono, quando a maioria dos exércitos está pensando em passar gordura nas armas e guardá-las durante os meses frios, o poder de Powys marchou. A Britânia estava em guerra.

Parte 3
A volta de Merlin

Igraine me fala sobre o amor. É verão aqui em Dinnewrac, e o sol infunde o mosteiro com um calor frágil. Há ovelhas nas encostas do sul, mas ontem um lobo matou uma delas e deixou uma trilha de sangue passando por nosso portão. Mendigos se juntam diante do portão pedindo comida e estendem as mãos doentes quando Igraine vem me visitar. Um dos mendigos roubou dos corvos rapineiros os restos de uma carcaça de ovelha coberta de vermes e estava sentado, mordendo a pele do animal, quando Igraine chegou hoje de manhã.

Ela me pergunta se Guinevere era mesmo bonita. Não, digo, mas muitas mulheres trocariam sua beleza pela aparência de Guinevere. Igraine, claro, queria saber se ela própria era bela, e garanti que sim, mas ela disse que os espelhos no Caer de seu marido eram velhos e gastos, e por isso era difícil dizer.

– Não seria lindo – disse ela – se pudéssemos nos ver como realmente somos?

– Deus faz isso – falei – e só Deus.

Ela franziu o rosto para mim.

– Realmente odeio quando você me prega sermão, Derfel. Não combina com você. Se Guinevere não era bonita, então por que Artur se apaixonou por ela?

– O amor não é só pela beleza.

– E eu disse que era? – perguntou Igraine, indignada. – Mas você disse que Guinevere atraiu Artur desde o primeiro instante, então, se não foi pela beleza, por que foi?

– A simples visão dela transformou o sangue dele em fumaça.

Igraine gostou disso. Sorriu.

– Então ela era linda?

– Ela o desafiou, e ele achou que seria menos do que um homem se fracassasse em capturá-la. E talvez os Deuses estivessem jogando conosco, não é? – Dei de ombros, incapaz de descobrir mais motivos. – E, além disso, eu nunca quis dizer que ela não era bonita, só que era mais do que bonita. Ela era a mulher de melhor aparência que já vi.

– Inclusive eu? – perguntou imediatamente minha rainha.

– Infelizmente meus olhos estão fracos por causa da idade.

Ela gargalhou diante da evasão.

– Guinevere amava Artur?

– Ela amava a ideia que fazia dele. Amava o fato de ele ser o campeão da Dumnonia, e o amava como ele era no momento em que o viu pela primeira vez. Ele estava de armadura, o grande Artur, o brilhante, o senhor da guerra, a espada mais temida de toda a Britânia e da Armórica.

Igrane passou pelas mãos o cordão trançado de seu manto branco. Ficou pensativa durante um tempo.

– Você acha que transformo o sangue de Brochvael em fumaça? – perguntou melancólica.

– Todas as noites.

– Ah, Derfel. – Ela suspirou e se afastou do banco junto à janela e foi até a porta, de onde podia olhar para o nosso pequeno salão. – Você já esteve apaixonado assim?

– Já.

– Quem era? – perguntou ela imediatamente

– Não importa.

– Para mim importa! Insisto. Era Nimue?

– Não era Nimue – falei com firmeza. – Nimue era diferente. Eu a amava, mas não estava louco de desejo por ela. Só achava que ela era infinitamente... – Parei, procurando a palavra e não encontrando. – Maravilhosa – falei sem jeito, sem olhar para Igraine, para que não visse minhas lágrimas.

Ela esperou um tempo.

– Então por quem você se apaixonou? Lunete?

– Não! Não!

– Então quem?

– A história chegará com o tempo, se eu viver.

– Claro que você viverá. Nós lhe mandaremos comida especial do Caer.

– Que meu senhor Sansum tirará de mim por ser indigna de um mero irmão – falei, não querendo que ela desperdiçasse o esforço.

– Então venha morar no Caer – disse ela, ansiosa. – Por favor!

Sorri.

– Eu faria isso de muito boa vontade, senhora, mas infelizmente fiz um juramento de permanecer aqui.

– Pobre Derfel. – Ela voltou à janela e ficou olhando o irmão Maelgwyn cavando. Tinha com ele nosso noviço sobrevivente, o irmão Tudwal. O segundo noviço morreu de febre no inverno passado, mas Tudwal ainda vive e partilha a cela do santo. O santo quer que o menino aprenda as letras, acho, para descobrir se realmente estou traduzindo o evangelho para o saxão, mas o garoto não é inteligente e parece mais apto a cavar do que ler. Está na hora de termos alguns eruditos de verdade aqui em Dinnewrac, porque esta primavera frágil trouxe nossas discussões rancorosas usuais sobre a data da páscoa, e não teremos paz até que a discussão termine. – Sansum realmente casou Artur e Guinevere? – Igraine interrompeu meus pensamentos melancólicos.

– Sim, casou mesmo.

– E não foi numa grande igreja? Com trombetas tocando?

– Foi numa clareira ao lado de um riacho, com sapos coaxando e ramos de salgueiros empilhados atrás da represa dos castores.

– Nós nos casamos num salão de festa – disse Igraine – e a fumaça fez meus olhos lacrimejarem. – Ela deu de ombros. – Então, o que você mudou na última parte? – perguntou em tom acusador. – Que alteração fez na história?

Balancei a cabeça.

– Nenhuma.

– Mas na aclamação de Mordred a espada só foi posta em cima da pedra? – perguntou ela, desapontada. – Não foi enfiada nela? Tem certeza?

– Foi posta deitada em cima. Juro – fiz o sinal da cruz – pelo sangue de Cristo, minha senhora.

Ela encolheu os ombros.

– Dafydd Ap Gruffud vai traduzir a história como eu quiser, e gosto da ideia de uma espada enfiada na pedra. Fico feliz por você ter sido gentil com relação a Cuneglas.

– Ele era um bom homem – falei. Além disso ele era avô do marido de Igraine.

– Ceinwyn era realmente linda?

Assenti.

– Era, de verdade. Tinha olhos azuis.

– Olhos azuis! – Igraine estremeceu diante dessa característica saxã. – O que aconteceu com o broche que ela lhe deu?

– Gostaria de saber – falei, mentindo.

O broche está na minha cela, escondido em segurança até mesmo das vigorosas revistas de Sansum. O santo, que com certeza Deus exalta acima de todos os homens vivos e mortos, não permite que tenhamos qualquer tesouro. Todos os nossos bens devem ser entregues à sua guarda, esta é a regra, e apesar de eu ter entregado todo o resto a Sansum – inclusive Hywelbane –, que Deus me perdoe, ainda tenho o broche de Ceinwyn. O ouro foi alisado pelos anos, mas ainda vejo Ceinwyn quando, no escuro, pego o broche em seu esconderijo e deixo a luz da lua brilhar sobre seu padrão intricado de curvas entrelaçadas. Algumas vezes – não, sempre – eu o toco com os lábios. Que velho idiota me tornei. Talvez devesse dar o broche a Igraine, porque sei que ela vai valorizá-lo, mas devo mantê-lo por algum tempo porque o ouro é como um retalho de sol neste lugar frio e cinzento. Claro, quando Igraine ler isto, saberá que o broche existe, mas, se ela é gentil como creio, deixará que eu o mantenha como uma pequena lembrança de uma vida de pecados.

– Não gosto de Guinevere - disse Igraine.

– Então fracassei.

– Você fez com que ela parecesse dura demais.

Durante um tempo não falei nada, apenas ouvi as ovelhas balindo.

– Ela podia ser maravilhosamente gentil – falei depois da pausa. – Ela sabia como transformar a tristeza em felicidade, mas era impaciente com o lugar-comum. Tinha a visão de um mundo onde não havia aleijados, chatos ou coisas feias, e queria tornar esse mundo real banindo tais inconveniências. Artur também tinha uma visão, só que a visão dele oferecia ajuda aos aleijados, e ele queria tornar seu mundo igualmente real.

– Ele queria Camelot – disse Igraine, sonhadora.

– Nós chamávamos o lugar de Dumnonia – falei com severidade.

– Você tenta tirar toda a alegria da coisa, Derfel – reagiu Igraine, irritada, ainda que realmente nunca ficasse furiosa comigo. – Quero que seja a Camelot do poeta: grama verde, torres altas, damas em belos vestidos e guerreiros cobrindo o caminho delas com flores. Quero menestréis e risos! Não era assim?

– Um pouco, mas não me lembro de muitos caminhos floridos. Lembro dos guerreiros mancando depois das batalhas, e alguns se arrastando e chorando com as entranhas sendo arrastadas atrás, no pó.

– Pare com isso! Então por que os bardos chamam o lugar de Camelot?

– Porque os poetas sempre foram tolos. Caso contrário, por que seriam poetas?

– Não, Derfel! O que havia de especial em Camelot? Diga.

– Era especial porque Artur deu justiça à terra.

Igraine franziu a testa.

– Só isso?

– Isso, criança, é mais do que a maioria dos governantes sonha em fazer.

Ela desconsiderou o assunto.

– Guinevere era inteligente?

– Muito.

Igraine brincou com a cruz que usava no pescoço.

– Fale de Lancelot.

– Espere!

– Quando Merlin chega?

– Logo.

– São Sansum está sendo perverso com você?

– O santo tem o destino de nossas almas imortais em sua consciência. Ele faz o que deve fazer.

– Mas ele realmente caiu de joelhos e gritou pelo martírio antes de casar Artur e Guinevere?

– Sim – falei e não pude deixar de rir diante da lembrança.

Igraine gargalhou.

– Vou pedir a Brochvael para transformar o Lorde Camundongo num mártir de verdade, então você pode ficar no comando de Dinnewrac. Gostaria disso, irmão Derfel?

– Eu gostaria de um pouco de paz para continuar com minha narrativa – provoquei-a.

– Então o que acontece em seguida? – perguntou Igraine, ansiosa.

Em seguida vem a Armórica. A terra do outro lado do mar. A bela Ynys Trebes, o rei Ban, Lancelot, Galahad e Merlin. Santo Deus, que homens eles eram, que dias passamos, que lutas tivemos e que sonhos despedaçamos! Na Armórica.

MAIS TARDE, muito mais tarde, quando olhávamos para aqueles tempos simplesmente os chamávamos de "anos ruins", mas raramente falávamos deles. Artur odiava que o lembrassem daqueles primeiros dias na Dumnonia, quando sua paixão por Guinevere rasgou a terra lançando-a no caos. Seu noivado com Ceinwyn tinha sido como um broche elaborado que prendia um frágil vestido de gaze diáfana, e quando o broche se foi a vestimenta caiu em trapos. Artur se culpava e não gostava de falar dos anos ruins.

Durante um tempo Tewdric se recusou a lutar de qualquer dos dois lados. Culpava Artur pela paz rompida e em troca permitiu que Gorfyddyd e Gundleus levassem seus bandos de guerreiros através de Gwent até a Dumnonia. Os saxões pressionavam do Leste, os irlandeses atacavam a partir do mar do Oeste e, como se esses inimigos não bastassem, o príncipe Cawdy de Isca se rebelou contra o comando de Artur. Tewdric tentou ficar distante de tudo isso, mas, quando os saxões de Aelle atacaram a fronteira de Tewdric, os únicos amigos a quem ele pôde pedir ajuda foram os dumnonianos, e assim, no final, foi forçado a entrar na guerra do lado de Artur, mas então os lanceiros de Powys e Silúria tinham usado suas estradas para capturar os morros ao norte de Ynys Wydryn, e quando Tewdric se declarou a favor da Dumnonia, eles ocuparam Glevum também.

Cresci naqueles anos. Perdi a conta dos homens que matei e dos anéis de guerreiro que forjei. Recebi um apelido, Cadarn, que significa "o poderoso". Derfel Cadarn, sóbrio na batalha e com uma espada mortalmente rápida. Numa ocasião Artur me convidou a me tornar um de seus cavaleiros, mas preferi ficar em chão firme, e por isso permaneci como lanceiro. Durante essa época observei Artur e comecei a entender por que ele era um soldado tão grandioso. Não era apenas sua coragem, apesar de ele ser corajoso, e sim o modo como enganava os inimigos. Nossos exércitos eram instrumentos desajeitados, lentos para marchar e lerdos em mudar de direção depois de estarem marchando, mas Artur forjou uma pequena força de homens que aprendeu a viajar com rapidez. Ele liderava esses homens, alguns a pé, alguns nas selas, em longas marchas que circulavam os flancos do inimigo, de modo que sempre apareciam onde menos eram esperados. Gostávamos de atacar ao amanhecer, quando o inimigo ainda estava de ressaca das bebidas da noite, ou então os atraíamos com falsas retiradas e depois golpeávamos seus flancos desprotegidos. Após um ano de batalhas assim, quando finalmente tínhamos expulsado as forças de Gorfyddyd e Gundleus de Glevum e do norte da Dumnonia, Artur me tornou capitão e comecei a dar ouro aos meus próprios comandados. Dois anos depois, cheguei a receber a honraria definitiva de um guerreiro, o convite para passar para o lado do inimigo. Veio logo de Ligessac, o traiçoeiro comandante da guarda de Norwenna, que conversou comigo num templo de Mitra, onde sua vida estava protegida, e me ofereceu uma fortuna se eu servisse a Gundleus como ele. Recusei. Graças a Deus, sempre fui leal a Artur.

Sagramor também era leal, e foi ele quem me convidou para o serviço a Mitra. Mitra era um Deus que os romanos tinham trazido à Britânia, e devia gostar do nosso clima, porque ainda tinha poder. É um Deus dos soldados, e nenhuma mulher pode ser iniciada em Seus mistérios. Minha iniciação aconteceu no final do inverno, quando os soldados tinham tempo de sobra. Aconteceu nas colinas. Sagramor me levou sozinho para um vale tão fundo que até no fim da tarde a geada da manhã continuava encrespando o capim. Paramos perto da entrada de uma caverna onde Sagramor me instruiu para deixar as armas de lado e me despir totalmente. Fiquei ali, tremendo, enquanto o númida amarrava um pano grosso em cima dos meus olhos e dizia que eu deveria obedecer a cada instrução, e que se hesitasse ou falasse uma vez, apenas uma vez, seria trazido de volta às minhas armas e minhas roupas e mandado embora.

A iniciação é uma agressão aos sentidos do homem, e para sobreviver ele precisa se lembrar de apenas uma coisa: obedecer. É por isso que os soldados gostam de Mitra. A batalha agride os sentidos, e essa agressão fomenta o medo, e a obediência é o caminho estreito que leva para fora do caos do medo, até a sobrevivência. Com o tempo iniciei muitos homens em Mitra, e passei a conhecer muito bem os truques, mas naquela primeira vez, quando entrei na caverna, não fazia ideia do que me seria infligido. Quando entrei pela primeira vez na caverna do Deus, Sagramor, ou talvez algum outro homem, me virou de um lado para o outro, no sentido do sol, com tanta rapidez e violência que minha mente ficou tonta. Em seguida, me ordenaram que andasse para a frente. Uma fumaça me fez engasgar, mas continuei, seguindo o caminho que descia no chão de rocha. Uma voz gritou para que eu parasse, outra me ordenou que virasse, uma terceira para me ajoelhar. Alguma substância foi encostada na minha boca e me encolhi com o fedor de bosta humana que fez minha cabeça girar.

– Coma! – gritou uma voz, e quase cuspi o bocado até perceber que estava apenas mastigando peixe seco. Bebi algum líquido nauseabundo que me deixou com a cabeça leve. Era provavelmente suco de estramônio misturado com mandrágora ou cogumelo, porque, apesar de meus olhos estarem bem cobertos, tive visões de criaturas luminosas vindo com asas amarrotadas beliscar minha carne com seus bicos. Chamas tocaram minha pele, queimando os pelos dos braços e das pernas. Ordenaram que me adiantasse de novo, depois que parasse, e ouvi lenha sendo jogada numa fogueira e senti o vasto calor crescer à minha frente. O fogo rugiu, as chamas assaram minha pele nua e minha hombridade, e então a voz ordenou que eu pisasse no fogo e obedeci, mas senti o pé afundar num poço de água gelada que quase me fez gritar alto, por medo de ter pisado num caldeirão de metal derretido.

Uma ponta de espada foi encostada em minha hombridade, apertada ali, e recebi a ordem de pisar em cima, e quando fiz isso a ponta de espada desapareceu. Tudo era truque, claro, mas as ervas e cogumelos postos na bebida bastavam para ampliar os truques transformando-os em milagres, e quando terminei de seguir o caminho tortuoso até a câmara quente, enfumaçada e ecoante no coração da cerimônia, já estava num transe de terror e exaltação. Fui levado a uma pedra da altura de uma mesa e uma faca foi posta na minha mão direita enquanto a esquerda foi posta com a palma para baixo numa barriga nua.

– É uma criança que está sob sua mão, seu sapo miserável – disse a voz, e uma mão levou minha mão direita até estar em cima da garganta da criança. – Uma criança inocente que não fez mal a ninguém, uma criança que só merece a vida, e você vai matá-la. Agora!

A criança gritou alto enquanto eu mergulhava a faca, sentindo o sangue quente jorrar em meu pulso e na minha mão. A barriga que pulsava debaixo de minha mão esquerda deu um último espasmo e ficou imóvel. Uma fogueira rugiu ali perto, a fumaça irritando minhas narinas.

Obrigaram-me a ajoelhar e beber um líquido quente e pegajoso que se grudou na minha garganta e azedou meu estômago. Só então, quando aquele chifre de sangue de touro foi esvaziado, minha venda foi retirada e vi que tinha matado um carneiro novo com a barriga raspada. Amigos e inimigos se juntaram em volta de mim, cheios de congratulações porque agora eu havia entrado para o serviço do Deus dos guerreiros. Tinha me tornado parte de uma sociedade secreta que se espalhava pelo mundo romano e até além de suas fronteiras; uma sociedade de homens que tinham se provado na batalha, não como simples soldados, mas como guerreiros de fato. Tornar-se um mitraísta era uma verdadeira honra, porque qualquer membro do culto podia proibir a iniciação de outro homem. Alguns lideravam exércitos e jamais eram escolhidos, outros jamais subiam acima de soldado raso e eram membros honrados.

Agora, como um daqueles eleitos, minhas roupas e armas foram trazidas, eu me vesti, e então recebi as palavras secretas do culto que me permitiriam identificar meus camaradas em batalha. Se eu descobrisse que estava lutando com um colega mitraísta deveria matá-lo rapidamente, com piedade, e se um daqueles homens se tornasse meu prisioneiro eu deveria honrá-lo. Então, com as formalidades terminadas, fomos para uma segunda caverna enorme, iluminada por tochas que soltavam muita fumaça, e paramos junto a uma grande fogueira onde uma carcaça de touro estava sendo assada. Recebi grandes homenagens por parte dos homens que compareceram ao festim. A maioria dos iniciados estaria contente com seus próprios camaradas, mas para Derfel Cadarn os poderosos de ambos os lados tinham vindo à caverna invernal. Agrícola de Gwent estava lá, e com ele havia dois de seus inimigos de Silúria, Ligessac e um lanceiro chamado Nasiens, que era campeão de Gundleus. Uma dúzia dos guerreiros de Artur estava presente, alguns de meus homens e até o bispo Bedwin, conselheiro de Artur, que parecia pouco familiar com um peitoral enferrujado, cinto de espada e manto de guerreiro.

– Já fui guerreiro – explicou ele – e fui iniciado... hã, quando? Há trinta anos? Foi muito antes de me tornar cristão, claro.

– E isto – fiz um gesto indicando a caverna onde a cabeça decepada do touro tinha sido posta num tripé de lanças para que o sangue pingasse no chão – não é contrário à sua religião?

Bedwin deu de ombros.

– Claro que sim, mas eu sentiria falta do companheirismo. – Ele se inclinou para mim e baixou a voz para um suspiro conspiratório. – Espero que não vá contar ao bispo Sansum que estou aqui, não é?

Ri do pensamento de algum dia contar algo ao furioso Sansum que zumbia por toda a Dumnonia em guerra como se fosse uma abelha operária. Ele vivia condenando seus inimigos, e não tinha amigos.

– O jovem mestre Sansum – disse Bedwin, com a boca cheia de carne e a barba pingando com o suco sangrento da carne – vai me substituir, e acho que conseguirá.

– Vai? – Eu estava perplexo.

– Porque ele quer demais e trabalha muito. Santo Deus, como aquele homem trabalha! Sabe o que descobri um dia desses? Ele não sabe ler! Nenhuma palavra! E para ser um líder da Igreja o sujeito deve ser capaz de ler, então o que Sansum faz? Ele manda um escravo ler para ele em voz alta e aprende tudo de cor. – Bedwin me cutucou para ter certeza de que eu entendia a memória extraordinária de Sansum.

– Aprende tudo de cor! Salmos, orações, liturgia, escritos dos padres, tudo de cor! – Ele balançou a cabeça. – Você não é cristão, é?

– Não.

– Deveria pensar a respeito. Talvez não ofereçamos muitas delícias terrenas, mas nossa vida após a morte certamente vale a pena. Não que eu tenha podido persuadir Uther disso, mas tenho esperanças com relação a Artur.

Olhei a festa em volta.

– Artur não está – falei, desapontado por meu senhor não fazer parte do culto.

– Ele foi iniciado – disse Bedwin.

– Mas ele não acredita nos Deuses – falei, repetindo a afirmativa de Owain.

Bedwin balançou a cabeça.

– Artur acredita. Como um homem pode não acreditar em Deus ou nos Deuses? Você acha que Artur acredita que nós nos fizemos? Ou que o mundo simplesmente apareceu por acaso? Artur não é idiota, Derfel Cadarn. Artur acredita, mas mantém em silêncio suas crenças. Desse modo os cristãos acham que ele é um dos seus, ou que pode ser, e os pagãos acreditam o mesmo, de modo que ambos o servem de boa vontade. E lembre-se, Derfel, Artur é amado por Merlin, e Merlin, acredite, não ama os que não acreditam.

– Sinto falta de Merlin.

– Todos sentimos falta de Merlin – disse Bedwin calmamente –, mas podemos ter consolo em sua ausência, porque ele não estaria em outro lugar se a Britânia estivesse sob a ameaça de destruição. Merlin virá quando for necessário.

– O senhor acha que ele não é necessário agora? – perguntei azedamente.

Bedwin limpou a barba com a manga do manto, depois bebeu vinho.

– Alguns dizem que estaríamos melhor sem Artur – falou baixando a voz. – Que sem Artur haveria paz, mas, se não houver Artur, quem vai proteger Mordred? Você? Eu? – Ele sorriu ao pensamento. – Gereint? Ele é um bom homem, poucos são melhores, mas não é inteligente e não pode se decidir e também não quer governar a Dumnonia. É Artur ou ninguém, Derfel. Ou melhor, é Artur ou Gorfyddyd. E esta guerra não está perdida. Nossos inimigos temem Artur: e, enquanto ele viver, a Dumnonia está em segurança. Não, não creio que Merlin seja necessário ainda.

O traidor Ligessac, que era outro cristão que não via conflito entre sua fé proclamada e os rituais secretos de Mitra, falou comigo no fim da festa. Fui frio, mesmo ele sendo um companheiro mitraísta, mas ele ignorou minha hostilidade e me puxou pelo cotovelo para um canto escuro da caverna.

– Artur vai perder. Você sabe disso, não sabe? – perguntou.

– Não.

Ligessac puxou um fiapo de carne de entre os restos de seus dentes.

– Mais homens de Elmet entrarão na guerra. Powys, Elmet e Silúria – ele falou os nomes contando nos dedos. – Unidos contra Gwent e a Dumnonia. Gorfyddyd será o próximo Pendragon. Primeiro expulsamos os saxões para fora das terras a leste de Ratae, depois viremos para o sul e acabaremos com a Dumnonia. Dois anos?

– A festa subiu-lhe à cabeça, Ligessac.

– E meu senhor pagará pelos serviços de um homem como você. – Ligessac estava entregando um recado. – Meu senhor o rei Gundleus é generoso, Derfel, muito generoso.

– Diga ao seu senhor rei que Nimue, de Ynys Wydryn, terá o crânio dele como taça de bebida, e que eu o darei a ela.

E me afastei.

Naquela primavera a guerra estourou de novo, ainda que a princípio de modo menos destrutivo. Artur pagara boa quantia em ouro a Oengus Mac Airem, o rei irlandês de Demetia, para atacar a região Oeste de Powys e Silúria, e esses ataques afastaram os inimigos de nossas fronteiras ao norte. O próprio Artur liderou um bando de guerreiros para pacificar o Oeste da Dumnonia, onde Cadwy tinha declarado suas terras tribais como um reino independente, mas enquanto estava lá os saxões de Aelle lançaram um poderoso ataque contra as terras de Gereint. Gorfyddyd, pelo que soubemos mais tarde, tinha pagado aos saxões como nós pagamos aos irlandeses, e o dinheiro de Powys foi provavelmente mais bem gasto, porque os saxões vieram numa torrente que trouxe Artur correndo de volta do Oeste, onde deixou Cei, seu companheiro de infância, encarregado da luta contra os tatuados guerreiros tribais de Cadwy.

Foi então, com o exército saxão de Cadwy ameaçando capturar Durocobrivis e com as forças de Gwent ocupadas contra Powys e os saxões do Norte, e com a rebelião não derrotada de Cadwy sendo encorajada pelo rei Mark de Kernow, que Ban de Benoic fez sua convocação.

Todos sabíamos que o rei Ban só permitira que Artur viesse para a Dumnonia com a condição de que voltasse a Armórica, caso Benoic estivesse em dificuldades. Agora, segundo a mensagem de Ban, Benoic estava correndo grande perigo, e o rei Ban, insistindo para que Artur cumprisse o juramento, exigia a volta dele.

A notícia chegou a nós em Durocobrivis. A cidade já fora um próspero assentamento romano com banhos luxuosos, um palácio de justiça feito de mármore e um belo mercado, mas agora era um empobrecido forte de fronteira, para sempre vigiando os saxões no Leste. As construções fora da muralha de terra da cidade tinham sido queimadas pelos atacantes de Aelle e jamais foram reconstruídas, enquanto dentro da muralha as grandes estruturas romanas estavam se arruinando. O mensageiro de Ban chegou ao que restava do salão dos banhos romanos, cheio de arcos. Era noite e havia uma fogueira acesa no poço do antigo banho de imersão, com a fumaça se revolvendo no teto arqueado onde o vento a apanhava e sugava por uma janela pequena. Tínhamos feito a refeição da noite sentados em círculo no chão frio e Artur levou o mensageiro de Ban até o centro, onde rabiscou na terra um mapa grosseiro da Dumnonia, depois espalhou pedaços de mosaico vermelho e branco para mostrar onde estavam posicionados nossos inimigos e amigos. Em toda parte os ladrilhos vermelhos da Dumnonia estavam sendo espremidos pelos pedaços de pedras brancas. Havíamos lutado naquele dia e Artur recebera um corte de lança no malar direito. Não era um ferimento perigoso, mas suficientemente fundo para criar uma crosta de sangue no rosto. Ele estivera lutando sem o elmo, afirmando que enxergava melhor sem o metal, mas se o saxão houvesse golpeado 2 centímetros acima teria enfiado o aço no cérebro de Artur. Ele lutara a pé, como fazia usualmente, porque estava guardando os cavalos pesados para as batalhas mais difíceis. Meia dúzia de seus cavaleiros montavam a cada dia, mas a maioria dos caros e raros cavalos de guerra era mantida no interior da Dumnonia, onde estavam a salvo dos ataques inimigos. Nesse dia, depois de Artur ter se ferido, nosso punhado de pesados cavaleiros tinha desbaratado a linha saxã, matando o chefe deles e mandando os sobreviventes para o Leste, mas o fato de Artur ter escapado por pouco deixou a todos inquietos. O mensageiro do rei Ban, um chefe chamado Bleiddig, só fez esse clima se intensificar.

– Você vê por que não posso partir? – disse Artur a Bleiddig. E fez um gesto para os pedaços de pedra vermelha e branca.

– Um juramento é um juramento – respondeu Bleiddig, categoricamente.

– Se o príncipe sair da Dumnonia – interveio o príncipe Gereint –, a Dumnonia cai. – Gereint era um homem pesado, cabeça dura, mas leal e honesto. Como sobrinho de Uther podia reivindicar o trono da Dumnonia, mas nunca fez essa reivindicação e sempre foi fiel a Artur, seu primo bastardo.

– Melhor a Dumnonia cair do que Benoic – disse Bleiddig e ignorou o murmúrio irado que seguiu suas palavras.

– Jurei defender Mordred – observou Artur.

– Você jurou defender Benoic – respondeu Bleiddig, descartando a objeção de Artur. – Traga o menino com você.

– Devo entregar o reino a Mordred – insistiu Artur. – Se ele partir, o reino perde seu rei e seu coração. Mordred fica aqui.

– E quem ameaça tomar o reino dele? – O chefe de Benoic era um homem grande, não muito diferente de Owain e com a força bruta de Owain. – Você! – Ele apontou com escárnio para Artur. – Se tivesse se casado com Ceinwyn não haveria guerra! Se tivesse se casado com Ceinwyn não apenas a Dumnonia, mas Gwent e Powys estariam mandando tropas para ajudar o meu rei!

Homens gritavam e espadas foram desembainhadas, mas Artur bradou pedindo silêncio. Um fio de sangue escapou por baixo da casca da ferida e desceu pelo seu rosto comprido e fundo.

– Quanto tempo temos antes que Benoic caia? – perguntou.

Bleiddig franziu a testa. Estava claro que não sabia a resposta, mas sugeriu seis meses, ou talvez um ano. Os francos, disse, tinham trazido novos exércitos para o Leste do país dele, e Ban não podia lutar contra todos. O próprio exército de Ban, liderado por seu campeão, Bors, estava mantendo a fronteira do norte enquanto os homens que Artur tinha deixado, liderados por seu primo Culhwch, mantinham a fronteira sul.

Artur olhava para seu mapa de ladrilhos vermelhos e brancos.

– Três meses – falou –, e eu irei. Se puder! Três meses. Mas, enquanto isso, Bleiddig, mandarei para vocês um grupo de bons guerreiros.

Bleiddig protestou, dizendo que o juramento de Artur exigia sua presença imediata na Armórica, mas Artur não admitia ser pressionado. Três meses ou nada, disse ele, e Bleiddig teve de aceitar o meio-termo.

Artur fez um gesto para que eu o acompanhasse até o pátio em colunata ao lado do palácio. No pequeno pátio havia tinas que fediam como uma latrina, mas ele parecia não notar o fedor.

– Deus sabe, Derfel – disse ele e eu soube que Artur estava sob tensão porque usara a palavra "Deus", assim como percebi que usou a palavra cristã, no singular, apesar de ter imediatamente equilibrado a balança –, os Deuses sabem que não quero perder você, mas preciso mandar alguém que não tenha medo de romper uma parede de escudos. Preciso mandá lo.

– Senhor príncipe... – comecei.

– Não me chame de príncipe – interrompeu ele, irritado. – Não sou príncipe. E não discuta comigo. Já tenho todo mundo discutindo comigo. Todo mundo sabe como vencer essa guerra, menos eu. Melwas está gritando por mais homens, Tewdric me quer no norte, Cei diz que precisa de mais cem lanças, e agora Ban me quer! Se ele gastasse mais dinheiro com seu exército do que com seus poetas, não estaria encrencado!

– Poetas?

– Ynys Trebes é um porto para os poetas – disse ele com amargura, referindo-se à capital insular do rei Ban. – Poetas! Precisamos de lanceiros, não de poetas. – Ele parou e se encostou numa coluna. Parecia mais cansado do que eu jamais o vira. – Não posso conseguir nada enquanto não pararmos de lutar. Se ao menos pudesse conversar com Cuneglas, cara a cara, poderia haver esperança.

– Não enquanto Gorfyddyd viver.

– Não enquanto Gorfyddyd viver – concordou ele. Depois ficou quieto e eu soube que estava pensando em Ceinwyn e Guinevere. A luz da lua entrou por uma fenda no teto da colunata, banhando de prata seu rosto ossudo. Fechou os olhos e eu soube que Artur culpava-se pela guerra, mas o que estava feito não podia ser desfeito. Uma nova paz teria de ser criada, e havia apenas um homem que poderia forçar essa paz na Britânia, o próprio Artur. Ele abriu os olhos e fez uma careta. – Que cheiro é esse? – perguntou enfim.

– Eles branqueiam roupas aqui, senhor – expliquei e fiz um gesto para as tinas cheias de urina e titica de galinha lavada para produzir o valioso tecido branco como o dos mantos que o próprio Artur gostava de usar.

Geralmente Artur teria encorajado essa mostra de atividade numa cidade em decadência como Durocobrivis, mas naquela noite simplesmente desconsiderou o cheiro e tocou o fio de sangue recente no rosto.

– Mais uma cicatriz – falou em tom maroto. – Logo terei tantas quanto você, Derfel.

– O senhor deveria usar o elmo.

– Não consigo enxergar à esquerda e à direita com ele – falou, como se não desse importância. Em seguida, se desencostou da coluna e fez um gesto para que eu caminhasse com ele pela arcada. – Agora escute, Derfel, lutar contra os francos é como lutar contra saxões. Eles são todos germanos, e não há nada de especial nos francos, a não ser que gostam de usar lanças de arremesso, além das armas comuns. Então mantenha a cabeça baixa no início do ataque deles, mas depois disso é apenas parede de escudos contra parede de escudos. Eles são bons lutadores, mas bebem demais, de modo que geralmente é possível ser mais esperto do que eles. Por isso o estou mandando. Você é jovem, mas consegue pensar, o que é mais do que a maioria dos nossos faz. Eles só acreditam que basta ficar bêbados e sair golpeando, mas ninguém vence guerras assim. – Artur parou e tentou esconder um bocejo. – Desculpe. E pelo que sei, Derfel, Benoic não está correndo perigo. Ban é um homem emotivo – usou essa descrição com azedume – e entra em pânico facilmente. Mas se perder Ynys Trebes, ficará de coração partido e eu terei de viver com essa culpa também. Você pode confiar em Culhwch, ele é bom. Bors é capaz.

– Mas traiçoeiro. – Sagramor falou das sombras perto das tinas de clareamento. Ele tinha vindo do palácio para procurar Artur.

– Isso é injusto – disse Artur.

– Ele é traiçoeiro – insistiu Sagramor em seu sotaque áspero –, porque é homem de Lancelot.

Artur deu de ombros.

– Lancelot pode ser difícil – admitiu. – Ele é herdeiro de Ban e gosta das coisas do seu jeito, mas eu também gosto. – Artur sorriu e me olhou. – Você sabe escrever, não sabe?

– Sim, senhor. – Nós tínhamos passado por Sagramor, que ficou nas sombras, os olhos jamais abandonando Artur. Gatos passaram furtivamente por nós, e morcegos giravam perto da cumeeira do grande salão. Tentei imaginar esse local fétido cheio de romanos com togas e iluminado por lâmpadas de óleo, mas parecia uma ideia impossível.

– Você deve escrever e me contar o que está acontecendo – disse Artur – para que eu não tenha de depender da imaginação de Ban. Como está a sua mulher?

– Minha mulher? – Fiquei espantado com a pergunta, e por um segundo achei que Artur estava se referindo a Canna, uma escrava saxã que me fazia companhia e que estava me ensinando seu dialeto, que diferia ligeiramente do saxão nativo da minha mãe, mas depois percebi que Artur falava de Lunete. – Não tenho notícias dela, senhor.

– E não pede, não é? – Ele me lançou um olhar divertido, depois suspirou. Lunete estava com Guinevere que, por sua vez, tinha ido à distante Durnovária ocupar o antigo palácio de inverno de Uther.

Guinevere não queria deixar seu palácio novo e belo perto de Caer Cadarn, mas Artur insistira que ela fosse mais para o interior do país, para ficar mais segura contra as hordas de inimigos. – Sansum me contou que Guinevere e suas damas cultuam Ísis.

– Quem?

– Exatamente – sorriu ele. – Ísis é uma Deusa estrangeira, Derfel, com seus próprios mistérios; tem algo a ver com a lua, acho. Pelo menos foi o que Sansum me disse. Não creio que ele saiba também, mas ele diz que devo impedir o culto. Diz que os mistérios de Ísis são indizíveis, mas quando lhe pergunto como são, ele não sabe. Ou não quer dizer. Você não soube de nada?

– Nada, senhor.

– Claro que, se Guinevere encontra consolo em Ísis, não pode ser ruim – disse Artur, um tanto enfático demais. – Eu me preocupo com ela. Eu lhe prometi muita coisa, veja bem, e ainda não dei nada. Quero colocar o pai dela de volta no trono, e faremos isso, faremos, mas vai demorar mais do que pensamos.

– O senhor quer lutar contra Diwrnach? – perguntei, pasmo com a ideia.

– Ele não passa de um homem, Derfel, e pode ser morto. Um dia faremos isso. – Artur se virou de novo para o salão. – Você vai para o sul. Não posso lhe dar mais de sessenta homens, Deus sabe que não é o bastante se Ban estiver realmente encrencado, mas leve-os para o outro lado do mar, Derfel, e ponha-se sob o comando de Culhwch. Talvez possa viajar pela Durnovária. Nesse caso, pode me mandar notícias de minha querida Guinevere?

– Sim, senhor.

– Vou lhe dar um presente para ela. Talvez aquele colar de joias que o líder saxão estava usando. Acha que ela vai gostar? – perguntou ansiosamente.

– Qualquer mulher gostaria.

O colar era um trabalho saxão, grosseiro e pesado, mas mesmo assim bonito. Era feito de placas de ouro moldadas como os raios do sol, e com pedras preciosas.

– Bom! Leve-o até a Durnovária para mim, Derfel, depois vá salvar Benoic.

– Se eu puder – falei sério.

– Se você puder – ecoou Artur –, pelo bem da minha consciência. – Ele acrescentou as últimas palavras em voz baixa, depois chutou um pedaço de telha de argila que voou para longe de sua bota e espantou um gato que arqueou as costas e sibilou para nós. – Há três anos – disse ele em voz baixa – tudo parecia tão fácil!

Mas então chegou Guinevere.

No dia seguinte, com sessenta homens, segui para o sul.

– Ele mandou você para me espionar? – perguntou Guinevere com um sorriso.

– Não, senhora.

– Caro Derfel – ela zombou de mim –, tão parecido com meu marido!

Isso me surpreendeu.

– Sou?

– Sim, Derfel, é. Só que ele é muito mais inteligente. Você gosta deste lugar? – Ela indicou o pátio em volta.

– É lindo – falei. A vila na Durnovária era romana, claro, mas antigamente servira como palácio de inverno de Uther. Deus sabe que não devia ser bonita quando ele a ocupava, mas Guinevere tinha restaurado a construção a algo de sua elegância anterior. O pátio tinha colunas como o de Durocobrivis, mas aqui todas as telhas estavam no lugar e todas as colunas haviam sido caiadas. O símbolo de Guinevere estava pintado nas paredes dentro da arcada num padrão repetido de cervos coroados com luas crescentes. O cervo era símbolo de seu pai, a lua o acréscimo dela, e os rondéis pintados eram bonitos. Rosas brancas cresciam em canteiros onde água corria em pequenos canais de telha. Os falcões de caça ficavam em poleiros, com a cabeça girando enquanto andávamos pela arcada romana. Havia estátuas pelo pátio, todas de homens e mulheres nus, enquanto sobre pedestais debaixo da colunata havia cabeças de bronze enfeitadas de flores. O pesado colar saxão que eu trouxera como presente de Artur estava agora no pescoço de uma daquelas cabeças de bronze. Guinevere brincara com o presente durante alguns segundos, depois tinha franzido a testa.

– É um trabalho grosseiro, não é? – perguntara.

– O príncipe Artur acha bonito, senhora, e digno da senhora.

– Querido Artur – disse ela descuidadamente, depois escolheu a cabeça de bronze de um homem que tinha expressão de desprezo e pôs o colar no pescoço dele. – Isso vai melhorá-lo – falou, referindo-se à cabeça de bronze. – Eu o chamo de Gorfyddyd. Ele se parece com Gorfyddyd, não é?

– Parece, senhora. – O busto realmente tinha algo do rosto azedo e infeliz de Gorfyddyd.

– Gorfyddyd é um animal. Ele tentou tirar minha virgindade.

– Foi mesmo? – consegui dizer quando me recuperei do choque da revelação.

– Tentou e fracassou – disse ela com firmeza. – Ele estava bêbado. Ficou babando em cima de mim. Fiquei fedendo a baba por aqui inteira. – Ela passou a mão nos seios. Estava usando uma camisola de linho simples que caía em dobras retas dos ombros até os pés. O linho deve ter sido espantosamente caro, já que o tecido era tão hipnotizantemente fino que, se eu olhasse para ela, coisa que tentei não fazer, era possível ter vislumbres de sua nudez por baixo do pano fino. Uma imagem dourada do cervo coroado pela lua estava pendurada em seu pescoço, os brincos eram gotas de âmbar engastadas em ouro enquanto na mão esquerda havia um anel de ouro coroado com o urso de Artur e cortado com uma cruz de amante.

– Babão, babão – disse ela, deliciada. – Então, quando ele terminou, ou, para ser exata, quando ele terminou de tentar começar e ficou soluçando sobre como pretendia fazer de mim sua rainha e como iria me tornar a rainha mais rica da Britânia, fui até Iorweth e mandei que ele me fizesse um feitiço contra um amante indesejado. Não contei ao druida que era o rei, claro, ainda que provavelmente isso não tivesse importado, porque Iorweth faria qualquer coisa se eu sorrisse para ele. Assim, ele fez o encanto e eu o enterrei, depois mandei meu pai dizer a Gorfyddyd que eu havia enterrado um feitiço de morte contra a filha do homem que tentasse me estuprar. Gorfyddyd sabia de quem eu estava falando, e ele adora aquela pequenina e insípida Ceinwyn. Ele me evitou depois disso. – E gargalhou. – Os homens são tão idiotas!

– Não o príncipe Artur – falei com firmeza, tendo o cuidado de usar o título no qual Guinevere insistia.

– Ele é um idiota com relação a joias – disse ela com acidez e depois me perguntou novamente se Artur tinha me mandado espioná-la.

Caminhamos pela colunata. Estávamos sozinhos. Um guerreiro chamado Lanval era o comandante da guarda da princesa, e quisera deixar seus homens dentro do pátio, mas Guinevere insistiu em que saíssem.

– Deixe que criem um boato ao nosso respeito – disse ela alegremente, mas depois fez um muxoxo. – Algumas vezes acho que Lanval recebesse ordens para me espionar.

– Lanval simplesmente toma conta da senhora, porque de sua segurança depende a felicidade do príncipe Artur, e sobre a felicidade dele repousa um reino.

– Isso é bonito, Derfel. Gosto disso – disse ela em tom meio zombeteiro. Continuamos andando. Uma tigela de pétalas de rosas encharcadas em água espalhava um cheiro bom sob a colunata que oferecia uma sombra agradável do sol quente. – Você quer ver Lunete? – perguntou Guinevere de súbito.

– Duvido que ela queira me ver.

– Provavelmente não. Mas vocês não são casados, são?

– Não, senhora. Nunca nos casamos.

– Então não importa, não é? – perguntou ela, embora não tenha dito o que não importava, e eu não tenha perguntado. – Eu queria ver você, Derfel – disse ela, séria.

– A senhora me lisonjeia.

– Suas palavras ficam cada vez mais bonitas! – Ela bateu palmas, e depois franziu o nariz. – Diga, Derfel, alguma vez você toma banho?

Fiquei ruborizado.

– Sim, senhora.

– Você fede a couro, sangue, suor e poeira. Pode ser um aroma bom, mas não hoje. Está quente demais. Gostaria de que minhas damas lhe dessem um banho? Fazemos isso ao modo romano, com muito suor e raspagem. É bem cansativo.

Eu deliberadamente dei um passo para longe dela.

– Vou encontrar um riacho, senhora.

– Mas eu realmente queria vê-lo. – Ela se aproximou de mim de novo, e até mesmo enfiou o braço no meu. – Fale de Nimue.

– Nimue? – Fiquei surpreso com a pergunta.

– Ela realmente é capaz de fazer magia? – perguntou Guinevere, ansiosa. A princesa era tão alta quanto eu, e seu rosto, tão bonito e com malares altos, estava perto do meu. A proximidade com Guinevere era uma coisa poderosa, como o grande distúrbio dos sentidos provocado pela bebida de Mitra. Seu cabelo ruivo estava perfumado, e os espantosos olhos verdes estavam delineados com uma goma misturada a fuligem de lâmpada, de modo que pareciam maiores. – Ela é capaz de fazer magia? – perguntou Guinevere de novo.

– Acho que sim.

– Acha! – Ela se afastou, desapontada. – Só acha?

A cicatriz na minha mão esquerda latejou e não soube o que dizer.

Guinevere gargalhou.

– Diga a verdade, Derfel. Preciso saber! – Ela voltou a enfiar o braço no meu e andou comigo pela sombra da arcada. – Aquele homem horrível, o bispo Sansum, está tentando transformar todos nós em cristãos, e não admito isso! Ele quer que todos nos sintamos culpados o tempo todo, e fico dizendo que não tenho do que sentir culpa, mas os cristãos estão ficando mais poderosos. Estão construindo uma igreja nova aqui! Não, estão fazendo pior do que isso. Venha! – Ela se virou impulsivamente e bateu palmas. Escravas correram para o pátio e Guinevere ordenou que seu manto e seus cães fossem trazidos. – Vou lhe mostrar uma coisa, Derfel, para que possa ver por si mesmo o que aquele bispozinho maligno está fazendo em nosso país.

Ela vestiu um manto de lã malva para esconder a fina camisola de linho, depois pegou as correias de dois cães veadeiros que ofegavam ao lado dela com as línguas compridas balançando entre dentes afiados. Os portões da vila foram abertos, e com duas escravas seguindo e um quarteto dos guardas de Lanval se postando apressadamente de cada lado de nós, seguimos pela rua principal da Durnovária, que era lindamente pavimentada com pedras largas e possuía valas para levar a chuva até o rio, a leste da cidade. As lojas abertas estavam cheias de mercadorias: sapatos, um açougue, sal, um oleiro. Algumas casas tinham desmoronado, mas a maioria estava bem restaurada, talvez porque a presença de Mordred e Guinevere houvesse trazido uma nova prosperidade ao lugar. Havia mendigos, claro, que se arrastavam em tocos de pernas, arriscando-se às lanças dos guardas para agarrar as moedas de cobre distribuídas pelas duas escravas de Guinevere. A própria Guinevere, com os cabelos ruivos descobertos ao sol, descia o morro praticamente sem olhar a comoção que sua presença causava.

– Está vendo aquela casa? – Guinevere fez um gesto na direção de uma bela construção de dois andares no lado norte da rua. – É ali que vive Nabur, e onde nosso pequeno rei peida e vomita. – Ela estremeceu. – Mordred é uma criança particularmente desagradável. Manca e nunca para de gritar. Pronto! Está ouvindo? – Realmente eu podia ouvir uma criança chorando, mas não podia dizer se era realmente Mordred. – Ande, venha cá – ordenou Guinevere enquanto atravessava uma pequena multidão que a olhava do lado da rua e depois subiu numa pilha de pedras partidas ao lado da bela casa de Nabur.

Eu a acompanhei e descobri que tínhamos chegado a uma área de construção, ou melhor, a um lugar onde uma construção estava sendo derrubada e outra sendo erigida nas ruínas. O prédio que estava sendo destruído parecia um templo romano.

– Era aqui que as pessoas cultuavam Mercúrio – disse Guinevere – mas agora teremos um templo para um carpinteiro morto. E como é que um carpinteiro morto vai nos dar boas colheitas, diga! – Essas últimas palavras, ostensivamente faladas para mim, foram pronunciadas suficientemente alto para perturbar a dúzia de cristãos que trabalhavam em sua nova igreja. Alguns estavam assentando pedras, alguns aparelhando portais com enxós, enquanto outros derrubavam as paredes antigas para pegar material para a nova construção. – Se você precisa de um abrigo para o seu carpinteiro – disse Guinevere em voz ressoante –, por que não ocupar simplesmente o prédio antigo? Perguntei isso a Sansum, mas ele diz que deve ser tudo novo para que seus preciosos cristãos não precisem respirar o ar que já foi usado por pagãos, e segundo essa crença absurda nós derrubamos o antigo, que era belíssimo, e montamos um prédio medonho cheio de pedras mal ajustadas e sem qualquer graça! – Ela cuspiu na poeira, para afastar o mal. – Ele diz que é uma capela para Mordred! Dá para acreditar? Ele está determinado a transformar aquela criança desgraçada num cristão lamuriento, e é nesta abominação que fará isso.

– Cara senhora! – O bispo Sansum surgiu de trás de uma das novas paredes, que realmente era mal-assentada em comparação com o cuidadoso trabalho de pedreiro dos antigos templos romanos. Sansum usava um manto preto que, como seu cabelo rigidamente tonsurado, estava embranquecido com o pó de pedra. – A senhora nos causa imensa honra com sua presença – disse ele, enquanto se curvava para Guinevere.

– Não estou lhe fazendo honra, seu verme. Vim mostrar a Derfel a carnificina que está fazendo. Como pode cultuar num lugar assim? – Ela apontou para a igreja semiconstruída. – É o mesmo que usar um curral de vacas!

– Nosso querido senhor nasceu num curral, senhora, de modo que me regozijo ao saber que nossa humilde igreja a faz lembrar de algo assim. – Ele fez outra reverência. Alguns de seus trabalhadores tinham se reunido na extremidade mais distante da construção nova, onde começaram a cantar uma de suas canções sagradas para se guardar da presença maléfica dos pagãos.

– O som certamente se parece com o de um curral – disse Guinevere azedamente, depois passou pelo sacerdote e caminhou sobre o chão cheio de entulho até onde uma cabana de madeira se encostava na parede de tijolo e pedra da casa de Nabur. Em seguida soltou os cães para que eles corressem livres. – Onde está aquela estátua, Sansum? – Ela fez a pergunta por sobre o ombro, enquanto chutava a porta da cabana.

– Infelizmente, graciosa dama, apesar de eu ter tentado salvá-la para a senhora, nosso abençoado Senhor ordenou que fosse derretida. Para os pobres, entende?

Ela se virou selvagemente para o bispo.

– Bronze! Que uso o bronze tem para os pobres? Eles comem bronze? – Ela me olhou. – Uma estátua de Mercúrio, Derfel, do tamanho de um homem alto e lindamente trabalhada. Linda! Obra romana, não britânica, mas sumiu, derretida numa fornalha cristã porque vocês – ela olhava para Sansum de novo, com desprezo no rosto forte – não podem suportar a beleza. Ficam amedrontados com ela. São como larvas derrubando uma árvore e não têm ideia do que fazem. – Guinevere entrou na cabana, que era obviamente o lugar onde Sansum guardava os objetos valiosos que descobria nos restos do templo. Emergiu com uma pequena estatueta de pedra, que jogou para um de seus guardas. – Não é muito – falou –, mas pelo menos está em segurança de um verme carpinteiro nascido num curral.

Sansum, ainda sorrindo apesar de todos os insultos, me perguntou como ia a luta no Norte.

– Estamos vencendo lentamente – falei.

– Diga ao meu senhor Artur que rezo por ele.

– Reze pelos inimigos dele, seu sapo – disse Guinevere – e talvez vençamos mais rapidamente. – Ela olhou para os seus dois cães que estavam mijando nas paredes novas da igreja. – Cadwy fez um ataque nesta direção no mês passado – disse-me ela – e chegou perto.

– Graças a Deus fomos poupados – acrescentou piedosamente o bispo Sansum.

– Não graças a você, seu verme desgraçado – disse Guinevere. – Os cristãos fugiram. Levantaram a bainha das saias e correram para o Leste. O resto de nós ficou, e Lanval, graças aos Deuses, expulsou Cadwy. – Ela cuspiu na direção da igreja nova. – Com o tempo estaremos livres dos inimigos, e quando isso acontecer, Derfel, vou demolir esse curral e construir um templo digno de um Deus de verdade.

– Para Ísis? – perguntou Sansum, zombeteiro.

– Cuidado – alertou Guinevere –, porque minha Deusa governa a noite, sapo, e ela pode roubar sua alma para se divertir. Ainda que só os Deuses saibam qual seria a serventia de sua alma miserável. Venha, Derfel.

Os dois cães veadeiros foram recolhidos e voltamos morro acima. Guinevere tremia de raiva.

– Viu o que ele está fazendo? Derrubando o que é antigo! Por quê? Para que possa impor suas superstições mesquinhas a nós. Por que não pode deixar o que é antigo em paz? Nós não nos importamos se alguns idiotas querem cultuar um carpinteiro, então por que ele se importa com o que nós cultuamos? Quanto mais Deuses, melhor, é o que eu digo. Por que ofender alguns Deuses para exaltar o seu? Não faz sentido.

– Quem é Ísis? – perguntei ao entrarmos nos portões de sua vila.

Ela me lançou um olhar divertido.

– É a pergunta de meu querido esposo que estou ouvindo?

– Sim.

Ela gargalhou.

– Muito bem, Derfel. A verdade é sempre espantosa. Então Artur está preocupado com minha Deusa?

– Ele está preocupado porque Sansum o preocupa com histórias de mistérios.

Ela deixou o manto cair nos ladrilhos do pátio, para ser apanhado por uma escrava.

– Diga a Artur que ele não tem com que se preocupar. Ele duvida de meu afeto?

– Ele a adora – falei, cheio de tato.

– E eu a ele. – Ela me sorriu. – Diga-lhe isso, Derfel – acrescentou calorosamente.

– Direi, senhora.

– E diga que ele não precisa se preocupar com relação a Ísis. – Ela segurou minha mão impulsivamente. – Venha – falou como tinha feito quando me levou até o novo templo cristão, mas dessa vez me puxou pelo pátio, pulando por cima dos pequenos canais de água, até uma porta pequena, na última arcada. – Isto – disse ela, soltando minha mão e empurrando a porta – é o templo de Ísis, que tanto preocupa o meu querido senhor.

Hesitei.

– Um homem tem permissão de entrar?

– Durante o dia, sim. À noite? Não. – Ela passou pela porta e empurrou para o lado uma grossa cortina de lã que estava pendurada no interior. Fui atrás, empurrando a cortina até me encontrar num cômodo negro e sem luz. – Fique onde está – alertou ela, e a princípio achei que obedecia a alguma regra de Ísis, mas à medida que meus olhos se acostumaram à escuridão, vi que ela me fizera parar para que eu não tropeçasse num poço d'água no chão. A única luz no templo vinha das bordas da cortina, mas enquanto esperava percebi uma luz cinzenta escoando pela extremidade mais distante da sala; então percebi que Guinevere estava puxando camada após camada de cortinas pretas nas paredes, cada uma sustentada por uma haste presa por braçadeiras, e cada uma tecida com trama tão fechada que nenhuma luz atravessava os panos superpostos. Atrás das cortinas, que agora estavam amarrotadas no chão, havia janelas que Guinevere abriu deixando entrar um jorro de luz ofuscante.

– Pronto – disse ela, parada de um dos lados da grande janela em arco –, os mistérios! – Guinevere zombava dos medos de Sansum, mas na verdade a sala era realmente misteriosa, porque era inteiramente preta. O chão era de pedra preta, as paredes e o teto em arco eram pintados de piche. No centro do chão preto havia o raso poço de água preta, e atrás dele, entre o poço e a janela recém-aberta, ficava um baixo trono preto feito de pedra. – Então, o que acha, Derfel?

– Não estou vendo nenhuma Deusa – falei, procurando uma estátua de Ísis.

– Ela vem com a lua – disse Guinevere e tentei imaginar a lua cheia entrando pela janela para brilhar no poço e fazer tremeluzir as paredes pretas. – Fale de Nimue – ordenou Guinevere – e eu lhe falo de Ísis.

– Nimue é sacerdotisa de Merlin – falei, a voz ecoando na pedra pintada de preto – e está aprendendo os segredos dele.

– Que segredos?

– Os segredos dos Deuses antigos, senhora.

Ela franziu a testa.

– Mas como ele descobre esses segredos? Eu achava que os druidas não escreviam nada. Eles eram proibidos de escrever, não?

– Eram, senhora, mas mesmo assim Merlin procura o conhecimento deles.

Guinevere assentiu.

– Eu sabia que tínhamos perdido alguns conhecimentos. E Merlin está indo encontrá-los? Bom! Isso pode dar um jeito naquele sapo amargo do Sansum. – Ela havia andado até o centro da janela e agora estava olhando sobre os tetos de telha e palha da Durnovária, e por cima das paliçadas do sul e dos montes de grama do anfiteatro mais além, em direção às vastas paredes de terra de Mai Dun, que se erguiam no horizonte. Nuvens brancas se juntavam no céu azul, mas o que fez a respiração se travar na minha garganta foi que agora a luz do sol estava atravessando a camisola de linho branco de Guinevere, de modo que era como se a senhora de meu senhor, a princesa de Henis Wyren, estivesse nua e, naqueles momentos, enquanto o sangue latejava em meus ouvidos, senti ciúme de meu senhor. Será que Guinevere tinha consciência da traição daquele sol? Pensei que não, mas podia estar errado. Ela estava de costas para mim, mas de repente deu meia-volta para me olhar. – Lunete conhece magia?

– Não, senhora.

– Mas ela aprendeu com Nimue, não foi?

– Não. Ela nunca teve permissão de entrar nos aposentos de Merlin. Ela não tinha interesse.

– Mas você já esteve nos aposentos de Merlin?

– Só duas vezes. – Eu podia ver seus seios e, deliberadamente, baixei o olhar para o poço negro, mas ele apenas espelhava a beleza dela, e acrescentava um brilho ardente ao seu corpo comprido e esguio. Um silêncio pesado baixou e percebi, pensando em nossas últimas palavras, que Lunete devia ter dito que possuía algum conhecimento da magia de Merlin, e que sem dúvida eu tinha acabado de estragar essa afirmação. – Talvez – falei sem jeito – Lunete saiba mais do que tenha me dito, não é?

Guinevere deu de ombros e se virou para o outro lado. Levantei os olhos de novo.

– Mas você diz que Nimue é mais capaz do que Lunete?

– Infinitamente, senhora.

– Duas vezes exigi que Nimue viesse até mim – disse Guinevere incisivamente – e duas vezes ela recusou. Como posso fazer com que venha a mim?

– O melhor modo de obrigar Nimue a fazer qualquer coisa é proibi-la de fazer.

Houve silêncio de novo na sala. Os sons da cidade eram bastante altos; o grito dos falcoeiros no mercado, os estalos das rodas de carroças nas pedras, cães latindo, um bater de potes numa cozinha próxima, mas na sala havia silêncio.

– Um dia – Guinevere rompeu nosso silêncio – construirei um templo para Ísis lá em cima. – Ela apontou para as fortificações de Mai Dun, que preenchiam o céu do sul. – Aquele lugar é sagrado?

– Muito.

– Bom. – Ela se virou de novo para mim, com o sol enchendo seu cabelo ruivo e fazendo brilhar a pele por baixo da camisola fina. – Não quero fazer jogos infantis, Derfel, tentando ser mais esperta do que Nimue. Quero que ela venha aqui. Preciso do poder de uma sacerdotisa. Preciso de uma amiga dos Deuses antigos se devo lutar contra aquele verme do Sansum. Preciso de Nimue, Derfel. Então, pelo amor que tem por Artur, diga: que mensagem irá trazê-la aqui? Diga isso e lhe conto por que cultuo Ísis.

Fiz uma pausa, pensando em que engodo poderia atrair Nimue.

– Diga-lhe – falei enfim – que Artur lhe dará Gundleus se ela obedecer à senhora. Mas certifique-se de que ele cumpra a promessa.

– Obrigada, Derfel. – Ela sorriu, depois sentou-se no negro trono de pedra polida. – Ísis é uma Deusa, e o trono é seu símbolo. Um homem pode sentar-se no trono de um reino, mas Ísis pode determinar quem é esse homem. Por isso eu a cultuo.

Senti o cheiro de traição em suas palavras.

– O trono deste reino, senhora – falei, repetindo a afirmação frequente de Artur –, é ocupado por Mordred.

Guinevere zombou dessa afirmativa com um muxoxo.

– Mordred não pode ocupar nem mesmo um penico! Mordred é um aleijado! Mordred é uma criança mal-educada que já sente o cheiro do poder como um porco farejando para cobrir uma porca. –

Sua voz estava dura como um chicote e cheia de escárnio. – E desde quando, Derfel, um trono era entregue de pai para filho? Nunca foi assim nos velhos tempos! O melhor homem da tribo assumia o poder, e é assim que deve ser hoje. – Ela fechou os olhos como se de repente se arrependesse do que tinha dito. – Você é amigo do meu marido? – perguntou depois de um tempo, com os olhos abertos de novo.

– A senhora sabe que sou.

– Então você e eu somos amigos, Derfel. Somos um só, porque ambos amamos Artur, e você acha, meu amigo Derfel Cadarn, que Mordred será um rei melhor do que Artur?

Hesitei, porque ela me convidava a verbalizar uma traição, mas também me convidava a falar honestamente num local sagrado, por isso lhe dei a verdade.

– Não, senhora. O príncipe Artur seria melhor rei.

– Bom. – Ela sorriu. – Então diga a Artur que ele não tem o que temer e tem muito a ganhar com meu culto a Ísis. Diga que é pelo seu futuro que cultuo aqui, e que nada que acontece nesta sala pode lhe fazer mal. Está suficientemente claro?

– Eu lhe direi, senhora.

Ela me encarou durante longo tempo. Fiquei ereto, em posição de soldado, com o manto tocando o chão preto, Hywelbane ao lado do corpo e a barba crescida dourada à luz do sol no templo.

– Vamos vencer esta guerra? – perguntou Guinevere depois de um tempo.

– Sim, senhora.

Ela sorriu diante da minha confiança.

– Diga por quê.

– Porque Gwent se mantém como uma rocha no Norte, porque os saxões lutam entre si, como nós, e assim nunca vão se juntar contra nós. Porque Gundleus de Silúria está aterrorizado com a possibilidade de outra derrota. Porque Cadwy é uma lesma que será esmagada quando tivermos tempo livre. Porque Gorfyddyd sabe lutar, mas não sabe liderar exércitos. E acima de tudo, senhora, porque temos o príncipe Artur.

– Bom – disse ela de novo, depois se levantou de modo que o sol inundou aquela fina camisola de linho. – Você deve ir, Derfel. Já viu o bastante. – Ruborizei e ela gargalhou. – E encontre um riacho! – gritou enquanto eu passava pela cortina da porta. – Porque está fedendo como um saxão!

Encontrei um riacho, lavei-me, depois levei meus homens para o sul, em direção ao mar.

NÃO GOSTO DO MAR. É frio e traiçoeiro, e seus inquietos morros cinzentos correm interminavelmente do oeste distante, onde o sol morre a cada dia. Em algum lugar além daquele horizonte vazio, disseram-me os marinheiros, fica a fabulosa terra de Lyonesse, mas ninguém a viu, ou certamente ninguém jamais voltou de Lyonesse, por isso ela se tornou um porto abençoado para todos os pobres marinheiros; uma terra de delícias terrenas onde não há guerra, nem fome e, acima de tudo, nem navios para atravessar o mar cheio de corcovas e cinzento com suas ondas de cristas brancas assoladas pelo vento, chicoteando pelas encostas cinza-esverdeadas que golpeavam tão implacavelmente nossos pequenos navios. O litoral da Dumnonia parecia tão verde! Eu não havia percebido o quanto amava esse lugar até que o deixei pela primeira vez.

Meus homens viajavam em três navios, todos impulsionados pelos remos dos escravos, mas assim que saímos do rio um vento veio do oeste e os remos foram recolhidos enquanto as velas maltrapilhas arrastavam os navios desajeitados descendo as longas laterais precipitosas das ondas. Muitos de meus homens ficaram enjoados. Eram jovens, na maioria mais jovens do que eu, porque a guerra é realmente um jogo de meninos, mas alguns eram mais velhos. Cavan, meu segundo no comando, tinha quase 40 anos, uma barba grisalha e um rosto entrecruzado de cicatrizes. Era um irlandês azedo que servira a Uther e que agora não achava nada estranho em ser comandado por um homem com metade de sua idade. Ele me chamava de senhor, presumindo que, como eu vinha do Tor, era herdeiro de Merlin, ou pelo menos um filho senhorial do mago gerado numa escrava saxã. Artur tinha me dado Cavan, acho, para o caso da minha autoridade não se mostrar maior do que meus anos, mas com toda honestidade nunca tive problemas para comandar homens. Você diz aos soldados o que eles devem fazer, você faz, pune-os quando falham, mas afora isso os recompensa bem e lhes dá a vitória. Meus lanceiros eram todos voluntários e estavam indo para Benoic porque queriam me servir ou, mais provavelmente, porque acreditavam que haveria pilhagens e glórias maiores ao sul do mar. Viajávamos sem mulheres, cavalos ou serviçais. Eu tinha dado a liberdade a Canna despachando-a para o Tor, esperando que Nimue cuidasse dela, mas duvidava que fosse rever minha pequena saxã. Ela encontraria logo um marido enquanto eu encontraria a Bretanha e veria pessoalmente a fabulosa beleza de Ynys Trebes.

Bleiddig, o chefe mandado pelo rei Ban, viajava conosco. Ele reclamou da minha pouca idade, mas após Cavan ter grunhido dizendo que eu provavelmente matara mais homens do que o próprio Bleiddig, este decidiu manter para si as reservas com relação a mim. Ainda reclamava de que nosso número era muito pequeno. Disse que os francos eram famintos por terras, bem armados e numerosos. Duzentos homens podiam fazer diferença, dizia agora, mas não sessenta.

Naquela primeira noite ancoramos na baía de uma ilha. As ondas rugiam passando pela boca da baía enquanto na praia um bando de homens maltrapilhos gritava para nós e algumas vezes atiravam flechas precárias que caíam longe de nossos três navios. O comandante da nossa embarcação temia que uma tempestade estivesse chegando e sacrificou um cabrito que estava a bordo exatamente para isso. Ele espalhou o sangue do animal agonizante na proa e de manhã os ventos haviam se acalmado, mas uma grande névoa tinha se espalhado sobre o mar. Nenhum dos capitães navegaria na névoa, por isso esperamos um dia e uma noite inteiros, e então, sob um céu claro, remamos para o sul. Foi um dia longo. Rodeamos algumas rochas pavorosas coroadas com os ossos de navios naufragados, e então, numa tarde quente, com vento fraco e uma maré montante ajudando nossos cansados remadores, entramos num rio largo onde, sob as asas afortunadas de um bando de cisnes, atracamos a embarcação. Havia uma fortaleza ali perto, e homens armados vieram à margem do rio nos desafiar, mas Bleiddig gritou dizendo que éramos amigos. Os homens gritaram de volta em língua britânica, dando as boas-vindas. O sol que se punha estava dourando os redemoinhos e as ondulações do rio. O lugar cheirava a peixe, sal e alcatrão. Redes pretas pendiam de suportes ao lado de barcos pesqueiros atracados, fogueiras ardiam debaixo das panelas de sal, cães corriam entrando e saindo das pequenas ondas, latindo para nós, e um grupo de crianças veio de algumas cabanas próximas, para olhar enquanto chapinhávamos até a margem.

Segui primeiro, levando meu escudo, com o símbolo do urso de Artur, virado de cabeça para baixo. Depois de passar pela linha da maré alta, cheia de destroços, enfiei o cabo da lança na areia e fiz uma oração a Bel, meu protetor, e a Manawydan, o Deus do mar, para que um dia me levassem de volta da Armórica, de volta para o lado do meu senhor, de volta a Artur na abençoada Britânia.

Então fomos à guerra.

Ouvi homens dizerem que nenhuma cidade, nem mesmo Roma ou Jerusalém, era tão bela quanto Ynys Trebes, e talvez esses homens falassem a verdade, porque apesar de não ter visto aquelas outras, conheci Ynys Trebes, e era um local de maravilhas, uma cidade espantosa, o lugar mais bonito que já vi. Era construída numa íngreme ilha de granito dentro de uma baía ampla e rasa que podia se encher de espuma e uivar com o vento, mas dentro de Ynys Trebes tudo ficava calmo. No verão a baía tremulava de calor, mas dentro da capital de Benoic sempre parecia fresco. Guinevere teria amado Ynys Trebes, porque todas as coisas antigas eram consideradas tesouros, e nada de feio tinha permissão de manchar sua graça.

Os romanos estiveram em Ynys Trebes, claro, mas não a haviam fortificado, apenas construído um par de vilas no cume. As vilas continuavam ali: o rei Ban e a rainha Elaine tinham-nas juntado e depois aumentado, pilhando edifícios romanos no continente em busca de colunas, pedestais, mosaicos e estátuas, de modo que agora o cume da ilha era coroado por um palácio arejado, cheio de luz, onde cortinas de linho branco balançavam a cada sopro de vento do mar brilhante. A ilha era mais facilmente alcançada por barco, mas havia uma espécie de caminho que era coberto a cada maré alta, e que na maré baixa podia ficar traiçoeiro com areias movediças. Cordas de vime marcavam o caminho, mas o surgimento das gigantescas marés da baía arrastavam as marcas e apenas um idiota tentaria a passagem sem contratar os serviços de um guia local para se desviar das areias sugadoras e dos riachos trêmulos. Nas marés mais baixas, Ynys Trebes emergia do mar e ficava em meio a uma vastidão de areias onduladas, cortadas por sulcos e poças, enquanto nas marés mais altas, quando o vento soprava forte do oeste, a cidade era como um navio monstruoso abrindo caminho intrepidamente pelos mares tumultuosos.

Abaixo do palácio havia um amontoado de construções menores que se agarravam às íngremes encostas de granito como ninhos de aves marinhas. Havia templos, lojas, igrejas e casas, tudo caiado, tudo feito de pedra, tudo enfeitado com esculturas e decorações que não foram desejadas no alto palácio de Ban, e todos dando para a estrada pavimentada de pedras que subia em degraus em volta da ilha, até a casa real. Havia um pequeno cais de pedra no lado leste, onde os barcos podiam atracar, mas apenas no tempo mais calmo a atracação era possível, e por isso os nossos navios tinham nos deixado num lugar seguro, a um dia de marcha a oeste. Além do cais havia um pequeno porto que não passava de uma piscina de maré protegida por bancos de areia. Na maré baixa a piscina era separada do mar enquanto na alta o abrigo era precário sempre que o vento estava no norte. Em volta de toda a base da ilha, a não ser nos lugares onde o granito era íngreme demais para se subir, um muro de pedra tentava manter a distância o mundo exterior. Fora de Ynys Trebes era o tumulto, os inimigos francos, sangue, pobreza e doença, enquanto dentro da muralha ficava o aprendizado, a música, a poesia e a beleza.

Eu não deveria ficar na amada capital insular do rei Ban. Minha tarefa era defender Ynys Trebes lutando na área continental de Benoic, onde os francos entravam nas fazendas que sustentavam a luxuosa capital, mas Bleiddig insistiu para que eu conhecesse o rei, por isso fui guiado pelo caminho de areia, pelo portão da cidade que era decorado com um tritão brandindo um tridente, e subi a estrada íngreme que levava ao alto palácio. Todos os meus homens tinham permanecido em terra, e desejei tê-los trazido para ver as maravilhas da cidade: os portões esculpidos; a íngreme escada de pedra que subia e descia pela ilha de granito entre os templos e as lojas; as casas avarandadas cheias de vasos com flores; as estátuas e as fontes que jorravam água limpa e fresca em valas de mármore esculpido onde qualquer pessoa podia mergulhar um balde ou se curvar para beber. Bleiddig era o meu guia e rosnava dizendo como a cidade era um desperdício de dinheiro bom que deveria ser gasto nas defesas em terra. Mas eu estava maravilhado. Esse, pensei, era um local pelo qual valeria lutar.

Bleiddig me guiou pela última porta decorada com um tritão e entramos no pátio do palácio. As construções do palácio, cobertas de trepadeiras, tomavam três lados do pátio enquanto o terceiro era limitado por uma série de arcos pintados de branco que se abriam para uma longa vista do mar. Havia guardas de mantos brancos em todas as portas, com os cabos das lanças polidos e as pontas brilhando.

– Eles não são de utilidade terrena – murmurou Bleiddig para mim. – Não seriam capazes de lutar com um cachorrinho, mas são bonitos.

Um cortesão de toga branca nos encontrou na porta do palácio e nos acompanhou de sala em sala, cada uma delas cheia de raros tesouros. Havia estátuas de alabastro, pratos de ouro, e uma sala forrada de espelhos que me deixou boquiaberto quando me vi refletido numa distância interminável: um soldado barbudo, sujo, com manto castanho, ficando cada vez menor nas figuras cada vez menores nos espelhos. Na sala seguinte, pintada de branco e com cheiro de flores, uma garota tocava harpa. Usava uma túnica curta e nada mais. Sorriu quando passamos e continuou tocando. Seus seios eram dourados do sol, o cabelo era curto e o sorriso tranquilo.

– Parece um bordel – confidenciou Bleiddig num sussurro áspero – e eu gostaria de que fosse. Nesse caso poderia ter alguma utilidade.

O cortesão togado abriu o último par de portas com maçanetas de bronze e fez uma reverência, levando-nos a uma sala ampla que dava para o mar brilhante.

– Senhor rei – ele se curvou para o único ocupante da sala –, o chefe Bleiddig e Derfel, capitão da Dumnonia.

Um homem alto e magro, com rosto preocupado e cabelos brancos rareando se levantou de trás de uma mesa onde estivera escrevendo num pergaminho. Um sopro de vento agitou seu trabalho e ele se apressou em prender os cantos do pergaminho com chifres de tinta e pedras-de-serpente.

– Ah, Bleiddig! – disse o rei enquanto avançava para nós. – Você voltou, estou vendo. Bom, bom. Algumas pessoas nunca voltam. Os navios não sobrevivem. Deveríamos pensar nisso. A resposta será navios maiores? O que você acha? Ou será que os construímos mal? Não sei se temos as habilidades adequadas para construir barcos, ainda que nossos pescadores jurem que sim, mas alguns deles também nunca voltam. É um problema. – O rei Ban parou na metade da sala e coçou a têmpora, transferindo ainda mais tinta para os cabelos ralos. – Nenhuma solução imediata se sugere – anunciou finalmente, depois me espiou. – Drivel, não é?

– Derfel, senhor rei – falei, apoiando-me num dos joelhos.

– Derfel! – Ele pronunciou meu nome com espanto. – Derfel! Deixe-me pensar agora! Derfel. Acho, se é que esse nome significa alguma coisa, que é "pertencente a um druida". Você pertence a um druida, Derfel?

– Fui criado por Merlin, senhor.

– Foi? Foi mesmo! Minha nossa! Isso é incrível. Vejo que precisamos conversar. Como vai meu querido Merlin?

– Ele não foi visto nos últimos cinco anos, senhor.

– Então ele está invisível! Oh! Sempre achei que esse poderia ser um dos seus truques. E um truque útil. Devo pedir aos meus sábios que investiguem. Levante-se, levante-se. Não suporto gente se ajoelhando para mim. Não sou um Deus, pelo menos não creio que seja. – O rei me inspecionou quando me levantei e pareceu desapontado com o que viu. – Você parece um franco! – observou perplexo.

– Sou dumnoniano, senhor rei – falei com orgulho.

– Tenho certeza de que sim, e rezo para que seja um dumnoniano que esteja precedendo Artur, não é? – perguntou com expectativa.

Eu não estivera ansioso por esse momento.

– Não, senhor. Artur está sendo atacado por muitos inimigos. Ele luta pela existência do nosso reino e por isso me mandou com alguns homens, tudo que pudemos ceder, e deverei escrever-lhe se precisarmos de mais.

– Mais serão necessários, sem dúvida – disse Ban tão ferozmente quanto permitia sua voz fina, aguda. – Claro que sim. Então você trouxe alguns homens, não foi? Quantos são esses alguns, exatamente?

– Sessenta, senhor.

O rei caiu abruptamente num assento de madeira incrustado com marfim.

– Sessenta! Eu esperava trezentos! E o próprio Artur. Você parece muito jovem para ser um capitão de homens – falou em tom dúbio, depois se alegrou de súbito. – Eu o ouvi corretamente? Você disse que sabe escrever?

– Sim, senhor.

– E ler? – insistiu ele, ansioso.

– Sei, senhor rei.

– Veja só, Bleiddig! – gritou o rei numa voz triunfante enquanto saltava da cadeira. – Alguns guerreiros sabem ler e escrever! Isso não os torna menos homens. Não os reduz à posição mesquinha de escrivãos, mulheres, reis ou poetas como você tanto acredita. Oh! Um guerreiro letrado. Por algum acaso feliz, você escreve poesia?

– Não, senhor.

– Que pena! Somos uma comunidade de poetas. Somos uma irmandade. Nós nos chamamos de *fili*, e a poesia é nossa amante séria. Você poderia dizer que é a nossa tarefa sagrada. Quem sabe você se inspira? Venha comigo, meu letrado Derfel.

Tendo esquecido a ausência de Artur, Ban atravessou a sala às pressas, chamando-me a passar por uma segunda porta dupla, grandiosa, e outra pequena sala onde uma segunda harpista, seminua como a primeira e igualmente bela, tocava suas cordas, depois entramos numa grande biblioteca.

Eu nunca tinha visto antes uma biblioteca de verdade, e o rei Ban, deliciado em me mostrar a sala, observava minha reação. Fiquei boquiaberto, e não era de espantar, porque pergaminho após pergaminho era amarrado com fita e guardado em caixas feitas sob medida, com a extremidade aberta, que ficavam uma em cima da outra como as células de uma colmeia. Havia centenas de células assim, cada uma com seu rolo de pergaminho e cada célula rotulada com uma letra muito bem-feita.

– Que línguas você fala, Derfel? – perguntou Ban.

– Saxão, senhor, e britânico.

– Ah. – Ele estava desapontado. – Apenas línguas rudes. Eu agora domino latim, grego, britânico, claro, e um pouco de árabe. O padre Celwin, ali, fala dez vezes esse número de línguas, não é, Celwin?

O rei se dirigia ao único ocupante da biblioteca, um velho padre de barba branca com as costas grotescamente corcundas e um capuz preto de monge. O padre levantou a mão fina, cumprimentando, mas não ergueu os olhos dos pergaminhos que estavam fixados com pesos sobre a mesa. Pensei por um momento que o padre estava com um cachecol de pele dobrado nas costas do capuz de monge, depois vi que era um gato cinza que levantou a cabeça, me olhou, bocejou e depois voltou a dormir. O rei Ban ignorou a grosseria do padre, conduziu-me pelas fileiras de caixas e falou dos tesouros que colecionava.

– O que tenho aqui – disse com orgulho – é qualquer coisa que os romanos deixaram e qualquer coisa que meus amigos pensam em me mandar. Alguns dos manuscritos são antigos demais para ser manuseados, por isso nós os copiamos. Vejamos aqui, o que é isto? Ah, sim, uma das doze peças de Aristófanes. Eu tenho todas, claro. Esta aqui é *Os babilônios*. Uma comédia em grego, meu jovem.

– E nem um pouco engraçada – disse o padre rispidamente, de sua mesa.

– E tremendamente divertida – disse o rei Ban, sem se abalar com a grosseria do padre, à qual evidentemente estava acostumado. – Talvez os *fili* devam construir um teatro para representá-la, não é? Ah, disto você vai gostar. A *Ars Poetica*, de Horácio. Eu mesmo copiei.

– Não é de espantar que esteja ilegível – exclamou o padre Celwin.

– Faço todo o estudo das máximas de Horácio para os *fili* – disse o rei.

– Motivo pelo qual eles são poetas tão execráveis – interveio o padre, mas mesmo assim não ergueu o olhar de seus pergaminhos.

– Ah, Tertuliano! – O rei tirou um rolo de sua caixa e soprou poeira do pergaminho. – Uma cópia de seu *Apologeticus*!

– Tudo besteira – disse Celwin. – Desperdício de tinta preciosa.

– A própria eloquência! Não sou cristão, Derfel, mas alguns textos cristãos são cheios de bom sentido moral.

– Não esta coisa – reiterou o padre.

– Ah, e esta é uma obra que você já deve conhecer – disse o rei, retirando outro rolo de sua caixa. – As *Meditações*, de Marco Aurélio. É um guia sem paralelos, meu caro Derfel, para o modo como um homem deve viver.

– Trivialidades em mau grego escritas por um romano chato – rosnou o padre.

– Provavelmente o maior livro já escrito – disse o rei em voz sonhadora, guardando o Marco Aurélio e pegando outra obra. – E isto é uma curiosidade, de fato. O grande tratado de Aristarco de Samos. Você conhece, não é?

– Não, senhor – confessei.

– Talvez não esteja na lista de leituras de todo mundo – admitiu o rei com tristeza –, mas é um divertimento exótico. Aristarco afirma, não ria, que a terra gira em torno do sol e não o sol em torno da terra. – Ban ilustrou essa noção absurda com extravagantes movimentos circulares dos braços compridos. – Ele entendeu tudo ao contrário, entende?

– Para mim parece sensato – disse Celwin, ainda sem erguer o olhar de seu trabalho.

– E Silius Italicus! – O rei fez um gesto para todo um grupo de células cheias de rolos. – O querido Silius Italicus! Tenho todos os 18 volumes de sua história da Segunda Guerra Púnica. Tudo em versos, claro. Que tesouro!

– A segunda guerra túrgida – zombou o padre.

– Esta é a minha biblioteca – disse Ban orgulhosamente, conduzindo-me para fora da sala –, a glória de Ynys Trebes! Isso e nossos poetas. Desculpe por tê-lo perturbado, padre.

– Um camelo pode ser perturbado por um gafanhoto? – perguntou o padre Celwin, depois a porta foi fechada e acompanhei o rei, passando pela harpista de peito nu, até onde Bleiddig esperava.

– O padre Celwin está fazendo pesquisas sobre a envergadura das asas dos anjos – anunciou Ban orgulhosamente. – Talvez eu deva perguntar a ele sobre a invisibilidade. Ele parece saber de tudo. Mas você vê agora, Derfel, por que é tão importante que Ynys Trebes não caia? Neste pequeno lugar, meu caro amigo, está guardada a sabedoria de nosso mundo, reunida de suas ruínas e abrigada. O que será um camelo? Você sabe o que é um camelo, Bleiddig?

– Uma espécie de carvão, senhor. Os ferreiros o usam para fazer aço.

– É mesmo? Que interessante. Mas o carvão não seria incomodado por um gafanhoto, seria? A contingência dificilmente surgiria, então por que sugeri-la? Que espantoso! Devo perguntar ao padre Celwin quando ele estiver com humor para ouvir perguntas, o que não acontece com frequência. Agora, meu jovem, sei que você veio salvar o meu reino e tenho certeza de que está ansioso para fazer isso, mas primeiro deve ficar para o jantar. Meus filhos estão aqui, ambos são guerreiros! Eu tinha esperado que eles dedicassem a vida à poesia e à erudição, mas a época exige guerreiros, não é? Mesmo assim, meu querido Lancelot valoriza os *fili* tanto quanto eu, de modo que há esperança para o nosso futuro. – Ele fez uma pausa, franziu o nariz e me ofereceu um sorriso gentil. – Você vai querer tomar um banho, acho, não é?

– Vou?

– Sim – disse Ban decisivamente. – Leanor vai levá-lo à sua câmara, preparar seu banho e lhe dar roupas. – Ele bateu palmas e a primeira harpista apareceu junto à porta. Parecia ser Leanor.

Eu estava num local à beira do mar, cheio de luz e beleza, assombrado por música, sagrado para a poesia e encantado por seus habitantes que me pareciam vir de outra época e outro mundo.

E então conheci Lancelot.

– VOCÊ É PRATICAMENTE uma criança – disse-me Lancelot.

– Verdade, senhor. – Estava comendo lagosta encharcada em manteiga derretida e não creio que tenha comido algo tão delicioso, antes ou depois.

– Artur nos insulta mandando uma mera criança.

– Não é verdade, senhor – falei, com manteiga pingando na barba.

– Você me acusa de mentir? – perguntou enfático Lancelot, o edling de Benoic.

Sorri para ele.

– Acuso-o, senhor príncipe, de estar equivocado.

– Sessenta homens? – zombou ele. – É só isso que Artur pode conseguir?

– Sim, senhor.

– Sessenta homens comandados por uma criança – disse Lancelot com escárnio. Ele era apenas um ou dois anos mais velho que eu, mas possuía o cansaço mundano de um homem muito mais velho. Era selvagemente belo, alto e de boa compleição, com rosto estreito e de olhos escuros, tão impressionante em sua masculinidade como Guinevere o era em sua feminilidade, ainda que houvesse algo perturbadoramente ofídico na aparência distanciada de Lancelot. Tinha cabelos escuros que usava em cachos oleados presos com pentes de ouro, o bigode e a barba eram bem cortados e oleados até brilhar, e usava um perfume que cheirava a lavanda. Era o homem de melhor aparência que eu já vira e, pior, sabia disso. E desgostei dele no instante em que o vi. Nós nos conhecemos no salão de festas de Ban, que era diferente de qualquer outro que eu já vira. Este possuía colunas de mármore, cortinas brancas que nublavam a vista do mar, e paredes rebocadas e lisas onde havia pinturas de Deuses, Deusas e animais fabulosos. Serviçais e guardas se alinhavam junto à parede da sala graciosa iluminada por uma miríade de pequenos pratos de bronze onde pavios flutuavam em óleo, e grossas velas de cera de abelha queimavam na mesa comprida coberta por tecido branco que eu manchava constantemente com pingos de manteiga, assim como manchava a toga desajeitada que o rei Ban insistira em que eu usasse na festa.

Eu estava adorando a comida e odiando a companhia. O padre Celwin estava presente e eu teria gostado da chance de conversar com ele, mas o velho estava irritando um dos três poetas à mesa, todos membros do amado bando de *fili* do rei Ban, enquanto eu me encontrava perdido na extremidade da mesa com o príncipe Lancelot. A rainha Elaine, ao lado do marido, o rei, defendia os poetas contra as invectivas de Celwin, que pareciam muito mais divertidas do que a conversa amarga de Lancelot.

– Artur nos insulta – insistiu Lancelot de novo.

– Lamento que o senhor pense assim – respondi.

– Você nunca discute, criança?

Olhei em seus olhos chapados e duros.

– Acho pouco sensato guerreiros discutirem numa festa, senhor príncipe.

– Então você é uma criança tímida!

Suspirei e baixei a voz.

– O senhor realmente quer uma discussão, senhor príncipe? – perguntei, a paciência finalmente chegando ao fim. – Porque se quer, basta me chamar de criança de novo e arranco o seu crânio. – Sorri.

– Criança – disse ele após o tempo de uma batida de coração.

Dei-lhe outro olhar perplexo, imaginando se ele estava fazendo um jogo com regras que eu não conhecia, mas, se fazia isso, o jogo era mortalmente sério.

– Dez vezes a espada preta – falei.

– O quê? – Lancelot franziu a testa, não reconhecendo a fórmula mitraica que significava que ele não era meu irmão. – Ficou maluco? – perguntou, e depois de uma pausa: – Você é uma criança maluca, além de tímida?

Bati nele. Eu devia ter mantido o controle, mas o desconforto e a raiva suplantaram qualquer prudência. Dei-lhe um golpe com meu cotovelo que tirou sangue de seu nariz, rachou o lábio e o derrubou da cadeira, para trás. Ele se esparramou no chão e tentou jogar em mim a cadeira caída, mas fui muito rápido e estava perto demais para que o golpe tivesse força. Chutei a cadeira para o lado, levantei-o e o empurrei de costas contra uma coluna onde bati sua cabeça contra a pedra e pus o joelho em sua virilha. Ele se encolheu. Sua mãe gritava, enquanto o rei Ban e os convidados poéticos simplesmente me olhavam boquiabertos. Um guarda nervoso, de manto branco, pôs a ponta de sua lança em minha garganta.

– Tire-a – falei ao guarda –, ou então você é um homem morto. – Ele a afastou e perguntei a Lancelot: – O que sou, senhor príncipe?

– Uma criança.

Pus o antebraço em sua garganta, meio sufocando-o. Ele lutou, mas não pôde se livrar de mim.

– O que sou, senhor? – perguntei de novo.

– Uma criança – grasnou ele.

Alguém tocou em meu braço e me virei, vendo um homem de cabelos claros, da minha idade, sorrindo. Ele estivera sentado na extremidade oposta da mesa, e eu presumira que fosse outro poeta. Mas, essa suposição estava errada.

– Há muito tempo eu queria fazer o que você fez – disse o rapaz. – Mas, se quiser que meu irmão pare de dizer insultos, terá de matá-lo, e a honra familiar insistirá em que eu o mate, e não sei se quero isso.

Soltei o braço da garganta de Lancelot. Por alguns segundos ele ficou ali, tentando respirar, depois balançou a cabeça, cuspiu em mim e voltou para a mesa. Seu nariz sangrava, os lábios estavam inchados e o cabelo cuidadosamente oleado pendia numa desarrumação lamentável. Seu irmão parecia divertido com a briga.

– Sou Galahad, e tenho orgulho de conhecer Derfel Cadarn.

Agradeci, depois me forcei a ir até a cadeira do rei Ban onde, apesar da declarada aversão dele por gestos respeitosos, me ajoelhei.

– Pelo insulto à sua casa, senhor rei, peço desculpas e me submeto à sua punição.

– Punição? – disse Ban em voz surpresa. – Não seja tão idiota. É só o vinho. Vinho demais. Deveríamos pôr água no vinho como os romanos faziam, não é, padre Celwin?

– Coisa ridícula de se fazer – disse o velho sacerdote.

– Nada de punições, Derfel – disse Ban. – E fique de pé, não suporto ser cultuado. E qual foi a sua ofensa? Simplesmente ser ávido numa discussão. E qual é o erro nisso? Eu gosto de uma discussão, não é, padre Celwin? Um jantar sem discussão é como um dia sem poesia. – O rei ignorou o comentário ácido do padre sobre como seria um dia assim. – E meu filho Lancelot é um homem precipitado. Tem coração de guerreiro e alma de poeta, e isso, temo, é a mistura mais inflamável. Fique e coma. – Ban era um monarca extremamente generoso, mas notei que sua rainha, Elaine, não estava nem um pouco satisfeita com a decisão. Ela possuía cabelos grisalhos, mas o rosto não era enrugado e continha uma graça e uma calma que combinavam com a beleza serena de Ynys Trebes. Mas naquele momento a rainha franzia a testa para mim, numa desaprovação severa.

– Todos os guerreiros dumnonianos são tão mal-educados? – perguntou ela à mesa em geral, numa voz azeda.

– A senhora quer que os guerreiros sejam cortesãos? – retrucou Celwin bruscamente. – A senhora mandaria seus preciosos poetas para matar os francos? E não quero dizer recitando os versos deles para os inimigos, embora, pensando bem, isso pudesse ser bastante eficaz. – Ele olhou de esguelha para a rainha e os três poetas estremeceram. De algum modo Celwin tinha escapado da proibição de coisas feias em Ynys Trebes porque, sem o capuz que usava na biblioteca, ele parecia um homem espantosamente desfavorecido, com um olho esbugalhado, um tapa-olho mofado no outro, uma boca torta e azeda, cabelo sebento que crescia por trás de uma tonsura malfeita, barba imunda que meio escondia uma cruz tosca de madeira pendurada no peito fundo, e com um corpo curvado e torto, distorcido pela corcunda estupenda. O gato cinza que estivera pendurado em seu pescoço na biblioteca estava agora enrolado em seu colo, comendo migalhas de lagosta.

– Venha para o meu lado da mesa – disse Galahad – e não se culpe.

– Mas eu me culpo. A culpa é minha. Deveria ter mantido o controle.

– Meu irmão, ou melhor, meio-irmão – disse Galahad quando os lugares tinham sido rearrumados –, adora zombar das pessoas. É o esporte dele, mas a maioria não ousa responder porque ele é o edling, o que significa que um dia terá poderes de vida e morte. Mas você fez a coisa certa.

– Não, a coisa errada.

– Não vou discutir. Mas vou levá-lo para a terra firme esta noite.

– Esta noite? – Eu estava surpreso.

– Meu irmão não aceita a derrota facilmente – disse Galahad em voz baixa. – Uma faca nas costelas enquanto você estiver dormindo? Se eu fosse você, Derfel Cadarn, iria me juntar aos seus homens em terra, para dormir em segurança junto deles.

Olhei para o outro lado da mesa, onde Lancelot, o homem de beleza sombria, era consolado pela mãe, que limpava o sangue de seu rosto com um lenço embebido em vinho.

– Meio-irmão? – perguntei a Galahad.

– Sou filho da amante do rei, e não de sua esposa. – Galahad se inclinou para perto de mim e explicou em voz baixa. – Mas papai tem sido bom para mim e insiste em me chamar de príncipe.

Agora o rei Ban discutia com o padre Celwin sobre algum ponto obscuro da teologia cristã. Mas debatia com entusiasmo cortês enquanto Celwin cuspia insultos e os dois se divertiam tremendamente.

– Seu pai me disse que você e Lancelot são guerreiros – falei a Galahad.

– Os dois? – Galahad riu. – Meu caro irmão emprega poetas e bardos para cantar elogios a ele como se fosse o maior guerreiro da Armórica, mas ainda não o vi numa fileira de escudos.

– Mas preciso lutar para preservar a herança dele – falei com azedume.

– O reino está perdido – disse Galahad descuidadamente. – Papai gastou o dinheiro em construções e manuscritos, e não em soldados, e aqui em Ynys Trebes estamos muito longe de nosso povo, de modo que eles preferem recuar para Broceliande do que nos procurar pedindo ajuda. Os francos estão vencendo em toda parte. O seu serviço, Derfel, é ficar vivo e voltar para casa em segurança.

Sua honestidade me fez olhá-lo com um novo interesse. Ele tinha um rosto mais largo e mais grosseiro que o irmão, e mais aberto; o tipo de rosto que você ficaria satisfeito em ver ao lado direito na linha de escudos. O lado direito de um homem é defendido pelo escudo do vizinho, de modo que era bom ter boas relações com esse homem, e Galahad, senti instintivamente, seria um homem fácil de gostar.

– Está dizendo que não deveríamos lutar contra os francos? – perguntei em voz baixa.

– Estou dizendo que a luta está perdida, mas sim, você jurou a Artur que lutaria, e cada momento que Ynys Trebes viver é um momento de luz num mundo escuro. Estou tentando persuadir meu pai a mandar sua biblioteca para a Britânia, mas acho que ele preferiria cortar o próprio coração primeiro. Mas, quando chegar a hora, tenho certeza, ele irá mandá-la. Agora – Galahad empurrou para trás sua cadeira dourada – você e eu devemos sair. Antes – acrescentou baixo – que os *fili* recitem. A não ser, claro, que goste de versos intermináveis sobre as glórias do luar sobre campos de juncos.

Levantei-me e bati na mesa com uma das facas especiais para comer, que o rei Ban oferecera aos convidados. Agora aqueles convidados me olhavam, cautelosos.

– Devo me desculpar – falei – não somente a todos vocês, mas a meu senhor Lancelot. Um guerreiro tão grandioso como ele deveria ter companhia melhor para o jantar. Agora, desculpem-me, preciso dormir.

Lancelot não respondeu. O rei Ban sorriu, a rainha Elaine pareceu enojada e Galahad me levou rapidamente, primeiro aonde estavam minhas roupas e armas, e depois até o cais iluminado por tochas em que um barco nos esperava para nos levar para a terra. Galahad, ainda vestido com sua toga, carregava um saco que jogou no convés do pequeno barco. O fardo caiu com um barulho metálico.

– O que é? – perguntei.

– Minhas armas e a armadura. – Ele soltou a amarra do barco e depois subiu a bordo. – *Vou* com você.

O barco deslizou para fora do cais sob uma vela escura. A água se encrespava na proa e batia suavemente nos costados enquanto penetrávamos na baía. Galahad se despia da toga, que jogou para o barqueiro, antes de se vestir com o equipamento de guerra enquanto eu olhava para o palácio sobre o morro. Pendia no céu como uma embarcação celeste velejando em nuvens, ou talvez como uma estrela que desceu à terra; um lugar de sonhos; um refúgio onde um rei justo e uma rainha bela governavam, e onde poetas cantavam e velhos podiam estudar a envergadura das asas dos anjos. Era tão linda, Ynys Trebes, tão absolutamente linda!

E, se não pudéssemos salvá-la, absolutamente condenada.

DOIS ANOS LUTAMOS. Dois anos contra todas as chances. Dois anos de esplendor e vilania. Dois anos de matanças e festas, de espadas partidas e escudos despedaçados, de vitória e desastre, e em todos aqueles meses e todas aquelas lutas suadas em que homens corajosos engasgavam no próprio sangue e homens comuns faziam coisas que jamais sonhavam ser possível, jamais vi Lancelot. Mas os poetas diziam que ele era o herói de Benoic, o guerreiro mais perfeito, o lutador dos lutadores. Os poetas diziam que preservar Benoic era a luta de Lancelot, e não minha, nem de Galahad, nem de Culhwch, mas de Lancelot. Mas Lancelot passou a guerra na cama, implorando à mãe que lhe trouxesse vinho e mel.

Não, nem sempre na cama. Algumas vezes Lancelot estava numa luta, mas sempre a cerca de 1,5 quilômetro atrás, para que pudesse ser o primeiro a voltar a Ynys Trebes com a notícia da vitória. Ele sabia como rasgar um manto, criar mossas num gume de espada, desgrenhar o cabelo oleado e até cortar o rosto para cambalear para casa como um herói, e então sua mãe mandaria os *fili* compor uma nova canção, e a canção seria levada à Britânia por comerciantes e marinheiros, de modo que até mesmo no distante Rheged, ao norte de Elmet, acreditavam que Lancelot era o novo Artur. Os saxões temiam sua vinda, e Artur lhe mandou de presente um cinto de espada bordado e com uma fivela ricamente esmaltada.

– Você acha que a vida deveria ser justa? – perguntou-me Culhwch quando reclamei do presente.

– Não, senhor.

– Então não gaste o fôlego falando de Lancelot. – Culhwch era o líder de cavalaria deixado por Artur na Armórica quando foi para a Britânia, e também era primo de Artur, ainda que não tivesse qualquer semelhança com meu senhor. Culhwch era um brigão atarracado, ferozmente barbudo e de braços compridos que não pedia nada da vida além de um suprimento suficiente de inimigos, bebida e mulheres. Artur o deixara no comando de trinta homens e cavalos, mas todos os cavalos estavam mortos e metade dos homens também, de modo que agora Culhwch lutava a pé. Juntei meus homens aos dele, e com isso aceitei seu comando.

Ele mal podia esperar pelo fim da guerra em Benoic, para lutar de novo ao lado de Artur. Adorava Artur.

Mas lutamos uma guerra estranha. Quando Artur estava na Armórica, os francos ainda se encontravam alguns quilômetros a leste, onde a terra era plana e sem árvores, e portanto ideal para seus pesados cavaleiros, mas agora o inimigo estava no fundo das florestas que cobriam os morros no centro de Benoic. O rei Ban, como Tewdric de Gwent, depositara sua fé nas fortificações, mas enquanto Gwent era situada de maneira ideal para fortalezas maciças e muralhas altas, as florestas e os morros de Benoic ofereciam ao inimigo muitos caminhos que passavam pelas fortalezas no topo dos morros, guarnecidas pelas desanimadas forças de Ban. Nosso serviço era dar nova esperança a essas forças, e fazíamos isso usando as táticas de Artur, com marchas forçadas e ataques de surpresa. Os morros cobertos de florestas em Benoic eram feitos para esse tipo de batalhas, e nossos homens eram ímpares. Existem poucas alegrias comparáveis com a luta que se segue a uma emboscada bem urdida, quando o inimigo está desprevenido e com as armas embainhadas. Fiz novas cicatrizes no gume comprido de Hywelbane.

Os francos nos temiam. Chamavam-nos de lobos das florestas, e então adotamos o insulto como símbolo e passamos a usar caudas de lobos cinzentos nos capacetes. Uivávamos para amedrontá-los e os mantínhamos acordados noite após noite, tocaiávamos durante dias e armávamos as emboscadas quando queríamos, e não quando eles estavam preparados, mas os inimigos eram muitos, nós éramos poucos, e mês a mês nosso número se encolhia.

Galahad lutava conosco. Era um grande guerreiro, mas também era um erudito que tinha mergulhado na biblioteca do pai, e durante a noite falava sobre Deuses antigos, novas religiões, países estranhos e grandes homens. Lembro-me de uma noite quando acampamos numa vila arruinada. Uma semana antes aquele lugar era um povoado florescente, com seu próprio moinho, sua olaria e queijaria, mas os francos tinham estado lá, e agora a vila era uma ruína enfumaçada e manchada de sangue, as paredes derrubadas e a fonte envenenada com cadáveres de mulheres e crianças. Nossas sentinelas guardavam os caminhos da floresta, de modo que tivemos o luxo de uma fogueira onde assamos lebres e um cabrito. Bebemos água e fingimos que era vinho.

– Falerniano – disse Galahad sonhadoramente, estendendo sua taça de barro para as estrelas como se fosse um frasco de ouro.

– Quem é ele? – perguntou Culhwch.

– Falerniano, meu caro Culhwch, é um vinho, um vinho romano muito agradável.

– Jamais gostei de vinho – disse Culhwch, depois deu um bocejo enorme. – É bebida de mulher. Agora, a cerveja saxã! Aquilo é que é bebida. – Dentro de minutos ele estava dormindo.

Galahad não conseguiu dormir. O fogo tremulava baixo enquanto acima de nós as estrelas brilhavam. Uma caiu, cortando o seu caminho rápido através dos céus, e Galahad fez o sinal da cruz porque era cristão, e para ele uma estrela cadente era o sinal de um demônio caindo do paraíso.

– Ele já esteve na terra – falou.

– O quê? – perguntei.

– O paraíso. – Ele se recostou na grama e pousou a cabeça sobre os braços. – O doce paraíso.

– Você está falando de Ynys Trebes?

– Não, não. Quero dizer, Derfel, que quando Deus fez o homem ele nos ofereceu um paraíso onde viver, e me ocorre que desde então viemos perdendo esse paraíso, centímetro a centímetro. E acho que logo desaparecerá. A escuridão está baixando. – Ele ficou quieto durante um tempo, depois sentou-se quando os pensamentos lhe deram nova energia. – Pense bem: não faz cem anos esta terra era pacífica. Os homens construíam grandes casas. Não sabemos construir como eles. Sei que meu pai construiu um belo palácio, mas que não passa de pedaços de palácios antigos juntados e remendados com pedra. Nós não sabemos construir como os romanos. Não sabemos construir tão alto, ou com tanta beleza. Não sabemos fazer estradas, não sabemos fazer canais, não sabemos fazer aquedutos. – Eu nem sabia o que era um aqueduto, mas fiquei quieto enquanto Culhwch roncava contente ao lado. – Os romanos construíram cidades inteiras, lugares tão vastos, Derfel, que demoraria toda uma manhã para ir de um lado até o outro, e todos os passos caíam sobre pedras polidas, encaixadas. E naquela época ainda era possível andar durante semanas e continuar na terra de Roma, sujeito às leis de Roma e ouvindo a linguagem de Roma. Agora olhe. – Ele apontou para a noite. – Só escuridão. E ela se espalha, Derfel. A escuridão está se arrastando para dentro da Armórica. Benoic acabará, e depois de Benoic, Broceliande, e depois de Broceliande, a Britânia. Sem leis, sem livros, sem música, sem justiça, apenas com homens vis em volta de fogueiras fumacentas planejando quem matarão no dia seguinte.

– Não enquanto Artur viver – falei, teimoso.

– Um homem contra a escuridão? – perguntou Galahad com ceticismo. Ele pensou por um segundo, olhando para a fogueira que enchia de sombras seu rosto forte. – Cristo foi nossa última chance – falou finalmente. – Ele disse para nos amarmos uns aos outros, fazer o bem, dar esmolas aos pobres, comida aos famintos, roupas aos que estão nus. Então os homens O mataram. – Ele se virou e olhou para mim. – Acho que Cristo sabia o que estava chegando, por isso prometeu que, se vivêssemos como ele viveu, um dia estaríamos com ele no paraíso. Não na terra, Derfel, mas no paraíso. Lá em cima – e apontou para as estrelas – porque ele sabia que a terra estava acabada. Mas estamos nos últimos dias. Até os nossos Deuses fugiram de nós. Não é isso que você me diz? Que o seu Merlin está percorrendo terras estranhas para encontrar pistas dos Deuses antigos? Mas de que servirão as pistas? Sua religião morreu há muito tempo quando os romanos destruíram Ynys Mon, e só lhes restaram farrapos de conhecimento desconectado. Os seus Deuses se foram.

– Não – falei, pensando em Nimue, que sentia a presença deles, ainda que para mim os Deuses fossem sempre distantes e sombrios. Para mim, Bel era como Merlin, apenas mais distante, indescritivelmente enorme e muito mais misterioso. Pensava em Bel vivendo no norte distante enquanto Manawydan devia viver no Oeste, onde as águas rolavam interminavelmente.

– Os Deuses antigos se foram – insistiu Galahad. – Eles nos abandonaram porque não somos dignos.

– Artur é digno – falei teimosamente –, e você também.

Ele balançou a cabeça.

– Sou um pecador tão vil, Derfel, que nem suporto.

Ri de seu tom de voz abjeto.

– Absurdo.

– Eu mato, sinto luxúria, inveja. – Ele estava realmente sofrendo, mas Galahad, como Artur, era um homem que vivia julgando a própria alma e descobrindo que ela era indigna, e jamais conheci um homem assim que ficasse feliz por muito tempo.

– Você só mata homens que iriam matá-lo – defendi-o.

– E, que Deus me ajude, eu gosto. – Ele fez o sinal da cruz.

– Bom. E o que há de errado com a luxúria?

– Ela suplanta a razão.

– Mas você é razoável.

– Mas sinto luxúria, Derfel, como sinto! Há uma garota em Ynys Trebes, uma das harpistas do meu pai. – Ele balançou a cabeça desesperançado.

– Mas se controla a sua luxúria, então sinta orgulho disso.

– Eu sinto, e o orgulho é outro pecado.

Balancei a cabeça diante da inutilidade de discutir com ele.

– E a inveja? – ofereci a última parte de sua trindade de pecados. – Quem você inveja?

– Lancelot.

– Lancelot? – Fiquei surpreso.

– Por que ele é o edling, e não eu. Por que ele toma o que quer, quando quer, e parece não se arrepender. Aquela harpista? Ele a tomou. Ela gritou, lutou, mas ninguém ousou impedi-lo porque ele era Lancelot.

– Nem você?

– Eu o teria matado, mas estava longe da cidade.

– O seu pai não o impediu?

– Meu pai estava com seus livros. Provavelmente confundiu os gritos da garota com uma gaivota chamando o vento do mar, ou dois de seus *fili* discutindo por causa de uma metáfora.

Cuspi no fogo.

– Lancelot é um verme – falei.

– Não – insistiu Galahad –, ele é simplesmente Lancelot. Pega o que quer e passa os dias planejando como conseguir. Ele pode ser muito encantador, muito plausível, e até poderia ser um grande rei.

– Nunca – falei com firmeza.

– Verdade. Se poder é o que ele quer, e é, e se ele recebê-lo, talvez seu apetite seja saciado. Lancelot realmente quer que o amem.

– Ele tem um modo estranho de querer isso – falei, lembrando de como Lancelot me provocara à mesa de seu pai.

– Desde o princípio ele sabia que você não ia gostar dele, por isso o desafiou. Assim, quando fizer de você um inimigo, ele poderá explicar a si mesmo por que você não gosta dele. Mas com pessoas que não o ameaçam ele pode ser gentil. Ele pode ser um grande rei.

– Ele é fraco – falei com desprezo.

Galahad sorriu.

– O forte Derfel! Derfel, o que não tem dúvidas. Você deve achar que todos nós somos fracos.

– Não, mas acho que estamos todos cansados e que amanhã temos de matar francos, de modo que vou dormir.

E no dia seguinte realmente matamos francos, e depois de descansarmos numa das fortalezas de Ban em uma colina, com os ferimentos tratados e as combalidas espadas afiadas, voltamos para a floresta. Mas semana a semana, mês a mês, lutávamos mais perto de Ynys Trebes. O rei Ban pediu que seu vizinho, Budic de Broceliande, mandasse tropas, mas Budic estava fortificando sua própria fronteira e se recusou a desperdiçar homens na defesa de uma causa perdida. Ban apelou para Artur, e apesar de Artur ter mandado uma pequena leva de homens, ele próprio não veio. Estava ocupado demais lutando contra os saxões. Recebíamos notícias da Britânia, mas eram pouco frequentes e costumavam ser vagas, mas soubemos que as novas hordas de saxões estavam tentando colonizar as terras do meio e pressionando as fronteiras da Dumnonia. Gorfyddyd, que era uma grande ameaça quando deixei a Britânia, ultimamente andava mais quieto, graças a uma praga terrível que afligira o seu país. Viajantes contavam que o próprio Gorfyddyd estava doente e muitos achavam que não chegaria ao final do ano. A mesma doença que atacara Gorfyddyd havia matado o noivo de Ceinwyn, um príncipe de Rheged. Eu nem sabia que ela estava noiva outra vez e confesso que senti um prazer egoísta, porque o príncipe morto de Rheged não se casaria com a estrela de Powys. De Guinevere, Nimue ou Merlin eu não sabia coisa alguma.

O reino de Ban desmoronava. Não houve homens para fazer a colheita no ano anterior, e naquele inverno nos apinhamos numa fortaleza ao sul do reino, onde vivemos de carne de veado, raízes, frutas e aves selvagens. Ainda fazíamos um ataque ocasional ao território dos francos, mas agora éramos como vespas tentando matar um touro a picadas, já que os francos estavam em toda parte. Seus machados ressoavam nas florestas invernais enquanto eles abriam terras para plantações, e suas paliçadas recém-construídas com troncos muito bem partidos brilhavam ao pálido sol de inverno.

No início da nova primavera recuamos diante de um exército de guerreiros francos. Eles vieram batendo tambores e sob estandartes feitos de chifres de touro sobre mastros. Vi uma parede de escudos feita de mais de duzentos homens e soube que os nossos cinquenta sobreviventes jamais poderiam rompê-la, e assim, com Culhwch e Galahad de cada um dos lados, recuei. Os francos zombaram e nos perseguiram com uma chuvarada de suas lanças leves.

Agora o reino de Benoic estava com pouca gente. A maioria tinha ido para o reino de Broceliande, que lhes prometia terra em troca de serviço bélico. Os antigos povoados romanos estavam desertos, e seus campos emaranhados de capim. Nós, dumnonianos, caminhamos para o norte arrastando as lanças para defender a última fortaleza do reino de Ban: a própria Ynys Trebes.

A cidade na ilha estava apinhada de fugitivos. Em cada casa dormiam vinte pessoas. Crianças choravam e famílias brigavam. Barcos de pesca levavam alguns dos fugitivos para Broceliande, a oeste, ou para a Britânia, ao norte, mas jamais havia barcos suficientes, e quando os exércitos francos apareceram na praia fronteira à ilha, Ban ordenou que o resto dos barcos permanecesse ancorado no pequeno e desajeitado porto de Ynys Trebes. Queria que ficassem ali para que pudéssemos suprir a guarnição assim que o cerco tivesse início, mas os comandantes de embarcações são uma gente teimosa, e quando chegou a ordem para ficarem, muitos levantaram ferro e partiram para o norte vazios. Apenas um punhado de barcos permaneceu.

Lancelot foi feito comandante de Ynys Trebes, e as mulheres aplaudiam quando ele descia para a rua circular da cidade. Os cidadãos acreditavam que agora tudo ficaria bem, porque o maior dos soldados estava no comando. Ele aceitou a adulação, e fazia discursos em que prometia construir em Ynys Trebes uma nova rua feita com os crânios dos francos mortos. Certamente o príncipe tinha a figura certa para o papel do herói, porque usava uma cota de escamas onde cada placa de metal tinha sido esmaltada de branco, de modo que ela brilhava ao sol do início de primavera. Lancelot dizia que a cota tinha pertencido a Agamenon, um herói da Antiguidade, mas Galahad me garantiu que era trabalho romano. As botas de Lancelot eram feitas de couro vermelho, o manto era azul-escuro e no quadril, pendurada no cinto bordado que tinha sido presente de Artur, ele usava Tanlladwyr, "matadora brilhante", a sua espada. Seu elmo era preto, e na crista havia as asas abertas de uma águia do mar.

– Para que ele possa voar para longe – comentou azedamente Cavan, meu severo irlandês.

Lancelot convocou um conselho de guerra na câmara elevada, beijada pelo vento, ao lado da biblioteca de Ban. A maré estava baixa e o mar tinha fugido dos bancos de areia da baía, onde grupos de francos tentavam achar um caminho seguro para a cidade. Galahad havia plantado guias falsas por toda a baía, tentando levar o inimigo para as areias movediças ou então para bancos firmes que seriam os primeiros a ser cobertos quando a maré virasse e invadisse a baía. Lancelot, de costas para o inimigo, contou sua estratégia. Seu pai estava sentado de um lado, a mãe do outro, e ambos assentiram diante da sabedoria do filho.

A defesa de Ynys Trebes era simples, anunciou Lancelot. Só precisamos sustentar as muralhas da ilha. Nada mais. Os francos tinham poucos barcos, não podiam voar, por isso tinham de caminhar até Ynys Trebes, e esta era uma jornada que só podiam fazer na maré baixa e depois de terem descoberto a rota segura sobre a planície de maré. Assim que chegassem à cidade estariam cansados, e não poderiam escalar as muralhas de pedra.

– Basta sustentar as muralhas – disse Lancelot – e estamos seguros. Barcos podem trazer suprimentos. Ynys Trebes não precisa cair jamais!

– Certo! Certo! – disse o rei Ban, animado pelo otimismo do filho.

– Quanta comida nós temos? – Culhwch rosnou a pergunta.

Lancelot deu-lhe um olhar penalizado.

– O mar está cheio de peixes. São coisinhas brilhantes, lorde Culhwch, com caudas e barbatanas. A gente come.

– Eu não sabia – disse Culhwch, impassível. – Estive ocupado demais matando francos.

Um murmúrio de gargalhadas passou por alguns dos guerreiros convocados à reunião. Uma dúzia deles, como nós, tinham lutado no continente, mas o resto era composto por pessoas íntimas do príncipe Lancelot, e haviam sido recentemente promovidos a capitães, para este sítio. Bors, primo de Lancelot, era campeão de Benoic e comandante da guarda do palácio. Ele, pelo menos, tinha visto alguma luta e ganhara reputação de guerreiro, mas agora, com as pernas compridas esparramadas, vestindo uniforme romano e com os cabelos compridos, como os de seu primo Lancelot, grudados com óleo ao crânio, parecia pretensioso.

– Quantas lanças temos? – perguntei.

Até então Lancelot havia me ignorado. Eu sabia que ele não esquecera nosso encontro dois anos antes, mas mesmo assim sorriu da minha pergunta.

– Temos 420 homens em armas, e cada um tem uma lança. Você consegue deduzir a resposta?

Devolvi o sorriso sedoso.

– Lanças se quebram, senhor príncipe, e os homens que defendem muralhas jogam suas lanças como se fossem dardos. Quando 420 lanças forem atiradas, o que jogaremos em seguida?

– Poetas – rosnou Culhwch, felizmente baixo demais para Ban ouvir.

– Existem lanças de reserva – disse Lancelot tranquilamente. – E além disso usaremos as lanças que os francos jogarem contra nós.

– Poetas, com certeza – disse Culhwch.

– O senhor falou, lorde Culhwch? – perguntou Lancelot.

– Arrotei, senhor príncipe. Mas, já que tenho sua graciosa atenção, nós temos arqueiros?

– Alguns.

– Muitos?

– Dez.

– Que os Deuses nos ajudem – disse Culhwch e desceu de sua cadeira. Ele odiava cadeiras.

Elaine falou em seguida, lembrando-nos de que a ilha estava abrigando mulheres, crianças e os maiores poetas do mundo.

– A segurança dos *fili* está nas mãos de vocês, e vocês sabem o que acontecerá se fracassarem.

Chutei Culhwch para impedir que ele fizesse um comentário.

Ban ficou de pé e fez um gesto na direção de sua biblioteca.

– Sete mil, oitocentos e quarenta e três rolos estão ali – falou solenemente –, o tesouro acumulado do conhecimento humano. E, se a cidade cair, a civilização também cairá. – Em seguida, contou a história antiga de um herói que entrou num labirinto para matar um monstro, deixando no caminho um fio de lã com o qual poderia encontrar o caminho para sair da escuridão. – Minha biblioteca – explicou finalmente o motivo da história comprida – é o fio. Se o perdermos, cavalheiros, ficaremos na escuridão eterna. Então eu lhes imploro, imploro: lutem! – Ele parou, sorrindo. – E convoquei ajuda. Cartas estão indo para Broceliande e Artur, e acho que não está longe o dia em que nosso horizonte estará cheio de velas amigas! E Artur, lembrem-se, jurou nos ajudar!

– Artur está com as mãos cheias de saxões – interveio Culhwch.

– Um juramento é um juramento! – disse Ban, reprovando.

Galahad perguntou se planejávamos atacar os acampamentos dos francos na praia. Poderíamos ir facilmente de barco, falou, desembarcando a leste ou a oeste das posições deles, mas Lancelot descartou a ideia.

– Se deixarmos as muralhas, morreremos. É simples.

– Sem ataques? – perguntou Culhwch, enojado.

– Se deixarmos as muralhas – repetiu Lancelot –, morreremos. As ordens são simples: fiquem atrás das muralhas. – Ele anunciou que os melhores guerreiros de Benoic, uma centena de veteranos da guerra no continente, guardariam o portão principal. Nós, os cinquenta dumnonianos sobreviventes, ficamos com as muralhas de oeste, enquanto as tropas temporárias da cidade, aumentadas com fugitivos do continente, guardariam o resto da ilha. O próprio Lancelot, com uma companhia da guarda do palácio, vestida com mantos brancos, formaria a reserva que assistiria à luta do palácio e desceria para intervir se sua ajuda fosse necessária.

– Podia muito bem chamar as fadas – rosnou Culhwch para mim.

– Outro arroto? – perguntou Lancelot.

– É todo esse peixe que como, senhor príncipe – disse Culhwch.

O rei Ban nos convidou a inspecionar sua biblioteca antes de sairmos, talvez querendo nos impressionar com o valor do que ele defendia. A maioria dos homens que tinham estado no conselho de guerra entrou arrastando os pés. Ficaram boquiabertos diante dos rolos encaixados nos pombais, depois foram olhar a harpista de peito de fora que tocava na antecâmara da biblioteca. Galahad e eu nos demoramos mais entre os livros onde o padre corcunda Celwin continuava curvado sobre sua mesa antiga, tentando impedir que o gato cinzento brincasse com sua pena.

– Ainda trabalhando na envergadura das asas dos anjos, padre? – perguntei.

– Alguém precisa – disse ele. Depois se virou para me espiar mal-humorado, com seu único olho. – Quem é você?

– Derfel, padre, da Dumnonia. Nós nos conhecemos dois anos atrás. Estou surpreso em vê-lo ainda aqui.

– Sua surpresa não me interessa, Derfel da Dumnonia. Além disso, fiquei fora durante um tempo. Fui a Roma. Lugar imundo. Pensei que os vândalos poderiam tê-lo limpado, mas o lugar continua cheio de padres com seus garotinhos gorduchos, por isso voltei para cá. As harpistas de Ban são muito mais bonitas do que os catamitas de

Roma. – Ele me lançou um olhar inamistoso. – Você se importa com minha segurança, Derfel da Dumnonia?

Eu não podia responder que não, apesar de me sentir tentado.

– Meu serviço é proteger vidas – falei um tanto pretensiosamente –, inclusive a sua, padre.

– Então ponho minha vida em suas mãos, Derfel da Dumnonia – disse ele enquanto virava o rosto feioso de volta para a mesa e empurrava o gato com sua pena. – Deixo minha vida em sua consciência, Derfel da Dumnonia, e agora você pode ir lutar e me deixar fazer alguma coisa útil.

Tentei perguntar ao padre sobre Roma, mas ele desconsiderou as perguntas. Assim, desci para o depósito na muralha oeste, que seria nosso lar pelo resto do sítio. Galahad, que agora se considerava um dumnoniano honorário, estava conosco, e ambos tentamos contar os francos que estavam recuando da maré depois de outra tentativa de descobrir a trilha pelas areias. Os bardos, cantando sobre o sítio de Ynys Treves, dizem que o inimigo era em maior número do que os grãos de areia na baía. Não havia tantos, mas mesmo assim era um número formidável. Cada bando de guerreiros francos no Oeste da Gália tinha combinado ajudar na captura de Ynys Trebes, a joia da Armórica que, segundo boatos, estava atulhada com os tesouros do decadente império romano. Galahad estimava que estávamos diante de 3 mil francos, na minha opinião eram 2 mil, enquanto Lancelot nos garantia que eram 10 mil. Mas, segundo qualquer contagem, era uma quantidade terrível.

Os primeiros ataques trouxeram apenas desastre aos francos. Eles encontraram um caminho pela areia e assaltaram o portão principal, e foram repelidos com muito sangue, e no dia seguinte atacaram nossa parte da muralha, e receberam o mesmo tratamento, só que dessa vez ficaram tempo demais e boa parte de sua força foi cortada pela maré que chegou. Alguns tentaram vagar até o continente e se afogaram, outros recuavam para o trecho de areia que ia se encolhendo diante de nossas muralhas onde foram trucidados por uma investida de lanceiros liderados do portão por Bleiddig, o chefe que tinha me levado para Benoic e que agora era o líder dos veteranos. O ataque de Bleiddig pela areia aconteceu em desobediência direta à regra de Lancelot, de que deveríamos ficar dentro da muralha da cidade, mas os mortos foram tantos que Lancelot fingiu ter ordenado o ataque e depois, após a morte de Bleiddig, até mesmo afirmou ter comandado a investida. Os *fili* fizeram uma canção contando como Lancelot tinha represado a baía com francos mortos, mas na verdade o príncipe ficou no palácio enquanto Bleiddig atacava. Durante dias, os corpos dos guerreiros francos boiavam em volta da base da ilha, levados pela maré e proporcionando uma carniça rica para as gaivotas.

Então os francos começaram a construir um caminho decente. Cortaram centenas de árvores e puseram sobre a areia, depois firmaram os troncos com pedras levadas por escravos. As marés na ampla baía de Ynys Trebes eram ferozes, algumas vezes subindo 12 metros, e o novo caminho era rasgado pelas correntes, de modo que na maré baixa a planície ficava atulhada de troncos flutuantes, mas os francos sempre traziam mais árvores e pedras e completavam as falhas. Eles haviam capturado milhares de escravos e não se importavam com quantos morressem na construção da nova estrada. O caminho ia ficando mais comprido à medida que nosso suprimento de comida se tornava mais curto. Nossos poucos barcos remanescentes continuavam pescando, e outros traziam grãos de Broceliande, mas os francos lançaram seus próprios barcos do litoral, e depois de dois de nossos pesqueiros serem capturados e suas tripulações estripadas, nossos comandantes ficaram em casa. Os poetas no topo do morro, posando com suas lanças, viviam dos ricos suprimentos do palácio, mas nós, guerreiros, arrancávamos cracas das rochas, comíamos mexilhões e lingueirões ou cozinhávamos os ratos que caçávamos no depósito ainda cheio de peles, sal e barris de pregos. Não passamos fome. Tínhamos armadilhas para peixes na base das rochas e na maior parte dos dias elas rendiam alguns peixes pequenos, mas na maré baixa os francos mandavam grupos de ataque para destruir as armadilhas.

Na maré alta os barcos francos remavam em volta da ilha para tirar as armadilhas de peixe postas mais longe da cidade. A baía era suficientemente rasa para que o inimigo visse as armadilhas e as quebrasse com suas lanças. Um desses barcos encalhou na volta ao continente e foi deixado preso a 400 metros da cidade enquanto a maré baixava. Culhwch ordenou um ataque, e trinta de nós descemos por redes de pesca penduradas no topo da muralha. Os 12 homens da tripulação do barco fugiram enquanto nos aproximávamos, e dentro da embarcação abandonada encontramos um barril de peixe salgado e dois pães secos que levamos de volta em triunfo. Quando a maré subiu trouxemos o barco de volta para a cidade e o amarramos em segurança abaixo de nossa muralha. Lancelot soube de nossa desobediência, mas não tomou qualquer atitude, apesar de ter chegado uma mensagem da rainha Elaine, exigindo saber que suprimentos tínhamos retirado do barco. Mandamos um pouco de peixe seco para cima, e sem dúvida o presente foi considerado um insulto. Então Lancelot nos acusou de capturar o barco para que pudéssemos desertar de Ynys Trebes, e ordenou que o mandássemos para o pequeno porto da ilha. Como resposta, subi o morro até o palácio e exigi que ele confirmasse a acusação de covardia usando a espada. Gritei o desafio pelo pátio, mas o príncipe e seus poetas permaneceram atrás das portas trancadas. Cuspi na soleira e fui embora.

Quanto mais as coisas ficavam desesperadas, mais feliz Galahad parecia. Parte de sua felicidade resultava da presença de Leanor, a harpista que tinha me dado as boas-vindas havia dois anos, a garota por quem Galahad tinha me confessado sua luxúria, a mesma garota que fora estuprada por Lancelot. Ela e Galahad viviam num canto do depósito. Todos tínhamos mulheres. Havia algo na desesperança de nossa situação que erodia o comportamento normal, por isso atulhávamos o máximo de vida possível naquelas horas anteriores à morte. As mulheres montavam guarda conosco e jogavam pedras sempre que os francos tentavam desmantelar as frágeis armadilhas de peixes. Há muito tempo tínhamos ficado sem lanças, a não ser as que havíamos trazido para Benoic e que estávamos guardando para o ataque principal. O punhado de arqueiros não tinha flechas, a não ser as que eram lançadas na cidade pelos francos, e esse suprimento aumentou quando a estrada do inimigo chegou perto do portão da cidade. Os francos erigiram uma cerca de madeira no fim da estrada e seus arqueiros ficavam atrás da cerca e jorravam flechas contra os defensores do portão. Os francos não fizeram qualquer tentativa de estender a estrada até a cidade, porque ela se destinava apenas a lhes dar uma passagem segura até o lugar onde o assalto poderia ter início. Sabíamos que o ataque começaria logo.

Era início de verão quando a estrada ficou pronta. A lua estava cheia e trouxe marés gigantescas. Durante boa parte do tempo o caminho ficava debaixo d'água, mas na maré baixa as areias se estendiam largas em volta de Ynys Trebes, e os francos, que estavam aprendendo os segredos das planícies de areia dia após dia, se posicionavam em toda parte. Seus tambores eram nossa música constante, e as ameaças que lançavam estavam sempre em nossos ouvidos. Um dia foi comemorada uma festa especial para as tribos deles, e em vez de nos atacar eles acenderam grandes fogueiras na praia, depois fizeram marchar uma coluna de escravos até a extremidade da estrada de troncos onde, um a um, os cativos foram decapitados. Os escravos eram bretões, alguns com parentes que assistiam das muralhas da cidade, e o barbarismo da chacina fez com que alguns dos defensores de Ynys Trebes saíssem correndo do portão numa tentativa inútil de resgatar mulheres e crianças condenadas. Os francos estavam esperando o ataque e formaram uma parede de escudos na areia, mas os homens de Ynys Trebes, enlouquecidos pela fúria e pela fome, atacaram. Bleiddig foi um deles. Morreu naquele dia, cortado por uma lança franca. Nós, dumnonianos, ficamos olhando enquanto um punhado de sobreviventes corria de volta para a cidade. Não havia nada que pudéssemos fazer a não ser acrescentar nossos cadáveres à pilha. O corpo de Bleiddig foi esfolado, estripado e depois empalado numa estaca na extremidade do caminho, para que fôssemos forçados a olhá-lo até a próxima maré alta. Mas, de algum modo, Bleiddig ficou na estaca apesar de ter sido imerso, de modo que na manhã seguinte, sob uma alvorada cinzenta, as gaivotas estavam destroçando seu cadáver lavado pelo sal.

– Deveríamos ter atacado com Bleiddig – disse-me Galahad amargamente.

– Não.

– Melhor ter morrido como um homem na frente de uma parede de escudos do que de fome, aqui.

– Você terá sua chance de lutar contra a parede de escudos – prometi, mas também dei os passos possíveis para ajudar meu povo em derrota. Montamos barricadas nos caminhos que levavam ao nosso setor, de modo que, se os francos invadissem a cidade na ilha, pudéssemos mantê-los a distância enquanto nossas mulheres eram levadas por um estreito caminho que se retorcia entre as rochas na encosta do pico de granito, indo até um penhasco minúsculo na borda noroeste da ilha, onde tínhamos escondido o barco capturado. O penhasco não era um porto, por isso protegemos o navio enchendo-o de pedras de modo que a maré o inundasse duas vezes por dia. Sob a água o casco frágil estava a salvo de ser jogado pelos ventos e ondas contra as laterais do penhasco. Eu achava que o ataque do inimigo seria feito na água rasa, e dois de nossos homens feridos tinham instruções de tirar as pedras do barco assim que o ataque começasse, de modo que a embarcação flutuaria na entrada da maré. A ideia de escapar no barco era desesperada, mas dava ânimo ao nosso pessoal.

Nenhum navio veio em nosso resgate. Num dia de manhã, uma grande vela foi avistada ao norte, e correu pela cidade o boato de que o próprio Artur estava vindo. Mas gradualmente a vela se afastou e desapareceu na névoa de verão. Estávamos sozinhos. À noite cantávamos canções e contávamos histórias, e durante o dia vigiávamos os bandos de francos se reunindo na praia.

Esses bandos fizeram seu ataque numa tarde de verão, no final da maré vazante. Chegaram num grande enxame de homens com armaduras de couro, elmos de ferro e escudos de madeira levantados bem alto. Atravessaram a estrada, desceram no final e subiram a suave encosta de areia em direção ao portão da cidade. Os primeiros atacantes levavam um tronco enorme como aríete, com a extremidade endurecida pelo fogo e envolta em couro, enquanto os que vinham atrás traziam escadas compridas. Uma horda veio e jogou suas escadas contra nossa muralha.

– Deixem que eles subam! – gritou Culhwch aos nossos soldados. Ele esperou até que uma das escadas estivesse com cinco homens, depois jogou uma pedra enorme sobre eles. Os francos gritaram enquanto eram arrancados dos degraus. Uma flecha raspou no elmo de Culhwch enquanto ele jogava outra pedra. Mais flechas batiam na parede ou sibilavam sobre nossa cabeça enquanto uma chuva de lanças leves se chocava inutilmente contra a pedra. Os francos eram uma massa fervilhante ao pé da muralha, contra a qual jogávamos pedras e esgoto. Cavan conseguiu levantar uma escada e nós a partimos em pedaços que jogamos sobre os atacantes. Quatro de nossas mulheres se esforçaram para chegar à paliçada com uma fina coluna de pedra tirada de um portal, e a jogamos por sobre a muralha, e sentimos prazer com os gritos terríveis dos homens que ela esmagou.

– É assim que chega a escuridão! – gritou Galahad para mim. Ele estava exultante; lutando a última batalha e cuspindo no olho da morte. Esperou que um franco chegasse ao topo de uma escada, depois deu um golpe poderoso com sua espada de modo que a cabeça do homem voou até a areia. O resto do cadáver ficou preso à escada, obstruindo os francos atrás, que se tornaram alvos fáceis para as nossas pedras. Agora estávamos arrebentando as paredes do depósito para fazer munição e íamos vencendo a luta, porque um número cada vez menor de francos ousava subir as escadas. Em vez disso, recuaram da base da muralha e nós zombamos, dissemos que tinham sido vencidos por mulheres, mas que se atacassem de novo acordaríamos nossos guerreiros para a luta. Não sei se eles entendiam as provocações, mas ficaram para trás, com medo de nossas defesas. O ataque principal ainda fervilhava no portão, onde o som da cabeça do aríete era como um tambor gigantesco causando enjoo na baía inteira.

O sol esticou as sombras do lado oeste da baía, do outro lado da areia, enquanto nuvens rosadas criavam listras no céu. Gaivotas voavam para seus poleiros. Nossos dois homens feridos tinham ido tirar as pedras de dentro do barco – eu esperava que nenhum franco tivesse chegado tão longe na ilha a ponto de descobrir a embarcação – mas não achei que fôssemos precisar dela. A noite caía e a maré subia, de modo que logo a água obrigaria os atacantes a voltar à estrada de troncos e depois retornar aos seus acampamentos, e nós comemoraríamos uma vitória famosa.

Mas então ouvimos o rugido de batalha, de homens gritando do outro lado do portão da cidade, e vimos nossos francos derrotados correrem da frente da muralha para se juntar ao ataque distante, e soubemos que a cidade estava perdida. Mais tarde, conversando com sobreviventes, descobrimos que os francos haviam tido sucesso em subir no cais de pedra e que agora estavam enxameando a cidade.

E então começaram os gritos.

Galahad e eu atravessamos com vinte homens a barricada mais próxima. Mulheres corriam em nossa direção, mas quando nos viram entraram em pânico e tentaram subir o morro de granito. Culhwch ficou para guardar nossa muralha e proteger a retirada para o barco assim que a primeira fumaça de uma cidade derrotada se retorcesse para o céu do fim de tarde.

Corremos por trás dos defensores do portão principal, descemos um lance de escada de pedra e vimos o inimigo correndo como ratos num depósito de grãos. Centenas de lanceiros vinham do cais. Seus estandartes com chifres de touro avançavam por toda parte, os tambores batiam enquanto as mulheres presas nas casas da cidade berravam. À nossa esquerda, no lado mais distante do porto onde apenas alguns atacantes tinham ocupado uma posição, surgiu de repente um grupo de lanceiros com mantos brancos. Bors, primo de Lancelot e comandante da guarda do palácio, liderava um contra-ataque, e por um momento pensei que ele viraria a sorte do dia e selaria o recuo do inimigo. Mas, em vez de atacar pelo cais, Bors levou seus homens até os degraus para o mar, onde uma frota de pequenos barcos esperava para levá-los à segurança. Vi o príncipe Lancelot correndo em meio à guarda, trazendo sua mãe pela mão e liderando um punhado de cortesãos em pânico. Os *fili* fugiam da cidade condenada.

Galahad cortou dois homens que tentavam subir a escada, depois vi a rua atrás de nós se encher de francos com mantos escuros.

– Para trás! – gritei e puxei Galahad para fora do beco.

– Deixe-me lutar! – Ele tentou se livrar de mim e encarar os próximos dois homens que subiam os estreitos degraus de pedra.

– Viva, seu idiota. – Eu o empurrei para trás de mim, fintei com a lança para a esquerda e depois a levantei e enfiei a lâmina na cara de um franco. Larguei o cabo, aparei com o escudo o golpe da lança do segundo homem enquanto sacava Hywelbane, depois dei um golpe por baixo da borda do escudo que lançou o homem berrando para a escada, com sangue brotando entre as mãos que seguravam a virilha. – Você sabe como atravessar a cidade em segurança! – gritei para Galahad. Abandonei a lança enquanto o empurrava para longe dos inimigos enlouquecidos pela batalha, que vinham subindo a escada. Havia uma loja de oleiro no topo da escada e, apesar do sítio, a mercadoria do vendedor continuava exposta sobre mesas em cavaletes debaixo de um toldo de lona. Derrubei uma mesa cheia de jarras e vasos no caminho dos atacantes, depois arranquei o toldo e joguei na cara deles. – Mostre o caminho! – gritei. Havia becos e jardins que só os moradores de Ynys Trebes conheciam, e precisaríamos desses caminhos secretos se quiséssemos escapar.

Agora os invasores tinham atravessado o portão principal, separando-nos de Culhwch e seus homens. Galahad me guiou morro acima, virou à esquerda num túnel curto que passava embaixo de um templo, depois atravessou um jardim e subiu até a parede de uma cisterna de água da chuva. Abaixo de nós a cidade se retorcia no horror. Os vitoriosos francos quebravam portas para vingar seus mortos deixados na areia. Crianças choravam e eram silenciadas por espadas. Vi um guerreiro franco, um homem gigantesco com chifres no capacete, cortar com um machado quatro defensores num local sem saída. Mais fumaça subia das casas. A cidade podia ser de pedra, mas havia muita mobília, piche para barcos e tetos de madeira para alimentar um fogo maníaco. Lá no mar, onde a maré vinha redemoinhando pelos bancos de areia, pude ver o elmo alado de Lancelot num dos três barcos que escapavam enquanto acima de mim, róseo ao sol poente, o gracioso palácio esperava seus últimos momentos. A brisa da tarde soprava a fumaça cinzenta e balançava suavemente uma cortina branca numa janela sombreada do palácio.

– Por aqui! – gritou Galahad, apontando um caminho estreito. – Siga o caminho até o nosso barco! – Nossos homens corriam para salvar a vida. – Venha, Derfel! – gritou ele.

Mas não me mexi. Estava olhando para o morro íngreme.

– Venha, Derfel!

Mas eu escutava uma voz na cabeça. Era a voz de um velho; uma voz seca, irônica e inamistosa, e o som dela não permitia que eu me mexesse.

– Venha, Derfel! – gritou Galahad.

"Eu ponho minha vida em suas mãos", dissera o velho, e de repente ele falou de novo dentro do meu crânio. "Deixo minha vida em sua consciência, Derfel da Dumnonia."

– Como chego ao palácio? – gritei para Galahad.

– Palácio?

– Como? – gritei furioso

– Por aqui, por aqui!

Nós subimos.

Os bardos cantam o amor, celebram as chacinas, exaltam reis e lisonjeiam rainhas, mas se eu fosse poeta escreveria elogiando a amizade.

Tive sorte com amigos. Artur foi um, mas de todos os meus amigos nunca houve outro como Galahad. Havia ocasiões em que nos entendíamos sem falar, e outras em que as palavras rolavam durante horas. Compartilhávamos tudo, menos mulheres. Não posso contar o número de vezes em que estivemos ombro a ombro na parede de escudos ou o número de vezes em que dividimos o último bocado de comida. Homens achavam que éramos irmãos e nos víamos do mesmo modo.

E naquele início de noite, enquanto a cidade se transformava em fogo abaixo de nós, Galahad entendeu que eu não podia ser levado ao barco que esperava. Sabia que eu estava sob o comando de algum imperativo, de alguma mensagem dos Deuses que me fazia subir desesperadamente na direção do palácio sereno que coroava Ynys Trebes. Em volta de nós o terror ia inundando o morro, mas estávamos à frente dele, correndo desesperadamente por um teto de igreja, saltando num beco onde atravessávamos uma multidão de fugitivos acreditando que a igreja lhes daria proteção, depois subindo uma escada de pedra e chegando à rua principal que circulava Ynys Trebes. Havia francos correndo em nossa direção, competindo para ser o primeiro a chegar ao palácio de Ban, mas estávamos à frente deles com um lamentável punhado de pessoas que tinham escapado do morticínio na cidade abaixo e agora buscavam um refúgio desesperançado no topo do morro.

Os guardas tinham sumido do pátio. As portas do palácio estavam abertas, e dentro, onde mulheres se encolhiam e crianças choravam, a linda mobília esperava os conquistadores. As cortinas balançavam ao vento.

Mergulhei nas salas elegantes, corri através da câmara espelhada e passei pela harpa abandonada de Leanor, e fui assim até a grande sala onde Ban me recebera da primeira vez. O rei ainda estava lá, ainda vestia sua toga, e ainda na sua mesa segurava a pena.

– É tarde demais – disse ele enquanto eu entrava na sala com a espada abaixada. – Artur me falhou.

Gritos soavam nos corredores do palácio. A vista das janelas em arco estava borrada de fumaça.

– Venha conosco, pai! – disse Galahad.

– Tenho trabalho a fazer – disse Ban, lamentando. Em seguida, enfiou a pena no tinteiro de chifre e começou a escrever. – Não veem que estou ocupado?

Empurrei a porta que dava na biblioteca, atravessei a antecâmara vazia e depois abri a porta da biblioteca, e vi o padre corcunda parado diante de uma das prateleiras onde ficavam os rolos. O chão de madeira polida estava atulhado de manuscritos.

– Sua vida é minha – gritei furioso, ressentido por um velho tão feio ter me colocado nesta obrigação quando havia tantas outras vidas a salvar na cidade –, então venha comigo! Agora! – O padre me ignorou. Estava freneticamente tirando os rolos das prateleiras, arrancando suas fitas e lacres e examinando as primeiras linhas antes de jogá-los no chão e pegar outros. – Venha logo! – rosnei para ele.

– Espere! – insistiu Celwin, puxando outro bolo, depois descartando-o e abrindo mais um. – Ainda não!

Um estouro ressoou no palácio; gritos de alegria soaram e foram afogados pelos gritos de medo. Galahad estava parado na porta da biblioteca, implorando para que seu pai viesse conosco, mas Ban simplesmente desconsiderou o filho, como se as palavras dele fossem um absurdo. Então a porta se abriu bruscamente e três suarentos guerreiros francos entraram. Galahad correu para enfrentá-los, mas não teve tempo de salvar a vida do pai, e Ban nem mesmo tentou se defender. O primeiro franco o golpeou com uma espada e acho que o rei de Benoic já estava morto, de coração partido, antes mesmo que a lâmina do inimigo o tocasse. O franco tentou decepar a cabeça do rei e morreu sob a lança de Galahad enquanto eu atacava o segundo com Hywelbane e girava seu corpo ferido para obstruir o terceiro O hálito do franco agonizante fedia a cerveja, como o hálito dos saxões. Apareceu fumaça do lado de fora da porta. Agora Galahad estava ao meu lado, com a lança se projetando para matar o terceiro homem, mas outros francos chegavam pelo corredor. Soltei minha espada e recuei para a antecâmara.

– Venha, seu velho idiota! – gritei por cima do ombro para o padre obstinado.

– Velho, sim, Derfel, mas idiota? Nunca. – O padre gargalhou, e alguma coisa naquele riso azedo fez com que eu me virasse e vi, como se num sonho, que a corcunda estava desaparecendo enquanto o padre esticava o corpo comprido até sua altura total. Ele não era nem um pouco feio, pensei, mas maravilhoso, majestoso e tão cheio de sabedoria que mesmo estando num lugar de morte, que fedia a sangue e ecoava com os gritos dos agonizantes, me senti mais seguro do que nunca em toda a vida. Ele ainda estava rindo de mim, deliciado por ter me enganado durante tanto tempo.

– Merlin! – falei e confesso que havia lágrimas nos meus olhos.

– Dê-me alguns minutos. Segure-os um tempo. – Ele ainda estava puxando rolos, arrancando seus lacres e largando-os depois de um olhar rápido. Havia tirado o tapa-olho, que era meramente uma parte do disfarce. – Segure-os – disse de novo, passando para uma nova prateleira com rolos que ainda não tinha examinado. – Ouvi dizer que você é bom em matar, então seja muito bom agora.

Galahad colocou a harpa e o banco da harpista do lado de fora da porta, depois nós dois defendemos a passagem com lança, espada e escudos.

– Você sabia que ele estava aqui? – perguntei a Galahad.

– Quem? – Galahad enfiou sua lança num escudo franco redondo e a puxou de volta.

– Merlin.

– É ele? – Galahad estava perplexo. – Claro que eu não sabia.

Gritando, com o cabelo encaracolado e sangue na barba, um franco projetou a lança na minha direção. Eu a agarrei logo abaixo da ponta e a usei para puxá-lo contra a minha espada. Outra lança foi jogada, passando por mim e cravando a ponta de aço no lintel atrás. Um homem emaranhou os pés nas cordas cacofônicas da harpa, tropeçou para frente e foi chutado no rosto por Galahad. Baixei a borda do meu escudo na nuca do sujeito, depois aparei um golpe de espada. O palácio ressoava com gritos e estava se enchendo de uma fumaça ácida, mas os homens que nos atacavam estavam perdendo o interesse em qualquer butim que pudessem encontrar na biblioteca, preferindo pegar coisas mais fáceis em outras partes do prédio.

– Merlin está aqui? – perguntou Galahad, incrédulo.

– Veja você mesmo.

Galahad se virou para olhar para a figura alta que vasculhava desesperadamente a biblioteca condenada de Ban.

– Aquele é Merlin?

– É.

– Como você sabia que ele estava aqui?

– Eu não sabia. Venha, seu bastardo! – Isso foi dito para um franco enorme com um manto de couro e carregando um machado de lâmina dupla e que queria bancar o herói. Ele cantou seu hino de guerra enquanto atacava e continuava cantando quando morreu. O machado se enterrou nas tábuas do piso junto aos pés de Galahad, enquanto ele arrancava a lança do peito do homem.

– Já sei! Já sei! – gritou Merlin subitamente atrás de nós. – Silius Italicus, claro! Ele nunca escreveu 18 livros sobre a Segunda Guerra Púnica, apenas 17. Como posso ter sido tão idiota? Você está certo,

Derfel, sou um velho idiota! Um idiota perigoso! Dezoito livros sobre a Segunda Guerra Túrgida? Qualquer criança sabe que eram apenas 17! Eu tenho tudo! Venha, Derfel, não desperdice meu tempo! Não podemos ficar passeando aqui a noite inteira!

Corremos de volta para a biblioteca desarrumada enquanto eu empurrava a grande mesa de trabalho contra a porta, como uma barreira temporária, enquanto Galahad abria a chutes as janelas que davam para oeste. Um novo enxame de francos passou pela sala da harpista. Merlin tirou a cruz de madeira do pescoço e lançou o míssil precário contra os invasores que estavam momentaneamente barrados pela mesa pesada. Quando a cruz caiu, um grande jorro de chamas engolfou a antecâmara. Achei que o fogo mortal era apenas coincidência, e que a parede da sala havia desmoronado e deixado entrar o fogaréu, mas Merlin disse que o triunfo era seu.

– Aquele negócio horrível tinha de servir para alguma coisa – falou sobre a cruz, depois gritou para os inimigos que berravam e queimavam: – Assem, seus vermes, assem! – Ele enfiava o rolo precioso no peito da túnica. – Você já leu Silius Italicus? – perguntou-me.

– Nunca ouvi falar nele, senhor – disse, puxando-o para a janela aberta.

– Ele escrevia versos épicos, meu caro Derfel, versos épicos. – Merlin resistia a meus puxões apavorados e pôs uma das mãos do meu ombro. – Deixe-me dar um conselho. – Ele falava muito sério. – Evite os versos épicos. Falo por experiência própria.

De repente, eu queria chorar como uma criança. Era um tremendo alívio olhar de novo em seus olhos sábios e marotos. Era como estar de novo com meu pai.

– Senti saudades suas, meu senhor – falei bruscamente.

– Não banque o sentimental agora! – disse Merlin com rispidez, depois correu para a janela enquanto um guerreiro franco passava pelas chamas da porta e escorregava pelo tampo da mesa, gritando em desafio. O cabelo do homem estava soltando fumaça enquanto golpeava com a lança em nossa direção. Desviei sua lâmina com o escudo, estoquei com a espada, chutei-o e estoquei de novo.

– Por aqui! – gritou Galahad do jardim atrás da janela. Desferi um último golpe no franco morto, depois vi que Merlin voltara à sua mesa de trabalho.

– Depressa, senhor! – gritei para ele.

– O gato! – explicou Merlin. – Não posso abandonar o gato! Não seja louco.

– Pelo amor dos Deuses, senhor! – gritei, mas Merlin se enfiava debaixo da mesa para pegar o apavorado gato cinzento, que aninhou nos braços enquanto finalmente pulava a janela até um canteiro de ervas protegido por uma pequena cerca-viva. O sol estava esplêndido no oeste, encharcando o céu num vermelho brilhante e fazendo estremecer seu reflexo feroz nas águas da baía. Atravessamos a cerca e seguimos Galahad por um lance de escada que levava à cabana de um jardineiro, depois por um caminho perigoso que contornava o pico de granito. De um lado do caminho havia um penhasco de pedra e no outro era o ar, mas Galahad conhecia as trilhas desde pequeno, e nos levou em segurança em direção à água escura.

Corpos flutuavam na água. Nosso barco, apinhado até parecer um milagre que pudesse ao menos flutuar, já estava a 400 metros da ilha, com seus remadores se esforçando para arrastar à segurança o peso dos passageiros. Pus as mãos em concha e gritei:

– Culhwch! – Minha voz ecoou na rocha e foi se apagando em direção ao mar, onde se perdeu na imensidão de gritos e gemidos que marcavam o fim de Ynys Trebes.

– Deixe-os ir – disse Merlin calmamente, depois procurou debaixo da túnica imunda que usava disfarçado de padre Celwin. – Segure isso. – Ele pôs o gato nos meus braços, depois enfiou de novo a mão debaixo da túnica até encontrar um pequeno chifre de prata que ele soprou uma vez. Soou uma nota doce.

Quase imediatamente um barquinho apareceu rodeando a parte norte de Ynys Trebes. Um único homem, vestido com capa, impelia o barco com uma vara comprida presa à popa. O barco tinha uma proa alta e pontuda e espaço para apenas três passageiros. Havia um baú de madeira nas tábuas do fundo, gravado com o selo de Merlin, o Deus chifrudo Cernunnos.

– Fiz esses arranjos quando ficou claro que o pobre Ban não tinha verdadeira ideia dos rolos que possuía – disse Merlin tranquilamente. – Achei que precisaria de mais tempo, e era verdade. Claro que os rolos eram rotulados, mas os *fili* viviam mexendo neles, para não dizer de quando tentavam melhorá-los ou quando roubavam os versos para dizer que eram seus. Um desgraçado passou seis meses plagiando Catulo, depois o guardou no lugar de Platão. Boa noite, meu caro Caddwg! – ele cumprimentou amigavelmente o barqueiro. – Está tudo bem?

– Afora o mundo estar morrendo, sim – rosnou Caddwg.

– Mas você está com o baú. – Merlin fez um gesto para a caixa fechada. – Nada mais importa.

Antigamente o barquinho fora usado pelo palácio para levar passageiros aos navios maiores ancorados ao largo, e Merlin havia combinado que ele esperasse seu chamado. Agora subimos a bordo e nos deixamos cair sobre as tábuas enquanto o sério Caddwg impelia a embarcação para o mar do fim de tarde. Uma única lança mergulhou das alturas até ser engolida pelas águas ao nosso lado, mas afora isso a partida não foi percebida nem perturbada. Merlin pegou o gato comigo e se acomodou contente na borda do barco enquanto Galahad e eu olhávamos a morte da ilha.

A fumaça cobria a água. O gritos dos condenados eram uma ode fúnebre no dia agonizante. Podíamos ver as formas escuras dos lanceiros francos ainda atravessando a estrada de troncos e pulando de sua extremidade, indo para a cidade caída. O sol afundou, escurecendo a baía e tornando mais brilhantes as chamas no palácio. Uma cortina pegou fogo e chamejou breve e nítida antes de se desmoronar em cinza suave. A biblioteca queimava ferozmente; rolo após rolo explodindo em chamas rápidas e transformando num inferno aquele canto do palácio. Era a pira funerária do rei Ban, queimando na noite.

Galahad chorou. Ajoelhou-se no barco, segurando a lança, e ficou olhando sua casa se transformar em pó. Fez o sinal da cruz e uma oração silenciosa desejando que a alma do pai fosse para algum Outro Mundo em que Ban tivesse acreditado. O mar estava misericordiosamente calmo. Estava colorido de vermelho e preto, sangue e morte, um espelho perfeito para a cidade em chamas onde nosso inimigo dançava num triunfo medonho. Ynys Trebes jamais foi reconstruída no nosso tempo: as paredes caíram, o mato cresceu, aves marinhas se aninharam lá. Os pescadores francos evitavam a ilha onde tantos tinham morrido. Não a chamavam mais de Ynys Trebes, deram-lhe um novo nome em sua língua áspera: o Monte da Morte, e à noite, diziam os marinheiros de lá, quando a ilha deserta está negra sobre um mar de obsidiana, os gritos das mulheres e os gemidos das crianças ainda podem ser ouvidos.

Chegamos a uma praia vazia no lado oeste da baía. Abandonamos o barco e levamos o baú lacrado de Merlin, subindo por urzes e espinheiros curvados pelos vendavais até a alta encosta na ponta de terra. A noite caiu totalmente quando chegamos ao cume, e me virei e vi Ynys Trebes brilhando como um carvão aceso no escuro, depois continuei andando para carregar meu fardo para casa, para a consciência de Artur. Ynys Trebes estava morta.

PEGAMOS UM BARCO para a Britânia no mesmo rio onde uma vez eu tinha rezado a Bel e Manawydan para que me levassem em segurança para casa. Encontramos Culhwch no rio, com o barco sobrecarregado preso à lama. Leanor estava viva, assim como a maioria dos nossos homens. Um barco pronto para fazer a viagem para casa tinha sido deixado no rio e seu mestre aguardara com a esperança de conseguir um lucro gordo com sobreviventes desesperados, mas Culhwch pôs a espada na garganta do homem e o obrigou a nos levar de graça. O resto do povo do rio já havia fugido dos francos. Esperamos durante uma noite que ficou extravagante com o reflexo das chamas de Ynys Trebes, e de manhã levantamos a âncora do barco e velejamos para o norte.

Merlin ficou olhando a costa recuar e eu, mal ousando acreditar que o velho realmente tinha voltado para nós, espiava-o. Era um homem alto e ossudo, talvez o mais alto que já vi, com cabelos brancos e compridos que cresciam da linha de tonsura e eram reunidos num rabo de cavalo preso com fita preta. Tinha usado o cabelo solto e desgrenhado enquanto fingia ser Celwin, mas agora, com o rabo de cavalo restaurado, parecia o velho Merlin. Sua pele era da cor de madeira antiga e polida, os olhos verdes e o nariz uma proa ossuda e afilada. A barba e o bigode eram arrumados em tranças finas que ele gostava de torcer nos dedos quando estava pensando. Ninguém sabia sua idade, mas certamente jamais encontrei alguém mais velho, a não ser o druida Balise, nem soube de algum homem cuja idade parecesse tão difícil de definir quanto Merlin. Ele possuía todos os dentes, cada um deles, e mantinha a agilidade de um jovem, mas adorava fingir que era velho, frágil e desamparado. Vestia-se de preto, sempre de preto, jamais de outra cor, e habitualmente levava um cajado alto e preto, mas agora, fugindo da Armórica, não estava com esse distintivo do cargo.

Era um homem impositivo, não só por causa da altura, da reputação ou da elegância, mas por causa da presença. Como Artur, tinha a capacidade de dominar uma sala e fazer um salão apinhado parecer vazio quando partia, mas enquanto a presença de Artur era generosa e entusiasmada, a de Merlin era sempre perturbadora. Quando olhava para você, parecia capaz de ler a parte secreta de seu coração e, pior ainda, achá-la divertida. Era malicioso, impaciente, impulsivo e total e absolutamente sábio. Apequenava tudo, denegria todo mundo e amava poucas pessoas por completo. Artur era uma, Nimue outra, e acho que eu era uma terceira, mas jamais pude ter toda a certeza, porque ele era um homem que adorava o fingimento e os disfarces.

– Você está me olhando, Derfel! – acusou-me da proa do barco, onde ainda estava de costas para mim.

– Espero jamais perdê-lo de vista de novo, senhor.

– Que idiota emocional você é, Derfel. – Ele se virou e resmungou. – Eu deveria tê-lo jogado de volta no poço de Tanaburs. Leve aquele baú para a minha cabine.

Merlin havia reivindicado a cabine do mestre do navio, onde agora tinha colocado o baú de madeira. Merlin entrou pela porta baixa, remexeu nos travesseiros do capitão para fazer um assento confortável e depois sentou-se com um suspiro de felicidade. O gato cinza pulou no seu colo enquanto, sobre uma mesa tosca que brilhava com escamas de peixe, ele desenrolava alguns centímetros do rolo grosso por cuja obtenção arriscara a vida.

– O que é? – perguntei.

– É o único tesouro verdadeiro que Ban possuía. O resto consistia principalmente de bobagens gregas e romanas. Algumas coisas boas, suponho, mas não muito.

– O que é? – perguntei de novo.

– É um rolo, caro Derfel – disse ele, como se eu fosse idiota por perguntar. Em seguida olhou pela abertura na parede para ver a vela enfunada num vento ainda azedado pela fumaça de Ynys Trebes. – Um bom vento! – disse alegremente. – Será que chegaremos em casa ao anoitecer? Sinto saudades da Britânia. – Olhou de novo para o rolo. – E Nimue? Como vai aquela criança querida? – perguntou enquanto examinava as primeiras linhas.

– Na última vez em que a vi – falei amargo –, ela havia sido estuprada e perdido um olho.

– Essas coisas acontecem – disse Merlin descuidadamente.

Sua insensibilidade me tirou o fôlego. Esperei, depois perguntei de novo o que havia de tão importante naquele manuscrito.

Merlin suspirou.

– Você é uma criatura importuna, Derfel. Bom, vou fazer sua vontade. – Ele soltou o manuscrito que se enrolou, depois se recostou nos travesseiros úmidos e puídos do comandante. – Claro que você sabe quem foi Caleddin, não é?

– Não, senhor.

Ele ergueu as mãos em desespero.

– Não tem vergonha de sua ignorância, Derfel? Caleddin foi um druida dos Ordovicii. Uma tribo desgraçada, disso sei muito bem. Uma das minhas mulheres era ordoviciana, e uma criatura daquelas bastou para uma dúzia de vidas. Nunca mais. – Ele estremeceu à lembrança, depois me espiou. – Gundleus estuprou Nimue, não foi?

– Sim. – Tentei imaginar como ele sabia.

– Homem idiota! Homem idiota! – Merlin parecia mais divertido do que furioso com o destino de sua amante. – Como ele vai sofrer! Nimue está com raiva?

– Furiosa.

– Bom. A fúria é muito útil, e a querida Nimue tem talento para isso. Uma das coisas que não suporto nos cristãos é sua admiração pela humildade. Imagine transformar a humildade numa virtude! Humildade! Você consegue imaginar um céu cheio somente de humildes? Que ideia pavorosa! A comida ficaria fria enquanto todo mundo ia passando os pratos uns para os outros. A humildade não é boa, Derfel. A raiva e o egoísmo são as qualidades que fazem o mundo marchar. – Ele gargalhou. – Bom, quanto a Caleddin: ele era um druida razoável para um ordoviciano, nem de longe tão bom quanto eu, claro, mas teve dias melhores. Gostei de sua tentativa de matar Lancelot, a propósito, uma pena não ter terminado o serviço. Imagino que ele tenha escapado da cidade, não é?

– Assim que ela foi condenada.

– Os marinheiros dizem que os ratos são os primeiros a abandonar um navio condenado. Pobre Ban. Ele era um tolo, mas um tolo bom.

– Ele sabia quem o senhor era?

– Claro que sabia. Teria sido uma grosseria monstruosa da minha parte enganar meu anfitrião. Ele não contou a mais ninguém, claro, caso contrário eu seria sitiado por aqueles poetas medonhos pedindo que usasse magia para que suas rugas desaparecessem. Você não faz ideia, Derfel, de como um pouco de magia pode ser entediante. Ban sabia quem eu era, assim como Caddwg. Ele é meu serviçal. O pobre Hywel está morto, não é?

– Se o senhor já sabia, por que pergunta?

– Só estou conversando! – protestou ele. – A conversa é uma das artes da civilização, Derfel. Não podemos atravessar a vida com uma espada e um escudo, rosnando. Alguns de nós tentam preservar a dignidade. – Ele fungou.

– Então como sabe que Hywel está morto?

– Porque Bedwin escreveu me contando, claro, seu idiota.

– Bedwin esteve escrevendo para o senhor esse tempo todo? – perguntei, completamente pasmo.

– Claro! Ele precisava dos meus conselhos. O que você acha que fiz? Desapareci?

– Desapareceu – falei, ressentido.

– Absurdo. Vocês simplesmente não sabiam onde me procurar. Não que Bedwin aceitasse meu conselho a respeito de alguma coisa. Que confusão o sujeito fez! Mordred vivo! Pura tolice. A criança deveria ter sido estrangulada com o próprio cordão umbilical, mas acho que Uther jamais poderia ser persuadido a isso. Pobre Uther. Ele acreditava que as virtudes são passadas através do ventre de um homem! Que absurdo! Uma criança é como um bezerro; se é aleijado você dá uma boa pancada no crânio e cobre a vaca de novo. É por isso que os Deuses tornaram tão prazeroso gerar filhos, porque muitos pequeninos desgraçados precisam ser substituídos. Nas mulheres não há muito prazer nesse processo, claro, mas alguém tem de sofrer, e graças aos Deuses são elas, e não nós.

– O senhor já teve filhos? – perguntei, imaginando por que nunca tinha pensado em perguntar isso antes.

– Claro que tive! Que pergunta extraordinária. – Ele me olhou como se duvidasse da minha sanidade. – Jamais gostei muito de nenhum deles, e felizmente a maioria morreu e o resto deserdei. Prefiro os filhos dos outros; são muito mais agradecidos. Agora, do que estávamos falando? Ah, sim, Caleddin. Homem terrível. – Ele balançou a cabeça, mal-humorado.

– Ele escreveu esse rolo?

– Não seja estúpido, Derfel – reagiu Merlin impaciente. – Os druidas não têm permissão de escrever nada, é contra as regras. Você sabe disso! Assim que você escreve alguma coisa ela se torna fixa. Vira dogma. As pessoas passam a discutir a respeito, ficam autoritárias, referem-se aos textos, produzem manuscritos, discutem mais e logo estão matando umas às outras. Se você nunca escreve nada, ninguém sabe exatamente o que disse, de modo que sempre pode mudar. Será que tenho de explicar tudo?

– O senhor pode explicar o que está escrito no rolo – falei humildemente.

– Eu estava fazendo exatamente isso! Mas você fica me interrompendo e mudando de assunto! Comportamento extraordinário! E pensar que cresceu no Tor. Eu deveria ter mandado chicoteá-lo com mais frequência, isso poderia ter-lhe dado melhores maneiras. É verdade que Gwlyddyn está reconstruindo meu salão?

– É.

– Um homem bom, honesto, o Gwlyddyn. Provavelmente eu mesmo terei de reconstruí-lo sozinho, mas ele tenta.

– O rolo – lembrei.

– Eu sei! Eu sei! Caleddin era um druida, eu lhe disse. E um ordoviciano. Feras pavorosas, os ordovicianos. De qualquer modo, volte sua mente ao Ano Negro e se pergunte como Suetônio sabia tudo que sabia sobre religião. Você sabe quem era Suetônio, não sabe?

A pergunta era um insulto, porque todos os britânicos conhecem e odeiam o nome de Suetônio Paulino, o governador nomeado pelo imperador Nero e que, no Ano Negro que ocorreu cerca de cem anos antes do nosso tempo, virtualmente destruiu nossa religião antiga. Todo britânico cresceu com a história pavorosa de como as duas legiões tinham esmagado o santuário dos druidas em Ynys Mon. Ynys Mon, como Ynys Trebes, era uma ilha, o maior santuário dos nossos Deuses, mas de algum modo os romanos cruzaram os estreitos e passaram a fio de espada todos os druidas, bardos e sacerdotisas. Derrubaram os bosques sagrados e conspurcaram o lago sagrado, de modo que tudo que nos restou foi apenas uma sombra da religião antiga, e nossos druidas, como Tanaburs e Iorweth, eram apenas ecos débeis de uma glória antiga.

– Sei quem foi Suetônio.

– Houve outro Suetônio – disse ele, divertido. – Um escritor romano, e bastante bom. Ban possuía o seu *De Viris Illustribus* que é principalmente sobre a vida dos poetas. Suetônio foi particularmente escandaloso sobre Virgílio. É extraordinário as coisas que os poetas levam para a cama; principalmente uns aos outros, claro. É uma pena essa obra ter se queimado, porque nunca vi outro exemplar. O pergaminho de Ban devia ser a última cópia, e agora não passa de cinzas. Virgílio será aliviado. De qualquer modo, o fato é que Suetônio Paulino queria saber tudo que fosse possível sobre nossa religião antes de atacar Ynys Mon. Queria ter certeza de que não íamos transformá-lo num sapo ou num poeta, por isso encontrou um traidor, Caleddin, o druida. E Caleddin ditou tudo que sabia para um escriba romano que anotou tudo, no que parece ser um latim execrável. Mas, execrável ou não, é o único registro de nossa religião antiga; todos os segredos, todos os rituais, todos os seus significados e seu poder. E este, criança, é o texto. – Ele fez um gesto para o pergaminho e conseguiu derrubá-lo da mesa.

Peguei o manuscrito embaixo do catre do comandante do navio.

– E pensei – falei amargamente – que o senhor era um cristão tentando descobrir a envergadura das asas dos anjos.

– Não seja perverso, Derfel! Todo mundo sabe que a envergadura pode variar dependendo da altura e do peso do anjo. – Ele desenrolou o pergaminho de novo e espiou seu conteúdo. – Procurei este tesouro em toda parte. Até em Roma! E o tempo todo o velho e tolo Ban tinha-o catalogado como o 18º volume de Silius Italicus. Isso prova que nunca leu a obra inteira, mesmo dizendo que era maravilhosa. Mesmo assim, não creio que alguém tenha lido o negócio inteiro. Como poderiam? – Ele estremeceu.

– Não é de espantar que o senhor tenha levado mais de cinco anos para encontrar – falei, pensando em quantas pessoas tinham sentido sua falta durante esse tempo.

– Absurdo. Só fiquei sabendo da existência do pergaminho há um ano. Antes disso estava procurando outras coisas: o Chifre de Bran Galed, a Faca de Laufrodedd, a Funda de Gwendolau, o Anel de Eluned. Os Tesouros da Britânia, Derfel... – Ele fez uma pausa, olhando o baú lacrado, depois me olhou de novo. – Os Tesouros são a chave do poder, Derfel, mas sem os segredos deste pergaminho eles não passam de objetos mortos. – Havia uma rara reverência em sua voz, e não era de espantar, porque os Treze Tesouros eram os talismãs mais misteriosos e sagrados da Britânia. Numa noite em Benoic, quando estávamos tremendo no escuro e tentando ouvir os francos em meio às árvores, Galahad tinha zombado da própria existência dos Tesouros, duvidando que eles poderiam ter sobrevivido aos longos anos de domínio romano, mas Merlin sempre insistira que os antigos druidas, diante da derrota, tinham-nos escondido tão fundo que nenhum romano jamais iria encontrá-los. A obra de sua vida era a coleta dos treze talismãs; sua ambição era o espantoso momento final em que eles seriam usados. Parecia que esse uso era descrito no manuscrito perdido de Caleddin.

– Então, o que o rolo conta? – perguntei ansioso.

– Como é que vou saber? Você não me dá tempo de ler. Por que não sai daqui e procura ser útil? Emendar um remo ou qualquer coisa que os marinheiros fazem quando não estão se afogando. – Ele esperou até eu ter chegado à porta. – Ah, e mais uma coisa – acrescentou abstratamente.

Virei-me e vi que ele estava olhando para as primeiras linhas do manuscrito.

– Senhor?

– Só queria agradecer, Derfel – disse ele distraidamente. – Então, obrigado. Sempre esperei que você fosse útil algum dia.

Pensei em Ynys Trebes queimando e em Ban morto.

– Fracassei com Artur – falei amargamente.

– Todo mundo fracassa com Artur. Ele espera demais. Agora vá.

Eu tinha suposto que Lancelot e sua mãe Elaine navegariam para Broceliande, a oeste, para se juntar à massa de refugiados expulsos do reino de Ban pelos francos, mas em vez disso velejaram para o norte, para Dumnonia.

E assim que chegaram a Dumnonia viajaram para Durnovária, alcançando a cidade dois dias inteiros antes de Merlin, Galahad e eu desembarcarmos, de modo que não estávamos lá para ver sua entrada, mas ouvimos tudo porque a cidade ressoava com histórias espantosas dos fugitivos.

O grupo real de Benoic viajara em três navios rápidos, que tinham sido preparados antes da queda de Ynys Trebes e em cujos porões estava atulhado o ouro e a prata que os francos esperavam encontrar no palácio de Ban. Quando o grupo da rainha Elaine chegou a Durnovária o tesouro já fora escondido e todos os fugitivos estavam a pé, alguns sem sapatos, todos esfarrapados e empoeirados, o cabelo emaranhado e com uma crosta de sal do mar, e com sangue nas roupas e nas armas danificadas que carregavam em mãos nervosas. Elaine, rainha de Benoic, e Lancelot, agora rei de um reino perdido, foram mancando pela rua principal da cidade para implorar como indigentes no palácio de Guinevere. Atrás deles seguia uma mistura de guardas, poetas e cortesãos que, segundo exclamou Elaine piedosamente, eram os únicos sobreviventes do massacre.

– Se ao menos Artur tivesse mantido a palavra – gemeu ela para Guinevere –, se ao menos ele tivesse feito metade do que prometeu!

– Mamãe! Mamãe! – Lancelot abraçou-a.

– Eu só quero morrer, querido – declarou Elaine –, como quase aconteceu com você durante a luta.

Guinevere, claro, reagiu esplendidamente à ocasião. Roupas foram arrumadas, banheiras enchidas, comida preparada, vinho servido, ferimentos tratados, histórias ouvidas, tesouro dado e Artur convocado.

As histórias eram maravilhosas. Foram contadas por toda a cidade, e quando chegamos a Durnovária tinham se espalhado por cada canto da Dumnonia e já estavam voando sobre as fronteiras para ser recontadas em incontáveis salões britânicos e irlandeses. Era uma grande narrativa de heróis; como Lancelot e Bors tinham sustentado o portão dos tritões e como haviam atapetado as areias com mortos francos e fartado as gaivotas com entranhas francas. Os francos, diziam as histórias, gritavam por piedade, temendo que a brilhante Tanlladwyr surgisse de novo na mão de Lancelot, mas então alguns outros defensores, fora das vistas de Lancelot, cederam passagem. O inimigo estava dentro da cidade e, se antes a luta fora violenta, agora tinha se tornado medonha. Inimigo após inimigo caiu enquanto rua após rua era defendida, mas nem todos os heróis da antiguidade poderiam ter contido o jorro de bandidos que enxameavam do mar como demônios libertos dos pesadelos de Manawydan. Os heróis em menor número tiveram de recuar, deixando as ruas atravancadas com mortos inimigos; mais inimigos vieram e os heróis recuaram mais, até o próprio palácio onde Ban, o bom rei Ban, se curvou sobre o terraço procurando os navios de Artur. "Eles virão!", insistira Ban, "porque Artur prometeu".

Segundo a história, o rei não queria sair do terraço porque, se Artur chegasse e ele não estivesse lá, o que os homens diriam? Insistiu que ficaria para receber Artur, mas primeiro beijou a esposa, abraçou o herdeiro e depois desejou a ambos bons ventos para a Britânia antes de se virar para o resgate que nunca veio.

Era uma história poderosa, e no dia seguinte, quando parecia que nenhum navio viria da distante Armórica, a história se transformou sutilmente. Agora eram os homens da Dumnonia, as forças lideradas por Culhwch e Derfel, que tinham permitido a entrada dos inimigos em Ynys Trebes.

– Eles lutaram – garantiu Lancelot a Guinevere –, mas não puderam suportar.

Artur, que estivera fazendo campanha contra os saxões de Cerdic, cavalgou a toda velocidade para Durnovária, vindo dar as boas-vindas aos hóspedes. Chegou apenas horas antes que nosso grupo lamentável passasse sem ser notado pela estrada que vinha do mar, atravessando as grandes fortificações gramadas de Mai Dun. Um dos guardas no portão sul da cidade me reconheceu e nos deixou entrar.

– Vocês chegaram na hora certa – disse ele.

– Para quê? – perguntei.

– Artur está aqui. Eles vão contar a história de Ynys Trebes.

– Vão, é? – Olhei para a cidade, em direção ao palácio no morro do oeste. – Eu gostaria de ouvir – falei, depois levei meus companheiros para dentro da cidade. Corri até a encruzilhada no centro, curioso em inspecionar a capela que Sansum construíra para Mordred, mas, para minha surpresa, não havia capela nem templo no local, apenas um terreno baldio cheio de mato. – Nimue – falei, divertido.

– O quê? – perguntou Merlin. Ele estava encapuzado, de modo que ninguém o reconheceu.

– Um homenzinho metido a importante ia construir uma igreja aqui. Guinevere convocou Nimue para impedi-lo.

– Então Guinevere não é totalmente desprovida de bom senso?

– E eu disse que era?

– Não, caro Derfel, não disse. Então vamos? – Viramo-nos para o morro, na direção do palácio. Era fim de tarde, e os escravos do palácio colocavam tochas em suportes no pátio onde, sem ligar para os danos que causavam às rosas e aos canais d'água de Guinevere, uma multidão tinha se reunido para ver Lancelot e Artur. Ninguém nos reconheceu quando passamos pelo portão. Merlin estava encapuzado, enquanto Galahad e eu usávamos fechadas as peças laterais de nossos elmos com caudas de lobo. Esprememo-nos com Culhwch e uma dúzia de outros homens na arcada, atrás da multidão.

E ali, enquanto a noite caía, ouvimos a história da queda de Ynys Trebes.

Lancelot, Guinevere, Elaine, Artur, Bors e Bedwin estavam no lado leste do pátio, onde o pavimento era um pouco elevado acima dos outros três lados, funcionando como um palco natural; uma impressão enfatizada pelas tochas fixas na parede atrás do terraço cujos degraus davam no pátio. Procurei Nimue, mas não a vi, e o jovem bispo Sansum também não estava. O bispo Bedwin fez uma oração e os cristãos em meio à turba murmuraram sua resposta, fizeram o sinal da cruz e depois se acomodaram para ouvir de novo a espantosa narrativa da queda de Ynys Trebes. Bors contou a história. Ficou na beira dos degraus e falou da luta de Benoic, e a multidão que ouvia ficou boquiaberta diante do horror, e aplaudiam quando ele descrevia alguma passagem específica sobre o heroísmo de Lancelot. Uma vez, assolado pela emoção, Bors simplesmente fez um gesto para Lancelot, que tentou conter os aplausos levantando uma das mãos enrolada em bandagens. E quando o gesto fracassou, ele balançou a cabeça, como se o elogio da multidão fosse simplesmente grande demais para su portar. Elaine, vestida de preto, chorava ao lado do filho. Bors não se demorou no fracasso de Artur em reforçar a guarnição condenada, em vez disso explicou que, apesar de Lancelot saber que Artur estava lutando na Britânia, o rei Ban tinha se agarrado às suas esperanças pouco realistas. Artur, ferido, mesmo assim balançou a cabeça e parecia à beira das lágrimas, especialmente quando Bors contou a história tocante da despedida de Ban à mulher e ao filho. Eu também estava à beira das lágrimas, não por causa das mentiras que ouvia, mas por pura alegria de rever Artur. Ele não tinha mudado. O rosto ossudo ainda era forte, e os olhos cheios de preocupação.

Bedwin perguntou o que havia acontecido aos homens da Dumnonia, e Bors, com aparente relutância, permitiu que a história de nossas mortes lamentáveis lhe fosse arrancada. A multidão gemeu quando todos souberam que tínhamos sido nós, os homens da Dumnonia, que cedemos os portões da cidade. Bors levantou a mão enluvada.

– Eles lutaram bem! – falou, mas a multidão não sentiu consolo.

Merlin parecia estar ignorando o absurdo de Bors. Em vez disso sussurrava com um homem na parte de trás da multidão, mas agora se adiantou para tocar meu ombro.

– Preciso mijar, garoto – falou na voz do padre Celwin. – Bexiga de velho. Cuide desses idiotas que já volto logo.

– Seus homens lutaram bem! – gritou Bors para a multidão. – E apesar de derrotados, morreram como homens!

– E agora, como fantasmas, estão de volta do Outro Mundo! – gritei e bati com o escudo contra uma coluna, soltando uma pequena nuvem de pó de pedra. Em seguida, entrei na luz de uma tocha. – Você mente, Bors! – gritei.

Culhwch veio para o meu lado.

– Também digo que você mente – rosnou ele.

– E eu também digo! – Galahad apareceu.

Desembainhei Hywelbane. O barulho do aço na garganta de madeira da bainha fez a multidão recuar, deixando um caminho através das rosas pisoteadas que levavam ao terraço. Nós três, exaustos pela batalha, sujos de pó, com capacetes e armados, nos adiantamos. Caminhamos no mesmo passo, lentamente, e nem Bors nem Lancelot ousaram falar quando viram as caudas de lobos pendendo de nossos capacetes. Parei no centro do jardim e enfiei a ponta de Hywelbane num canteiro de rosas.

– Minha espada diz que você mente – gritei. – Derfel, filho de uma escrava, diz que Lancelot Ap Ban, rei de Benoic, mente!

– Culhwch Ap Galeid também diz! – Culhwch enfiou sua lâmina cheia de mossas ao lado da minha.

– E Galahad Ap Ban, príncipe de Benoic, também. – Galahad acrescentou sua espada.

– Nenhum franco tomou nossa muralha – falei, retirando o elmo para que Lancelot pudesse ver meu rosto. – Nenhum franco ousou subir em nossa muralha, porque havia mortos demais ao pé dela.

– E eu, irmão – Galahad também retirou o elmo –, estava com seu pai na última hora, e não você.

– E você, Lancelot – gritei –, não tinha um curativo quando fugiu de Ynys Trebes. O que aconteceu? Uma farpa da amurada do navio espetou seu polegar?

Houve um rugido. Alguns dos guardas de Bors estavam do lado do pátio e sacaram as espadas, gritando insultos, mas Cavan e o resto dos nossos homens passaram pelo portão aberto com lanças erguidas, ameaçando um massacre.

– Nenhum de vocês, desgraçados, lutou na cidade – gritou Cavan. – Então lutem agora!

Lanval, comandante dos guardas de Guinevere, gritou para que seus arqueiros se alinhassem no terraço. Elaine tinha ficado branca, Lancelot e Bors estavam de cada lado dela, e ambos pareciam trêmulos. O bispo Bedwin estava gritando, mas foi Artur quem restaurou a ordem. Ele desembainhou Excalibur e bateu-a contra o escudo. Lancelot e Bors tinham se encolhido no fundo do terraço, mas Artur fez com que se adiantassem, depois olhou para nós três. A multidão ficou em silêncio e os arqueiros soltaram as flechas das cordas.

– Na batalha – disse Artur gentilmente, exigindo a atenção de todos no pátio – as coisas ficam confusas. Os homens raramente veem tudo que acontece numa batalha. Há muito barulho, muito caos, muito horror. Nossos amigos de Ynys Trebes – e aqui ele passou pelos ombros de Lancelot o braço que segurava a espada – estão equivocados, mas foi um equívoco honesto. Sem dúvida, algum pobre homem confuso falou com eles sobre suas mortes e eles acreditaram, mas agora, felizmente, foram corrigidos. Mas não envergonhados! Houve glória suficiente em Ynys Trebes para todos compartilharem. Não estou certo?

Artur tinha dirigido a pergunta a Lancelot, mas foi Bors quem respondeu.

– Estou errado – disse ele. – E me sinto feliz por estar errado.

– Eu também – acrescentou Lancelot, numa voz corajosa e clara.

– Pronto! – exclamou Artur e sorriu para nós três. – Agora, meus amigos, peguem suas armas. Não teremos inimizade aqui! Vocês são todos heróis, todos vocês! – Ele esperou, mas nenhum de nós se mexeu. As chamas das tochas brilhavam em nossos elmos e tocavam as lâminas das espadas plantadas, que eram um desafio para uma luta pelo estabelecimento da verdade. O sorriso de Artur desapareceu enquanto ele se levantava totalmente. – Estou ordenando que peguem as espadas. Esta é minha casa. Você, Culhwch, e você, Derfel, são submetidos a mim por juramento. Estão rompendo seus juramentos?

– Estou defendendo minha honra, senhor – respondeu Culhwch.

– Sua honra está em servir a mim – disse Artur rispidamente, e o aço em sua voz bastou para me fazer estremecer. Ele era um homem gentil, mas era fácil esquecer que não havia se transformado em guerreiro por mera gentileza. Falava muito de paz e reconciliação, mas na batalha sua alma se liberava dessas preocupações e se entregava à matança. Agora ele ameaçava a matança pondo a mão no punho de Excalibur.

– Peguem as espadas – ordenou –, a não ser que queiram que eu as pegue para vocês.

Não podíamos lutar com nosso senhor, por isso obedecemos. Galahad seguiu nosso exemplo. A rendição fez com que nos sentíssemos magoados e enganados, mas Artur, no momento em que restaurou a amizade em sua casa, sorriu de novo. Abriu os braços dando as boas-vindas enquanto descia os degraus, e sua alegria em nos ver era tão óbvia que meu ressentimento se desvaneceu no ato. Ele abraçou seu primo Culhwch, depois me abraçou e senti as lágrimas de meu senhor no rosto.

– Derfel – disse ele. – Derfel Cadarn. É você mesmo?

– E mais ninguém, senhor.

– Você parece mais velho – disse ele com um sorriso.

– O senhor não.

Ele fez uma careta.

– Eu não estava em Ynys Trebes. Gostaria de ter estado. – Em seguida, se virou para Galahad. – Ouvi falar de sua bravura, senhor príncipe, e o saúdo.

– Mas não me insulte, senhor, acreditando em meu irmão – disse Galahad com amargura.

– Não, não quero discussões. Devemos ser amigos. Insisto nisso. – Em seguida, passou o braço pelo meu e subiu com nós três até o terraço, onde decretou que eu deveria abraçar Bors e Lancelot. – Já há problemas suficientes sem isso – disse-me ele em voz baixa quando fiquei parado.

Eu me adiantei e abri os braços. Lancelot hesitou, depois veio na minha direção. Seu cabelo cheio de óleo cheirava a violetas.

– Criança – sussurrou ele em meu ouvido, depois de beijar meu rosto.

– Covarde – sussurrei de volta e depois nos separamos, sorrindo.

O bispo Bedwin estava com lágrimas nos olhos quando me abraçou.

– Caro Derfel!

– Tenho notícias ainda melhores para o senhor – falei em voz baixa. – Merlin está aqui.

– Merlin? – Bedwin me encarou, não ousando acreditar na notícia. – Merlin está aqui? Merlin! – A notícia se espalhou pela multidão. Merlin estava de volta! O grande Merlin tinha retornado. Os cristãos se benzeram, mas até eles reconheciam a importância da notícia. Merlin tinha vindo a Dumnonia, e de repente os problemas do reino pareciam diminuídos pela metade.

– Então onde ele está? – perguntou Artur.

– Ele saiu – falei debilmente, apontando para o portão.

– Merlin! – gritou Artur. – Merlin!

Mas não houve resposta. Guardas procuraram por ele, mas nenhum o encontrou. Mais tarde, as sentinelas do portão do oeste disseram que um padre velho e corcunda, com tapa-olho, um gato cinza e uma tosse horrível tinha saído da cidade, mas que não viram nenhum sábio de barba branca.

– Você passou por uma batalha pavorosa, Derfel – disse-me Artur quando estávamos no salão de festas do palácio, onde uma refeição com porco, pão e hidromel foi servida. – Os homens têm sonhos estranhos quando sofrem dificuldades.

– Não, senhor – insisti. – Merlin estava aqui. Pergunte ao príncipe Galahad.

– Perguntarei, claro que perguntarei. – Ele se virou para a mesa elevada onde Guinevere estava apoiada num cotovelo para ouvir Lancelot. – Todos vocês sofreram.

– Mas falhei com o senhor – confessei – e lamento isso.

– Não, Derfel, não! Eu é que falhei com Ban. Mas o que mais podia fazer? Há tantos inimigos! – Ele ficou quieto, depois sorriu, quando o riso luminoso de Guinevere ressoou no salão. – Fico satisfeito porque ao menos ela está feliz – falou, depois foi conversar com Culhwch, que só pensava em devorar um leitão inteiro.

Lunete estava na corte naquela noite. Tinha o cabelo trançado e torcido num círculo cheio de flores. Usava torques, broches e braceletes, e seu vestido era de linho tingido de vermelho e enfeitado com um cinto com fivela de prata. Sorriu para mim, espanou pó da minha manga e depois franziu o nariz diante do cheiro das minhas roupas.

– As cicatrizes ficam bem em você, Derfel – disse ela, tocando de leve o meu rosto –, mas você se arrisca demais.

– Sou um guerreiro.

– Não esse tipo de risco. Falo de inventar histórias sobre Merlin. Você me deixa embaraçada! E se anunciar como filho de uma escrava! Não pensou em como isso poderia fazer com que eu me sentisse? Sei que não estamos mais juntos, mas as pessoas sabem que estivemos, e como você acha que me sinto quando você diz que é filho de escrava? Você deveria pensar nos outros, Derfel, devia mesmo. – Notei que ela não usava mais nosso anel de amantes, mas não esperava vê-lo, porque há muito tempo ela encontrara outros homens que poderiam ser mais generosos do que eu. – Acho que Ynys Trebes o deixou meio maluco. Caso contrário, por que desafiaria Lancelot a uma luta? Sei que você é bom com uma espada, Derfel, mas ele é Lancelot, não é um guerreiro qualquer. – Ela se virou para onde estava o rei, ao lado de Guinevere. – Ele não é maravilhoso?

– Incomparavelmente – falei com azedume.

– E não é casado, pelo que ouvi dizer, não é? – perguntou Lunete, cheia de coquetismo.

Inclinei-me para perto dela.

– Ele prefere meninos – sussurrei.

Ela bateu no meu braço.

– Idiota. Qualquer um pode ver que não. Vê como ele olha Guinevere? – Foi a vez de Lunete encostar a boca no meu ouvido. – Não diga a ninguém – sussurrou com a voz rouca –, mas ela está grávida.

– Bom.

– Não é nem um pouco bom. Ela não está feliz. Não quer ficar barriguda. E não a culpo. Odiei ficar grávida. Ah, ali está alguém que quero ver. Realmente gosto de caras novas numa corte. Ah, e outra coisa, Derfel. – Ela deu um sorriso doce. – Tome um banho, querido. – Ela atravessou o salão para acuar um dos poetas da rainha Elaine.

– Acaba com o antigo, parte para o novo? – O bispo Bedwin apareceu do meu lado.

– Estou tão velho que me surpreendo ao ver que Lunete ao menos se lembra de mim.

Bedwin sorriu e me levou ao pátio, que agora estava vazio.

– Merlin estava com você – disse ele, não como uma pergunta, e sim como uma declaração.

– Sim, senhor. – E contei como Merlin disse que ia sair do palácio apenas por alguns instantes.

Bedwin balançou a cabeça.

– Ele gosta desses jogos – falou desanimado. – Conte mais.

Contei tudo que pude. Andamos de um lado para o outro no terraço superior, através da fumaça das tochas que pingavam, e falei do padre Celwin e da biblioteca de Ban, e contei a verdadeira história do cerco e a verdade sobre Lancelot, e terminei descrevendo o manuscrito de Caleddin, que Merlin salvara da queda da cidade.

– Ele disse que o manuscrito contém o conhecimento da Britânia – falei.

– Rezo a Deus que tenha, que Deus me perdoe. Alguém precisa nos ajudar.

– As coisas estão ruins?

Bedwin deu de ombros. Parecia velho e cansado. Agora seu cabelo estava ralo, a barba fina e o rosto mais macilento do que eu lembrava.

– Acho que poderiam estar piores, mas infelizmente nunca melhoram. Na verdade as coisas não estão muito diferentes de quando você foi embora, a não ser que Aelle fica mais forte, tão forte que até mesmo ousa chamar-se de Bretwalda. – Bedwin estremeceu diante da pretensão bárbara. Bretwalda era um título saxão e significava "governante da Britânia". – Ele capturou toda a terra entre Durocobrivis e Corinium e provavelmente teria capturado aquelas duas fortalezas se não tivéssemos comprado a paz com o resto de nosso ouro. E há Cerdic, no sul. Ele está se mostrando ainda mais maligno do que Aelle.

– Aelle não ataca Powys?

– Gorfyddyd lhe pagou ouro, como nós.

– Gorfyddyd não estava doente?

– A peste passou, como passam todas as pestes. Ele se recuperou, e agora lidera os homens de Elmet com as forças de Powys. Está se saindo melhor do que temíamos – disse Bedwyn, desanimado –, talvez porque seja impelido pelo ódio. Ele não bebe como antigamente e jurou vingar o braço perdido com a cabeça de Artur. Pior do que isso, Derfel, Gorfyddyd está fazendo o que Artur esperava fazer: unir as tribos. Mas infelizmente as está unindo contra nós, e não contra os saxões. Ele paga aos silurianos de Gundleus e aos irlandeses Escudos Negros para atacar nosso litoral e suborna o rei Mark para ajudar a Cadwy, e ouso dizer que está levantando dinheiro agora para pagar Aelle para romper nossa trégua. Gorfyddyd se ergue e nós caímos. Em Powys ele é chamado de Grande Rei. E tem Cuneglas como herdeiro enquanto nós temos o pobre aleijado Mordred. Gorfyddyd monta um exército e nós temos bandos de guerreiros. E assim que a colheita deste ano estiver terminada, Derfel, Gorfyddyd virá para o sul com os homens de Elmet e Powys. Os homens dizem que será o maior exército já visto na Britânia, e não é de espantar que haja pessoas – ele baixou a voz – dizendo que deveríamos fazer a paz nos termos deles.

– E quais são os termos?

– Só há uma condição. A morte de Artur. Gorfyddyd jamais perdoará Artur por ter abandonado Ceinwyn. Você pode culpá-lo?

– Bedwin encolheu os ombros e deu alguns passos em silêncio. – O verdadeiro perigo é se Gorfyddyd encontrar o dinheiro para trazer Aelle de volta à guerra. Não podemos pagar mais aos saxões. Não temos mais nada. O tesouro está vazio. Quem vai pagar impostos a um regime agonizante? E não podemos abrir mão de nenhum lanceiro para coletar impostos.

– Há muito ouro lá dentro – falei, balançando a cabeça para o salão onde o som da festa era alto. – Lunete estava usando bastante.

– As damas da princesa Guinevere não precisam colaborar com suas joias para a guerra – disse Bedwin amargamente. – Mesmo que colaborassem, duvido que houvesse o bastante para subornar Aelle de novo, e se ele atacar no outono, Derfel, os homens que querem a vida de Artur não vão sussurrar suas exigências, vão gritar das muralhas. Artur, claro, poderia simplesmente ir embora. Poderia ir para Broceliande, acho, então Gorfyddyd tomaria o pequeno Mordred a seus cuidados e seríamos apenas um reino submetido a Powys.

Continuei andando em silêncio. Não fazia ideia de que as coisas estavam tão desesperadoras.

Bedwin deu um sorriso triste.

– De modo que parece, meu jovem amigo, que você pulou da panela fervente para o fogo. Haverá trabalho para sua espada, Derfel, e logo, não precisa temer.

– Eu queria tempo para visitar Ynys Wydryn.

– Para encontrar Merlin de novo?

– Para encontrar Nimue.

Ele parou.

– Você não soube?

Alguma coisa fria acariciou meu coração.

– Não soube de nada. Pensei que ela poderia estar aqui, na Durnovária.

– Estava. A princesa Guinevere mandou chamá-la. Fiquei surpreso quando ela veio, mas veio. Você precisa entender, Derfel, que Guinevere e o bispo Sansum... lembra-se dele? Como poderia esquecê-lo?... estão em desavença. Nimue foi a arma de Guinevere. Deus sabe o que ela pensava que Nimue poderia fazer, mas Sansum não esperou para descobrir. Pregou contra Nimue, dizendo que ela era feiticeira. Alguns dos meus colegas cristãos, temo, não são cheios de gentileza, e Sansum pregou dizendo que ela deveria ser apedrejada até a morte.

– Não! – protestei.

– Não, não! – Ele estendeu a mão para me acalmar. – Ela contra-atacou trazendo para a cidade os pagãos do campo. Eles saquearam a nova capela de Sansum, houve um tumulto e uma dúzia de pessoas morreram, mas nem ela nem Sansum se feriram. Os guardas do rei entraram em pânico, pensando que era um ataque contra Mordred. Claro que não era, mas isso não os impediu de usar suas lanças. Então Nimue foi presa por Nabur, o magistrado responsável pelo rei, e ele a considerou culpada de fomentar a revolta. Claro que ele faria isso, sendo um cristão. O bispo Sansum exigiu a morte dela, a princesa Guinevere exigiu a soltura de Nimue, e entre essas duas exigências Nimue apodrecia nas celas de Nabur. – Bedwin fez uma pausa e pude ver em seu rosto que o pior ainda estava por vir. – Ela ficou louca, Derfel – continuou o bispo finalmente. – Foi como engaiolar um falcão, veja bem, e ela se rebelou contra as barras. Ficou louca, gritando sem parar. Ninguém podia contê-la.

Eu sabia o que estava vindo e balancei a cabeça.

– Não – falei e Bedwin deu a notícia medonha:

– A Ilha dos Mortos. O que mais poderiam fazer?

– Não – protestei de novo, porque Nimue estava na Ilha dos Mortos, perdida entre os insanos, e eu não podia suportar a ideia desse destino. – Ela sofreu a Terceira Ferida – falei em voz baixa.

– O quê? – Bedwin pôs a mão em concha sobre o ouvido.

– Nada. Ela está viva?

– Quem sabe? Nenhuma pessoa viva entra lá. E se entra, não pode voltar.

– Mas é para lá que Merlin deve ter ido! – gritei aliviado. Sem dúvida, Merlin ficara sabendo da notícia pelo homem com quem estivera sussurrando atrás da multidão, e Merlin poderia fazer o que nenhuma outra pessoa ousaria. A Ilha dos Mortos não guardaria terrores para Merlin. O que mais teria feito com que ele desaparecesse tão precipitadamente? Dentro de um ou dois dias, pensei, ele voltaria a Durnovária com Nimue resgatada e recuperada. Tinha de ser isso.

– Deus permita que sim – disse Bedwin –, pelo bem dela.

– O que aconteceu com Sansum? – perguntei, cheio de vingança.

– Não foi punido oficialmente, mas Guinevere persuadiu Artur a retirar dele o posto de capelão de Mordred, e então o velho que administrava o templo do Espinheiro Sagrado em Ynys Wydryn morreu, e consegui persuadir nosso jovem bispo a ir para lá. Ele não ficou feliz, mas sabia que tinha feito muitos inimigos na Durnovária, por isso aceitou. – Bedwin estava claramente deliciado com a queda de Sansum. – Ele certamente perdeu seu poder aqui, e não o vejo recuperando-o. Pelo menos enquanto não ficar muito mais sutil do que imagino. Claro que ele é um daqueles que sussurram dizendo que Artur deve ser sacrificado, Nabur é outro. Há uma facção Mordred em nosso reino, Derfel, e eles perguntam por que deveríamos lutar para preservar a vida de Artur.

Contornei uma poça de vômito produzida por um soldado bêbado que tinha vindo do salão. O sujeito gemeu, me olhou, depois vomitou de novo.

– Quem mais poderia governar a Dumnonia? – perguntei a Bedwin quando estávamos longe da audição do bêbado.

– Esta é uma boa pergunta, Derfel, quem? Gorfyddyd, claro, ou então seu filho Cuneglas. Alguns homens sussurram o nome de Gereint, mas ele não quer. Nabur chegou a sugerir que eu assumisse o controle. Nao falou nada específico, claro, apenas sugestões. – Bedwin deu um risinho de desprezo. – Mas que utilidade eu teria contra nossos inimigos? Precisamos de Artur. Ninguém mais poderia manter longe esse círculo de inimigos durante tanto tempo, Derfel, mas as pessoas não entendem. Culpam-no pelo caos, mas se qualquer outro estivesse no poder o caos seria pior. Somos um reino sem um rei de fato, de modo que cada bandido ambicioso tem o olho no trono de Mordred.

Parei perto do busto de bronze que se parecia tanto com Gorfyddyd.

– Se Artur tivesse se casado com Ceinwyn...

Bedwin me interrompeu.

– Se, Derfel, se. Se o pai de Mordred tivesse sobrevivido, se Artur tivesse matado Gorfyddyd em vez de simplesmente cortar seu braço, tudo seria diferente. A história não passa de "ses". E talvez você esteja certo. Talvez, se Artur tivesse se casado com Ceinwyn, estivéssemos em paz agora, e talvez a cabeça de Aelle estivesse plantada numa ponta de lança em Caer Cadarn, mas quanto tempo você acha que Gorfyddyd teria suportado o sucesso de Artur? E lembre-se de por que Gorfyddyd concordou com o casamento.

– Pela paz?

– Minha nossa, não. Gorfyddyd só permitiu o noivado de Ceinwyn porque acreditava que o filho dela, o seu neto, governaria a Dumnonia em vez de Mordred. Eu deveria ter pensado que isso era óbvio.

– Não para mim – falei, porque em Caer Sws, quando Artur enlouqueceu de amor, eu era um mero lanceiro na guarda, não um capitão que precisava sondar a motivação dos reis e príncipes.

– Nós precisamos de Artur – disse Bedwyn, fitando meus olhos. – E, se Artur precisa de Guinevere, que assim seja. – Ele deu de ombros e continuou andando. – Eu preferiria Ceinwyn como esposa dele, mas a escolha e a cama nupcial não eram minhas. Agora, coitada, ela vai se casar com Gundleus.

– Gundleus! – falei alto demais, espantando o soldado que gemia em cima do próprio vômito. – Ceinwyn vai se casar com Gundleus?

– A cerimônia de noivado acontecerá em duas semanas – informou Bedwin calmamente –, durante o Lughnasa. – O Lughnasa era o festival de verão de Lleullaw, o Deus da luz, e era dedicado à fertilidade, assim qualquer noivado ocorrido na festa era considerado particularmente auspicioso. – Eles vão se casar no fim do outono, depois da guerra. – Bedwin fez uma pausa, sabendo que as últimas três palavras sugeriam que Gorfyddyd e Gundleus venceriam a guerra e que a cerimônia de casamento faria parte das celebrações da vitória. – Gorfyddyd jurou dar a eles a cabeça de Artur como presente nupcial.

– Mas Gundleus já é casado! – protestei, imaginando por que estava tão indignado. Seria porque me lembrava da beleza frágil de

Ceinwyn? Eu ainda usava o broche dela dentro de meu peitoral, mas disse a mim mesmo que a indignação não era por causa dela, e simplesmente porque odiava Gundleus.

– Estar casado com Ladwys não impediu Gundleus de se casar com Norwenna – disse Bedwin cheio de escárnio. – Ele porá Ladwys de lado, rodeará três vezes a pedra sagrada e depois beijará o chapéu-de-sapo mágico ou o que quer que vocês pagãos fazem para se divorciar hoje em dia. Ele não é mais cristão, a propósito. Fará um divórcio pagão, se casará com Ceinwyn, lhe dará um herdeiro, depois correrá de volta para a cama de Ladwys. É assim que as coisas parecem ser hoje em dia. – Ele fez uma pausa, inclinando um ouvido para os sons de risos que vinham do salão. – Mas talvez nos próximos anos venhamos a pensar nestes dias como os últimos dos bons tempos.

Alguma coisa em sua voz fez meu ânimo baixar ainda mais.

– Estamos condenados?

– Se Aelle mantiver a trégua podemos durar mais um ano, mas apenas se derrotarmos Gorfyddyd. E se não derrotarmos? Então devemos rezar para que Merlin tenha nos trazido vida nova. – Ele deu de ombros, mas não pareceu muito esperançoso.

Ele não era um bom cristão, o bispo Bedwin, mas era um homem muito bom. Agora Sansum me diz que a bondade de Bedwin não impediu sua alma de assar no inferno. Mas naquele verão, quando eu estava recém-chegado de Benoic, todas as nossas almas pareciam condenadas à perdição. A colheita estava apenas começando, mas assim que terminasse, a chacina de Gorfyddyd chegaria.

Parte 4
A Ilha dos Mortos

Igraine exigiu ver o broche de Ceiwyn. Segurou-o junto à janela, virando-o e olhando as espirais douradas. Eu podia ver o desejo em seus olhos.

– Você tem muitos que são mais bonitos – falei gentilmente.

– Mas nenhum tão cheio de história – disse ela, segurando o broche contra ao peito.

– Minha história, querida rainha, e não sua – ralhei.

Ela sorriu.

– Mas o que você escreveu? Que, se eu fosse tão gentil quanto sabe que sou, eu teria a permissão de ficar com ele?

– Eu escrevi isso?

– Porque sabia que isso iria me fazer devolvê-lo. Você é um velho inteligente, irmão Derfel. – Ela me estendeu o broche, depois dobrou os dedos sobre o ouro antes que eu pudesse pegá-lo. – Ele será meu um dia?

– E de ninguém mais, querida senhora. Prometo.

Ela continuou segurando-o.

– E você não vai deixar o bispo Sansum pegá-lo?

– Nunca – falei com fervor.

Ela o largou na minha mão.

– Você realmente o usava debaixo do peitoral?

– Sempre – falei, enfiando o broche em segurança debaixo da túnica.

– Pobre Ynys Trebes. – Ela estava sentada em seu lugar de sempre, no banco da janela, de onde podia olhar o vale de Dinnewrac em direção ao rio que estava inchado com uma prematura chuva de verão. Será que estava imaginando os invasores francos atravessando o vau e cobrindo a encosta como um enxame? – O que aconteceu com Leanor? – perguntou, surpreendendo-me com a pergunta.

– A harpista? Ela morreu.

– Não! Mas pensei que você disse que ela havia escapado de Ynys Trebes.

Confirmei com a cabeça.

– Escapou, mas ficou doente no primeiro inverno que passou na Britânia e morreu. Simplesmente morreu.

– E quanto a sua mulher?

– Minha?

– Em Ynys Trebes. Você disse que Galahad tinha Leanor, mas que o resto de vocês todos tinham mulheres. Então quem era a sua? E o que aconteceu com ela?

– Não sei.

– Ah, Derfel! Ela não pode ter sido sem importância!

Suspirei.

– Ela era filha de um pescador. Seu nome era Pellcyn, só que todo mundo a chamava de Gata. O marido dela tinha se afogado um ano antes de eu conhecê-la, e, quando Culhwch guiava nossos sobreviventes para o barco, Gata caiu do caminho do abismo. Ela estava segurando o filhinho no colo, veja bem, e não pôde se agarrar às pedras. Havia um caos, com todo mundo em pânico e correndo. Não foi culpa de ninguém. Se bem que eu pensava frequentemente que, se estivesse lá, Pellcyn teria sobrevivido. Ela era uma garota forte e de olhos brilhantes, com riso rápido e um apetite inexaurível pelo trabalho pesado. Uma boa mulher. Mas se eu tivesse salvado sua vida Merlin teria morrido. O destino é inexorável.

Igraine devia estar pensando o mesmo.

– Eu gostaria de ter conhecido Merlin – falou, pensativa.

– Ele teria gostado da senhora. Sempre gostou de mulheres bonitas.

– E Lancelot também? – perguntou ela rapidamente.

– Ah, sim.

– E não de garotos?

– Não de garotos.

Igraine gargalhou. Neste dia estava usando um vestido bordado, de linho tingido de azul, que combinava com sua pele clara e o cabelo escuro. Dois torques de ouro circulavam seu pescoço e um emaranhado de braceletes chacoalhava num pulso fino. Ela fedia a fezes, fato que fui suficientemente diplomático para ignorar, já que percebi que devia estar usando um pessário feito com as primeiras fezes de um recém-nascido, antigo remédio para mulheres estéreis. Pobre Igraine.

– Você odiava Lancelot? – acusou ela de súbito.

– Totalmente.

– Isso não é justo! – Ela pulou do banco junto à janela e ficou andando de um lado para o outro no cômodo pequeno. – As histórias das pessoas não deveriam ser contadas por seus inimigos. Imagine se Nwylle escrevesse a minha!

– Quem é Nwylle?

– Você não a conhece – disse ela, franzindo a testa, e imaginei que Nwylle fosse a amante do seu marido. – Mas não é justo – insistiu –, porque todo mundo sabe que Lancelot era o maior dos soldados de Artur. Todo mundo!

– Eu, não.

– Mas ele deve ter sido corajoso!

Olhei pela janela, tentando ser justo em pensamento, tentando encontrar algo de bom para dizer sobre meu pior inimigo.

– Ele podia ser corajoso, mas optou por não ser. Algumas vezes lutava, mas geralmente evitava a batalha. Tinha medo de ganhar uma cicatriz no rosto, veja bem. Ele era muito vaidoso com a aparência. Colecionava espelhos romanos. A sala espelhada no palácio de Benoic era a sala de Lancelot. Ele podia ficar sentado lá e se admirar em cada parede.

– Não acredito que ele fosse tão ruim quanto você faz parecer.

– Acho que era pior. – Não gosto de escrever sobre Lancelot porque a lembrança dele é como uma mancha na minha vida. – Acima de tudo – falei –, ele era desonesto. Contava mentiras porque queria esconder a verdade a seu próprio respeito, mas também sabia fazer as pessoas gostarem dele quando queria. Era capaz de encantar os peixes do mar, minha querida.

Ela fungou, insatisfeita com meu julgamento. Sem dúvida, quando Dafydd Ap Gruffud traduzir estas palavras, Lancelot será elogiado como gostaria. Brilhante Lancelot! Elevado Lancelot! Belo, dançante, sorridente, espirituoso, elegante Lancelot! Ele era o rei sem terra e o

Senhor das Mentiras, mas, se Igraine fizer sua vontade, ele brilhará através dos anos como o modelo do guerreiro nobre.

Igraine olhou pela janela, para onde Sansum estava expulsando um grupo de leprosos de nosso portão. O santo jogava torrões de terra contra eles, gritando para que fossem para o diabo e convocando nossos outros irmãos para ajudá-lo. O noviço Tudwal, que a cada dia fica mais rude com o resto de nós, dançava ao lado de seu mestre e o incitava. Os guardas de Igraine, parados na porta da cozinha como sempre, finalmente apareceram e usaram suas lanças para livrar o mosteiro dos mendigos doentes.

– Sansum realmente queria sacrificar Artur? – perguntou Igraine.

– Foi o que Bedwin me disse.

Igraine me lançou um olhar enviesado.

– Sansum gosta de garotos, Derfel?

– O santo ama todo mundo, querida rainha, até as mulheres jovens que fazem perguntas impertinentes.

Ela deu um sorriso obediente e depois fez uma careta.

– Tenho certeza de que ele não gosta de mulheres. Por que não deixa nenhum de vocês se casar? Outros monges se casam, mas nenhum aqui.

– O piedoso e amado Sansum acredita que as mulheres nos distraem do dever de adorar Deus. Assim como a senhora me distrai de meu trabalho.

Ela gargalhou, mas de repente se lembrou de uma tarefa e ficou séria.

– Há duas palavras que Dafydd não entendeu no último lote de pergaminhos, Derfel. Ele quer que você as explique. Catamito?

– Diga para ele perguntar a outra pessoa.

– Vou perguntar a outra pessoa, certamente – disse ela, indignada. – E camelo? Ele diz que não é carvão.

– Um camelo é um animal mítico, senhora, com chifres, asas, escamas, cauda bifurcada e hálito de chamas.

– Parece Nwylle.

– Ah! Os escritores do Evangelho trabalhando! Meus dois evangelistas! – Sansum, com as mãos sujas da terra que tinha jogado nos leprosos, entrou no quarto para dar a este pergaminho um olhar dúbio, antes de franzir o nariz. – Estou sentindo cheiro de alguma coisa suja?

Fiquei sem jeito.

– Foram os feijões do desjejum, senhor bispo – falei. – Desculpe-me.

– Estou pasmo em ver como a senhora suporta a companhia dele – disse Sansum a Igraine. – E a senhora não deveria estar na capela? Rezando por um bebê? Não é a sua tarefa aqui?

– Certamente não é a sua – disse Igraine, mal-humorada. – Se quer saber, senhor bispo, estávamos discutindo as parábolas de Nosso Senhor. O Senhor não pregou uma vez sobre o camelo e o buraco da agulha?

Sansum grunhiu e olhou por cima do meu ombro.

– E, fedido irmão Derfel, qual é a palavra saxã para camelo?

– Nwylle – falei.

Igraine gargalhou e Sansum a olhou furioso.

– Minha senhora acha divertidas as palavras de nosso abençoado Senhor?

– Eu simplesmente estou feliz aqui – disse Igraine humildemente –, mas adoraria saber o que é um camelo.

– Todo mundo sabe! – disse Sansum com ar de desprezo. – Um camelo é um peixe, um peixe grande! – E acrescentou, maroto: – Não é muito diferente do salmão que algumas vezes seu marido manda para nós, pobres monges.

– Farei com que ele mande mais com o próximo lote de pergaminhos para Derfel e sei que ele mandará logo, porque este evangelho saxão é muito caro ao rei.

– É mesmo? – perguntou Sansum cheio de suspeitas.

– Muito caro, senhor bispo.

Ela é uma garota inteligente, muito inteligente, e bonita também. O rei Brochvael é tolo se tiver uma amante, além da rainha, mas os homens sempre foram tolos com relação às mulheres. Ou alguns homens eram, e o maior de todos, acho, foi Artur. O caro Artur, meu senhor, meu Presenteador, o mais generoso dos homens, de quem é esta história.

Era estranho estar em casa, especialmente porque eu não tinha casa. Possuía alguns torques de ouro e pequenas joias, mas estas, menos o broche de Ceinwyn, vendi para que meus homens finalmente tivessem comida nos primeiros dias de volta à Britânia. Meus outros pertences estavam todos em Ynys Trebes e agora faziam parte de alguma horda de francos. Eu estava pobre, sem casa, sem nada mais para dar aos meus homens, nem mesmo um salão onde festejar com eles, mas eles me perdoavam por isso. Como eu, tinham deixado para trás tudo que não puderam carregar quando Ynys Trebes caiu. Como eu, estavam pobres, mas nenhum reclamava. Cavan simplesmente dizia que um soldado devia assumir suas perdas como assumia suas pilhagens, com leveza. Issa, um garoto nascido numa fazenda, que era um lanceiro extraordinário, tentou devolver um fino torque de ouro que eu tinha lhe dado. Disse que não era justo que um lanceiro usasse um torque de ouro quando seu capitão não usava, mas não aceitei, portanto Issa o deu de presente à garota que trouxera de Benoic, e no dia seguinte ela fugiu com um padre andarilho e seu bando de prostitutas. O país estava cheio desses cristãos viajantes que se chamavam de missionários, e quase todos tinham uma horda de mulheres crentes que supostamente ajudariam nos rituais cristãos, mas que, segundo os boatos, tinham mais probabilidade de ser usadas para a sedução de convertidos para a nova religião.

Artur me deu uma residência logo ao norte da Durnovária: não exatamente para mim, já que ela pertencia a uma herdeira chamada Gyllad, uma órfã, mas Artur me fez seu protetor; cargo que geralmente terminava com a ruína da criança e o enriquecimento do guardião. Gyllad não tinha nem 8 anos, e eu poderia ter me casado com ela se quisesse e depois ficar com a propriedade, ou então poderia vendê-la em casamento com um homem disposto a comprar a noiva com as terras, mas em vez disso, como Artur pretendera, vivi dos arrendamentos pagos a Gyllad e lhe permiti crescer em paz. Mesmo assim seus parentes protestaram contra minha nomeação. Naquela mesma semana de meu retorno de Ynys Trebes, quando eu estava havia apenas dois dias na residência de Gyllad, um tio dela, cristão, apelou contra meu cargo de protetor a Nabur, o magistrado cristão da

Durnovária, dizendo que antes de sua morte o pai de Gyllad lhe prometera o cargo, e só consegui manter o presente de Artur postando meus lanceiros em volta do tribunal. Eles estavam com todo o equipamento de guerra, com as pontas das lanças brilhando de tão afiadas, e de algum modo sua presença dissuadiu o tio e os que o apoiavam de continuarem com o processo. Os guardas da cidade foram convocados, mas apenas um olhar para meus veteranos os convenceu de que talvez tivessem coisa melhor a fazer em outro lugar. Nabur reclamou de os soldados estarem cometendo abusos numa cidade pacífica, mas, quando meus oponentes não apareceram no tribunal, ele debilmente julgou a meu favor. Mais tarde, ouvi dizer que o tio já havia comprado o veredicto oposto de Nabur e que jamais pôde recuperar o dinheiro. Nomeei um dos meus homens, Llystan, que tinha perdido um pé numa batalha nas florestas de Benoic, como administrador de Gyllad, e ele, como a herdeira e sua propriedade, prosperaram.

Artur me convocou na semana seguinte. Encontrei-o no salão do palácio, onde estava comendo sua refeição do meio-dia com Guinevere. Ordenou um assento e mais comida para mim. O pátio do lado de fora estava apinhado de pedintes.

– Pobre Artur – comentou Guinevere –, basta uma visita ao lar e de repente todos os homens estão reclamando do vizinho ou exigindo uma redução de aluguel. Por que não usam os magistrados?

– Porque não são suficientemente ricos para comprá-los – disse Artur.

– Ou suficientemente poderosos para cercar o tribunal com homens armados? – acrescentou Guinevere, sorrindo para mostrar que não desaprovava minha ação. Ela não faria isso, porque era uma opositora jurada de Nabur, que era líder da facção cristã do reino.

– Um gesto espontâneo de apoio por parte dos meus homens – falei tranquilamente e Artur gargalhou.

Foi uma refeição alegre. Eu raramente ficava sozinho com Artur e Guinevere, mas, quando isso acontecia, eu sempre via como ela o deixava contente. Ela possuía uma espirituosidade cheia de farpas, que não havia no marido, e usava-a com gentileza, como sabia que era a preferência dele. Lisonjeava Artur, mas também lhe dava bons conselhos. Artur estava sempre pronto a acreditar no melhor sobre as pessoas e precisava do ceticismo de Guinevere para compensar esse otimismo. Ela não parecia mais velha do que na última vez em que eu estivera perto assim, mas talvez houvesse uma nova esperteza naqueles olhos verdes de caçadora. Eu não podia ver qualquer evidência de que Guinevere estivesse grávida: seu vestido verde-claro caía liso sobre a barriga, onde uma corda de ouro trançado pendia como um cinto frouxo. Seu distintivo do cervo com o crescente estava pendurado no pescoço ao lado dos pesados raios solares do colar saxão que Artur lhe enviara de Durocobrivis. Ela havia zombado do colar quando o ofertei, mas agora o usava com orgulho.

A conversa durante aquela refeição do meio-dia foi principalmente leve. Artur queria saber por que os melros e os tordos paravam de cantar no verão, mas nenhum de nós tinha a resposta, assim como não podíamos lhe dizer aonde as andorinhas iam no inverno, apesar de Merlin ter me dito uma vez que elas iam para uma grande caverna nas vastidões do Norte, onde dormiam em gigantescos montes plumosos até a primavera. Guinevere me pressionou perguntando sobre Merlin e lhe jurei, por minha vida, que o druida realmente havia retornado à Britânia.

– Ele foi à Ilha dos Mortos – falei.

– Ele fez o quê? – perguntou Artur, pasmo.

Expliquei sobre Nimue e me lembrei de agradecer a Guinevere por seus esforços para salvar minha amiga da vingança de Sansum.

– Pobre Nimue – disse Guinevere. – Mas ela é uma criatura forte, não é? Gostei dela, mas não creio que tenha gostado de nós. Somos todos frívolos demais! E não consegui interessá-la em Ísis. Ela me dizia que Ísis é uma Deusa estrangeira e depois cuspia como um gatinho e murmurava uma prece a Manawydan.

Artur não demonstrou reação diante da menção a Ísis, e supus que ele tivesse perdido o medo da Deusa estranha.

– Eu gostaria de ter conhecido Nimue melhor – disse ele.

– Vai conhecer quando Merlin a trouxer de volta dos mortos.

– Se ele puder – disse Artur, cheio de dúvida. – Ninguém jamais voltou da ilha.

– Nimue voltará – insisti.

– Ela é extraordinária – disse Guinevere. – E se alguém pode sobreviver à ilha, é ela.

– Com a ajuda de Merlin – acrescentei.

Apenas no final da refeição nossa conversa voltou a Ynys Trebes, e mesmo então Artur teve o cuidado de não mencionar o nome de Lancelot. Em vez disso, lamentou não ter um presente para me recompensar pelos esforços.

– Estar em casa é recompensa suficiente, senhor príncipe – falei, lembrando-me de usar o título preferido por Guinevere.

– Posso pelo menos chamá-lo de lorde; e assim, de agora em diante, você será chamado de lorde Derfel.

Eu ri, não porque fosse ingrato, mas porque a recompensa do título de comandante guerreiro parecia grandioso demais para minhas realizações. Além disso, fiquei orgulhoso: um homem era chamado de lorde quando era rei, príncipe, chefe ou porque sua espada o tornara famoso. Toquei supersticiosamente o cabo de Hywelbane, para que minha sorte não se azedasse com o orgulho. Guinevere riu de mim, não por despeito, e sim deliciada com meu prazer, e Artur, que amava mais do que tudo ver os outros felizes, ficou satisfeito com nós dois. Naquele dia ele próprio estava feliz, mas a felicidade de Artur era sempre mais silenciosa do que a dos outros homens. Naquela época, quando ele veio pela primeira vez à Britânia, eu nunca o via bêbado, nunca o via se gabar e nunca o via perder o autocontrole, a não ser no campo de batalha. Ele possuía uma tranquilidade que alguns homens achavam desconcertante, porque temiam que lesse suas almas, mas acho que a calma vinha do desejo de ser diferente. Ele queria admiração e amava recompensar a admiração com generosidade.

O barulho dos pedintes à espera ficou mais alto, e Artur suspirou enquanto pensava no trabalho que o aguardava. Empurrou o vinho para longe e me lançou um olhar de desculpas.

– Você merece descansar, lorde – falou, deliberadamente me lisonjeando com o título novo. – Mas infelizmente muito em breve pedirei que leve suas lanças para o norte.

– Minhas lanças são suas, senhor príncipe – falei obedientemente.

Ele traçou um círculo com o dedo sobre o tampo de mármore da mesa.

– Estamos rodeados por inimigos, mas o verdadeiro perigo é Powys. Gorfyddyd está montando um exército jamais visto na Britânia. Esse exército virá para o sul muito em breve, e temo que o rei Tewdric não tenha estômago para a luta. Preciso levar o máximo de lanças possível para Gwent, para sustentar a lealdade de Tewdric. Cei pode segurar Cadwy, Melwas terá de fazer o melhor possível contra Cerdic, e o resto de nós irá para Gwent.

– E quanto a Aelle? – perguntou Guinevere sugestivamente.

– Ele está em paz – insistiu Artur.

– Ele obedece ao preço mais alto – disse Guinevere. – E Gorfyddyd aumentará o preço muito em breve.

Artur encolheu os ombros.

– Seriam necessárias trezentas lanças para segurar os saxões de Aelle, não para derrotá-los, só segurar. A falta dessas trezentas lanças significará derrota em Gwent.

– Coisa que Gorfyddyd sabe – observou Guinevere.

– Então o que você acha que eu deveria fazer, meu amor?

Mas Guinevere não tinha uma resposta melhor do que a de Artur, e a dele era simplesmente rezar pela paz frágil com Aelle. O rei saxão tinha sido comprado com uma carroça de ouro, e nenhum preço a mais poderia ser pago porque não havia mais ouro no reino.

– Temos de esperar que Gereint possa segurá-lo enquanto destruímos Gorfyddyd. – Artur empurrou sua cadeira para trás e sorriu para mim. – Descanse até depois do Lughnasa, lorde Derfel, e assim que a colheita estiver terminada você pode marchar para o norte comigo.

Ele bateu palmas chamando os serviçais para que tirassem os restos da refeição e deixou que os pedintes entrassem. Guinevere me chamou enquanto os serviçais se apressavam com o trabalho.

– Podemos conversar?

– Com prazer, senhora.

Ela tirou o colar pesado e entregou-o a uma escrava, depois me guiou subindo um lance de escada que terminava numa porta aberta para um pátio onde dois de seus grandes cães veadeiros esperavam-na. Vespas zumbiam em volta de frutas caídas, e Guinevere exigiu que os escravos tirassem as frutas para que pudéssemos caminhar sem ser molestados. Ela deu restos de galinha aos cães enquanto 12 escravos catavam as frutas apodrecidas e machucadas nas saias das túnicas e depois iam embora, cheios de picadas, deixando-nos a sós. Estruturas de vime para os caramanchões que seriam decorados com flores para a grande festa de Lughnasa tinham sido erguidas por todo o muro do pomar.

– É bonito – falou Guinevere sobre o pomar –, mas eu gostaria de estar em Lindinis.

– No ano que vem, senhora.

– O lugar estará em ruínas – disse ela, mal-humorada. – Você não soube? Gundleus atacou Lindinis. Não capturou Caer Cadarn, mas derrubou meu palácio novo. Isso foi há um ano. – Ela fez uma careta. – Espero que Ceinwyn torne sua vida absolutamente um inferno, mas duvido. Ela é uma coisinha insípida. – O sol filtrado pelas folhas iluminou seu cabelo ruivo e lançou sombras fortes em seu rosto saudável. – Algumas vezes eu gostaria de ser homem – falou, surpreendendo-me.

– É mesmo?

– Você sabe como é odioso ficar esperando notícias? – perguntou em voz passional. – Em duas ou três semanas vocês todos vão para o norte, e então teremos apenas de esperar. Esperar e esperar. Esperar para saber se Aelle falta à palavra, esperar para saber se o exército de Gorfyddyd é realmente gigantesco. – Ela fez uma pausa. – Por que Gorfyddyd está esperando? Por que não ataca agora?

– Os *levies* dele estão trabalhando na colheita. Tudo para durante a colheita. Os homens dele querem se certificar de ter a colheita antes de virem pegar a nossa.

– Podemos impedi-los? – perguntou ela abruptamente.

– Na guerra, senhora, nem sempre é uma questão do que podemos fazer, mas do que devemos fazer. Devemos impedi-los. – Ou morrer, pensei carrancudo.

Ela deu alguns passos em silêncio, espantando os cães agitados para longe dos seus pés.

– Você sabe o que as pessoas estão dizendo sobre Artur? – perguntou depois de um tempo.

Confirmei com a cabeça.

– Que seria melhor se ele fugisse para Broceliande e deixasse o reino para Gorfyddyd. Dizem que a guerra está perdida.

Ela me olhou, dominando-me com seus olhos enormes. Naquele momento, tão perto dela, sozinho com ela no jardim quente e engolfado por seu perfume sutil, entendi por que Artur tinha arriscado a paz de um reino por aquela mulher.

– Mas você lutará por Artur?

– Até o fim, senhora. E pela senhora – acrescentei sem jeito.

Ela sorriu.

– Obrigada. – Viramos uma esquina, andando em direção à pequena fonte que brotava de uma pedra no canto da parede romana. O fiapo de água irrigava o pomar e alguém havia enfiado fitas votivas em nichos da pedra cheia de musgo. Guinevere levantou a bainha dourada de seu vestido verde-maçã enquanto passava sobre a vala. – Há um partido Mordred no reino – disse ela, repetindo o que o bispo Bedwin me contara na noite em que voltei. – Eles são cristãos, principalmente, e estão rezando pela derrota de Artur. Se ele fosse derrotado, eles teriam de se curvar diante de Gorfyddyd, claro, mas curvar-se, percebi, é uma coisa natural para os cristãos. Se eu fosse homem, Derfel, três cabeças cairiam sob minha espada: Sansum, Nabur e Mordred.

Não duvidei de suas palavras.

– Mas, se Nabur e Sansum são os melhores homens que o partido de Mordred pode reunir, senhora, Artur não precisa se preocupar.

– O rei Melwas também, acho, e quem sabe quantos outros? Quase todo padre viajante do reino espalha a pestilência, perguntando por que os homens deveriam morrer por Artur. Eu gostaria de arrancar a cabeça de todos eles, mas os traidores não se revelam, lorde Derfel. Esperam no escuro e atacam quando você não está olhando. Mas, se Artur derrotar Gorfyddyd, todos vão cantar elogios e fingir que o apoiavam o tempo todo. – Ela cuspiu para evitar o mal, depois me lançou um olhar afiado. – Fale-me do rei Lancelot.

Tive a impressão de que finalmente estávamos chegando ao motivo verdadeiro desse passeio entre as macieiras e pereiras.

– Não o conheço realmente – falei, tentando me livrar da pergunta.

– Ele falou bem de você ontem à noite.

– Foi? – respondi com ceticismo. Eu sabia que Lancelot e seus companheiros ainda moravam na casa de Artur, na verdade estava receoso de encontrá-lo e aliviado porque ele não comparecera à refeição do meio-dia.

– Falou que você é um grande soldado.

– É bom saber que algumas vezes ele pode dizer a verdade – respondi azedamente. Presumi que Lancelot, ajeitando suas velas para um vento novo, tentara obter o favor de Artur elogiando um homem que sabia ser amigo dele.

– Será que os guerreiros que sofrem uma derrota terrível como a de Ynys Trebes não terminam sempre discutindo?

– Sofrem? – falei asperamente. – Eu o vi saindo de Benoic, senhora, mas não me lembro de vê-lo sofrer. Assim como não me lembro de ter visto um curativo em sua mão quando ele partiu.

– Ele não é covarde – insistiu ela calorosamente. – Ele usa um monte de anéis de guerreiro na mão esquerda, lorde Derfel.

– Anéis de guerreiro! – falei, zombando, e mergulhei a mão na bolsa presa ao cinto e peguei um punhado daquelas coisas. Eu tinha tantos agora que não me incomodava mais em fazê-los. Joguei os anéis na grama do pomar, espantando os cães que olharam a dona, esperando algum sinal. – Qualquer um pode achar anéis de guerreiro, senhora.

Guinevere olhou para os anéis caídos, depois chutou um para o lado.

– Gosto do rei Lancelot – falou em tom desafiador, assim me alertando contra outras observações depreciativas. – E precisamos cuidar dele. Artur acha que fracassamos em Benoic, e o mínimo que podemos fazer é tratar com honra os sobreviventes. Quero que você seja gentil com Lancelot, por mim.

– Sim, senhora – falei humildemente.

– Precisamos achar uma esposa rica para ele. Ele deve ter terras e homens para comandar. Dumnonia tem sorte, acho, por ele ter vindo às nossas terras. Precisamos de bons soldados.

– Precisamos mesmo, senhora.

Ela captou o sarcasmo em minha voz e fez uma careta, mas, apesar da minha hostilidade, preservou o verdadeiro motivo pelo qual me havia convidado a esse pomar privativo.

– O rei Lancelot quer fazer parte do culto de Mitra, e Artur e eu não queremos que haja oposição.

Senti um clarão de fúria por minha religião ser tomada tão levianamente.

– Mitra é uma religião para os corajosos, senhora – repliquei com frieza.

– Nem mesmo você, Derfel Cadarn, precisa de mais inimigos – respondeu Guinevere com frieza igual. Com isso eu soube que ela viraria minha inimiga se eu bloqueasse os desejos de Lancelot. E sem dúvida, pensei, Guinevere daria a mesma mensagem a qualquer outro homem que pudesse se opor à iniciação de Lancelot nos mistérios mitraicos.

– Nada será feito até o inverno – falei, esquivando-me de um comprometimento.

– Mas certifique-se de que seja feito – disse ela e depois abriu a porta do palácio. – Obrigada, lorde Derfel.

– Obrigado, senhora – falei e senti outro jorro de raiva enquanto descia correndo a escada até o salão. Dez dias!, pensei, só dez dias e Lancelot fizera de Guinevere uma defensora. Xinguei, prometendo que preferiria me tornar um cristão miserável antes de sequer ver Lancelot festejando numa caverna sob a cabeça sangrenta de um touro. Eu tinha rompido três paredes de escudos saxões e enterrado Hywelbane até o cabo nos meus inimigos antes de ser eleito para o serviço de Mitra, mas tudo de que Lancelot precisou foi contar vantagem.

Entrei no salão e encontrei Bedwin sentado com Artur. Estavam ouvindo os pedintes, mas Bedwin deixou o tablado para me levar a um lugar calmo ao lado da porta externa do salão.

– Soube que agora você é um lorde. Parabéns.

– Um lorde sem terra – falei amargamente, ainda irritado com a exigência ultrajante de Guinevere.

– A terra acompanha a vitória, e a vitória se segue à batalha, e batalhas, lorde Derfel, você terá muitas neste ano. – Ele parou quando a porta do salão foi aberta e Lancelot e seus seguidores entraram. Bedwin se curvou para ele enquanto eu apenas balançava a cabeça. O rei de Benoic pareceu surpreso em me ver, mas não disse nada enquanto ia se juntar a Artur, que ordenou que uma terceira cadeira fosse posta no tablado. – Lancelot é membro do conselho agora? – perguntei, irritado.

– Ele é um rei – disse Bedwin pacientemente. – Você não pode esperar que ele fique junto de nós.

Percebi que o rei de Benoic ainda tinha uma bandagem na mão.

– Acho que o ferimento do rei significa que ele não poderá vir conosco, não é? – falei acidamente. Quase confessei a Bedwin como Guinevere tinha exigido que elegêssemos Lancelot um mitraísta, mas decidi que a notícia podia esperar.

– Ele não virá conosco – confirmou Bedwin. – Vai ficar aqui como comandante da guarnição da Durnovária.

– Como o quê? – perguntei alto, e com tanta raiva que Artur se virou na cadeira para ver o que era aquela agitação.

– Se os homens do rei Lancelot guardarem Guinevere e Mordred – disse Bedwin cautelosamente –, isso vai liberar os homens de Lanval e Llywarch para lutarem contra Gorfyddyd. – Ele hesitou, depois pousou a mão frágil em meu braço. – Há outra coisa que preciso lhe contar, lorde Derfel. – Sua voz era baixa e gentil. – Merlin esteve em Ynys Wydryn na semana passada.

– Com Nimue? – perguntei, ansioso.

Ele balançou a cabeça.

– Ele não foi procurá-la, Derfel. Foi para o norte, mas aonde ou por que, não sei.

A cicatriz da minha mão esquerda latejou.

– E Nimue? – perguntei, com medo de ouvir a resposta.

– Ainda está na ilha se continuar viva. – E fez uma pausa. – Sinto muito.

Olhei o salão apinhado. Será que Merlin sabia sobre Nimue? Ou será que preferira deixá-la entre os mortos? Por mais que eu o amasse, algumas vezes achava que Merlin podia ser o homem mais cruel do mundo. Se tinha visitado Ynys Wydryn, devia saber onde Nimue estava aprisionada, mas nada fizera. Tinha-a deixado com os mortos, e de repente meus medos estavam gritando dentro de mim como o choro das crianças agonizantes em Ynys Trebes. Por alguns segundos frios, não pude me mexer nem falar, depois olhei para Bedwin.

– Galahad levará meus homens para o norte se eu não retornar – falei.

– Derfel! – Ele agarrou meu braço. – Ninguém volta da Ilha dos Mortos. Ninguém!

– Isso importa? – perguntei. Porque se toda a Dumnonia estava perdida, o que isso importava? E Nimue não estava morta, eu sabia, porque a cicatriz latejava na minha mão. E se Merlin não se importava com ela, eu sim, e me importava mais com Nimue do que com Gorfyddyd, Aelle ou o desgraçado Lancelot com suas ambições de entrar para os eleitos de Mitra. Eu amava Nimue mesmo que ela jamais fosse me amar e fizera o juramento da cicatriz para protegê-la.

O que significava que devia ir aonde Merlin não ousava ir. Devia ir à Ilha dos Mortos.

A ILHA FICAVA A APENAS 16 quilômetros ao sul da Durnovária, não mais do que uma caminhada tranquila durante uma manhã, mas era como se estivesse no lado mais distante da lua.

Eu sabia que não era uma ilha, e sim uma península de pedra clara e dura no fim de um caminho estreito e comprido. Os romanos tinham usado a ilha como pedreira, mas usávamos as pedras das construções deles, por isso as pedreiras tinham sido fechadas e a Ilha dos Mortos ficou vazia. Tornou-se uma prisão. Três muros foram construídos no caminho, guardas foram postados, e para a ilha mandávamos aqueles que queríamos punir. Com o tempo também mandamos outros; os homens e mulheres cuja sanidade havia fugido e que não podiam viver em paz entre nós. Eram os loucos violentos, mandados para um reino dos loucos onde nenhuma pessoa sã vivia, e onde suas almas assombradas pelos demônios não podiam pôr os vivos em perigo. Os druidas diziam que a ilha era domínio de Crom Dubh, o Deus escuro e aleijado, os cristãos diziam que era o lugar onde o demônio punha os pés na terra, mas ambos concordavam que os homens e mulheres mandados para lá eram almas perdidas. Estavam mortos enquanto o corpo ainda vivia, e, quando seus corpos morriam, os demônios e os espíritos malignos ficavam presos na ilha, de modo que jamais podiam voltar para assombrar os vivos. Famílias traziam seus loucos para a ilha e ali, no terceiro muro, os soltavam para os horrores desconhecidos que esperavam no fim do caminho. Depois, de volta, a família fazia uma festa dos mortos para o parente perdido. Nem todos os loucos eram mandados à ilha. Alguns eram tocados pelos Deuses e portanto sagrados, e algumas famílias mantinham seus loucos trancados, como Merlin fizera com o pobre Pellinore, mas quando os Deuses que tocavam os loucos eram malévolos, a ilha era o lugar para onde as almas cativas deviam ser mandadas.

O mar se quebrava branco contra a ilha. Em sua extremidade voltada para o oceano, até mesmo no tempo mais calmo, havia um grande turbilhão de redemoinhos e água borbulhante no lugar onde a caverna de Cruachan levava ao Outro Mundo. Borrifos explodiam do mar acima da caverna, e ondas se chocavam interminavelmente para marcar a horrenda boca que não podia ser vista. Nenhum pescador chegava perto daquela tormenta, porque qualquer barco que fosse soprado para o horror borbulhante certamente iria se perder. Afundaria e sua tripulação seria sugada para se tornar sombras no Outro Mundo.

O sol brilhava no dia em que fui para lá. Levava Hywelbane, mas nenhum outro equipamento de guerra, porque nenhum escudo ou peitoral feito por homem iria me proteger dos espíritos e serpentes da ilha. Como suprimento, carregava um odre de água fresca e uma bolsa com bolos de aveia, e como talismãs contra os demônios da ilha usava o broche de Ceinwyn e um ramo de alho preso no manto verde.

Passei pelo salão onde eram realizadas as festas para os mortos. A estrada depois do salão era ladeada de crânios, humanos e de animais, alertando o incauto de que estava se aproximando do Reino das Almas Mortas. À minha esquerda agora estava o mar, e à direita um pântano salobro, escuro, onde nenhum pássaro cantava. Além do pântano havia um grande banco de seixos que se curvava afastando-se da costa até se transformar no caminho que ligava a ilha à terra. Aproximar-se da ilha pelo banco de seixos significava um desvio de muitos quilômetros, de modo que a maior parte do tráfego usava o caminho ladeado de crânios que levava a um cais de madeira apodrecida de onde uma balsa fazia a travessia até a praia. Havia várias casas dos guardas perto do cais. Muitos patrulhavam o banco de seixos.

Os guardas do cais eram homens velhos, ou então veteranos feridos que viviam com suas famílias nas cabanas. Os homens viram quando me aproximei, depois barraram meu caminho com lanças enferrujadas.

– Meu nome é lorde Derfel – falei – e exijo passar.

O comandante dos guardas, um homem maltrapilho com um antiquíssimo peitoral de ferro e um mofado elmo de couro, fez uma reverência para mim.

– Não tenho poder de impedir sua passagem, lorde Derfel, mas não posso deixá-lo retornar. – Seus homens, pasmos porque alguém queria viajar voluntariamente à ilha, me olhavam boquiabertos.

– Então passarei – repliquei e os lanceiros se afastaram quando o comandante gritou para que preparassem a pequena balsa. – Muitas pessoas pedem para passar por aqui? – perguntei ao comandante.

– Poucas. Algumas estão cansadas de viver; outras acham que podem governar uma ilha de loucos. Poucos viveram o bastante para implorar que eu os deixasse sair de novo.

– Você os deixou sair?

– Não – disse ele categoricamente. Ficou olhando enquanto os remos eram trazidos de uma das cabanas, depois franziu a testa para mim. – Tem certeza, senhor?

– Tenho certeza.

Ele estava curioso, mas não ousou perguntar o que eu ia fazer lá. Em vez disso, me ajudou a descer os degraus escorregadios do cais e me levou ao barco empretecido com piche.

– Os remadores vão levá-lo ao primeiro portão – disse ele, em seguida apontou para o caminho que ficava no lado mais distante do canal estreito. – Depois disso, o senhor irá até um segundo muro, depois a um terceiro no final do caminho. Não há portões nesses muros, só escadas para atravessar. É provável que não encontre almas mortas entre os portões, mas e depois disso? Só os Deuses sabem. O senhor quer mesmo ir?

– Você nunca ficou curioso? – perguntei.

– Temos permissão de levar comida e almas mortas até o terceiro muro, e não tive desejo de ir mais longe – disse ele em voz séria. – Chegarei à ponte de espadas para o Outro Mundo na hora certa, senhor. – E apontou o queixo para o caminho. – A caverna de Cruachan fica do outro lado da ilha, senhor, e só os tolos e os desesperados buscam a morte antes da hora certa.

– Tenho motivos, e tornarei a vê-lo neste mundo dos vivos.

– Não se atravessar a água, senhor.

Olhei para a encosta verde e branca da ilha, que se erguia acima dos muros do caminho.

– Já estive num poço da morte – falei ao comandante dos guardas – e me arrastei para fora de lá como me arrastarei daqui. – Procürei uma moeda em minha bolsa e entreguei a ele. – Falaremos de minha saída quando chegar a hora.

– O senhor será um homem morto no momento em que atravessar aquele canal – alertou ele uma última vez.

– A morte não sabe como me levar – repliquei com bravata imbecil, depois ordenei que os remadores me levassem através do canal cheio de redemoinhos. Foram necessárias apenas algumas remadas, e então o barco parou num banco de lama inclinado e subimos até o arco no primeiro muro, onde os dois remadores levantaram a trave, abriram o portão e recuaram para que eu passasse. Uma soleira preta marcava a divisão entre este mundo e o outro. Assim que passasse por aquela faixa de madeira enegrecida, eu seria considerado um homem morto. Por um segundo, meus temores me fizeram hesitar, depois passei.

O portão se fechou atrás de mim com um estrondo. Estremeci.

Virei-me para examinar a face interna do muro principal. Tinha 3 metros de altura, uma barreira de pedra lisa tão bem assentada quanto qualquer obra romana, e tão bem-feita que nenhum apoio para as mãos podia ser visto na face branca. Em cima do muro havia uma cerca fantasma feita de crânios, para impedir que as almas mortas entrassem no mundo dos vivos.

Rezei aos Deuses. Fiz uma oração a Bel, meu protetor especial, e outra a Manawydan, o Deus do mar que salvara Nimue no passado, e depois segui pelo caminho até onde o segundo muro barrava a estrada. Este muro era uma pilha grosseira de pedras alisadas pelo mar que, como o primeiro, era encimado por uma fileira de crânios humanos. Desci os degraus do outro lado do muro. À minha direita, no oeste, as grandes ondas se chocavam contra os seixos enquanto à direita a baía rasa estava calma sob o sol. Alguns barcos de pesca trabalhavam na baía, mas todos se mantinham bem longe da ilha. À minha frente ficava o terceiro muro. Eu não via nenhum homem ou mulher esperando ali. Gaivotas pairavam no alto, com gritos abandonados no vento oeste. As laterais do caminho eram marcadas por linhas de maré feitas de algas escuras.

Estava apavorado. Nos anos desde que Artur voltara à Britânia, eu tinha enfrentado incontáveis paredes de escudos e inumeráveis homens em batalha, mas em nenhuma daquelas lutas, nem mesmo na incendiada Benoic, sentira um medo como o frio que apertava meu coração agora. Parei e me virei para olhar os morros verdes e suaves da Dumnonia e a pequena aldeia de pescadores na baía ao leste. Volte agora, pensei, volte! Nimue estava ali havia um ano inteiro, e eu duvidava de que muitas almas sobrevivessem tanto na Ilha dos Mortos, a não ser que fossem selvagens e poderosas. E mesmo que eu a encontrasse, ela estaria louca. Ela não poderia sair daqui. Este era o seu reino, o domínio da morte. Volte, insisti comigo mesmo, volte, mas então a cicatriz na palma esquerda pulsou, e eu disse a mim mesmo que Nimue vivia.

Uma coruja piando me espantou. Virei-me e vi uma figura preta, em farrapos, empoleirada no topo do terceiro muro, e então a figura desapareceu do outro lado. Rezei aos Deuses para me darem força. Nimue sempre soubera que sofreria as Três Feridas, e a cicatriz na minha mão esquerda era a segurança de que eu iria ajudá-la a sobreviver aos sofrimentos. Continuei andando.

Subi o terceiro muro, que era outra pilha de pedras cinzentas e lisas, e vi uma escada grosseira que descia à ilha. Ao pé da escada havia alguns cestos vazios; evidentemente usados pelos vivos para entregar pão e carne salgada aos parentes mortos. A figura esfarrapada havia desaparecido, deixando apenas o morro alto à minha frente e um emaranhado de sarças a cada lado de um caminho pedregoso que levava ao flanco oeste da ilha, onde pude ver um grupo de construções arruinadas na base do morro alto. A ilha era um lugar enorme. Um homem levaria duas horas para caminhar do terceiro muro até onde o mar borbulhava na ponta do Extremo Sul, e um tempo igual para subir até o cume da grande rocha para atravessar da Costa Oeste até a Costa Leste da ilha.

Segui a estrada. O vento agitava o capim da praia do outro lado das sarças. Um pássaro gritou para mim e depois se alçou nas asas brancas para o céu ensolarado. A estrada fez uma curva, de modo que eu estava indo diretamente para a cidade antiga. Era uma cidade romana, mas não era nenhuma Glevum ou Durnovária, meramente um esquálido amontoado de baixas construções de pedra onde antigamente viviam os escravos das pedreiras. Os tetos das construções eram telhados grosseiros feitos de madeira trazida pelo mar e algas secas, abrigos precários até mesmo para os mortos. O medo do que haveria na cidade me fez hesitar, depois uma voz súbita gritou em alerta, e uma pedra voou dos arbustos à esquerda e bateu no caminho ao meu lado. O alerta fez com que um enxame de criaturas maltrapilhas saísse correndo das cabanas para ver quem se aproximava. O enxame era composto de homens e mulheres, a maioria em trapos, mas algumas pessoas usavam seus trapos com um ar de grandeza e caminhavam para mim como se fossem os maiores monarcas da terra. Seus cabelos eram coroados com tranças de algas. Alguns dos homens carregavam lanças e quase todo mundo segurava pedras. Alguns estavam nus. Havia crianças entre eles; pequenas, ferozes e perigosas. Alguns dos adultos tremiam incontrolavelmente, outros tinham espasmos, e todos me examinavam com olhos brilhantes e famintos.

– Uma espada! – exclamou um homem enorme. – Eu ficarei com a espada! Uma espada! – Ele veio arrastando os pés até mim e seus seguidores avançaram atrás, descalços. Uma mulher jogou uma pedra, e de repente todos estavam gritando deliciados porque tinham uma alma nova para saquear.

Desembainhei Hywelbane, mas nenhum homem, mulher ou criança se abalou com a visão da lâmina comprida. Então fugi. Não poderia haver desgraça em um guerreiro fugir dos mortos. Corri de volta pela estrada e uma quantidade de pedras caiu junto aos meus pés, e depois um cão saltou para morder minha capa verde. Espantei o bicho com a espada, depois cheguei à curva onde mergulhei à direita, atravessando as sarças e os arbustos até chegar à encosta. Uma coisa se ergueu na minha frente, uma coisa nua com rosto de homem e corpo de fera, cheio de pelos e sujeira. Um dos olhos da coisa era uma ferida gotejante, a boca era um poço de gengivas podres e aquilo saltou para mim com mãos transformadas em garras por unhas que pareciam ganchos. Hywelbane girou brilhante. Eu estava gritando de terror, certo de que enfrentava um dos demônios da ilha, mas meus instintos continuavam tão afiados quanto minha lâmina que atravessou o braço peludo da fera e penetrou em seu crânio. Saltei por cima dele e subi o morro, sabendo que uma horda de almas famintas vinha atrás. Uma pedra acertou minhas costas, outra pegou no meu flanco, mas eu estava subindo rápido pelos pilares e plataformas de pedra cortada até que encontrei um caminho estreito que se retorcia como as ruas de Ynys Trebes, em volta do flanco áspero do morro.

Virei-me para encarar os perseguidores. Eles pararam, finalmente com medo da espada que os esperava no caminho estreito onde apenas um deles podia se aproximar de cada vez. O grandalhão me olhou, malicioso:

– Homem bonzinho – gritou numa voz lisonjeira. – Desça, homem bonzinho. – Ele estendia um ovo de gaivota para me tentar. – Venha comer!

Uma mulher velha levantou a saia e projetou o ventre na minha direção.

– Venha para mim, meu amante! Venha para mim, querido. Eu sabia que você viria! – Ela começou a mijar. Uma criança gargalhou e jogou uma pedra.

Deixei-os. Alguns me seguiram pelo caminho, mas depois de um tempo se chatearam e voltaram ao povoado fantasmagórico.

O caminho estreito seguia entre o céu e o mar. De vez em quando era interrompido por uma pedreira antiga onde as marcas das ferramentas romanas tinham deixado cicatrizes, mas depois de cada pedreira o caminho se retorcia de novo através de trechos onde havia tomilho e espinheiros. Não vi ninguém até que, de repente, uma voz me saudou de uma das pequenas pedreiras.

– Você não parece louco – disse a voz, em dúvida. Eu me virei, a espada erguida, e vi um homem cortês, com manto escuro, olhando seriamente da boca de uma caverna. Ele ergueu uma das mãos. – Por favor! Nada de armas. Meu nome é Malldynn, e eu o saúdo, estranho, se veio em paz e, se não, peço que vá em frente.

Enxuguei o sangue de Hywelbane e a enfiei de novo na bainha.

– Venho em paz – falei.

– Você é recém-chegado à ilha? – perguntou ele enquanto se aproximava de mim animadamente. Tinha um rosto agradável, com rugas fundas e tristes, e um jeito que me fez lembrar do bispo Bedwin.

– Cheguei nesta hora.

– E sem dúvida foi perseguido pela turba do portão. Peço desculpas por eles, mas os Deuses sabem que não tenho responsabilidade por aqueles monstros. Eles pegam o pão a cada semana e fazem com que o resto de nós pague por ele. Fascinante, não é, como até mesmo num lugar de almas perdidas nós formamos nossas hierarquias? Há governantes aqui. Há os fortes e os fracos. Alguns homens sonham em fazer paraísos na terra, e a primeira exigência desses paraísos, pelo que percebo, é que devemos estar livres das leis, mas suspeito, meu amigo, de que qualquer lugar livre de leis irá se parecer mais com esta ilha do que qualquer paraíso. Não tenho o prazer de saber seu nome.

– Derfel.

– Derfel? – Ele franziu a testa, pensando. – Um serviçal dos druidas?

– Fui. Agora sou guerreiro.

– Não, não é – corrigiu ele. – Você é morto. Veio à Ilha dos Mortos. Por favor, venha sentar-se. Não é muita coisa, mas é minha casa. – Ele fez um gesto para a caverna onde dois blocos de pedra semitalhados serviam como cadeira e mesa. Um velho pedaço de pano, talvez tirado do mar, escondia a área de dormir, onde pude ver uma cama feita de capim seco. Ele insistiu em que eu usasse o pequeno bloco de pedra como cadeira. – Posso lhe oferecer água da chuva para beber, e pão velho de cinco dias para comer.

Pus um bolo de aveia na mesa. Malldynn estava simplesmente faminto, mas resistiu ao impulso de agarrar a comida. Em vez disso, pegou uma pequena faca cuja lâmina fora afiada com tanta frequência que tinha o gume ondulado e usou-a para dividir o bolo de aveia ao meio.

– Com o risco de parecer ingrato – disse ele – a aveia nunca foi minha comida predileta. Prefiro carne, carne fresca, mas mesmo assim obrigado, Derfel. – Ele estivera ajoelhado à minha frente, mas assim que o bolo foi comido e as migalhas delicadamente limpadas dos lábios, Malldynn se levantou e encostou na parede da caverna. – Minha mãe fazia bolos de aveia, mas os dela eram mais duros. Suspeito de que a aveia não era moída adequadamente. Este estava delicioso, e agora devo revisar minha opinião sobre a aveia. Obrigado de novo. – E fez uma reverência.

– Você não parece louco – falei.

Malldynn sorriu. Era um homem de meia-idade, com rosto distinto, olhos inteligentes e barba branca que tentava manter aparada. Sua caverna tinha sido varrida com uma vassoura de gravetos que estava encostada na parede.

– Não só os loucos são mandados para cá, Derfel – disse ele em tom reprovador. – Alguns querem punir os sãos nos mandam também. Infelizmente eu ofendi Uther. – Ele fez uma pausa marota. – Eu era um conselheiro, até mesmo um grande homem, mas, quando disse a Uther que seu filho Mordred era um idiota, vim parar aqui. Mas eu estava certo. Mordred era um idiota, mesmo com 10 anos ele era idiota.

– O senhor está aqui há tanto tempo assim? – perguntei perplexo.

– Infelizmente.

– Como sobreviveu?

Ele deu de ombros num gesto autodepreciativo.

– Os monstros que vigiam o portão acham que sou mago. Eu ameaço restaurar sua sanidade se eles me ofenderem, por isso tomam muito cuidado para me manter feliz. Eles são mais felizes estando loucos, acredite. Qualquer homem que possua a sanidade rezaria para ficar louco nesta ilha. E você, amigo Derfel, posso perguntar o que o trouxe aqui?

– Estou procurando uma mulher.

– Ah! Nós temos muitas, e a maioria não é contida pela modéstia. Tais mulheres, acredito, são outro requisito para os paraísos terrestres, mas infelizmente a realidade se mostrou outra. Elas sem dúvida são imodestas, mas também são imundas, sua conversa é tediosa, e o prazer que se obtém com elas é tão momentâneo quanto vergonhoso. Se procura uma mulher assim, Derfel, irá encontrá-las em abundância.

– Estou procurando uma mulher chamada Nimue.

– Nimue – disse ele, franzindo a testa enquanto tentava lembrar o nome. – Nimue! Sim, de fato, lembro-me dela agora! Uma garota com um olho só e cabelos pretos. Ela foi para o povo do mar.

– Afogou-se? – perguntei, pasmo.

– Não, não. – Ele balançou a cabeça. – Você deve entender que temos nossas comunidades na ilha. Você já conheceu os monstros do portão. Nós aqui nas pedreiras somos os eremitas, um pequeno grupo que prefere a solidão e por isso habita as cavernas deste lado da ilha. Do lado mais distante ficam as feras. Você pode imaginar como são. Na extremidade sul fica o povo do mar. Eles pescam com linhas feitas de cabelos humanos e usam espinhos como anzóis, e devo dizer que é a tribo mais bem comportada da ilha, ainda que nenhuma delas seja exatamente famosa por sua hospitalidade. Todas lutam umas contra as outras, claro. Está vendo como temos aqui tudo que a Terra dos Vivos oferece? Exceto, talvez, religião, se bem que um ou dois de nossos habitantes acham que são deuses. E quem vai negar?

– Você nunca tentou ir embora?

– Tentei – disse ele com tristeza. – Há muito tempo. Uma vez tentei nadar atravessando a baía, mas eles nos vigiam, e uma pancada de um cabo de lança na cabeça é uma lembrança eficiente de que não devemos deixar a ilha, e voltei muito antes que pudessem me dar um golpe desses. A maioria que tenta fugir assim se afoga. Uns poucos vão pela estrada e alguns talvez consigam voltar para os vivos, mas só se tiverem sucesso em passar primeiro pelos monstros do portão. E se sobreviverem a esse sofrimento terão de evitar os guardas que esperam na praia. Sabe aqueles crânios que viu quando vinha pela estrada? São todos de homens e mulheres que tentaram escapar. Pobres almas. – Malldynn ficou quieto e pensei, por um segundo, que ele ia chorar. Depois se afastou rapidamente da parede. – O que estou pensando? Será que não tenho educação? Devo lhe oferecer água. Está vendo? Minha cisterna!

Ele fez um gesto orgulhoso para um barril de madeira do lado de fora da boca da caverna, colocado ali para pegar a água que cascateava pelas laterais da pedreira durante as chuvaradas. Ele possuía uma concha, com a qual encheu dois copos d'água.

– O barril e a concha vieram de um barco de pesca que naufragou aqui, quando? Deixe-me ver... há dois anos. Pobre gente! Três homens e dois garotos. Um homem tentou nadar para longe e se afogou, os outros dois morreram sob uma chuva de pedras e os dois garotos foram levados. Você pode imaginar o que lhes aconteceu! Pode haver uma quantidade de mulheres, mas a carne nova e limpa de um menino pescador é uma iguaria rara nesta ilha. – Ele pôs o copo na minha frente e balançou a cabeça. – É um lugar terrível, meu amigo, e você foi idiota em vir aqui. Ou foi mandado?

– Vim por opção.

– Então seu lugar é aqui mesmo, porque é totalmente maluco. – Ele bebeu sua água. – Conte-me as novidades da Britânia.

Contei. Ele tinha ouvido falar da morte de Uther e da chegada de Artur, porém não muito mais. Franziu a testa quando falei que o rei Mordred era aleijado, mas ficou satisfeito ao saber que Bedwin continuava vivo.

– Gosto de Bedwyn – falou. – Ou melhor, gostava. Temos de aprender a falar aqui como se estivéssemos mortos. Ele deve estar velho, não é?

– Não tanto quanto Merlin.

– Merlin vive? – perguntou ele, surpreso.

– Sim.

– Que coisa! Então Merlin vive! – Ele parecia satisfeito. – Uma vez lhe dei uma pedra de águia e ele me agradeceu muito. Tenho outra aqui, em algum lugar. Onde? – Ele procurou numa pequena pilha de pedras e restos de madeira que formavam uma coleção ao lado da porta da caverna. – Está ali? – E apontou para a cortina que separava a cama. – Você está vendo?

Virei-me para procurar a preciosa pedra chacoalhante, e no momento em que olhei para o outro lado Malldynn saltou nas minhas costas e tentou passar o gume áspero da faca na minha garganta.

– Vou comer você! – gritou ele em triunfo. – Comer você! – Mas consegui segurar a mão dele com a minha esquerda e consegui manter a lâmina longe da traqueia. Ele lutou comigo no chão e tentou morder minha orelha. Estava montado em cima de mim, com o apetite estimulado pelo pensamento de carne humana nova e limpa para comer. Acertei-o uma vez, duas, consegui girar e levantar o joelho, depois o golpeei de novo, mas o desgraçado tinha uma força notável, e o som de nossa luta trouxe mais homens correndo de outras cavernas. Eu tinha apenas alguns segundos antes que fosse dominado pelos recém-chegados, por isso me arqueei desesperadamente uma última vez, depois acertei a cabeça de Malldynn com a minha e finalmente o derrubei. Chutei-o, recuei desesperadamente para longe dos seus amigos que chegavam e parei na entrada de seu quarto, onde finalmente tive espaço para desembainhar Hywelbane. Os eremitas se encolheram, afastando-se da lâmina brilhante.

Malldynn, com a boca sangrando, estava no lado da caverna.

– Nem mesmo um pedaço de fígado fresco? – implorou ele. – Só um pedacinho? Por favor?

Deixei-o. Os outros eremitas puxaram minha capa enquanto eu passava pela pedreira, mas nenhum tentou me impedir. Um deles gargalhou quando saí.

– Você terá de voltar! – gritou o sujeito. – E então nós vamos estar mais famintos!

– Comam Malldynn – sugeri azedamente.

Subi a encosta da ilha onde crescia tojo em meio às pedras. Do cume pude ver que o grande morro rochoso não se estendia até a ponta sul da ilha, mas caía íngreme até uma longa planície entrecortada por antigos muros de pedra; evidência de que homens e mulheres comuns tinham vivido na ilha e plantado no platô pedregoso que descia até o mar. Ainda havia povoados no platô: as casas do povo do mar, supus. Um grupo daquelas almas mortas me olhava de seu agrupamento de cabanas redondas que ficava ao pé do morro, e sua presença me persuadiu a ficar onde estava e esperar o amanhecer. A vida se arrasta lentamente de manhã cedo, e é por isso que os soldados gostam de atacar às primeiras luzes. Portanto eu procuraria minha perdida Nimue quando os loucos habitantes da ilha ainda estivessem lentos e embriagados de sono.

Foi uma noite difícil. Uma noite ruim. As estrelas giraram no alto, lares luminosos de onde os espíritos olham para a terra frágil. Rezei a Bel, implorando força, e algumas vezes dormi, mas cada balanço de capim ou queda de pedra me acordava totalmente. Eu havia me abrigado numa fenda estreita que restringiria qualquer ataque, e por isso confiava que podia me proteger, mas só Bel sabia como eu sairia da ilha. Ou se encontraria minha Nimue.

Saí do nicho na pedra antes do alvorecer. Uma névoa pairava sobre o mar além do tumulto maligno que marcava a entrada da caverna de Cruachan, e uma luz fraca e cinzenta fazia com que a ilha parecesse plana e gélida. Não pude ver ninguém enquanto descia. O sol ainda não tinha subido quando entrei no primeiro vilarejo de cabanas grosseiras. Decidi que ontem tinha sido tímido demais com os moradores da ilha. Hoje trataria os mortos como a carniça que eles eram.

As cabanas eram de pau a pique, cobertas de galhos e palha. Chutei uma tosca porta de madeira, entrei na cabana e agarrei a primeira forma adormecida que encontrei. Empurrei aquela criatura para fora, chutei outra, depois abri um buraco na cobertura com Hywelbane. Coisas que já tinham sido seres humanos se desemaranharam e se afastaram de mim. Chutei um homem na cabeça, bati em outro com a parte chata da lâmina de Hywelbane, depois arrastei um terceiro para a luz do céu. Joguei-o no chão, pus o pé em seu peito e segurei a ponta de Hywelbane contra sua garganta.

– Procuro uma mulher chamada Nimue – falei.

Ele gaguejou uma algaravia. Não podia falar, ou pelo menos só falava numa língua que ele próprio inventara, por isso deixei-o e corri atrás de uma mulher que estava mancando em direção aos arbustos. Ela gritou quando a peguei e gritou de novo quando pus o aço em sua garganta.

– Conhece uma mulher chamada Nimue?

Ela estava aterrorizada demais para falar. Em vez disso, levantou a saia imunda e me ofereceu um riso sem dentes, por isso bati em seu rosto com a parte lisa da espada.

– Nimue – gritei para ela. – Uma garota com um olho só, chamada Nimue. Você conhece? – A mulher ainda não conseguia falar, mas apontou para o sul, sacudindo a mão na direção da ponta meridional da ilha, num esforço frenético para que eu a liberasse. Afastei a espada e chutei a saia para que cobrisse de novo as coxas dela. A mulher correu até um ajuntamento de espinheiros. As outras almas apavoradas olharam de suas cabanas enquanto eu seguia o caminho para o sul, em direção ao mar agitado.

Passei por dois outros povoados minúsculos, mas ninguém tentou me parar. Eu me tornara parte do pesadelo vivo da Ilha dos Mortos; uma criatura ao amanhecer, com uma espada nua. Caminhei por campos de capim claro sarapintado de trevos, ervas-leiteiras azuis e orquídeas carmesins, e disse a mim mesmo que deveria saber que Nimue, uma criatura de Manawydan, teria encontrado refúgio o mais perto possível do mar.

A Costa Sul da ilha era uma confusão de rochas cercando um penhasco baixo. Grandes ondas se despedaçavam em espuma, sugadas através de fendas e explodidas em nuvens de borrifos. O caldeirão fervilhava e cuspia na terra. Era uma manhã de verão, mas o mar estava cinza como ferro, o vento era frio e os pássaros marinhos soltavam lamentos ruidosos.

Saltei de pedra em pedra, descendo na direção daquele mar mortal. Minha capa rasgada sacudiu ao vento quando rodeei um pilar de pedra clara e vi uma caverna pouco acima da linha escura de algas e destroços deixados pelas marés mais altas. Uma laje levava à caverna, e sobre a laje estavam empilhados os ossos de pássaros e outros animais. As pilhas tinham sido feitas por mãos humanas, porque eram regularmente espaçadas e cada pilha era sustentada por uma cuidadosa treliça feita de ossos maiores e encimada por um crânio. Parei, com o medo surgindo como o jorro das águas, enquanto olhava para o refúgio mais perto do mar do que qualquer outro ponto daquela ilha de almas condenadas.

– Nimue? – gritei, juntando coragem para me aproximar da laje. – Nimue?

Subi na estreita plataforma de pedra e caminhei devagar entre os ossos empilhados. Tinha medo do que poderia encontrar na caverna.

– Nimue? – gritei.

Abaixo de mim uma onda rugiu sobre uma ponta de rocha e lançou garras brancas em direção à laje. A água recuou e escorreu, formando canais até o mar, antes que outra onda trovejasse na ponta de terra, cobrindo as pedras brilhantes. A caverna estava escura e silenciosa.

– Nimue? – chamei de novo, com a voz falhando.

A boca da caverna era guardada por dois crânios humanos que tinham sido postos em nichos, de modo que os dentes quebrados riam para o vento que gemia, de cada lado da entrada.

– Nimue?

Não houve resposta, a não ser o uivo do vento, o lamento dos pássaros e o chiado e os estrondos do mar feroz.

Entrei. Estava frio na caverna, e a luz era fraca. As paredes eram úmidas. O chão de seixos subia à minha frente, e me forçou a me agachar na passagem baixa enquanto prosseguia com cuidado. A caverna se estreitava e fazia uma curva fechada à esquerda. Um terceiro crânio amarelado guardava a curva, onde esperei enquanto meus olhos se acomodavam à escuridão, depois passei pelo crânio guardião e vi a caverna se estendendo até um final morto, escuro.

E ali, no limite escuro da caverna, estava ela. Minha Nimue.

A princípio achei que estivesse morta, porque estava nua e encolhida com o cabelo escuro e imundo em cima do rosto, e com as pernas magras dobradas até os seios, e os braços pálidos apertando as canelas. Algumas vezes, nos morros verdes, nós nos arriscávamos nos túmulos ancestrais e cavávamos procurando o ouro do Povo Antigo, e encontrávamos os ossos deles num amontoado assim, agachados na terra para espantar os espíritos por toda a eternidade.

– Nimue? – Fui forçado a ir de quatro no último trecho, até onde ela estava. – Nimue? – falei de novo. Dessa vez seu nome ficou preso em minha garganta porque tive certeza de que ela devia estar morta, mas então vi suas costelas se mexerem. Ela respirou, mas fora isso permaneceu tão imóvel como se estivesse morta. Pousei Hywelbane e estendi a mão para tocar seu ombro frio e branco. – Nimue?

Ela saltou na minha direção, sibilando, mostrando os dentes, um olho era uma órbita lívida e vermelha e o outro estava revirado de modo que aparecia apenas o branco. Tentou me morder, me arranhou, soltou uma praga numa voz gemida e depois cuspiu em mim, e em seguida foi com as unhas longas na direção dos meus olhos.

– Nimue? – gritei. Ela estava cuspindo, babando, lutando e tentando morder meu rosto com dentes imundos. – Nimue!

Ela xingou de novo e pôs a mão direita na minha garganta. Tinha a força dos loucos, e seu grito cresceu em triunfo enquanto os dedos se fechavam na minha traqueia. Então, de repente, eu soube o que tinha de fazer. Peguei sua mão esquerda, ignorei a dor na garganta e pus minha cicatriz em cima da dela. Deixei-a ali; deixei-a ali; não me mexi.

E, muito lentamente, a mão direita em minha garganta enfraqueceu. Lentamente seu olho bom se revirou, de modo que pude ver de novo a alma luminosa do meu amor. Ela me olhou, e depois começou a chorar.

– Nimue – falei, e ela passou os braços pelo meu pescoço e se agarrou a mim. Agora estava soltando enormes soluços que sacudiam as costelas finas enquanto eu a abraçava, acariciava e falava seu nome.

Os soluços ficaram lentos e por fim pararam. Ela ficou agarrada ao meu pescoço por longo tempo; depois senti sua cabeça se mexer.

– Onde está Merlin? – perguntou numa vozinha de criança.

– Aqui na Britânia.

– Então precisamos ir. – Ela tirou os braços de meu pescoço e se agachou para poder olhar no meu rosto. – Sonhei que você viria.

– Eu realmente amo você. – Não tinha pretendido dizer isso, mesmo sendo verdadeiro.

– É por isso que veio – disse ela, como se fosse óbvio.

– Você tem roupas?

– Tenho a sua capa. Não preciso de nada mais, a não ser sua mão.

Arrastei-me para fora da caverna, embainhei Hywelbane e enrolei minha capa verde em seu corpo pálido e trêmulo. Ela enfiou um braço por um buraco na lã da capa e então, com a mão na minha, caminhamos entre os ossos e subimos o morro até onde o povo do mar observava. Eles se separaram quando chegamos ao topo do penhasco e não foram atrás enquanto andávamos lentamente pelo lado leste da ilha. Nimue não disse nada. Sua loucura havia desaparecido no momento em que minha mão tocou a sua, mas tinha-a deixado terrivelmente fraca. Ajudei-a nas partes mais íngremes do caminho. Passamos pelas cavernas dos eremitas sem sermos perturbados. Talvez estivessem todos dormindo, ou então os Deuses tivessem enfeitiçado a ilha enquanto íamos para o norte, para longe das almas mortas.

O sol nasceu. Agora eu podia ver que o cabelo de Nimue estava grudento de sujeira e cheio de piolhos, sua pele estava imunda e ela perdera o olho de ouro. Estava tão fraca que mal podia andar e, enquanto descíamos o morro em direção à estrada, peguei-a no colo e descobri que pesava menos do que uma criança de 10 anos.

– Você está fraca – falei.

– Eu nasci fraca, Derfel, e a vida é passada fingindo o contrário.

– Você precisa descansar um pouco.

– Eu sei. – Ela encostou a cabeça no meu peito e pela primeira vez na vida esteve absolutamente contente em ser cuidada.

Levei-a até o caminho e passei pelo primeiro muro. O mar quebrava à nossa esquerda e a baía brilhava com um reflexo do sol nascente à direita. Eu não sabia como iria passar com Nimue pelos guardas. Só sabia que tínhamos de sair da ilha porque esse era o destino dela, e eu era o instrumento desse destino, por isso caminhei contente com a ideia de que os Deuses resolveriam o problema quando chegássemos à barreira final.

Carreguei-a por cima do muro do meio, com sua fileira de crânios, e andei em direção aos morros verde-escuros da Dumnonia. Podia ver a silhueta de um único lanceiro acima do liso rosto de pedra do último muro e supus que alguns dos guardas tivessem remado atravessando o canal quando me viram saindo da ilha. Mais guardas estavam parados no banco de seixos; tinham se postado para impedir minha passagem até a terra. Se eu tivesse de matar, pensei, mataria. Esta era a vontade dos Deuses, e não minha, e Hywelbane cortaria com a habilidade e a força de um Deus.

Mas, enquanto andava até o último muro com o fardo leve nos braços, os portões da vida e da morte se abriram para me receber. Eu meio que esperava que o comandante dos guardas estivesse ali com sua lança enferrujada, pronto para fazer com que eu voltasse; em vez disso, eram Galahad e Cavan que me aguardavam na soleira negra, as espadas desembainhadas e os escudos de batalha nos braços.

– Seguimos você – disse Galahad.

– Bedwin nos mandou – acrescentou Cavan. Cobri o medonho cabelo de Nimue com o capuz da capa, para que meus amigos não vissem sua degradação, e ela se agarrou a mim, tentando se esconder.

Galahad e Cavan tinham trazido meus homens, que haviam manobrado a balsa e estavam mantendo os guardiões da ilha nas pontas das lanças, na margem oposta do canal.

– Nós iríamos entrar para procurá-lo hoje – disse Galahad, e em seguida fez o sinal da cruz enquanto olhava para o caminho. Lançou-me um olhar curioso como se temesse que eu tivesse voltado diferente da ilha.

– Eu devia saber que você estaria aqui – falei.

– Sim, deveria. – Havia lágrimas nos olhos dele, lágrimas de felicidade.

Remamos atravessando o canal e carreguei Nimue pela estrada de crânios até o salão de festas no fim da estrada, onde encontrei um homem carregando uma carroça com sal para levar a Durnovária. Pus Nimue em cima de sua carga e caminhei atrás dela enquanto a carroça rangia para o norte, em direção à cidade. Eu tinha trazido Nimue da Ilha dos Mortos, de volta para um local em guerra.

Levei Nimue para a fazenda de Gyllad. Não a coloquei no grande salão, usei a cabana abandonada de um pastor, onde nós dois podíamos ficar a sós. Alimentei-a com caldo e leite, mas primeiro lavei-a; lavei cada centímetro, lavei-a duas vezes e depois lavei seu cabelo preto e em seguida usei um pente de osso para desembaraçar. Alguns emaranhados eram tão densos que precisaram ser cortados, mas a maioria soltou-se, e quando o cabelo pendeu molhado e reto, usei o pente para encontrar e matar os piolhos antes de lavá-la de novo. Ela suportou o processo como uma pequena criança obediente e, quando estava limpa, eu a enrolei num grande cobertor de lã, tirei o caldo do fogo e fiz com que ela o tomasse enquanto eu me lavava e caçava os piolhos que haviam passado de seu corpo para o meu.

Quando terminei já estava escurecendo, e ela dormia um sono pesado numa cama feita de samambaias recém-cortadas. Dormiu a noite inteira e de manhã comeu seis ovos mexidos que eu tinha preparado numa panela sobre o fogo. Depois dormiu novamente enquanto eu pegava uma faca e um pedaço de couro e cortava um tapa-olho que ela poderia amarrar em volta dos cabelos. Ordenei que um dos escravos de Gyllad trouxesse roupas e mandei Issa à cidade, para descobrir as novidades que pudesse. Ele era um rapaz inteligente, com um jeito aberto e fácil, de modo que até os estranhos ficavam felizes em se abrir com ele numa mesa de taberna.

– Metade da cidade diz que a guerra já está perdida, senhor – revelou ele ao voltar. Nimue estava dormindo e conversamos junto ao riacho que passava perto da cabana.

– E a outra metade?

Ele riu.

– Está ansiosa pela chegada do Lughnasa, senhor. Não está pensando além disso. Mas a metade que está pensando é toda composta de cristãos. – Ele cuspiu no riacho. Dizem que Lughnasa é uma festa maligna e que o rei Gorfyddyd está vindo punir nossos pecados.

– Nesse caso é melhor garantir que vamos cometer bastante pecados para merecer a punição.

Ele gargalhou.

– Alguns dizem que lorde Artur não ousa sair da cidade por medo de que haja uma revolta assim que seus soldados partam.

Balancei a cabeça.

– Ele quer estar com Guinevere no Lughnasa.

– Quem não quereria?

– Você falou com o ourives?

Issa confirmou.

– Ele disse que não pode fazer o olho em menos de duas semanas porque nunca fez um antes, mas vai encontrar um cadáver e tirar o olho para ver o tamanho certo. Eu disse para usar o cadáver de uma criança, porque a moça nao é grande, não é? – Ele sacudiu a cabeça em direção à cabana.

– Você falou que o olho tinha de ser oco?

– Falei, senhor.

– Muito bem. E agora acho que você quer fazer as piores coisas possíveis e comemorar o Lughnasa, não é?

Ele riu.

– Sim, senhor.

Lughnasa era supostamente uma comemoração da colheita próxima, mas os jovens sempre fizeram dele um festival de fertilidade, e suas festividades começariam nesta noite, a véspera da festa.

– Então vá. Ficarei aqui.

Naquela tarde fiz um caramanchão de Lughnasa para Nimue. Duvidava de que ela fosse apreciá-lo, mas queria fazer, por isso construí uma pequena cobertura perto do riacho, cortando os juncos e dobrando-os num abrigo em que trancei centáureas, papoulas, margaridas, dedaleiras e grandes ramos de convólvulos cor-de-rosa. Esse tipo de caramanchão estava sendo construído para a festa em toda a Britânia, e por toda a Britânia, no final da próxima primavera, nasceriam centenas de bebês do Lughnasa. A primavera era considerada uma época boa para nascer, porque a criança chegaria a um mundo que se dirigia à plenitude do verão, mas para as plantações deste ano levarem a uma colheita feliz tudo dependeria das batalhas que deveriam ser travadas depois da colheita.

Nimue saiu da cabana no momento em que eu estava trançando as últimas dedaleiras no topo do caramanchão.

– É Lughnasa? – perguntou ela, surpresa.

– Amanhã.

Ela deu um riso tímido

– Ninguém nunca me fez um caramanchão.

– Você nunca quis.

– Eu sei – disse ela e se sentou à sombra florida com um ar tão deliciado que meu coração saltou. Ela havia encontrado o tapa-olho e colocado um dos vestidos que a criada de Gyllad trouxera à cabana; era um vestido de escrava, de tecido marrom comum, mas lhe caía bem, como sempre acontecia com as coisas simples. Estava pálida e magra, mas limpa, e havia uma leve cor em suas bochechas. – Não sei o que aconteceu com o olho de ouro – falou se lastimando, tocando o novo tapa-olho.

– Mandei fazer outro – falei, mas não acrescentei que o adiantamento para o ourives tinha levado minhas últimas moedas. Precisava desesperadamente da pilhagem de uma batalha, pensei, para encher de novo minha bolsa.

– E estou com fome – disse Nimue com um toque de sua malícia antiga.

Coloquei uns gravetos de bétula no fundo da panela, para que o caldo não grudasse, depois pus dentro o resto do caldo e botei no fogo. Ela comeu tudo e depois se estendeu no caramanchão de Lughnasa e ficou olhando o riacho. Bolhas apareciam onde uma lontra nadava debaixo d'água. Eu a tinha visto antes, um animal velho com o lado do corpo marcado por batalhas e golpes de raspão das lanças de caçadores. Nimue ficou olhando a trilha de bolhas desaparecer debaixo de um salgueiro caído, e depois começou a falar.

Ela sempre tivera um apetite grande por falar, mas naquela noite estava insaciável. Queria notícias, e eu dei, mas então queria mais detalhes, sempre mais detalhes, e cada detalhe ela ajustava obsessivamente num esquema seu, de modo que a história do ano anterior se tornou, pelo menos para ela, um grande piso em mosaico onde uma pedra poderia parecer insignificante, mas acrescentada às outras se tornava parte de um todo intricado e significativo. Ela estava mais interessada em Merlin e no manuscrito que ele havia tirado da biblioteca condenada de Ban.

– Você não o leu? – perguntou.

– Não.

– Eu lerei – disse ela com fervor.

Hesitei um momento, depois falei o que estava pensando.

– Eu achava que Merlin iria à Ilha pegar você. – Estava me arriscando a ofendê-la duas vezes, primeiro criticando implicitamente Merlin, e segundo ao mencionar o único assunto do qual ela não tinha falado, a Ilha dos Mortos, mas ela não pareceu se incomodar.

– Merlin sabe que posso cuidar de mim mesma – falou, depois sorriu. – E sabe que tenho você.

Já estava escuro, e o riacho exibia ondulações prateadas sob a lua de Lughnasa. Havia uma dúzia de perguntas que eu queria fazer e não ousava, mas de repente ela começou a respondê-las assim mesmo. Falou da ilha, ou melhor, falou de como uma parte minúscula de sua alma estivera sempre consciente do horror da ilha, ainda que o resto tivesse se abandonado à perdição.

– Eu achava que a loucura seria como a morte, e que não saberia se havia uma alternativa a estar louca, mas a gente sabe. A gente realmente sabe. É como se você olhasse para si mesma e não pudesse se ajudar. Você se abandona – disse ela, depois parou e vi as lágrimas em seu olho bom.

– Não – falei, subitamente não querendo saber.

– E algumas vezes eu me sentava na minha pedra e olhava o mar, e sabia que estava sã, e imaginava que objetivo estava sendo servido, e então sabia que tinha de estar louca, porque, se não estivesse, não havia objetivo.

– Não havia objetivo – falei com raiva.

– Ah, Derfel, querido Derfel. Você tem a mente parecida com uma pedra caindo de um penhasco. – Ela sorriu. – É o mesmo objetivo que fez Merlin encontrar o manuscrito de Calledin. Não entende? Os Deuses jogam conosco, mas, se nós nos abrirmos, podemos nos tornar parte do jogo, em vez de vítimas dele. A loucura tem um objetivo! É um presente dos Deuses e, como todos os presentes deles, vem com um preço, mas agora paguei. – Ela falava apaixonadamente, mas de súbito senti um bocejo me ameaçando e, por mais que tentasse, não consegui contê-lo. Tentei esconder, mas ela viu mesmo assim. – Você precisa dormir um pouco.

– Não – protestei.

– Você dormiu ontem à noite?

– Um pouco. – Eu tinha sentado à porta da cabana e cochilado enquanto ouvia os camundongos remexendo na palha.

– Então vá para a cama agora – disse ela com firmeza – e me deixe aqui para pensar.

Eu estava tão cansado que mal consegui me despir, mas finalmente me deitei na cama de samambaias, onde dormi como os mortos. Foi um sono maravilhoso, profundo, como o descanso que chega em segurança depois da batalha, quando o sonho ruim, aquele interrompido por pesadelos que lembram os golpes de lança e espada, é varrido para longe da alma. Assim dormi, e de noite Nimue veio até mim e a princípio achei que fosse sonho, mas em seguida acordei com um susto e encontrei sua pele nua e gélida encostada na minha.

– Está tudo bem, Derfel – sussurrou ela –, durma. – E dormi de novo com os braços em volta de seu corpo.

Acordamos no alvorecer perfeito de Lughnasa. Houve ocasiões de pura felicidade em minha vida, e aquela foi uma. São ocasiões, acho, em que o amor está no mesmo passo da existência, ou talvez quando os Deuses querem que sejamos tolos, e nada é tão doce quanto a tolice de Lughnasa. O sol brilhava, filtrando a luz através das flores em nosso caramanchão onde fizemos amor, e depois brincamos como crianças no riacho, onde tentei fazer bolhas de lontra debaixo d'água e, quando saí engasgado, encontrei Nimue gargalhando. Uma ave pescadora passou entre os salgueiros, suas cores brilhantes parecendo um manto de sonho. As únicas pessoas que vimos o dia inteiro foram dois cavaleiros que seguiram pela margem oposta do riacho, com falcões nos punhos. Não nos viram, e ficamos deitados em silêncio, olhando enquanto um dos pássaros derrubava uma garça: um bom presságio. Durante aquele único dia perfeito, Nimue e eu fomos amantes, ainda que tivéssemos negado o segundo prazer do amor, que é o conhecimento certo de um futuro compartilhado, numa felicidade tão grande quanto o início do amor. Mas eu não tinha futuro com Nimue. O futuro dela estava nos caminhos dos Deuses, e eu não possuía talento para essas estradas.

Mas até mesmo Nimue sentiu-se tentada a sair desses caminhos. Na tarde de Lughnasa, quando a luz comprida sombreava as árvores nas encostas do oeste, ela ficou aninhada em meus braços sob o caramanchão e falamos de tudo que poderia ser. Uma pequena casa, um pedaço de terra, filhos e animais domésticos.

– Podíamos ir a Kernow – disse ela em voz sonhadora. – Merlin sempre diz que Kernow é o lugar abençoado. É muito longe dos saxões.

– A Irlanda é ainda mais longe – falei.

Senti sua cabeça se sacudindo em meu peito.

– A Irlanda é condenada.

– Por quê?

– Eles tinham os Tesouros da Britânia e deixaram que desaparecessem.

Eu não queria falar dos Tesouros da Britânia, nem dos Deuses, nem de nada que estragasse esse momento.

– Então Kernow – concordei.

– Uma casinha – disse ela, depois listou todas as coisas de que uma casinha precisava: jarros, panelas, espetos para assar, panos para coar, peneiras, baldes de teixo, segadeiras, tosquiador, uma roca, um enrolador de meadas, uma rede de salmões, um barril, um fogão, uma cama. Será que tinha sonhado com essas coisas em sua caverna úmida e fria acima do turbilhão de ondas? – E nada de saxões, e também sem cristãos. Talvez devêssemos ir para as ilhas no mar do Oeste, não é? Para as ilhas além de Kernow. Para Lyonesse – ela falou suavemente o nome adorável. – Viver e amar em Lyonesse – acrescentou e depois riu.

– Por que está rindo?

Ela ficou quieta durante um tempo, depois deu de ombros.

– Lyonesse é para outra vida – falou e com essa declaração sombria quebrou o encanto. Pelo menos para mim, porque pensei ter ouvido a gargalhada zombeteira de Merlin agitando as folhas do verão, e por isso deixei o sonho se desvanecer enquanto ficávamos deitados imóveis à luz comprida e suave. Dois cisnes voaram para o norte sobre o vale, indo em direção à grande imagem fálica do Deus Sucellos, que era esculpida no morro de calcário logo ao norte das terras de Gyllad. Sansum quisera apagar aquela imagem ousada. Guinevere o impedira, ainda que não tivesse podido impedi-lo de construir um pequeno templo ao pé do morro. Eu tinha em mente comprar a terra quando pudesse, não para plantar, mas para impedir que os cristãos cobrissem o calcário com grama ou escavassem a imagem do Deus.

– Onde está Sansum? – perguntou Nimue. Ela estivera lendo meus pensamentos.

– Agora é o guardião do Espinheiro Sagrado.

– Que ele o espete – disse ela vingativamente. Em seguida, se desenrolou dos meus braços e sentou-se, puxando o cobertor até nosso pescoço. – E Gundleus está noivo?

– Está.

– Ele não viverá para desfrutar da noiva – disse ela, mais por esperança, temi, do que por profecia.

– Ele viverá se Artur não puder derrotar seu exército.

E no dia seguinte as esperanças dessa vitória pareciam ter desaparecido para sempre. Eu estava preparando as coisas para a colheita de

Gyllad; afiando as foices e pregando os manguais de madeira em suas dobradiças de couro, quando chegou na Durnovária um mensageiro de Durocobrivis. Issa nos trouxe a notícia da cidade, e era pavorosa. Aelle tinha rompido a trégua. Na véspera do Lughnasa um enxame de saxões atacara a fortaleza de Gereint e atravessara as muralhas. O príncipe Gereint estava morto, Durocobrivis tinha caído, e o príncipe Meriadoc de Stroggore, submetido a Dumnonia, fugira e os últimos restos de seu reino haviam se tornado parte de Lloegyr. Agora, além de enfrentar o exército de Gorfyddyd, Artur devia lutar com a horda saxã. Sem dúvida a Dumnonia estava condenada.

Nimue zombou do meu pessimismo.

– Os Deuses não vão acabar o jogo tão rápido – disse ela.

– Então é melhor que os Deuses encham nosso tesouro – falei incisivo –, porque não podemos derrotar Aelle e Gorfyddyd, o que significa que temos de subornar o saxão ou ir para a morte.

– Mentes pequenas se preocupam com dinheiro.

– Então agradeçamos aos Deuses pelas mentes pequenas – retruquei. Eu me preocupava interminavelmente com dinheiro.

– Há dinheiro na Dumnonia se você precisar – disse Nimue despreocupadamente.

– De Guinevere? – perguntei, balançando a cabeça. – Artur não tocará nele. – Naquela época nenhum de nós sabia qual era o tamanho do tesouro que Lancelot havia trazido de Ynys Trebes; esse tesouro poderia bastar para comprar a paz de Aelle, mas o rei exilado de Benoic o estava mantendo bem escondido.

– Não o ouro de Guinevere – disse Nimue e em seguida me revelou onde o preço de sangue de um saxão podia ser encontrado, e me xinguei por não ter pensado antes. Havia uma chance, afinal de contas, pensei, só uma chance, desde que os Deuses nos dessem tempo e que o preço de Aelle não fosse impossivelmente alto. Admiti que os homens de Aelle levariam uma semana para ficar sóbrios depois do saque a Durocobrivis, por isso tínhamos apenas uma semana para fazer o milagre.

Levei Nimue a Artur. Não haveria idílio em Lyonesse, nem peneira, fogão ou cama junto ao mar. Merlin fora para o norte salvar a Britânia, agora Nimue devia trabalhar sua feitiçaria no sul. Fomos comprar a paz de um saxão enquanto atrás, na margem de nosso riacho de verão, as flores do Lughnasa murchavam.

ARTUR E SUA GUARDA cavalgaram para o norte pela estrada Fosse. Sessenta cavaleiros cobertos de couro e ferro iam para a guerra, e com eles seguiam cinquenta lanceiros, seis meus e o resto liderado por Lanval, o ex-comandante da guarda de Guinevere, cujo serviço e objetivo fora usurpado por Lancelot, rei de Benoic, que, com seus homens, era agora o protetor de todas as pessoas importantes que viviam na Durnovária. Galahad tinha levado o resto dos meus homens para Gwent, no Norte, e era sinal de nossa urgência o fato de que marchávamos todos antes da colheita, mas a traição de Aelle não nos dava escolha. Eu marchava com Artur e Nimue. Ela insistira em me acompanhar, mesmo ainda estando longe de se sentir forte, mas nada iria mantê-la longe da guerra que estava para começar. Marchamos dois dias depois do Lughnasa e, talvez como um prenúncio do que viria, o céu ficou nublado, ameaçando chuva forte.

Os cavaleiros, com seus cavalariços e mulas de carga, esperaram na estrada com os lanceiros de Lanval, enquanto Artur atravessava a ponte de terra até Ynys Wydryn. Nimue e eu fomos com ele, levando apenas meus seis lanceiros como escolta. Era estranho estar de novo abaixo da alta colina onde Gwlyddyn havia reconstruído os salões de Merlin, de modo que o cume do Tor estava quase como no dia em que Nimue e eu tínhamos fugido da selvageria de Gundleus. Até a torre fora reconstruída, e imaginei se, como a primeira, ela era uma câmara de sonhos em que os sussurros dos Deuses ecoariam no mago adormecido.

Mas nosso negócio não era com o Tor, e sim com o templo do Espinheiro Sagrado. Cinco dos meus homens ficaram do lado de fora dos portões do templo enquanto Artur, Nimue e eu andávamos até lá. A cabeça de Nimue estava coberta por um capuz, de modo que seu rosto com o tapa-olho não fosse visto. Sansum correu para nos receber. Ele parecia em boas condições para um homem que caíra ostensivamente em desgraça por causar um tumulto mortal na

Durnovária. Estava mais gordo do que eu me lembrava e usava um novo manto preto, meio coberto por uma sobrecapa luxuosamente bordada com cruzes de ouro e espinhos de prata. Uma pesada cruz de ouro pendia numa corrente de ouro em seu peito enquanto um grosso torque de ouro brilhava no pescoço. Seu rosto de camundongo, com os cabelos tonsurados rígidos como escova, nos ofereceu uma careta que pretendia ser sorriso.

– Que honra o senhor nos dá! – gritou, com as mãos se abrindo em boas-vindas. – Que honra! Posso ousar ter a esperança, lorde Artur, de que veio cultuar nosso querido Senhor? Este é o Espinheiro Sagrado! Dos mesmos espinhos que espetaram Sua cabeça enquanto Ele sofria por nossos pecados. – Sansum fez um gesto para a árvore descaída, com suas pequenas folhas tristes. Um grupo de peregrinos em volta da árvore tinha pendurado oferendas votivas nos galhos patéticos. Vendo-nos, esses peregrinos se afastaram, sem perceber que o garoto malvestido que cultuava com eles era um dos nossos homens. Era Issa, que eu mandara na frente com uma pequena oferenda de moedas para o templo. – Um pouco de vinho, talvez? – ofereceu Sansum. – E comida? Temos salmão frio, pão novo, até mesmo alguns morangos.

– Você vive bem, Sansum – disse Artur, olhando o templo em volta. O lugar tinha crescido desde a última vez em que eu estivera em Ynys Wydryn. A igreja de pedra fora aumentada e dois novos prédios construídos, um era dormitório para os monges e o outro uma casa para o próprio Sansum. As duas construções eram de pedra e tinham cobertura de telhas tiradas das vilas romanas.

Sansum levantou os olhos para as nuvens ameaçadoras.

– Somos apenas humildes servos do grande Deus, senhor, e nossa vida na terra se deve apenas à Sua graça e providência. Sua estimada esposa está bem, não é?

– Muito, obrigado.

– A notícia nos traz alegria, senhor – mentiu Sansum. – E nosso rei, também está bem?

– O menino cresce, Sansum.

– E na fé verdadeira, confio. – Sansum estava recuando enquanto avançávamos. – Então, senhor, o que o traz ao nosso pequeno povoado?

Artur sorriu.

– A necessidade, bispo, a necessidade.

– De graça espiritual?

– De dinheiro.

Sansum levantou as mãos.

– Um homem que procura um peixe subiria ao topo de uma montanha? Um homem morrendo de sede vai a um deserto? Por que vir até nós, lorde Artur? Nós, irmãos, fazemos voto de pobreza, e as poucas migalhas que o querido Senhor permite caírem em nosso colo nós damos aos pobres. – Ele fechou as mãos juntas, graciosamente.

– Então, caro Sansum, vim me certificar de que vocês mantêm seu voto de pobreza. A guerra está difícil, ela exige dinheiro, o tesouro está vazio, e você terá a honra de fazer um empréstimo ao seu rei. – Nimue, que agora vinha humildemente atrás de nós como uma serviçal encurvada, tinha lembrado a Artur da riqueza da Igreja. Eu imaginava como ela devia estar adorando o desconforto de Sansum.

– A Igreja foi poupada desses empréstimos forçados – disse Sansum em voz cortante e pondo um tom de escárnio na última palavra. – O Grande Rei Uther, que sua alma descanse em paz, isentou a Igreja de tais pagamentos, assim como os templos pagãos – ele se persignou – são vergonhosa e pecaminosamente isentos.

– O conselho do rei Mordred rescindiu a isenção, e o seu templo, bispo, é conhecido como o mais rico da Dumnonia.

Sansum levantou os olhos de novo para o céu.

– Se possuíssemos pelo menos uma moeda de ouro, eu teria prazer em dá-la ao senhor como presente. Mas somos pobres. O senhor deveria procurar o empréstimo no morro. – Ele fez um gesto para o Tor. – Os pagãos de lá, senhor, têm guardado ouro infiel durante séculos!

– O Tor foi saqueado por Gundleus quando Norwenna foi morta – intervim friamente. – O pouco ouro que havia, e era pouco, foi roubado.

Sansum fingiu ter acabado de me notar.

– É Derfel, não é? Achei que fosse. Bem-vindo ao lar, Derfel!

– Lorde Derfel – corrigiu Artur.

Os olhos pequenos de Sansum se arregalaram.

– Graças a Deus! Graças a Ele! O senhor ascende no mundo, lorde Derfel, e que satisfação isso me dá, um humilde homem da Igreja que agora poderá alardear que o conheceu quando o senhor era apenas um lanceiro comum. É um lorde agora? Que bênção! E que honra sua presença nos dá! Mas até o senhor, lorde Derfel, sabe que quando o rei Gundleus atacou o Tor ele também atacou os pobres monges daqui. E que depredações ele fez! O templo sofreu por Cristo e nunca se recuperou.

– Gundleus foi primeiro ao Tor – falei. – Eu sei, porque estava lá. E, ao fazer isso, ele deu tempo aos monges daqui para esconder seus tesouros.

– Que fantasias vocês, pagãos, têm sobre nós, cristãos! Ainda dizem que comemos bebês em nossas festas do amor? – gargalhou Sansum.

Artur suspirou.

– Caro bispo Sansum, sei que meu pedido é difícil para o senhor. Sei que seu trabalho é preservar a riqueza de sua Igreja para que ela possa crescer e refletir a glória de Deus. Tudo isso eu sei, mas também sei que, se não tivermos dinheiro para lutar contra o inimigo, o inimigo virá aqui e não haverá Igreja, não haverá Espinheiro Sagrado, e o templo do bispo – ele cutucou as costelas de Sansum – não passará de ossos secos bicados pelos corvos.

– Há outras maneiras de manter o inimigo longe dos nossos portões – disse Sansum, involuntariamente sugerindo que Artur era a causa da guerra e que se Artur simplesmente saísse da Dumnonia Gorfyddyd ficaria satisfeito.

Artur não ficou com raiva. Simplesmente sorriu.

– Seu tesouro é necessário para a Dumnonia, bispo.

– Não temos tesouro. Infelizmente! – Sansum fez o sinal da cruz. – E Deus é minha testemunha, senhor, não possuímos nada.

Fui até o espinheiro.

– Os monges de Ivinium – falei, referindo-me a um mosteiro alguns quilômetros ao sul – são jardineiros melhores do que vocês, bispo. – Em seguida, tirei Hywelbane da bainha e cutuquei com a ponta o solo ao lado da árvore lamentável. – Será que não deveríamos tirar o espinheiro e levá-lo para os cuidados de Ivinium? Tenho certeza de que os monges de lá pagariam caro pelo privilégio.

– E o espinheiro estaria mais longe dos saxões! – disse Artur, animado. – Sem dúvida o senhor aprovaria nosso plano, bispo.

Sansum balançava as mãos desesperadamente.

– Os monges de Ivinium são tolos ignorantes, meros murmuradores de orações. Se os senhores quiserem esperar na igreja, talvez eu possa encontrar algumas moedas para o seu objetivo, certo?

– Faça isso – disse Artur.

Nós três fomos levados à igreja, uma construção simples, com piso de pedra, paredes de pedra e um teto de traves. Era um lugar sombrio, já que só um pouco de luz entrava pelas pequenas janelas altas onde pardais piavam e cresciam goivos. Na extremidade mais distante havia uma mesa de pedra e sobre ela um crucifixo. Nimue, com o capuz jogado para trás, cuspiu em direção ao crucifixo enquanto Artur ia até a mesa e se esticava para sentar na beira.

– Não sinto prazer com isso, Derfel – disse ele.

– Por que deveria, senhor?

– Não é bom ofender os Deuses – respondeu Artur, sombrio.

– Dizem que este Deus é do perdão – disse Nimue, cheia de desprezo. – Melhor ofender um desses do que qualquer outro.

Artur sorriu. Usava um gibão simples, calças, botas, uma capa e Excalibur. Não usava ouro, nem armadura, mas não havia como se equivocar com sua autoridade, nem, naquele momento, com seu mal-estar. Ficou sentado em silêncio durante um tempo, depois me olhou. Nimue explorava as pequenas salas no fundo da igreja, e ficamos sozinhos.

– Será que eu deveria deixar a Britânia? – perguntou Artur.

– E entregar a Dumnonia a Gorfyddyd?

– Gorfyddyd entronizará Mordred no devido tempo, e é só isso que importa.

– É o que ele diz?

– É.

– E o que mais ele diria? – perguntei, pasmo ao ver que meu senhor estava ao menos pensando no exílio. – Mas a verdade – acrescentei incisivo – é que Mordred será um rei submetido a Gorfyddyd, e por que Gorfyddyd poria alguém assim no trono? Por que não pôr seu filho Cuneglas?

– Cuneglas é honrado.

– Cuneglas fará o que o pai mandar – falei cheio de desprezo. – E Gorfyddyd quer ser Grande Rei, o que significa que certamente não quererá o herdeiro do antigo Grande Rei como rival. Além disso, o senhor acha que os druidas de Gorfyddyd deixarão um rei aleijado viver? Se o senhor for embora, posso contar os dias de Mordred.

Artur não respondeu. Ficou ali sentado, com as mãos na beira da mesa e a cabeça baixa, olhando o chão. Sabia que eu estava certo, assim como sabia que apenas ele, dentre os comandantes da Britânia, lutava por Mordred. O resto da Britânia queria que o próprio Artur se sentasse no trono. Ele me olhou.

– Guinevere...?

– Sim – interrompi friamente. Eu supusera que ele estava se referindo à ambição de Guinevere, de colocá-lo no trono da Dumnonia, mas ele estava pensando em algo totalmente diverso.

Artur pulou da mesa e começou a andar de um lado para o outro.

– Entendo os seus sentimentos por Lancelot – falou, surpreendendo-me –, mas considere o seguinte, Derfel. Suponha que Benoic fosse o seu reino, e suponha que você acreditasse que eu iria salvá-lo para você, é verdade que fiz um juramento de salvá-lo, e que não salvei. E Benoic foi destruído. Isso não iria deixá-lo amargo? Não iria deixá-lo desconfiado? O rei Lancelot sofreu muito, e o sofrimento foi causado por minhas mãos! Minhas! E quero, se puder, compensar suas perdas. Não posso recapturar Benoic, mas talvez possa lhe dar outro reino.

– Qual?

Ele deu um sorriso maroto. Tinha todo o esquema pensado e sentia um prazer imenso em me revelar.

– Silúria. Vamos supor que podemos derrotar Gorfyddyd, e, com ele, Gundleus. Gundleus não tem herdeiro, Derfel, por isso, se pudermos matar Gundleus, um trono estará vago. Temos um rei sem trono, eles têm um trono sem rei. E mais, temos um rei solteiro! Oferecemos Lancelot como marido a Ceinwyn e Gorfyddyd terá sua filha como rainha, e teremos nosso amigo no trono de Silúria. Paz, Derfel! – ele falava com todo o seu entusiasmo antigo, construindo uma visão maravilhosa com as palavras. – Uma união! O casamento de união que nunca realizei, mas agora podemos fazê-lo de novo. Lancelot e Ceinwyn! E para alcançar isso só precisamos matar um homem. Só um.

E mais todos os outros que precisarem morrer em batalha, pensei, mas não disse nada. Em algum lugar no norte roncou um trovão. O Deus Taranis estava consciente de nós, pensei, e esperei que ele estivesse do nosso lado. O céu através das janelas altas e minúsculas estava negro como a noite.

– Então? – perguntou Artur.

Eu não tinha falado porque o pensamento de Lancelot se casar com Ceinwyn era tão amargo que eu não era capaz de confiar no que diria, mas agora me obriguei a ser educado.

– Primeiro temos de subornar os saxões e derrotar Gorfyddyd.

– Mas e se fizermos isso? – perguntou ele impaciente, como se minhas objeções fossem obstáculos triviais.

Dei de ombros, como se a ideia do casamento estivesse muito além da minha competência para julgar.

– Lancelot gosta da ideia – disse Artur – e a mãe dele também. Guinevere também aprova, mas isso é evidente, já que a ideia de casar Ceinwyn com Lancelot foi dela. É uma mulher inteligente. Muito inteligente. – Ele sorriu como sempre fazia ao pensar na esposa.

– Mas até mesmo sua esposa inteligente, senhor – ousei dizer – não pode ditar quem irá aderir a Mitra.

Ele sacudiu a cabeça como se eu lhe tivesse dado um soco.

– Mitra! – disse ele furioso. – Por que Lancelot não pode entrar?

– Porque é um covarde – rosnei, incapaz de esconder mais minha amargura.

– Bors diz que não, assim como uma dúzia de outros homens.

– Pergunte a Galahad, ou então ao seu primo Culhwch. – De repente a chuva soou no telhado, e um instante depois começou a pingar das altas janelas. Nimue tinha reaparecido na pequena porta em arco ao lado da mesa de pedra, onde pôs o capuz sobre o rosto de novo.

– Se Lancelot provar que é corajoso, você cede? – perguntou Artur depois de um tempo.

– Se Lancelot se mostrar um lutador, senhor, cedo. Mas eu achava que agora ele era guarda de seu palácio.

– O desejo dele é comandar na Durnovária apenas até que a mão ferida se cure, mas, se ele lutar, Derfel, você irá elegê-lo?

– Se ele lutar bem, sim – prometi com relutância. Eu tinha bastante certeza de que era uma promessa que nunca precisaria cumprir.

– Bom – disse Artur, satisfeito como sempre em conseguir algum acordo, depois se virou quando a porta da igreja se abriu subitamente, trazendo um sopro de vento com chuva, e Sansum entrou correndo seguido por dois monges. Os dois monges estavam carregando bolsas de couro. Bolsas de couro muito pequenas.

Sansum sacudiu a água do manto enquanto se apressava pela igreja.

– Nós procuramos, senhor – disse sem fôlego –, procuramos, reviramos tudo que é canto e reunimos os poucos tesouros que nossa humilde morada possui, e esses tesouros nós colocamos diante do senhor, num dever humilde, ainda que relutante. – Ele balançou a cabeça com tristeza. – Passaremos fome nesta estação, como resultado de nossa generosidade, mas onde uma espada comanda, nós, meros serviçais de Deus, precisamos obedecer.

Seus monges derramaram o conteúdo das duas sacolas nas pedras do chão. Uma moeda rolou pelo chão até que a fiz parar com o pé.

– Ouro do imperador Adriano! – disse Sansum, falando da moeda.

Peguei-a. Era um sestércio de latão com a cabeça do imperador Adriano de um lado e uma imagem de Britânia com seu tridente e o escudo do outro. Dobrei a moeda ao meio com o indicador e o polegar e joguei para Sansum.

– Ouro dos tolos, bispo – falei.

O resto do tesouro não era muito melhor. Havia algumas moedas gastas, na maioria de cobre com um pouco de prata, algumas barras de ferro que eram comumente usadas como dinheiro, um broche de ouro vagabundo e alguns elos de ouro fino, de uma corrente quebrada. Toda a coleção valia talvez umas 12 peças de ouro.

– É só isso? – perguntou Artur.

– Nós damos aos pobres, senhor! – disse Sansum. – Mas se suas necessidades forem grandes talvez eu possa acrescentar isto. – Ele tirou a cruz de ouro do pescoço. A cruz pesada e a corrente grossa valiam facilmente quarenta ou cinquenta peças, e agora, relutante, o bispo as estendeu para Artur. – Meu empréstimo pessoal para a sua guerra, senhor.

Artur estendeu a mão para a corrente, e Sansum imediatamente a puxou de volta.

– Senhor – ele baixou a voz de modo que apenas Artur e eu pudemos ouvi-lo –, fui tratado injustamente no ano passado. Pelo empréstimo desta corrente – ele a sacudiu e os elos pesados fizeram barulho –, exigiria que minha nomeação como capelão pessoal de Mordred fosse honrada. Meu lugar é ao lado do rei, senhor, e não aqui neste pântano pestilento. – Antes que Artur pudesse responder, a porta da igreja se abriu de novo e Issa entrou, encharcado. Sansum se virou furiosamente para ele. – A igreja não está aberta para peregrinos! – disse rispidamente. – Existem cultos regulares. Agora saia! Saia!

Issa tirou o cabelo molhado do rosto, riu e falou comigo:

– Eles escondem todas as riquezas ao lado do laguinho, atrás da casa grande, senhor, tudo debaixo de uma pilha de pedras. Eu vi quando puseram os tributos de hoje.

Artur pegou a corrente pesada na mão de Sansum.

– Você pode ficar com estes outros tesouros para alimentar sua morada humilde durante o inverno, bispo – falou com um gesto para o conjunto insignificante no chão. – E guarde o torque como lembrança de que seu pescoço é presente meu. – E foi em direção à porta.

– Senhor! – gritou Sansum, protestando. – Eu imploro...

– Implore! – interrompeu Nimue, tirando o capuz de cima do rosto. – Implore, seu cão. – Ela se virou e cuspiu no crucifixo, depois no chão da igreja, depois uma terceira vez em Sansum. – Implore, seu monte de sujeira – rosnou ela.

– Santo Deus! – Sansum ficou branco diante da visão de sua inimiga. Recuou, fazendo o sinal da cruz no peito fino. Por um momento pareceu aterrorizado até mesmo para falar. Devia ter pensado que Nimue estava perdida para sempre na Ilha dos Mortos, mas ali estava ela, cuspindo em triunfo. Benzeu-se pela terceira vez, depois girou para Artur. – O senhor ousa trazer uma feiticeira para a casa de Deus! – gritou. – Isso é um sacrilégio! Ah, doce Cristo! – Em seguida, caiu de joelhos e olhou para os caibros do telhado. – Lançai fogo dos céus! Lançai agora!

Artur o ignorou e saiu na chuva torrencial que estava manchando as patéticas fitas votivas penduradas no Espinheiro Sagrado.

– Chame os outros lanceiros para dentro – ordenou Artur a Issa. Meus homens tinham esperado do lado de fora do templo para o caso de Sansum tentar esconder seus tesouros fora do muro externo, mas agora os lanceiros vieram para ajudar a espantar os monges frenéticos da pilha de pedras que escondia o tesouro secreto. Alguns monges caíram de joelhos ao verem Nimue. Sabiam quem ela era.

Sansum correu da igreja e se jogou contra as pedras, decretando dramaticamente que sacrificaria a vida para preservar o dinheiro de Deus. Artur balançou a cabeça tristemente.

– Tem certeza desse sacrifício, senhor bispo?

– Santíssimo Deus! – gritou Sansum. – Vosso servo está indo, trucidado por homens malignos e sua feiticeira imunda! Tudo que fiz foi obedecer à Vossa palavra. Recebei-me, Senhor! Recebei vosso humilde servo! – Isso foi seguido por um grito quando ele antecipou a morte, mas era apenas Issa levantando-o pela gola e os fundilhos do manto e levando-o gentilmente para longe da pilha de pedras, até o laguinho, onde largou o bispo na água salobra e lamacenta. – Estou afogando, Senhor! Lançado em águas poderosas como Jonas no oceano! Um mártir por Cristo! Como Paulo e Pedro foram martirizados, senhor, agora eu vou! – Ele soprou algumas bolhas ansiosas, mas ninguém além de seu Deus estava notando, por isso arrastou-se lentamente para fora das plantas aquáticas enlameadas e ficou cuspindo pragas contra meus homens que estavam retirando as pedras.

Debaixo da pilha de pedras havia uma cobertura de tábuas que, erguidas, revelaram uma cisterna de pedra atulhada de sacos de couro, e nos sacos havia ouro. Grossas moedas de ouro, correntes de ouro, estátuas de ouro, torques de ouro, broches de ouro, braceletes de ouro, alfinetes de ouro; o ouro deixado ali por centenas de peregrinos que procuravam a bênção do Espinheiro, e que agora Artur insistiu que um monge contasse e pesasse para que um recibo adequado fosse entregue ao mosteiro. Deixou meus homens supervisionando a contabilidade enquanto guiava Sansum, molhado e protestando, até o Espinheiro Sagrado.

– Precisa aprender a cultivar espinheiros antes de mexer com as questões dos reis, senhor bispo – disse Artur. – Não terá de volta o cargo de capelão do príncipe, ficará aqui e aprenderá a ser um agricultor.

– Proteja a raiz da próxima árvore com palha – aconselhei. – Deixe que as raízes fiquem úmidas enquanto ela se acomoda. E não transplante a árvore florida, bispo, elas não gostam disso. Esse foi o problema com os últimos espinheiros que plantaram aqui; vocês as arrancam da floresta na época errada. Tragam no inverno, façam um bom buraco com um pouco de esterco e protejam com palha, e talvez consigam um milagre de verdade.

– Perdoai-os, Senhor! – disse Sansum, ajoelhando-se e olhando para o céu úmido.

Artur queria visitar o Tor, mas primeiro parou junto à sepultura de Norwenna, que tinha se tornado um local de veneração para os cristãos.

– Ela foi uma mulher mal usada – observou ele.

– Todas as mulheres são – disse Nimue. Ela havia nos acompanhado até a sepultura que ficava ao lado do Espinheiro Sagrado.

– Não – insistiu Artur. – Talvez a maioria das pessoas seja, mas nem todas as mulheres, e nem todos os homens. Mas esta mulher foi, e ainda temos de vingá-la.

– Você teve a chance de vingá-la uma vez – acusou Nimue asperamente – e deixou Gundleus viver.

– Porque tinha esperança de paz. Mas na próxima vez ele morre.

– Sua esposa o prometeu a mim – disse ela.

Artur estremeceu, sabendo que havia crueldade por trás do desejo de Nimue, mas assentiu.

– Ele é seu, prometo. – Em seguida se virou e nos guiou pela chuva torrencial até o cume do Tor. Nimue e eu estávamos indo para casa, Artur para ver Morgana.

Ele abraçou a irmã no salão. A máscara de ouro de Morgana brilhava na luz da tempestade, e no pescoço ela usava as garras de urso engastadas em ouro que Artur lhe trouxera de Benoic havia tanto tempo. Morgana se agarrou a ele, desesperada por afeto, e eu os deixei a sós. Nimue, quase como se nunca tivesse saído do Tor, passou pela pequena porta dos reconstruídos aposentos de Merlin enquanto eu corria pela chuva até a cabana de Gudovan. Encontrei o velho administrador sentado à sua mesa, mas sem trabalhar, porque estava cego de catarata, mas disse que ainda podia identificar a luz e a escuridão.

– E agora é escuro quase o tempo todo – falou triste, depois sorriu. – Acho que você é grande demais para levar uma surra, não é, Derfel?

– Você pode tentar, Gudovan, mas não vai adiantar muito.

– Adiantou alguma vez? – Ele riu. – Merlin falou de você quando esteve aqui na semana passada. Não que tenha ficado muito. Veio, falou conosco, deixou outro gato como se já não tivéssemos bastante, e depois foi embora. Nem ficou para passar a noite, de tanta pressa.

– Sabe aonde ele foi?

– Ele não quis dizer, mas para onde você acha que foi? – perguntou Gudovan com um toque de sua antiga aspereza. – Procurar Nimue. Pelo menos suponho que seja isso, mas não sei por que ele quer procurar aquela garota idiota. Merlin deveria tomar uma escrava! – Em seguida parou e de repente pareceu à beira das lágrimas. – Sabe que Sebile morreu? Coitada. Foi assassinada, Derfel! Assassinada! Cortaram sua garganta. Ninguém sabe quem fez isso. Algum viajante, acho. O mundo está indo para os cães, Derfel, para os cães. – Por um momento ele pareceu perdido, depois encontrou de novo o fio dos pensamentos. – Merlin deveria usar uma escrava. Não há nada de errado com uma escrava disposta, e por aí há uma quantidade delas, que cederiam por uma moedinha. Eu uso a casa perto da antiga oficina de Gwlyddyn. Há uma boa mulher lá, mas hoje em dia a gente costuma conversar mais do que rolar na cama. Estou velho, Derfel.

– Você não parece velho. E Merlin não foi procurar Nimue. Ela está aqui.

O trovão soou de novo e a mão de Gudovan encontrou um pequeno pedaço de ferro que ele acariciou, como proteção contra o mal.

– Nimue está aqui? – perguntou, pasmo. – Mas ouvimos dizer que ela estava na ilha! – E tocou no ferro de novo.

– Estava, mas agora não está.

– Nimue... – Ele pronunciou o nome, quase incrédulo. – Ela vai ficar?

– Não, vamos todos para o Leste hoje.

– E vão nos deixar sozinhos? – perguntou petulante. – Sinto saudade de Hywel.

– Eu também.

Ele suspirou.

– Os tempos mudam, Derfel. O Tor não é mais o que era. Agora estamos todos velhos e não restam crianças. Sinto falta delas, e o pobre Druidan não tem a quem perseguir. Pellinore arenga para o vazio, e Morgana está amarga.

– Ela não esteve sempre?

– Ela perdeu seu poder. Não o poder de revelar sonhos e curar os doentes, mas o poder que desfrutava quando Merlin estava aqui e Uther no trono. Ela se ressente disso, Derfel, como se ressente de sua Nimue. – Gudovan fez uma pausa, pensando. – Ela ficou especialmente com raiva quando Guinevere mandou chamar Nimue para lutar contra Sansum por causa daquela igreja na Durnovária. Morgana acha que deveria ter sido convocada, mas ouvimos dizer que lady Guinevere só quer beleza ao redor, e em que situação isso deixa Morgana? – Ele deu um risinho. – Mas ela ainda é uma mulher forte, Derfel, e tem a ambição do irmão, de modo que não vai ficar contente em permanecer aqui ouvindo os sonhos dos camponeses e dando ervas para curar febre do leite. Ela está entediada! Tão entediada que até joga jogos de tabuleiro com aquele desgraçado bispo Sansum, do templo. Por que ele foi mandado para Ynys Wydryn?

– Porque não o queriam na Durnovária. Ele realmente vem aqui jogar com Morgana?

Gudovan assentiu.

– Ele diz que precisa de companhia inteligente e que ela possui a mente mais aguçada de Ynys Wydryn, e ouso dizer que está certo. Ele prega para ela, claro, um absurdo interminável sobre uma virgem parindo um Deus que é pregado numa cruz, mas Morgana deixa tudo passar através da máscara. Pelo menos espero que deixe. – Ele parou e tomou um gole de hidromel num chifre onde uma vespa lutava para não se afogar. Quando pousou a mão, pesquei a vespa e a esmaguei em sua mesa. – O cristianismo ganha convertidos, Derfel. Até a mulher de Gwlyddyn, aquela boa mulher, Ralla, se converteu, o que provavelmente significa que Gwlyddyn e os dois filhos vão acompanhá-la. Eu não me importo, mas por que eles precisam cantar tanto?

– Não gosta dos cantos? – provoquei.

– Ninguém gosta mais de uma boa canção do que eu. "A Canção de Batalha de Uther" ou o "Canto da Carnificina de Taranis", é isso que eu chamo de canção, não aqueles gemidos falando de serem pecadores que precisam da graça. – Ele suspirou e balançou a cabeça. – Ouvi dizer que você esteve em Ynys Trebes, não foi?

Contei a história da queda da cidade. Pareceu uma história adequada enquanto estávamos ali, com a chuva caindo nos campos do lado de fora e uma escuridão baixando sobre toda a Dumnonia. Quando a história terminou, Gudovan olhou pela porta, sem ver, sem dizer nada. Pensei que ele podia ter caído no sono, mas quando me levantei do banco ele fez um gesto para que eu me sentasse.

– As coisas estão tão ruins quanto diz o bispo Sansum? – perguntou.

– Estão ruins, meu amigo.

– Conte.

Contei como os irlandeses e os córnicos estavam atacando no Oeste, enquanto Cadwy ainda fingia governar um reino independente. Tristan fazia o máximo para conter os soldados do pai, mas o rei Mark não podia resistir a enriquecer seu reino pobre roubando da enfraquecida Dumnonia. Contei como os saxões de

Aelle tinham rompido a trégua, mas acrescentei que o exército de Gorfyddyd ainda era a pior ameaça.

– Ele reuniu os homens de Elmet, Powys e Silúria, e assim que a colheita estiver terminada, virá com todos para o sul.

– E Aelle não luta contra Gorfyddyd? – perguntou o velho escriba.

– Gorfyddyd comprou a paz de Aelle.

– E Gorfyddyd vai ganhar?

Fiz uma pausa longa.

– Não – falei por fim, não porque fosse a verdade, mas porque não queria que aquele velho amigo se preocupasse com a hipótese de que seu último vislumbre desta vida fosse um clarão de luz enquanto a espada de um guerreiro viesse em direção aos seus olhos cegos. – Artur vai lutar contra eles, e Artur nunca foi derrotado.

– Vai lutar contra eles também?

– Este é o meu serviço agora, Gudovan.

– Você seria um bom escriturário. É uma profissão honrada e útil, ainda que ninguém nos faça lordes por causa dela. – Eu pensava que ele não sabia de minha honra e de repente senti vergonha por ter tanto orgulho dela. Gudovan estendeu a mão para o seu hidromel e tomou outro gole. – Se você se encontrar com Merlin, diga para ele voltar. O Tor está morto sem ele.

– Eu digo.

– Adeus, lorde Derfel – disse Gudovan, e senti que ele sabia que nunca mais nos encontraríamos neste mundo. Tentei abraçar o velho, mas ele me afastou, com medo de trair suas emoções.

Artur estava esperando no portão do mar, onde olhou para o oeste por cima dos pântanos que estavam sendo varridos por pálidas ondas de chuva.

– Isto vai ser ruim para a colheita – disse ele em tom opaco. Um raio tremulou acima do mar de Severn.

– Houve uma tempestade assim depois que Uther morreu – falei.

Artur apertou a capa com força em volta do corpo.

– Se o filho de Uther tivesse vivido... – falou e depois ficou quieto, não terminando o pensamento. Seu humor estava tão sombrio e sem graça quanto o tempo.

– O filho de Uther não teria lutado contra Gorfyddyd, senhor, nem contra Aelle.

– Nem contra Cadwy – acrescentou ele com amargura. – Nem contra Cerdic. São tantos inimigos, Derfel!

– Então fique satisfeito por ter amigos, senhor.

Ele recebeu esta verdade com um sorriso, depois se virou para olhar para o norte.

– Eu me preocupo com um amigo – falou em voz baixa. – Preocupo-me com a possibilidade de Tewdric não lutar. Ele está cansado da guerra e não posso culpá-lo por isso. Gwent sofreu muito mais do que a Dumnonia. – Ele me olhou e havia lágrimas em seus olhos, ou talvez fosse apenas a chuva. – Eu queria fazer coisas grandes, Derfel, coisas muito grandes. E no final fui eu quem os traiu, não fui?

– Não, senhor – falei com firmeza.

– Os amigos deveriam dizer a verdade – censurou ele gentilmente.

– O senhor precisava de Guinevere – observei, constrangido por estar falando assim – e seu destino era estar com ela, do contrário por que os Deuses iriam levá-la ao salão de festa na noite de seu noivado? Não está em nosso poder, senhor, ler a mente dos Deuses, apenas viver nosso destino obedientemente.

Ele fez uma careta diante disso, porque gostava de acreditar que era senhor de seu próprio destino.

– Você acha que todos deveríamos correr loucamente pelos caminhos do destino?

– Acho, senhor, que, quando o destino nos agarra, fazemos bem em pôr a razão à parte.

– E eu fiz isso – disse ele em voz baixa e depois sorriu para mim. – Você ama alguém, Derfel?

– As únicas mulheres que amo, senhor, não são para mim – respondi com pena de mim mesmo.

Ele franziu a testa, depois balançou a cabeça em comiseração.

– Pobre Derfel – falou baixinho e alguma coisa em seu tom de voz me fez olhá-lo. Será que estava acreditando que eu pretendera incluir Guinevere entre essas mulheres? Ruborizei e pensei no que deveria dizer, mas Artur já havia se virado para olhar Nimue saindo do salão. – Algum dia você precisa me contar sobre a Ilha dos Mortos, quando tivermos tempo.

– Contarei, senhor, depois de sua vitória, quando precisar de boas histórias para as longas noites de inverno.

– Sim, depois da nossa vitória. – Mas ele não pareceu esperançoso. O exército de Gorfyddyd era tão gigantesco e o nosso tão pequeno!

Mas antes que pudéssemos lutar contra Gorfyddyd tínhamos de comprar a paz dos saxões com o dinheiro de Deus. Por isso viajamos em direção a Lloegyr.

SENTIMOS O CHEIRO de Durocobrivis muito antes de nos aproximarmos da cidade. O cheiro veio no segundo dia de viagem, e ainda estávamos a meio dia de distância da cidade capturada. Mas o vento vinha do leste e trazia o fedor azedo de morte e fumaça por cima das fazendas desertas. Os campos estavam prontos para a colheita, mas as pessoas tinham fugido aterrorizadas com os saxões. Em Cunetio, uma pequena cidade construída pelos romanos onde tínhamos passado a noite, os refugiados enchiam as ruas e seus rebanhos atulhavam os currais de inverno, reconstruídos às pressas. Ninguém havia saudado Artur em Cunetio, e não era de espantar, porque o culpavam pela duração e pelos desastres da guerra. Os homens murmuravam que havia paz sob o comando de Uther, e nada além de guerra sob Artur.

Os cavaleiros de Artur lideravam nossa coluna silenciosa. Usavam armadura, levavam espadas e lanças, mas os escudos estavam pendurados de cabeça para baixo, e ramos verdes tinham sido amarrados às pontas das lanças como sinais de que vínhamos em paz. Atrás da vanguarda marchavam os lanceiros de Lanval, e depois deles vinham duas vintenas de mulas de carga levando o ouro de Sansum e com todos os pesados escudos de couro que os cavalos de Artur usavam nas batalhas. Um segundo contingente menor de cavaleiros formava a retaguarda. O próprio Artur caminhava com meus lanceiros que usavam caudas de lobos nos elmos, logo atrás de seu porta-bandeira que ia montado com os cavaleiros da frente. Lamrei, a égua preta de Artur, era montada por Hygwydd, seu serviçal, e com ele estava um estranho que achei ser outro serviçal. Nimue andava conosco e, como Artur, tentava aprender um pouco de saxão comigo, mas nenhum deles era bom aluno. Nimue ficou logo entediada com a língua áspera, ao passo que Artur tinha muitas coisas em mente, mas obedientemente aprendeu algumas palavras: paz, terra, lança, comida, mãe, pai. Eu seria seu intérprete, a primeira das muitas vezes em que falei por Artur e traduzi as palavras de seus inimigos.

Encontramos o inimigo ao meio-dia enquanto descíamos um morro suave onde crescia uma floresta de cada lado da estrada. De repente, uma flecha voou das árvores e se cravou na turfa logo adiante de nosso homem de frente, Sagramor. Ele ergueu uma das mãos e Artur gritou para que todos na coluna ficassem imóveis.

– Sem espadas! – ordenou. – Só esperem!

Os saxões deviam estar nos vigiando a manhã inteira, porque tinham reunido um pequeno bando de guerreiros para nos enfrentar. Esses homens, sessenta ou setenta, saíram das árvores atrás de seu líder, um sujeito de peito largo que andava sob um estandarte de chefe tribal, feito de galhadas de cervo das quais pendiam farrapos de pele humana bronzeada.

O chefe tinha o amor dos saxões pelas peles de animais; um afeto sensato, já que poucas coisas aparam tão bem um golpe de espada quanto uma pele grossa e densa. Esse homem tinha uma gola de pele preta e pesada em volta do pescoço, e tiras de pele em volta dos braços e das coxas. O resto da roupa era feito de couro ou lã: um gibão, calças, botas e um elmo de couro com crista de pele preta. Na cintura pendia uma espada comprida, e na mão ele segurava a arma predileta dos saxões, o machado de lâmina larga.

– Vocês estão perdidos, *wealhas*? – gritou. – *Wealhas* era a palavra que usavam para nós, britânicos. Significa estrangeiros e tem um tom depreciativo, assim como nossa palavra *sais*, para designá-los. – Ou só estão cansados da vida?

Ele se manteve firmemente no nosso caminho, com os pés separados, cabeça erguida e o machado repousando no ombro. Tinha barba castanha e uma massa de cabelos castanhos que se espetava para fora da borda do elmo. Seus homens, alguns com elmos de ferro, alguns de couro, e quase todos com machados, formaram uma parede de escudos atravessando a estrada. Alguns tinham enormes cães presos com correias, feras do tamanho de lobos, e ultimamente, pelo que tínhamos ouvido dizer, os *sais* estavam usando esses cães como armas, soltando-os contra nossas paredes de escudos alguns segundos antes de atacar com machado e lança. Os cães assustaram alguns de nossos homens muito mais do que os saxões.

Caminhei com Artur, parando a alguns passos do saxão desafiador. Nenhum de nós carregava lança ou escudo, e nossas espadas estavam nas bainhas.

– Meu senhor é Artur, protetor da Dumnonia – falei em saxão –, que vem a vocês em paz.

– Por enquanto – disse o homem – a paz é de vocês, mas apenas por enquanto. – Ele falava em tom de desafio, mas ficara impressionado com o nome de Artur e fez uma inspeção longa e curiosa ao meu senhor, antes de me olhar de novo. – Você é saxão?

– Nasci como um. Agora sou britânico.

– Um lobo pode se transformar num sapo? – perguntou ele com uma careta de desprezo. – Por que não vira saxão de novo?

– Porque jurei prestar serviço a Artur, e esse serviço é levar ao seu rei um grande presente em ouro.

– Para um sapo você uiva bem. Eu sou Therdig.

Eu nunca ouvira falar nele.

– Sua fama causa pesadelo em nossas crianças – falei.

Ele gargalhou.

– Bem falado, sapo. Então quem é o nosso rei?

– Aelle.

– Não ouvi, sapo.

Suspirei.

– O Bretwalda Aelle.

– Muito bem, sapo – disse Therdig.

Nós, britânicos, não reconhecíamos o título de Bretwalda, mas o usei para aplacar o chefe saxão. Artur, que nada entendia de nossa conversa, esperou pacientemente até que eu estivesse preparado para traduzir alguma coisa. Ele confiava em quem nomeava e não iria me apressar nem intervir.

– O Bretwalda está a algumas horas daqui – disse Therdig. – Você pode me dar algum motivo, sapo, para eu perturbar o dia dele com a notícia de que uma praga de ratos, camundongos e vermes entrou nas suas terras?

– Trazemos mais ouro para o Bretwalda do que você pode sonhar, Therdig. Ouro para os seus homens, para as suas mulheres, para as suas filhas, até para os seus escravos. Isso é motivo suficiente?

– Mostre, sapo.

Era um risco, mas Artur estava disposto a corrê-lo, levando Therdig e seis de seus homens até as mulas e revelando a grande carga nos sacos. O risco era que Therdig decidisse que a fortuna valia uma luta naquela hora, mas éramos mais numerosos e a visão dos homens de Artur em seus grandes cavalos era uma dissuasão temível, por isso ele meramente pegou três moedas de ouro e disse que informaria nossa presença ao Bretwalda.

– Esperem nas Pedras – ordenou ele. – Estejam lá à noite, e meu rei irá se encontrar com vocês de manhã. – Essa ordem revelou que Aelle certamente fora alertado de nossa presença, e devia ter adivinhado a que vínhamos. – Vocês podem ficar nas Pedras em paz até que o Bretwalda decida seu destino.

Aquela noite, uma vez que levamos a tarde inteira para chegar às Pedras, foi a primeira vez em que vi o grande círculo. Merlin falara dele frequentemente, e Nimue ouvira contar de seu poder, mas ninguém sabia quem o fizera ou por que as grandes pedras aparadas tinham sido postas naquele círculo enorme. Nimue tinha certeza de que apenas os Deuses poderiam ter feito um lugar assim, por isso cantava orações enquanto nos aproximávamos dos monólitos cinzentos e solitários, cujas sombras no fim de tarde se estendiam escuras e compridas sobre o capim claro. Um poço rodeava as pedras arrumadas num grande círculo de pilares com outras pedras formando lintéis acima, e dentro daquela arcada grosseira e enorme havia mais pedras grandes em volta de uma espécie de altar. Havia muitos outros círculos de pedra na Britânia, alguns ainda maiores em circunferência, mas nenhum com tanto mistério e majestade, e todos ficamos espantados e quietos enquanto nos aproximávamos.

Nimue lançou seus feitiços, depois nos disse que era seguro atravessar o poço, e assim vagamos pasmos entre aquelas rochas dos Deuses. Liquens cresciam densos nas pedras, algumas das quais haviam se inclinado ou até caído no correr dos longos anos, ao passo que outras estavam gravadas com nomes e numerais romanos. Gereint fora o senhor daquelas Pedras, um cargo criado por Uther para recompensar o homem responsável por sustentar nossa fronteira do leste contra os saxões, ainda que agora outro homem tivesse de assumir o título e tentar empurrar Aelle de volta para além da incendiada Durocobrivis. Era uma vergonha, disse-me Nimue, que Aelle tivesse exigido nos encontrar ali, tão no interior da Dumnonia.

Havia uma floresta num vale a 1,5 quilômetro ao sul, e nós usamos as mulas para pegar lenha para uma fogueira que queimou durante toda aquela noite assombrada por fantasmas. Outras fogueiras queimavam logo além do horizonte a leste, prova de que os saxões tinham nos seguido. Foi uma noite nervosa. Nossa fogueira queimava como uma chama de Beltain, mas as sombras nas pedras continuavam nos deixando nervosos. Nimue lançou feitiços de segurança em volta do fosso, e essa precaução acalmou nossos homens, mas os cavalos reunidos relincharam e pisotearam a turfa durante toda a noite. Artur suspeitava de que eles sentiam o cheiro dos cães de guerra dos saxões, mas Nimue tinha certeza de que os espíritos dos mortos estavam girando em volta de nós. Nossas sentinelas apertavam com força os cabos das lanças e desafiavam cada vento que suspirava nos montes funerários ao redor das pedras, mas nenhum cachorro, fantasma ou guerreiro nos perturbou, ainda que poucos dos nossos homens tenham dormido.

Artur não dormiu nada. Num momento da noite ele me pediu para caminharmos juntos, e andei com ele em volta do círculo externo de pedras. Ele ficou um tempo sem falar, com a cabeça desnuda sob as estrelas.

– Eu estive aqui antes, uma vez – falou, rompendo o silêncio abruptamente.

– Quando, senhor?

– Há dez anos. Talvez 11. – Ele deu de ombros, como se o número de anos não fosse importante. – Merlin me trouxe aqui. – Artur ficou quieto de novo e não falei nada, porque senti com as últimas palavras que este sítio ocupava um lugar especial em sua memória. E eu estava certo, porque finalmente ele parou de andar e apontou para a pedra cinzenta que ficava como um altar no coração das pedras. – Foi ali, Derfel, que Merlin me deu Caledfwch.

Olhei para a bainha bordada com pontos cruzados.

– Um presente nobre, senhor.

– Pesado, Derfel. Veio com um fardo. – Artur puxou meu braço e continuamos a andar. – Ele me deu com a condição de que fizesse o que ele me ordenasse, e obedeci. Fui para Benoic e aprendi com Ban quais são os deveres de um rei. Aprendi que um rei só é tão bom quanto o homem mais pobre sob o seu governo. Esta foi a lição de Ban.

– Não foi uma lição que o próprio Ban aprendeu – falei amargamente, pensando em como Ban tinha ignorado seu povo para enriquecer Ynys Trebes.

Artur sorriu.

– Alguns homens são melhores em saber do que em fazer, Derfel. Ban era muito sábio, mas não era prático. Preciso ser as duas coisas.

– Para ser rei? – ousei perguntar, porque declarar tal ambição ia contra tudo que Artur afirmava sobre seu destino.

Mas Artur não se ofendeu com minhas palavras.

– Para ser um governante. – Ele havia parado de novo e estava olhando para a pedra no centro do círculo, além das formas escuras de seus homens adormecidos sob as capas, e para mim foi como se a laje tremeluzisse ao luar, ou talvez fosse apenas minha imaginação estimulada. – Merlin me fez ficar nu e permanecer de pé naquela pedra a noite inteira. Havia chuva no vento, e estava frio. Ele entoou feitiços e me fez segurar a espada com o braço estendido e mantê-la ali. Lembro que meu braço ficou como fogo e finalmente se entorpeceu, mas ele não me deixava largar Caledfwch. "Segure!", gritava ele, "segure", e fiquei ali parado, estremecendo enquanto ele invocava os mortos para testemunhar o presente. E eles vieram, Derfel, fileira após fileira dos mortos, guerreiros com olhos vazios e elmos enferrujados, que se levantavam do Outro Mundo para olhar a espada que me fora concedida. – Artur sacudiu a cabeça diante da lembrança. – Ou talvez eu tenha apenas sonhado com aqueles homens comidos pelos vermes. Eu era jovem, veja bem, e muito impressionável, e Merlin sabe como incutir o medo aos Deuses nas mentes jovens. Mas depois de ter me apavorado com a multidão de testemunhas mortas ele me disse como liderar homens, como encontrar guerreiros que precisam de líderes e como lutar batalhas. Ele contou o meu destino, Derfel. – Artur ficou quieto de novo, o rosto comprido muito sério ao luar. Depois deu um sorriso maroto. – Tudo absurdo.

Suas últimas duas palavras tinham sido faladas tão baixo que quase não ouvi.

– Absurdo? – perguntei, incapaz de esconder a desaprovação.

– Devo entregar a Britânia de volta aos Deuses – disse Artur, zombando do dever com o tom da voz.

– E irá fazer isso, senhor.

Ele deu de ombros.

– Merlin queria um braço forte para segurar uma boa espada, mas o que os Deuses querem, Derfel, eu não sei. Se querem a Britânia, por que precisam de mim? Ou de Merlin? Os Deuses precisam dos homens? Ou somos como cães latindo para donos que não querem ouvir?

– Não somos cães. Somos as criaturas dos Deuses. Eles devem ter um propósito para nós.

– Devem? Talvez nós só os façamos rir.

– Merlin diz que perdemos contato com os Deuses – falei teimosamente.

– Assim como Merlin perdeu o contato conosco – replicou Artur com firmeza. – Você viu como ele saiu correndo da Durnovária naquela noite em que vocês voltaram de Ynys Trebes. Merlin está ocupado demais, Derfel. Merlin está caçando seus Tesouros da Britânia, e o que fazemos na Dumnonia não tem importância para ele. Eu poderia fazer um grande reino para Mordred, poderia estabelecer a justiça, poderia trazer a paz, poderia ter cristãos e pagãos dançando juntos ao luar e nada disso interessaria a Merlin. Ele só deseja o momento em que tudo isso seja dado de volta aos Deuses e, quando esse momento chegar, ele exigirá que eu lhe entregue Caledfwlch de volta. Esta foi sua outra condição. Eu poderia usar a espada dos Deuses, disse ele, desde que a devolvesse quando ele precisasse.

Artur tinha falado com um traço de zombaria que me perturbou.

– O senhor não acredita no sonho de Merlin?

– Acredito que Merlin é o homem mais sábio da Britânia, e que sabe mais do que jamais espero saber. Também sei que meu destino está entrelaçado com o dele, assim como o seu, acho, está entrelaçado ao de Nimue, mas também creio que Merlin é entediado desde o instante em que nasceu, por isso está fazendo o que os Deuses fazem: se divertindo à nossa custa. O que significa, Derfel, que o momento de devolver Caledfwlch será o momento em que mais precisarei dela.

– Então o que o senhor fará?

– Não tenho ideia. Nenhuma. – Ele pareceu achar esse pensamento divertido, porque sorriu, depois colocou a mão em meu ombro. – Vá dormir, Derfel. Preciso de sua língua amanhã e não a quero engrolada de cansaço.

Deixei-o, e de algum modo consegui alguns instantes de sono à sombra lançada por uma enorme pedra ao luar, mas antes de dormir fiquei pensando naquela noite distante em que Merlin fizera o braço de Artur doer com o peso da espada e deixara sua alma pesada com o fardo ainda maior do destino. Por que Merlin tinha escolhido Artur? Agora me parecia que Artur e Merlin estavam em pontos opostos. Merlin acreditava que o caos só podia ser derrotado com o uso dos poderes do mistério, ao passo que Artur acreditava nos poderes dos homens. Podia ser, pensei, que Merlin houvesse treinado Artur para governar os homens, deixando-o livre para governar os poderes das sombras, mas também percebi, ainda que fracamente, que chegaria o instante em que todos teríamos de escolher entre os dois, e eu temia esse instante. Rezei para que nunca chegasse. Então dormi até que o sol nasceu, lançando a sombra de um único pilar, que ficava isolado fora do círculo, direto no coração das Pedras, onde nós, guerreiros cansados, guardávamos o pagamento de um rei.

Bebemos água, comemos pão duro e depois afivelamos as espadas antes de espalharmos o ouro no capim molhado de orvalho ao lado da pedra do altar.

– O que impediria Aelle de levar o ouro e continuar com sua guerra? – perguntei a Artur enquanto esperávamos a chegada do saxão. Afinal de contas, Aelle já aceitara ouro nosso, antes, e isso não o impedira de incendiar Durocobrivis.

Artur deu de ombros. Estava usando sua armadura de reserva, uma cota de malha romana amassada e arranhada das lutas frequentes. Usava a malha pesada por baixo de uma de suas capas brancas.

– Nada – respondeu ele –, a não ser o pouco de honra que ele possa ter. E é por isso que temos de oferecer mais do que ouro.

– Mais? – perguntei, mas Artur não respondeu porque os saxões tinham aparecido na borda do céu do leste emoldurado pela alvorada.

Vieram numa linha comprida espalhada pelo horizonte com seus tambores de guerra batendo e os lanceiros organizados para a batalha, ainda que as armas tivessem folhas nas pontas para mostrar que não pretendiam nos causar mal imediato. Aelle os liderava. Foi o primeiro dos dois homens que conheci e que reivindicaram o título de Bretwalda. O outro veio mais tarde e iria nos causar mais problemas, porém Aelle já era problema suficiente. Era um homem alto com rosto chapado e duro e olhos escuros que não revelavam qualquer pensamento. Sua barba era preta, as bochechas tinham cicatrizes de batalhas e faltavam dois dedos na mão direita. Usava uma túnica de tecido preto presa com cinto de couro, botas de couro, um elmo de ferro com chifres de touro, e sobre tudo aquilo uma capa de pele de urso que deixou cair quando o calor do dia ficou forte demais para um adereço tão exagerado. Seu estandarte era um crânio de touro manchado de sangue no alto de um cabo de lança.

Seu bando de guerreiros era composto de duzentos homens, talvez um pouco mais, e mais da metade deles tinha grandes cães presos a correias de couro. Atrás dos guerreiros vinha uma horda de mulheres, crianças e escravos. Agora havia um número mais que suficiente de saxões para nos suplantar, mas Aelle dera a palavra de que estávamos em paz, pelo menos até que tivesse decidido o nosso destino, e seus homens não fizeram qualquer demonstração hostil. A fileira parou do lado de fora do fosso circular enquanto Aelle, seu conselho, um intérprete e um par de feiticeiros vinham se encontrar com Artur.

Os feiticeiros tinham os cabelos endurecidos em pontas, com o uso de esterco, e usavam capas esfarrapadas feitas de pele de lobo. Quando giraram para dizer seus feitiços, as pernas, as caudas e os rostos dos lobos saltavam diante de seus corpos pintados. Eles gritavam esses feitiços à medida que se aproximavam, anulando qualquer magia que pudéssemos estar lançando contra seu líder. Nimue se agachou atrás de nós e cantou seu contrafeitiço.

Os dois líderes se avaliaram mutuamente. Artur era mais alto, e Aelle mais largo. O rosto de Artur era marcante, mas o de Aelle aterrorizante. Era implacável, o rosto de um homem que viera do outro lado do mar para construir um reino em terra estranha e fizera esse reino com uma brutalidade selvagem e direta.

– Eu deveria matá-lo agora, Artur – disse ele –, e ter menos um inimigo a destruir.

Seus feiticeiros, nus por baixo das peles comidas por traças, se agacharam atrás dele. Um mastigou um bocado de terra, o outro revirou os olhos enquanto Nimue, com a órbita vazia despida, sibilava para os dois. A luta entre Nimue e os feiticeiros era uma guerra particular que os líderes ignoraram.

– Chegará o tempo, Aelle, em que talvez devamos nos encontrar em batalha. Mas por enquanto ofereço paz. – Eu esperava que Artur se curvasse para Aelle que, diferentemente de Artur, era um rei, mas Artur tratou o Bretwalda como um igual, e Aelle aceitou o tratamento sem protestar.

Por quê? – perguntou Aelle, sem cerimônia. Aelle não usava os circunlóquios dos quais nós, britânicos, gostávamos. Eu tinha percebido essa diferença entre nós e os saxões. Os britânicos pensavam em curvas, como os desenhos intricados de suas joias, ao passo que os saxões eram abruptos e diretos, tão grosseiros quanto seus pesados broches e cordões de ouro. Os britânicos raramente abordavam um assunto de frente, falavam ao redor do mesmo, envolvendo-o com sugestões e alusões, sempre procurando manobras, mas os saxões dispensavam a sutileza. Uma vez Artur disse que eu possuía essa objetividade saxã, e acho que falou isso como um elogio.

Artur ignorou a pergunta de Aelle.

– Eu achava que já tínhamos paz. Tínhamos um acordo selado com ouro.

O rosto de Aelle não traiu qualquer vergonha por ter rompido a trégua. Simplesmente deu de ombros, como se uma paz rompida fosse coisa pequena.

– Então, se uma trégua falha, por que comprar outra?

– Porque tenho uma pendência com Gorfyddyd – respondeu Artur, adotando os modos diretos do saxão – e busco sua ajuda nessa pendência.

Aelle assentiu.

– Mas, se ajudá-lo a destruir Gorfyddyd, eu torno você mais forte. Por que deveria fazer isso?

– Porque, se não fizer, Gorfyddyd vai me destruir e então ele será mais forte.

Aelle gargalhou, mostrando a boca cheia de dentes podres.

– Um cão se importa com qual de dois ratos ele mata?

Traduzi isso como "um cão se importa com qual de dois cervos ele derruba". Pareceu mais diplomático, e notei que o intérprete de Aelle, um escravo britânico, não contou ao seu senhor.

– Não – admitiu Artur –, mas os cervos não são iguais. – O intérprete de Aelle disse que os ratos não eram iguais, e não contei a Artur. – Na melhor das hipóteses, senhor Aelle – prosseguiu Artur –, preservo a Dumnonia e torno Powys e Silúria meus aliados. Mas, se Gorfyddyd vencer, ele unirá Elmet, Rhege, Powys, Silúria e Dumnonia contra você.

– Mas você também terá Gwent ao seu lado. – Aelle era um homem esperto, e rápido.

– Certo, mas o mesmo acontecerá com Gorfyddyd, caso ocorra uma guerra entre os britânicos e os saxões.

Aelle grunhiu. A situação atual, com os britânicos lutando entre si, lhe servia melhor, mas ele sabia que as guerras entre os britânicos eventualmente terminariam. Como agora parecia que Gorfyddyd venceria essa guerra em breve, a presença de Artur lhe dava um modo de prolongar o conflito entre os inimigos.

– Então o que quer de mim?

Agora os seus feiticeiros saltavam de quatro, como gafanhotos humanos, enquanto Nimue arrumava pedregulhos no chão. O padrão dos pedregulhos deve ter perturbado os feiticeiros saxões, porque eles começaram a dar gritinhos perturbados. Aelle os ignorou.

– Quero que dê três luas de paz a Dumnonia e Gwent – disse Artur.

– Você só está comprando paz? – Aelle rugiu as palavras e até mesmo Nimue se espantou. O saxão apontou a mão enluvada para seu bando de guerreiros que estavam agachados com as mulheres, os cães e os escravos além do fosso raso. – O que um exército faz durante a paz? Diga! Prometi mais do que ouro a eles. Prometi terra! Prometi escravos! Prometi sangue *wealhas*, e você me dá paz? – Ele cuspiu. – Em nome de Thor, Artur, eu lhe darei paz, mas a paz atravessará os seus ossos e meus homens vão se revezar com sua mulher. Esta é a minha paz! – Ele cuspiu no chão, depois me olhou. – Diga ao seu senhor, cão, que metade de meus homens acabou de chegar de barco. Eles não têm colheita nem como alimentar suas pessoas no inverno. Não podemos comer ouro. Se não tomarmos terra e grãos, morremos de fome. De que serve a paz para um homem faminto?

Traduzi para Artur, deixando de fora os insultos maiores.

Um olhar de dor atravessou o rosto de Artur. Aelle viu o olhar, traduziu-o como fraqueza e por isso se virou para outro lado, cheio de escárnio.

– Dou-lhe duas horas de vantagem, inseto – gritou por cima do ombro. – Depois vou persegui-lo.

– Ratae – disse Artur, sem nem mesmo esperar que eu traduzisse a ameaça de Aelle.

O saxão se virou de novo. Não disse nada, apenas olhou no rosto de Artur. O fedor de sua capa de pele de urso era espantoso; uma mistura de suor, esterco e gordura. Ele esperou.

– Ratae – disse Artur de novo. – Diga-lhe que Ratae pode ser tomada, diga que ela está cheia das coisas que ele deseja. Diga que a terra e tudo que ela guarda será dele.

Ratae era a fortaleza que protegia a fronteira mais a leste de Gorfyddyd com os saxões, e se Gorfyddyd perdesse aquela fortaleza os saxões entrariam mais de 30 quilômetros para perto do coração de Powys.

Traduzi. Levei algum tempo para identificar Ratae para Aelle, mas por fim ele entendeu. Não ficou satisfeito, porque aparentemente Ratae era uma formidável fortaleza romana que Gorfyddyd reforçara com uma grande muralha de terra.

Artur explicou que Gorfyddyd havia tirado os melhores lanceiros da guarnição para juntar ao exército que reunira para a invasão de Gwent e Dumnonia. Não precisou explicar que Gorfyddyd só se arriscara a dar esse passo por causa da paz que pensava ter comprado com Aelle, uma paz pela qual Artur oferecia um preço maior. Artur revelou que uma comunidade cristã em Ratae havia construído um mosteiro do lado de fora das muralhas de terra da fortaleza, e que as idas e vindas dos monges tinham aberto uma passagem na paliçada. O comandante da fortaleza, explicou ele, era um dos raros cristãos de Gorfyddyd, e tinha dado sua bênção ao mosteiro.

– Como ele sabe disso? – perguntou-me Aelle.

– Diga que tenho comigo um homem de Ratae, que sabe que o mosteiro pode ser invadido e que está disposto a servir de guia. Diga que só peço que esse homem seja recompensado com a vida. – Então percebi quem devia ser o estranho que estivera andando com Hygwydd. Percebi também que Artur sabia que teria de sacrificar Ratae mesmo antes de deixar a Durnovária.

Aelle exigiu saber mais sobre o traidor, e Artur contou como o homem havia desertado de Powys e vindo a Dumnonia em busca de vingança porque sua mulher o abandonara em troca de um dos chefes de Gorfyddyd.

Aelle falou com seu conselho enquanto os dois feiticeiros soltavam algaravias para Nimue. Depois, um deles apontou um osso de coxa humana para ela, mas Nimue simplesmente cuspiu. O gesto pareceu concluir a guerra de feitiços, porque os dois feiticeiros recuaram enquanto Nimue se levantava e limpava as mãos. O conselho de Aelle regateou conosco. Num determinado ponto insistiram em que lhes déssemos os grandes cavalos de guerra, mas Artur exigiu todos os cães de guerra em troca, e finalmente, à tarde, os saxões aceitaram a oferta de Ratae e do ouro de Artur. Talvez tenha sido o maior preço em ouro pago por um britânico a um saxão, mas Aelle também insistiu em ficar com dois reféns que, segundo prometeu, seriam liberados caso o ataque a Ratae não fosse uma armadilha montada por Gorfyddyd e Artur juntos. Ele escolheu aleatoriamente, pegando dois guerreiros de Artur: Balin e Lanval.

Naquela noite comemos com os saxões. Eu estava curioso para conhecer aqueles homens que eram meus irmãos por nascimento, e até mesmo temia a possibilidade de sentir algum parentesco com eles, mas na verdade achei sua companhia repelente. Seu humor era grosseiro, os modos rústicos, e o cheiro de sua carne envolta em peles era nauseante. Alguns zombaram de mim dizendo que eu me parecia com seu rei Aelle, mas eu não podia ver semelhança entre as feições duras e chapadas dele e o que eu achava que seria meu rosto. Finalmente, Aelle rosnou ordenando silêncio aos que zombavam de mim, depois me lançou um olhar frio antes de mandar que eu convidasse os homens de Artur a compartilhar uma refeição composta de enormes pedaços de carne assada que comemos com as mãos enluvadas, mordendo a carne escaldante até os sucos pingarem das barbas. Nós lhes demos hidromel, eles nos deram cerveja. Algumas lutas de bêbados começaram, mas ninguém foi morto. Aelle, como Artur, ficou sóbrio, mas os dois feiticeiros do Bretwalda se embebedaram terrivelmente e, depois de terem dormido junto ao próprio vômito, Aelle explicou que eram loucos que tinham contato com os Deuses. Ele possuía outros sacerdotes sãos, mas pensava que os lunáticos possuíam um poder especial de que os saxões poderiam necessitar.

– Temíamos que você trouxesse Merlin – explicou.

– Merlin é senhor de si mesmo – respondeu Artur –, mas esta é a sacerdotisa dele. – E fez um gesto para Nimue, que encarou o saxão com seu olho único.

Aelle fez um gesto que deveria ser o seu modo de evitar o mal. Temia Nimue por causa de Merlin, e era bom saber disso.

– Mas Merlin está na Britânia? – perguntou Aelle, cheio de temor.

– Alguns homens dizem que sim – respondi por Artur – e alguns dizem que não. Quem sabe? Talvez esteja ali no escuro. – E virei a cabeça para a escuridão atrás das pedras iluminadas pelo fogo.

Aelle usou um cabo de lança para acordar um dos seus feiticeiros loucos. O homem gemeu de dar pena, e Aelle pareceu contente, achando que o som evitaria qualquer mal. O Bretwalda havia pendurado a cruz de Sansum no pescoço, e outros de seus homens usavam os pesados torques de ouro de Ynys Wydryn. Mais tarde, quando a maioria dos saxões estava roncando, alguns de seus escravos contaram a história da queda de Durocobrivis, e como o príncipe Gereint fora apanhado vivo e torturado até a morte. A história fez Artur chorar. Nenhum de nós conhecia Gereint bem, mas ele fora um homem modesto e sem ambição, que tentara ao máximo barrar as forças saxãs cada vez maiores. Alguns escravos imploraram para que os levássemos, mas não ousávamos ofender os anfitriões concedendo o pedido.

– Viremos buscá-los um dia – prometeu Artur aos escravos. – Nós viremos.

Os saxões partiram na tarde seguinte. Aelle insistiu que esperássemos outra noite inteira antes de sairmos das Pedras, para se certificar de que não iríamos segui-lo, e levou Balin, Lanval e o homem de Powys com seu bando de guerreiros. Nimue, consultada por Artur sobre se Aelle manteria a palavra, assentiu e disse que tinha sonhado com a concordância do saxão e a volta em segurança dos reféns.

– Mas o sangue de Ratae está em suas mãos – disse ela, em tom agourento.

Arrumamos nossas coisas e nos preparamos para a viagem, que só começaria no alvorecer do dia seguinte. Artur nunca ficava satisfeito quando era obrigado ao ócio, e no fim da tarde pediu que Sagramor e eu caminhássemos com ele até a floresta no Sul. Durante um tempo achei que ele andava sem objetivo, mas finalmente Artur parou abaixo de um carvalho gigantesco cheio de barbas de líquen cinza.

– Eu me sinto sujo – falou. – Não mantive meu juramento para com Benoic e agora estou comprando a morte de centenas de britânicos.

– O senhor não poderia salvar Benoic – insisti.

– Uma terra que compra poetas em vez de lanceiros não merece sobreviver – acrescentou Sagramor.

– Não importa se eu podia salvá-la ou não – disse Artur. – Fiz um juramento a Ban e não cumpri.

– Um homem cuja casa está pegando fogo não carrega água para o incêndio do vizinho – disse Sagramor. Seu rosto preto, tão impenetrável quanto o de Aelle, tinha fascinado os saxões. Muitos haviam lutado contra ele nos últimos anos e achavam que fosse algum tipo de demônio invocado por Merlin, e Artur tinha aproveitado esse medo dando a entender que deixaria Sagramor cuidando da fronteira nova. Na verdade, Artur levaria Sagramor para Gwent, porque necessitava de todos os seus melhores homens na luta contra Gorfyddyd. – Você não pôde manter o juramento para com Benoic. Por isso os Deuses vão perdoá-lo. – Sagramor tinha uma visão robustamente pragmática dos Deuses e dos homens; este era um de seus pontos fortes.

– Os Deuses podem me perdoar, mas eu não. E agora pago aos saxões para matarem britânicos. – Ele estremeceu diante da ideia. – Ontem à noite fiquei desejando a presença de Merlin, para saber se ele aprovaria o que estamos fazendo.

– Ele aprovaria – falei. Nimue podia não ter aprovado o sacrifício de Ratae, mas Nimue sempre foi mais pura do que Merlin. Ela entendia a necessidade de pagar aos saxões, mas se revoltava diante do pensamento de pagar com sangue britânico, ainda que esse sangue pertencesse aos nossos inimigos.

– Mas não importa o que Merlin pense – disse Artur, irritado. – Não importa se cada sacerdote, druida e bardo da Britânia concordar comigo. Pedir a bênção de outro homem é simplesmente evitar a responsabilidade. Nimue está certa, devo ser responsável por todas as mortes em Ratae.

– O que mais poderia fazer? – perguntei.

– Você não entende, Derfel – acusou Artur com amargura, embora na verdade estivesse acusando a si próprio. – Eu sempre soube que

Aelle ia querer algo mais do que ouro. Eles são saxões! Não querem paz, querem guerra! Eu sabia disso, por que outro motivo teria trazido aquele pobre homem de Ratae? Antes mesmo que Aelle pedisse eu estava pronto a dar, e quantos homens morrerão por essa antevisão? Trezentos? E quantas mulheres serão tomadas como escravas? Duzentas? Quantas crianças? Quantas famílias serão divididas? E para quê? Para provar que sou um líder melhor do que Gorfyddyd? Minha vida vale tantas almas?

– Essas almas manterão Mordred no trono – falei.

– Outro juramento! – disse Artur amargamente. – Todos esses juramentos que nos amarram! Jurei a Uther colocar seu neto no trono, jurei a Leodegan retomar Ynys Wyren. – Ele parou abruptamente e Sagramor me olhou com o rosto alarmado, porque era a primeira vez que qualquer um de nós ouvia falar de um juramento para lutar contra Diwrnach, o pavoroso rei irlandês de Lleyn, que tomara a terra de Leodegan. – Mas, dentre todos os homens – disse Artur, arrasado –, sou o que violo os juramentos com mais facilidade. Violei o juramento a Ban e o juramento a Ceinwyn. Pobre Ceinwyn. – Era a primeira vez em que qualquer um de nós o ouvia lamentar tão abertamente essa promessa descumprida. Eu tinha pensado que Guinevere era um sol tão luminoso no firmamento de Artur que havia reduzido à invisibilidade o brilho mais pálido de Ceinwyn, mas parecia que a lembrança da princesa de Powys ainda podia ser um aguilhão na consciência de Artur. Assim como o pensamento na perdição de Ratae o perturbava agora. – Talvez eu devesse lhes enviar um alerta – disse ele.

– E perder os reféns? – perguntou Sagramor.

Artur balançou a cabeça.

– Eu me troco por Balin e Lanval.

Ele estava pensando em fazer exatamente isso. Dava para ver. A agonia do remorso o feria e ele procurava um modo de sair daquele emaranhado de consciência e dever, mesmo ao preço da própria vida.

– Merlin riria de mim agora – disse.

– Sim – concordei. – Riria. – A consciência de Merlin, se é que ele possuía uma, era meramente um guia para saber como os homens inferiores pensavam, e assim servia como um estímulo para o druida se comportar do modo contrário. A consciência de Merlin era uma pilhéria para divertir os Deuses. A de Artur era um fardo.

Agora ele olhou para o chão coberto de musgo à sombra do carvalho. O dia se retirava para o crepúsculo enquanto a mente de Artur afundava na tristeza. Será que estava realmente tentado a abandonar tudo? Cavalgar até a fortaleza de Aelle e trocar sua existência pela vida das almas de Ratae? Acho que estava, mas então a lógica insidiosa de sua ambição se alçou para suplantar o desespero como uma maré cobrindo as areias lisas de Ynys Trebes.

– Há cem anos – disse ele devagar – esta terra tinha paz. Tinha justiça. Um homem podia preparar o terreno, feliz, sabendo que seus netos viveriam para contar isso. Mas aqueles netos estão mortos, mortos pelos saxões ou por gente de sua própria raça. Se não fizermos nada, o caos vai se espalhar até restarem apenas saxões arrogantes e seus feiticeiros loucos. Se Gorfyddyd vencer ele arrancará a riqueza da Dumnonia, mas se eu vencer abraçarei Powys como um irmão. Odeio o que estamos fazendo, mas, se fizermos, poderemos consertar as coisas. – Ele olhou para nós dois. – Somos todos de Mitra, de modo que vocês podem testemunhar este juramento feito a Ele. – Artur fez uma pausa. Estava aprendendo a odiar os juramentos e os deveres que eles implicavam, mas era tal seu estado depois do encontro com Aelle que estava disposto a assumir o fardo de mais um. – Encontre-me uma pedra, Derfel.

Chutei uma pedra, desgrudando-a do solo, limpei a terra grudada nela, depois, a pedido de Artur, risquei o nome de Aelle na pedra com a ponta de minha faca. Artur usou sua faca para fazer um buraco fundo ao pé do carvalho, a seguir se levantou.

– Meu juramento é este: se eu sobreviver a esta batalha com Gorfyddyd, vingarei as almas inocentes que condenei em Ratae. Matarei Aelle. Destruirei seus homens. Vou dá-los de alimento aos corvos e doarei sua riqueza aos filhos de Ratae. Vocês são testemunhas, e se eu falhar neste juramento os dois estão livres de todas as obrigações a mim devidas. – Ele largou a pedra no buraco e nós três chutamos terra em cima. – Que os Deuses me perdoem pelas mortes que acabei de causar.

Em seguida, fomos causar mais algumas.

Viajamos para Gwent passando por Corinium. Ailleann ainda morava lá, e apesar de ver os filhos Artur não recebeu a mãe deles, para que nenhuma palavra sobre tal encontro magoasse sua Guinevere, mas me mandou com um presente para Ailleann. Ela me recebeu com gentileza, mas deu de ombros ao ver o presente de Artur, um pequeno broche de prata esmaltada mostrando um animal que se parecia muito com uma lebre, só que com pernas e orelhas mais curtas. Tinha vindo dos tesouros do templo de Sansum, mas Artur havia meticulosamente posto de volta o preço do broche, com moedas de sua bolsa.

– Ele gostaria de ter algo melhor para lhe mandar – falei, dando o recado de Artur –, mas infelizmente hoje em dia os saxões devem ficar com nossas melhores joias.

– Houve um tempo – disse ela amargamente – em que os presentes dele vinham do amor, e não da culpa. – Ailleann ainda era uma mulher marcante, apesar de agora seus cabelos estarem tocados de cinza, e os olhos nublados de resignação. Usava um vestido comprido, de lã azul, e o cabelo em dois coques enrolados sobre as orelhas. Olhou o estranho animal esmaltado.

– O que você acha que é? – perguntou. – Não é uma lebre. É um gato?

– Sagramor disse que se chama coelho. Ele viu coelhos na Capadócia, onde quer que isso seja.

– Você não deve acreditar em tudo que Sagramor diz – censurou Ailleann enquanto prendia o pequeno broche no vestido. – Tenho joias suficientes para uma rainha – acrescentou enquanto me levava ao pequeno pátio de sua casa romana –, mas ainda sou uma escrava.

– Artur não a libertou? – perguntei chocado.

– Ele se preocupa com a hipótese de eu voltar para a Armórica. Ou para a Irlanda, levando os gêmeos para longe. – Ela deu de ombros. – No dia em que os garotos ficarem maiores de idade Artur me dará a liberdade, e sabe o que vou fazer? Vou ficar aqui mesmo. – Ela fez um gesto para que eu ocupasse uma cadeira à sombra de uma parreira. – Você está mais velho – falou enquanto servia um vinho cor de palha, de um jarro envolto em vime. – Ouvi dizer que Lunete o deixou, foi? – Acrescentou enquanto me entregava um copo feito de chifre.

– Nós nos deixamos, acho.

– Ouvi dizer que agora ela é sacerdotisa de Ísis – disse Ailleann, num tom de zombaria. – Ouço um bocado de coisas sobre a Durnovária, e não ouso acreditar na metade.

– Como o quê?

– Se você não sabe, Derfel, então é melhor ficar na ignorância. – Ela bebericou o vinho e fez uma careta diante do gosto. – Artur também. Ele nunca quer saber as más notícias, só as boas. Chega a acreditar que haja bondade nos gêmeos.

Fiquei chocado em ouvir uma mãe falar dos filhos assim.

– Tenho certeza de que há.

Ela me lançou um olhar fixo, divertido.

– Os garotos não são melhores do que algum dia foram, Derfel, e eles nunca foram bons. Ressentem-se do pai. Acham que deveriam ser príncipes e por isso se comportam como príncipes. Não há coisa ruim nesta cidade que eles não causem ou encorajem, e se eu tentar controlá-los eles me chamam de prostituta. – Ela partiu um pedaço de bolo e jogou as migalhas para alguns pardais. Um serviçal ficou varrendo o lado mais distante do pátio com uma vassoura de gravetos até Ailleann ordenar que o homem nos deixasse a sós, depois me perguntou sobre a guerra, e tentei esconder o pessimismo com relação ao exército gigantesco de Gorfyddyd.

– Vocês não podem levar Amhar e Loholt? – perguntou ela depois de um tempo. – Eles podem virar bons soldados.

– Duvido que o pai os ache com idade suficiente.

– Se é que ele ao menos pensa nos dois. Ele manda dinheiro. Gostaria de que não mandasse. – Ela tocou o broche novo. – Os cristãos na cidade dizem que Artur está condenado.

– Ainda não, senhora.

Ela sorriu.

– Não por muito tempo, Derfel. As pessoas subestimam Artur. Veem a bondade dele, ouvem sua gentileza, escutam sua conversa sobre justiça, e nenhuma delas, nem mesmo você, sabe o que arde dentro dele.

– O que é?

– Ambição – disse ela categoricamente, depois pensou durante um segundo. – A alma dele é uma carruagem puxada por dois cavalos; a ambição e a consciência, mas eu lhe digo, Derfel, o cavalo da ambição está no arreio da mão direita, e sempre suplantará o outro. E ele é capaz, muito capaz. – Ailleann deu um sorriso triste. – Basta olhá-lo, Derfel, quando parece condenado, quando tudo está mais escuro, e então ele irá espantá-lo. Já vi isso antes. Ele vencerá, mas então o cavalo da consciência puxará as rédeas e Artur cometerá o erro usual de perdoar os inimigos.

– Isso é ruim?

– Não é uma questão de bom ou ruim, Derfel, mas de ser prático ou não. Nós, irlandeses, sabemos de uma coisa acima de todas as outras: um inimigo perdoado é um inimigo contra o qual teremos de lutar repetidamente. Artur confunde moralidade com poder, e ele piora a mistura ao sempre acreditar que as pessoas são inerentemente boas, mesmo as piores, e é por isso, guarde minhas palavras, que ele nunca terá paz. Ele anseia pela paz, fala da paz, mas sua própria alma confiante é o motivo pelo qual sempre terá inimigos. A não ser que Guinevere consiga pôr um pouco de pedra em sua alma. E ela é capaz disso. Sabe quem ela me faz lembrar?

– Eu não sabia que a senhora a conhecia.

– Eu também nunca encontrei a pessoa que ela me faz lembrar, mas ouço coisas e conheço Artur muito bem. Ela parece a mãe dele; muito bonita e muito forte, e desconfio de que ele fará tudo para agradá-la.

– Mesmo ao preço de sua própria consciência?

Ailleann sorriu da pergunta.

– Você deveria saber, Derfel, que algumas mulheres querem que seus homens paguem um preço exorbitante. Quanto mais o homem paga, maior é o valor da mulher, e suspeito de que Guinevere é uma dama que se valoriza muito. E deve mesmo se valorizar. Todas nós deveríamos. – Ela falou as últimas palavras com tristeza, depois se levantou de sua cadeira. – Dê-lhe o meu amor – falou enquanto voltava para a casa – e diga, por favor, para ele levar os filhos à guerra.

Artur não quis levá-los.

– Dê-lhes mais um ano – falou enquanto marchávamos para longe na manhã seguinte. Tinha jantado com os gêmeos e dado pequenos presentes, mas todos notamos o jeito carrancudo com que Amhar e Loholt receberam o afeto do pai. Artur também notou, e por isso estava num azedume pouco característico enquanto marchávamos para o oeste. – Filhos nascidos de mães solteiras – disse ele após longo silêncio – têm partes da alma faltando.

– E a sua alma, senhor? – perguntei.

– Eu a remendo todas as manhãs, Derfel, pedaço por pedaço. – Ele suspirou. – Preciso dedicar tempo a Amhar e Loholt, e só os Deuses sabem onde irei arranjá-lo, porque dentro de quatro ou cinco meses serei pai de novo. Se sobreviver – acrescentou desanimado.

Então Lunete estava certa. Guinevere estava grávida.

– Fico feliz pelo senhor – falei, mas estava pensando no comentário de Lunete, sobre como Guinevere se sentia infeliz com sua situação.

– Estou feliz por mim! – Ele gargalhou, com o humor sombrio abruptamente derrotado. – E feliz por Guinevere. Vai ser bom para ela, e dentro de dez anos, Derfel, Mordred estará no trono e Guinevere e eu poderemos encontrar algum lugar feliz para criar nosso gado, nossos filhos e nossos porcos! Então serei feliz. Vou treinar Llamrei a puxar uma carroça e usarei Excalibur como aguilhão para incitar os bois do arado.

Tentei imaginar Guinevere como uma mulher de fazendeiro, até mesmo como uma rica mulher de fazendeiro, e de algum modo não consegui conjurar a imagem, mas mantive minha paz.

De Corinium fomos a Glevum, depois atravessamos o Severn e marchamos pelo coração de Gwent. Éramos uma coisa bela de se ver, porque Artur viajava deliberadamente com bandeiras voando e os cavaleiros com armaduras. Marchávamos naquele estilo elevado porque queríamos dar nova confiança ao povo do local. Agora eles não possuíam nenhuma. Todo mundo presumia que Gorfyddyd seria vitorioso, e mesmo sendo época de colheita o campo estava desanimado. Passamos por uma eira e o canto era o "Lamento de

Essylt", em vez da canção animada que dava ritmo às foices. Também notamos como cada vila, cada casa e cabana estavam estranhamente despidas de qualquer coisa valiosa. As posses iam sendo escondidas, provavelmente enterradas, de modo que os invasores de Gorfyddyd não tirassem tudo do povo.

– As toupeiras estão ficando ricas de novo – disse Artur azedamente.

Somente Artur não cavalgava com sua melhor armadura.

– Morfans está com a armadura de escamas – disse ele quando perguntei por que usava a cota de malha, de reserva. Morfans era o guerreiro feio que se tornara meu amigo na festa após a chegada de Artur a Caer Cadarn há tantos anos.

– Morfans? – perguntei, perplexo. – Como ele mereceu um presente desses?

– Não é presente, Derfel. Morfans só está usando emprestada, e durante todos os dias da semana passada esteve cavalgando perto dos homens de Gorfyddyd. Eles acham que ainda estou lá, e talvez isso lhes tenha feito hesitar, não é? Até agora, pelo menos, não tivemos notícia de qualquer ataque.

Tive de rir ao pensar no rosto horroroso de Morfans escondido atrás das peças laterais do elmo de Artur, e talvez o ardil tenha funcionado, porque, quando nos juntamos ao rei Tewdric na fortaleza romana de Magnis, o inimigo ainda não tinha saído de suas fortificações nos morros de Powys.

Vestido em sua bela armadura romana, Tewdric parecia quase um velho. Seu cabelo tinha ficado grisalho e havia em suas costas uma curvatura que não estivera lá na última vez em que eu o vira. Ele recebeu com um grunhido a notícia sobre Aelle, depois se esforçou para ser mais elogioso.

– Boas-novas – falou rudemente, depois esfregou os olhos. – Mas Deus sabe que Gorfyddyd nunca precisou de ajuda saxã para nos derrotar. Ele tem homens de sobra.

A fortaleza romana fervilhava. Armeiros faziam pontas de lanças, e cada freixo das redondezas tivera os galhos retirados para fazer cabos. Carroças com o grão recém-colhido chegavam o tempo todo, e os fornos dos padeiros queimavam ferozes como as fornalhas dos ferreiros, de modo que uma constante pira de fumaça pairava sobre as paliçadas. Mas apesar da nova colheita o exército reunido estava faminto. A maioria dos lanceiros acampara do lado de fora das muralhas, alguns a quilômetros de distância, e havia discussões constantes sobre a distribuição do pão duro e dos feijões secos. Outros contingentes reclamavam da água suja por causa das latrinas dos homens acampados rio acima. Havia doença, fome e deserção; evidências de que nem Tewdric nem Artur jamais tiveram de lidar com os problemas de um exército tão grande.

– Mas, se temos dificuldades – dizia Artur, otimista –, imagine os problemas de Gorfyddyd.

– Eu preferiria ter os problemas dele aos meus – disse Tewdric, carrancudo.

Meus lanceiros, ainda sob o comando de Galahad, estavam acampados 12 quilômetros ao norte de Magnis, onde Agrícola, o comandante de Tewdric, mantinha vigilância aos morros que marcavam a fronteira entre Gwent e Powys. Senti uma pontada de felicidade ao ver de novo seus elmos com caudas de lobos. Depois do derrotismo no campo era subitamente bom pensar que aqui, finalmente, estavam homens que jamais seriam derrotados. Nimue veio comigo, e meus homens se agruparam ao redor para que ela tocasse as pontas de suas lanças e as lâminas das espadas, para lhes dar força. Até os cristãos, observei, queriam seu toque pagão. Ela estava fazendo o serviço de Merlin, e como sabiam que viera da Ilha dos Mortos, pensavam que era quase tão poderosa quanto seu senhor.

Agrícola me recebeu dentro de uma barraca, a primeira que eu já vira. Era um negócio espantoso, com um alto mastro central e quatro paus nos cantos sustentando uma cúpula de linho que filtrava a luz do sol, de modo que o cabelo curto e cinzento de Agrícola parecia estranhamente amarelo. Estava usando sua armadura romana, sentado atrás de uma mesa coberta com pedaços de pergaminho. Era um homem sério, e seu cumprimento foi superficial, mas acrescentou um elogio sobre meus homens.

– Eles são confiantes. Mas o inimigo também é, e há um número muito maior deles do que de nós. – Seu tom de voz era sério.

– Quantos?

Agrícola pareceu ofendido por meus modos diretos, mas eu não era mais o garoto vendo pela primeira vez o comandante guerreiro de Gwent. Agora eu também era um lorde, comandante de homens, e tinha direito de saber que chances esses homens enfrentavam. Ou talvez não tenha sido meu tom direto que irritou Agrícola, e sim o fato de que ele não queria ser lembrado da preponderância do inimigo. Mas finalmente falou o número.

– Segundo nossos espiões, Powys reuniu seiscentos lanceiros de sua própria terra. Gundleus trouxe mais 250 de Silúria, talvez mais. Ganval de Elmet mandou duzentos homens, e só os Deuses sabem quantos homens sem senhores passaram para a bandeira de Gorfyddyd em troca de uma parte dos espólios. – Os homens sem senhores eram bandidos, exilados, assassinos e selvagens atraídos a um exército pela pilhagem que poderiam obter na batalha. Esses homens eram temidos porque nada tinham a perder, e tudo a ganhar. Eu duvidava de que tivéssemos muitos deles do nosso lado, não só porque esperavam que perdêssemos, mas porque tanto Tewdric quanto Artur eram mal dispostos com relação a criaturas assim. Mas, curiosamente, muitos dos melhores cavaleiros de Artur tinham sido homens daqueles. Guerreiros como Sagramor haviam lutado nos exércitos romanos que foram desbaratados pelos selvagens que invadiram a Itália, e o gênio juvenil de Artur pôde transformar aqueles mercenários sem senhores num bando de guerreiros.

– Há mais – prosseguiu Agrícola em tom agourento. – O reino de Cornóvia doou homens, e ontem mesmo soubemos que Oengus Mac Airem, de Demetia, veio com um bando de seus Escudos Pretos; talvez uns cem. E outro relatório diz que os homens de Gwynedd se juntaram a Gorfyddyd.

– E *levies*? – perguntei.

Agrícola deu de ombros.

– Quinhentos, seiscentos? Talvez até mil. Mas eles não virão antes do fim da colheita.

Eu estava começando a desejar que não tivesse perguntado.

– E os nossos números, senhor?

– Agora que Artur chegou... – Ele fez uma pausa. – Setecentas lanças.

Fiquei quieto. Não era de espantar, pensei, que os homens de Gwent e da Dumnonia enterrassem seus tesouros e sussurrassem que Artur deveria deixar a Britânia. Estávamos diante de uma horda.

– Eu agradeceria que você não falasse por aí sobre esses números, certo? – disse Agrícola acidamente, como se a ideia de gratidão fosse absolutamente estranha ao seu pensamento. – Já temos deserções suficientes. Se houver mais, podemos muito bem começar a cavar nossas sepulturas.

– Nenhum homem meu desertou – insisti.

– Não – admitiu ele –, ainda não. – Em seguida, se levantou e pegou sua espada romana curta que estava pendurada num mastro da tenda, depois parou na porta, de onde lançou um olhar maligno para os morros do inimigo. – Os homens dizem que você é amigo de Merlin.

– Sim, senhor.

– Ele virá?

– Não sei, senhor.

Agrícola grunhiu.

– Rezo para que ele venha. Alguém precisa falar com esse exército e enfiar tino na cabeça deles. Todos os comandantes foram convocados a Magnis esta noite. Um conselho de guerra – falou ele azedamente, como se soubesse que esses conselhos produziam mais discussões do que camaradagem. – Esteja lá ao pôr do sol.

Galahad foi comigo. Nimue permaneceu com meus homens, porque sua presença lhes dava confiança, e fiquei satisfeito porque ela não foi, já que o conselho foi aberto por uma oração do bispo Conrad de Gwent, que parecia imbuído do derrotismo enquanto implorava ao seu Deus para nos dar força diante do inimigo poderosíssimo. Galahad, com os braços abertos na postura de oração dos cristãos, rezou com o bispo enquanto nós, pagãos, murmurávamos que não deveríamos rezar pedindo forças, e sim vitória. Desejei que tivéssemos alguns druidas, mas Tewdric, um cristão, não empregava nenhum, e Balise, o velho que comparecera à aclamação de Mordred, tinha morrido durante o primeiro inverno que passei em Benoic. Agrícola estava certo em esperar que Merlin viesse, porque ter um exército sem druidas era dar vantagem ao inimigo.

Havia cerca de quarenta ou cinquenta homens no conselho, todos éramos chefes tribais ou líderes. Reunimo-nos no despido salão de pedra da casa de banhos de Magnis, que me lembrou da igreja de Ynys Wydryn. O rei Tewdric, Artur, Agrícola e o filho de Tewdric, o edling Meurig, sentaram-se à mesa sobre uma plataforma de pedra. Meurig tinha crescido e se transformado numa criatura pálida que parecia infeliz em sua armadura romana mal-ajustada. Tinha idade suficiente para lutar, mas com o jeito nervoso parecia inadequado para a batalha. Piscava constantemente, como se tivesse acabado de sair de um cômodo escuro para a luz do sol, e ficava remexendo numa pesada cruz de ouro pendurada no pescoço. Somente Artur, dentre todos os comandantes, não estava vestido com equipamento de guerra, parecia relaxado em suas roupas de camponês.

Os guerreiros saudaram e bateram com os cabos das lanças quando o rei Tewdric anunciou que aparentemente os saxões tinham se retirado da fronteira leste, mas foi a última saudação durante muito tempo naquela noite, porque então Agrícola se levantou e fez sua avaliação curta e grossa dos dois exércitos. Não listou todos os contingentes menores do inimigo, mas mesmo sem esses acréscimos estava claro que o exército de Gorfyddyd era duas vezes maior do que o nosso.

– Só temos de matar duas vezes mais rápido! – gritou Morfans, do fundo. Ele havia devolvido a armadura de escamas a Artur, jurando que apenas um herói podia usar aquela quantidade de metal e ainda lutar. Agrícola ignorou a interrupção, acrescentando que a colheita deveria estar completa em uma semana, e que então os *levies* de Gwent fariam nosso número aumentar. Ninguém pareceu animado com essa notícia.

O rei Tewdric propôs que lutássemos contra Gorfyddyd sob as muralhas de Magnis.

– Deem-me uma semana – disse ele –, e encherei esta fortaleza de tal modo com a nova colheita que Gorfyddyd nunca poderá nos arrancar. Lutemos aqui – ele fez um gesto para a escuridão do outro lado das portas – e se a batalha continuar entramos dentro dos portões e deixamos que eles desperdicem lanças contra as paliçadas de madeira.

Esse era o modo de guerra que Tewdric preferia e que aperfeiçoara há muito: guerra de cerco, onde podia usar o trabalho dos engenheiros romanos, mortos há muito, para frustrar lanças e espadas. Um murmúrio de concordância ressoou no salão, e esse murmúrio cresceu quando Tewdric disse ao conselho que Aelle podia muito bem estar planejando atacar Ratae.

– Se pararmos Gorfyddyd aqui – disse um homem –, ele correrá de volta para o norte quando souber que Aelle está passando por sua porta dos fundos.

– Aelle não lutará minha batalha – falou Artur pela primeira vez, e o salão ficou quieto. Artur parecia embaraçado por ter falado com tanta firmeza. Deu um sorriso de desculpas para o rei Tewdric e perguntou exatamente onde as forças do inimigo estavam reunidas. Artur já sabia, claro, mas estava fazendo a pergunta para que o resto de nós soubesse a resposta.

Agrícola respondeu por Tewdric.

– Seus homens de frente estão entre o morro de Coel e Caer Lud, e o grosso do exército está reunido em Branogenium. Mais homens vêm marchando de Caer Sws.

Os nomes significavam pouco para nós, mas Artur parecia entender a geografia.

– Então eles guardam os morros entre nós e Branogenium?

– Cada passagem e cada topo de colina – confirmou Agrícola.

– Quantos estão no vale de Lugg?

– Pelo menos duzentos dos melhores lanceiros. Eles não são tolos, senhor – acrescentou Agrícola azedamente.

Artur se levantou. Nesses conselhos ele sempre estava em sua melhor forma, facilmente dominando multidões de homens facciosos. Sorriu para nós.

– Os cristãos vão entender isso melhor – falou, sutilmente elogiando os homens que tinham mais probabilidade de se opor a ele.

– Imaginem uma cruz cristã. Aqui em Magnis estamos no pé da cruz. O eixo da cruz é a estrada que segue para o norte, de Magnis a Branogenium, e o travessão é composto pelas colinas que cruzam essa estrada, e o vale de Lugg está no centro da cruz. O vale é onde a estrada e o rio atravessam os montes.

Saiu de trás da mesa e se sentou na frente dela, de modo a estar mais perto de sua plateia.

– Quero que pensem numa coisa. – A luz das tochas nas paredes lançavam sombras em suas faces compridas, mas os olhos estavam brilhantes e o tom enérgico. – Todo mundo sabe que devemos perder esta batalha. Estamos em menor número. Por isso esperamos aqui que Gorfyddyd nos ataque. Esperamos e alguns de nós ficam desanimados e levam as lanças para casa. Outros ficam doentes. E todos pensamos naquele grande exército que está se reunindo na tigela dos morros em volta de Branogenium e tentamos não imaginar nossa parede de escudos atacada pelos flancos e o inimigo vindo para nós de três lados ao mesmo tempo. Mas pensem no inimigo! Eles esperam também, mas enquanto esperam ficam mais fortes! Chegam homens de Cornóvia, de Elmet, de Demetia, de Gwynedd. Homens sem terra vêm ganhar terra, e homens sem senhores vêm pilhar. Sabem que vencerão e sabem que esperamos como camundongos presos por uma tribo de gatos.

Ele sorriu de novo e se levantou.

– Mas não somos camundongos. Temos alguns dos maiores guerreiros que já empunharam uma lança. Temos campeões! – Os aplausos começaram. – Podemos matar gatos! E sabemos como arrancar suas peles! Mas... – esta última palavra interrompeu os gritos seguintes assim que eles começaram – não se esperarmos aqui para sermos atacados. Se esperarmos aqui, atrás das muralhas de Magnis, o que acontecerá? O inimigo vai marchar em volta de nós. Nossas casas, nossas mulheres, nossos filhos, nossas terras, nossos rebanhos e nossa nova colheita se tornarão deles, e só nos transformamos em ratos numa armadilha. Precisamos atacar, e atacar logo.

Agrícola esperou que os aplausos dumnonianos terminassem.

– Atacar onde? – perguntou azedamente.

– Onde eles menos esperam, senhor, em seu lugar mais forte. O vale de Lugg. Subindo direto pela cruz! Direto ao coração! – Ele levantou uma das mãos para interromper os aplausos. – O vale é um lugar estreito, onde nenhuma parede de escudos pode ser flanqueada. A estrada atravessa o rio num vau ao norte do vale. – Ele franzia a testa ao falar, tentando se lembrar de um local que vira apenas uma vez na vida, mas Artur tinha memória de soldado no que se referia a terrenos, e só precisava ver um lugar uma vez. – Precisaríamos pôr homens no morro do oeste para impedir que os arqueiros deles façam chover flechas para baixo, mas assim que estivermos no vale juro que não poderemos ser desalojados.

Agrícola objetou.

– Podemos nos sustentar – concordou –, mas como chegaremos? Eles têm duzentos lanceiros lá, talvez mais, mas até cem homens podem sustentar aquele vale o dia inteiro. Quando tivermos lutado até a extremidade mais distante do vale, Gorfyddyd terá trazido sua horda de Branogenium. Pior, os irlandeses Escudos Pretos que estão no morro de Coel vão marchar para o sul das colinas e atacar nossa retaguarda. Talvez não sejamos desalojados, senhor, mas seremos mortos onde estivermos.

– Os irlandeses no morro de Coel não importam – disse Artur descuidadamente. Ele estava empolgado e não conseguia ficar quieto; começou a andar de um lado para o outro na plataforma, explicando e adulando. – Eu imploro, senhor rei – falou a Tewdric –, pense no que acontecerá se ficarmos aqui. O inimigo virá, vamos recuar para as muralhas inexpugnáveis e eles atacarão nossas terras. No meio do inverno estaremos vivos, mas todas as outras pessoas em Gwent ou na Dumnonia continuarão vivas? Não. Aqueles morros ao sul de Branogenium são as muralhas de Gorfyddyd. Se rompermos essas muralhas ele terá de lutar conosco, e se lutar no vale de Lugg será um homem derrotado.

– Os duzentos homens dele no vale de Lugg vão nos impedir – insistiu Agrícola.

– Eles desaparecerão como a névoa! – proclamou Artur, cheio de confiança. – São duzentos homens que nunca enfrentaram cavalos com armaduras em batalha.

Agrícola balançou a cabeça.

– O vale está barrado por uma parede de árvores caídas. Os cavalos armados serão retidos. – Ele parou para bater com o punho na palma virada para cima. – Mortos. – Agrícola disse a palavra categoricamente, e seu tom definitivo fez Artur se sentar. Havia o cheiro de derrota no salão. Do lado de fora dos banhos, onde os ferreiros trabalhavam noite e dia, ouvi o sibilar de uma lâmina recém-forjada sendo posta na água.

– Será que eu teria permissão de falar? – Quem disse isso foi Meurig, filho de Tewdric. Ele possuía uma voz estranhamente aguda, quase petulante, e evidentemente era míope, porque espremia os olhos e inclinava a cabeça sempre que queria olhar alguém na parte principal do salão. – O que eu gostaria de perguntar – disse quando o pai lhe deu permissão de se dirigir ao conselho – é: por que lutamos? – Ele piscou rapidamente quando a pergunta foi feita.

Ninguém respondeu. Talvez todos estivéssemos pasmos demais com a pergunta.

– Deixem-me, permitam-me, consintam que eu explique – disse Meurig em tom pedante. Ele podia ser jovem, possuir a confiança de um príncipe, mas achei irritante a falsa modéstia com que envolvia seus pronunciamentos. – Lutamos contra Gorfyddyd, corrijam-me se eu estiver errado, devido à nossa antiga aliança com a Dumnonia. Esta aliança nos serviu bem, sem dúvida, mas Gorfyddyd, pelo que entendo, não tem desígnios com relação ao trono da Dumnonia.

Um rosnado brotou de nós, dumnonianos, mas Artur levantou a mão pedindo silêncio, depois fez um gesto para que Meurig continuasse. Meurig piscou e segurou sua cruz.

– Fico imaginando: por que nós lutamos? O que temos, se é que posso verbalizar assim, como *casus belli*?

– Calças velhas? – gritou Culhwch. Culhwch tinha me visto quando cheguei, e atravessou o salão para me dar as boas-vindas. Agora pôs a boca perto do meu ouvido. – Os sacanas têm escudos finos, Derfel, e estão procurando uma rota de fuga.

Artur se levantou de novo e falou cortesmente com Meurig.

– O motivo da guerra, senhor príncipe, é o juramento feito por seu pai, de preservar o trono do rei Mordred, e o desejo evidente do rei Gorfyddyd de tirar esse trono do meu rei.

Meurig deu de ombros.

– Mas... corrija-me por favor, eu imploro. Mas pelo modo como entendo essas coisas, Gorfyddyd não deseja destronar o rei Mordred.

– Você sabe disso? – gritou Culhwch.

– Há indicações – disse Meurig, irritado.

– Os sacanas andam falando com o inimigo – sussurrou Culhwch em meu ouvido. – Já recebeu uma facada nas costas, Derfel? Artur está recebendo uma agora.

Artur ficou calmo.

– Que indicações? – perguntou afavelmente.

O rei Tewdric tinha ficado em silêncio enquanto o filho falava, prova de que dera a permissão para Meurig sugerir, ainda que delicadamente, que Gorfyddyd deveria ser aplacado e não confrontado, mas agora, parecendo velho e exausto, o rei assumiu o controle do salão.

– Não há indicações, senhor, das quais eu queira depender minha estratégia. Entretanto – e quando Tewdric pronunciou essa palavra tão enfaticamente todos soubemos que Artur tinha perdido o debate –, entretanto, senhor, estou convencido de que não precisamos provocar Powys desnecessariamente. Vejamos se não podemos ter paz. – Ele fez uma pausa, quase como se temesse que a palavra iria irritar Artur, mas Artur ficou quieto. Tewdric suspirou. – Gorfyddyd luta – disse lenta e cuidadosamente – por causa de um insulto causado à sua família. – De novo ele parou, temendo que sua objetividade pudesse ter ofendido Artur, mas este jamais foi homem de fugir da responsabilidade e assentiu relutante diante a franqueza de Tewdric. – Ao passo que nós lutamos para manter o juramento que fizemos ao Grande Rei Uther. Um juramento pelo qual prometemos preservar o trono de Mordred. Eu, por mim, não violarei esse juramento.

– Nem eu! – gritou Artur.

– Mas, lorde Artur, e se o rei Gorfyddyd não tiver desígnios com relação a esse trono? – perguntou o rei Tewdric. – Se ele estiver pensando em manter Mordred no trono, por que devemos lutar?

Houve um tumulto no salão. Nós, dumnonianos, farejamos traição, os homens de Gwent farejaram uma saída da guerra, e durante um tempo gritamos uns contra os outros até que por fim Artur restabeleceu a ordem batendo na mesa.

– O último emissário que mandei a Gorfyddyd teve a cabeça mandada de volta num saco. Está sugerindo, senhor rei, que mandemos outro?

Tewdric balançou a cabeça.

– Gorfyddyd está se recusando a receber meus enviados. Eles são mandados de volta na fronteira. Mas, se esperarmos aqui e deixarmos o exército dele desperdiçar os esforços contra as nossas muralhas, acredito que ele ficará desencorajado e negociará.

Seus homens murmuraram concordando.

Mais uma vez Artur tentou dissuadir Tewdric. Conjurou uma imagem de nosso exército enraizado atrás de muralhas enquanto a horda de Gorfyddyd pilhava as fazendas onde a colheita era recente, mas os homens de Gwent não se comoveram com sua oratória nem sua paixão. Só viam paredes de escudos atacadas pelos flancos e campos de mortos, e assim se agarraram à crença de seu rei, de que a paz viria se recuassem para Magnis e deixassem Gorfyddyd exaurir seus homens batendo-se contra muralhas fortes. Começaram a exigir a concordância de Artur, e vi a dor no rosto dele. Tinha perdido. Se esperasse aqui Gorfyddyd exigiria sua cabeça. Se fugisse para a Armórica viveria, mas estaria abandonando Mordred e seu sonho de uma Britânia justa e unida. O clamor no salão ficou mais alto, e foi então que Galahad se levantou e gritou pedindo a chance de ser ouvido.

Tewdric apontou para Galahad, que primeiro se apresentou.

– Sou Galahad, senhor rei, príncipe de Benoic. Se o rei Gorfyddyd não quer receber enviados de Gwent ou da Dumnonia, certamente não recusará um da Armórica, não é? Deixe-me ir a Caer Sws, senhor rei, e perguntar o que Gorfyddyd pretende fazer com Mordred. E se eu for, senhor rei, o senhor aceitaria minha palavra com relação a esse veredicto?

Tewdric ficou feliz em aceitar. Ficava feliz com qualquer coisa que pudesse evitar a guerra, mas continuava ansioso pela concordância de Artur.

– Suponha que Gorfyddyd decrete que Mordred está em segurança – sugeriu ele a Artur. – O que você fará?

Artur olhou para a mesa. Estava perdendo o seu sonho, mas não podia dizer uma mentira para salvar esse sonho, por isso ergueu os olhos com um sorriso triste.

– Nesse caso, senhor rei, deixo a Britânia e entrego Mordred aos seus cuidados.

De novo nós, dumnonianos, gritamos em protesto, mas dessa vez Tewdric nos silenciou.

– Não sabemos que resposta o príncipe Galahad vai trazer, mas isto eu prometo: se o trono de Mordred estiver ameaçado, eu, o rei Tewdric, lutarei. Se não? Não vejo motivo para lutar.

E com essa promessa tivemos de ficar contentes. Parecia que a guerra dependia da resposta de Gorfyddyd. Para descobri-la, na manhã seguinte Galahad viajou para o norte.

FUI COM GALAHAD. Ele não queria que eu fosse, dizendo que minha vida correria perigo, mas discuti com ele como nunca tinha feito antes. Também pedi a Artur, dizendo que pelo menos um dumnoniano deveria ouvir Gorfyddyd declarando suas intenções relativas ao nosso rei, e Artur defendeu minha posição diante de Galahad, que finalmente cedeu. Afinal de contas, éramos amigos, ainda que pela minha segurança Galahad insistisse em me levar como se eu fosse seu, serviçal, carregando seu símbolo em meu escudo.

Você não tem símbolo – falei.

– Tenho agora – disse ele e ordenou que nossos escudos fossem pintados com cruzes. – Por que não? – perguntou ele. – Sou cristão.

– Parece errado – falei. Eu estava acostumado aos escudos dos guerreiros terem brasões com touros, águias, dragões e cervos, não com uma peça dissecada de geometria religiosa.

– Eu gosto, e além disso você é agora meu humilde serviçal, Derfel, por isso sua opinião não me interessa. Nem um pouco. – Ele riu e se desviou do soco que dei em seu braço.

Fui forçado a cavalgar até Caer Sws. Em todos os meus anos com Artur nunca me acostumei a montar nas costas de um cavalo. Para mim sempre parecia natural montar bem atrás num cavalo, mas assim era impossível aferrar os flancos do animal com os joelhos, para isso era preciso deslizar para a frente até estar empoleirado logo atrás do pescoço dele, com os pés pendendo no ar atrás das patas dianteiras. No final me acostumei a enfiar um dos pés na barrigueira, uma postura que ofendia Galahad, orgulhoso de sua habilidade ao montar.

– Monte direito! – dizia ele.

– Mas não tenho onde pôr os pés!

– O cavalo já tem quatro. Quantos mais você quer?

Fomos até Caer Lud, a principal fortaleza de Gorfyddyd nos morros de fronteira. A cidade ficava numa colina junto à curva de um rio, e percebemos que as sentinelas de lá estavam menos cautelosas do que as que guardavam a estrada romana no vale de Lugg. Mesmo assim não anunciamos nosso objetivo verdadeiro em Powys, simplesmente nos declaramos como homens sem terra vindos da Armórica, procurando entrar no país de Gorfyddyd. Os guardas, ao descobrir que Galahad era um príncipe, insistiram em escoltá-lo até o comandante, e assim nos levaram através da cidade que estava cheia de homens armados, cujas lanças se juntavam em cada porta e cujos elmos se empilhavam sob todos os bancos das tavernas. O comandante da cidade era um homem atormentado que claramente odiava as responsabilidades de governar uma guarnição inchada pela iminência da guerra.

– Soube que vocês deveriam ser da Armórica quando vi seus escudos, senhor príncipe – disse ele a Galahad. – Um símbolo estranho aos nossos olhos provinciais.

– Um símbolo honrado aos meus – disse Galahad seriamente, sem me encarar.

– Certamente, certamente – disse o comandante. Seu nome era Halsyd. – E claro que o senhor é bem-vindo, senhor príncipe. Nosso Grande Rei dá as boas-vindas a todos... – Ele parou, embaraçado. Ia dizer que Gorfyddyd dava as boas-vindas a todos os guerreiros sem terras, mas essa expressão era muito próxima de um insulto quando pronunciada para um príncipe despossuído de um reino armórico. – A todos os homens corajosos – disse o comandante. – Por acaso o senhor não está pensando em ficar aqui, está? – Ele estava preocupado com a hipótese de sermos mais duas bocas famintas numa cidade já com dificuldades para alimentar a guarnição atual.

– Eu preferiria viajar a Caer Sws. Com meu serviçal. – Galahad apontou para mim.

– Que os Deuses apressem seu caminho, senhor príncipe.

E assim entramos no país inimigo. Cavalgamos por vales calmos onde o trigo recém-cortado criava padrões nos campos e os pomares estavam pesados com as maçãs amadurecendo. No dia seguinte estávamos entre os morros, seguindo uma estrada de terra que serpenteava através de grandes trechos de floresta úmida até que, finalmente, subimos acima das árvores e atravessamos o passo que levava à capital de Gorfyddyd, abaixo. Senti um tremor nos nervos quando vi as muralhas de terra de Caer Sws. O exército de Gorfyddyd podia estar se reunindo em Branogenium, a cerca de 60 quilômetros dali, mas ainda assim a terra em volta de Caer Sws estava apinhada de soldados. As tropas tinham armado abrigos grosseiros com paredes de pedra cobertas de turfa, e os abrigos rodeavam a fortaleza de cujas paredes voavam oito bandeiras, mostrando que homens de oito reinos serviam nas fileiras crescentes de Gorfyddyd.

– Oito? – perguntou Galahad. – Powys, Silúria, Elmet, mas quem mais?

– Cornóvia, Demetia, Gwynedd, Rheged e os Escudos Pretos de Demetia – falei, encerrando a lista sinistra.

– Não é de espantar que Tewdric queira a paz – disse Galahad em voz baixa, maravilhado com a quantidade de homens acampados a cada lado do rio que corria junto à capital inimiga.

Cavalgamos descendo até aquela colmeia de ferro. Crianças nos seguiam, curiosas com nossos escudos estranhos, enquanto suas mães nos observavam, cheias de suspeitas, das aberturas sombreadas de seus abrigos. Os homens nos olhavam brevemente, percebendo nossa insígnia estranha e a qualidade de nossas armas, mas nenhum nos questionou até chegarmos aos portões de Caer Sws, onde a guarda real de Gorfyddyd barrou nosso caminho com pontas de lanças polidas.

– Sou Galahad, príncipe de Benoic – anunciou Galahad com grandiosidade. – Vim ver meu primo, o Grande Rei.

– Ele é seu primo? – perguntei num sussurro.

– É como nós, da realeza, falamos – sussurrou ele de volta.

A cena dentro da área do palácio explicava de certa forma por que tantos soldados estavam reunidos em Caer Sws. Três altas estacas tinham sido enfiadas na terra e agora esperavam as cerimônias formais que precediam a guerra. Powys era um dos reinos menos cristãos, e ali os rituais antigos eram realizados cuidadosamente. Suspeitei de que muitos dos soldados acampados fora das muralhas teriam sido chamados de Branogenium para especificamente testemunhar os rituais e assim informar aos camaradas que os Deuses tinham sido aplacados. Não haveria pressa na invasão de Gorfyddyd, tudo seria feito metodicamente, e Artur, pensei, provavelmente estava certo ao pensar que tal empreendimento poderia ser desequilibrado por um ataque de surpresa.

Nossos cavalos foram levados por serviçais e então, depois de um conselheiro ter interrogado Galahad e determinado que ele era realmente quem afirmava ser, fomos levados para o grande salão. O porteiro pegou nossos escudos, espadas e lanças, e os acrescentou à pilha de armas semelhantes pertencentes aos homens que já estavam reunidos no salão de Gorfyddyd.

Mais de cem homens se reuniam entre as atarracadas colunas de carvalho onde estavam pendurados crânios humanos, para mostrar que o reino estava em guerra. Os homens abaixo daqueles crânios risonhos eram os reis, príncipes, lordes, chefes e campeões dos exércitos reunidos. A única mobília no salão era a fileira de tronos postos num tablado na extremidade mais distante e escura, onde Gorfyddyd estava sentado junto ao seu símbolo, a águia, e perto dele, mas num trono mais baixo, estava Gundleus. A simples visão do rei de Silúria fez pulsar a cicatriz na minha mão esquerda. Tanaburs estava agachado ao lado de Gundleus enquanto Gorfyddyd tinha Iorweth, seu próprio druida, ao lado direito. Cuneglas, o edling de Powys, ocupava um terceiro trono e era flanqueado por reis que eu não reconhecia. Não havia nenhuma mulher presente. Sem dúvida este era um conselho de guerra, ou pelo menos uma chance para os homens alardearem a vitória que estava para ser deles. Os homens se vestiam com cotas de malha e armaduras de couro.

Paramos no fundo do salão e vi Galahad murmurar uma prece silenciosa ao seu Deus. Um cão caçador de lobos, com uma das orelhas mordida e o quadril cheio de cicatrizes, farejou nossas botas, depois voltou para o seu dono, que estava com os outros guerreiros no chão de terra coberto de junco. Num canto distante do salão, um bardo cantava baixinho uma canção de guerra, mas sua recitação em *staccato* era ignorada pelos homens que ouviam Gundleus descrever as forças que ele esperava que viriam de Demetia. Um chefe, evidentemente um homem que tinha sofrido com os irlandeses no passado, protestou dizendo que Powys não tinha necessidade da ajuda dos Escudos Pretos para derrotar Artur e Tewdric, mas seu protesto foi interrompido por um gesto abrupto de Gorfyddyd. Eu imaginava que seríamos forçados a esperar enquanto o conselho terminava suas outras deliberações, mas não tivemos de aguardar mais de um minuto antes de sermos conduzidos pelo centro do salão até o espaço aberto diante de Gorfyddyd. Olhei para Gundleus e Tanaburs, mas nenhum dos dois me reconheceu.

Ajoelhamo-nos e esperamos.

– Levantem-se – disse Gorfyddyd. Obedecemos e de novo olhei seu rosto amargo. Ele não tinha mudado muito nos anos desde que eu o vira pela última vez. Seu rosto estava tão inchado e cheio de suspeitas como quando Artur viera pedir a mão de Ceinwyn, ainda que a doença nos últimos anos tivesse embranquecido seu cabelo e a barba. A barba era rala e não podia esconder uma papeira que agora desfigurava sua garganta. Ele nos olhou cautelosamente. – Galahad – falou em voz rouca –, príncipe de Benoic. Ouvimos falar de Lancelot, seu irmão, mas não de você. Como seu irmão, você é um dos cachorrinhos de Artur?

– Não sou ligado por juramento a homem nenhum, senhor rei – disse Galahad –, a não ser ao meu pai, cujos ossos foram pisoteados por seus inimigos. Eu não tenho terra.

Gorfyddyd se remexeu no trono. Sua manga esquerda, esvaziada, pendia ao lado do braço da cadeira, uma lembrança sempre presente de seu odiado inimigo, Artur.

– Então veio até mim por causa de terra, Galahad de Benoic? Muitos outros vieram com o mesmo propósito – alertou, fazendo um gesto para o salão apinhado. – Mas ouso dizer que há terra suficiente para todos na Dumnonia.

– Venho, senhor rei, trazendo livremente os cumprimentos do rei Tewdric de Gwent.

Isso causou uma agitação no salão. Os homens ao fundo, que não tinham escutado o anúncio de Galahad, pediram que ele fosse repetido, e o murmúrio das conversas continuou durante vários segundos. Cuneglas, filho de Gorfyddyd, ergueu os olhos, incisivamente. Seu rosto redondo, com o bigode comprido e escuro, parecia preocupado, e não era de espantar, pensei, porque Cuneglas era como Artur, um homem que ansiava pela paz, mas quando Artur desprezou Ceinwyn também destruiu as esperanças de Cuneglas, e agora o edling de Powys só podia acompanhar o pai à guerra que ameaçava lançar na destruição os reinos do Sul.

– Parece que nossos inimigos estão perdendo a fome de batalha – disse Gorfyddyd. – Por que outro motivo Tewdric manda cumprimentos?

– O rei Tewdric não teme homem algum, Grande Rei, mas ama a paz mais ainda – disse Galahad, usando cuidadosamente o título que Gorfyddyd dera a si próprio numa antecipação da vitória.

O corpo de Gorfyddyd se sacudiu por um momento e pensei que ele ia vomitar, depois percebi que estava rindo.

– Nós, reis, só amamos a paz – disse Gorfyddyd enfim – quando a guerra se torna inconveniente para nós. Esta reunião, Galahad de Benoic – ele fez um gesto para a multidão de chefes e príncipes –, explicará o novo amor de Tewdric pela paz . – Ele parou, tomando fôlego. – Até agora, Galahad de Benoic, recusei-me a receber as mensagens de Tewdric. Por que deveria recebê-las? Uma águia ouve um cordeiro que bale pedindo misericórdia? Dentro de alguns dias pretendo ouvir todos os homens de Gwent balindo pela paz, mas, por enquanto, já que veio de tão longe, você pode me divertir. O que Tewdric oferece?

– Paz, senhor rei, apenas paz.

Gorfyddyd cuspiu.

– Você não tem terra, Galahad, e está com as mãos vazias. Tewdric acha que a paz vem de graça? Tewdric acha que gastei sem motivo o ouro do meu reino num exército? Ele me acha um idiota?

– Ele acha, senhor rei, que o sangue derramado entre os britânicos é sangue desperdiçado.

– Você fala como uma mulher, Galahad de Benoic. – Gorfyddyd pronunciou o insulto numa voz deliberadamente alta, de modo que o salão ecoou com zombarias e gargalhadas. – Mesmo assim – continuou quando o riso diminuiu –, você deve levar alguma resposta ao rei de Gwent, então que seja. – Ele fez uma pausa para compor seus pensamentos. – Diga a Tewdric que ele é um carneiro chupando a teta seca da Dumnonia. Diga que minha briga não é com ele, mas com Artur, então diga a Tewdric que ele pode ter sua paz com duas condições: primeiro, deixar meu exército passar por suas terras sem qualquer impedimento, e segundo, que ele me dê grãos suficientes para alimentar mil homens durante dez dias. – Os guerreiros no salão ficaram boquiabertos, porque eram termos generosos, mas também inteligentes. Se Tewdric aceitasse ele evitaria o saque de seu país e tornaria mais fácil a invasão de Gorfyddyd a Dumnonia. – Você tem poderes, Galahad de Benoic, para aceitar estes termos?

– Não, senhor rei, apenas para perguntar que termos o senhor ofereceria e perguntar o que pretende fazer com Mordred, rei da Dumnonia, a quem Tewdric jurou proteger.

Gorfyddyd adotou um olhar ferido.

– Pareço um homem que guerreia contra crianças? – perguntou, depois se levantou e avançou até a beira do tablado dos tronos. – Minha briga é com Artur – disse, não somente para nós, mas para todo o salão –, que preferiu se casar com uma prostituta de Henis Wyren a se casar com minha filha. Algum homem deixaria tal insulto sem vingança? – O salão rugiu em resposta. – Artur é um carreirista, filho de prostituta, e para uma prostituta retornou! Enquanto proteger o amante de prostitutas, Gwent será nosso inimigo. Enquanto lutar pelo amante de prostitutas, a Dumnonia será nossa inimiga. E nosso inimigo será o generoso provedor de nosso ouro, nossos escravos, nossa comida, nossa terra, nossas mulheres e nossa glória! Mataremos Artur e poremos sua prostituta para trabalhar em nossos alojamentos. – Ele esperou até que os gritos morressem, depois olhou imperiosamente para Galahad. – Diga isso a Tewdric, Galahad de Benoic, e depois diga a Artur.

– Derfel pode dizer a Artur – falou uma voz no salão e virei-me para ver Ligessac, o dissimulado Ligessac, que um dia fora comandante da guarda de Norwenna e agora era um traidor a serviço de Gundleus. Ele apontou para mim.

– Esse homem é jurado a Artur, Grande Rei. Juro por minha vida.

O salão fervilhou com ruídos. Eu podia ouvir homens gritando que eu era um espião e outros exigindo minha morte. Tanaburs me olhava atentamente, tentando ver para além de minha barba comprida e loura e de meu bigode espesso, e de repente me reconheceu e gritou:

– Matem-no! Matem-no!

Os guardas de Gorfyddyd, os únicos homens armados no salão, correram para mim. Gorfyddyd fez seus lanceiros pararem usando a mão erguida que lentamente silenciou a multidão ruidosa.

– Você é ligado por juramento ao amante de prostitutas? – perguntou o rei numa voz perigosa.

– Derfel está a meu serviço, Grande Rei – insistiu Galahad.

Gorfyddyd apontou para mim.

– Ele responderá. Você é jurado a Artur?

Eu não podia mentir sobre um juramento.

– Sim, senhor rei.

Gorfyddyd desceu da plataforma pisando com força e esticou o braço único na direção de um guarda, mas continuou me olhando.

– Você sabe, cão, o que fizemos com o último mensageiro de Artur?

– Mataram-no, senhor rei.

– Mandei a cabeça dele, cheia de vermes, para o amante de prostitutas, foi o que fiz. Venha, depressa! – disse rispidamente ao guarda mais próximo que não sabia o que pôr na mão esticada de seu rei. – Sua espada, idiota! – disse Gorfyddyd e o guarda desembainhou rapidamente a espada e entregou o punho da arma ao rei.

– Senhor rei. – Galahad se adiantou, mas Gorfyddyd girou a lâmina de modo que ela parou a centímetros dos olhos de Galahad.

– Tenha cuidado com o que diz em meu salão, Galahad de Benoic – rosnou Gorfyddyd.

– Peço pela vida de Derfel. Ele não está aqui como espião, mas como emissário da paz.

– Não quero a paz! – gritou Gorfyddyd para Galahad. – A paz não é o meu prazer! Quero ver Artur chorando como minha filha chorou. Entende isso? Quero ver as lágrimas dele! Quero vê-lo implorando como ela implorou comigo. Quero vê-lo se arrastar, quero vê-lo morto e sua prostituta dando prazer aos meus homens. Nenhum emissário de Artur é bem-vindo aqui, e Artur sabe disso! E você sabia disso! – Ele gritou as últimas palavras enquanto girava a espada para meu rosto.

– Mate-o! Mate-o! – Tanaburs saltava em seu manto bordado com desenhos confusos, de modo que os ossos nos cabelos chocalhavam como feijões num pote.

– Toque nele, Gorfyddyd – disse uma nova voz no salão –, e sua vida é minha. Irei enterrá-la no monte de esterco de Caer Idion e chamar os cães para mijar em cima. Darei sua alma aos espíritos das crianças que não têm brinquedos. Manterei você na escuridão até que o último dia termine e depois cuspirei em você até que comece a próxima era e, mesmo então, senhor rei, seus tormentos mal terão começado.

Senti a tensão passar por mim como um jorro d'água. Apenas um homem ousaria falar assim a um Grande Rei. Era Merlin. Merlin! Merlin que agora caminhava alto e lento pelo corredor central do salão, Merlin que passou por mim e, com um gesto mais real do que qualquer coisa de que Gorfyddyd seria capaz, usou seu cajado preto para empurrar a espada do rei para o lado. Merlin, que agora tinha ido até Tanaburs e sussurrado em seu ouvido, de modo que o druida inferior gritou e saiu correndo do salão.

Era Merlin, capaz de se modificar como nenhum outro homem. Adorava fingir, confundir e enganar. Podia ser abrupto, malicioso, paciente ou senhorial, mas neste dia optara por aparecer em majestade nítida e fria. Não havia sorriso em seu rosto moreno, nenhuma sugestão de alegria nos olhos profundos, apenas um ar de autoridade tão arrogante que os homens mais próximos instintivamente se ajoelharam, e até mesmo o rei Gorfyddyd, que um momento antes estivera pronto para cortar meu pescoço com a espada, baixou a lâmina.

– O senhor fala por ele, lorde Merlin? – perguntou Gorfyddyd.

– Você é surdo, Gorfyddyd? Derfel Cadarn deve viver. Deve ser seu hóspede honrado. Deve comer de sua comida e beber de seu vinho. Deve dormir nas suas camas e tomar suas escravas se desejar. Derfel Cadarn e Galahad de Benoic estão sob minha proteção. – Ele se virou para olhar o salão inteiro, desafiando qualquer homem a se opor. – Derfel Cadarn e Galahad de Benoic estão sob minha proteção! – repetiu e dessa vez levantou o cajado preto, e era possível sentir os guerreiros tremerem sob a ameaça. – Sem Derfel Cadarn e Galahad de Benoic não existiria o Conhecimento da Britânia. Eu estaria morto em Benoic e todos vocês estariam condenados à escravidão sob o domínio dos saxões. – Ele se virou de novo para Gorfyddyd. – Eles precisam de comida. E pare de ficar me encarando, Derfel – acrescentou sem sequer me olhar.

Eu o estivera encarando, tanto com perplexidade quanto com alívio, mas também imaginava o que Merlin estaria fazendo nessa cidadela do inimigo. Os druidas, claro, eram livres para viajar para onde quisessem, mesmo em território inimigo, mas sua presença em Caer Sws numa época daquelas parecia estranha e até perigosa, porque, apesar de os homens de Gorfyddyd estarem subjugados pela presença de Merlin, também se ressentiam de sua interferência, e alguns, em segurança no fundo do salão, rosnavam dizendo que ele deveria cuidar de sua vida.

Merlin se virou para eles.

– Minha vida – disse numa voz baixa que, mesmo assim, acabou com o pequeno protesto – é cuidar das suas almas, e se eu quiser lançar essas almas no sofrimento vocês desejarão que suas mães nunca tenham dado à luz. Idiotas! – Esta última palavra soou alta e ríspida, acompanhada com um gesto do cajado que fez os homens de armadura se ajoelharem com dificuldade. Nenhum dos reis ousou intervir enquanto Merlin girava o cajado para golpear com força um dos crânios pendurados numa coluna. – Vocês rezam pela vitória! Mas vitória sobre o quê? Sobre seus parentes e não sobre seus inimigos! Seus inimigos são os saxões. Durante anos sofremos sob o domínio romano, mas finalmente os Deuses acharam por bem levar embora os vermes romanos, e o que fazemos? Lutamos entre nós e deixamos um novo inimigo tomar nossas terras, estuprar nossas mulheres e colher nosso trigo. Então lutem suas guerras, idiotas, lutem e vençam, e mesmo assim não terão vitória.

– Mas minha filha será vingada – disse Gorfyddyd atrás de Merlin.

– Sua filha, Gorfyddyd, vingará o próprio sofrimento. Quer conhecer o destino dela? – Ele fez a pergunta em tom zombeteiro, mas respondeu sério e numa voz que tinha o tom de uma profecia. – Ela jamais será elevada e jamais será rebaixada, mas será feliz. A alma dela, Gorfyddyd, é abençoada, e se você tivesse o bom senso de uma pulga ficaria contente com isso.

– Ficarei contente com o crânio de Artur – disse Gorfyddyd, em tom desafiador.

– Então vá pegá-lo – disse Merlin com desprezo, depois me puxou pelo cotovelo. – Venha, Derfel, e desfrute da hospitalidade de seu inimigo.

Ele nos levou para fora do salão, andando despreocupado em meio às fileiras de inimigos cobertos de ferro e couro. Os guerreiros nos olhavam ressentidos, mas nada podiam fazer para nos impedir de sair nem para nos impedir de ocupar uma das câmaras para os hóspedes de Gorfyddyd, que o próprio Merlin evidentemente estava usando.

– Então Tewdric quer a paz? – perguntou ele.

– Sim, senhor – respondi.

– É bem o jeito de Tewdric. Ele é cristão, por isso acha que sabe mais do que os Deuses.

– E o senhor conhece a mente dos Deuses? – perguntou Galahad.

– Acredito que os Deuses odeiam se entediar, por isso me esforço ao máximo para diverti-los. Desse jeito eles riem de mim. O seu Deus – disse Merlin azedamente – despreza a diversão, exige um culto subserviente. Deve ser uma criatura muito lamentável. Provavelmente se parece com Gorfyddyd, sempre com suspeitas e com um ciúme medonho de sua reputação. Vocês dois não têm sorte por eu estar aqui? – Ele riu para nós, súbita e maliciosamente, e vi o quanto ele desfrutara da humilhação pública de Gorfyddyd. Parte da reputação de Merlin era resultado de seus desempenhos; alguns druidas, como Iorweth, trabalhavam em silêncio, outros, como Tanaburs, contavam com uma astúcia sinistra, mas Merlin gostava de dominar e ofuscar, e humilhar um rei ambicioso era tão prazeroso quanto instintivo para ele.

– Ceinwyn é realmente abençoada? – perguntei.

Ele pareceu perplexo com a pergunta imprevista.

– Por que isso importaria para você? Mas ela é uma garota bonita, e confesso que as garotas bonitas são uma fraqueza minha, de modo que devo tecer para ela um feitiço de bênção. Fiz o mesmo por você uma vez, Derfel, mas não porque seja bonito. – Ele gargalhou, depois olhou pela janela para julgar a extensão das sombras do sol. – Devo me pôr a caminho logo.

– O que o trouxe aqui, senhor? – perguntou Galahad.

– Preciso falar com Iorweth – disse Merlin, olhando em volta para se certificar de que tinha recolhido todos os seus pertences. – Ele pode ser um idiota atabalhoado, mas possui os velhos farrapos de conhecimento que posso ter esquecido momentaneamente. Ele mostrou conhecer sobre o Anel de Eluned. Eu o tenho em algum lugar. – Merlin bateu nos bolsos costurados no tecido de seu manto. – Bom, eu o tinha – falou descuidado, mas suspeitei de que a indiferença fosse apenas fingimento.

– O que é o Anel de Eluned? – perguntou Galahad.

Merlin fez uma careta de desprezo diante da ignorância do meu amigo, depois decidiu ser indulgente.

– O Anel de Eluned – anunciou com grandiosidade – é um dos Treze Tesouros da Britânia. Sempre soubemos dos tesouros, claro. Pelo menos aqueles de nós que reconhecem os Deuses verdadeiros – acrescentou olhando para Galahad –, mas nenhum de nós sabia qual era o seu poder verdadeiro.

– E o manuscrito lhe disse? – perguntei.

Merlin deu um sorriso lupino. Seu cabelo comprido e branco estava muito bem preso com uma fita preta na nuca enquanto a barba era toda em tranças apertadas.

– O manuscrito confirmou tudo que eu suspeitava ou sabia, e até sugeriu um ou dois fiapos de conhecimento. Ah, aqui está. – Ele estivera procurando nos bolsos o anel, que agora nos mostrou. Para mim o tesouro parecia um anel de guerreiro comum, feito de ferro, mas Merlin o segurava na palma da mão como se fosse a maior joia da Britânia. – O Anel de Eluned, forjado no Outro Mundo no início dos tempos. Na verdade é um pedaço de metal, nada há de especial nele. – Merlin jogou-o para mim e o peguei apressadamente. – Em si, o anel não tem poder. Nenhum dos Tesouros tem poder em si. O Manto da Invisibilidade não irá torná-lo invisível, assim como a Trompa de Bran Galed não soa melhor do que qualquer outra trompa de caça. A propósito, Derfel, você pegou Nimue?

– Sim.

– Muito bem. Achei que pegaria. Lugar interessante, a Ilha dos Mortos, não acha? Vou lá quando preciso de companhia estimulante. Onde é que eu estava? Ah, sim, os Tesouros. Lixo sem valor, na verdade. Você não daria o Manto de Padarn nem mesmo a um mendigo, não se fosse gentil, mas mesmo assim é um dos Tesouros.

– Então de que eles servem? – perguntou Galahad. Ele pegara o anel comigo, mas agora o devolveu ao druida.

– Eles comandam os Deuses, claro – disse Merlin rispidamente, como se a resposta devesse ser óbvia. – Em si eles não passam de coisas insignificantes, mas se puser todos juntos você pode fazer os Deuses pularem como sapos. Não basta juntar os tesouros, claro.

Há um ou dois rituais necessários. E quem sabe se tudo isso vai funcionar? Ninguém jamais tentou, pelo que sei. Nimue está bem? – perguntou-me sério.

– Agora está.

– Você parece ressentido! Acha que eu deveria ter ido pegá-la? Meu caro Derfel, já estou bastante ocupado sem correr pela Britânia atrás de Nimue! Se a garota não pudesse enfrentar a Ilha dos Mortos, de que ela adiantaria?

– Ela poderia ter morrido – acusei, pensando nos monstros e nos canibais da ilha.

– Claro que poderia! Qual é o sentido de uma provação se não houver perigo? Você tem ideias infantis, Derfel. – Merlin balançou a cabeça penalizado, depois enfiou o Anel em um de seus dedos longos e ossudos. Olhou-nos solenemente e esperamos, pasmos, alguma manifestação de poder sobrenatural, mas depois de alguns segundos agourentos Merlin apenas riu de nossa expressão. – Eu disse! Os Tesouros não são nada de especial.

– Quantos Tesouros o senhor tem? – perguntou Galahad.

– Vários – respondeu Merlin evasivamente –, mas mesmo que tivesse 12 dos 13, ainda estaria encrencado se não encontrasse o 13º. E esse, Derfel, é o Tesouro desaparecido: o Caldeirão de Clyddno Eiddyn. Sem o Caldeirão estamos perdidos.

– Estamos perdidos de qualquer modo – falei amargamente.

Merlin me espiou como se eu estivesse sendo particularmente obtuso.

– A guerra? – perguntou depois de alguns segundos. – Foi por isso que você veio aqui? Implorar a paz! Que idiotas vocês dois são! Gorfyddyd não quer paz. Aquele homem é um bruto. Tem o cérebro de um boi, e mesmo assim um boi não muito esperto. Ele quer ser Grande Rei, o que significa que tem de governar a Dumnonia.

– Ele diz que deixará Mordred no trono – insistiu Galahad.

– Claro que diz! – zombou Merlin. – O que mais diria? Mas no minuto em que puser as mãos no pescoço daquela criança desgraçada, irá torcê-lo como se fosse uma galinha. O que seria uma coisa boa.

– O senhor quer que Gorfyddyd vença? – perguntei, apalermado.

Ele suspirou.

– Derfel, Derfel, você é tão parecido com Artur! Acha que o mundo é simples, que bem é bem e mal é mal, que em cima é em cima e embaixo é embaixo. Está perguntando o que quero? Eu digo o que quero. Quero os Treze Tesouros, e devo usá-los para trazer os Deuses de volta à Britânia, e então irei ordenar que restaurem a Britânia à condição abençoada que ela desfrutava antes que os romanos viessem. Nada de cristãos – ele apontou um dedo para Galahad – e nem mitraístas – e apontou para mim –, só o povo dos Deuses no país dos Deuses. Isso, Derfel, é o que quero.

– E quanto a Artur? – perguntei.

– Quanto a ele? Ele é um homem, tem uma espada, pode cuidar de si mesmo. O destino é inexorável, Derfel. Se o destino pretende que Artur vença esta guerra não importa se Gorfyddyd juntar todos os exércitos do mundo contra ele. Se eu não tivesse nada de melhor a fazer confesso que ajudaria Artur, porque gosto dele, mas o destino decretou que sou um homem velho, cada vez mais frágil e dono de uma bexiga que parece um odre vazando, e portanto devo cuidar de minhas energias cada vez menores – ele proclamou essa declaração patética num tom vigoroso. – Nem mesmo posso vencer as guerras de Artur, curar a mente de Nimue e descobrir os Tesouros ao mesmo tempo. Claro, se eu descobrir que salvar a vida de Artur me ajudará a encontrar os Tesouros, tenha certeza de que irei à batalha. Mas e caso contrário? – Ele deu de ombros, como se a guerra não lhe fosse importante. E não creio que fosse. Ele se virou para a pequena janela e espiou para as três estacas que tinham sido erigidas no pátio. – Espero que fiquem para ver as formalidades.

– Devemos ficar? – perguntei.

– Claro que sim, se Gorfyddyd permitir. Toda experiência é útil, ainda que medonha. Já realizei os rituais muitas vezes, por isso não vou ficar para me divertir, mas saibam que vocês estarão seguros aqui. Transformo Gorfyddyd numa lesma se ele tocar um fio de suas cabeças tolas, mas agora tenho de ir. Iorweth acha que há uma mulher na fronteira de Demetia que pode se lembrar de alguma coisa útil. Se ela estiver viva, claro, e mantiver a memória. Odeio falar com velhas;

elas ficam tão agradecidas pela companhia que não param de matraquear e além disso nunca se atêm ao assunto. Que perspectiva! Diga a Nimue que estou ansioso para vê-la! – E com essas palavras ele saiu pela porta e foi andando pelo pátio interno da fortaleza.

O céu se nublou naquela tarde e uma chuvinha cinza e medonha encharcou o forte antes do crepúsculo. O druida Iorweth veio até nós, dizendo que estávamos em segurança, mas, com tato, sugeriu que forçaríamos a hospitalidade relutante de Gorfyddyd se comparecêssemos à festa da noite, que marcava a última reunião dos aliados de Gorfyddyd e dos chefes antes que os homens de Caer Sws marchassem em direção ao sul para se juntar ao resto do exército em Branogenium. Garantimos a Iorweth que não tínhamos desejo de comparecer à festa. O druida sorriu agradecendo, depois sentou-se num banco perto da porta.

– Vocês são amigos de Merlin? – perguntou.

– Lorde Derfel é – disse Galahad.

Iorweth esfregou os olhos, cansado. Era velho, com um rosto amigável, afável, e uma cabeça careca onde o fantasma de uma tonsura aparecia logo acima de cada orelha.

– Não consigo deixar de pensar que meu irmão Merlin espera demais dos Deuses. Ele acredita que o mundo pode ser renovado e que a história pode ser apagada como uma linha desenhada na lama. Mas não é assim. – Ele coçou um piolho na barba, depois olhou para Galahad, que usava uma cruz no pescoço. – Eu invejo o seu Deus cristão. Ele é três e é um, está morto e está vivo, está em toda parte e em lugar nenhum, e exige que vocês O cultuem, mas afirma que nada mais é digno de culto. Há espaço nessas contradições para um homem acreditar em qualquer coisa ou em nada, mas não com os nossos Deuses. Eles são como reis, caprichosos e poderosos, e se querem nos esquecer, esquecem. Não importa em que acreditemos, só o que eles querem. Nossos feitiços só funcionam quando os Deuses permitem. Merlin discorda, claro. Acha que se gritarmos suficientemente alto vamos atrair a atenção deles, mas o que a gente faz com uma criança que grita?

– Dá atenção a ela? – sugeri.

– Bate nela, lorde Derfel. Bate até que ela fique quieta. Temo que lorde Merlin grite alto demais durante tempo demais. – Ele se levantou e pegou seu cajado. – Desculpe por vocês não poderem comer com os guerreiros esta noite, mas a princesa Helledd disse que são bem-vindos para comer em sua casa.

Helledd de Elmet era a mulher de Cuneglas, e seu convite não era necessariamente um elogio. Na verdade, o convite podia ser um insulto medido, imaginado por Gorfyddyd para dar a entender que só podíamos jantar com mulheres e crianças, mas Galahad disse que ficaríamos honrados em aceitar.

E lá, no pequeno salão de Helledd, estava Ceinwyn. Eu quisera vê-la de novo, quisera desde que Galahad tinha feito a sugestão de ir como enviado a Powys, e foi por isso que fiz um esforço tão enorme para acompanhá-lo. Não tinha vindo a Caer Sws para fazer a paz, e sim para ver de novo o rosto de Ceinwyn, e agora, à luz tremulante do salão de Helledd, vi.

Os anos não a haviam mudado. Seu rosto era tão doce, seus modos tão recatados, seu cabelo tão brilhante e o sorriso tão lindo como antes. Quando entramos na sala estava com uma criança pequena, tentando lhe dar pedaços de maçã. A criança era o filho de Cuneglas, Perddel.

– Eu disse que se ele não comer a maçã os horríveis dumnonianos iriam levá-lo embora – disse ela com um sorriso. – Acho que ele deve querer ir com vocês, porque não está comendo nada.

Helledd de Elmet, mãe de Perddel, era uma mulher alta, de maxilar grande e olhos claros. Deu-nos as boas-vindas, ordenando que uma jovem nos servisse hidromel, depois nos apresentou a duas de suas tias, Tonwyn e Elsel, que nos olharam ressentidas. Evidentemente havíamos interrompido uma conversa da qual elas estavam gostando, e os olhares azedos das tias sugeriam que deveríamos sair, mas Helledd foi mais educada.

– Vocês conhecem a princesa Ceinwyn? – perguntou.

Galahad fez uma reverência a ela, depois se agachou ao lado de Perddel. Ele sempre gostou de crianças que, por sua vez, confiavam nele à primeira vista. Num instante os dois príncipes estavam brincando como se os pedaços de maçã fossem raposas: a boca de Perddel era a toca das raposas e os dedos de Galahad os cães de caça. Os pedaços de maçã desapareceram.

– Por que não pensei nisso? – perguntou Ceinwyn.

– Porque não foi criada pela mãe de Galahad, senhora, que sem dúvida o alimentava do mesmo modo – falei. – Até hoje ele não consegue comer se alguém não tocar uma trompa de caça.

Ela riu, depois viu o broche que eu usava. Prendeu o fôlego, ruborizou-se e, por um instante, pensei ter cometido um erro gigantesco. Depois ela sorriu.

– Devo lembrar-me de você, lorde Derfel?

– Não, senhora. Eu era muito jovem.

– E você o guardou? – perguntou ela, aparentemente perplexa porque alguém mantinha um de seus presentes como um tesouro.

– Guardei, senhora, mesmo quando perdi tudo o mais.

A princesa Helledd nos interrompeu perguntando o que nos havia trazido a Caer Sws. Tenho certeza de que ela já sabia, mas era polido da parte de uma princesa fingir que estava fora do conselho dos homens. Respondi dizendo que tínhamos sido mandados para determinar se a guerra era inevitável.

– E é? – perguntou a princesa com preocupação compreensível, porque na manhã seguinte seu marido iria para o sul, em direção ao inimigo.

– Infelizmente, senhora, é o que parece.

– É tudo culpa de Artur – disse firmemente a princesa Helledd e suas tias assentiram com vigor.

– Acho que Artur concorda com a senhora – falei – e que ele lamenta isso.

– Então por que luta conosco?

– Porque jurou manter Mordred no trono, senhora.

– Meu sogro jamais despojaria o herdeiro de Uther – disse Helledd impetuosamente.

– Lorde Derfel quase perdeu a cabeça quando teve esta conversa de manhã – disse Ceinwyn maliciosamente.

– Lorde Derfel manteve a cabeça porque é amado pelos Deuses – interveio Galahad, levantando os olhos depois da última caça à raposa.

– Não pelo seu, príncipe? – perguntou Helledd incisivamente.

– Meu Deus ama todas as pessoas, senhora.

– Quer dizer que ele não faz discriminação? – Gargalhou.

Comemos ganso, galinha, lebre e veado, e nos serviram um vinho pavoroso que devia estar guardado há tempo demais, desde que fora trazido à Britânia. Depois da refeição passamos para divãs almofadados e uma harpista tocou para nós. Os divãs eram móveis de um salão de mulher, e Galahad e eu ficamos desconfortáveis porque eram baixos e macios, mas eu estava bastante feliz, porque havia me certificado de ocupar um perto de Ceinwyn. Durante um tempo sentei-me com as costas eretas, mas depois me apoiei num cotovelo para falar baixo com ela. Elogiei-a pelo noivado com Gundleus.

Ela me lançou um olhar divertido.

– Parece um cortesão falando.

– Às vezes sou forçado a ser cortesão, senhora. Preferiria que eu fosse um guerreiro?

Ela se recostou apoiando-se num cotovelo, para que pudéssemos falar sem atrapalhar a música, e sua proximidade fez com que meus sentidos parecessem flutuar em fumaça.

– Meu senhor Gundleus exigiu minha mão como o preço de seu exército nesta próxima guerra – disse ela em voz baixa.

– Então o exército dele é o mais valioso da Britânia.

Ela não sorriu do elogio, mas manteve os olhos fixos nos meus.

– É verdade que ele matou Norwenna?

A brusquidão da pergunta me perturbou.

– O que ele diz, senhora? – perguntei em vez de responder diretamente.

– Ele diz – e a voz dela ficou ainda mais baixa, de modo que eu mal conseguia ouvir as palavras – que seus homens foram atacados e que na confusão ela morreu. Diz que foi um acidente.

Olhei para a jovem que tocava harpa. As tias olhavam furiosas para nós dois, mas Helledd parecia não se preocupar com a conversa. Galahad ouvia a música, com um braço em volta do adormecido Perddel.

– Eu estava no Tor naquele dia, senhora – falei, virando-me de novo para Ceinwyn.

– E?

Decidi que sua objetividade merecia uma resposta objetiva.

– Norwenna se ajoelhou dando-lhe as boas-vindas, senhora, e ele passou a espada pela garganta dela. Vi acontecer.

Seu rosto se endureceu por um segundo. As luzes tremulantes davam cor à sua pela clara e criavam sombras suaves nas bochechas e sob o lábio inferior. Ela usava um rico vestido de linho azul, enfeitado com a pele branco-prateada e pontilhada de preto de um arminho. Um torque de prata circulava o pescoço, havia argolas de prata nas orelhas e pensei em como a prata combinava bem com seu cabelo brilhante. Ela deu um pequeno suspiro.

– Eu temia ouvir esta verdade, mas ser princesa significa que devo me casar com quem for mais útil, e não com quem eu queira. – Ela virou a cabeça para a musicista durante um tempo, depois se inclinou de novo para perto de mim. – Meu pai diz que esta guerra é por causa da minha honra – falou nervosamente. – É mesmo?

– Para ele, senhora, sim, mas posso dizer que Artur lamenta o mal que lhe causou.

Ela fez uma leve careta. O assunto era claramente doloroso, mas ela não podia descartá-lo, porque a rejeição de Artur mudara a vida de Ceinwyn de um modo muito mais sutil e triste do que jamais mudara a dele. Artur saíra para a felicidade de um casamento, ao passo que ela fora deixada para sofrer as longas lamentações e descobrir as respostas dolorosas que, evidentemente, não tinham sido encontradas.

– Você o entende? – perguntou ela depois de um tempo.

– Não entendi na época, senhora. Achei que ele era um tolo. Foi o que todos achamos.

– E agora? – Seus olhos azuis estavam fixos nos meus.

Pensei por alguns segundos.

– Acho, senhora, que pela primeira vez na vida Artur foi golpeado por uma loucura que ele não pôde controlar.

– O amor?

Olhei-a e disse a mim mesmo que não estava apaixonado por ela, e que seu broche era um talismã apanhado aleatoriamente. Disse a mim mesmo que ela era uma princesa e eu o filho de uma escrava.

– Sim, senhora.

– Você entende essa loucura?

Eu não tinha consciência de coisa alguma na sala, exceto Ceinwyn. A princesa Helledd, o príncipe adormecido, Galahad, as tias, a harpista, nenhum deles existia para mim, assim como os tecidos pendurados nas paredes ou os suportes de bronze das lamparinas. Só tinha consciência dos olhos grandes e tristes de Ceinwyn e do meu coração batendo.

– Entendo que é possível olhar nos olhos de alguém – ouvi-me dizendo – e de súbito saber que a vida será impossível sem eles. Saber que a voz da pessoa pode fazer seu coração falhar, e que a companhia dessa pessoa é tudo que sua felicidade pode desejar, e que a ausência dela deixará sua alma solitária, desolada e perdida.

Ela ficou quieta durante um tempo, apenas me olhando com uma expressão ligeiramente perplexa.

– Isso já lhe aconteceu, lorde Derfel? – perguntou enfim.

Hesitei. Sabia quais eram as palavras que minha alma queria dizer, e sabia as palavras que minha posição deveria me fazer dizer, mas então disse a mim mesmo que um guerreiro não florescia com a timidez e deixei que a alma governasse minha língua.

– Nunca aconteceu até este momento, senhora. – Foi necessário mais coragem para fazer essa declaração do que eu jamais necessitara para romper uma parede de escudos.

Ela imediatamente olhou para o outro lado e se sentou empertigada. Eu me xinguei por tê-la ofendido com minha estúpida falta de jeito. Permaneci recostado no divã, com o rosto vermelho e a alma doendo de embaraço enquanto Ceinwyn aplaudia a harpista jogando algumas moedas de prata no tapete ao lado do instrumento. Ela pediu que fosse tocada a "Canção de Rhiannon".

– Pensei que você não estava escutando, Ceinwyn – provocou uma das tias.

– Estou, Tonwyn, estou, e estou sentindo grande prazer em tudo que ouço – disse Ceinwyn e de súbito me senti como um homem se sente quando uma parede de escudos desmorona. Só que não ousei confiar nas palavras. Queria; não ousava. O amor é loucura, balançando do êxtase para o desespero num segundo insano.

A música recomeçou, tendo ao fundo os ásperos gritos de comemoração que vinham do grande salão onde os guerreiros antecipavam a batalha. Recostei-me totalmente nas almofadas, com o rosto ainda vermelho enquanto tentava deduzir se as últimas palavras de Ceinwyn se referiam à nossa conversa ou à música, e então Ceinwyn se recostou de novo perto de mim.

– Não quero que haja uma guerra por minha causa – falou.

– Parece inevitável, senhora.

– Meu irmão concorda comigo.

– Mas seu pai governa Powys, senhora.

– Governa mesmo. – Ela parou franzindo a testa, depois me olhou. – Se Artur vencer, com quem ele quererá que eu me case?

De novo a objetividade de sua pergunta me surpreendeu, mas dei-lhe a resposta verdadeira.

– Ele quer que a senhora seja rainha de Silúria.

Ela me olhou com alarme súbito.

– Casada com Gundleus?

– Com o rei Lancelot de Benoic, senhora – falei, revelando a esperança secreta de Artur. Observei sua reação.

Ela olhou nos meus olhos, aparentemente tentando julgar se eu tinha falado a verdade.

– Dizem que Lancelot é um grande guerreiro – comentou depois de um tempo, e com uma falta de entusiasmo que aqueceu meu coração.

– Dizem isso, senhora, sim.

Ela ficou quieta de novo. Apoiou-se no cotovelo e olhou as mãos da harpista passar sobre as cordas, e a observei.

– Diga a Artur – falou depois de um tempo, e sem olhar para mim – que não guardo rancor. E diga outra coisa.

Ela parou de súbito.

– Sim, senhora?

– Diga que se ele ganhar – ela se virou e passou um dos dedos esguios pelo espaço entre nossos divãs para tocar as costas da minha mão, mostrando como as palavras eram importantes –, que se Artur ganhar – repetiu –, implorarei pela proteção dele.

– Direi, senhora – falei, depois parei com o coração cheio. – E juro que também darei a minha, com toda a honra.

Ela manteve o dedo na minha mão, um toque tão leve quanto a respiração do príncipe adormecido.

– Talvez eu o faça cumprir este juramento, lorde Derfel – disse ela, com os olhos nos meus.

– Até o tempo se acabar e mais além, este juramento será verdadeiro, senhora.

Ela sorriu, afastou a mão e sentou-se empertigada.

E naquela noite fui para a cama num atordoamento de confusão, esperança, estupidez, apreensão, medo e deleite. Porque, como Artur, eu viera a Caer Sws e fora golpeado pelo amor.

Parte 5

A parede de escudos

— Então foi ela! – acusou-me Igraine. – Foi a princesa Ceinwyn que transformou seu sangue em fumaça, irmão Derfel.

– Sim, senhora, foi – confessei e confesso agora que há lágrimas em meus olhos ao recordar Ceinwyn. Ou talvez seja o clima que faz meus olhos lacrimejarem, porque o outono chegou a Dinnewrac e o vento frio está se esgueirando por minha janela. Devo fazer em breve uma pausa nessa escrita, porque estaremos ocupados armazenando os alimentos para o inverno e juntando a pilha de lenha que o abençoado São Sansum terá prazer em não queimar, para que possamos compartilhar do sofrimento de nosso querido Salvador.

– Não é de espantar que você odiasse tanto Lancelot! Eram rivais. Ele sabia o que você sentia por Ceinwyn?

– Com o tempo, soube.

– E então o que aconteceu? – perguntou ela, ansiosa.

– Por que não deixamos a história na ordem apropriada, senhora?

– Porque não quero, claro.

– Bom, eu quero, e sou o narrador, não a senhora.

– Se eu não gostasse tanto de você, irmão Derfel, mandaria cortar sua cabeça e dar seu corpo aos cães. – Ela franziu a testa, pensando. Igraine está muito bonita hoje, num manto de lã cinza com barra de pele de lontra. Não está grávida, de modo que o pessário de fezes de bebê não funcionou, ou então Brochvael está passando muito tempo com Nwylle. – Na família do meu marido sempre se falou muito sobre a tia-avó Ceinwyn, mas ninguém jamais explicou o que foi o escândalo.

– Jamais conheci alguém, senhora, sobre quem houvesse menos escândalo.

– Ceinwyn nunca se casou, disso eu sei.

– Isso é escandaloso demais?

– É, se ela agia como se fosse casada – disse Igraine cheia de indignação. – É isso que a sua Igreja prega. Nossa Igreja – corrigiu-se rapidamente. – Então o que aconteceu? Diga!

Puxei a manga da túnica de monge sobre o cotoco da minha mão, sempre a primeira parte a sentir o vento frio.

– A história de Ceinwyn é comprida demais para contar agora – falei e me recusei a dizer mais, apesar das exigências importunas da minha rainha.

– Então Merlin encontrou o Caldeirão? – perguntou Igraine, mudando de assunto.

– Chegaremos a isso na hora certa.

Ela ergueu as mãos.

– Você me deixa furiosa, Derfel. Se eu me comportasse como uma rainha de verdade exigiria a sua cabeça.

– E se eu fosse algo mais do que um monge velho e frágil, eu a entregaria à senhora.

Ela riu, depois se virou para olhar pela janela. As folhas dos pequenos carvalhos que o irmão Maelgwyn plantou para fazer uma barreira para o vento ficaram marrons cedo, e a floresta na ravina abaixo de nós está cheia de frutinhas selvagens, sinais de que o inverno se aproxima. Uma vez Sagramor me disse que havia lugar onde o inverno nunca chega, e o sol brilha quente o ano inteiro, mas talvez, como a existência dos coelhos, esta fosse uma de suas histórias imaginárias. Um dia eu esperava que o céu cristão fosse um lugar quente, mas São Sansum insiste em que o céu deve ser frio, porque o inferno é quente, e suponho que o santo esteja certo. Há muita coisa a esperar. Igraine estremeceu e se virou de novo para mim.

– Ninguém nunca me fez um caramanchão de Lughnasa – falou pensativa.

– Claro que fez! Todo ano a senhora tem um!

– Mas aquele é o caramanchão do Caer. Os escravos o fazem porque precisam, e naturalmente me sento lá, mas não é o mesmo que seu homem fazer para você um caramanchão de dedaleiras e salgueiro. Merlin ficou furioso porque você e Nimue fizeram amor?

– Eu nunca deveria ter confessado isso à senhora. Se ele soube, nunca disse nada. Não acharia importante. Ele não era ciumento. – Não como o resto de nós. Não como Artur, não como eu. Quanto de nossa terra foi molhado de sangue por causa do ciúme! E no fim da vida, o que isso importa? Envelhecemos e os jovens nos olham e não conseguem ver que um dia fizemos um reino ressoar de tanto amor.

Igraine adotou seu olhar malicioso.

– Você disse que Gorfyddyd chamou Guinevere de prostituta. Ela era?

– A senhora não deveria usar esta palavra.

– Certo. Guinevere era o que Gorfyddyd disse que ela era, aquela coisa que não tenho permissão de dizer por medo de ofender seus ouvidos inocentes?

– Não, não era.

– Mas ela era fiel a Artur?

– Espere – falei.

Ela esticou a língua para mim.

– Lancelot se tornou um mitraísta?

– Espere para ver.

– Odeio você!

– E sou o seu servo mais dedicado, cara senhora, mas além disso estou cansado e esse tempo frio faz a tinta empedrar. Vou escrever o resto da história, prometo.

– Se Sansum deixar.

– Ele deixará.

O santo está mais feliz ultimamente, graças ao noviço que restou, e que não é mais noviço, foi consagrado padre e monge e, segundo insiste Sansum, já é um santo como ele. São Tudwal, é como devemos chamá-lo, e os dois santos compartilham uma cela e glorificam Deus juntos. A única coisa errada que consigo ver nessa parceria bendita é que o abençoado São Tudwal, agora com 12 anos, está fazendo mais um esforço para aprender a ler. Ele não sabe falar a língua saxã, claro, mas mesmo assim temo que possa decifrar algo destes escritos. Mas esse medo deve esperar até que São Tudwal domine suas letras, se é que fará isso, e por enquanto, se Deus permitir, e para satisfazer a impaciente curiosidade da minha muito adorável rainha, Igraine, devo continuar esta narrativa sobre Artur, meu amado senhor perdido, meu amigo, meu senhor da guerra.

No dia seguinte não percebi coisa alguma. Fiquei com Galahad como um hóspede indesejado no reino de meu inimigo Gorfyddyd, enquanto Iorweth fazia a propiciação aos Deuses. Por mim, o druida podia estar soprando sementes de dente-de-leão, tão pouca atenção prestei à cerimônia. Eles mataram um touro, amarraram três prisioneiros nas três estacas, estrangularam-nos, depois buscaram os augúrios da guerra esfaqueando o diafragma de um quarto prisioneiro. Cantaram a "Canção de Batalha de Maponos", enquanto dançavam em volta dos mortos, e então os reis, príncipes e chefes molharam as pontas de lanças no sangue dos mortos antes de lamber o sangue das lâminas e espalhar sobre as bochechas. Galahad fez o sinal da cruz enquanto eu sonhava com Ceinwyn. Ela não compareceu às cerimônias. Nenhuma mulher compareceu. Os augúrios, segundo me disse Galahad, foram favoráveis à causa de Gorfyddyd, mas eu não me importava. Estava feliz lembrando daquele toque leve e prateado do dedo de Ceinwyn em minha mão.

Nossos cavalos, armas e escudos foram trazidos, e o próprio Gorfyddyd nos levou ao portão de Caer Sws. Cuneglas, seu filho, também veio; ele podia estar fazendo uma cortesia ao nos acompanhar, mas Gorfyddyd não tinha tais gentilezas em mente.

– Diga ao seu amante de prostituta – falou o rei, com o rosto ainda manchado de sangue – que a guerra só pode ser evitada com uma coisa. Diga a Artur que, se ele se apresentar no vale de Lugg para o meu julgamento e veredicto, considerarei limpa a mancha na honra da minha filha.

– Direi, senhor rei – respondeu Galahad.

– Artur continua sem barba? – perguntou Gorfyddyd, fazendo a pergunta parecer um insulto.

– Sim, senhor rei.

– Nesse caso não posso trançar uma corda de prisioneiro com a barba dele – rosnou Gorfyddyd –, então diga para ele cortar o cabelo ruivo de sua prostituta antes de vir, e mande trançá-lo para fazer sua própria corda. – Gorfyddyd estava claramente gostando de exigir essa humilhação de seus inimigos, mas o rosto do príncipe Cuneglas mostrava um nítido embaraço pela grosseria do pai. – Diga isso a ele, Galahad de Benoic, e diga que, se ele me obedecer, sua prostituta careca pode ficar livre, desde que deixe a Britânia.

– A princesa Guinevere pode ficar livre – repetiu Galahad.

– A prostituta! – gritou Gorfyddyd. – Deitei-me com ela vezes suficientes, por isso sei. Diga isso a Artur! – Ele cuspiu a exigência no rosto de Galahad. – Diga que ela vinha à minha cama por livre vontade, e a outras camas também!

– Direi – mentiu Galahad, para refrear as palavras azedas. – E quanto a Mordred, senhor rei?

– Sem Artur, Mordred precisará de um novo protetor. Assumirei a responsabilidade pelo futuro de Mordred. Agora vão.

Fizemos uma reverência, montamos e fomos embora. Olhei para trás uma vez, na esperança de ver Ceinwyn, mas havia apenas homens nas fortificações de Caer Sws. Em volta da fortaleza os abrigos estavam sendo desmontados enquanto os homens se preparavam para marchar na estrada que levava diretamente a Branogenium. Tínhamos concordado em não usar essa estrada, iríamos para casa por um caminho mais longo através de Caer Lud, para que não pudéssemos espionar a horda de Gorfyddyd que se reunia.

Galahad estava sombrio enquanto cavalgávamos para o leste, mas eu não podia conter a felicidade, e assim que tínhamos nos afastado dos acampamentos comecei a cantar a "Canção de Rhiannon".

– O que há com você? – perguntou ele, irritado.

– Nada. Nada! Nada! Nada! – gritei em júbilo e bati com os calcanhares de modo que o cavalo disparou pelo caminho verdejante e caí nuns arbustos de urtiga. – Absolutamente nada – falei quando Galahad me trouxe o cavalo de volta. – Absolutamente nada.

– Você está maluco, meu amigo.

– Você está certo – falei enquanto montava desajeitadamente outra vez. Estava realmente maluco, mas não ia contar a Galahad o motivo da loucura, de modo que por um tempo tentei me comportar com sobriedade. – O que vamos dizer a Artur?

– Nada sobre Guinevere – disse Galahad com firmeza. – Além disso, Gorfyddyd estava mentindo. Meu Deus! Como ele pôde contar essas mentiras sobre Guinevere?

– Queria nos provocar, claro. Mas o que vamos dizer a Artur sobre Mordred?

– A verdade. Mordred está em segurança.

– Mas, se Gorfyddyd mentiu sobre Guinevere, por que não mentiria sobre Mordred? E Merlin não acreditava nele.

– Não fomos mandados para saber a resposta de Merlin.

– Fomos mandados para descobrir a verdade, meu amigo, e afirmo que Merlin a disse.

– Mas Tewdric acreditará em Gorfyddyd – respondeu Galahad com firmeza.

– O que significa que Artur perdeu – falei desanimado, mas não queria falar de derrota, por isso perguntei o que Galahad achara de Ceinwyn. Estava deixando a loucura me dominar outra vez e queria ouvir Galahad elogiá-la e dizer que ela era a criatura mais linda entre os mares e as montanhas, mas ele simplesmente deu de ombros.

– Uma coisinha bem-feita – falou despreocupadamente – e bem bonita se você gosta dessas garotas frágeis. – Ele parou, pensando. – Lancelot gostará dela. Você sabe que Artur quer casar os dois? Mas agora não creio que isso vá acontecer. Desconfio de que o trono de Gundleus esteja seguro e que Lancelot terá de procurar uma esposa em outra parte.

Não falei mais nada sobre Ceinwyn. Voltamos pelo mesmo caminho e chegamos a Magnis na segunda noite quando, tal como Galahad previra, Tewdric pôs sua fé na promessa de Gorfyddyd, enquanto Artur preferiu acreditar em Merlin. Gorfyddyd, percebi, nos usara para separar Tewdric de Artur, e me pareceu ter conseguido, porque enquanto ouvíamos os dois discutirem nos aposentos de Tewdric ficou claro que o rei de Gwent não tinha estômago para a guerra que viria. Galahad e eu deixamos os dois discutindo enquanto andávamos pelas fortificações de Magnis, que eram formadas por um grande muro de terra flanqueado por um poço inundado e encimado por uma forte paliçada.

– Tewdric vencerá a discussão – disse Galahad, desanimado. – Ele não confia em Artur.

– Claro que confia – protestei.

Galahad balançou a cabeça.

– Ele sabe que Artur é um homem honesto, mas Artur também é um aventureiro. Artur não tem terra, você já pensou nisso? Ele defende uma reputação, e não uma propriedade. Ele mantém o posto por causa da idade de Mordred, e não pelo nascimento. Para ter sucesso Artur precisa ser mais ousado do que os outros homens, mas Tewdric não quer ousadia agora. Quer segurança. Aceitará a oferta de Gorfyddyd. – Galahad ficou quieto um tempo. – Talvez o nosso destino seja nos tornarmos guerreiros andarilhos – prosseguiu sombrio –, privados de terra e sempre sendo empurrados para o mar do Oeste por novos inimigos.

Estremeci e apertei o manto em volta do corpo. A noite estava se nublando e trazendo uma gelada promessa de chuva no vento oeste.

– Está dizendo que Tewdric vai nos abandonar?

– Ele já fez isso – disse Galahad categórico. – O único problema agora é se livrar de Artur educadamente. Tewdric tem muito a perder e não vai se arriscar mais, mas Artur não tem nada a perder, a não ser suas esperanças.

– Vocês dois! – uma voz gritou alto atrás de nós, e nos viramos e vimos Culhwch correndo pelas fortificações. – Artur quer ver vocês.

– Para quê? – perguntou Galahad.

– O que acha, senhor príncipe? Que ele está precisando de alguém para um jogo de tabuleiro? – Culhwch riu. – Esses desgraçados podem não ter coragem para lutar – e fez um gesto para a fortaleza apinhada com os homens de Tewdric, muito bem uniformizados –, mas nós temos. Desconfio de que vamos atacar sozinhos. – Ele viu nossa surpresa e gargalhou. – Vocês ouviram lorde Agrícola na outra noite. Duzentos homens podem guardar o vale de Lugg contra um exército. E então? Nós temos duzentos lanceiros e Gorfyddyd possui um exército, então por que precisamos de mais alguém de Gwent? Está na hora de alimentar os corvos.

A primeira chuva caiu, sibilando nas fogueiras dos ferreiros, e parecia que estávamos indo à guerra.

ALGUMAS VEZES ACHO que foi a decisão mais corajosa de Artur. Deus sabe que ele tomou outras decisões em circunstâncias igualmente desesperadas, porém jamais Artur esteve mais fraco do que naquela noite chuvosa em Magnis, onde Tewdric estava dando as ordens pacientes que retirariam seus homens para as muralhas romanas na preparação de uma trégua entre Gwent e o inimigo.

Artur reuniu cinco de nós na casa de um soldado perto daquelas muralhas. A chuva fazia barulho no teto enquanto sob a palha uma fogueira soltava fumaça nos iluminando com um clarão sinistro. Sagramor, o comandante de maior confiança de Artur, estava ao lado de Morfans no pequeno banco da cabana. Culhwch, Galahad e eu ficamos agachados no chão enquanto Artur falava.

O príncipe Meurig, admitiu Artur, tinha dito uma verdade desconfortável, porque a guerra fora de fato causada por ele. Se não tivesse rejeitado Ceinwyn não haveria inimizade entre Powys e a Dumnonia. Gwent estava envolvido por ser o inimigo mais antigo de Powys e tradicional amigo da Dumnonia, mas não era interesse de Gwent continuar com a guerra.

– Se eu não tivesse vindo para a Britânia – disse Artur –, o rei Tewdric não estaria diante do estupro de sua terra. Esta guerra é minha e, assim como a comecei, devo terminá-la. – Ele fez uma pausa. Era um homem cuja emoção surgia facilmente, e naquele instante estava dominado pelos sentimentos. – Vou ao vale de Lugg amanhã – disse enfim e por um segundo pavoroso pensei que pretendia se entregar à vingança horrenda de Gorfyddyd. Mas então Artur ofereceu-nos um dos seus sorrisos abertos e generosos. – E gostaria de que vocês viessem comigo, mas não tenho direito de exigir.

Houve silêncio no cômodo. Acho que estávamos todos pensando que a luta no vale parecia uma perspectiva arriscada mesmo quando os exércitos combinados de Gwent e da Dumnonia seriam usados. Mas como venceríamos apenas com os homens da Dumnonia?

– O senhor tem o direito de exigir nossa ida – disse Culhwch rompendo o silêncio –, porque juramos servi-lo.

– Eu os libero do juramento – disse Artur – pedindo apenas que, se sobreviverem, mantenham minha promessa de garantir que Mordred cresça para ser rei.

Houve silêncio de novo. Acho que nenhum de nós hesitou em nossa lealdade, mas também não sabíamos como expressá-la até que Galahad falou:

– Não lhe fiz juramento – disse a Artur –, mas faço agora. Onde o senhor lutar, senhor, eu luto, e quem for seu inimigo é meu inimigo, e quem for seu amigo é meu amigo também. Juro isso pelo precioso sangue do Cristo vivo. – Ele se inclinou à frente, segurou a mão de Artur e beijou-a. – Que minha vida seja tirada se eu faltar à palavra.

– São necessários dois para um juramento – disse Culhwch. – O senhor pode me liberar, senhor, mas eu não me libero.

– Nem eu, senhor – acrescentei.

Sagramor parecia entediado.

– Sou homem seu – disse a Artur – e de mais ninguém.

– Dane-se o juramento – disse o feio Morfans. – Quero lutar.

Artur tinha lágrimas nos olhos. Durante um tempo não pôde falar, por isso se ocupou em remexer o fogo com um pedaço de pau até conseguir reduzir à metade o calor e duplicar a fumaça.

– Seus homens não são ligados por juramento – falou com a voz embargada – e só quero homens dispostos no vale de Lugg amanhã.

– Por que amanhã? – perguntou Culhwch. – Por que não depois de amanhã? Quanto mais tempo tivermos para nos preparar, melhor, não é?

Artur balançou a cabeça.

– Não estaremos mais bem preparados se esperarmos um ano inteiro. Além disso, os espiões de Gorfyddyd já devem estar indo para o norte com a notícia de que Tewdric aceita os termos dele, portanto devemos atacar antes que esses mesmos espiões descubram que nós, dumnonianos, não recuamos. Atacamos amanhã de madrugada. – Ele me olhou. – Você vai atacar primeiro, lorde Derfel, por isso esta noite precisa encontrar seus homens e falar com eles, e caso se mostrem relutantes deixe para lá, mas, se estiverem dispostos, Morfans pode lhe dizer o que devem fazer.

Morfans tinha cavalgado diante de toda a linha inimiga, ostentando-se na armadura de Artur, mas também reconhecendo as posições do inimigo. Agora pegou uns punhados de grãos num pote e os empilhou em sua capa aberta, fazendo um modelo grosseiro do vale de Lugg.

– Não é um vale comprido, mas os lados são íngremes. A barricada fica aqui, na extremidade sul. – Apontou para um lugar logo na entrada do modelo do vale. – Eles derrubaram árvores e fizeram uma cerca. É suficientemente grande para parar um cavalo, mas não demorará muito para que alguns homens empurrem as árvores para o lado. A fraqueza deles está aqui. – Ele indicou o morro do oeste. – É íngreme na extremidade norte do vale, mas aqui onde construíram a barricada você pode facilmente descer a encosta. Suba o morro no escuro e de madrugada ataque morro abaixo e desmantele a cerca de árvores enquanto ainda estiverem acordando. Depois os cavalos podem passar. – Ele riu, adorando a ideia de surpreender o inimigo.

– Seus homens estão acostumados a marchar à noite – disse Artur. – Então, amanhã ao alvorecer tome a barricada, destrua-a e depois sustente o vale por tempo suficiente para nossos cavalos chegarem. Depois dos cavalos irão nossos lanceiros. Sagramor comandará os lanceiros no vale enquanto eu e cinquenta cavaleiros atacaremos Branogenium. – Sagramor não demonstrou reação ao anúncio que lhe dava o comando da maior parte do exército de Artur.

O resto de nós não conseguiu esconder o espanto, não diante da designação de Sagramor, mas da tática de Artur.

– Cinquenta cavaleiros para atacar todo o exército de Gorfyddyd? – perguntou Galahad, em dúvida.

– Não vamos capturar Branogenium – admitiu Artur –, talvez nem cheguemos perto, mas vamos fazer com que nos persigam e os levaremos para o vale. Sagramor vai ao encontro dos perseguidores na extremidade norte do vale, no vau onde a estrada atravessa o rio, e quando eles atacarem, vocês recuam. – Ele olhou para um de cada vez, certificando-se de que tínhamos entendido as instruções. – Recuem, sempre recuem. Deixe que pensem que venceram! E quando os tiverem atraído para bem dentro do vale, atacarei.

– Por onde? – perguntei.

– Por trás, claro! – Energizado pela perspectiva da batalha, Artur tinha recuperado todo o entusiasmo. – Quando meus cavaleiros recuarem de Branogenium não vamos voltar para o vale, vamos nos esconder na extremidade norte. O lugar é coberto de árvores. E assim que tiverem atraído o inimigo para dentro, viremos pela retaguarda.

Sagramor olhou para a pilha de grãos.

– Os Escudos Pretos que estão no morro de Coel – disse em seu sotaque execrável – podem marchar para o sul das colinas e nos pegar pela retaguarda. – Ele empurrou um dedo através dos grãos espalhados no sul do vale, para mostrar o que queria dizer. Aqueles irlandeses, todos sabíamos, eram os temíveis guerreiros de Oengus Mac Airem, rei de Demetia, que fora nosso aliado até que Gorfyddyd trocou sua lealdade por ouro. – Você quer que sustentemos um exército pela frente e os Escudos Pretos por trás?

– Vocês percebem por que ofereci para liberá-los do juramento – disse Artur com um sorriso. – Mas assim que Tewdric souber que estamos batalhando, ele virá. À medida que o dia passar, Sagramor, você verá sua linha de escudos engrossar minuto a minuto. Os homens de Tewdric enfrentarão o inimigo do morro de Coel.

– E se não fizerem isso? – perguntou Sagramor.

– Então provavelmente perderemos – admitiu Artur com calma. – Mas com minha morte virá a vitória de Gorfyddyd e a paz de Tewdric. Minha cabeça irá para Ceinwyn como presente de casamento, e vocês, meus amigos, estarão festejando no Outro Mundo onde, espero, guardarão um lugar à mesa para mim.

Houve silêncio de novo. Artur parecia certo de que Tewdric lutaria, mas nenhum de nós podia ter tanta certeza. Eu achava que Tewdric podia preferir deixar Artur e seus homens perecerem no vale de Lugg e assim se livrar de uma aliança inconveniente, mas também disse a mim mesmo que essas questões políticas não eram da minha conta. Minha preocupação era sobreviver no dia seguinte e, enquanto olhava o grosseiro modelo do campo de batalha feito por Morfans, preocupei-me com o morro do oeste, pelo qual atacaríamos ao alvorecer. Se podíamos atacar por lá, pensei, o inimigo também podia.

– Eles vão flanquear nossa linha de escudos – falei, descrevendo minha preocupação.

Artur balançou a cabeça.

– O morro é íngreme demais para um homem com armadura subir pelo lado norte do vale. O pior que farão será mandar os *levies* para lá, o que significa arqueiros. Se você puder dispensar homens, Derfel, ponha um punhado lá, mas fora isso reze para que Tewdric venha rapidamente. E com esse objetivo – disse ele, virando-se para Galahad – por mais que me doa pedir que fique longe da parede de escudos, senhor príncipe, será de mais valor para mim amanhã se for como meu enviado ao rei Tewdric. Você é um príncipe, fala com autoridade e, acima de todos os homens, pode persuadi-lo a se aproveitar da vitória que pretendo lhe dar com minha desobediência.

Galahad pareceu perturbado.

– Eu preferiria lutar, senhor.

– Na dúvida – sorriu Artur –, eu preferiria vencer a perder. Para isso preciso de que os homens de Tewdric venham antes do fim do dia e você, senhor príncipe, é o único mensageiro adequado que posso mandar para um rei melindrado. Você deve persuadi-lo, lisonjeá-lo, implorar, mas acima de tudo convencê-lo de que venceremos a guerra amanhã ou então lutaremos pelo resto de nossos dias.

Galahad aceitou a opção.

– Mas tenho sua permissão de voltar e lutar ao lado de Derfel quando a mensagem tiver sido dada?

– Será bem-vindo – disse Artur. Ele fez uma pausa, olhando para as pilhas de grãos. – Somos poucos, e eles são uma horda, mas os sonhos não se realizam através da cautela, e sim com o perigo ousado. Amanhã poderemos trazer paz aos britânicos. – Ele parou abruptamente, talvez pasmo com o pensamento de que sua ambição de paz também era o sonho de Tewdric. Talvez Artur estivesse pensando se deveria lutar. Lembrei-me de como depois de nosso encontro com Aelle, quando fizemos o juramento sob o carvalho, Artur pensara em desistir da luta e meio esperei que ele desnudasse a alma de novo, mas naquela noite chuvosa o cavalo da ambição estava puxando sua alma com força, e ele não podia contemplar uma paz em que sua vida ou seu exílio fosse o preço. Queria a paz, porém queria mais ainda ditar essa paz. – Quaisquer que sejam os Deuses para quem vocês rezam – falou em voz baixa –, que eles sigam com todos amanhã.

Tive de montar a cavalo para voltar aos meus homens. Estava com pressa e caí três vezes. Como presságios, as quedas foram terríveis, mas a estrada estava macia por causa da lama, e nada se feriu além do meu orgulho. Artur foi comigo, mas refreou meu cavalo quando ainda estávamos a distância de um arremesso de lança de onde as fogueiras dos meus homens tremulavam baixas na chuva insistente.

– Faça isso por mim amanhã, Derfel, e poderá carregar sua própria bandeira e pintar seus escudos.

Neste mundo ou no outro, pensei, mas não disse o pensamento em voz alta por medo de provocar os Deuses. Porque no dia seguinte, num alvorecer cinzento e melancólico, estaríamos lutando contra o mundo.

Nenhum dos meus homens tentou fugir de seus juramentos. Alguns talvez quisessem evitar a batalha, mas nenhum desejou mostrar fraqueza diante dos camaradas, por isso marchamos todos, partindo no meio da noite para atravessar uma região encharcada pela chuva. Artur nos viu partir, depois foi para onde seus cavaleiros estavam acampados.

Nimue insistiu em nos acompanhar. Ela nos prometera um feitiço de disfarce, e depois disso nada convenceria meus homens a deixá-la para trás. Fez o feitiço antes de partirmos, usando o crânio de uma ovelha que encontrou, com a luz de uma tocha, numa vala perto do acampamento. Ela arrastou a carcaça para fora da floresta onde um lobo havia se refestelado, cortou a cabeça, tirou os restos da pele cheia de vermes, depois se agachou, escondendo-se com o crânio fétido por baixo do manto. Ficou ali agachada por longo tempo, respirando o fedor medonho da cabeça decomposta, depois se levantou e chutou o crânio para o lado, com uma expressão de desprezo. Olhou onde ele foi parar e, depois de um instante de deliberação, declarou que o inimigo desviaria o olhar enquanto marchávamos pela noite. Artur, que era fascinado pela veemência de Nimue, estremeceu quando ela fez o pronunciamento, e em seguida me abraçou.

– Tenho uma dívida para com você, Derfel.

– O senhor não me deve nada.

– No mínimo lhe agradeço por trazer a mensagem de Ceinwyn. – Ele sentira um prazer enorme no perdão dela, depois estremeceu quando acrescentei as outras palavras sobre ter a proteção dele. "Ela não tem o que temer de nenhum homem na Dumnonia", dissera ele. Agora me deu um tapa nas costas. – Verei você de manhã – prometeu, depois ficou olhando enquanto saíamos das luzes das fogueiras para a escuridão.

Atravessamos campinas cobertas de capim e campos recém-colhidos, onde nenhum obstáculo além do chão encharcado, do escuro e da chuva nos atrapalhava. A chuva vinha da esquerda, do oeste, e parecia implacável; uma chuva penetrante, fria e forte que escorria por dentro dos gibões e gelava nosso corpo. A princípio seguíamos bem juntos, para que nenhum homem se sentisse sozinho no escuro, mas, mesmo atravessando terreno fácil, chamávamos constantemente em voz baixa para descobrir onde poderiam estar nossos camaradas. Alguns tentavam segurar a capa de um amigo, mas as lanças se chocavam e os homens tropeçavam, até que finalmente fiz todo mundo parar e formei duas filas. Todos receberam a ordem de pendurar o escudo nas costas e depois segurar a lança do homem da frente. Cavan estava na nossa retaguarda, certificando-se de que ninguém se perdesse, enquanto Nimue e eu íamos na vanguarda. Ela segurava minha mão, não por afeto, mas simplesmente para que pudéssemos estar juntos na noite negra. Agora o Lughnasa parecia um sonho, varrido não pelo tempo, mas pela feroz recusa de Nimue em reconhecer que os momentos que passamos no caramanchão ao menos aconteceram. Aquelas horas, como os meses passados na Ilha dos Mortos, tinham servido ao seu objetivo e agora eram irrelevantes.

Chegamos a um agrupamento de árvores. Hesitei, depois desci por um barranco íngreme e enlameado, entrando numa escuridão tão engolfante que quase perdi a esperança de conseguir levar cinquenta homens através daquele negror horrendo, mas então Nimue começou a cantarolar em voz baixa, e o som agiu como um farol para levar os homens em segurança através do escuro que os fazia tropeçar o tempo todo. As duas correntes de lanças se romperam, mas seguindo a voz de Nimue todos conseguimos passar pelas árvores e emergir numa campina do outro lado. Paramos ali enquanto Cavan e eu fazíamos uma contagem dos homens e Nimue circulava em torno de nós, sussurrando feitiços no escuro.

Meu ânimo, encharcado pela chuva e a escuridão, baixou ainda mais. Eu achava que possuía uma imagem mental dessa região logo ao norte do acampamento dos meus homens, mas o progresso difícil obliterou essa imagem. Eu não tinha ideia de onde estava, nem aonde deveria ir. Achava que estávamos indo para o norte, mas sem uma estrela para me guiar ou a lua para iluminar o caminho, deixei que os medos suplantassem a resolução.

– Por que está esperando? – Nimue veio para o meu lado e sussurrou as palavras.

Não falei nada, sem querer admitir que estava perdido. Ou talvez não querendo admitir que estava amedrontado.

Nimue sentiu meu desamparo e assumiu o comando.

– Temos um longo trecho de pastagem aberta à nossa frente – disse ela aos meus homens. – Antes o lugar era usado como pastagem de ovelhas, mas eles levaram os rebanhos embora, por isso não há pastores ou cães para nos verem. O caminho é todo de subida, mas bastante fácil se permanecermos juntos. No fim da pastagem chegaremos a um bosque e vamos esperar o alvorecer. Não é longe e não é difícil. Sei que estamos molhados e com frio, mas amanhã vamos nos esquentar nas fogueiras dos inimigos – ela falava com confiança absoluta.

Não creio que eu pudesse guiar os homens através daquela noite molhada, mas Nimue pôde. Ela afirmava que, com seu olho único, podia enxergar na escuridão em que nossos olhos não conseguiam, e talvez fosse verdade, ou talvez ela simplesmente possuísse uma ideia melhor daquela região do que eu. Mas, como quer que tenha sido feito, ela o fez muito bem. Na última hora caminhamos pelo topo de um morro e de repente a caminhada ficou mais fácil, porque agora estávamos na colina a leste do vale Lugg, e as fogueiras de vigilância do inimigo queimavam no escuro lá embaixo. Eu até podia ver a barricada de pinheiros caídos e o brilho do rio Lugg mais além. No vale homens lançavam grandes pedaços de lenha nas fogueiras para iluminar a estrada por onde os atacantes poderiam vir do sul.

Chegamos ao bosque e nos deixamos cair no chão molhado. Alguns de nós caíram no cochilo enganador, raso e cheio de sonhos que não se parece absolutamente com sono e deixa os homens com frio, cansados e doloridos, mas Nimue ficou acordada, murmurando encantos e falando com os homens que não conseguiam dormir. Não era conversa fiada, porque Nimue não tinha tempo para isso, e sim explicações ferozes do motivo pelo qual lutávamos. Não era por Mordred, dizia ela, e sim por uma Britânia livre de estrangeiros e ideias estrangeiras, e até os cristãos de minhas fileiras a ouviam.

Não esperei o alvorecer para atacar. Em vez disso, quando o céu encharcado mostrou o primeiro brilho pálido de luz cor de aço no leste, acordei os adormecidos e liderei meus cinquenta lanceiros até a borda do bosque. Esperamos ali, acima de uma encosta coberta de capim, que descia até o leito do vale tão íngreme quanto os flancos do Tor em Ynys Wydryn. Meu braço esquerdo estava tenso nas correias do escudo, Hywelbane estava pendurada no quadril e a lança pesada presa na mão direita. Uma coruja branca voou baixo ao lado das nossas árvores e meus homens acharam que o pássaro era mau presságio, mas então um gato selvagem rosnou atrás de nós e Nimue disse que o aparecimento agourento da coruja tinha sido anulado. Fiz uma oração a Mitra, dedicando as próximas horas à Sua glória, depois disse aos meus homens que os francos tinham sido inimigos muito mais ferozes do que os powysianos aturdidos pela noite no vale abaixo de nós. Duvidei de que estivesse sendo totalmente verdadeiro, mas quem está na borda da batalha não precisa de verdade, e sim de confiança. Particularmente, eu tinha ordenado a Issa e outro homem para ficarem perto de Nimue, porque, se ela morresse, eu sabia que a confiança dos meus homens desapareceria como uma névoa de verão.

A chuva golpeava por trás, deixando escorregadia a encosta coberta de capim. O céu acima do lado mais distante do vale se iluminou mais, mostrando as primeiras sombras entre as nuvens que voavam. Dentro do vale o mundo continuava cinzento e negro, numa escuridão noturna, mas já estava mais claro na borda da floresta, um contraste que me fez temer que o inimigo pudesse nos ver e que não pudéssemos vê-lo. As fogueiras continuavam acesas, porém muito mais baixas do que durante a escuridão assombrada por espíritos durante a noite. Eu não podia ver sentinelas. Estava na hora de ir.

– Movam-se devagar – ordenei aos homens. Havia imaginado uma corrida louca morro abaixo, mas mudei de ideia. O capim molhado estaria traiçoeiro, e seria melhor, decidi, se nos esgueirássemos devagar e silenciosamente pela encosta, como espíritos malignos na escuridão. Fui na frente, pisando com cuidado cada vez maior enquanto o morro ficava mais íngreme. Até mesmo as botas com pregos eram traiçoeiras no terreno molhado, por isso seguimos devagar como felinos de tocaia, e o barulho mais alto na semiescuridão era o som de nossa respiração. Usávamos as lanças como apoios. Por duas vezes homens caíram pesadamente, os escudos fazendo barulho contra bainhas de espada ou lanças, e nas duas vezes todos ficamos imóveis e esperamos uma reação. Não houve.

A última parte da encosta era a mais íngreme, mas do início daquela última descida podíamos finalmente ver todo o leito do vale. O rio corria como uma sombra escura do lado mais distante, e debaixo de nós a estrada romana passava entre um grupo de cabanas cobertas de palha onde o inimigo devia estar abrigado. Eu só conseguia ver quatro homens. Dois estavam agachados perto das fogueiras, um terceiro sentava-se sob o beiral de uma cabana enquanto o quarto andava de um lado para o outro atrás da cerca de árvores. O céu do leste ia empalidecendo na direção da claridade do alvorecer, e estava na hora de liberar meus lanceiros com caudas de lobos para a matança.

– Que os Deuses sejam sua parede de escudos – falei. – E matem bem.

Lançamo-nos pelos últimos metros daquela encosta íngreme. Alguns homens escorregaram de costas em vez de tentar ficar de pé, alguns correram de cabeça, e eu, como seu líder, corri com eles. O medo nos deu asas e nos fez gritar nosso desafio. Éramos os lobos de Benoic vindo aos morros da fronteira de Powys oferecer a morte e de repente, como sempre acontece na batalha, a empolgação tomou conta. A alegria crescente disparou dentro de nossas almas enquanto toda a contenção, todo o pensamento e a decência eram obliterados, deixando apenas o brilho feroz do combate. Saltei os últimos metros, tropecei nuns arbustos de amoreiras, chutei um balde vazio e vi o primeiro homem espantado emergir de uma cabana próxima. Ele estava vestido com calça e gibão, segurando uma lança e piscando na madrugada chuvosa, e assim morreu quando atravessei minha lança em sua barriga. Eu estava dando o uivo de lobo, desafiando meus inimigos a vir e a ser mortos.

Minha lança ficou grudada nas entranhas do sujeito. Deixei-a lá e desembainhei Hywelbane. Outro homem pôs a cabeça para fora da cabana, querendo ver o que estava acontecendo e estoquei na direção de seus olhos, jogando-o para trás. Meus homens passaram por mim, uivando e gritando. As sentinelas estavam fugindo. Uma correu para o rio, hesitou, virou-se de novo e morreu sob dois golpes de lanças. Um dos meus homens pegou um galho da fogueira e jogou na cabana molhada. Mais galhos acesos se seguiram, até que por fim as cabanas pegaram fogo, levando seus ocupantes a sair para onde meus lanceiros esperavam. Uma mulher gritou quando um teto incendiado caiu sobre ela. Nimue tinha apanhado a espada de um inimigo morto e a enfiava no pescoço de um homem caído. Ela emitia um som estranho, agudo, que trazia um terror novo à madrugada gélida.

Cavan gritou para que os homens começassem a retirar a cerca para o lado. Deixei à mercê de meus homens os poucos inimigos que ainda restavam e fui ajudá-lo. A cerca era uma barricada feita de duas dúzias de pinheiros caídos, e cada árvore precisava de uns vinte homens para retirá-la. Fizemos uma abertura de 12 metros de largura na área onde a estrada cruzava a barricada, depois Issa gritou um alerta para mim.

Os homens que tínhamos matado não eram toda a guarda do vale, e sim a linha de piquete que vigiava a cerca, e agora a guarnição principal, acordada pelo barulho, vinha aparecendo na parte norte do vale, ainda envolta em sombras.

– Parede de escudos! – gritei. – Parede de escudos!

Formamos a linha logo ao norte das cabanas incendiadas. Dois dos meus homens tinham quebrado o tornozelo ao descer a encosta, e um terceiro fora morto nos primeiros momentos da luta, mas o resto de nós formamos a linha e juntamos as bordas dos escudos para nos certificarmos de que a parede estava firme. Eu havia recuperado minha lança, por isso embainhei Hywelbane e estendi a lança para se juntar às outras pontas de aço que se projetavam 1,5 metro acima da parede de escudos. Ordenei que meia dúzia de homens permanecesse atrás com Nimue, para o caso de algum inimigo ainda estar escondido entre as sombras, depois tivemos de esperar enquanto Cavan substituía seu escudo, cujas tiras se haviam partido. Ele pegou um escudo powysiano e rapidamente cortou a cobertura de couro onde havia o símbolo da águia, depois ocupou seu lugar na extremidade direita da parede, o local mais vulnerável porque o homem da direita numa linha deve segurar o escudo para proteger o homem da esquerda, e assim expor a própria direita aos golpes inimigos.

– Pronto, senhor! – gritou ele para mim.

– Avante! – gritei. Era melhor avançar do que deixar que o inimigo entrasse em formação e nos atacasse.

As laterais do vale ficavam mais elevadas e mais íngremes enquanto marchávamos para o norte. A encosta à nossa direita, além do rio, era um denso emaranhado de árvores, ao passo que à nossa esquerda o morro era coberto de capim, a princípio, mas depois se transformava em mato áspero. O vale ficava mais estreito à medida que avançávamos, mas nunca o suficiente para ser chamado de garganta. Havia espaço para um bando de guerreiros manobrar no vale de Lugg, se bem que a margem pantanosa do rio ajudasse a reduzir o terreno plano e seco necessário para a batalha. As primeiras luzes nubladas estavam iluminando os morros do oeste, mas aquela luz ainda não tinha inundado as profundezas do vale, onde a chuva finalmente havia parado, mas o vento soprava frio e úmido, agitando as chamas das fogueiras de acampamento acesas na parte superior do vale. Aquelas fogueiras revelaram um povoado de cabanas em volta de uma construção romana. As sombras de homens correndo tremulavam diante das fogueiras, um cavalo relinchou, e de repente, quando a luz fantasmagórica do alvorecer chegou enfim à estrada, vi uma parede de escudos se formando.

Também podia ver que a parede de escudos tinha pelos menos cem homens, e outros vinham correndo juntar-se a eles.

– Parem! – gritei para meus homens, depois olhei para a luz ruim e achei que quase duzentos homens estariam formando a parede inimiga. A luz cinzenta brilhava em suas pontas de lança. Esta era a guarda de elite que Gorfyddyd pusera para sustentar o vale.

Certamente o vale era largo demais para meus cinquenta homens resistirem. A estrada seguia perto da encosta a oeste e deixava uma campina larga à nossa direita, onde o inimigo poderia facilmente nos flanquear, por isso ordenei que meus homens recuassem.

– Devagar para trás! – gritei. – Devagar e com firmeza! De volta à cerca!

Podíamos guardar a abertura que tínhamos feito na cerca de árvores, mas ainda assim seria apenas uma questão de instantes antes que o inimigo subisse nas outras árvores e nos rodeasse.

– Devagar para trás! – gritei de novo, depois fiquei imóvel enquanto meus homens recuavam. Esperei porque um único cavaleiro tinha vindo das fileiras do inimigo e esporeava em nossa direção.

O emissário do inimigo era um homem alto que cavalgava bem. Tinha um elmo de ferro com crista de penas de cisne, uma lança e uma espada, mas estava sem escudo. Usava peitoral e sua cela era uma pele de carneiro. Era um homem de aparência impressionante, olhos escuros e barba preta, e havia algo familiar em seu rosto, mas somente quando ele parou acima de mim o reconheci. Era Valerin, o chefe de quem Guinevere era noiva quando conheceu Artur. Ele me olhou, depois levantou lentamente a ponta da lança até apontá-la para minha garganta.

– Eu esperava que você fosse Artur.

– Meu senhor lhe manda lembranças, lorde Valerin.

Valerin cuspiu na direção do meu escudo, que tinha o símbolo do urso de Artur.

– Dê minhas lembranças a ele também, e à prostituta com quem se casou. – Valerin fez uma pausa, levantando a ponta da lança até estar perto dos meus olhos. – Você está muito longe de casa, menino. Sua mãe sabe que está fora da cama?

– Minha mãe está preparando um caldeirão para os seus ossos, lorde Valerin. Nós precisamos de cola e ouvimos dizer que os ossos de ovelhas fazem a melhor.

Ele pareceu satisfeito por eu conhecê-lo, confundindo meu reconhecimento com fama e não percebendo que eu fora um dos guardas que tinha ido a Caer Sws com Artur tantos anos atrás. Levantou a ponta da lança afastando-a do meu rosto e olhou meus homens.

– Vocês não são muitos – falou –, mas nós somos. Gostaria de se render agora?

– Vocês são muitos, mas meus homens estão com fome de batalha, por isso vão gostar de terem uma boa porção de inimigos.

Esperava-se que um líder fosse bom nesses insultos rituais antes da batalha, e sempre gostei deles. Artur nunca foi bom nessas trocas verbais porque, mesmo nos últimos instantes antes da matança, ainda tentava fazer com que os inimigos gostassem dele.

Valerin deu meia-volta com o cavalo.

– Seu nome? – perguntou ele antes de partir.

– Lorde Derfel Cadarn – falei com orgulho e pensei ter visto, ou pelo menos esperei ter visto, um clarão de reconhecimento antes de ele bater com os calcanhares instigando o cavalo para o norte.

Se Artur não viesse, pensei, estávamos todos mortos, mas quando me juntei de novo aos meus lanceiros perto da barricada encontrei Culhwch, que cavalgava de novo com Artur, me esperando. Seu grande cavalo estava pastando ruidosamente o capim ali perto.

– Não estamos longe, Derfel – garantiu ele – e quando esses vermes atacarem você deve fugir. Entendeu? Faça com que eles os persigam. Isso vai espalhá-los, e quando nos vir chegando saia do caminho. – Ele apertou minha mão, depois me envolveu num abraço de urso. – Isso é melhor do que falar sobre paz, não é? – falou, depois voltou ao seu cavalo e montou na sela. – Sejam covardes por alguns instantes! – gritou ele aos meus homens, depois levantou uma das mãos e esporeou em direção ao sul.

Expliquei aos homens o que significavam as últimas palavras de Culhwch, depois ocupei meu lugar no centro da parede de escudos que se estendia na abertura que tínhamos feito nas árvores caídas. Nimue estava atrás de mim, ainda segurando a espada sangrenta.

– Vamos fingir que estamos em pânico quando eles fizerem o primeiro ataque – gritei para a parede de escudos. – E não tropecem quando correrem e se certifiquem de sair do caminho dos cavalos. – Ordenei que quatro dos meus homens ajudassem os dois que estavam com o tornozelo quebrado a irem para as árvores atrás da cerca, onde poderiam se esconder.

Esperamos. Olhei para trás uma vez, mas não podia ver os homens de Artur, que eu presumia estivessem escondidos onde a estrada entrava num trecho de árvores 400 metros ao sul. À minha direita, o rio corria em redemoinhos escuros e brilhantes onde dois cisnes deslizavam. Uma garça pescava na beira do rio, mas depois abriu as asas preguiçosamente e partiu para o norte, uma direção que Nimue considerou bom augúrio porque o pássaro estava levando a má sorte em direção ao inimigo.

Os lanceiros de Valerin vieram lentamente. Tinham sido acordados para a batalha e ainda estavam vagarosos. Alguns tinham a cabeça descoberta, e achei que os líderes os haviam retirado das camas de palha com tanta pressa que nem todos tiveram tempo de pegar os equipamentos. Eles não tinham druida, de modo que pelo menos estávamos livres de feitiços, se bem que, como meus homens, murmurei umas preces rápidas. As minhas foram para Mitra e Bel. Nimue estava gritando para Andraste, a Deusa da chacina, enquanto Cavan clamava aos seus Deuses irlandeses que dessem à sua lança um bom dia de matança. Vi que Valerin havia desmontado e estava liderando seus homens no centro da fileira, mas notei que um serviçal puxava o cavalo do chefe logo atrás da linha que avançava.

Um forte vento úmido soprou a fumaça das cabanas que queimavam do outro lado da estrada, meio escondendo a linha dos inimigos. Os corpos de seus camaradas mortos acordariam aqueles lanceiros que avançavam, pensei, e sem dúvida ouvi os gritos de raiva enquanto eles encontravam os cadáveres recentes, e quando um vento afastou a fumaça a linha de ataque estava vindo mais rápido e gritando insultos. Esperamos em silêncio enquanto a luz cinzenta se espalhava no chão úmido do vale.

Os lanceiros dos inimigos pararam a 50 passos de nós. Todos levavam a águia de Powys nos escudos, de modo que nenhum era de Silúria ou dos outros contingentes que se aliaram a Gorfyddyd.

Presumi que aqueles lanceiros estavam entre os melhores de Powys, de modo que qualquer um que matássemos faria diferença mais tarde, e os Deuses sabiam como precisávamos disso. Até agora estávamos nos saindo melhor, e eu tinha de me lembrar que aqueles momentos fáceis se destinavam apenas a trazer toda a força de Gorfyddyd e seus aliados contra os poucos homens leais a Artur.

Dois homens saíram correndo da linha de Valerin e jogaram lanças que passaram muito acima de nossa cabeça, enterrando-se no chão atrás. Meus homens zombaram, e alguns deliberadamente afastaram os escudos da frente do corpo, como se convidassem o inimigo a tentar de novo. Agradeci a Mitra porque Valerin não tinha arqueiros. Poucos guerreiros carregavam arcos, porque nenhuma flecha é capaz de atravessar um escudo ou um peitoral de couro. O arco era uma arma de caçador, mais bem usado contra aves selvagens ou caças pequenas, mas uma massa de camponeses num *levy*, carregando arcos leves, ainda podia ser incômoda ao forçar os guerreiros a se agachar atrás das paredes de escudos.

Mais dois homens jogaram lanças. Uma arma bateu num escudo e ficou presa, a outra voou alta de novo. Valerin estava nos observando, avaliando nossa decisão, e talvez porque não jogássemos lanças de volta ele tenha pensado que já estávamos vencidos. Levantou os braços, bateu a lança no escudo e gritou para seus homens atacarem.

Eles rugiram em desafio e nós, assim como Artur tinha ordenado, rompemos fileira e corremos. Por um segundo houve confusão enquanto os homens na linha de escudos se atrapalhavam mutuamente, mas em seguida nos espalhamos e partimos pela estrada. Nimue, com o manto preto esvoaçando, corria à nossa frente, mas sempre olhando para trás para ver o que acontecia. O inimigo comemorou a vitória e correu para nos pegar enquanto Valerin, vendo a chance de montar seu cavalo em meio a uma confusão, gritou para que o servo trouxesse o animal.

Corremos desajeitadamente, atrapalhados pelas capas, pelos escudos e lanças. Eu estava cansado, e a respiração martelava no meu peito enquanto seguia meus homens para o sul. Dava para ouvir o inimigo atrás, e por duas vezes olhei por cima do ombro e vi um homem alto e ruivo rindo enquanto se esforçava para me pegar. Ele corria mais rápido do que eu, que já estava pensando que precisaria parar, me virar e enfrentá-lo, quando ouvi aquele som doce e abençoado da trompa de Artur. Ela soou duas vezes e então, saindo das árvores embaçadas pelo alvorecer à nossa frente, irrompeu a força de Artur.

Primeiro veio o próprio Artur, com suas plumas brancas, a armadura brilhante e o escudo espelhado, e com a capa branca aberta atrás como se fosse asas. Sua ponta de lança baixou-se enquanto os cinquenta homens surgiam sobre os cavalos com armaduras, os rostos envoltos em ferro e as pontas de lanças brilhando. As bandeiras do dragão e do urso voavam brilhantes e a terra tremia sob aqueles cascos portentosos que espirravam água e lama no ar enquanto os grandes cavalos ganhavam velocidade. Meus homens corriam para o lado, formando dois grupos que rapidamente se reuniram em círculos defensivos com escudos e lanças virados para fora. Fui para a esquerda e me virei a tempo de ver os homens de Valerin tentando desesperadamente formar uma parede de escudos. O lorde, montado em seu cavalo, gritou para que eles recuassem até a barricada, mas já era tarde demais. Nossa armadilha tinha sido acionada, e os defensores do vale de Lugg estavam condenados.

Artur passou em disparada por mim, montado em Llamrei, sua égua predileta. A bainha da manta do animal e as extremidades da capa de Artur já estavam encharcadas de lama. Um homem jogou uma lança que ricocheteou no peitoral de Llamrei, depois Artur cravou sua lança no primeiro soldado inimigo, abandonou a arma e expôs Excalibur à alvorada. O resto dos cavalos passou num tumulto de água e barulho. Os homens de Valerin gritaram enquanto as feras enormes se lançavam contra suas fileiras partidas. Espadas desciam com violência deixando homens curvados e sangrentos enquanto os cavalos pressionavam, alguns fazendo com que os homens em pânico se abaixassem sob seus pesados cascos ferrados. Lanceiros desunidos não tinham defesa contra cavalos, e aqueles guerreiros de Powys não tiveram chance de formar nem mesmo a menor parede de escudos. Só podiam correr, e Valerin, vendo que não havia salvação, virou seu animal leve e galopou para o norte.

Alguns de seus homens foram atrás, mas qualquer homem a pé estava condenado a ser derrubado pelos cavalos. Outros se viraram de lado e correram para o rio ou o morro, e esses nós caçamos com grupos de lanceiros. Alguns largaram as lanças e escudos e levantaram os braços, e esses nós deixamos viver, mas qualquer homem que oferecesse resistência era rodeado como um javali preso num mato sem saída e morto a golpes de lança. O cavalo de Artur tinha desaparecido no vale, deixando atrás uma horrenda trilha de homens com cabeças cortadas até o cérebro pelos golpes da espada. Outros inimigos estavam mancando e caindo, e Nimue, vendo sua destruição, gritou em triunfo.

Fizemos quase cinquenta prisioneiros. Pelo menos um número equivalente era de mortos ou agonizantes. Alguns escaparam subindo o morro pelo qual tínhamos vindo ao alvorecer, outros tinham se afogado tentando atravessar o Lugg, mas o resto estava sangrando, cambaleando, vomitando e sentindo a derrota. Os homens de Sagramor, cento e cinquenta lanceiros de primeira, surgiram marchando enquanto terminávamos de cercar os últimos sobreviventes de Valerin.

– Não podemos poupar homens para guardar prisioneiros – disse Sagramor, cumprimentando-me.

– Eu sei.

– Então mate-os – ordenou ele e Nimue ecoou sua aprovação.

– Não – insisti. Sagramor era o meu comandante pelo resto daquele dia, e eu não estava gostando de discordar dele, mas Artur queria trazer a paz aos britânicos, e matar prisioneiros desamparados não era um modo de ligar Powys à paz que ele desejava. Além disso, os meus homens tinham feito os prisioneiros, de modo que seu destino era minha responsabilidade e, em vez de matá-los, ordenei que fossem despidos e depois levados um a um até onde Cavan esperava com um pedregulho como martelo e uma grande pedra como bigorna. Colocamos a mão da lança de cada um dos homens sobre a pedra e depois esmagamos os dois dedos menores com o pedregulho. Um homem com dois dedos despedaçados viveria e talvez até mesmo pudesse segurar uma lança de novo, mas não nesse dia. Nem por muitos outros dias. Depois nós os mandamos para o sul, nus e sangrando, e dissemos que se víssemos seus rostos de novo antes do anoitecer eles morreriam. Sagramor zombou de mim por demonstrar tamanha indulgência, mas não contradisse as ordens. Meus homens pegaram as melhores roupas e as botas dos inimigos, revistaram as roupas descartadas em busca de moedas e depois jogaram as vestimentas nas cabanas que ainda queimavam. Empilhamos junto à estrada as armas capturadas.

Depois marchamos para o norte e ficamos sabendo que Artur terminara sua perseguição junto ao vau, retornando ao povoado que ficava perto da construção romana de tamanho razoável, que, segundo ele, tinha sido uma hospedaria para viajantes que seguiam para os morros do norte. Uma multidão de mulheres se encolhia sob guarda ao lado da construção, agarrando os filhos e os escassos pertences.

– O seu inimigo era Valerin – revelei a Artur.

Ele demorou alguns segundos para situar o nome, depois sorriu. Tinha retirado o elmo e desmontado para nos cumprimentar.

– Pobre Valerin, duas vezes perdedor – disse ele, depois me abraçou e agradeceu aos meus homens. – A noite estava tão escura que duvidei que fosse encontrar o vale.

– Eu não encontrei. Foi Nimue.

– Então lhe devo um agradecimento – disse Artur a Nimue.

– Agradeça-me por trazer a vitória neste dia.

– Com a ajuda dos Deuses, sim. – Ele se virou e olhou para Galahad que havia cavalgado junto no ataque. – Vá para o sul, senhor príncipe, e dê minhas saudações a Tewdric e peça que os lanceiros dele venham para o nosso lado. Que Deus dê eloquência à sua língua.

Galahad esporeou o cavalo e voltou pelo vale coberto de sangue.

Artur se virou e olhou para uma pequena colina, 1,5 quilômetro ao norte do vau. Ali existia uma velha fortaleza de terra, legado do Povo Antigo, mas parecia deserta.

– A coisa ficaria ruim para nós se alguém visse onde nos escondemos – disse ele com um sorriso. Artur queria encontrar seu esconderijo e deixar as armaduras pesadas dos cavalos lá, antes de partir em direção ao norte para provocar os homens de Gorfyddyd a saírem dos acampamentos em Branogenium.

– Nimue fará um feitiço para escondê-lo – falei.

– Você faria isso, senhora? – perguntou ele, sério.

Ela foi procurar um crânio. Artur me abraçou de novo, em seguida chamou seu serviçal Hygwydd para ajudá-lo a tirar a pesada cota de escamas. Ela saiu por cima de sua cabeça, deixando desgrenhado o cabelo curto.

– Você poderia usá-la? – perguntou.

– Eu? – Eu estava pasmo.

– Quando o inimigo atacar eles esperarão me encontrar aqui, e se não estiver eles suspeitarão de uma armadilha. – Artur sorriu. – Eu pediria a Sagramor, mas acho que o rosto dele é mais evidente do que o seu, lorde Derfel. Mas terá de cortar um pouco desse cabelo comprido. – Meu cabelo aparecendo por baixo da borda do elmo seria sinal claro de que eu não era Artur. – E talvez aparar a barba um pouco.

Peguei a armadura com Hygwydd e fiquei chocado com o peso.

– Sinto-me honrado – falei.

– É pesada – alertou ele. – Você vai sentir calor e não vai poder enxergar dos lados quando estiver usando o elmo, por isso vai precisar de dois homens bons para flanqueá-lo. – Ele sentiu minha hesitação. – Devo pedir a outro?

– Não, senhor. Eu uso a armadura.

– Vai significar perigo.

– Eu não estava esperando um dia em segurança, senhor.

– Vou lhe deixar as bandeiras. Quando Gorfyddyd vier, ele deve estar convencido de que todos os inimigos estão juntos. Será uma luta dura, Derfel.

– Galahad trará ajuda – garanti.

Ele pegou meu peitoral e meu escudo, deu-me seu escudo brilhante e a capa branca, depois se virou e segurou o bridão de Llamrei.

– Essa foi a parte fácil do dia – falou depois de ser ajudado a subir na sela. Em seguida, chamou Sagramor e falou conosco: – O inimigo estará aqui ao meio-dia. Façam o possível para se preparar, depois lutem como nunca. Se eu os vir de novo seremos vitoriosos Se não, agradeço-lhes, saúdo-os, e esperarei para festejar com vocês no Outro Mundo. – Ele gritou chamando seus homens para montarem, em seguida foram para o norte.

E esperamos o início da verdadeira batalha.

A ARMADURA DE ESCAMAS era espantosamente pesada, forçando meus ombros para baixo como as varas com baldes d'água que as mulheres levam para casa todas as manhãs. Era difícil até mesmo levantar o braço da espada, porém ficou mais fácil quando apertei com força o cinto da espada em volta das escamas de ferro, retirando dos ombros o peso da parte de baixo da cota.

Depois de terminar seu feitiço de disfarce, Nimue cortou meu cabelo com uma faca. Queimou todo o cabelo cortado para que nenhum inimigo encontrasse os restos e fizesse um encantamento, depois usei o escudo de Artur como espelho para cortar a barba o suficiente para escondê-la atrás das peças laterais do elmo. Depois coloquei o elmo, forçando o forro de couro almofadado sobre o crânio e empurrando-o para baixo, até que envolvesse minha cabeça como uma concha. Minha voz parecia abafada apesar das perfurações sobre os ouvidos no metal brilhante. Experimentei o escudo pesado, deixei Nimue prender a capa suja de lama nos meus ombros, depois tentei me acostumar ao peso desajeitado da armadura. Issa me fez lutar usando um cabo de lança como se fosse um bastão, e descobriu que eu estava muito mais lento do que o usual.

– O medo vai deixá-lo mais rápido, senhor – disse Issa quando rompeu minha guarda pela décima vez e me deu um golpe ecoante na cabeça.

– Não derrube as plumas – falei. Secretamente estava desejando nunca ter aceitado a armadura pesada. Era equipamento de cavaleiro, destinado a acrescentar peso e espanto num homem montado que tinha de abrir caminho entre as fileiras dos inimigos, mas nós, lanceiros, dependíamos da agilidade e da rapidez quando não estávamos grudados ombro a ombro numa parede de escudos.

– Mas o senhor está maravilhoso – disse Issa, admirado.

– Serei um cadáver maravilhoso se você não guardar meu flanco. É como lutar dentro de um balde. – Tirei o capacete, aliviado quando o crânio se livrou da pressão. – Quando vi essa armadura pela primeira vez – falei a Issa –, eu a quis mais do que qualquer coisa no mundo. Agora a trocaria por um peitoral de couro decente.

– O senhor vai ficar bem – disse ele com um riso.

Tínhamos trabalho a fazer. As mulheres e crianças abandonadas pelos homens derrotados de Valerin tinham de ser mandadas para o sul, para longe do vale, depois preparamos as defesas perto dos restos da cerca de árvores. Sagramor temia que o peso avassalador do inimigo nos retirasse do vale antes que os cavaleiros de Artur chegassem para nos resgatar, por isso preparou o terreno da melhor maneira possível. Meus homens queriam dormir, mas em vez disso cavamos um fosso raso atravessando o vale. O fosso nem de longe era suficientemente fundo para impedir a passagem de um homem, mas forçaria os lanceiros a interromper o passo e talvez tropeçar enquanto se aproximavam de nossa linha de lanças. A barricada de árvores estava logo atrás do fosso, marcava o limite até onde recuaríamos e o lugar que deveríamos defender até a morte. Sagramor escorou as árvores caídas com algumas das lanças abandonadas de Valerin, que ele ordenou que fossem cravadas no chão para fazer uma cerca de pontas se projetando entre os galhos dos pinheiros. Deixamos a abertura por onde a estrada passava no centro da cerca, para que pudéssemos recuar para trás da frágil barreira antes de defendê-la.

Minha preocupação era o morro íngreme e aberto por onde meus homens tinham atacado ao alvorecer. Os guerreiros de Gorfyddyd sem dúvida atacariam direto pelo vale, mas seus *levies* provavelmente seriam mandados ao terreno alto para ameaçar nosso flanco esquerdo, e Sagramor não podia destacar nenhum homem para sustentar aquele terreno elevado, mas Nimue insistiu que não havia necessidade. Ela pegou dez lanças capturadas e, com a ajuda de meia dúzia de meus homens, cortou a cabeça de dez dos lanceiros mortos de Valerin e levou as lanças e as cabeças sangrentas morro acima, onde mandou que os cabos das lanças fossem cravados no chão. Depois enfiou as cabeças sangrentas nas pontas das lanças e as enfeitou com medonhas perucas de grama amarrada, cada nó sendo um feitiço, antes de espalhar galhos de teixo entre os postes espaçados. Tinha feito uma cerca fantasma: uma linha de espantalhos humanos imbuídos de encantos e feitiços que nenhum homem ousaria ultrapassar sem a ajuda de um druida. Sagramor queria que ela fizesse outra cerca assim no terreno a norte do vau, mas Nimue recusou.

– Os guerreiros deles virão com druidas – explicou – e uma cerca fantasma é risível para um druida. Mas o *levy* não terá druida. – Ela colhera uma braçada de verbenas no morro e agora distribuía suas pequenas flores púrpuras entre os lanceiros, que sabiam que a verbena dava proteção na batalha. Enfiou um ramo inteiro dentro da minha armadura.

Os cristãos se juntaram em suas preces enquanto nós, pagãos, buscávamos a ajuda dos Deuses. Alguns homens jogaram moedas no rio, depois trouxeram seus talismãs para Nimue tocar. A maioria carregava um pé de lebre, mas alguns trouxeram suas setas de elfos ou pedras-de-serpente. As setas de elfos eram minúsculas pontas de flechas feitas de sílex, lançadas pelos espíritos e muito valorizadas pelos soldados, ao passo que as pedras-de-serpentes tinham cores brilhantes que Nimue enriquecia mergulhando-as no rio antes de tocá-las com seu olho bom. Apertei a armadura de escamas até sentir o broche de Ceinwyn pinicando o peito, depois me ajoelhei e beijei a terra. Mantive a testa no chão molhado enquanto pedia que Mitra me desse força, coragem e, se fosse Sua vontade, uma boa morte. Alguns homens bebiam o hidromel que tínhamos descoberto no povoado, mas tomei apenas água. Comemos a comida que os homens de Valerin pensavam que seria seu desjejum, e depois um grupo de lanceiros ajudou Nimue a pegar sapos e víboras, os quais ela matou e pôs na estrada do outro lado do vau, para dar maus presságios aos inimigos que se aproximassem. Depois, afiamos as armas de novo e esperamos. Sagramor tinha encontrado um homem escondido na floresta atrás do povoado. O sujeito era um pastor e Sagramor o interrogou sobre a região em volta, e ficou sabendo que havia um segundo vau rio acima, por onde o inimigo poderia nos flanquear se tentássemos defender a margem do rio na extremidade norte do vale. A existência do segundo vau não nos perturbou por enquanto, mas precisávamos nos lembrar de sua existência, porque dava ao inimigo um modo de flanquear nossa linha de defesa que ficava mais ao norte.

Eu estava nervoso com a luta iminente, mas Nimue não parecia ter medo.

– Não tenho o que temer – disse-me ela. – Sofri as Três Feridas, o que pode me machucar? – Ela estava sentada ao meu lado, perto do vau na extremidade norte do vale. Esta seria a nossa primeira linha de defesa, o lugar onde começaríamos a lenta retirada que atrairia o inimigo para dentro do vale e para a armadilha de Artur. – Além disso – acrescentou –, estou sob a proteção de Merlin.

– Ele sabe que estamos aqui?

Ela fez uma pausa, depois assentiu.

– Sabe.

– Ele virá?

Ela franziu a testa, como se minha pergunta fosse uma idiotice

– Ele fará o que precisar fazer.

– Então ele virá – falei, numa esperança fervorosa.

Nimue balançou a cabeça, impaciente.

– Merlin só se importa com a Britânia. Ele acredita que Artur pode ajudar a restaurar o Conhecimento da Britânia, mas, se decidir que Gorfyddyd faria isso melhor, acredite, Derfel, Merlin ficaria do lado de Gorfyddyd.

Merlin tinha dado a entender isso em Caer Sws, mas eu ainda achava difícil acreditar que suas ambições estivessem tão distantes das minhas alianças e esperanças.

– E você?

– Só tenho um fardo que me liga a este exército – disse ela – e depois disso estarei livre para ajudar Merlin.

– Gundleus – falei.

Ela confirmou com a cabeça.

– Dê-me Gundleus vivo, Derfel – disse Nimue, olhando nos meus olhos. – Dê-me Gundleus vivo, eu imploro. – Ela tocou o tapa-olho de couro e ficou quieta enquanto invocava energias para a vingança ansiada. Seu rosto ainda tinha uma palidez de osso, e o cabelo preto pendia frouxo sobre as bochechas. A suavidade que revelara no Lughnasa fora substituída por uma aridez gélida que me fez pensar que nunca iria entendê-la. Eu a amava, não como achava que amava Ceinwyn, mas como um homem pode amar uma bela criatura selvagem, uma águia ou um gato do mato, porque sabia que nunca compreenderia sua vida ou seus sonhos. Ela fez uma careta de repente. – Eu devo fazer a alma de Gundleus gritar pelo resto dos tempos – falou em voz baixa –, devo mandá-la pelo abismo do nada, mas ele jamais chegará ao nada, Derfel, estará sempre sofrendo na borda, gritando.

Estremeci por Gundleus.

Um grito me fez olhar para o outro lado do rio. Seis cavaleiros vinham galopando em nossa direção. Nossa parede de escudos se levantou e todos passaram os braços pelas correias, mas depois vi que o homem da frente era Morfans. Ele cavalgava desesperadamente, esporeando o cavalo suado e exausto, e temi que aqueles seis homens fossem tudo que restava da tropa de Artur.

Os cavalos espirraram a água do vau enquanto Sagramor e eu nos adiantávamos. Morfans puxou as rédeas na margem do rio.

– A 3 quilômetros! – disse ele, ofegando. – Artur nos mandou para ajudá-los. Deuses, há centenas dos desgraçados! – Ele enxugou o suor da testa, depois riu. – Há pilhagem suficiente para mil dos nossos! – Em seguida desmontou pesadamente e vi que ele estava com a trompa de prata e achei que iria usá-la para chamar Artur quando fosse a hora certa.

– Onde está Artur? – perguntou Sagramor.

– Escondido em segurança – garantiu Morfans, depois olhou para a minha armadura e seu rosto feio se partiu num riso torto. – É um tremendo peso essa armadura, não é?

– Como ele consegue lutar dentro dela? – perguntei.

– Muito bem, Derfel, muito bem. E você também lutará. – Ele deu um tapa no meu ombro. – Alguma notícia de Galahad?

– Não.

– Agrícola não nos deixará lutar sozinhos, independentemente do que desejem aquele rei cristão e seu filho sem coragem – disse

Morfans, que depois levou seus cinco cavaleiros através da parede de escudos. – Dê-nos alguns minutos para descansar os cavalos.

Sagramor puxou o elmo sobre a cabeça. O númida usava uma cota de malha, uma capa preta e botas de cano alto. Seu capacete de ferro era pintado de preto, com piche, e subia numa ponta que lhe dava uma aparência exótica. Geralmente ele lutava a cavalo, mas não mostrava arrependimento por ser um homem de infantaria hoje. Nem mostrava qualquer nervosismo enquanto andava com as pernas compridas de um lado para o outro em frente à nossa parede de escudos, dando coragem aos seus homens.

Coloquei o capacete sufocante de Artur e prendi a correia sob o queixo. Depois, vestido como o meu senhor, também caminhei pela fileira de lanças e avisei aos meus homens de que a luta seria difícil, mas que a vitória era certa desde que nossa parede de escudos resistisse. Era uma parede perigosamente fina, em alguns lugares com a profundidade de apenas três homens, mas todos eram homens bons. Um deles saiu da fileira enquanto eu me aproximava do lugar onde os homens de Sagramor faziam limite com os meus.

– Lembra-se de mim, senhor? – gritou ele.

Por um momento pensei que o sujeito havia me confundido com Artur, e puxei as peças laterais do capacete para que ele pudesse ver meu rosto, então finalmente o reconheci. Era Griffid, o capitão de Owain, o homem que tinha tentado me matar em Lindinis antes que Nimue interviesse para salvar minha vida.

– Griffid Ap Annan – cumprimentei.

– Houve sangue ruim entre nós, senhor – disse ele e em seguida se ajoelhou. – Perdoe-me.

Eu o puxei de pé e abracei. Sua barba tinha ficado grisalha, mas ele era o mesmo homem de ossos compridos e rosto triste de quem eu me lembrava.

– Minha alma está sob sua guarda – falei –, e fico feliz em colocá-la assim.

– E a minha sob a sua, senhor.

– Minac! – reconheci outro de meus antigos camaradas. – Estou perdoado?

– Havia alguma coisa a perdoar, senhor? – perguntou ele, constrangido com a pergunta.

– Nada houve a perdoar – garanti. – Nenhum juramento foi rompido, juro.

Minac se adiantou e me abraçou. Por toda a parede de escudos outras pendências estavam sendo resolvidas.

– Como você tem andado? – perguntei a Griffid.

– Lutando muito, senhor. Principalmente contra os saxões de Cerdic. Hoje será fácil comparado com aqueles desgraçados, a não ser por uma coisa. – Ele hesitou.

– O quê?

– Ela vai devolver nossas almas, senhor? – perguntou Griffid, olhando para Nimue. Estava se lembrando da praga terrível que ela havia lançado sobre ele e seus homens.

– Claro que sim – falei e chamei Nimue, que tocou a testa de Griffid e de todos os outros sobreviventes que haviam ameaçado minha vida naquele dia distante em Lindinis. Assim, sua maldição foi retirada e eles lhe agradeceram beijando sua mão. Abracei Griffid de novo, depois levantei a voz para que todos os meus homens pudessem ouvir. – Hoje daremos aos bardos canções suficientes para mil anos! E hoje nos tornamos homens ricos de novo!

Eles comemoraram. A emoção naquela linha de escudos era tão rica que alguns homens choraram de felicidade. Agora sei que não existe alegria como a de servir a Jesus Cristo, mas como sinto falta da companhia de guerreiros! Naquela manhã não havia barreiras entre nós, nada além de um amor grandioso e crescente entre cada um enquanto esperávamos o inimigo. Éramos irmãos, éramos invencíveis, e até o lacônico Sagramor estava com lágrimas nos olhos. Um lanceiro começou a cantar a "Canção Guerreira de Beli Mawr", a grande canção de batalha da Britânia, e as fortes vozes masculinas cresceram numa harmonia nítida por toda a fileira. Outros homens dançavam em volta de suas espadas, cabriolando desajeitadamente nas armaduras de couro enquanto faziam passos intricados de cada lado da lâmina. Nossos cristãos estavam com os braços abertos enquanto cantavam, quase como se a canção fosse uma reza pagã ao seu Deus, e outros batiam com as lanças contra os escudos no ritmo da música.

Ainda estávamos cantando sobre o jorro do sangue inimigo em nossa terra quando o inimigo apareceu. Continuamos cantando desafiadoramente enquanto bando após bando de lanceiros surgia e se espalhava nos campos distantes, sob bandeiras reais que brilhavam no dia nublado. E continuávamos cantando, uma grande torrente de canção para desafiar o exército de Gorfyddyd, o exército do pai da mulher que eu estava convencido de amar. Era por isso que eu lutava, não somente por Artur, mas porque apenas com a vitória poderia voltar a Caer Sws e rever Ceinwyn. Não podia reivindicá-la nem tinha esperanças, porque era filho de escrava e ela uma princesa, mas de algum modo senti naquele dia que tinha a perder mais do que jamais possuíra na vida.

Demorou mais de uma hora para aquela horda pesada formar uma linha de batalha na outra margem do rio. O rio só podia ser atravessado no vau, o que significava que teríamos tempo de recuar quando chegasse a hora, mas por enquanto o inimigo devia ter presumido que planejávamos defender o vau durante o dia inteiro, porque reuniu seus melhores homens no centro da linha. O próprio Gorfyddyd estava lá, com sua bandeira da águia manchada pela tinta que havia escorrido na chuva, parecendo que já fora mergulhada em nosso sangue. As bandeiras de Artur, a do urso preto e a do dragão vermelho, voavam no centro da nossa fileira, onde eu estava diante do vau. Ao meu lado, Sagramor contava as bandeiras inimigas. A raposa de Gundleus se encontrava lá, e o cavalo vermelho de Elmet, e várias outras que não reconhecemos.

– Seiscentos homens? – supôs Sagramor.

– E mais continuam vindo – acrescentei.

– Sem dúvida. – Ele cuspiu na direção do vau. – E todos devem ter visto que o touro de Tewdric está faltando. – Ele deu um de seus raros sorrisos. – Será uma luta digna de se lembrar, lorde Derfel.

– Fico feliz em compartilhá-la com você, lorde – falei fervoroso e estava mesmo. Não havia maior guerreiro do que Sagramor. Nem mesmo a presença de Artur provocava pavor equivalente ao rosto impassível e à espada feroz do númida. Era uma espada curva, de estranha manufatura estrangeira, e Sagramor a brandia com rapidez terrível. Uma vez perguntei por que ele havia jurado lealdade a Artur.

– Porque quando eu não tinha nada Artur me deu tudo – explicou, lacônico.

Por fim, nossos lanceiros tinham parado de cantar enquanto dois druidas avançavam do exército de Gorfyddyd. Tínhamos apenas Nimue para contrabalançar seus feitiços, e agora ela atravessou o vau para encontrar os dois homens que avançavam pulando pela estrada com um braço erguido e um dos olhos fechados. Os druidas eram Iorweth, o feiticeiro de Gorfyddyd, e Tanaburs, com seu longo manto bordado de luas e lebres. Os dois trocaram beijos com Nimue, falaram com ela rapidamente e em seguida ela voltou para o nosso lado do vau.

– Eles queriam que nos rendêssemos – falou cheia de desprezo –, e eu os convidei a fazer o mesmo.

– Bom – rosnou Sagramor.

Iorweth foi pulando desajeitado até o outro lado do vau.

– Os Deuses cumprimentam vocês! – gritou para nós, mas ninguém respondeu. Eu tinha fechado as laterais do elmo para não ser reconhecido. Tanaburs pulava rio acima, usando seu cajado para manter o equilíbrio. Iorweth levantou seu cajado horizontalmente acima da cabeça para mostrar que queria falar mais.

– Meu rei, o rei de Powys e Grande Rei da Britânia, o rei Gorfyddyd Ap Cadell Ap Brychan Ap Laganis Ap Coel Ap Beli Mawr, poupará às suas almas ousadas uma viagem para o Outro Mundo. Vocês só precisam, bravos guerreiros, nos entregar Artur! – Ele apontou o cajado para mim, e Nimue imediatamente sibilou uma oração protetora e jogou dois punhados de terra no ar.

Fiquei quieto e o silêncio foi minha recusa. Iorweth girou o cajado e cuspiu três vezes em nossa direção, depois começou a pular pela margem do rio para acrescentar suas pragas aos feitiços de Tanaburs. O rei Gorfyddyd, acompanhado do filho Cuneglas e do aliado Gundleus, tinha cavalgado até a metade do rio para olhar os druidas trabalhando, e eles trabalharam mesmo. Deram nosso sangue aos vermes, nossa carne aos animais e nossos ossos à agonia. Rogaram pragas contra nossas mulheres, nossos filhos, nossos campos e nossos animais. Nimue contrapôs os feitiços, mas mesmo assim nossos homens estremeceram. Os cristãos gritaram dizendo que nada tinham a temer, mas até faziam o sinal da cruz enquanto as pragas voavam por sobre o rio em asas de escuridão.

Os druidas praguejaram durante uma hora inteira e nos deixaram trêmulos. Nimue caminhou pela fileira de escudos tocando pontas de lanças e garantindo aos homens que as pragas não tinham funcionado, mas nossos homens estavam nervosos com a fúria dos Deuses enquanto a fileira de lanças do inimigo finalmente avançava.

– Levantar escudos! – gritou Sagramor asperamente. – Levantar lanças!

O inimigo parou a 50 passos do rio enquanto um homem sozinho avançava a pé. Era Valerin, o chefe que tínhamos expulsado do vale ao alvorecer, e que agora avançava para a borda norte do vau com escudo e lança. Ele havia sofrido a derrota de manhã, e seu orgulho o forçava a este momento em que poderia recuperar a reputação.

– Artur! – gritou para mim. – Você se casou com uma prostituta!

– Fique quieto, Derfel – alertou Sagramor.

– Uma prostituta! – gritou Valerin. – Ela já tinha sido usada quando veio a mim. Quer a lista dos amantes dela? Uma hora, Artur, não seria suficiente para esta lista! E com quem ela está se prostituindo agora enquanto você espera para morrer? Acha que ela o está esperando? Conheço aquela prostituta! Ela está embolando as pernas com um homem ou dois! – Ele abriu os braços e sacudiu os quadris obscenamente e meus lanceiros zombaram de volta, mas Valerin ignorou os insultos gritados. – Uma prostituta, uma prostituta rançosa e usada! Você lutaria por sua prostituta, Artur? Ou perdeu a coragem de lutar? Defenda sua prostituta, seu verme! – Ele passou pelo vau que chegava à altura das coxas e parou na nossa margem, com o manto pingando, a apenas uma dúzia de passos de mim. Olhou para a sombra escura do buraco do olho de meu elmo. – Uma prostituta, Artur – repetiu. – Sua mulher é uma prostituta. – Ele cuspiu. Estava com a cabeça despida e tinha amarrado ramos de visgo nos cabelos compridos e pretos, para proteção. Usava um peitoral, mas nenhuma outra armadura, e seu escudo estava pintado com a águia de asas abertas, de Gorfyddyd. Ele riu de mim, depois ergueu a voz para gritar a todos os nossos homens: – Seu líder não quer lutar por sua prostituta, então por que vocês devem lutar por ele?

Sagramor rosnou para que eu ignorasse as provocações, mas o desafio de Valerin era perturbador para nossos homens, cujas almas já tinham sido enregeladas pelas pragas dos druidas. Esperei até que Valerin chamasse Guinevere de prostituta mais uma vez, e quando ele o fez, arremessei minha lança. Foi um lançamento desajeitado, por causa da restrição da cota de escamas, e a lança passou por ele, caindo no rio.

– Uma prostituta – gritou ele, e correu para mim com a lança de guerra apontada enquanto eu sacava Hywelbane da bainha. Fui na direção dele e tive tempo de dar apenas dois passos antes que ele projetasse a lança contra mim, com um enorme grito de fúria.

Abaixei-me sobre um joelho e levantei o escudo polido em ângulo, para que a ponta da lança se desviasse da minha cabeça. Eu podia ver os pés de Valerin e ouvir seu rugido de fúria enquanto estocava com Hywelbane, por baixo da borda do meu escudo. Fiz um movimento para cima com a lâmina, sentindo-a acertar antes que o corpo dele batesse em meu escudo e me derrubasse. Agora ele estava gritando, em vez de rugir, porque o movimento de espada por baixo do escudo era um golpe maligno que vinha do chão para rasgar as entranhas, e eu soube que Hywelbane tinha penetrado fundo em Valerin, porque pude sentir o peso de seu corpo empurrando a lâmina para baixo enquanto ele desmoronava sobre o escudo. Tive de usar toda a força para jogá-lo fora do escudo e grunhi enquanto puxava a espada, arrancando-a da carne. O sangue jorrou fétido ao lado de sua lança que tinha caído no chão, onde ele agora estava sangrando e se retorcendo numa dor medonha. Mesmo assim, tentou desembainhar a espada enquanto eu me levantava e punha a bota em seu peito. Seu rosto estava ficando amarelo, ele estremeceu e seus olhos já estavam se nublando com a morte.

– Guinevere é uma dama – falei –, e sua alma é minha, se você negar.

– Ela é uma prostituta – ele conseguiu dizer por entre os dentes trincados, depois engasgou e balançou a cabeça debilmente. – O touro me guarda – conseguiu acrescentar, e eu soube que ele era de Mitra, por isso enfiei Hywelbane de novo com força. A lâmina encontrou a resistência de sua garganta e depois cortou rapidamente para terminar com a vida. O sangue subiu como uma fonte junto da lâmina, e não creio que Valerin tenha sabido que não foi Artur quem mandou sua alma para a ponte de espadas na caverna de Cruachan.

Nossos homens comemoraram aos gritos. Seu ânimo, tão erodido pelos druidas e resfriado pelos insultos imundos de Valerin, foi instantaneamente restaurado porque tínhamos derramado o primeiro sangue. Fui até a beira do rio, onde dancei os passos da vitória enquanto mostrava a lâmina sangrenta de Hywelbane ao inimigo desanimado. Gorfyddyd, Cuneglas e Gundleus, quando viram seu campeão derrotado, viraram os cavalos, e meus homens os provocaram, chamando-os de covardes e fracos.

Sagramor assentiu enquanto eu voltava à parede de escudos. O movimento de cabeça foi evidentemente seu modo de elogiar uma boa luta.

– O que quer que seja feito com ele? – perguntou com um gesto para o corpo de Valerin.

Mandei Issa tirar as joias do cadáver, depois dois outros homens o levaram até o rio, e rezei para que os espíritos das águas levassem meu irmão em Mitra para a sua recompensa. Issa me trouxe as armas de Valerin, seu torque de ouro, dois broches e um anel.

– São seus, senhor – disse ele, me oferecendo o butim. Ele também havia recuperado minha lança no rio.

Peguei a lança e as armas de Valerin, porém nada mais.

– O ouro é seu, Issa – falei, lembrando-me de como ele tentara me dar seu torque quando voltara de Ynys Trebes.

– Não isto, senhor – disse ele, e me mostrou o anel de Valerin. Era uma pesada peça de ouro, lindamente feita e gravada com a figura de um cervo correndo sob uma lua crescente. Era o distintivo de Guinevere, e na parte de trás do anel, gravado rusticamente mas fundo no ouro grosso, havia uma cruz. Era um anel de amante, e Issa, pensei, fora inteligente em perceber.

Peguei o anel e pensei em Valerin usando-o durante todos esses anos difíceis. Ou talvez, ousei esperar, ele tenha tentado vingar sua dor atacando a reputação dela e gravando uma cruz falsa no anel, para que os homens pensassem que ele fora seu amante.

– Artur nunca deve saber – alertei Issa, e em seguida joguei o anel na água.

– O que era aquilo? – perguntou Sagramor quando me juntei a ele.

– Nada. Nada. Só um feitiço que poderia trazer má sorte.

Então uma trombeta de chifre de carneiro soou do outro lado do rio e fui poupado de ter de pensar na mensagem do anel.

O inimigo vinha.

Os bardos ainda cantam aquela batalha, mas só os Deuses sabem como eles inventam os detalhes com que enfeitam a história, porque ouvindo as canções você pensaria que nenhum de nós poderia ter sobrevivido ao vale de Lugg, e talvez nenhum devesse ter sobrevivido. Foi desesperada. Também foi – se bem que os bardos não admitam – uma derrota para Artur.

O primeiro ataque de Gorfyddyd foi um jorro de lanceiros que partiram para o vau uivando feito loucos. Sagramor ordenou que nos adiantássemos, e nós os encontramos no rio onde o entrechocar-se dos escudos foi como um trovão explodindo na boca do vale. O inimigo tinha a vantagem numérica, mas seu ataque era canalizado pelas margens do vau, e podíamos nos dar ao luxo de trazer homens dos flancos para engrossar o centro.

Nós, na fileira da frente, tivemos tempo de investir uma vez, depois nos agachamos atrás dos escudos e simplesmente espetávamos as linhas do inimigo enquanto a segunda fileira lutava por cima de nossa cabeça. O som agudo das lâminas de espadas, o estalar dos escudos e os choques das lanças formava um ruído ensurdecedor, mas um número notavelmente pequeno de homens morreu, porque é difícil matar em meio ao esmagamento enquanto duas paredes de escudos entrelaçadas se esfregam mutuamente. Em vez disso, a coisa se transforma numa disputa de empurra-empurra. O inimigo agarra a cabeça de sua lança, de modo que você não consegue puxá-la de volta, praticamente não há espaço para desembainhar uma espada, e durante todo o tempo a segunda fileira do inimigo está fazendo chover golpes de espada, machado e lança sobre elmos e bordas de escudos. Os piores ferimentos são causados por homens enfiando espadas por baixo de escudos e, gradualmente, uma barreira de mutilados cresce na frente, tornando a matança ainda mais difícil. Somente quando um lado recua o outro pode matar os inimigos mutilados, caídos na linha de maré da batalha. Prevalecemos naquele primeiro ataque, não tanto pelo valor, mas porque Morfans atravessou com seus seis cavaleiros a confusão de nossos homens e aproveitou as grandes lanças usadas com os cavalos para acertar por cima a linha de frente formada por inimigos agachados.

– Escudos! Escudos! – Ouvi Morfans gritar enquanto o vasto peso dos seis cavalos fazia nossa linha de escudos se curvar à frente. Nossos homens de retaguarda levantaram os escudos bem alto para proteger os grandes cavalos de guerra da chuva de lanças inimigas enquanto nós, na frente, nos agachávamos no rio e tentávamos acabar com os homens que recuavam dos golpes dos cavaleiros. Abriguei-me atrás do escudo polido de Artur e golpeava com Hywelbane sempre que surgia uma fenda na linha inimiga. Levei dois golpes violentos na cabeça, mas o elmo os absorveu, ainda que meu crânio ressoasse durante uma hora depois. Uma lança acertou minha cota de escamas, mas não pôde atravessá-la. O homem que deu aquele golpe foi morto por Morfans, e após sua morte o inimigo perdeu o ânimo e voltou chapinhando para a margem norte do rio. Eles pegaram seus feridos, menos um punhado que estava perto demais de nossa linha, e esse punhado nós matamos antes de recuar para nossa margem. Tínhamos perdido seis homens para o Outro Mundo, e o dobro desse número era de feridos.

– Você não deveria estar na linha de frente – disse Sagramor enquanto olhava nossos feridos sendo levados para longe. – Eles verão que você não é Artur.

– Eles estão vendo que Artur luta, ao contrário de Gorfyddyd ou Gundleus. – Os reis inimigos estiveram perto da luta, mas nunca o suficiente para usar suas armas.

Iorweth e Tanaburs gritavam com os homens de Gorfyddyd, encorajando-as à matança e prometendo as recompensas dos Deuses, mas, enquanto Gorfyddyd reorganizava seus lanceiros, um grupo de homens sem senhores vadeou o rio para atacar por conta própria. Esses guerreiros contavam com uma demonstração de coragem para conseguir riquezas e posto, e aqueles trinta desesperados atacaram numa fúria cheia de gritos assim que passaram a parte mais funda do rio. Estavam bêbados ou loucos pela batalha, porque apenas trinta atacaram toda a nossa força. A recompensa pelo sucesso teria sido terra, ouro, perdão de seus crimes e posição de lorde na corte de Gorfyddyd, mas trinta homens não bastavam. Eles nos machucaram, mas morreram. Eram todos bons lanceiros com as mãos cheias de anéis de guerreiros, mas agora cada um enfrentava três ou quatro inimigos. Todo um grupo veio correndo para mim, vendo minha armadura e as plumas brancas como a rota mais rápida para a glória, porém Sagramor e meus lanceiros com caudas de lobos os enfrentaram. Um homem enorme usava um machado saxão. Sagramor matou-o com sua lâmina escura e curva, depois pegou o machado na mão agonizante e jogou contra outro lanceiro, ao mesmo tempo em que cantava uma estranha canção de batalha em sua língua nativa. Um último lanceiro me atacou e aparei seu golpe lateral com a cobertura de ferro do escudo de Artur, derrubei seu escudo com Hywelbane e depois chutei-o na virilha. Ele se dobrou, sentindo dor demais para gritar, e Issa enfiou uma lança em seu pescoço. Tiramos as armaduras, as armas e as joias dos atacantes mortos e deixamos seus corpos na margem do vau, como uma barreira ao próximo ataque.

O ataque veio logo e veio forte. Como o primeiro, esse terceiro assalto foi feito por uma massa de lanceiros, só que dessa vez os recebemos na margem do rio, onde a pressão de homens atrás da vanguarda do inimigo forçou seus lanceiros de frente a tropeçar nos corpos empilhados. Os tropeções os abriram para o nosso contra-ataque, e gritamos em triunfo enquanto golpeávamos com as lanças vermelhas. Então os escudos se entrechocaram de novo, homens agonizantes gritavam e clamavam a seus Deuses, e as espadas ressoavam alto como as bigornas de Magnis. Eu estava de novo na fileira da frente, tão perto da linha inimiga que podia sentir o hidromel no hálito deles. Um homem tentou arrancar o elmo da minha cabeça e perdeu a mão para um golpe de espada. A disputa de empurrões recomeçou, e de novo parecia que o inimigo iria nos forçar para trás apenas pelo peso, mas Morfans trouxe seus cavalos para o meio da confusão, e de novo o inimigo jogou lanças que bateram contra nossos escudos, e outra vez os homens de Morfans golpearam com suas lanças compridas e de novo os inimigos recuaram. Os bardos dizem que o rio ficou vermelho, o que não é verdade, mas vi fiapos de sangue se desbotando corrente abaixo, saindo dos feridos que tentavam e não conseguiam atravessar o vau.

– Poderíamos lutar contra esses desgraçados aqui o dia inteiro – disse Morfans. Seu cavalo sangrava e ele havia desmontado para tratar do ferimento no animal.

Balancei a cabeça.

– Há outro vau rio acima. – E apontei para oeste. – Logo eles terão lanceiros nesta margem.

Esses inimigos chegaram pelo flanco mais rápido do que eu pensava, já que dez minutos depois um grito à nossa esquerda alertou que um grupo de inimigos havia atravessado o rio a oeste e agora avançava pela nossa margem.

– Hora de voltar – disse Sagramor. Seu rosto negro e barbeado tinha manchas de sangue e suor, mas havia alegria em seus olhos, porque esta batalha vinha se mostrando digna de fazer os poetas lutarem por novas palavras para descrevê-la, uma luta que os homens lembrariam nos salões enfumaçados durante muitos invernos, uma luta que, mesmo perdida, mandaria um homem em honra para os salões dos guerreiros no Outro Mundo. – Está na hora de atraí-los – disse Sagramor e depois gritou a ordem de retirada, de modo que, lenta e desajeitadamente, toda a nossa força recuou passando pelo povoado com sua construção romana e parou 100 passos depois. Agora nosso flanco esquerdo estava ancorado no íngreme lado oeste do vale enquanto o direito era protegido pelo terreno pantanoso que se estendia para o rio. Mesmo assim estávamos muito mais vulneráveis do que no vau, porque agora a parede de escudos era desesperadamente fina, e o inimigo podia atacar por toda a sua extensão.

Gorfyddyd levou uma hora inteira para trazer seus homens até o outro lado do rio e arrumá-los numa nova linha de escudos. Achei que já era de tarde e olhei para trás, buscando algum sinal de Galahad ou dos homens de Tewdric, e não vi ninguém se aproximando. Mas fiquei satisfeito em ver que também não havia nenhum homem no morro do oeste, onde a cerca fantasma de Nimue guardava nosso flanco, mas Gorfyddyd não precisava de homens ali, porque agora seu exército era maior do que nunca. Novos contingentes tinham vindo de Branogenium, e os comandantes de Gorfyddyd estavam empurrando esses recém-chegados para a parede de escudos. Observamos os capitães usando as lanças compridas para ajeitar a linha inimiga, e todos sabíamos que, apesar dos desafios que gritávamos, para cada homem que havíamos matado no rio, dez outros tinham atravessado o vau.

– Nunca seremos capazes de segurá-los aqui – disse Sagramor enquanto olhava as forças inimigas crescendo. – Teremos de voltar à cerca de árvores.

Mas então, antes que Sagramor pudesse dar a ordem de retirada, o próprio Gorfyddyd se adiantou cavalgando para nos desafiar. Veio sozinho, sem nem mesmo o filho, e veio apenas com uma espada embainhada e uma lança, porque não tinha braço para segurar um escudo. O elmo de Gorfyddyd, com acabamento de ouro, que Artur tinha devolvido na semana do noivado com Ceinwyn, estava coroado com as asas abertas de uma águia dourada, e sua capa preta abria-se sobre as ancas do cavalo. Sagramor rosnou para que eu ficasse onde estava e caminhou para se encontrar com o rei.

Gorfyddyd não usava rédeas, em vez disso falou com o cavalo, que obedientemente parou a 2 passos de Sagramor. Gorfyddyd pousou o cabo da lança no chão, depois abriu as peças laterais do elmo de modo que seu rosto azedo apareceu.

– Você é o demônio negro de Artur – acusou, cuspindo para evitar o mal – e seu senhor, o amante de prostituta, se esconde atrás de sua espada. – Gorfyddyd cuspiu de novo, dessa vez na minha direção. – Por que não fala comigo, Artur? – gritou. – Perdeu a língua?

– O meu senhor Artur está economizando o fôlego para a canção da vitória – respondeu Sagramor em seu britânico de forte sotaque.

Gorfyddyd levantou sua lança comprida.

– Eu tenho apenas uma das mãos – gritou para mim –, mas luto com você!

Não falei nada, nem me mexi. Artur, eu sabia, jamais lutaria em combate singular com um aleijado, mas Artur também não ficaria quieto. Nesse momento ele já estaria implorando a paz a Gorfyddyd.

Gorfyddyd não queria paz. Queria matança. Cavalgou de um lado para o outro diante de nossa linha, controlando o cavalo com os joelhos e gritando para nossos homens.

– Vocês vão morrer porque seu senhor não consegue manter as mãos longe de uma prostituta! Estão morrendo por uma cadela de ancas molhadas! Por uma cadela em cio perpétuo! Suas almas serão condenadas. Meus mortos já estão festejando no Outro Mundo, mas as almas de vocês vão ser joguetes deles. E por que vão morrer? Pela prostituta ruiva dele? – O rei apontou sua lança para mim, depois cavalgou em minha direção. Recuei para que ele não visse através da fenda do elmo que eu não era Artur, e meus lanceiros se fecharam em volta, protegendo-me. Gorfyddyd riu do meu aparente temor. Seu cavalo estava suficientemente perto para ser tocado por meus homens, mas Gorfyddyd não demonstrou medo de suas lanças enquanto cuspia em mim.

– Mulher! – gritou ele, seu pior insulto, depois tocou o cavalo com o pé esquerdo e o animal se virou e galopou para o seu exército.

Sagramor se virou para nós e levantou os braços.

– Para trás! – gritou. – De volta à cerca! Rápido agora! Para trás!

Demos as costas ao inimigo e corremos, e um grande grito ressoou quando eles viram nossas duas bandeiras recuando. Pensaram que estávamos fugindo e romperam as fileiras para nos perseguir, mas estávamos com uma dianteira muito grande e tínhamos passado pela abertura na barricada muito antes que qualquer homem de Gorfyddyd pudesse nos alcançar. Nossa linha se espalhou atrás da cerca e ocupei o lugar de Artur no centro da linha, onde a estrada passava pela abertura entre as árvores caídas. Deliberadamente deixamos a abertura sem qualquer obstáculo, na esperança de que isso atraísse os ataques de Gorfyddyd, dando tempo aos nossos flancos para descansar. Ali ergui as duas bandeiras de Artur e esperei o ataque.

Gorfyddyd gritou para que seus lanceiros desorganizados fizessem uma nova parede de escudos. O rei Gundleus comandava o flanco direito do inimigo, e o príncipe Cuneglas o esquerdo. Esse arranjo sugeria que Gorfyddyd não ia aceitar nossa isca da abertura na cerca, mas que pretendia atacar por toda a linha.

– Fiquem aqui! – gritou Sagramor para os nossos lanceiros. – Vocês são guerreiros! Vão provar isso agora! Fiquem aqui, matem aqui e vençam aqui! – Morfans forçara seu cavalo ferido a subir uma pequena parte do morro do oeste, de onde olhava para o norte do vale, avaliando se era o momento de tocar a trompa e chamar Artur, mas os reforços inimigos ainda estavam atravessando o vau, e ele voltou sem encostar a prata aos lábios.

Em vez disso, a trombeta de Gorfyddyd soou. Era uma rouca trombeta de chifre de carneiro que não mandou sua linha de escudos para a frente, em vez disso provocou uma dúzia de loucos nus a sair da linha inimiga e correr para o nosso centro. Aqueles homens tinham posto a alma sob a guarda dos Deuses, depois atordoado os sentidos com uma mistura de hidromel, suco de estramônio, mandrágora e beladona, que pode provocar pesadelos num homem desperto ao mesmo tempo em que afasta seus medos. Esses homens podiam estar loucos, bêbados e nus, mas também eram perigosos porque tinham apenas um objetivo: derrubar os comandantes inimigos. Correram para mim, a boca espumando devido às ervas mágicas que tinham mastigado, e com as lanças erguidas, prontas para golpear.

Meus lanceiros com caudas de lobos avançaram ao encontro deles. Os homens nus não se importavam com a morte, jogaram-se contra meus lanceiros como se dessem as boas-vindas às pontas de lança. Um dos meus homens foi jogado para trás com um monstro nu arranhando seus olhos e cuspindo em seu rosto. Issa matou esse inimigo, mas outro conseguiu matar um dos meus melhores homens e depois gritou sua vitória, com as pernas abertas, braços erguidos e lança sangrenta na mão sangrenta, e todos os meus homens pensaram que os Deuses deviam ter nos abandonado. Mas Sagramor rasgou a barriga do homem nu, depois o decapitou antes mesmo que o cadáver tivesse caído no chão. Sagramor cuspiu no cadáver nu e eviscerado, em seguida cuspiu de novo contra a parede de escudos do inimigo. Aquela parede, vendo que o centro de nossa linha estava desorganizada, atacou.

O nosso centro, realinhado às pressas, curvou-se quando a massa de lanceiros se chocou. A fina linha de homens se esticou pela estrada, curva como uma árvore nova, mas de algum modo conseguimos nos sustentar. Estávamos incentivando uns aos outros, invocando os Deuses, golpeando e cortando enquanto Morfans e seus cavaleiros cavalgavam por toda a parede de escudos e se lançavam à luta sempre que o inimigo parecia prestes a atravessá-la. Os flancos de nossa parede de escudos estavam protegidos pela barricada, por isso estavam tendo menos dificuldade, mas no centro a luta era desesperada. Perdi a lança para um inimigo, desembainhei Hywelbane, mas contive o primeiro golpe para deixar um escudo inimigo se chocar contra a prata polida de Artur. Os escudos se chocaram, depois o rosto do inimigo apareceu por um instante e lancei Hywelbane à frente, sentindo a pressão do escudo se desvanecer. O homem caiu, com o corpo fazendo uma barreira sobre a qual seus companheiros tinham de subir. Issa matou um homem, depois levou um golpe de lança no braço que segurava o escudo, encharcando de sangue sua manga. Ele continuou lutando. Eu estava dando golpes loucos no espaço aberto pelo inimigo caído, tentando abrir um buraco na parede de escudos de Gorfyddyd. Vi o rei inimigo uma vez, olhando de seu cavalo para o lugar onde eu gritava, cortava e desafiava seus homens a virem pegar minha alma. Alguns ousaram, pensando em se transformar em tema de canções, mas em vez disso se transformaram em cadáveres. Hywelbane estava encharcada, minha mão esquerda pegajosa, e a manga da pesada armadura de escamas também estava manchada de sangue, mas não era sangue meu.

Sem a proteção das árvores emaranhadas, o centro de nossa linha quase se rompeu uma vez, mas dois dos cavaleiros de Morfans usaram seus animais para fechar a abertura. Um dos cavalos morreu, relinchando e sacudindo os cascos enquanto sangrava até a morte na estrada. Depois nossa parede de escudos se remendou e forçamos contra o inimigo que lentamente, lentamente era sufocado pela pressão dos mortos e agonizantes entre as duas fileiras de frente. Nimue estava atrás de nós, guinchando e soltando pragas.

O inimigo se afastou e por fim pudemos descansar. Todos estávamos ensanguentados e sujos de lama, e a respiração vinha em sorvos gigantescos. Os braços que seguravam lanças e espadas estavam cansados. Notícias sobre colegas eram passadas entre as fileiras. Minac estava morto, tal homem estava ferido, outro agonizante. Homens faziam curativos nos ferimentos dos vizinhos, depois juravam defender uns aos outros até a morte. Tentei aliviar a pressão enorme da armadura de Artur, que criava grandes feridas nos meus ombros.

Agora o inimigo estava cauteloso. Os homens cansados à nossa frente tinham sentido nossas espadas e aprendido a nos temer, mas mesmo assim atacaram de novo. Dessa vez foi a guarda real de Gundleus que partiu para o nosso centro, e a recebemos na pilha de mortos e agonizantes que restava do ataque anterior, e aquela barreira macabra nos salvou, porque os lanceiros inimigos não conseguiam passar sobre os cadáveres e se proteger ao mesmo tempo. Partíamos seus tornozelos, cortávamos suas pernas, depois enfiávamos as lanças quando eles caíam, aumentando a altura da barreira sangrenta. Corvos pretos circulavam o vau, com as asas abertas de encontro ao céu opaco. Vi Ligessac, o traidor que entregara Norwenna à espada de Gundleus, e tentei abrir caminho até ele, mas a maré da batalha o levou para longe de Hywelbane. Então o inimigo recuou de novo e ordenei roucamente que alguns de meus homens pegassem odres de água no rio. Estávamos todos sedentos devido ao suor que jorrara, misturando-se com o sangue. Eu tinha um arranhão na mão da espada, porém nada mais. Estivera no poço da morte, e sempre supunha que por isso tinha sorte na batalha.

O inimigo começou a pôr novas tropas em sua frente de batalha. Alguns levavam a águia de Cuneglas, outros a raposa de Gundleus e uns poucos tinham emblemas próprios. Então, gritos de alegria soaram atrás de mim e me virei, esperando ver os homens de Tewdric chegando com seus uniformes romanos. Mas em vez disso era Galahad que vinha sozinho, num cavalo suado. Ele parou atrás de nossa linha e quase caiu da montaria, na pressa de nos alcançar.

– Achei que estaria atrasado demais – disse ele.

– Eles vêm? – perguntei.

Galahad parou, e antes mesmo que falasse eu soube que tínhamos sido abandonados.

– Não – falou por fim.

Xinguei e olhei de novo para o inimigo. Tinham sido apenas os Deuses que nos salvaram no último ataque, mas só os Deuses sabiam quanto tempo poderíamos nos sustentar agora.

– Ninguém está vindo? – perguntei amargamente.

– Talvez alguns. – Galahad deu a má notícia em voz baixa. – Tewdric acha que estamos condenados, Agrícola diz que eles deveriam nos ajudar, mas Meurig diz que devemos ser deixados para morrer. Estão todos discutindo, mas Tewdric disse que qualquer homem que quisesse morrer aqui poderia me seguir. Talvez alguns estejam vindo, não é?

Rezei para que estivessem, porque agora uma parte do *levy* de Gorfyddyd tinha chegado ao morro do oeste, ainda que ninguém daquela horda maltrapilha tivesse ousado atravessar a cerca fantasma de Nimue. Poderíamos resistir por mais duas horas, pensei, e depois disso estávamos condenados, apesar de que, com certeza, Artur chegaria primeiro.

– Nenhum sinal dos irlandeses Escudos Pretos? – perguntei a Galahad.

– Não, graças a Deus – disse ele, e esta foi uma pequena bênção num dia quase desprovido de bênçãos, mas, meia hora depois de Galahad ter vindo, finalmente recebemos algum reforço. Sete homens caminharam para o norte em direção à nossa combalida parede de escudos, sete homens com armadura, carregando lanças, escudos e espadas, e o símbolo dos escudos era o gavião de Kernow, nosso inimigo. Mas aqueles homens não eram inimigos. Eram seis lutadores cheios de cicatrizes e endurecidos, liderados por seu edling, o príncipe Tristan.

Ele explicou sua presença quando a agitação dos cumprimentos terminou.

– Artur lutou por mim uma vez, e há muito tempo eu queria pagar a dívida.

– Com sua vida? – perguntou Sagramor, sombrio.

– Artur arriscou a dele – disse Tristan simplesmente. Eu me lembrava dele como um homem alto e bonito, e ainda era, mas os anos tinham dado um ar cauteloso e cansado ao seu rosto, como se ele tivesse sofrido desapontamentos demais. – Meu pai talvez jamais perdoe minha vinda – acrescentou melancólico –, mas eu nunca me perdoaria pela ausência.

– Como está Sarlinna? – perguntei.

– Sarlinna? – Ele demorou alguns segundos para se lembrar da garotinha que tinha vindo acusar Owain em Caer Cadarn. – Ah, Sarlinna! Está casada. Com um pescador. – Ele sorriu. – Você deu o gatinho a ela, não foi?

Pusemos Tristan e seus homens no centro, o lugar de honra neste campo de batalha, mas quando o próximo ataque do inimigo chegou não foi contra o centro, e sim contra a cerca de árvores que protegia nossos flancos. Durante um tempo a trincheira rasa e os galhos emaranhados da cerca os atrapalharam, mas logo eles aprenderam a usar as árvores caídas para se proteger, e em alguns lugares conseguiram passar e fizeram nossa linha se curvar para trás de novo. Mas de novo resistimos, e Griffid, meu ex-inimigo, fez nome matando Nasiens, o campeão de Gundleus. Os escudos se chocavam incessantemente. Lanças se partiam, espadas se despedaçavam e escudos rachavam enquanto os exaustos lutavam contra os cansados. No topo do morro o *levy* inimigo se reunia para olhar por trás da cerca fantasma de Nimue enquanto Morfans forçava seu cavalo de novo pela encosta perigosamente íngreme. Ele olhou para o norte e nós o observamos e rezamos para que soprasse a trompa. Morfans ficou olhando por longo tempo, mas deve ter achado que todas as forças inimigas estavam agora dentro do vale, porque encostou a trompa de prata nos lábios e soprou a convocação abençoada por cima do ruído da batalha.

Nunca um toque de trompa foi tão bem-vindo. Toda a nossa fileira se adiantou e as espadas cheias de cicatrizes golpearam o inimigo com nova energia. A trompa de prata, tão pura e clara, chamou de novo e de novo, um chamado de caçada para a matança, e a cada vez que ela soava nossos homens faziam pressão contra os galhos das árvores caídas para cortar, golpear e gritar contra os inimigos que, suspeitando de algum ardil, olhavam nervosamente ao redor enquanto se defendiam. Gorfyddyd gritou para que seus homens nos rompessem agora, e sua guarda real liderou o ataque contra o centro. Ouvi os homens de Kernow dando seu grito de guerra enquanto pagavam a dívida do edling. Nimue estava entre nossos lanceiros, brandindo uma espada com as duas mãos. Gritei para que ela recuasse, mas a luxúria do sangue havia encharcado sua alma e ela lutava como um demônio. O inimigo estava com medo dela, sabendo que Nimue era dos Deuses, e os homens tentavam evitá-la, em vez de lutar, mas ao mesmo tempo fiquei satisfeito quando Galahad a empurrou para longe da luta. Galahad podia ter chegado tarde à batalha, mas pelejava com uma alegria selvagem que impelia o inimigo para trás da pilha de mortos e agonizantes que se retorciam.

A trompa soou uma última vez. E Artur finalmente atacou.

Seus lanceiros vestidos com armaduras tinham vindo do esconderijo ao norte do rio e agora os cavalos faziam o vau espumar como uma maré de trovões. Passaram sobre os cadáveres deixados pela luta anterior e baixaram as lanças brilhantes rasgando as unidades de retaguarda do inimigo. Os homens se espalhavam como farelo enquanto os cavalos cobertos de ferro mergulhavam fundo no exército de Gorfyddyd. Os homens de Artur se dividiram em dois grupos que abriram canais profundos no amontoado de lanceiros. Atacavam, deixavam as lanças fixas nos mortos e depois faziam mais mortos com as espadas.

E por um momento, por um momento glorioso, pensei que o inimigo ia se romper, mas então Gorfyddyd viu o mesmo perigo e gritou para que seus homens formassem uma nova parede de escudos virada para o norte. Ele sacrificaria os homens da retaguarda e faria uma nova linha de lanças contra as últimas fileiras de suas tropas de frente. E essa nova linha resistiu. Há muito tempo Owain estivera certo quando me disse que nem mesmo os cavalos de Artur atacariam uma parede de escudos bem-feita. E não atacaram mesmo. Artur trouxera o pânico e a morte a um terço do exército de Cuneglas, mas agora o resto estava formado adequadamente e desafiava seu punhado de cavaleiros.

E o inimigo ainda era em número muito superior ao nosso.

Por trás da cerca de árvores nossa linha não tinha mais de dois homens de profundidade, e em alguns lugares contava com apenas um. Artur tinha fracassado em abrir caminho até nós, e Gorfyddyd sabia que Artur jamais passaria enquanto ele mantivesse uma parede de escudos virada para os cavalos. Plantou aquela parede, abandonando o terço perdido de seu exército à mercê de Artur, depois virou o resto dos homens de novo para a parede de escudos de Sagramor. Agora Gorfyddyd conhecia a tática de Artur e a havia derrotado, por isso podia lançar seus lanceiros para a batalha com renovada confiança, ainda que dessa vez, em vez de atacar em toda a nossa linha, tenha concentrado a investida ao longo da borda oeste do vale, numa tentativa de dominar nosso flanco esquerdo.

Os homens daquele flanco lutaram, mataram e morreram, mas poucos poderiam manter a fileira durante muito tempo, e nenhum poderia sustentá-la depois que os silurianos de Gundleus nos flanquearam, subindo as encostas mais baixas do morro abaixo da macabra cerca fantasma. O ataque foi brutal e a defesa igualmente horrenda. Os cavaleiros de Morfans que ainda sobreviviam lançaram-se contra os silurianos, Nimue rogava pragas contra eles, e os descansados homens de Tristan lutaram ali como campeões, mas ainda que possuíssemos um número duas vezes maior não teríamos impedido que o inimigo nos flanqueasse, e assim nossa parede de escudos, como uma cobra se enrolando, desmoronou na margem do rio onde fizemos um semicírculo defensivo ao redor das duas bandeiras e dos poucos feridos que tínhamos conseguido carregar. Foi um momento terrível. Vi nossa parede de escudos se romper, vi o inimigo começando a trucidar os homens espalhados, e então corri com o resto para o desesperado ajuntamento de sobreviventes. Apenas tivemos tempo de fazer uma grosseira parede de escudos, depois só conseguimos olhar enquanto as forças triunfantes de Gorfyddyd perseguiam e matavam nossos fugitivos. Tristan sobreviveu, assim como Galahad e Sagramor, mas era um pequeno consolo porque tínhamos perdido a batalha, e tudo que nos restava agora era morrer como heróis. Na metade norte do vale Artur ainda estava contido pela parede de escudos, ao passo que no sul a nossa parede, que havia resistido aos inimigos durante o dia inteiro, fora rompida e seus restos cercados. Tínhamos ido para a batalha com uma força de duzentos homens, e agora éramos pouco mais de cem.

O príncipe Cuneglas veio a cavalo pedir nossa rendição. Seu pai estava comandando os homens virados de frente para Artur, e o rei de Powys ficou contente em deixar a destruição dos lanceiros restantes de Sagramor ao seu filho e ao rei Gundleus. Cuneglas, pelo menos, não insultou meus homens. Ele parou o cavalo a 12 passos de nossa fileira e levantou a mão direita vazia, para mostrar que viera em trégua.

– Homens da Dumnonia! – gritou. – Vocês lutaram bem, mas continuar lutando é morrer. Eu lhes ofereço a vida.

– Use sua espada antes de pedir que homens corajosos se rendam – gritei para ele.

– Está com medo de lutar, é? – zombou Sagramor, porque até agora nenhum de nós tinha visto Gorfyddyd, Cuneglas ou Gundleus na frente da parede de escudos do inimigo. O rei Gundleus estava montado em seu cavalo alguns passos atrás do príncipe Cuneglas. Nimue o xingava, mas não sei se ele percebia sua presença. Se percebia, não mostrava preocupação, porque agora estávamos todos numa armadilha, e sem dúvida condenados.

– Ou lute comigo agora! – gritei para Cuneglas. – De homem para homem se tem coragem.

Cuneglas me olhou com tristeza. Eu estava manchado de sangue, coberto de lama, suado, machucado e sentindo dor, enquanto ele parecia elegante numa curta armadura de escamas e com um elmo encimado por penas de águia. Ele meio que sorriu para mim.

– Sei que você não é Artur, porque eu o vi montado, mas quem quer que seja, lutou nobremente. Ofereço-lhe a vida.

Tirei o elmo suado da cabeça e o joguei no centro do nosso semicírculo.

– O senhor me conhece, senhor príncipe.

– Lorde Derfel! – ele disse meu nome, depois me fez honra. – Lorde Derfel Cadarn, se eu garantir sua vida e a de seus homens, você se rende?

– Senhor príncipe, eu não comando aqui. O senhor deve falar com lorde Sagramor.

Sagramor veio para o meu lado e tirou o elmo preto e pontudo, que tinha sido furado por uma lança, de modo que seu cabelo crespo estava empapado de sangue.

– Senhor príncipe – disse cautelosamente.

– Eu lhe ofereço a vida desde que você se renda.

Sagramor apontou a espada curva para onde os cavaleiros de Artur dominavam a parte norte do vale.

– O meu senhor não se rendeu, por isso eu também não posso. Mas mesmo assim – ele ergueu a voz – libero meus homens de seus juramentos.

– Eu também! – anunciei aos meus homens.

Tenho certeza de que alguns ficaram tentados a deixar as fileiras, mas seus camaradas rosnaram para que ficassem, ou talvez o rosnado fosse simplesmente o som do desafio de homens exaustos. O príncipe Cuneglas esperou alguns segundos, depois pegou dois finos torques de ouro num bolso preso ao cinto. Sorriu para nós.

– Saúdo sua coragem, lorde Sagramor. Saúdo-o, lorde Derfel. – E jogou o ouro a nossos pés. Eu peguei o meu e curvei as pontas para que se ajustasse ao meu pescoço. – Ah, Derfel Cadarn? – acrescentou Cuneglas. Seu rosto redondo e amigável sorria.

– Senhor príncipe?

– Minha irmã pediu que o cumprimentasse. É o que faço.

Minha alma, perto da morte, pareceu saltar de alegria.

– Dê-lhe minhas lembranças, senhor príncipe. E diga que estarei ansioso por sua companhia no Outro Mundo. – Depois o pensamento em nunca mais ver Ceinwyn neste mundo suplantou minha alegria, e de repente senti vontade de chorar.

Cuneglas viu minha tristeza.

– Você não precisa morrer, lorde Derfel. Eu lhe ofereço a vida e respondo por sua segurança. Ofereço também minha amizade, se quiser.

– Seria uma honra, senhor príncipe, mas, enquanto meu senhor lutar, eu luto.

Sagramor recolocou o elmo, fazendo uma careta quando o metal passou sobre o ferimento de lança no couro cabeludo.

– Agradeço, senhor príncipe – disse ele a Cuneglas – e escolho lutar contra o senhor.

Cuneglas virou o cavalo. Olhei para a minha espada, tão combalida e pegajosa, depois olhei para os meus homens sobreviventes.

– No mínimo – falei – garantimos que o exército de Gorfyddyd não poderá marchar pela Dumnonia por muitos longos dias. E talvez nunca! Quem gostaria de lutar duas vezes contra homens como nós?

– Os irlandeses Escudos Pretos – rosnou Sagramor e virou a cabeça na direção do morro, onde a cerca fantasma havia sustentado nosso flanco o dia inteiro. E ali, atrás dos postes cheios de magia, estava um bando de guerreiros com escudos redondos e pretos e as malignas lanças compridas da Irlanda. Era a guarnição do morro de Coel, os irlandeses Escudos Pretos de Oengus Mac Airem, que tinham vindo se juntar à matança.

Artur ainda estava lutando. Tinha transformado um terço do exército inimigo numa ruína vermelha, mas agora o resto o retinha. Ele atacava repetidamente em seus esforços de romper aquela parede de escudos, mas nenhum cavalo na terra passaria por um emaranhado de homens, escudos e lanças. Até Llamrei desobedeceu, e tudo que lhe restava, pensei, era enfiar Excalibur no solo avermelhado pelo sangue e esperar que o Deus Gofannon viesse do abismo mais escuro do Outro Mundo para resgatá-lo.

Mas nenhum Deus veio, e nenhum homem de Magnis. Mais tarde ficamos sabendo que alguns voluntários tinham partido, mas chegaram tarde demais.

O *levy* de Powys ficou no morro, apavorado demais para atravessar a cerca fantasma, enquanto ao lado estavam reunidos mais de cem guerreiros irlandeses. Aqueles homens começaram a andar para o sul, pensando em rodear os fantasmas vingativos da cerca. Dentro de meia hora, pensei, os irlandeses Escudos Pretos estariam se juntando ao ataque final de Cuneglas, por isso fui até Nimue.

– Atravesse o rio – insisti. – Sabe nadar, não sabe?

Ela ergueu a mão esquerda onde estava a cicatriz.

– Se você morrer aqui, Derfel, eu morro aqui.

– Você deve...

– Fique quieto. É isso que deve fazer. – E em seguida ficou na ponta dos pés e me beijou na boca. – Antes de morrer, mate Gundleus por mim.

Um dos nossos lanceiros começou a cantar a "Canção da Morte de Werlinna", e o resto acompanhou a melodia lenta e triste. Cavan, com a capa escurecida de sangue, estava martelando com uma pedra o encaixe da ponta de sua lança, tentando prender melhor o cabo.

– Nunca pensei que a coisa chegaria a esse ponto – falei a ele.

– Nem eu, senhor – disse Cavan, erguendo a cabeça. Sua cauda de lobo também estava encharcada de sangue, o elmo estava amassado, e havia um trapo servindo de bandagem na coxa esquerda.

– Eu achava que tinha sorte. Sempre achei isso, mas talvez todo mundo ache.

– Nem todo mundo, senhor, mas os melhores líderes sim.

Sorri, agradecendo.

– Gostaria de ter visto o sonho de Artur se realizar.

– Não haveria trabalho para os guerreiros se isso acontecesse – disse Cavan melancolicamente. – Seríamos escribas ou camponeses. Talvez seja melhor assim. Uma última luta, e descer para o Outro Mundo a serviço de Mitra. Vamos nos divertir lá, senhor. Mulheres roliças, boa luta, hidromel forte e rico ouro para sempre.

– Ficarei feliz com sua companhia lá – falei. Na verdade estava absolutamente sem alegria. Ainda não queria ir para o Outro Mundo, não enquanto Ceinwyn vivia neste. Apertei a armadura contra o peito para sentir seu pequeno broche e pensei na loucura que agora jamais seguiria seu curso. Falei o nome dela em voz alta, deixando Cavan perplexo. Eu estava apaixonado, mas morreria sem jamais segurar a mão da minha amada ou ver seu rosto de novo.

Então fui forçado a me esquecer de Ceinwyn porque, em vez de rodear a cerca, os irlandeses Escudos Pretos de Demetia tinham se arriscado aos fantasmas atravessando-a. Então vi por quê. Um druida tinha aparecido no morro para liderá-los através da fileira de espíritos. Nimue veio para perto de mim e olhou para o morro onde a figura alta, de capuz e manto branco caminhava com as pernas compridas descendo a encosta íngreme. Os irlandeses o seguiram, e atrás de seus escudos pretos e de suas lanças compridas vinha o *levy* de Powys com seu armamento misturado, arcos, picaretas, machados, lanças, bastões e foices.

O canto de meus homens foi terminando. Eles levantaram as lanças e tocaram as bordas dos escudos umas contra as outras, certificando-se de que a parede estivesse firme. O inimigo, que estivera preparando sua própria parede de escudos para nos atacar, agora se virou para olhar enquanto o druida trazia o inimigo para dentro do vale. Iorweth e Tanaburs correram para encontrá-lo, mas o druida recém-chegado balançou seu longo cajado ordenando que saíssem do caminho. Em seguida, empurrou o capuz do manto para trás e vimos a barba comprida e trançada e o rabo de cavalo de seu cabelo preso com uma fita preta. Era Merlin.

Nimue gritou ao ver Merlin, depois correu para ele. Os inimigos se moveram para o lado deixando-a passar, assim como se separaram para deixar Merlin ir até ela. Até mesmo num campo de batalha um druida podia ir aonde quisesse, e esse druida era o mais famoso e poderoso de toda a terra. Nimue correu e Merlin abriu os braços para recebê-la, e ela ainda soluçava quando finalmente o encontrou de novo e lançou seus braços finos e brancos em volta do corpo dele. E de repente fiquei feliz por ela.

Merlin manteve um dos braços em volta de Nimue enquanto vinha até nós. Gorfyddyd vira a chegada do druida e agora galopou em seu cavalo até a nossa parte do campo de batalha. Merlin levantou o cajado cumprimentando o rei, mas ignorou suas perguntas. O bando de guerreiros irlandeses havia parado ao pé do morro, onde formou sua negra e sombria parede de escudos.

Merlin veio até mim e, como no dia em que salvara minha vida em Caer Sws, veio numa majestade nítida e fria. Não havia sorriso em seu rosto moreno, nenhuma sugestão de alegria nos olhos profundos, apenas um olhar de fúria tão feroz que caí de joelhos e baixei a cabeça enquanto ele se aproximava. Sagramor fez o mesmo, e de repente todo o nosso combalido grupo de lanceiros estava ajoelhado diante do druida.

Ele estendeu seu cajado preto e tocou primeiro em Sagramor, e depois me tocou nos ombros.

– Levantem-se – falou numa voz baixa e dura antes de se virar para o inimigo. Tirou o braço dos ombros de Nimue e ergueu o cajado preto horizontalmente acima da cabeça tonsurada, usando as duas mãos. Olhou para o exército de Gorfyddyd, depois baixou lentamente o cajado, e tamanha era a autoridade no rosto comprido, antigo e irado, naquele gesto lento, seguro, que todos os inimigos se ajoelharam para ele. Apenas os dois druidas permaneceram de pé, e os poucos cavaleiros continuaram em suas selas.

– Durante sete anos procurei o Conhecimento da Britânia – disse Merlin numa voz que se estendeu clara pelo vale chegando ao centro profundo, de modo que até Artur e seus homens podiam ouvi-lo. – Procurei o poder de nossos ancestrais que abandonamos quando os romanos chegaram. Procurei as coisas que restaurarão esta terra aos seus Deuses de direito, seus próprios Deuses, os Deuses que nos fizeram e que podem ser persuadidos a voltar para nos ajudar – ele falava devagar e com simplicidade, de modo que cada homem pudesse ouvir e entender. – Agora preciso de ajuda. Preciso de homens com espadas, homens com lanças, homens com corações intrépidos, para me acompanhar a um sítio inimigo e encontrar o último Tesouro da Britânia. Eu procuro o Caldeirão de Clyddno Eiddyn. O Caldeirão é o nosso poder, nosso poder perdido, nossa última esperança de tornar a Britânia una outra vez, a ilha dos Deuses. Prometo a vocês apenas dificuldades, não darei recompensas além da morte, não os alimentarei com nada além de amargura e darei apenas fel para beber, mas em troca peço suas espadas e suas vidas. Quem virá comigo encontrar o Caldeirão?

Ele fez a pergunta abruptamente. Tínhamos esperado que Merlin falasse deste enorme derramamento de sangue que havia transformado em vermelho um vale verde. Mas ele havia ignorado a luta como se fosse irrelevante, quase como se nem tivesse percebido que entrara num campo de batalha.

– Quem? – perguntou de novo.

– Lorde Merlin! – gritou Gorfyddyd antes que qualquer homem pudesse responder. O rei inimigo forçou o cavalo através das fileiras de seus lanceiros ajoelhados. – Lorde Merlin! – Sua voz estava irada e o rosto implacável.

– Gorfyddyd – cumprimentou Merlin.

– Sua busca ao Caldeirão pode esperar ao menos uma hora? – A pergunta foi feita com sarcasmo.

– Pode esperar um ano, Gorfyddyd Ap Cadel. Pode esperar cinco anos. Pode esperar para sempre, mas não deve.

Gorfyddyd veio até o espaço aberto entre as duas paredes de escudos. Estava vendo sua grande vitória prejudicada e sua reivindicação de ser Grande Rei ameaçada por um druida, por isso virou o cavalo para os seus homens, abriu as peças laterais do elmo e levantou a voz.

– Haverá tempo para pedir lanças na busca ao Caldeirão – gritou aos seus homens –, mas apenas quando tivermos punido o amante de prostituta e afogado nossas lanças nas almas dos homens dele. Tenho um juramento a cumprir e não deixarei que nenhum homem, nem mesmo lorde Merlin, impeça a realização desse juramento. Não pode haver paz, nem Caldeirão, enquanto o amante de prostituta viver. – Ele se virou e olhou para o mago. – O senhor salvaria o amante de prostituta com este apelo?

– Eu não me importaria, Gorfyddyd Ap Cadel, se a terra se abrisse e engolisse Artur e o exército dele. Nem se ela engolisse o seu também.

– Então lutamos! – gritou Gorfyddyd e usou o braço único para livrar a espada da bainha. – Esses homens – disse para o seu exército, mas apontou a espada para as nossas bandeiras – são seus. A terra deles, os rebanhos, o ouro e as casas são seus. As mulheres e as filhas deles são suas prostitutas. Vocês lutaram contra eles até agora e vão deixar que saiam livres? O Caldeirão não vai desaparecer com a vida deles, mas sua vitória vai desaparecer se não terminarmos o que viemos fazer aqui. Nós lutamos!

Houve um instante de silêncio, então os homens de Gorfyddyd se levantaram e começaram a bater com as lanças nos escudos. Gorfyddyd lançou um olhar de triunfo para Merlin, depois esporeou o cavalo e voltou para as fileiras clamorosas de seus homens.

Merlin se virou para Sagramor e para mim.

– Os irlandeses Escudos Pretos estão do lado de vocês – falou em voz casual. – Conversei com eles. Eles atacarão os homens de Gorfyddyd e vocês terão uma grande vitória. Que os Deuses lhes deem forças. – Em seguida se virou de novo, passou o braço pelos ombros de Nimue e se afastou através das fileiras inimigas que se abriram para deixá-lo passar.

– Foi uma boa tentativa! – gritou Gundleus para Merlin. O rei de Powys estava no limiar de sua grande vitória, e aquela perspectiva vertiginosa o encheu de confiança para desafiar o druida, mas Merlin ignorou o insulto e simplesmente se afastou com Tanaburs e Iorweth.

Issa me trouxe o elmo de Artur. Enfiei-o de novo na cabeça, feliz com sua proteção naqueles últimos instantes de batalha.

O inimigo formou de novo sua parede de escudos. Poucos insultos foram lançados agora, porque poucos homens tinham energia para algo mais do que a matança sinistra que espreitava na margem do rio. Gorfyddyd, pela primeira vez no dia inteiro, desmontou e ocupou seu lugar na parede. Ele não tinha escudo, porém mesmo assim lideraria esse último ataque que esmagaria o poder de seu odiado inimigo. Levantou a espada, sustentou-a no alto durante alguns momentos e depois baixou-a.

O inimigo atacou.

Forçamos as lanças e os escudos para recebê-los e as duas paredes se chocaram com um som terrível. Gorfyddyd tentou passar sua espada pelo escudo de Artur, mas eu a aparei e golpeei com Hywelbane. A espada se desviou em seu capacete, cortando uma asa de águia, e então estávamos travados juntos pelos homens pressionando por trás.

– Empurrem! – gritava Gorfyddyd aos seus homens, depois cuspiu em mim por cima do escudo. – O seu amante de escravas se esconde enquanto você luta – gritou por cima do barulho da batalha.

– Ela não é prostituta, senhor rei – falei e tentei livrar Hywelbane do aperto para lhe dar um golpe, mas a espada estava presa na pressão de escudos e homens.

– Ela recebeu bastante ouro de mim, e não pago a mulheres cujas pernas não se separem.

Fiz força com Hywelbane e tentei acertar os pés de Gorfyddyd, mas a espada simplesmente raspou a barra de sua armadura. Ele riu do meu fracasso, cuspiu em mim de novo, depois levantou a cabeça quando ouviu um pavoroso grito de batalha.

Era o ataque dos irlandeses. Os Escudos Pretos de Oengus Mac Airem sempre atacavam com um berro ululante; um terrível grito de batalha que parecia sugerir um deleite inumano na matança. Gorfyddyd gritou para seus homens se esforçarem e romperem nossa minúscula parede de escudos, e por alguns instantes os homens de Powys e Silúria nos golpearam com um novo frenesi, crendo que os Escudos Pretos vinham em seu auxílio, mas então novos gritos da retaguarda fizeram com que eles percebessem que a traição havia mudado a aliança dos Escudos Pretos. Os irlandeses cortaram as fileiras de Gorfyddyd, suas lanças compridas encontrando alvos fáceis, e de repente, rapidamente, os homens de Gorfyddyd desmoronaram como um odre furado.

Vi a fúria e o pânico atravessarem o rosto de Gorfyddyd.

– Renda-se, senhor rei! – gritei para ele, mas sua guarda pessoal encontrou espaço para golpear com as espadas, e por alguns segundos desesperados eu estava me defendendo com intensidade demais para ver o que tinha acontecido com o rei, mas Issa gritou que viu Gorfyddyd ferido. Galahad estava ao meu lado, estocando e aparando golpes, e então, como se por magia, o inimigo começou a fugir. Nossos homens foram em perseguição, juntando-se aos Escudos Pretos para guiar os homens de Powys e Silúria, como se fossem um rebanho de ovelhas, para onde os homens de Artur esperavam para matar. Procurei Gundleus e o vi uma vez em meio a uma massa de homens correndo enlameados e ensanguentados, e então o perdi de vista.

O vale tinha visto muita morte naquele dia, mas agora via um massacre total, porque nada produz uma chacina tão fácil quanto uma parede de escudos rompida. Artur tentou parar a matança, mas nada poderia ter contido a selvageria transbordada, e seus cavaleiros corriam como deuses vingativos entre a massa em pânico enquanto perseguíamos e cortávamos os fugitivos numa orgia de sangue. Uma quantidade de inimigos conseguiu passar pelos cavaleiros e atravessar o vau até a segurança, mas uma quantidade ainda maior foi forçada a buscar refúgio no povoado onde finalmente encontrou tempo e espaço para formar uma nova parede de escudos. Agora era a sua vez de estar rodeados. A luz da tarde se esticava pelo vale, tocando as árvores com a primeira e débil luz amarelada do sol daquele dia longo e sangrento, enquanto parávamos em volta do povoado. Estávamos ofegantes, e nossas espadas e lanças grossas de tanto sangue.

Artur, com a espada tão vermelha quanto a minha, desceu pesadamente do dorso de Llamrei. A égua preta estava branca de suor, tremendo, os olhos claros arregalados, enquanto o próprio Artur se mostrava exausto da luta desesperada. Tinha tentado repetidamente atravessar até nós; havia lutado, segundo seus homens, como alguém possuído pelos Deuses, mesmo parecendo, durante toda aquela tarde comprida, que os Deuses o houvessem abandonado. Agora, apesar de ser o vitorioso do dia, estava perturbado enquanto abraçava Sagramor e depois a mim.

– Falhei com vocês, Derfel. Falhei com vocês.

– Não, senhor. Nós vencemos. – E apontei com minha espada combalida e vermelha para os sobreviventes de Gorfyddyd, que tinham se reunido em volta da bandeira da águia. A raposa de Gundleus também aparecia ali, mas nenhum dos reis inimigos estava à vista.

– Eu fracassei. Não consegui atravessar – disse Artur. – Havia muitos deles. – Esse fracasso o mortificava, porque ele sabia muito bem como estivemos perto da derrota total. De fato, ele sentia que fora derrotado, porque seus alardeados cavaleiros haviam sido retidos, e tudo que pudera fazer fora olhar enquanto éramos batidos, mas ele estava enganado. A vitória era sua, toda sua, porque Artur, sozinho entre todos os homens da Dumnonia e Gwent, possuíra a confiança para a batalha. A batalha não acontecera como Artur planejara; Tewdric não havia marchado para nos ajudar, e os cavalos de guerra de Artur tinham sido contidos pela parede de escudos de Gundleus; mas ainda assim era uma vitória, e fora alcançada apenas por uma coisa: a coragem de Artur em lutá-la. Merlin interviera, claro, mas o druida jamais reivindicou a vitória. Ela era de Artur e, ainda que na época Artur tenha se enchido de recriminações, foi o vale do Lugg, a única vitória que Artur sempre desprezou, que o transformou no governante final da Britânia. O Artur dos poetas, o Artur que cansa a língua dos bardos, o Artur por cujo retorno todos os homens rezam nestes dias sombrios, tornou-se grande por aquela carnificina confusa. Hoje em dia, claro, os poetas não cantam a verdade a respeito do vale do Lugg. Fazem parecer uma vitória tão completa quanto as batalhas posteriores, e talvez estejam certos em moldar a história assim, porque nestes tempos difíceis precisamos de que Artur tenha sido um grande herói desde o início. Mas a verdade é que naqueles primeiros anos Artur era vulnerável. Governou Dumnonia em virtude da morte de Owain e do apoio de Bedwin, mas à medida que os anos de guerra prosseguiram houve muitos que desejaram que ele se fosse. Gorfyddyd tinha quem o apoiasse na Dumnonia e, que Deus me perdoe, muitos cristãos estavam rezando pela derrota de Artur. E foi por isso que ele lutou, porque sabia que era fraco demais para não lutar. Artur tinha de proporcionar a vitória ou perder tudo, e no final venceu, mas só depois de chegar à beira do desastre.

Artur foi abraçar Tristan, depois cumprimentar Oengus Mac Airem, o rei irlandês de Demetia, cujo contingente salvara a batalha. Como sempre, ajoelhou-se diante do rei, mas Oengus levantou-o e lhe deu um abraço de urso. Virei-me e olhei para o vale enquanto os dois conversavam. Era uma imundície de homens derrubados, digna de pena com os cavalos agonizantes, atulhada de cadáveres e armas espalhadas. O sangue fedia e os feridos gritavam. Eu me sentia mais cansado do que nunca na vida, e meus homens também, mas vi que o *levy* de Gorfyddyd descera do morro para começar a pilhar os mortos e feridos, por isso mandei Cavan e uns vinte lanceiros expulsá-los. Corvos voavam por cima do rio para rasgar as entranhas dos mortos. Vi que as cabanas que tínhamos incendiado de manhã ainda soltavam fumaça. Depois pensei em Ceinwyn e, em meio a todo aquele horror bestial, minha alma se ergueu como se tivesse grandes asas brancas.

Virei-me a tempo de ver Merlin e Artur se abraçarem. Artur quase pareceu desmoronar nos braços do druida, mas Merlin o levantou e apertou com força. Em seguida, os dois caminharam até os escudos inimigos.

O príncipe Cuneglas e o druida Iorweth vieram da parede circular de escudos. Cuneglas carregava uma lança, mas estava sem escudo, enquanto Artur mantinha Excalibur na bainha e não levava qualquer outra arma. Ele caminhou à frente de Merlin e, enquanto se aproximava de Cuneglas, apoiou-se sobre um joelho e baixou a cabeça.

– Senhor príncipe – falou.

– Meu pai está morrendo – disse Cuneglas. – Recebeu um golpe de lança nas costas. – Ele fez aquilo parecer uma acusação, mas todo mundo sabia que quando uma parede de escudos se rompia muitos homens morriam com ferimentos por trás.

Artur permaneceu ajoelhado. Por um momento parecia não saber o que dizer, depois olhou para Cuneglas.

– Posso vê-lo? Ofendi sua casa, senhor príncipe, e insultei a honra dela, e apesar de ter sido sem intenção ainda gostaria de pedir o perdão de seu pai.

Foi a vez de Cuneglas ficar perplexo, depois deu de ombros como se não tivesse certeza de estar tomando a decisão certa. Mas finalmente fez um gesto para a parede de escudos. Artur se levantou e, lado a lado com o príncipe, foi ver o agonizante Gorfyddyd.

Eu queria gritar para que Artur não fosse, mas ele foi engolido pelas fileiras inimigas antes que meu raciocínio lento se recuperasse. Encolhi-me ao pensar no que Gorfyddyd diria a Artur, e sabia que Gorfyddyd diria essas coisas, as mesmas coisas imundas que tinha cuspido contra mim sobre a borda de seu escudo amassado pelas lanças. O rei Gorfyddyd não era homem de perdoar os inimigos, nem de poupar o sofrimento a eles, mesmo se estivesse morrendo. Especialmente se estivesse morrendo. Seria o prazer final de Gorfyddyd neste mundo saber que tinha magoado seu rival. Sagramor compartilhava meus temores, e nós dois ficamos olhando angustiados enquanto, após alguns instantes, Artur emergia das fileiras derrotadas com um rosto tão sombrio quanto a caverna de Cruachan. Sagramor foi em sua direção.

– Ele mentiu, senhor – disse Sagramor em voz baixa. – Ele sempre mentiu.

– Sei que ele mentiu – disse Artur e em seguida estremeceu. – Mas algumas inverdades são difíceis de se ouvir e impossíveis de perdoar. – De repente, a raiva inchou por dentro e ele desembainhou Excalibur e se virou feroz para o inimigo preso na armadilha. – Alguém de vocês quer lutar pelas mentiras de seu rei? – gritou enquanto andava de um lado para o outro diante das fileiras. – Há alguém de vocês? Ao menos um homem disposto a lutar por aquela coisa maligna que morre com vocês? Só um? Caso contrário minha maldição mandará seu rei para a escuridão definitiva! Venham, lutem. – Ele apontou Excalibur para os escudos levantados. – Lutem! Seus desgraçados! – Sua fúria era mais terrível do que tudo que o vale tinha visto o dia inteiro. – Em nome dos Deuses, declaro que seu rei é um mentiroso, um bastardo, uma coisa sem honra, um nada! – E cuspiu contra eles, depois abriu com uma das mãos as fivelas do meu peitoral, que ele ainda usava. Conseguiu soltar as tiras dos ombros, mas não as da cintura, de modo que o peitoral ficou pendurado na frente como um avental de ferreiro. – Eu torno mais fácil para vocês! – gritou. – Sem armadura. Sem escudo. Venham e lutem comigo! Provem que o seu rei desgraçado, usuário de prostitutas, fala a verdade! Ninguém? – Sua fúria estava fora de controle, porque agora ele se encontrava nas mãos dos Deuses e jorrava o ódio contra um mundo que se curvava diante de sua força pavorosa. Cuspiu de novo. – Suas prostitutas rançosas! – Ele girou enquanto Cuneglas aparecia na parede de escudos. – Você, pirralho? – E apontou Excalibur para Cuneglas. – Você luta por aquele monte de imundície à beira da morte?

Como todos os homens presentes, Cuneglas estava abalado com a fúria de Artur, mas saiu sem armas da parede de escudos e então, a pouco mais de 1 metro de Artur, ajoelhou-se.

– Estamos à sua mercê, lorde Artur – falou, e Artur o encarou. Seu corpo estava tenso porque toda a raiva e a frustração de um dia de lutas fervia por dentro, e por um segundo pensei que Excalibur sibilaria no crepúsculo para arrancar a cabeça de Cuneglas, mas então Cuneglas levantou os olhos. – Agora sou rei de Powys, lorde Artur, mas estou à sua mercê.

Artur fechou os olhos. Então, ainda de olhos fechados, tateou buscando a bainha de Excalibur e guardou a espada comprida. Virou-se de costas para Cuneglas, abriu os olhos e nos encarou, seus lanceiros, e vi a loucura se afastar. Ele ainda fervia de raiva, mas a fúria incontrolável tinha passado e sua voz estava calma quando pediu que Cuneglas se levantasse. Em seguida convocou os porta-bandeiras para que os estandartes gêmeos do dragão e do urso dessem dignidade às suas palavras.

– Meus termos são os seguintes – disse para que todos no vale escutassem. – Exijo a cabeça do rei Gundleus. Ele a manteve durante tempo demais, e o assassinato da mãe de meu rei deve ser justiçado. Feito isso, só peço a paz entre o rei Cuneglas e meu rei, e entre o rei Cuneglas e o rei Tewdric. Peço a paz entre todos os britânicos.

Houve um silêncio perplexo. Artur era o vencedor nesse campo. Suas forças tinham matado o rei inimigo e capturado o herdeiro de Powys, e cada homem no vale esperava que Artur exigisse um resgate real pela vida de Cuneglas. Em vez disso, pedia apenas a paz.

Cuneglas franziu a testa.

– E quanto ao meu trono? – conseguiu perguntar.

– Seu trono é seu, senhor rei. De quem mais poderia ser? Aceite meus termos e estará livre para retornar a ele.

– E o trono de Gundleus? – perguntou Cuneglas, talvez suspeitando de que Artur quisesse Silúria para si próprio.

– Não é seu – respondeu Artur firmemente –, nem meu. Juntos encontraremos alguém para mantê-lo quente. Assim que Gundleus estiver morto – acrescentou sinistro. – Onde ele está?

Cuneglas fez um gesto para o povoado.

– Numa das construções, senhor.

Artur se virou para os lanceiros derrotados de Powys e levantou a voz para que todos pudessem ouvir.

– Esta guerra nunca deveria ter acontecido! – gritou. – Foi lutada por minha culpa, e aceito essa culpa e devo pagar por ela em qualquer moeda que não minha vida. À princesa Ceinwyn eu devo mais do que desculpas e pagarei o que ela exigir, mas agora só peço que sejamos aliados. Novos saxões chegam diariamente para pegar nossa terra e escravizar nossas mulheres. Devemos lutar contra eles, e não entre nós. Peço a amizade de vocês, e como penhor desse desejo lhes deixo suas terras, suas armas e seu ouro. Isto aqui não é vitória nem derrota – ele fez um gesto para o vale sangrento, empalidecido pela fumaça –, é uma paz. Só peço a paz e uma vida. A de Gundleus. – Ele olhou de novo para Cuneglas e baixou a voz. – Espero sua decisão, senhor rei.

O druida Iorweth correu para o lado de Cuneglas e os dois conversaram. Nenhum deles parecia acreditar na proposta de Artur, porque geralmente os comandantes não são magnânimos na vitória. Os vencedores das batalhas exigem resgates, ouro, escravos e terras; Artur queria apenas amizade.

– E quanto a Gwent? – perguntou Cuneglas a Artur. – O que Tewdric vai querer?

Artur olhou irônico para o vale que escurecia.

– Não estou vendo nenhum homem de Gwent, senhor rei. Se um homem não toma parte numa luta ele não poderá fazer parte do acordo posterior. Mas posso lhe dizer, senhor rei, que Gwent anseia pela paz. O rei Tewdric pedirá apenas sua amizade e a amizade do meu rei. Uma amizade que devemos prometer que jamais romperemos.

– Estou livre para ir embora caso prometa isso? – perguntou Cuneglas, cheio de suspeitas.

– Quando quiser, senhor rei, mas peço sua permissão para procurá-lo em Caer Sws para conversarmos mais.

– E meus homens estão livres para ir?

– Com suas armas, seu ouro, suas vidas e minha amizade. – Artur estava totalmente sério, desesperado para garantir que esta fosse a última batalha entre os britânicos, mas tomara bastante cuidado, notei, para não mencionar nada sobre Ratae. Essa surpresa podia esperar.

Cuneglas ainda parecia achar a oferta boa demais para ser verdade, mas então, talvez lembrando-se de sua antiga amizade com Artur, sorriu.

– O senhor terá sua paz, lorde Artur.

– Com uma última condição – disse Artur inesperada e asperamente, ainda que não muito alto, de modo que apenas alguns de nós pudemos ouvir as palavras. Cuneglas pareceu cauteloso, mas esperou. – Diga, senhor rei, jurando por sua honra, que na hora da morte seu pai mentiu para mim.

A paz dependia da resposta de Cuneglas. Ele fechou momentaneamente os olhos como se estivesse ferido; depois falou:

– Meu pai nunca se importou com a verdade, lorde Artur, mas apenas com as palavras que realizassem suas ambições. Meu pai era um mentiroso, isso eu juro.

– Então temos paz! – exclamou Artur. Eu só o vira mais feliz uma vez, quando se casou com sua Guinevere, mas agora, em meio à fumaça e ao fedor de uma batalha vencida, ele parecia quase tão alegre quanto naquela clareira florida ao lado do rio. Na verdade, ele mal conseguia falar de tanta alegria, porque obtivera o que mais queria no mundo. Tinha feito a paz.

MENSAGEIROS FORAM para o Norte e o Sul, a Caer Sws e Durnovária, a Magnis e Silúria. O vale do Lugg fedia a sangue e fumaça. Muitos dos feridos estavam morrendo onde haviam caído, e seus gritos eram de dar pena na noite enquanto os vivos se agrupavam em volta de fogueiras e falavam sobre lobos que vinham dos morros para se refestelar nos mortos.

Artur parecia quase pasmo com o tamanho de sua vitória. Agora, ainda que mal pudesse compreender, ele era o efetivo governante do

Sul da Britânia, porque não havia outros homens que ousassem se erguer contra seu exército, por mais abalado que este estivesse. Ele precisava conversar com Tewdric, precisava mandar lanceiros de volta para a fronteira saxã, queria desesperadamente que a boa-nova chegasse a Guinevere, e ao mesmo tempo os homens lhe imploravam favores e terra, ouro e postos. Merlin estava lhe falando sobre o Caldeirão, Cuneglas queria discutir os saxões de Aelle, enquanto Artur queria falar de Lancelot e Ceinwyn, e Oengus Mac Airem exigia terras, mulheres, ouro e escravos de Silúria.

Só pedi uma coisa naquela noite, e essa coisa Artur me concedeu. Ele me entregou Gundleus.

O rei de Silúria tinha buscado refúgio num pequeno templo construído pelos romanos, ligado à grande casa romana no pequeno povoado. O templo era feito de pedra e não tinha janelas, a não ser um buraco grosseiro no alto para deixar a fumaça sair, e apenas uma porta que se abria para o estábulo de uma casa. Gundleus tentara escapar do vale, mas seu cavalo fora derrubado por um dos cavaleiros de Artur, e agora, como um rato em seu último buraco, esperava a perdição. Um punhado de silurianos leais guardavam a porta do templo, mas foram embora quando viram meus guerreiros avançando no escuro.

Somente Tanaburs fora deixado para guardar o templo iluminado por uma fogueira, onde fizera uma pequena cerca fantasma colocando duas cabeças recém-decapitadas nas laterais da porta. Ele viu nossas pontas de lanças brilhando no portão do estábulo e levantou seu cajado encimado pela lua enquanto cuspia pragas. Estava invocando os Deuses para murchar nossas almas quando, de repente, seus gritos pararam.

Pararam quando ele ouviu Hywelbane saindo da bainha. Diante desse som ele espiou para o pátio escuro enquanto Nimue e eu avançávamos juntos e, reconhecendo-me, deu um gritinho apavorado como o som de uma lebre acuada por um gato selvagem. Sabia que eu era o dono de sua alma, por isso correu aterrorizado pela porta do templo. Nimue chutou as duas cabeças para o lado, cheia de escárnio, e depois me seguiu para dentro. Estava segurando uma espada. Meus homens esperaram do lado de fora.

Antigamente o templo fora dedicado a algum Deus romano, mas agora era para os Deuses britânicos que os crânios estavam empilhados tão alto de encontro às paredes de pedra nua. As escuras órbitas dos crânios olhavam vazias para as duas fogueiras que iluminavam a câmara alta e estreita onde Tanaburs fizera um círculo de poder com um anel de crânios amarelados. Agora ele estava no círculo entoando feitiços enquanto atrás, encostado na parede mais distante onde havia um baixo altar de pedra manchado de preto com o sangue de sacrifícios, Gundleus esperava com a espada desembainhada.

Tanaburs, com o manto bordado sujo de lama e sangue, levantou o cajado e lançou pragas imundas contra mim. Praguejou pela água e pelo fogo, pela terra e pelo ar, pela pedra e pela carne, pelo orvalho e pelo luar, pela vida e pela morte, e nenhuma das pragas me fez parar enquanto eu ia lentamente em sua direção tendo ao lado Nimue, vestida em sua túnica branca manchada. Tanaburs cuspiu uma praga final, depois apontou o cajado direto para meu rosto.

– Sua mãe vive, saxão! – gritou o druida. – Sua mãe vive e a vida dela é minha. Está ouvindo, saxão? – Ele zombou de mim, dentro de seu círculo, e seu rosto antigo estava sombreado pelas duas fogueiras do templo, que davam aos olhos uma ameaça rubra, feroz. – Ouviu? – gritou de novo. – A alma da sua mãe é minha! Copulei com ela para conseguir isso! Fiz o animal de duas costas com ela e tirei seu sangue para me apossar da sua alma. Toque-me, saxão, e a alma da sua mãe vai para os dragões de fogo. Será esmagada pelo chão, queimada pelo ar, afogada pela água e lançada na dor para todo o sempre. E não apenas a alma dela, saxão, mas a alma de cada coisa viva que já saiu do ventre daquela mulher. Pus o sangue de sua mãe no solo, saxão, e enfiei minha força dentro da barriga dela. – Tanaburs gargalhou e levantou o cajado no alto, em direção às traves do teto do templo. – Toque em mim, saxão, e a maldição levará a vida dela, e, através da vida dela, a sua. – Ele baixou o cajado até apontá-lo para mim de novo. – Mas, se me deixar ir, ela viverá.

Parei na borda do círculo. Os crânios não formavam uma cerca fantasma, mas mesmo assim tinham uma força pavorosa em sua arrumação. Eu podia sentir essa força como asas invisíveis dando grandes batidas para me esmagar. Se eu atravessar o círculo de crânios, pensei, entrarei na área de brinquedos dos Deuses para lutar contra coisas que nem posso imaginar, quanto mais entender. Tanaburs percebeu minha incerteza e sorriu, triunfante.

– Sua mãe é minha, saxão – cantarolou. – Minha, toda minha, seu sangue, sua alma e seu corpo são meus, e isso torna você meu, porque nasceu no sangue e na dor do meu corpo. – Ele moveu o cajado de modo que o topo em forma de lua tocou meu peito. – Devo levá-lo até ela, saxão? Ela sabe que você está vivo, e uma jornada de dois dias irá levá-lo de volta. – Ele deu um sorriso maligno. – Você é meu – gritou –, todo meu! Eu sou sua mãe e seu pai, sua alma e sua vida. Fiz o encanto da unidade no útero da sua mãe e agora você é meu filho! Pergunte a ela! – Ele virou o cajado na direção de Nimue. – Ela conhece o encanto.

Nimue ficou quieta, apenas olhava maligna para Gundleus enquanto eu espiava os olhos horrendos do druida. Eu estava receoso de atravessar seu círculo, aterrorizado por suas ameaças, mas então, num jorro nauseabundo, os acontecimentos daquela noite tão antiga voltaram como se tivessem acontecido na véspera. Lembrei-me dos gritos da minha mãe, e me lembrei de vê-la implorando aos soldados para me deixarem ao seu lado, e me lembrei dos lanceiros rindo e batendo em sua cabeça com os cabos das lanças, e me lembrei desse druida cacarejando, com as lebres e as luas de sua túnica e os ossos de seu cabelo, e me lembrei de como ele tinha me levantado, me acariciado e dito como eu seria um belo presente para os deuses. Tudo isso recordei, assim como me lembrei de ter sido levantado, gritando por minha mãe que não podia me ajudar, e me lembrei de ter sido carregado por entre as duas linhas de fogo onde os guerreiros dançavam e as mulheres gemiam, e me lembrei de Tanaburs me segurando no alto, acima de sua cabeça tonsurada enquanto ia até a borda de um poço que era um círculo preto na terra, rodeado pelo fogo cujas chamas queimavam com brilho suficiente para iluminar a ponta de uma estaca manchada de sangue, projetando-se das entranhas do poço redondo e escuro. As lembranças eram como serpentes de dor mordendo minha alma enquanto recordava os pedaços de carne sangrenta pendurados na estaca iluminada pelo fogo e o terror meio compreendido dos corpos que se retorciam em agonia lenta e penosa, morrendo na escuridão sangrenta do poço daquele druida. E me lembrei de como ainda gritava por minha mãe quando Tanaburs me levantou para as estrelas e se preparou para me dar aos seus Deuses. "Para Gofannon", gritara ele, e minha mãe gritava enquanto era estuprada e eu gritava porque sabia que ia morrer. "Para Lleullaw", gritou Tanaburs, "Para Cernunnos, para Taranis, para Sucellos, para Bel!" E com este último grande nome ele havia me lançado contra a estaca assassina.

E tinha errado.

Minha mãe estivera gritando, e eu ainda ouvia seus gritos quando abri caminho chutando o círculo de crânios feito por Tanaburs, e os gritos dela se fundiram ao guincho do druida enquanto eu ecoava seu antigo berro de morte.

– Para Bel! – gritei.

Hywelbane baixou. E não errei. Hywelbane cortou Tanaburs através do ombro, pelas costelas, e tal era a fúria sanguinolenta da minha alma que Hywelbane cortou sua barriga esquelética e se afundou nas entranhas fétidas, de modo que o corpo se dividiu como um cadáver podre, e o tempo todo eu dava o grito medonho de uma criança que foi entregue ao poço da morte.

O círculo de crânios se encheu com o sangue e meus olhos com as lágrimas enquanto olhava o rei que tinha matado o filho de Ralla e a mãe de Mordred. O rei que havia estuprado Nimue e tirado seu olho. Lembrando aquela dor, segurei o punho de Hywelbane com as duas mãos e arranquei a lâmina das vísceras imundas aos meus pés e passei por cima do corpo do druida para levar a morte a Gundleus.

– Ele é meu! – gritou Nimue. Ela havia tirado o tapa-olho de modo que sua órbita vazia espiava vermelha à luz das chamas. Passou por mim, sorrindo. – Você é meu – cantarolou –, todo meu. – E Gundleus gritou.

E talvez, no Outro Mundo, Norwenna tenha ouvido esse grito e sabido que seu filho, seu filhinho nascido no inverno, ainda era o rei.

Nota do autor

Não é surpreendente que o período arturiano da história da Grã-Bretanha seja conhecido como a Idade das Trevas, porque não sabemos praticamente nada sobre os acontecimentos e as personalidades daqueles anos. Nem mesmo podemos ter certeza da existência de Artur, ainda que, pensando bem, pareça provável que um grande herói britânico chamado Artur (ou Arthur ou Artorius) tenha contido os invasores saxões em alguma época nos primeiros anos do século VI d.C. Uma história desse conflito foi escrita na década de 540, *De Excidio et Conquestu Britanniae*, de Gildas, e podemos supor que essa obra seja uma fonte autorizada a respeito das realizações de Artur, mas Gildas nem mesmo cita Artur, um fato sempre lembrado pelos que questionam sua existência.

Mas há algumas evidências antigas em favor de Artur. Por volta de meados do século VI, quando Gildas estava escrevendo sua história, os relatos remanescentes mostram um número surpreendente e atípico de homens chamados Artur, o que sugere uma moda súbita de dar nome aos filhos a partir de um homem famoso e poderoso. Essa evidência não é conclusiva, assim como não o são as primeiras referências literárias a Artur, uma menção superficial no grande poema épico *Y Gododdin*, que foi escrito por volta do ano 600 d.C. para comemorar uma batalha entre os britânicos do Norte ("uma horda alimentada por hidromel") e os saxões, mas muitos eruditos acham que essa referência a Artur é uma inserção bem posterior.

Depois dessa única menção dúbia em *Y Gododdin* temos de esperar mais duzentos anos para que a existência de Artur seja narrada por um historiador, um vazio temporal que enfraquece a autoridade da evidência, mas mesmo assim Nennius, que compilou sua história dos britânicos nos últimos anos do século VIII, põe Artur em grande conta. De modo significativo, Nennius nunca o chama de rei, descrevendo Artur como o *Dux Bellorum*, o Líder das Batalhas, título que traduzi como *Warlord* (Comandante Guerreiro, ou Senhor das Guerras). Sem dúvida Nennius se baseava em antigas narrativas folclóricas, uma fonte fértil a alimentar as frequentes versões da história de Artur, que chegaram ao zênite no século XII quando dois escritores em países separados transformaram Artur num herói de todos os tempos. Na Grã-Bretanha, Geoffrey de Monmouth escreveu sua maravilhosa e mítica *Historia Regum Britanniae* enquanto na França, o poeta Chrétien de Troyes introduziu, dentre outras coisas, Lancelot e Camelot à mistura real. O nome Camelot pode ter sido pura invenção (ou então adaptado arbitrariamente do nome romano de Colchester, Camulodunum), mas fora isso Chrétien de Troyes estava quase com certeza partindo de mitos bretões que podem ter preservado, como as narrativas folclóricas galesas que alimentaram a história de Geoffrey, lembranças genuínas de um herói antigo. Então, no século XV, Sir Thomas Malory escreveu *Le Morte d'Arthur*, que é a protoversão de nossa resplandecente lenda de Artur, com seu Santo Graal, a távola redonda, donzelas suaves, monstros que propõem enigmas, magos poderosos e espadas encantadas.

Provavelmente é impossível desemaranhar essa rica tradição para encontrar a verdade de Artur, apesar de muitos terem tentado, e sem dúvida muitos tentarão de novo. Disseram que Artur era um homem do norte da Grã-Bretanha, um homem de Essex, bem como um camponês do oeste. Uma obra identifica Artur como um governante galês do século VI chamado Owain Ddantgwyn, mas como os autores observam que "nada foi registrado a respeito de Owain Ddantgwyn", isso não ajuda muito. Camelot foi situado em Carlisle, Winchester, South Cadbury, Colchester e numa dúzia de outros lugares. Minha opção é, na melhor das hipóteses, caprichosa, e fortalecida pela certeza de que não existe resposta verdadeira. Dei a Camelot o nome inventado de Caer Cadarn e a situei em South Cadbury, em Somerset, não porque acho que seja o local mais provável (ainda que não o considere o menos provável), mas porque conheço e amo essa parte da Grã-Bretanha. Por mais que sondemos, só podemos deduzir com segurança, a partir da história, que um homem chamado Artur provavelmente viveu nos séculos V e VI, que foi um grande comandante guerreiro ainda que nunca tenha sido rei, e que suas maiores batalhas foram travadas contra os invasores saxões.

Podemos saber muito pouco sobre Artur, mas podemos deduzir muito da época em que ele provavelmente viveu. A Grã-Bretanha nos séculos V e VI deve ter sido um lugar medonho. Os romanos protetores tinham partido no início do século V, e com isso os britânicos romanizados foram abandonados a um círculo de inimigos temíveis. Do Oeste vinham os saqueadores irlandeses que eram celtas, parentes próximos dos britânicos, mas que mesmo assim eram invasores, colonizadores e escravagistas. Ao Norte ficava o estranho povo das Terras Altas da Escócia, sempre pronto para vir ao Sul em ataques destruidores, mas nenhum desses inimigos era tão temido quanto os odiados saxões, que primeiro atacaram, depois colonizaram e em seguida capturaram o Leste da Grã-Bretanha e que, com o tempo, capturaram o coração da Grã-Bretanha e mudaram seu nome para Inglaterra.

Os britânicos que enfrentavam esses inimigos estavam longe de ser unidos. Seus reinos pareciam passar tanto tempo lutando entre si quanto se opondo aos invasores, e sem dúvida também eram divididos ideologicamente. Os romanos deixaram um legado de leis, indústria, ensino e religião, mas esse legado deve ter sido oposto por muitas tradições nativas que haviam sido violentamente suprimidas durante sua longa ocupação, mas que nunca desapareceram por completo, e a principal dessas tradições é o druidismo. Os romanos esmagaram o druidismo por causa de sua associação com o nacionalismo britânico (e portanto antirromano), e no lugar introduziram uma variedade de outras religiões, inclusive, claro, o cristianismo. Opiniões de estudiosos sugerem que o cristianismo estava muito disseminado na Grã-Bretanha pós-romana (ainda que fosse um cristianismo estranho para as mentes modernas), mas sem dúvida o paganismo também existia, especialmente no campo (pagão vem da palavra latina que significa camponês) e, à medida que o estado pós-romano desmoronava, homens e mulheres devem ter se agarrado a qualquer apoio sobrenatural que tenha aparecido. Pelo menos um estudioso moderno sugeriu que o cristianismo era simpático aos remanescentes do druidismo britânico, e que os dois credos existiram em cooperação pacífica, mas a tolerância nunca foi a característica mais forte da Igreja, e duvido das conclusões desse estudioso. Minha crença é de que a Grã-Bretanha de Artur era um lugar tão assolado pela divisão religiosa quanto pela invasão e a política. Com o tempo, claro, as histórias de Artur se tornaram muito cristianizadas, especialmente na obsessão com o Santo Graal, mas podemos duvidar de que tal cálice fosse conhecido de Artur. Entretanto, as lendas da busca ao Graal talvez não fossem criações totalmente posteriores, porque têm uma semelhança notável com narrativas folclóricas celtas sobre guerreiros procurando caldeirões mágicos; contos pagãos nos quais, como muitas outras coisas na mitologia arturiana, autores cristãos posteriores puseram seu brilho piedoso, assim enterrando uma tradição arturiana muito anterior, que agora só existe em algumas antigas e obscuras vidas de santos celtas. Essa tradição, surpreendentemente, retrata Artur como vilão e inimigo do cristianismo. Parece que a igreja celta não gostava de Artur, e as vidas dos santos sugerem que isso acontecia porque ele confiscava o dinheiro da Igreja para financiar suas guerras, o que pode explicar por que Gildas, um clérigo e o historiador mais contemporâneo de Artur, se recuse a lhe dar crédito pelas vitórias britânicas que temporariamente contiveram o avanço saxão.

O Espinheiro Sagrado, claro, teria existido em Ynys Wydryn (Glastonbury) se acreditarmos na lenda de que José de Arimateia trouxe o Santo Graal a Glastonbury em 63 d.C., ainda que essa história só apareça realmente no século XII, portanto suspeito de que a inclusão do Espinheiro em *O rei do inverno* seja um dos meus muitos anacronismos deliberados. Quando comecei o livro eu estava decidido a excluir qualquer anacronismo, inclusive os acréscimos de Chrétien de Troyes, mas tal pureza teria excluído Lancelot, Galahad, Excalibur e Camelot, para não falar de figuras como Merlin, Morgana e Nimue. Será que Merlin existiu? As evidências de sua vida são ainda menores do que as de Artur, e é altamente improvável que os dois enham coexistido. Entretanto são inseparáveis, e achei impossível leixar Merlin de fora. Mas felizmente boa parte dos anacronismos ôde ser descartada, e assim o Artur do século VI não usa armadura le placas de ferro nem carrega uma lança medieval. Não tem távola edonda, ainda que seus guerreiros (não cavaleiros) frequentemente estejassem, ao modo celta, num círculo no chão. Seus castelos seriam eitos de terra e madeira, e não de pedras, altos e com torres. E duvi-lo, infelizmente, que algum braço vestido de tecido branco, místico maravilhoso tenha subido de um pântano enevoado para levar sua spada até a eternidade, mas é quase certo que os tesouros pessoais le um grande líder fossem, na sua morte, lançados num lago como ferenda aos Deuses.

A maioria dos nomes dos personagens no livro é retirada de registros dos séculos V e VI, mas sobre as pessoas ligadas a esses nomes sabemos praticamente nada, assim como sabemos muito pouco sobre os reinos pós-romanos da Grã-Bretanha – na verdade, histórias modernas chegam a discordar quanto ao número e ao nome dos reinos. A Dumnonia existiu, assim como Powys, enquanto o narrador da história, Derfel (pronunciado, ao modo galês, como Dervel) seja identificado em algumas das narrativas mais antigas como um dos guerreiros de Artur e exista a observação de que mais tarde ele virou monge, porém não sabemos mais nada a respeito. Outros, como o bispo Sansum, sem dúvida existiram e permanecem conhecidos até hoje como santos, apesar de parecer que era exigida muito pouca virtude daqueles primeiros homens santos.

Assim, *O rei do inverno* é uma narrativa sobre a Idade das Trevas, em que a lenda e a imaginação devem compensar a carência de registros históricos. Praticamente a única coisa de que podemos ter bastante certeza é o amplo cenário histórico: uma Grã-Bretanha em que cidades romanas, estradas romanas, vilas romanas e alguns costumes romanos ainda estão presentes, mas também uma Grã-Bretanha que vem sendo rapidamente destruída pela invasão e pelas guerras civis. Alguns dos britânicos já haviam abandonado a luta e se estabelecido na Armórica, a Bretanha, o que explica a persistência das lendas arturianas naquela parte da França. Mas para os britânicos que permaneceram em sua amada ilha foi uma época em que buscavam desesperadamente a salvação, tanto espiritual quanto militar, e àquele lugar infeliz chegou um homem que, pelo menos por um tempo, repeliu o inimigo. Esse homem é Artur, um grande comandante guerreiro e herói que lutou de tal modo que, contra todas as chances, 1.500 anos depois seus inimigos amam e reverenciam sua memória.

fim do volume 1

EDIÇÕES
BestBolso

Este livro foi composto na tipologia Minion Pro Regular, em corpo 10/12,5 e impresso em papel off-set 56g/m² no Sistema Cameron da Divisão Gráfica da Distribuidora Record.